Allitera Verlag
Krimi

Karoline Eisenschenk, geboren 1975, veröffentlichte bereits die Niederbayern-Krimis »Walpurgisnacht« (2012) und »Der letzte Tanz« (2014) sowie unter dem Pseudonym Katelyn Edwards die Kriminalromane »Der Shakespeare-Mörder« und »Pfadfinderehrenwort« (beide 2011). Nach ihrem Studium der englischen Sprach- und Literaturwissenschaft lebt sie heute in Geiselhöring und arbeitet in München.

Karoline Eisenschenk

Bluternte

Niederbayern-Krimi

Allitera Verlag
Krimi

Weitere Informationen über den Verlag und sein Programm unter:
www.allitera.de

Mai 2017
Allitera Verlag
Ein Verlag der Buch&media GmbH, München
© 2017 Buch&media GmbH, München
Umschlaggestaltung: Johanna Conrad unter Verwendung eines Fotos
von © marsj / photocase.de
Printed in Europe · 978-3-86906-962-3

Du bist das Grab, wo alle Liebe lebt,
und alle Lieben sind ihm eingeschrieben,
und all ihr Teil an mir mit dir verwebt,
und alles ihre ist nur dir verblieben.

(Auszug aus William Shakespeare, Sonett 31)

Das eben ist der Fluch der bösen Tat,
dass sie, fortzeugend, immer Böses muss gebären.

(Friedrich Schiller, Wallenstein, Die Piccolomini, 5. Akt, 1. Szene)

Übersichtsplan Neukirchen und Umgebung

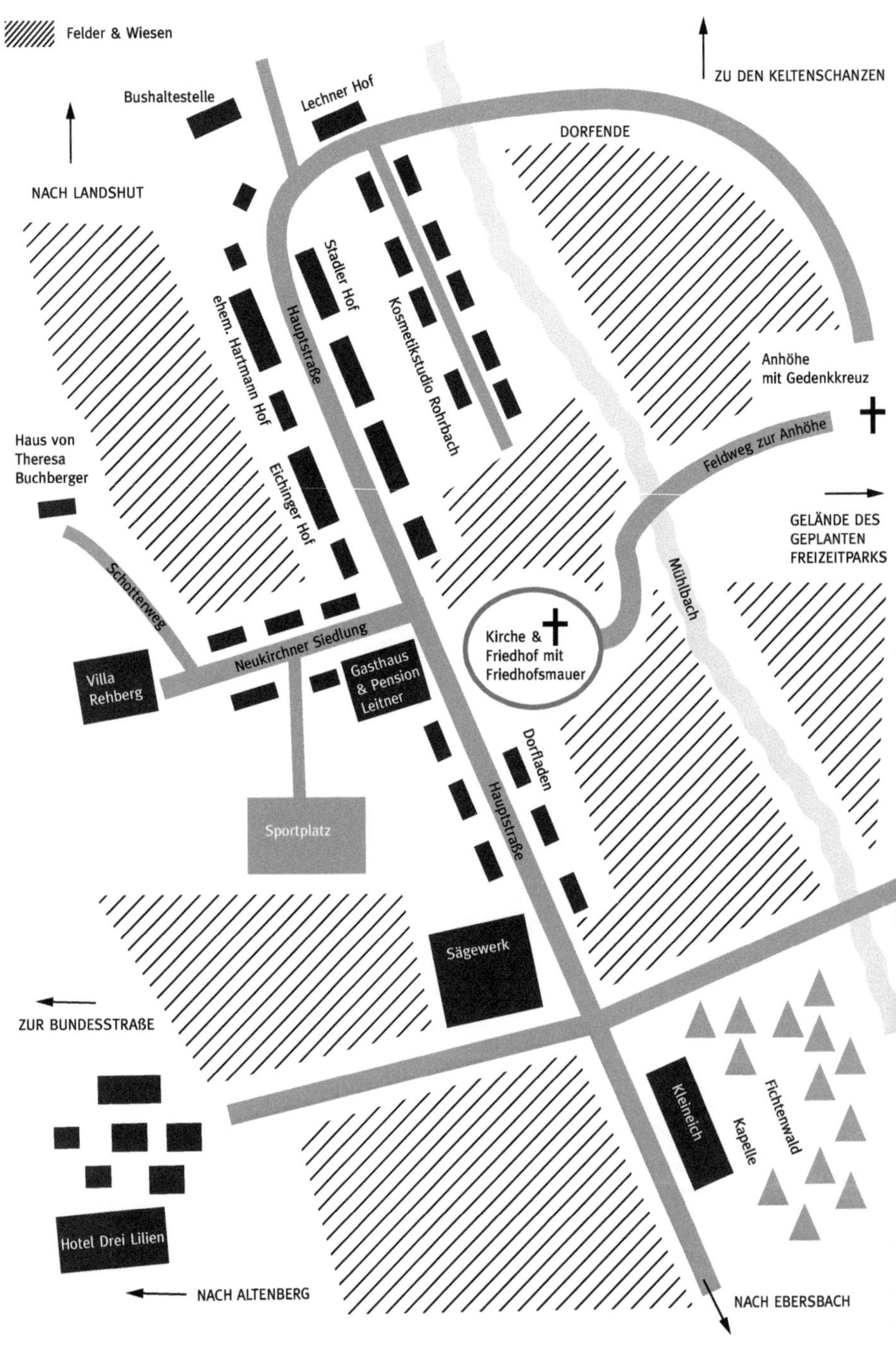

Personen

Markus Baumgartner, Bauunternehmer aus Altenberg
Ralf Baumgartner, sein Bruder, Architekt aus Altenberg
Dominik Baumgartner, sein Neffe, Sohn von Ralf Baumgartner

Theresa Buchberger, pensionierte Bibliothekarin aus Neukirchen
Claudia Buchberger, ihre Tochter

Professor Gregor Cornelius, emeritierter Geschichtsprofessor, auf
    Kurzurlaub in Neukirchen
Ramona Cornelius, seine Ehefrau
Tabea Cornelius, ihre gemeinsame Tochter

Anton Eichinger, Großbauer aus Neukirchen
Eva Eichinger, seine Ehefrau
Sascha Eichinger (†), ihr gemeinsamer Sohn

Roswitha Förster, Besitzerin des Dorfladens in Neukirchen

Professor Richard Freiherr von Greifenberg, Geschichtsprofessor,
    ehemaliger Kollege von Gregor Cornelius
Freifrau Caroline von Greifenberg, seine Ehefrau, Freundin von
    Ramona Cornelius

Leon Gruber, Hotelierssohn aus Altenberg
Ferdinand Gruber, sein Vater

Maximilian Lechner, Landwirt aus Neukirchen
Marie Lechner, seine Frau
Julia Lechner, ihre gemeinsame Tochter

Anna Leitner, Gastwirtin aus Neukirchen

Denis Limmer, Landmaschinentechniker aus Altenberg

Freiherr Adrian Clemens Philipp Alexander von Neuhaus, Tenor
    an der bayerischen Staatsoper, auf Kleineich bei Neukirchen
    aufgewachsen

Freifrau Magdalena Alexandra Elisabeth von Neuhaus (†), seine
  Schwester
Helena Stern, seine Lebensgefährtin
Dr. Benedikt Rehberg, Besitzer einer Apotheke in Altenberg,
  wohnt in Neukirchen
Konrad Stadler, wohlhabender Landwirt aus Neukirchen
Waltraud Stadler, seine Ehefrau
Thomas Stadler, ihr gemeinsamer Sohn
Franz Stadler (†), sein Bruder
Matthias Stadler, sein Neffe, Sohn von Franz Stadler und Paten-
  sohn von Anton Eichinger
Esther Lamarque, Malerin, Witwe von Franz Stadler und Mutter
  von Matthias
Yannick Lichtenberg, Freund von Thomas Stadler

Das Kommissariat in Landshut:
Katrin Abel, Kriminalkommissarin
Korbinian Bäumel, Kriminalkommissar
Ellen Buchholz, Kriminalhauptkommissarin, Leiterin der Vermiss-
  tenstelle
Martin Gerlach, Kriminalhauptkommissar, Leiter des Drogen-
  dezernats
Toni Kornbichler, Kriminalkommissar
Torsten Maiwald, Kriminalkommissar
Robert Thorwald, Kriminalhauptkommissar, Leiter der Mord-
  kommission
Florian Weber, Kriminalkommissar

Weitere Figuren:

Dr. Grünberg, Arzt am Klinikum Landshut
Felix Hartl, Pfarrer in Neukirchen
Tanja Rohrbach, angehende Friseurmeisterin, arbeitet in einem
  Altenberger Salon
Carola Schäfer, Schwester von Anna Leitner

Prolog

Wie gelähmt stand sie in der Dunkelheit, unfähig, sich auch nur einen Millimeter zu bewegen. Obwohl die Worte noch immer in ihren Ohren dröhnten und einem Echo gleich nachhallten, hatte sie Mühe, das Gesagte zu begreifen. Alles an ihr wehrte sich dagegen, es bis zu ihrem Verstand vordringen zu lassen. Denn das hieße, diese furchtbaren Worte zu akzeptieren, aufzugeben, loszulassen. Ihre Kehle schnürte sich zusammen und sie spürte Übelkeit aufsteigen.

»Was ist los? Geht es dir nicht gut?«

Hörte sie nicht Sorge und Angst in der Stimme? Sorge um sie? Der Gedanke ließ sie Hoffnung schöpfen und sie zwang sich, tief durchzuatmen. An ihrem Handgelenk spürte sie kaltes Metall. War das nicht der beste Beweis? Ihre Augen wanderten über das vertraute Gesicht und suchten nach einem Anzeichen, dass alles nur ein Irrtum, ein böser Traum war, der jede Sekunde zu Ende sein würde.

»Morgen fährst du dorthin. Hast du mich verstanden?«

Die wenigen Worte machten alles zunichte. Nein, dieser Albtraum war noch lange nicht vorbei. Er hatte gerade erst angefangen und sie wusste nicht, ob er jemals wieder aufhören würde. Sie versuchte etwas zu sagen, aber kein Laut kam über ihre Lippen.

»Ob du mich verstanden hast?«

Jetzt klang keine Sorge mehr aus der Stimme, sondern nur noch Wut. Blanke, kalte Wut, gepaart mit tiefer Verachtung.

Doch die Augen sprachen eine andere Sprache. Wenn auch nur für einen kurzen Augenblick, so hatte sie darin deutlich die Angst erkannt. Nicht Angst um sie, sondern die Angst, kurz vor dem Ziel alles zu verlieren und mit leeren Händen dazustehen. Denn nur darum war es stets gegangen. Nicht um ihr kleines, kümmerliches, unbedeutendes Leben. Wie hatte sie nur die ganze Zeit so blind sein können?

Ein nie gekanntes Gefühl von Triumph überkam sie. Triumph und … Macht. Sie würde den Preis dafür nicht allein zahlen.

»Das wirst du bereuen«, zischte sie.

Dann drehte sie sich um und rannte zu ihrem Fahrrad, das nur weni-

ge Meter entfernt am Straßenrand stand. Die Nacht war frisch und klar und am Himmel prangte eine Mondsichel wie aus dem Bilderbuch.

»Was soll das heißen?«

»So lasse ich mich von dir nicht abspeisen. So ganz bestimmt nicht«, schrie sie, ehe sie auf ihr Fahrrad stieg.

Wie besessen trat sie in die Pedale. Weg, nur weg von hier. Ihre Wangen glühten und die Tränen, die sie so lange zurückgehalten hatte, bahnten sich jetzt ungehindert ihren Weg. Der Wind blies ihr entgegen, zerrte an ihren Haaren und ihrer Kleidung. Aus ihrem Zopf begannen sich erste Strähnen zu lösen. Doch sie fuhr sich nur kurz mit der Hand über das Gesicht und trat weiter in die Pedale.

Sie hatte das Anlassen des Motors nicht gehört. Erst als sie sich im Lichtkegel der Scheinwerfer befand, drehte sie sich um. Der Wagen fuhr dicht hinter ihr, dann scherte er aus und rollte neben ihrem Fahrrad. Das Fenster der Beifahrerseite wurde heruntergelassen.

»Jetzt warte! Wir können doch über alles reden.«

»Ich wüsste nicht worüber. Es ist alles gesagt. Du hast es nicht anders gewollt.«

Unbeirrt fuhr sie weiter. Sie würde nicht stehen bleiben. Dafür war es zu spät.

Der Wagen wurde langsamer und blieb einige Meter hinter ihr zurück. Noch einmal drehte sie sich um. Die Scheinwerfer wirkten wie Irrlichter in der Dunkelheit. Verloren, fehlgeleitet. Gleichsam eine Metapher für ihr eigenes Leben. Plötzlich lenkte sie das Fahrrad in das Bankett. Die schmalen Reifen kamen auf dem unebenen Untergrund sofort ins Trudeln. Der Lenker begann zu vibrieren und sie drohte zu stürzen. In letzter Sekunde gelang es ihr, das Gleichgewicht zu halten und auf die Straße zurückzukehren. Ihr Herz raste und ein Adrenalinschub jagte durch ihren Körper. Wie leichtsinnig, wie unachtsam von ihr. Dabei wusste sie doch, was es zu bewahren und zu beschützen galt.

In diesem Augenblick heulte der Motor laut auf und der Wagen schoss mit Vollgas die Straße entlang. Entsetzt wandte sie sich um. Die Scheinwerfer kamen immer näher. Geblendet von ihrem grellen Licht schloss sie instinktiv die Augen. Der Knall, als die Motorhaube das Fahrrad erfasste, hallte durch die Nacht. Doch niemand hörte ihn. Niemand sah ihren schmalen Körper durch die Luft schleudern.

Sie war tot, ehe sie auf dem Asphalt aufschlug.

Kapitel 1

*D*ilegua, o notte! Tramontate, stelle! Tramontate, stelle! All'alba vincerò! Vincerò! Vincerò!

Noch während Adrian Neuhaus den Schlussakkord sang, brandete der Applaus um Gregor Cornelius herum auf. Die Zuschauer erhoben sich von ihren Sitzen und spendeten dem Tenor begeistert Beifall.

»Bravo, bravo!«

Diesen Enthusiasmus hätte Cornelius dem verwöhnten und bisweilen arg reservierten Münchner Konzertpublikum nicht zugetraut. Erste Rufe nach einer Zugabe wurden laut und einige Damen warfen Rosen auf die Bühne, die auf der Rückseite des Nymphenburger Schlosses aufgebaut war. Seine Gartenanlage bot den perfekten Schauplatz für die Inszenierung: eine sternenklare Sommernacht, dezente Beleuchtung in Form von Fackeln und Lampions und das imposante Schloss im Hintergrund. Cornelius hätte sich für das Konzert, das mit dem Auftritt von Startenor Adrian Neuhaus soeben seinen finalen Höhepunkt erreicht hatte, kein besseres Ambiente vorstellen können.

Auch er hatte sich Neuhaus' Aura nicht entziehen können. Er sang die Arien nicht nur, er lebte sie. Jede Faser seines Körpers schien in diesen Momenten der Musik zu gehören und mit ihr zu verschmelzen. Seine stimmliche Präsenz stellte alles in den Schatten und erfüllte auch den hintersten Winkel des Schlossgartens mit Leben.

Jetzt verstummte der Star, schloss für einen kurzen Moment die Augen und atmete tief durch, ehe er sich vor seinem begeisterten Publikum verbeugte. Der Auftritt hatte ihn sichtlich angestrengt. Diese nur allzu menschliche Reaktion ließ Cornelius an Neuhaus' Aussage in einem Zeitungsinterview anlässlich seines Debüts an der Bayerischen Staatsoper vor einigen Jahren denken. Schon damals hatte der Tenor ihn damit sehr beindruckt. »Singen ist wie Hochleistungssport. Nach einer mehrstündigen Probe ist man so erschöpft, als hätte man an einem Hochofen gearbeitet.«

Das nüchterne Fazit eines Ausnahmetalents, das die harte Arbeit hinter dem Erfolg nie vergessen hatte. Die Bayerische Staatsoper konnte sich glücklich schätzen, diesen Fang gemacht zu haben.

Neuhaus hob einige der Rosen vom Bühnenboden auf und wies dann mit der rechten Hand auf den Dirigenten und die Musiker, die sich ebenfalls von ihren Sitzen erhoben. Noch mehr Beifall kam auf.

»Ist er nicht wunderbar?«

Ramona hatte sich zu Cornelius gebeugt. Verstohlen wischte sie sich eine Träne aus dem Augenwinkel. Er hatte seine Frau lange nicht mehr so gerührt erlebt.

»Ja, ein grandioser Auftritt.«

»Du bereust es also nicht, mitgekommen zu sein?«

»Nein.«

Der Konzertabend hatte im Vorfeld einige Diskussionen im Hause Cornelius ausgelöst, da ausgerechnet Caroline von Greifenberg dazu eingeladen hatte. Cornelius fand nicht nur das Wesen dieser Frau an sich schon unerträglich und hatte nie nachvollziehen können, warum Ramona so viel an der »Freundschaft« lag, die in erster Linie darin bestand, dass die Baronin den Ton angab. Weitaus unangenehmer war für ihn dabei, ihrem Ehemann Richard von Greifenberg über den Weg laufen zu müssen. Cornelius war in seinen letzten Jahren an der Münchner Universität in den zweifelhaften Genuss gekommen, Tür an Tür mit diesem Großmaul verbringen zu müssen, hatten sie doch beide einen Lehrstuhl für Mittelalterliche Geschichte inne. Da Cornelius seit über einem Jahr im Ruhestand weilte, gehörte dieses Kapitel glücklicherweise der Vergangenheit an.

Anders als Ramona versuchte er deshalb jeglichen Kontakt mit den von Greifenbergs zu vermeiden, doch nicht immer waren seine Bemühungen von Erfolg gekrönt. So auch an diesem Abend. Natürlich hatte Richard von Greifenberg seine Frau begleitet, ein Umstand, der Cornelius schon nach wenigen Minuten die vertraute Ablehnung verspüren ließ. Dass gerade jemand anderes gewürdigt wurde, schien nicht so recht zum egozentrischen Weltbild des Barons passen zu wollen. Während das Publikum

Adrian Neuhaus noch immer begeistert applaudierte, hatte Richard von Greifenberg bereits wieder Platz genommen und saß mit verschränkten Armen abwartend in seinem Stuhl. Sogar seine Frau warf ihm einen säuerlichen Blick zu.

Caroline von Greifenberg war in den vergangenen Monaten einem regelrechten Wohltätigkeitswahn verfallen, anders konnte Cornelius ihren Aktionismus nicht bezeichnen. Eine Sportveranstaltung, ein Galaabend, bei dem sie im Organisationskomitee saß, jagte den nächsten. Cornelius bezweifelte, dass sie überhaupt noch wusste, wer die Empfänger dieser Beifall heischenden Großzügigkeit waren, und versuchte ihr tunlichst aus dem Weg zu gehen. Er mochte die medienwirksamen Inszenierungen nicht, bei denen sich die Anwesenden in erster Linie den Bauch vollschlugen und sich unter viel Blitzlichtgewitter selbst feierten. Die meisten Klatschblätter interessierte ohnehin nur, von welchem Designer die anwesenden Damen ausstaffiert wurden und wer in wessen Begleitung erschien.

Deshalb hatte er auch sehr ungehalten auf die Konzerteinladung reagiert, mit der Ramona ihn vor zwei Tagen regelrecht überfallen hatte, vor allem nachdem er erfahren musste, dass sie hinter seinem Rücken bereits zugesagt hatte. Das zugegeben ausgezeichnete Programm hatte ihn etwas milder gestimmt. Und nachdem Ramona ihm versprochen hatte, das anschließende Schaulaufen beim Stehempfang auf ein Minimum zu reduzieren, willigte er schließlich ein. Ein Seitenblick auf Caroline von Greifenberg, die sich soeben mit einem Taschentuch die stark geschminkten Augen betupfte, ließ ihn jedoch Böses ahnen. Sie würde sich mit ein wenig Smalltalk nicht zufrieden geben und wie er seine Frau kannte, würde Ramona sich schließlich davon anstecken lassen und ihn von Tisch zu Tisch schleifen. Der nächste Kommentar der Baronin bestätigte ihn in seinen Befürchtungen.

»Adrian hat mir versprochen, beim Stehempfang vorbeizuschauen. Er wird zwar nicht lange bleiben, aber diese Bitte konnte er mir einfach nicht abschlagen«, sagte sie und fächerte sich so heftig mit dem Programmheft Luft zu, dass die zahlreichen Silberreifen an ihrem dürren Handgelenk aufgeregt klimperten.

Von Ramona wusste Cornelius, dass Adrian Neuhaus entfernt

mit Caroline von Greifenberg verwandt war und man seinen Auftritt bei diesem Galaabend wohl vor allem ihren Beziehungen zu verdanken hatte. Ramona bemerkte seinen Unmut und berührte ihn sanft am Arm. »Jetzt sei nicht so brummig. Du kennst sie doch.«

»Allerdings! Und weil gnädige Frau gerade Lust auf Charity und den ganzen Klimbim hat, haben alle anderen mitzuziehen. Warum lässt du dich immer so von ihr einwickeln?«

Das Publikum und auch das Orchester hatten wieder Platz genommen. Ein junger Mann sammelte die letzten Rosen auf. Das Stimmengewirr um sie herum ebbte allmählich ab.

»Ich lasse mich von überhaupt niemandem einwickeln«, flüsterte Ramona. »Wenn es für den guten Zweck ist, kann man durchaus etwas Zeit opfern. Außerdem hast du selbst gesagt, wie gut dir das Konzert gefallen hat.«

»Hat es auch. Aber deshalb werde ich noch lange nicht an diesem lächerlichen Golfturnier teilnehmen. Sie hat heute Abend schon wieder damit angefangen. Dabei habe ich ihr bestimmt schon fünfmal gesagt, dass wir nächste Woche in Neukirchen sind.«

Seit Cornelius im vergangenen Jahr Bekanntschaft mit dem kleinen niederbayerischen Dorf gemacht hatte, war er immer wieder gern dorthin zurückgekehrt. Vor einigen Monaten hatten Ramona und er sogar beschlossen, eine Ferienwohnung zu mieten, deren Renovierung nun allmählich zum Ende kommen sollte. Ein guter Grund, Niederbayern erneut einen Besuch abzustatten.

»*Du* bist in Neukirchen«, antwortete Ramona knapp und ohne den Blick von der Bühne abzuwenden, wo Adrian Neuhaus sich gerade für die Zugabe bereitmachte.

»Was soll das heißen?«

Doch das Einsetzen der Musik bewahrte Ramona vor einer Erwiderung.

Leon Gruber saß im schwarzen Kleinwagen seiner Schwester und fühlte sich äußerst unwohl, um nicht zu sagen vollkommen fehl am Platz. Aber in seinem roten Porsche auf der Anhöhe hinter einigen Sträuchern zu warten, wäre der pure Selbstmord gewesen. Es herrschte nahezu Vollmond und nicht weit von seinem Versteck entfernt ernteten zwei Mähdrescher mit eingeschalteten Scheinwerfern gerade das Getreide ab. Seine Luxuskarosse war in der Gegend nicht weniger bekannt als der Besitzer und wenn es etwas gab, das Leon ausnahmsweise nicht gebrauchen konnte, war es Aufmerksamkeit. Umso besser, dass seine Schwester momentan auf einer Exkursion in Griechenland weilte und in der Erde wühlte, wo sie altes Gerümpel ausgrub. Dann konnte sie wenigstens keine neugierigen Fragen stellen. Darin waren sie und seine Mutter wahre Meister.

Aus seiner Jackentasche ertönte ein kurzer Signalton. Leon starrte auf das hell erleuchtete Display seines Mobiltelefons und die acht Wörter in der kleinen Sprechblase. Seine Kehle wurde trocken, als er die Antwort eintippte und abschickte. Obwohl er es kaum mehr im Wageninneren aushielt, blieb er noch einen Moment sitzen und zwang sich, ein paar Mal tief durchzuatmen. Er durfte nicht so nervös sein, er musste abgebrühter werden. Warum fühlte er sich immer wie ein kleiner dummer Schuljunge, wenn es wieder so weit war? Einer der beiden Mähdrescher hatte mittlerweile abgedreht und fuhr in die entgegengesetzte Richtung weiter. Der andere kam dagegen unaufhaltsam näher. Sein Scheinwerferlicht erinnerte Leon an die Flutlichtmasten eines Fußballstadions. Die unmittelbare Umgebung des gewaltigen Gefährts wurde taghell erleuchtet.

»Scheiße«, murmelte er. Was während der Getreideernte auf den Feldern rund um Neukirchen los war, konnte einer vielbefahrenen Autobahn Konkurrenz machen. Von frühmorgens bis tief in die Nacht waren die Mähdrescher zugange. Hatte er dem Treffen zu leichtfertig zugestimmt? Er wusste, sie mussten vorsichtig sein. Aber wie konnte er ahnen, dass ausgerechnet *jetzt*, keine zweihundert Meter von ihm entfernt, eines dieser verdammten Ungetüme herumkurven würde!

Seine Hand griff instinktiv nach dem Telefon. Er würde das Ganze verschieben. Hier und heute war nicht der richtige Ort und nicht der richtige Zeitpunkt. Noch war es nicht zu spät umzukehren und ungesehen in der Dunkelheit zu verschwinden.

Seine Entscheidung würde nicht auf Gegenliebe stoßen, das war ihm klar. Sekundenlang schwebte sein Daumen über der Tastatur. Was sollte er schreiben? Seine Nerven fuhren Achterbahn und er konnte keinen klaren Gedanken fassen. Der Mähdrescher war jetzt fast am Ende des Feldes angekommen. Durch eine kleine Lücke im Strauchwerk hatte Leon eine gute Sicht auf das Geschehen, während er selbst im Verborgenen blieb.

»Verdammt noch mal, dreh endlich um!«, fluchte er.

Er wollte keine neue Nachricht schicken und alles abblasen. Er wollte und würde es durchziehen, genau hier und genau jetzt. Seine Handflächen waren schweißnass und er fixierte das Gefährt so intensiv, dass er unbewusst den Atem anhielt. Wenn der Fahrer sah, was er hier tat, war er verloren. Und er würde es sehen, wenn er nicht schleunigst umdrehte. Leon und sein Besucher würden im grellen Scheinwerferlicht wie auf dem Präsentierteller liegen. Seine Augen wanderten zum Handschuhfach.

Aber das war die allerletzte Möglichkeit ... und gleichzeitig der pure Wahnsinn. Bei dem bloßen Gedanken daran wurde ihm speiübel.

Dreh um, dreh um. Gebetsmühlenartig wiederholte er die beiden Worte.

Endlich wurde der Mähdrescher langsamer. Doch anstatt eine Wende zu vollziehen und in die Gegenrichtung weiterzufahren, hielt er an.

Was zum Teufel hatte das zu bedeuten?

Im Scheinwerferlicht sah Leon Matthias Stadler aus der Fahrerkabine klettern und zum Schneidwerk des Mähdreschers gehen. Leon stieß erneut einen lauten Fluch aus. Er kannte Matthias und Matthias kannte ihn. Der Kerl würde keine drei Sekunden brauchen, um herauszufinden, was hier vor sich ging. Wie gebannt starrte Leon auf die Gestalt, die jetzt an irgendeinem Grünzeug zog und zerrte, das sich offenbar im Schneidwerk verfangen hatte. Er würde Matthias genau eine Minute Zeit geben, dann ...

Doch gerade als er mit zittrigen Händen das Handschuhfach öffnen wollte, hatten Matthias' Bemühungen Erfolg. In hohem Bogen warf er den Störenfried über die Feldkante. Leon atmete auf. Er wartete, bis Matthias wieder in der Fahrerkabine saß und den Mähdrescher gewendet hatte. Dann stieg er lautlos aus, schob sich durch zwei Sträucher hindurch und ging einige Meter auf dem Feldweg entlang. Noch einmal drehte er sich in Richtung Acker. Doch Matthias war mittlerweile zu weit entfernt, um zu bemerken, was sich hinter seinem Rücken abspielte. Auf einmal konnte Leon es kaum mehr erwarten. Suchend blickte er sich um. Die Nacht war durch den Mond hell erleuchtet und schon erkannte er die vertrauten Umrisse seines nächtlichen Besuchers, der rasch näherkam. Fast zärtlich betrachtete Leon sein Gegenüber.

»Hallo, Kleiner«, flüsterte er.

Und dann brach es ohne Vorwarnung aus ihm heraus. Ein unkontrolliertes, fast schon hysterisches Lachen. Sein ganzer Körper wurde durchgeschüttelt und er spürte, wie die Anspannung der letzten Stunden von ihm abfiel.

»Weißt du, wie knapp es gewesen ist?«, keuchte er. »Wie verdammt knapp?«

Er erhielt keine Antwort auf seine Frage. Stumm und unbeweglich stand der andere neben ihm.

»Nein, das weißt du nicht. Gar nichts weißt du«, schrie er.

Erneut wurde er von einem Lachkrampf gepackt. Es dauerte eine Weile, bis er sich wieder gefangen hatte. Jeder einzelne Muskel tat ihm weh und sein Körper fühlte sich an wie Blei. Aber er ignorierte den Schmerz und beugte sich zu seinem Besucher hinab. Der Anblick ließ sein Herz höherschlagen. Jetzt war alles gut. Und bald schon würde es immer gut sein. Der bloße Gedanke daran versetzte ihn in ein Hochgefühl und beinahe hätte er fröhlich vor sich hin geträllert. Auch in seinem Leben gab es noch Glücksmomente. Er hatte schon nicht mehr daran geglaubt. Erleichtert ging er einige Minuten später zum Wagen zurück, als er plötzlich in der Ferne Hundegebell hörte, das rasch näher kam.

Ramona nahm zwei Champagnergläser vom Tablett eines Kellners. »Jetzt schau nicht so niedergeschlagen. Sobald wir das Golfturnier über die Bühne gebracht haben, komme ich doch nach.« Nachdem das Konzert mit der obligatorischen Zugabe zu Ende gegangen und Adrian Neuhaus unter viel Beifall von der Bühne verabschiedet worden war, strömten die Gäste an die zahlreichen Bistrotische, die, in elegante weiße Hussen gehüllt, rund um die Fontäne im hinteren Teil der Parkanlage aufgestellt waren. Das aufmerksame Servicepersonal kredenzte Getränke und kleine Häppchen und überall herrschte ausgelassene Stimmung. Doch Cornelius wollte sich davon nicht anstecken lassen, ebenso wenig wie er Lust auf den Champagner verspürte, den Ramona vor ihm auf den Tisch gestellt hatte. Und auch die Kanapees des Kellners quittierte er mit einem sparsamen »Nein, danke«.

»Nach diesem Golf-Kokolores steht doch schon das nächste Gartenfest auf dem Programm, danach eine weitere Vernissage und was weiß ich nicht alles. Und jedes Mal braucht sie eine Dumme, die ihr die Arbeit abnimmt und dafür alles andere stehen und liegen lässt.«

Ramona trank einen Schluck Champagner. »Du übertreibst wie immer maßlos. Auf die paar Tage früher oder später kommt es doch nun wirklich nicht an.«

»Wir sind ja auch nur miteinander verheiratet. Da verbringe ich meine Zeit gern ohne meine Frau.«

Cornelius verspürte große Lust einen Streit anzufangen, was jedoch, umgeben von zahlreichen Konzertbesuchern und den Journalisten und Fotografen, die sich unter das Publikum gemischt hatten, unmöglich war, vorausgesetzt, sie wollten nicht als Aufmacher für die nächste Titelstory herhalten.

»Hattest du eigentlich von Anfang an vor, mir deine Entscheidung heute Abend mitzuteilen?«

Ramona schürzte die Lippen. »Caroline hat mich erst vor Konzertbeginn um meine Unterstützung gebeten. Wann hätte ich dir also davon erzählen sollen?«

»Es ist ja nicht das erste Mal, dass ich das Nachsehen habe.«

»Jetzt werde nicht dramatisch.«

Doch bevor Cornelius etwas erwidern konnte, kam die Wurzel allen Übels samt Göttergatten im Schlepptau an ihren Tisch.

»Na, ihr beiden«, flötete Caroline von Greifenberg. »Welche Laus ist euch denn an diesem wunderbaren Abend über die Leber gelaufen?«

Keine Laus, sondern eine geliftete Dampfwalze.

»Leider musste ich gerade erfahren, dass ich meine Reise nach Neukirchen vorerst allein antreten werde«, sagte Cornelius scharf.

Die Baronin tätschelte seinen Oberarm. »Das werden Sie schon überleben. Ich verstehe ohnehin nicht, was Sie ständig in diesem gottverlassenen Kaff zu suchen haben.«

Cornelius musterte sie eisig. Doch die Baronin hatte sich bereits von ihm abgewandt und winkte in die Menge. »Huhu, Adrian. Hier sind wir.« Dann rammte sie ihrem Mann unsanft den Ellbogen in die Seite. »Jetzt organisiere doch endlich etwas zu trinken für uns.«

Richard von Greifenberg war schon den ganzen Abend erstaunlich zurückhaltend gewesen. Auch jetzt schien er sich geradezu erleichtert auf die Suche nach einem Kellner zu machen. War es womöglich die Begeisterung über Adrian Neuhaus und seine Gesangskunst, mit der er nicht mithalten konnte und die ihn die Flucht ergreifen ließ?

»Ich hatte gehofft, dass er ohne Anhang erscheint. Dieses junge Ding, mit dem er sich seit einigen Monaten abgibt, ist einfach nur peinlich«, presste Caroline von Greifenberg hervor, ehe sie die Schultern straffte und ihre kirschrot geschminkten Lippen zu einem breiten Lachen formte.

Jetzt hatte auch Cornelius die blond gelockte Frau am Arm von Adrian Neuhaus entdeckt. Gemeinsam bahnten sie sich den Weg zu ihrem Tisch. Immer wieder wurde spontan Applaus gespendet und Neuhaus um ein Autogramm oder ein gemeinsames Foto gebeten. Eine walkürenhafte Konzertbesucherin mit abenteuerlicher Hochsteckfrisur drängte sich ungestüm nach vorn, um ihm zwei rote Rosen zu überreichen. Während Neuhaus routiniert in die Menge lachte, ließ sich seine Begleitung nur ab und zu ein Lächeln entlocken. Laut Programmheft war Neuhaus sechsundvierzig, die Frau an seiner Seite schätzte Cornelius dagegen auf höchstens Ende zwanzig.

Nachdem Caroline von Greifenberg Adrian Neuhaus überschwänglich mit Wangenküsschen begrüßt und sich vor den Fotografen wirksam in Szene gesetzt hatte, war ihr Pulver an Freundlichkeit auch schon verschossen. Für seine Begleitung blieb nur ein kurzes Kopfnicken übrig.

»Darf ich dich mit guten Freunden von mir bekannt machen?«, sagte sie, nachdem die Journaille sich endlich zurückgezogen hatte.

Adrian Neuhaus war groß gewachsen und hatte einen festen Händedruck. Für sein gewaltiges Stimmvolumen war er erstaunlich hager, wie Cornelius schon während des Konzerts festgestellt hatte. Die pechschwarzen Haare, der sonnengebräunte Teint und ein beginnender Drei-Tage-Bart verliehen ihm ein fast schon verwegenes Äußeres. Helena Stern, wie er ihnen die junge Frau vorstellte, wirkte dadurch noch blasser und zierlicher. Das Gespräch plätscherte eine Weile belanglos dahin und geriet mehr und mehr zu einem Monolog der Baronin. Neuhaus war zu höflich, um ihren Worthülsen Einhalt zu gebieten, und begnügte sich mit einem gelegentlichen Kopfnicken oder einer kurzen Zustimmung. Vielleicht war er nach seinem Auftritt auch einfach zu erschöpft. Dennoch konnte ihm nicht entgangen sein, dass sie Helena Stern wie Luft behandelte und auch Cornelius und Ramona zu bloßen Statisten degradiert wurden. Cornelius sehnte das Ende dieser krampfhaften Veranstaltung herbei. Ausnahmsweise war er daher froh, als Richard von Greifenberg und ein Kellner mitsamt Champagnergläsern auftauchten und die nervtötende Konversation zumindest für kurze Zeit zum Erliegen kam. Von Greifenbergs Augen blieben dabei sofort an Neuhaus' attraktiver Begleitung hängen, wie nicht nur Cornelius feststellen durfte.

»Und, lieber Adrian, wann geht es Richtung Ibiza?«, fragte Caroline von Greifenberg, nachdem sie – erfolglos – einige Giftpfeile in Richtung ihres Mannes abgeschossen hatte.

Cornelius hätte sich ob des Versuchs der Baronin, den Inselnamen betont spanisch auszusprechen, fast an seinem Champagner verschluckt. Auch über Helena Sterns Gesicht huschte ein amüsiertes Lächeln, das bei Neuhaus' nächsten Worten jedoch schlagartig erlosch.

»Dieses Jahr überhaupt nicht«, sagte er nach einem kurzen Zögern. »Ich muss mich dringend um unseren Familiensitz in Niederbayern kümmern.«

»Ich dachte, wir fliegen kommende Woche?«, entfuhr es Helena.

Neuhaus räusperte sich. »Lass uns das bitte zu Hause besprechen.«

»Aber …«

»Bitte!«, sagte er eine Spur schärfer.

Helena Stern musterte ihn mit versteinerter Miene. Trotz des Stimmengewirrs um sie herum begann sich an ihrem Tisch plötzlich eine lähmende Stille auszubreiten. Verlegen drehte Cornelius das Champagnerglas in seinen Händen. Mit Ausnahme von Richard von Greifenberg, der Helena Stern nach wie vor unverhohlen anstarrte, bemühten sich drei Augenpaare krampfhaft in eine andere Richtung zu sehen. Caroline von Greifenberg hüstelte nervös.

»Wo in Niederbayern liegt denn Ihr Anwesen?«, durchbrach Ramona schließlich das Schweigen.

Dankbar ergriff Adrian Neuhaus den Strohhalm. »Nicht weit hinter Landshut. Altenberg ist die nächstgelegene Stadt.«

»Dann kennen Sie bestimmt auch Neukirchen!«, rief Cornelius. »Wir haben dort schon einige Male Urlaub gemacht. Ich werde nächste Woche wieder hinfahren.«

»Natürlich. Unser Weiler liegt nicht weit davon entfernt.«

Cornelius drehte sich zu Caroline von Greifenberg. »Erst vor ein paar Minuten haben wir davon gesprochen. Wie haben Sie Neukirchen doch so treffend genannt, Gnädigste? Dieses …«

Der Gesichtsausdruck der Baronin erstarrte. Cornelius gönnte sich noch ein paar Sekunden des stillen Triumphs, ehe er sie erlöste. »Dieses … malerische Örtchen. So sagten Sie doch, nicht wahr?!«

Neuhaus' Züge hellten sich auf. »Das trifft es auf den Punkt. Ich wusste gar nicht, dass du Neukirchen kennst.«

»Nur flüchtig«, krächzte Caroline von Greifenberg und sah ihren Mann warnend an.

Doch Richard von Greifenberg war viel zu sehr damit beschäftigt, Helena Stern in ein Gespräch zu verwickeln, als dass er der Konversation am Tisch hätte folgen können. Deren gequälter Gesichtsausdruck sprach Bände, aber Adrian Neuhaus hatte offenbar nicht vor, ihr zu Hilfe zu kommen.

Cornelius konnte sich nicht daran erinnern, dass Anna Leitner, die Pensionswirtin in Neukirchen, jemals von den Freiherren von Neuhaus gesprochen hatte. »Entschuldigen Sie meine Neugier, aber wo genau liegt denn Ihr Anwesen?«

»Kleineich liegt an der Landstraße nach Ebersbach. Bis vor fünfzehn Jahren gehörte der Weiler zu Neukirchen, aber seit der Gemeindegebietsreform ist er offiziell ein Teil von Ebersbach.«

Vor Cornelius' geistigem Auge erschien ein etwas in die Jahre gekommenes zweistöckiges herrschaftliches Gebäude mit Erkerfenstern, ein weitläufiger Garten und ein kleiner Fichtenwäldchen. »Den Weiler kenne ich. Ein wunderschönes Anwesen. In Ebersbach ist man auf seinen berühmten Einwohner bestimmt sehr stolz.« Cornelius wusste um die innige Feindschaft der beiden Nachbardörfer, die mitunter weit über die sportliche Rivalität bei Fußballspielen und das Stehlen eines Maibaums hinausging. Dass Ebersbach neben einem alten Jagdschloss auch noch mit einem prominenten Dorfbewohner aufwarten konnte, dürfte den Neukirchnern nicht sonderlich schmecken.

Doch Neuhaus winkte ab. »Ich wohne schon seit so vielen Jahren nicht mehr in der Gegend, dass ich mir nicht vorstellen kann, überhaupt noch als Einheimischer wahrgenommen zu werden. Ich weiß nicht einmal mehr, wann ich das letzte Mal dort war. Meine Schwester und ich haben uns meistens hier in München getroffen.« Seine Stimme zitterte plötzlich.

»Ach Adrian, das ist alles so furchtbar.« Caroline von Greifenberg war offenbar wieder zum Leben erwacht. Vor Konzertbeginn hatte sie Cornelius und Ramona wiederholt eingebläut, den Tenor auf keinen Fall auf seine vor Kurzem verstorbene Schwester anzusprechen. Cornelius hatte bis dahin noch nicht einmal gewusst, dass Neuhaus überhaupt eine Schwester hatte.

»Umso wichtiger ist es jetzt zu entscheiden, wie es mit unserem Familiensitz weitergeht. Ursprünglich wollte ich ihn verkaufen, aber es fühlt sich wie eine Entwurzelung an, das Erbe meiner Eltern endgültig aufzugeben.« Neuhaus schien mehr mit sich selbst zu sprechen als mit seinen Zuhörern. »Magdalena hat das Haus über alles geliebt. Für sie war es nie eine Option, fortzugehen. Je länger ich darüber nachdenke, umso besser kann ich sie verstehen. Auch wenn ich meine Zelte in München nicht abbrechen werde, trage ich mich doch mit dem Gedanken, die nächste Zeit wieder auf Kleineich zu wohnen.«

Cornelius konnte nicht sagen, welche der drei Damen Neuhaus

entgeisterter anstarrte. Sogar Richard von Greifenberg unterbrach kurzzeitig seine peinlichen Annäherungsversuche.

»Wie bitte?«, flüsterte Helena Stern.

Adrian Neuhaus tat alles, um seine Freundin nicht ansehen zu müssen. Stattdessen nahm er das angebotene Champagnerglas und prostete in die Runde. »Auf diese wunderbare Sommernacht!«, sagte er etwas zu laut.

Ramona fing sich als Erste wieder und erhob ebenfalls ihr Glas. Cornelius schloss sich rasch an. Er war an diesem Abend offenbar nicht der Einzige, der unangenehme Neuigkeiten erfahren musste. Nach der geplatzten Urlaubsreise wurde Helena jetzt auch noch von Neuhaus' Umzugsplänen überfahren. Was hatte er sich nur dabei gedacht? Falls er hoffte, damit einer langwierigen Diskussion aus dem Weg zu gehen, hatte er sich gründlich verspekuliert.

Helenas Unterlippe begann zu zittern. Wie in Zeitlupe stellte sie das Champagnerglas auf dem Bistrotisch ab. Ihre nächsten Worte schienen sie große Anstrengung zu kosten. »Bitte entschuldigen Sie mich, aber ich habe schon den ganzen Abend starke Kopfschmerzen. Ich fahre jetzt besser nach Hause.«

Doch bevor sie sich umdrehen konnte, legte Adrian Neuhaus einen Arm um ihre Schultern und zog sie an sich. Sein Gesicht zeigte keine Regung. »Ich begleite dich selbstverständlich. Es war auch für mich ein langer Tag.«

Der Augenblick der geistigen Abwesenheit war verschwunden. Neuhaus hatte das Ruder wieder fest im Griff. Galant verabschiedete er sich, auch ein Handkuss für die Damen durfte nicht fehlen. »Herr Cornelius, ich gehe davon aus, wir sehen uns nächste Woche. Sie sind jederzeit herzlich bei uns auf Kleineich eingeladen.«

Helena Stern stand stocksteif neben Neuhaus und reagierte nicht.

»Ich melde mich sehr gern. Umgekehrt gilt das natürlich auch. Ich wohne in der Pension Leitner«, beeilte er sich zu antworten.

»Auf die wunderbaren Überraschungen, die das Leben für uns bereithält«, sagte Caroline von Greifenberg und hob boshaft lächelnd ihr Champagnerglas, nachdem das Paar in der Menge verschwunden war.

Kapitel 2

Anna Leitner saß vor dem Spiegel des Friseursalons in Altenberg und beobachtete Tanja Rohrbach beim Glätten ihrer Locken. Nichts entspannte die Wirtin so sehr, wie ausnahmsweise jemand anderem bei der Arbeit zuzusehen, vor allem wenn dieser so geschickt vorging wie Tanja. Deshalb hatte sie auch nicht lange gezögert, als die angehende Friseurmeisterin sie vor einigen Tagen gebeten hatte, noch einmal Modell zu sitzen. Es war schon nach Feierabend und außer den beiden Frauen niemand mehr im Salon.

»Um deine Prüfung musst du dir keine Sorgen machen. Du bist die Einzige, die meinen Krautkopf zähmen kann«, stellte Anna zufrieden fest.

»Du hast doch keinen Krautkopf. Du musst einfach öfter das Glätteisen benutzen.« Wie zur Bestätigung ihrer Worte hielt Tanja die kleine Wunderwaffe in den Spiegel, ehe sie sich an der nächsten Haarsträhne zu schaffen machte. »Magst du nicht vielleicht doch ein paar Aufheller …«

»Nix da«, wurde sie sogleich von Anna unterbrochen. »Bleib mir bloß mit deinem Farbtopf vom Leib. Solange ich nicht grau werde, lassen wir alles, wie es ist.«

Da Tanja zu ihrem Leidwesen kein einziges graues Haar in Annas dunkelbrauner Lockenmähne entdecken konnte, würde es auch an diesem Abend nichts mit einem Farbexperiment werden.

»Wenn ich für die Prüfung übe, kostet es dich doch nichts«, startete Tanja einen letzten Versuch.

»Mir geht es nicht ums Geld«, entgegnete Anna. »Ich verspreche dir, du wirst die Erste sein, die ich anrufe, sollte ich eines Tages ein graues Haar finden.«

Tanja schnitt eine Grimasse in Richtung Spiegel.

»Bist du froh, wenn die Prüfung endlich vorbei ist?«

»Das kannst du laut sagen. Eigentlich wäre ich ja schon längst fertig, aber nach der Sache im Februar hat es doch eine Zeit gedauert, bis ich wieder ganz fit war.«

Anna war unfreiwillig Augenzeuge gewesen, als Tanja vor einigen Monaten mit einer blutenden Kopfwunde und einer Gehirnerschütterung ins Krankenhaus eingeliefert werden musste. Mit Schaudern dachte sie an die nächtlichen Vorkommnisse im Nachbarhaus des Friseursalons zurück, wo sich die Apotheke von Dr. Benedikt Rehberg befand. Dessen Neffe hatte Tanja damals in Panik niedergeschlagen, nachdem sie ihn beim Stehlen von Medikamenten überrascht hatte. Der Vorfall hatte sich wie ein Lauffeuer verbreitet und Benedikt Rehberg seit jener Nacht nicht nur in der Kreisstadt, sondern auch in Neukirchen, an dessen Dorfrand er eine protzige Villa bewohnte, einen schweren Stand bereitet. Dass er davor bereits das Ende seiner Ehe verkraften musste, weil seine Frau sich für den Umzug aufs Land mit einer Liebesaffäre rächte, heizte die Gerüchteküche nur noch mehr an.

Obwohl Anna die überhebliche Art des Apothekers nicht mochte und nie viel mit ihm zu tun gehabt hatte, hatte sie doch bemerkt, dass er sich kaum mehr im Dorf blicken ließ. Auch ihren Gasthof mied er und wie sie vor einiger Zeit erfahren hatte, war er sogar als Sponsor der Neukirchner Fußballmannschaft zurückgetreten. Schon wurden Stimmen laut, dass die Apotheke vor der Insolvenz stehen und Benedikt Rehberg die Villa verkaufen und nach München zurückkehren würde. Womöglich hatte der Dorfklatsch nicht ganz Unrecht, denn wann immer Anna in der *Palmen Apotheke* einkaufte, war sie die einzige Kundin im Laden.

»Eigentlich gibt es nichts, was ich nicht zigmal geübt habe, aber bis zur Prüfung nur untätig herumzusitzen macht mich wahnsinnig.« Tanjas Plauderei holte Anna aus ihren Gedanken zurück.

»Du findest bestimmt noch jemanden zum Haarefärben. Hast denn gar keine Kundin, die du fragen könntest?«

Tanja nahm sich die nächste Haarsträhne vor. »Die Marie Lechner hat früher immer gern etwas Neues ausprobiert. Aber jetzt hab ich sie schon lange nicht mehr hier im Salon gesehen.«

»Ich glaube, der Marie geht es im Moment nicht so gut«, sagte Anna nach einem kurzen Zögern.

»Dann stimmt es also, dass die Lechners Geldprobleme haben

und der Hof hoch verschuldet ist? Die Förster Roswitha hat sich neulich mit einer anderen Kundin darüber unterhalten.«

Anna ließ ein unschönes Lachen hören. »Das ist mal wieder typisch. Diese alte Ratschen!«

Roswitha Förster gehörte der Gemischtwarenladen in Neukirchen und sie selbst zu den eifrigsten Nachrichtenkorrespondentinnen des Dorfes. Dabei waren neben dem Verbreiten von Neuigkeiten insbesondere das Anstellen von Vermutungen und Schüren von Gerüchten ihre Spezialgebiete.

»Die arme Marie«, murmelte Tanja. »Was ist denn da schiefgelaufen? Der Lechner Hof ist doch ein großer und schöner Bauernhof. Als Kind hab ich oft beim alten Lechner die Eier für die Mama abholen dürfen.«

»Ich weiß es nicht. Am Stammtisch wird auch schon geredet. Und der Max lässt sich seit einiger Zeit überhaupt nicht mehr im Gasthaus sehen.«

Anna hatte gehofft, das ganze Getratsche würde sich als heiße Luft herausstellen. Doch der Gesichtsausdruck von Maximilian Lechner, der ihr vor zwei Tagen in der Altenberger Sparkasse über den Weg gelaufen war, hatte Annas schlimmste Befürchtungen bestätigt. Das wollte sie Tanja jetzt aber nicht auf die Nase binden.

»Ruf die Marie doch einfach an und frag, ob sie Modell für dich sitzen will«, sagte sie stattdessen.

»Aber nicht, dass sie es in den falschen Hals bekommt und denkt, ich will ihr aus Mitleid etwas schenken.«

»Musst es halt entsprechend verpacken. Da fällt dir doch bestimmt etwas ein.«

In diesem Augenblick klingelte Tanjas Mobiltelefon. Fragend blickte sie in Annas Richtung.

»Geh ruhig hin.«

Während Tanja telefonierte, kreisten Annas Gedanken weiter um den Lechner Hof. Wenn man den Gerüchten glauben konnte, war Maximilians Entscheidung, nach dem Fall der Milchquote den Milchviehbestand zu erweitern, der Auslöser der ganzen Misere. Dazu kamen offenbar noch einige andere, nicht sehr wohlüberlegte Investitionen, die das Budget der Lechners über die Maßen strapaziert hatten. Anna hatte bis zu ihrer Scheidung selbst einen Hof bewirtschaftet und kannte das Anwesen und Maximilian Lechner, einen gelernten Landmaschinentechniker, seine Frau Marie und die gemeinsame Tochter Julia gut. Sie konnte sich nicht vorstellen, dass er mit leichtfertigen Entscheidungen ihre gesamte Existenz riskieren würde. Er hatte den Hof vor einigen Jahren von seinen Eltern übernommen, nachdem sein älterer Bruder in einen Bauernhof in Ebersbach eingeheiratet hatte.

Anna mochte Marie. Sie war eine warmherzige Frau, die oft lachte und andere mit ihrer Fröhlichkeit anzustecken wusste, und sie war immer zur Stelle, wenn eine helfende Hand gebraucht wurde. Eine Torte für das Kuchenbüfett der Landfrauen, Blumenschmuck für die Kirche, Mithilfe bei den Dorffesten, Marie hatte Anna nie abgewiesen. Deshalb war Anna nicht entgangen, dass sie sich in den letzten Wochen spürbar zurückgezogen hatte. Trafen sie doch im Dorfladen oder nach dem Gottesdienst aufeinander, war Marie meist in Eile. Annas vorsichtigem Nachfragen, ob denn alles in Ordnung sei, wich sie stets aus. Aber auch ihr dünnes Lächeln konnte nicht über ihre Augenringe und die blassen Wangen hinwegtäuschen.

Die plötzliche Stille im Salon ließ Anna aufblicken. Tanja hatte ihr Telefonat beendet. An ihrem geröteten Gesicht konnte Anna erkennen, dass irgendetwas nicht stimmte.

»Was ist denn los? Ist was passiert?«

»Stell dir vor, der Stadler will jetzt doch verkaufen.«

Anna setzte sich kerzengerade auf. »Wer sagt das?«

»Der Papa war am Telefon. Er kommt gerade aus der Stadtratssitzung. Der Stadler war am Vormittag beim Bürgermeister und hat ihm mitgeteilt, er könne mit seinen Feldern rechnen.«

»Das darf doch nicht wahr sein!«

Es war momentan das beherrschende Thema in Altenberg und den umliegenden Dörfern: Ein Anna nur allzu bekannter Bauunternehmer war vor einigen Monaten samt Investor mit Plänen für einen Freizeitpark auf den Altenberger Bürgermeister zugekommen. Der hatte nicht lange gezögert und sofort die entsprechenden Hebel in Bewegung gesetzt. Ein Gutachten wurde in Auftrag gegeben und Experten in Sachen Eventmanagement und

Tourismus um ihre fundierte Meinung gebeten. Schließlich wurden mehrere zusammenhängende Ackerflächen bei Neukirchen als das geeignete Areal auserkoren. Anna hatte all dem zuerst keine rechte Beachtung geschenkt, immerhin war es nicht das erste Großprojekt, das die Altenberger Rathausspitze in die Tat umsetzen wollte. Doch während sich seine Vorgänger stets als Luftschlösser erwiesen hatten, nahm der Freizeitpark konkrete Formen an, wie man nicht nur den zahlreichen Artikeln in den *Altenberger Nachrichten* entnehmen konnte. Der Landrat signalisierte ebenfalls seine Unterstützung, was Anna allerdings weniger verwunderte, waren er und der Bauunternehmer doch langjährige Spezln, wo gern eine Hand die andere wusch.

Der Geldgeber, eine Münchner Unternehmensgruppe, war offenbar bereit, eine ordentliche Summe in das Projekt zu investieren. Informationsabende für die Bevölkerung fanden statt und schließlich machte die Nachricht die Runde, die ersten Bauern hätten sich mit dem Verkauf ihrer Ackerflächen an die Investoren einverstanden erklärt. Dann ging plötzlich alles rasend schnell. Immer mehr Landwirte stimmten zu, bis am Ende nur noch Konrad Stadler übrig blieb.

Anna machten die Freizeitparkpläne große Angst. Wie sollten sie den geplanten Besucheransturm – euphorische Prognosen sprachen von Zahlen im mittleren sechsstelligen Bereich – in Zukunft bewältigen, ohne dabei Schaden zu nehmen? Neukirchen würde von Touristen regelrecht überrollt werden und mit der viel gepriesenen ländlichen Ruhe würde es schneller vorbei sein als manch einer »Freizeitpark« sagen konnte. Allein die Vorstellung von nicht enden wollenden Reisebuskolonnen, die sich durch Neukirchen wälzten, rief bei Anna blankes Entsetzen hervor. Außerdem traute sie den Beteuerungen des Bürgermeisters nicht, die Gemeinde würde nur einen minimalen Kostenanteil zuschießen müssen. Sie hatte daher immer auf ein Platzen der Seifenblase gehofft, vor allem weil Konrad Stadler, dem eine der strategisch wichtigsten Flächen des betreffenden Areals gehörte, sich bisher nicht zu einem Verkauf durchringen konnte. Doch diese letzte Bastion war nun offenbar auch gefallen.

»Laut Bürgermeister ist der Verkauf für den Stadler beschlossene Sache«, sagte Tanja wie zur Bestätigung. »Die Abstimmung war zwar knapp, aber der Stadtrat hat grünes Licht für den Freizeitpark gegeben.«

»Der Stadler spinnt doch! Genau wie all die anderen, die sich einbilden, dieser Freizeitpark wäre *das* Allheilmittel für unsere Region.«

»Du weißt doch, wie die Leute sind, wenn es ums Geld geht. Ich will mir gar nicht vorstellen, wie viel die für ihre Flächen bekommen. Und der Rest hofft, fleißig mit abzukassieren. Du hättest die Roswitha Förster hören sollen. Sie will ihren Laden ausbauen und in Zukunft auch Souvenirs und solchen Schmarrn verkaufen.«

»Welche Souvenirs denn? Eine Schneekugel mit unserer Kirche?«

Die Akzeptanz des Projekts in der Öffentlichkeit hatte Anna überrascht. Dass die Mehrheit der Altenberger nichts dagegen hatte, war dabei weniger erstaunlich, schließlich ließen der Bürgermeister und seine Parteifreunde keine Gelegenheit aus, die Vorzüge des Parks anzupreisen. Und es war ja nicht gelogen: Die Kreisstadt würde von steigenden Einnahmen und neuen Arbeitsplätzen profitieren, während sich der eigentliche Trubel mehrere Kilometer entfernt abspielte. Doch auch bei einem Großteil der Neukirchner waren Bedenken und Einwände gegen den Freizeitpark Fremdwörter. So hatte sich neben Anna nur ein kleines Grüppchen zu einer ersten Gegenveranstaltung versammelt. Und schnell war klar: Auch hier hatte jeder seine eigenen Vorstellungen. Der Abend endete schließlich in einem handfesten Disput über das weitere Vorgehen und die Teilnehmerrunde beim nächsten Treffen fiel deutlich überschaubarer, um nicht zu sagen enttäuschend aus. Auch die auf ihrem Tresen ausgelegte Unterschriftenliste enthielt bisher nur wenige Einträge. Was jedoch weitaus schwerer wog, war die aufgeheizte Stimmung im Dorf. Nicht nur einmal hatte sich im Gasthof Leitner Unmut ausgebreitet, als Befürworter und Gegner aufeinandertrafen. Sogar Anna hatte sich schon beschimpfen lassen müssen. Sie erkannte ihren Heimatort kaum wieder.

»Unsere Gegend kann dieses Projekt doch niemals stemmen!« Tanja schaute bekümmert in den Spiegel. »Nachdem der Stadtrat zugestimmt hat, wird es kaum mehr zu stoppen sein. Die Baugenehmigung vom Landratsamt ist laut Papa nur noch Formsache. Wir sind einfach heillos in der Unterzahl. Da brauchen wir mit einer Bürgerinitiative überhaupt nicht erst anfangen. Die zerreißen uns doch in der Luft, bevor wir den Mund aufgemacht haben.«

»Ich will mir gar nicht ausmalen, was Thomas zu den Plänen seines Vaters sagt.«

Mit einer resoluten Handbewegung zog Tanja das Glätteisen aus der Steckdose. »Das verzeiht er dem Konrad nie!«

»Was liest du denn da?« Neugierig lugte Tabea über die Schulter ihres Vaters.

Cornelius hatte sich so in die Lektüre der Internetseite vertieft, dass er sie nicht hatte kommen hören.

»Hast du mich jetzt erschreckt. Musst du dich so anschleichen?«

»Ich schleiche doch gar nicht«, protestierte seine Tochter sofort. »Was steht denn da so Interessantes, dass du nichts mehr hörst und nichts mehr siehst?«

Kater Max, der sich neben der Computertastatur zu einem Kringel zusammengerollt hatte, öffnete ob der plötzlichen Störung die Augen um einige Millimeter, ehe er wieder einem komatösen Tiefschlaf frönte.

Tabea begann den Zeitungsartikel auf dem Bildschirm zu lesen. »Wer ist Magdalena Neuhaus?«, fragte sie nach wenigen Zeilen.

»Das ist, oder besser gesagt *war*, die Schwester von Adrian Neuhaus, dem Opernsänger, der gestern Abend im Nymphenburger Schlosspark aufgetreten ist.«

»Und warum interessierst du dich für sie?«

»Wir haben Adrian Neuhaus nach dem Konzert persönlich kennengelernt und uns dabei auch über seine Schwester unterhalten. Er ist übrigens nur einen Steinwurf von Neukirchen entfernt ausgewachsen.«

Tabea setzte sich auf Cornelius' Schreibtisch. Moritz, wie Max seit einem Jahr vierbeiniger Mitbewohner im Hause Cornelius, kam unter der Kommode hervorgekrochen und sprang auf ihren

Schoß. Mit einem wohligen Schnurren ließ er sich den Bauch kraulen. »Von dem hat Lukas nie etwas erzählt.«

»Apropos Lukas«, begann Cornelius. »Hast du mir nicht irgendetwas mitzuteilen?«

Seine Tochter sah ihn mit großen Augen an und einmal mehr wurde Cornelius bewusst, wie sorgenfrei ihr Leben bisher verlaufen war. Ramona und er hatten sich nicht nur in materiellen Dingen stets großzügig gezeigt. Auch ihre zwei Studienabbrüche und ihre wechselnden Freunde waren zu keiner Familientragödie ausgeartet. Tabea hatte diese Freiheiten fraglos ausgenutzt und ihre Grenzen mehr als einmal bis zum Äußersten ausgelotet. Doch von seiner unsteten und verwöhnten Tochter, bei der Cornelius sich oft fragte, ob sie jemals erwachsen werden würde, war seit einigen Monaten nicht mehr viel übrig. Ihre rekordverdächtig lang anhaltende Beziehung zu Lukas Obermeier, einem bodenständigen jungen Mann aus Neukirchen, der mit seinen diversen Vorgängern so viel gemeinsam hatte wie Cornelius mit George Clooney, war sicherlich einer der Gründe dafür.

»Was soll ich dir denn mitteilen?«, fragte sie jetzt unschuldig.

»Ich helfe dir gern auf die Sprünge: Kleinbus, Italien, zwei Wochen Urlaub.«

»Ich wusste, du machst wieder ein Drama daraus. Was ist denn so schlimm daran, wenn Lukas und ich in den Urlaub fahren?«

»Zwei Wochen rund um die Uhr auf engstem Raum, da sind Streitereien doch vorprogrammiert«, hielt Cornelius dagegen. »So lange kennt ihr euch nun auch wieder nicht. Was macht ihr denn, wenn es die ganze Zeit regnet?«

Tabea zog hörbar die Luft ein. »Du wirst mir diesen Urlaub nicht ausreden, also fang gar nicht erst an, alles schlecht zu machen. Warum sollte es mitten im Hochsommer in Italien Dauerregen geben? Und selbst wenn, Siena und Florenz haben so viel zu bieten, da kann es meinetwegen tagelang durchregnen.«

Cornelius sah seine Tochter über den Rand seiner Lesebrille hinweg an. »Willst du den armen Kerl tatsächlich von einer Kirche und einem Museum zum nächsten schleppen? Wenn ich daran denke, wie begeistert du bis vor Kurzem reagiert hast, sobald Kunst und Kultur auf dem Programm standen …«

Tabeas unerwarteter Eifer für Studium Nummer drei, Kunstgeschichte und Italienisch, war Cornelius immer noch nicht ganz geheuer. Insgeheim hatte er befürchtet, auch dieses akademische Experiment würde bald ad acta gelegt werden. Doch sein Sprössling schlug sich erstaunlich tapfer.

»Was *dich* nicht davon abgehalten hat, mich trotzdem überallhin mitzunehmen und mir endlose Vorträge zu halten.«

»Wo habt ihr eigentlich den Bus her? Ist das so ein altes Vehikel, bei dem man Angst haben muss, er schafft es nicht einmal über den Brenner?«

Seine Tochter rollte genervt mit den Augen. »Das ist der Bus seines Bruders und der ist top in Schuss. Ich wusste schon, warum ich nur Mama davon erzählt habe. Die ist nicht so krittelig wie du und mosert nicht nur herum. Sie findet unsere Reisepläne toll!«

»Wunderbar! Deine Mutter könnte zur Abwechslung auch einmal *meinen Reiseplänen* etwas abgewinnen«, erwiderte Cornelius unwirsch.

»Ach, daher weht der Wind. Du bist sauer, weil sie sich wieder einmal von dieser alten Ziege hat einwickeln lassen und nicht mit dir nach Neukirchen kommt. Keine Angst, Papa. Dir wird es auch ohne Mama nicht langweilig werden. Besonders jetzt nicht.«

Cornelius horchte auf. »Was soll das denn heißen?«

»Weißt du es noch gar nicht? Jetzt kommt doch bald der neue Freizeitpark.«

Cornelius dachte an sein letztes Telefonat mit Anna Leitner, als er das Zimmer in ihrer Pension gebucht hatte. »Hat sich das Thema nicht längst erledigt?«

Tabea setzte Moritz auf den Boden und hüpfte vom Schreibtisch. »Von wegen erledigt! Dort geht es jetzt erst richtig los. Lukas sagt, Neukirchen ist zurzeit ein richtiger Hexenkessel. Kannst ihn ja später selbst fragen. In zwei Stunden holt er mich ab.« Sie drückte Cornelius einen Kuss auf die Wange. »So, und jetzt geh ich packen.«

Kater Moritz gab angesichts der abrupt beendeten Streicheleinheiten ein beleidigtes Miauen von sich, bevor er mit einem eleganten Satz auf dem Schreibtisch neben seinem Kumpel landete. Dicht neben Max rollte er sich zusammen und war innerhalb von

Sekunden eingeschlafen. Wie Cornelius die beiden Vierbeiner um ihre Ruhe beneidete.

Er drehte sich wieder zum Computerbildschirm, doch anstatt den Artikel über Magdalena Neuhaus weiterzulesen, wanderten seine Gedanken zu ihrem Bruder. Cornelius fragte sich, ob der Tenor schon von den jüngsten Entwicklungen in seiner Heimatgemeinde wusste. Touristenmassen waren wohl das Letzte, was er sich für seinen Aufenthalt auf dem Land wünschte. Cornelius vermochte selbst nicht so recht zu sagen, was er von diesem Projekt halten sollte. Der ländlichen Gegend würden eine weitere Einnahmequelle, neue Arbeitsplätze und eine verbesserte Infrastruktur sicherlich nicht schaden. Stellte sich nur die Frage, ob es ausgerechnet ein Freizeitpark sein musste, der Altenberg und seinen umliegenden Dörfern diesen Impuls bescherte. Er konnte sich Neukirchen mit seinen Bauernhöfen, der Dorfkirche und der kleinen Neubausiedlung nur schwer als Touristenmagnet vorstellen. Wie sollte das Örtchen den Menschenmassen Herr werden? Und davon würde man ausgehen müssen, denn niemand investierte in einen Freizeitpark, der keinen Ertrag abwarf. Die Rendite für den Geldgeber würden nur hohe Besucherzahlen erwirtschaften.

Er musste sich vor seiner Abreise unbedingt ausführlicher darüber informieren. Bisher hatte er nur durch Anna Leitner davon gehört und, wie auch die Wirtin, das Ganze mehr für ein Wunschdenken der kommunalen Verwaltung denn für ein ernst zu nehmendes Unterfangen gehalten. Was wohl Anna zu den neuesten Entwicklungen sagte?

Doch bevor er nach den entsprechenden Seiten im Internet suchen wollte, widmete er sich wieder seiner angefangenen Lektüre über den Unfalltod von Magdalena Neuhaus. Der Vorfall hatte sich im April vergangenen Jahres ereignet, wie Cornelius dem Datum der *Altenberger Nachrichten* entnehmen konnte. Kurze Zeit später war er selbst das erste Mal nach Neukirchen gereist. Die zweiundvierzigjährige Frau befand sich nachts mit ihrem Fahrrad auf dem Heimweg von einer Geburtstagsfeier in Ebersbach, als sie von einem Auto angefahren und tödlich verletzt wurde. Doch damit nicht genug: Der Unfallverursacher war unerkannt entkommen. Das Fahrrad hatte er offenbar mitgenommen, die tote Frau aber am Straßenrand liegen gelassen, wo sie schließlich in den frühen Morgenstunden von einem Landwirt gefunden wurde.

Über ihren Bruder Adrian Neuhaus war nicht viel in Erfahrung zu bringen. Die Presse konnte größtenteils nur spekulieren, denn Neuhaus war, nach allem, was die Baronin am Vorabend verlauten ließ, ein sehr öffentlichkeitsscheuer Mensch, der sein Privatleben streng unter Verschluss hielt. Obwohl er gern noch mehr über Adrian Neuhaus erfahren hätte, hütete sich Cornelius, Caroline von Greifenberg weiter auszufragen. Es war offenkundig, dass sie es kaum erwarten konnte, auf ihren prominenten Verwandten angesprochen zu werden, und diesen Gefallen würde er ihr bestimmt nicht tun.

Immerhin hatte er bei seiner Internetrecherche herausgefunden, dass Neuhaus einige Jahre in New York und Mailand gelebt hatte und in jungen Jahren mit der Tochter eines Industriellen verheiratet war, die kinderlose Ehe aber schon vor geraumer Zeit geschieden wurde. Wo und wie er Helena Stern kennengelernt hatte, wusste auch die Baronin zu ihrem Leidwesen nicht zu berichten.

Nachdem Adrian Neuhaus und seine Freundin den Empfang verlassen hatten, hatte Cornelius zu seiner großen Erleichterung Professor Ludwig Dorn an einem der Nebentische entdeckt. Cornelius schätzte den etwas schrulligen Archäologen nicht nur, er wusste auch um die gegenseitige Abneigung zwischen ihm und Richard von Greifenberg. Obwohl Ramona seine Flucht mit einem bösen Seitenblick quittiert hatte, war die Gelegenheit, den Rest des Abends in angenehmer Gesellschaft zu verbringen, einfach zu verlockend gewesen. Wie Cornelius erfuhr, plante Dorn mit einigen Studenten unweit von Landshut an einer Ausgrabung teilzunehmen und Cornelius musste versprechen, ihn dort zu besuchen. Nachdem er sich auf einer Karte die Ausgrabungsstelle angesehen hatte, öffnete er schließlich die Internetseite der Gemeinde Altenberg. Der Querverweis auf den Freizeitpark war nicht zu übersehen. Neugierig klickte er darauf.

Bavarian Adventure – die großformatigen Buchstaben der Überschrift schossen ihm förmlich entgegen. Eine Stunde später wusste er, dass Tabea recht hatte. Langeweile würde ihn in Neukirchen nicht erwarten.

Der Sommer in Niederbayern versprach heiß zu werden, und das würde nicht nur an den Temperaturen liegen.

Kapitel 3

Ohne von seiner Zeitungslektüre aufzublicken, trank Konrad Stadler einen Schluck Kaffee. Es war seine zweite Tasse an diesem Morgen und langsam weckte die heiße, bittere Flüssigkeit seine Sinne. Er hatte die Nacht zuvor kaum geschlafen und fühlte sich wie gerädert. Trotzdem war er wie immer um halb sechs aufgestanden. Die Stallarbeit hatte er allein über die Bühne gebracht und seine Frau weiterschlafen lassen. Jeder einzelne Handgriff war ein Automatismus, jahrelange Routine hätte ihn die Arbeit mit verbundenen Augen erledigen lassen. Auch wenn sie ohne Waltraud fast eine Stunde länger dauerte, wollte er an diesem Morgen niemanden um sich haben. Danach hatte er geduscht und sich in seinem Büro vor den Computer gesetzt, hatte gehofft Zeit zu schinden, um die Küche verlassen vorzufinden, aber Waltraud hatte mit dem Frühstück auf ihn gewartet.

Ihm waren der Blumenstrauß, die handgestickte Tischdecke und das schöne Porzellan, das normalerweise nur am Sonntag hervorgeholt wurde, nicht entgangen. Aber er konnte sich nicht überwinden, sie darauf anzusprechen. Ganz im Gegenteil. Der Anblick des für drei Personen gedeckten Tisches machte ihn wütend. Als ob die Dekoration aufhalten könnte, wovor sich seine Frau so sehr fürchtete: einen neuen Streit mit Thomas, den Zorn ihres Sohnes, seine Verachtung und seine Vorwürfe. Doch Konrad Stadler hatte seine Wut verdrängt und nichts gesagt und so war das Frühstück zu der üblichen schweigsamen Angelegenheit zwischen ihnen geworden. Obwohl er versuchte, sich in die Zeitung zu vertiefen, bemerkte er, wie ihr Blick immer wieder zur Tür wanderte. Noch war es still am Hof. Sein Sohn hatte offenbar außer Haus genächtigt. Nur gelegentlich drang das Muhen einer Kuh durch das geöffnete Fenster in die Küche. Die seit Wochen andauernde Hitze ließ Mensch und Tier träge werden. Sogar Rosi hatte bei seinem frühmorgendlichen Gang in den Stall noch geschlafen. Die Schäferhunddame wurde allmählich alt und die hohen Temperaturen machten ihr zu schaffen. Auch jetzt, um kurz nach acht, zeigte das Außenthermometer schon wieder fast fünfundzwanzig Grad. Stadler würde gleich einmal nach ihr sehen.

»Ich hab den Wecker heute Morgen gar nicht gehört. Warum hast du mich denn nicht aufgeweckt?«

Waltrauds Frage riss ihn aus seinen Gedanken. »Ich wollte dich halt schlafen lassen. Wart ihr gestern noch lange unterwegs?«

Ausnahmsweise war seine Frau am Vorabend mit dem Hund zur letzten Runde aufgebrochen. Konrad Stadler überließ Rosi nur ungern einem anderen Familienmitglied. Doch für diese Unterredung hatte er sogar seine treue Weggefährtin im Stich gelassen. Und wofür das Ganze? Er wusste nicht, wann er sich das letzte Mal so leer und kraftlos gefühlt hatte. Waltraud war erst nach ihm mit dem Hund nach Hause gekommen. Er hatte sich schlafend gestellt, denn eine Unterhaltung mit seiner Frau hätte er nicht mehr ertragen.

»Weit sind wir nicht mehr.« Waltraud spielte nervös mit ihrem Kaffeelöffel. »Die Rosi ist mir kurz ausgebüxt.«

Stadler sah seine Frau entsetzt an. »Wie konnte das denn passieren?«

»Ja, mei. Sie wollte einfach nicht hören. Wird halt einen Hasen gewittert haben. Es ist nichts passiert. Nach ein paar Minuten war sie wieder da und wir sind schnurstracks heim.«

»Dann nimm sie das nächste Mal halt an die Leine«, schimpfte Stadler.

Konrads Theater um den Hund ging Waltraud furchtbar auf die Nerven. Fast konnte man meinen, er sorgte sich um Rosi mehr als um seine eigene Ehefrau.

»Die Julia ist eine Zeit lang mitgekommen. Aber dann hat der Max angerufen und sie musste nach Hause.« Waltraud seufzte. »Die ist mittlerweile öfter bei uns als daheim.«

»Das Kind stört doch keinen. Außerdem hab ich ihr erlaubt, sich um die Rosi zu kümmern, solange sie keinen eigenen Hund hat«, brummte Stadler.

»Von ihren Eltern kriegt sie bestimmt keinen. Die Marie konnte neulich nicht einmal mehr ihre Einkäufe bezahlen«, entgegnete Waltraud boshaft.

Stadler blickte von seiner Zeitung auf. »Wer sagt das?«

»Die Förster Roswitha. Angeblich hat die Marie ihren Geldbeutel zu Hause liegen gelassen.« Seine Frau schnaubte verächtlich. »Wer's glaubt.«

»Dass ihr Weiber nichts Besseres zu tun habt, als andere Leute auszurichten. Die alte Ratschen soll sich um ihren eigenen Kram kümmern.«

Waltraud musterte ihn indigniert, doch Stadler widmete sich wieder seiner Zeitung. Warum konnte seine Frau nicht einfach aufstehen und ihn in Ruhe lassen?

»Wo warst du denn überhaupt so spät noch?«, fragte sie nach einer Weile.

»Ich musste was erledigen«, murmelte Stadler.

»Das hast du gestern auch schon gesagt. Was gab es denn so Wichtiges, dass es nicht bis heute warten konnte?«

Waltrauds Stimme hatte jetzt den klagenden Unterton angenommen, den er so sehr verabscheute. Ihre Frage machte den Vorabend plötzlich wieder lebendig und riss ungewollt eine neue Wunde auf. Seine Hände krampften sich um das Zeitungspapier.

»Soll das jetzt ein Verhör werden?«, herrschte er sie an.

»Ich werde ja wohl fragen dürfen, wo du so spät am Abend noch warst.«

Konrad Stadler fegte die Zeitung auf den Boden und schlug mit der Faust auf den Küchentisch, dass das Frühstücksgeschirr klirrte. »Muss man denn in dieser Familie über jeden einzelnen Schritt Rechenschaft ablegen?«

»Wo du doch so gern deine eigenen Entscheidungen triffst«, kam es von der Küchentür.

Waltraud Stadler zuckte zusammen, als ob sie ein Stromkabel angefasst hätte. Durch den Wutausbruch ihres Mannes hatte sie Thomas nicht in die Küche kommen hören. Ihr Sohn war im Türrahmen stehen geblieben, beachtete seine Mutter aber nicht. Er hatte nur Augen für seinen Vater.

Rotblondes, leicht krauses Haar, Sommersprossen, eine kräftige Statur. Warum fiel ihr ausgerechnet jetzt auf, wie ähnlich sich beide waren? Jetzt, wo sie sich bitterböse anstarrten und nur Verachtung füreinander übrighatten.

Konrad Stadler stand von der Küchenbank auf. »Ich muss mich vor niemandem rechtfertigen, auch vor dir nicht.«

»Ich bin ja auch nur dein Sohn.«

»Hört bitte auf zu streiten«, flüsterte Waltraud Stadler. »Wir sind doch eine Familie.«

»Wenn du diesen kranken Irrsinn hier eine Familie nennst, dann wach endlich auf.«

Waltraud Stadler schossen die Tränen in die Augen. Sie schlug sich die Hand vor den Mund und rannte schluchzend an ihrem Sohn vorbei nach draußen.

»Das hast du ja wieder perfekt hinbekommen.«

»Ich komme halt ganz nach dir.« Thomas musterte seinen Vater prüfend. »Hast du es mit der Mama eigentlich vorher besprochen, oder hast du sie genau wie mich ins offene Messer laufen lassen?«

»Was deine Mutter und ich besprechen, geht dich einen feuchten Kehricht an.«

»Also nein. Wie durchtrieben bist du eigentlich? Rennst hinter unserem Rücken zum Bürgermeister und verkaufst einfach alles an diese Münchner Heinis, als ob es deine Familie überhaupt nicht geben würde.«

Konrad Stadler holte tief Luft. »Jetzt pass einmal gut auf: Ich hab nicht *alles* verkauft, sondern zwei Felder. *Meine* Felder wohlgemerkt, mit denen ich tun und lassen kann, was ich will und wann ich es will. Dazu brauche ich von niemandem die Erlaubnis und muss mich vor niemandem rechtfertigen. Erst recht nicht vor dir, der bis heute nichts zustande gebracht hat, außer mit diesem … diesem dahergelaufenen …«

»Hör auf!«, fuhr Thomas dazwischen. »Yannick hat dir nichts getan.«

Stadler verzog angewidert das Gesicht. »Der hat auf meinem Hof nichts verloren, nur damit das klar ist.«

»Hörst du dich eigentlich auch mal selbst reden? *Meine* Felder, *mein* Hof. Immer geht es nur um dich. Ich dachte, wir hätten eine Abmachung?« Thomas ging ein paar Schritte auf seinen Vater zu. »Wir waren uns doch ausnahmsweise einmal einig. Warum fällst du mir dann so in den Rücken?«

»Du willst diesen Bioschmarrn anbauen, nicht ich. Ich hab gesagt, ich überlege es mir. Und jetzt hab ich es mir eben anders überlegt.«

»Von mir aus musst du meinen ›Bioschmarrn‹ nicht gut finden. Dann lass es! Aber du kannst nicht einfach hergehen und das Feld verkaufen. Ausgerechnet das Feld!«

»Du siehst doch, dass ich es kann.«

»Hast du vergessen, was auf dem Feld passiert ist?«

»Vergessen?!«, brüllte Konrad Stadler. »Ich denke jeden verdammten Tag daran, was dort passiert ist. Also komm du mir nicht mit vergessen. Du nicht!«

»Und dein Versprechen dem Opa gegenüber? Zählt das denn überhaupt nichts? Dass der Onkel Franz auf dem Feld gestorben ist, das Kreuz, das der Opa für ihn hat aufstellen lassen, alles null und nichtig, nur weil irgendein Investor mit ein paar Geldscheinen winkt?«

Konrad Stadler hatte gehofft, dass Thomas nicht damit anfangen würde, aber er hätte es besser wissen müssen. Sein Sohn kannte die Stellen, an denen er das Messer ansetzen musste, damit es besonders wehtat. Trotzdem würde er nicht klein beigeben, auch wenn er sich selbst für jedes seiner folgenden Worte verabscheute.

»Tu nicht so heilig. Der Franz hat ein Grab auf dem Friedhof, wo du so oft für ihn beten kannst, wie du willst. Die Felder gehören mir und so lange ich lebe, bestimme ich, was damit passiert, und sonst niemand!«

Thomas ballte die Hände zu Fäusten. So würde er sich von seinem Vater nicht abkanzeln lassen. Doch ehe er etwas entgegnen konnte, waren im Flur eilige Schritte und die tränenerstickte Stimme seiner Mutter zu hören.

»Konrad, Thomas!«

Bitte keine neue Predigt über Familienzusammenhalt, dachte Thomas. Schließlich war es nicht er, der die Familie gerade mit Füßen trat. Waltraud Stadlers Augen waren rot vom Weinen und sie zitterte am ganzen Körper.

»Konrad, die … die Rosi …«, stammelte sie.

Konrad Stadler blickte seine Frau alarmiert an. Dann stürzte er an Frau und Sohn vorbei aus der Küche. Durch das Küchenfenster sah Thomas ihn zum Hundezwinger auf der gegenüberliegenden Hofseite laufen. Nur mit Mühe konnte er den Impuls unterdrücken, es ihm gleichzutun.

»Was ist mit der Rosi?«, wandte er sich stattdessen an seine Mutter.

»Ich ... ich glaube, sie ist tot.«

Keuchend blieb Konrad Stadler am Hundezwinger stehen. Waltraud hatte die Tür sperrangelweit offen gelassen, doch anstatt ihm schwanzwedelnd entgegenzulaufen, lag Rosi einfach nur vor ihrer Hütte und bewegte sich nicht. Fliegen umkreisten ihren Körper. Er wusste sofort, dass sie tot war. Langsam näherte er sich der Schäferhündin und ging neben ihr in die Knie.

»Rosi«, sagte er leise und strich ihr behutsam über den Kopf.

Ihr Anblick ließ unermessliche Trauer und Wut in ihm aufsteigen. Es musste ein furchtbarer Todeskampf gewesen sein. Ihre leblosen Augen waren weit aufgerissen und sie hatte weißen Schaum vor dem Maul. Der steife Körper wirkte, als ob er von zahlreichen Krämpfen durchgeschüttelt worden wäre.

Warum hatte er auf dem Weg in den Stall nicht nach ihr gesehen? Ihrem aufmerksamen Wesen war doch nie irgendetwas entgangen, ganz egal wie früh am Morgen er sich an die Arbeit machte. Warum hatte er sich damit begnügt, dass sie müde von der Hitze war? Vielleicht wäre sie noch zu retten gewesen, wenn er nicht so sehr mit sich selbst beschäftigt gewesen wäre. Doch sein Verstand sagte ihm, dass Rosi schon vor Stunden gestorben war. Ihr Körper war eiskalt. Das Summen der Fliegen dröhnte in seinen Ohren. Er versuchte sie wegzuscheuchen, aber sie ließen sich nicht vertreiben.

»Was haben sie dir angetan?«

Auch vor Rosi hatten sie Hunde gehabt, und als Landwirt wurde er immer wieder mit toten Tieren konfrontiert. Ein Kalb, das die Geburt nicht überlebte, ein Rehkitz, das trotz aller Vorsicht bei der Heuernte in die Maschine geriet. Aber das hier war kein Ernteunfall oder das Ergebnis einer Totgeburt. Rosis verkrampfter Körper zeugte von absichtlich herbeigeführtem, qualvollem Sterben.

Sie war damals die Kleinste im Wurf gewesen, aber auch die Frechste. Konrad Stadler musste daran denken, wie sie ihm beim Züchter entgegengewackelt kam und direkt vor seinen Füßen liegen blieb. Ein kleines felliges Etwas mit riesengroßen Augen, so als wollte sie ihm sagen: »Ich bin die Richtige für deinen Hof! Mich musst du mitnehmen.«

Das hatte er dann auch getan. Und Rosi machte ihre Sache gut, hörte aufs Wort und wurde ein treuer Gefährte, dessen Gesellschaft er mehr als einmal den Menschen um sich vorzog. Womit hatte man sie vergiftet? War ihr Mörder seelenruhig vor dem Zwinger gestanden und hatte ihr beim Sterben zugesehen, um sicherzugehen, dass sein perfider Plan aufging? Wie abgebrüht, wie eiskalt musste man sein, um einem Tier absichtlich diese Qualen zuzufügen?

»Papa …«

Thomas stand am Eingang zum Hundezwinger, wagte aber nicht näherzukommen.

»Wenn ihr glaubt, dass ihr mich so in die Knie zwingen könnt, habt ihr euch sauber geschnitten«, sagte Konrad Stadler heiser.

»Wovon redest du?«

Stadler zeigte auf den toten Hundekörper. »Das hier, das geht doch auf euer Konto!«

»Was willst du damit sagen, ›euer Konto‹? Was ist denn mit der Rosi überhaupt passiert?«

»Das fragst du noch? Schau sie dir doch an! Vergiftet habt ihr sie. Du und deine sauberen Spezln!«

»Du glaubst doch nicht im Ernst, dass ich die Rosi vergiften würde? Unseren eigenen Hund!«

»Du vielleicht nicht. Aber einer von diesen vermaledeiten Freizeitparkgegnern wird es schon gewesen sein.«

Sachte hob Konrad Stadler den Körper des toten Schäferhundes vom Boden auf. Das Stück Plastikfolie, das unter Rosis rechtem Hinterlauf gelegen hatte und jetzt an seiner Schuhsohle haften blieb, bemerkte er nicht.

»Dafür werdet ihr büßen. Du und diese verdammte Bagage. Ich lass die Rosi obduzieren und dann haben wir es schwarz auf weiß, was ihr mit ihr angestellt habt.« Er hielt einen Moment inne. »Ich hätte es mir vielleicht noch einmal überlegt. Aber jetzt verkaufe ich erst recht! Und niemand, hörst du, *niemand* wird mich davon abbringen!«

Adrian Neuhaus saß auf der Dachterrasse seiner Penthousewohnung und legte unwirsch das Telefon zur Seite. Der Makler hatte erwartungsgemäß nicht erfreut auf seine Nachricht reagiert, den Verkauf des Anwesens vorläufig auf Eis zu legen, vor allem, da er offenbar endlich einen zahlungskräftigen Käufer an der Angel hatte, wie er ihm erst vor zwei Tagen mitgeteilt hatte. Neuhaus konnte die Gier in seinen Augen förmlich durch die Telefonleitung sehen, denn die Provision wäre bei dieser Kaufsumme natürlich entsprechend üppig ausgefallen.

Aber darauf konnte er jetzt keine Rücksicht nehmen. Sein Entschluss stand fest und würde auch von einem profitgierigen Makler nicht ins Wanken gebracht werden. Wenn er dessen Worten Glauben schenken konnte, und der Käufer das Anwesen tatsächlich *unbedingt* haben wollte, würde man sich zu einem späteren Zeitpunkt immer noch einig werden. Oder auch nicht. Er würde sich jetzt nicht nach den Befindlichkeiten anderer richten und sich den Kopf darüber zerbrechen, was er in ferner Zukunft zu tun gedachte. Nachdem er dem Makler eine Aufwandsentschädigung für seine bisherigen Bemühungen versprochen hatte, hatte dieser ohnehin schon wieder versöhnlicher geklungen. Am Ende des Tages wollten eben alle dasselbe: sein Geld. Und wer das nicht bekam, hoffte wenigstens in seinem Fahrwasser mitschwimmen zu können und sich in seinem Ruhm zu sonnen. Wie durchschaubar die Menschen doch waren … und wie erbärmlich einfach gestrickt.

Der Nächste auf dieser Liste klingelte an, schon das vierte Mal an diesem Morgen. Doch auch jetzt drückte Neuhaus das Gespräch einfach weg, obwohl er wusste, dass er seinen Agenten damit in den Wahnsinn trieb. Er fragte sich, ob der Mann überhaupt einmal schlief. Zugegeben, sein nimmermüder Eifer hatte ihm schon so manche Tür geöffnet und einige Wege geebnet, die auf den ersten Blick steinig und unbegehbar aussahen. Trotzdem wollte er jetzt keine neuen Auftritte oder Werbekampagnen diskutieren. Er wollte einfach nur in Ruhe gelassen werden.

Adrian Neuhaus schloss die Augen und streckte sein Gesicht der Sonne entgegen. Die Strahlen wärmten seine Haut, und er atmete tief durch. Er liebte die Morgenstunden auf seiner Dachterrasse, fernab vom Trubel der Großstadt. Der Verkehrslärm drang nur gedämpft zu ihm nach oben, als ob ihn ein riesiger Wattebausch erstickt hätte und das pulsierende Leben dort unten einfach aussperrte. Ein Windstoß bewegte die Balkonpflanzen und der Geruch von Lavendel stieg ihm in die Nase. Die Pflanze war ein Geschenk von Magdalena gewesen bei ihrem letzten Besuch hier in München. Wie immer hatte er nicht viel Zeit für seine Schwester gehabt. Eine Konzertreise stand unmittelbar bevor, und in Gedanken war er längst bei der nächsten Probe gewesen. Wenn er die Uhr doch nur zurückdrehen und diese Momente noch einmal erleben könnte. Seine Schwester fehlte ihm. Jeden einzelnen Tag, jede Stunde vermisste er sie. Die Vorstellung, dass der Schuldige bis heute nicht gefasst war und sich irgendwo ein schönes Leben machte, während Magdalena auf dem Friedhof vermoderte, machte ihn fast krank.

Das Geräusch mehrerer Martinshörner ließ ihn aufschrecken. Widerwillig öffnete Neuhaus die Augen und sah über die Balkonbrüstung. Zwei Polizeistreifen jagten die Straße entlang, dicht gefolgt von einem Krankenwagen. Sie schienen sich in der Lautstärke regelrecht übertrumpfen zu wollen. Er schalt sich einen Idioten, weil er so dachte, und wusste zugleich doch, dass er gar nicht anders konnte. Der Lärm hatte den magischen Moment dieses Sommermorgens zerstört und ihn in die bedrückende Enge der Großstadt zurückgebracht. Er als einer von vielen, als ein winzig kleines Pünktchen in einem endlosen Häusermeer, in dem er zu ersticken drohte.

Der Gedanke bereitete ihm Unbehagen. Wann hatte er angefangen, sich so wahrzunehmen? Er hatte die Hektik und den Trubel der Stadt stets gespürt, aber auch akzeptiert. Es waren Begleiterscheinungen des Stadtlebens, in New York noch um ein Vielfaches stärker ausgeprägt als in Mailand oder München. Und dennoch hatte er sich wohlgefühlt, hatte dieses Leben nie als Belastung empfunden. Ganz im Gegenteil, er hatte es zu schätzen gewusst, dass sogar er in der Menge abtauchen und sich unerkannt in den Straßen bewegen konnte. Doch seit Monaten verspürte er allein bei der Vorstellung, seine Wohnung verlassen zu müssen, nur noch Erschöpfung und unendliche Leere.

Magdalenas Tod hatte ihn vergangenes Jahr von einer Sekunde auf die andere in die Vergangenheit zurückkatapultiert. Er hatte sich kaum überwinden können, sein Elternhaus zu betreten. Ohne Magdalena erschien es ihm nicht richtig, sich dort aufzuhalten. Nachdem er so viele Jahre andere Orte sein Zuhause genannt hatte, fühlte er sich wie ein Eindringling. Deshalb war er anfangs nur widerwillig durch die Zimmer gegangen, doch nach und nach waren die Erinnerungen an eine längst vergessen geglaubte Zeit zurückgekehrt.

Seine ersten Ausflüge in die Musik, der Leiter des Kinderchors, der sein Talent sofort erkannte und seine Eltern schließlich überzeugen konnte, ihn zu den Domspatzen nach Regensburg zu schicken. Vor allem bei seinem Vater war er damit lange gegen eine Mauer gerannt. Die Jahre dort hatten ihm alles abverlangt. Trotzdem würde er nie das unglaubliche Glücksgefühl vergessen, als feststand, dass seine Stimme auch nach dem Stimmbruch eine Karriere als Sänger zulassen würde. Wieder folgten harte, unbarmherzige, aber auch wunderbare Jahre. Die Aufnahme an der Münchner Musikhochschule, erste Auftritte in kleineren Opernhäusern, die Kritiker aufhorchen ließen, sein preisgekröntes Debüt an der Wiener Staatsoper und schließlich sein erstes Engagement an der Mailänder Scala. Dort musste er sich bald nicht mehr mit Nebenrollen abfinden, sondern durfte die Arien singen, von denen jeder Tenor träumte. Von Mailand ging es weiter über den Globus, immer rastlos, immer unterwegs, immer von Menschen umgeben, aber dennoch glücklich. Seit einigen Jahren war er nun wieder zurück in seinem geliebten München. Die Bayerische Staatsoper rühmte sich mit seinem Namen, seinem Agenten war es zudem gelungen, einen langjährigen Exklusivvertrag mit einer Plattenfirma abzuschließen, die bereit war, sehr viel Geld für seine Stimme auf den Tisch zu legen. Er war auf dem Höhepunkt seiner Schaffenskraft und ein Ende nicht in Sicht. Woher kam nur das Gefühl, nicht mehr richtig atmen zu können, alles um sich herum als puren Ballast zu empfinden?

Wohltätigkeitskonzerte wie am Vorabend gehörten zu seinen leichtesten Übungen. Seine Lieblingsarie, ein Publikum, das ihn jede Sekunde in seinem Können bestärkte, ihn praktisch auf einer Welle der Begeisterung durch den Abend trug. Doch von der ersten Minute an hatte ihm vor dem Trubel um seine Person gegraut. In der Generalprobe am Nachmittag hatte ihn die nie gekannte Panik überfallen, keinen Ton herauszubekommen. Nicht einmal als blutiger Anfänger hatte er derartige Angstzustände empfunden. Nur mit Mühe hatte er sie vor den anderen verbergen können.

Neuhaus griff nach seinem Mobiltelefon und scrollte durch die Namen im Adressbuch. Sollte er den Psychologen anrufen, den er im vergangenen Jahr nach Magdalenas Tod konsultiert hatte? Doch wenn er ehrlich war, hatte ihm der gute Mann schon damals nicht helfen können. Nicht umsonst hatte er die Therapie nach wenigen Sitzungen abgebrochen. Er brauchte keinen Seelenklempner. Tief in seinem Innersten wusste er, dass er nur dann zur Ruhe kommen konnte, wenn der Unfallfahrer endlich gefasst war.

Sein Verhalten am Vorabend hatte ihn selbst erschreckt. Warum ließ er seine Ängste und seinen Zorn ausgerechnet an der Person aus, die ihm so nahe war wie niemand sonst? Die wie Phönix aus der Asche vor ihm gestanden hatte, als er glaubte, nur noch Dunkelheit und Trauer zu kennen. Welcher Teufel hatte ihn geritten, Helena derartig vor den Kopf zu stoßen?

Trotz aller Nostalgie hatte er das Haus loswerden wollen, würde es doch für ihn nie die Bedeutung haben, die es für Magdalena gehabt hatte. Aber keiner der Interessenten hatte sich in den vergangenen Monaten zu einem Kauf durchgerungen. Er konnte es ihnen nicht verübeln. In das Anwesen würde man Zeit seines Lebens eine Menge Geld, Arbeit und Herzblut stecken müssen. Ohne seine finanzielle Unterstützung hätte es auch Magdalena nicht erhalten können. Er fand daher keine vernünftige Erklärung dafür, warum er plötzlich die Notbremse zog. Er wusste nur, dass es sich falsch anfühlte, alles aufzugeben und der Heimat für immer den Rücken zu kehren. Er war zwar an vielen Orten der

Welt zu Hause, aber ein zweites *Daheim* hatte es in all den Jahren nirgendwo für ihn gegeben. Nur dort würde er sich wiederfinden und dem Einhalt gebieten können, wovor er sich am meisten fürchtete: das Gefühl für die Musik zu verlieren und eines Tages nicht mehr singen zu können.

Helena hatte seit seiner Ankündigung, sich nach Neukirchen zurückziehen zu wollen, kein Wort mehr mit ihm gesprochen. Auf der Heimfahrt im Taxi und auch in der Wohnung war sie ihm mit eisigem Schweigen begegnet. Als sie schließlich begann, das Gästezimmer für sich vorzubereiten, hatte er es nicht mehr ausgehalten, hatte sie angefleht zu bleiben und ihm zuzuhören. Und dann hatte er versucht all das zu erklären, was er selbst nicht recht verstand, was ihn auch jetzt, an diesem strahlenden Sommermorgen, umtrieb und nicht zur Ruhe kommen ließ.

»Guten Morgen.«

Neuhaus wirbelte herum. Helena lehnte an der geöffneten Terrassentür, wie lange sie schon hinter ihm gestanden hatte, wusste er nicht. Sie hatte seinen Erklärungen am Vorabend schweigend zugehört. Immerhin wollte sie danach nicht mehr im Gästezimmer schlafen. Trotzdem war ihm die Nacht neben ihr schier endlos erschienen.

Er versuchte sich an einem kleinen Lächeln. »Ob es ein guter Morgen wird, hängt ganz von dir ab.«

Ihre Miene verfinsterte sich. »Du machst es dir wieder einmal verdammt einfach.«

»Ich … Das sollte doch nur …« Mutlos hielt er inne. »Bitte entschuldige.«

»Wofür? Für diesen dummen Kommentar oder dein unmögliches Benehmen gestern Abend?«

Es war offensichtlich, dass sie es ihm nicht leichtmachen wollte. »Für beides«, seufzte Neuhaus.

Er versuchte ihr über die Wange zu streicheln, doch Helena drehte ihr Gesicht zur Seite.

»Wir verschieben Kleineich einfach und fliegen stattdessen zwei Wochen nach Ibiza. Was hältst du davon?«, startete er einen neuen Versuch. »Die Agentur kann sich gleich um das Hotel kümmern. Und dann gibt es nur noch uns beide.«

»Adrian! Es geht mir doch nicht um Ibiza!«

»Sondern?«

»Das fragst du mich allen Ernstes?« Helena funkelte ihn zornig an. »Dass du nicht mit mir *redest* und mich kategorisch aus deinem Leben ausschließt.«

»Aber ich habe doch mit dir geredet.«

»Ja, gestern Abend! Nachdem dir nicht mehr viel anderes übrig blieb, als endlich mit der Sprache herauszurücken. Oder hattest du gehofft, bis wir zu Hause sind, hat sich alles in Wohlgefallen aufgelöst. War das dein Plan?«

»Nein, ganz bestimmt nicht«, wehrte Neuhaus ab. »Ich … ich wollte schon eine ganze Weile mit dir reden. Ehrlich. Aber …«

»Aber was?«

»Ich hatte einfach Angst, dass du mich für einen senilen Deppen in seiner *Midlife-Crisis* hältst.«

Helena starrte ihn entgeistert an. »Adrian, du bist achtzehn Jahre älter als ich. Wir beide wussten das von Anfang an. Aber deshalb musst du mir kein Theater vorspielen und so tun, als wäre alles in Ordnung. Wir *leben* zusammen! Und wenn dich dieses Leben nicht mehr glücklich macht, dann will ich das wissen. Du hast mich doch bis gestern Abend auch nicht wie ein dummes kleines Schulmädchen behandelt, obwohl ich jünger bin als du.«

Der Hieb saß.

»Wie oft soll ich mich denn noch entschuldigen? Ich *wollte* es dir unter vier Augen sagen, aber dann hat sich alles plötzlich verselbständigt. Ich konnte doch nicht ahnen, dass Caroline nach Ibiza fragt und dieser Cornelius dann auch noch von Neukirchen anfängt. Hätte ich das Blaue vom Himmel lügen und dich zu Hause dann mit der Wahrheit konfrontieren sollen? Da hätte ich dich hören wollen.«

»Ich hatte das Gefühl, du fandest es ganz praktisch, es mir nicht unter vier Augen sagen zu müssen.« Helena musterte ihn prüfend. »Weißt du, was ich dir am meisten übel nehme? Dass du mich ausgerechnet vor dieser gelifteten Schreckschraube samt ihrem notgeilen Alten so brüskieren musstest.«

Mit Genugtuung sah sie, wie er bei ihrer Wortwahl zusammenzuckte.

»Der Tonfall steht dir nicht«, sagte Neuhaus kalt.

»Dann such dir doch ein anderes Anhängsel«, schnappte Helena. »Am besten ein taubstummes.«

Neuhaus legte einen Arm um ihre Taille und zog sie an sich. »Ich will keine andere und ganz bestimmt bist du nicht mein Anhängsel. Du bist die Frau, mit der ich leben will. Was bin ich denn ohne dich? Ich liebe dich.« Der verzweifelte Blick seiner Augen tat ihr gegen ihren Willen in der Seele weh. »Bitte, komm mit mir nach Kleineich.«

Seine Worte hatten jetzt fast etwas Flehentliches und Helena spürte ihre Wut schwinden. »Unter einer Bedingung: keine Geheimnisse mehr. Das musst du mir versprechen. Ich will mich nie wieder so ausgeschlossen fühlen wie gestern Abend.«

Er küsste sie lange und innig. »Ich weiß, ich bin kein Weltmeister, wenn es darum geht, mich anderen anzuvertrauen. Aber ich arbeite an mir. Jeden Tag, den ich mit dir zusammen bin. Weil jeder Tag mit dir ein Geschenk ist.« Er küsste sie noch einmal. »Bitte komm mit.«

Helena stieß einen tiefen Seufzer aus. »Also gut.«

»Ich wollte schon in dieser Woche fahren.«

»Du hast doch noch Studioaufnahmen in München.«

»Ja, aber die paar Tage kann ich überbrücken. So weit ist es ja nicht. Ich möchte einfach so schnell wie möglich von hier abreisen.«

Helena strich im sanft über das schmale Gesicht. Er sah unendlich müde und abgekämpft aus. Warum hatte sie nicht bemerkt, wie schlecht es Adrian wirklich ging? Ihr waren seine Anspannung und die Nervosität doch auch nicht entgangen, die vielen schlaflosen Nächte und die Stimmungsschwankungen. Für die Außenwelt war er der begnadete Künstler, dem stets alles leicht von der Hand ging. Aber in seinem Innersten war er ein Bruder, der um seine tote Schwester trauerte. Viel zu lange hatte er sich gegen den Schmerz und die Trauer gewehrt. Ohne Rücksicht auf sich und seine Seele hatte er weitergemacht, als wäre dieser furchtbare Unfall niemals geschehen. Hatte sich selbst und der ganzen Welt etwas vorgemacht. Und das Schlimmste daran war, dass sie sich davon hatte blenden lassen. Sie warf ihm vor, sich ihr nicht anzuvertrauen und sie aus seinem Leben auszuschließen, gleichzeitig hatte sie sich nicht die Mühe gemacht, den wahren Menschen hinter der Maske zu entdecken. Sie hatte Kleineich für eine seiner Launen gehalten, dabei war es ein Hilfeschrei, den sie nicht hatte hören wollen. Doch seit seinem verzweifelten Erklärungsversuch in der vergangenen Nacht sah sie umso klarer: Adrian brauchte sein altes Zuhause und die Nähe zu Magdalena, um wieder auf die Beine zu kommen. Mehr als alles andere auf der Welt.

»Wann geht es los?«, fragte sie.

Kapitel 4

Marie Lechner betrachtete sich im Spiegel des Flurschranks und zupfte die goldbraunen Haarsträhnen zurecht, die der Wind auf der Heimfahrt durcheinandergewirbelt hatte. Die dunklere Farbe passte gut zu ihrer sonnengebräunten Haut und auch der neue Schnitt, der einige Zentimeter ihrer Haarpracht eingefordert hatte, gefiel ihr mit jeder Minute besser. Sie hatte ihre langen Haare ohnehin die meiste Zeit nach oben gesteckt, Hauptsache sie störten nicht bei der Arbeit. Marie war überrascht und erfreut zugleich gewesen, als Tanja am Morgen angerufen und gefragt hatte, ob sie Modell sitzen wolle. Ihr letzter Besuch in dem Altenberger Friseursalon lag Lichtjahre zurück, waren ihre Gedanken in den vergangenen Monaten doch um ernstere Dinge als eine neue Frisur gekreist. Die Sorgen um ihre wachsenden Verbindlichkeiten und die Streitereien mit Maximilian hatten alles andere überlagert und aufgezehrt und waren nicht spurlos an ihr vorübergegangen. Ihr Spiegelbild zeigte schonungslos die dunklen Schatten unter den Augen, die eingefallenen Wangen und die Falten an den Mundwinkeln. Darüber konnten auch ihre Sommerbräune und die neue Frisur nicht hinwegtäuschen.

Was wohl Maximilian zu ihrer kleinen Typveränderung sagen würde?

Wenn er es denn überhaupt bemerkte. Es schien in ihrem Leben nichts anderes mehr zu geben als diese verdammten Schulden. Sie konnte sich nicht daran erinnern, wann sie das letzte Mal ohne Streit und gegenseitige Vorwürfe miteinander geredet hatten und ohne dass unweigerlich ihre finanzielle Situation zur Sprache kam. Von anderen Dingen ganz zu schweigen. Seit Wochen kam er erst lange nach ihr ins Schlafzimmer, und obwohl sie meistens noch wach war, weil sie wieder endlos gegrübelt hatte und die Angst, an all dem zu zerbrechen, sie nicht zur Ruhe kommen ließ, stellte sie sich schlafend.

Warum schaffte sie es nicht, ihre Hand nach ihm auszustrecken und ihn zu berühren? Ihn zu trösten und ihm Mut zuzusprechen, dass sie als Paar, als Familie es schaffen konnten, ja es ganz sicher schaffen würden? Warum ließen sie sich gegenseitig so im Stich, anstatt sich Halt zu geben, wie sie es sich einst versprochen hatten? Marie hatte stets geglaubt, in ihrem Mann einen Vertrauten zu haben, aber jetzt erschien ihr Maximilian wie ein Fremder. Ihr bester Freund, ihr Fels in der Brandung, an dem sich die ganze Familie anlehnen und aufrichten konnte, zerbröckelte vor ihren Augen, ohne dass sie es aufhalten konnte.

Deshalb gab es keine Entschuldigung für das, was sie getan hatte. Sie war ihm zusätzlich in den Rücken gefallen und hatte alles aufs Spiel gesetzt, was ihr jemals etwas bedeutet hatte. Dabei kannte dieses Spiel von Anfang an nur Verlierer. Warum hatte sie sich bloß darauf eingelassen? Maximilian würde ihr nie verzeihen. Noch viel schlimmer aber war, dass Marie sich selbst nicht verzeihen konnte. Sie fühlte sich hundeelend. Sie hatte es viel zu weit kommen lassen und nicht bemerkt, dass der Weg direkt ins Verderben führte. Oder nicht bemerken wollen. Weil sie alles ausgeschaltet und ausgeblendet hatte. Als ob man sein eigenes Leben tatsächlich verlassen könnte, wie man am Bahnhof aus einem Zug stieg. Es verfolgte einen unbarmherzig, immer und überall, und genau dann, wenn man am wenigsten damit rechnete, wurde man davon eingeholt.

»Wie siehst du denn aus?« Maximilians ungehaltene Stimme schallte durch den Flur. Sie hatte gar nicht bemerkt, dass sie immer noch vor dem Spiegel stand.

Ihr Mann hatte die Küchentür geöffnet und musterte Marie von oben bis unten. Beim Anblick seines Spiegelbildes krampfte sich ihr Herz zusammen. Das Strahlen in seinen graugrünen Augen war schon lange verschwunden und hatte einer großen Leere Platz gemacht. Wo waren sein nimmermüder Elan und seine Energie, um die sie ihn stets beneidet hatte? Auch heute war er nachlässig rasiert und sein Hemd schlampig zugeknöpft, so als ob er gerade verkatert aus dem Bett gestiegen wäre. Marie straffte die Schultern. Sie würde ihre Ehe und ihre Familie nicht kampflos aufgeben. Sie wollte ihr altes Leben zurück. Und ihren Mann, notfalls ohne diesen verdammten Bauernhof, für den er gerade ihre gesamte Existenz aufs Spiel setzte. Irgendwann musste der Albtraum doch ein Ende haben.

Lächelnd drehte sie sich zu Maximilian um. »Gefällt es dir?« Sie ging auf ihn zu, um ihm einen Kuss zu geben, doch er wehrte nur unwirsch ab.

»Sag mal, spinnst du?«

Marie blieb wie angewurzelt stehen. »Wie bitte?«

»Hast du tatsächlich nix Besseres zu tun als zum Friseur zu rennen? Als ob wir für diesen Schmarrn Geld übrig hätten.«

»Ich kann es nicht mehr hören«, stieß Marie wütend hervor. »Geld, Geld, Geld! Ist das das Einzige, woran du noch denken kannst?«

»Ja! Nachdem du offenbar vergessen hast, dass uns das Wasser bis zum Hals steht.«

»Keine Angst, du sorgst mit deiner beschissenen Laune schon dafür, dass es auch ja niemand hier im Haus vergisst. Ich kann dich beruhigen. Der Friseurbesuch war kostenlos, weil Tanja für ihre Meisterprüfung üben muss.« Sie hielt einen Augenblick inne. »Aber soll ich dir etwas sagen? Ich wäre auch zum Friseur gegangen, wenn es nicht so gewesen wäre. Weil ich es satthabe, den ganzen Tag nur noch daran zu denken, dass es hinten und vorne nicht reicht.«

»Dann geh! Geh zum Friseur und zum Einkaufen und schmeiß unser Geld zum Fenster hinaus«, brüllte Maximilian.

»Darauf hätte ich jetzt wirklich große Lust. Diese ganze Misere ist schließlich nicht meine Schuld, aber Julia und ich müssen seit Monaten ausbaden, was du …«

»… was ich vermasselt hab. Sag's endlich! Sag, dass ich Schuld hab. Das ist es doch, was du mir die ganze Zeit vorwerfen willst.«

»Weil es wahr ist! Hab ich die Unsummen in diese verdammten Viecher investiert? Und die Solaranlage und den neuen Traktor gekauft? Wie oft hab ich dir gesagt, dass wir uns damit übernehmen. Aber du weißt ja immer alles besser. Und wofür das Ganze?«, schrie Marie.

Sie spürte, dass sie dabei war, eine Grenze zu überschreiten, aber jetzt gab es kein Zurück mehr. Zu lange hatte sie alles ertragen und für Außenstehende so getan, als wäre alles in bester

Ordnung. Dabei hatte sie seit Wochen das Gefühl, lebendig begraben zu sein.

»Nur um dein Ego zufriedenzustellen. Und weil du es nicht verkraften kannst, dass andere mehr haben als wir. Dabei bist du nichts weiter als ein mieser kleiner Versager, der seine ganze Familie ins Unglück stürzt.«

Jetzt war es endlich heraus.

Maximilian war ganz weiß im Gesicht. Blitzschnell holte er mit der rechten Hand aus. Marie wollte zurückweichen, doch ihr Körper war außerstande, sich zu bewegen. Angsterfüllt starrte sie ihren Mann an. Sekundenlang standen sie sich gegenüber, bis er erschöpft den Arm sinken ließ.

Wie weit war es mit ihnen gekommen, dass er den Impuls verspürte, seine Frau schlagen zu wollen? Seine Marie, die er von der ersten Sekunde an geliebt hatte und mit der er nichts anderes als glücklich sein wollte. Maximilian wünschte sich plötzlich ein großes Loch zu seinen Füßen, in dem er für immer verschwinden könnte. Marie hatte Recht. Er war nichts weiter als ein erbärmlicher Versager, der unfähig war, seine Familie zu ernähren und dessen einzige Antwort ein Schlag ins Gesicht seiner Frau war.

Stocksteif stand sie immer noch neben ihm im Flur. Er spürte, wie sie gegen die aufsteigenden Tränen ankämpfte. Am liebsten hätte er sie in den Arm genommen und nie wieder losgelassen, aber er wagte es nicht, sie anzufassen.

Marie schluckte. »Ich fahre jetzt ins Pfarrbüro und melde Julia für den Ministrantenausflug an. Außerdem gab es heute die Bücherliste für das nächste Schuljahr. Überleg dir bitte, wovon wir das alles bezahlen«, sagte sie ruhig.

Warum kam sie jetzt mit diesen Banalitäten daher? Warum weinte sie nicht oder schrie ihn an? Sogar neue Vorwürfe hätte er ertragen. Alles war besser als diese unheimliche Ruhe. Sie konnte doch nicht von einer Sekunde auf die andere zum Alltag übergehen und den furchtbaren Streit einfach abhaken.

An der Haustür drehte Marie sich um. Ihre Miene war kalt und abweisend. »Heute Abend ist Chorprobe. Warte nicht auf mich. Außerdem wäre es mir recht, wenn du ab sofort im Gästezimmer schläfst.«

Maximilian starrte noch immer auf die Tür, lange nachdem diese mit einem lauten Knall ins Schloss gefallen war. War das das Ende seiner Ehe? Hatte er gerade den kleinen Rest Familie zerstört, der noch übrig war, weil er die Wahrheit nicht ertragen konnte? Die Wahrheit, die ihm sagte, dass sie vor dem finanziellen Ruin standen und er allein diesen verschuldet hatte.

Irgendwann registrierte er das gleichmäßige Brummen hinter sich. Ein Ruck ging durch seinen Körper und er griff, ohne auf das Display zu schauen, nach dem Mobiltelefon auf dem Küchentisch.

»Ja?«

Konrad Stadler war am anderen Ende der Leitung. Wie immer redete er nicht lange um den heißen Brei herum, sondern kam direkt zur Sache.

Das ist das Ende, schoss es Maximilian Lechner durch den Kopf. Konrad Stadler hatte soeben sein Schicksal und das seiner Familie besiegelt.

»Das ist nicht dein Ernst! So hatten wir das nicht ausgemacht«, schrie er plötzlich in den Hörer. »Weißt du was? Fahr zur Hölle, Stadler! Je eher, desto besser.«

<hr>

Anna Leitner stand am Tresen und zapfte die nächste Runde Bier. Dienstagabende bedeuteten immer ein volles Gasthaus, denn neben dem Stammtisch und dem Schützenverein erwartete sie auch den Kirchenchor nach seiner wöchentlichen Probe. Der Biergarten, der seit dem Frühsommer den ehemaligen Terrassenanbau ersetzte, war ebenfalls gut gefüllt. Dort saßen vor allem die Pensionsgäste und die Radler aus der Umgebung. Aber ihre Aushilfe hatte alles gut im Griff, wie ihr Matthias im Vorbeigehen signalisierte. Anton Eichingers Patensohn wohnte und arbeitete seit einigen Monaten auf dem Eichinger Hof. Hin und wieder ging er Anna im Gasthaus zur Hand und half ihr auch bei Reparaturen im Haus und im Garten. Sie mochte Matthias und seine ruhige und schnörkellose Art, auch wenn sie hin und wieder das Gefühl hatte, er verberge irgendetwas vor ihr.

Das anschwellende Stimmengewirr riss Anna aus ihren Überlegungen. Normalerweise machten ihr der Trubel und das Gelächter der Gäste nichts aus. Ein kleiner Ratsch hier, ein kurzes Gespräch dort, gelegentlich kam der eine oder andere auch an den Tresen, um sich mit ihr zu unterhalten. In diesen Momenten merkte sie erst, wie gern sie Wirtin war und wie sehr sie es schätzte, die Neukirchner um sich herum zu haben. Doch an diesem Abend hätte sie den Dienstag am liebsten kurzerhand zum Ruhetag erklärt. Denn natürlich kannten die meisten Wirtshausbesucher nur ein Thema – den Freizeitpark und die Entscheidung des Stadtrates, diesen alsbald in die Tat umzusetzen. Mit versteinerter Miene registrierte sie die zufriedenen Gesichter unter ihren Gästen. Dass die betroffenen Landwirte den zu erwartenden Geldregen nicht ablehnten, konnte sie ihnen nicht verübeln. Aber nach wie vor verstand sie nicht, warum so viele Dorfbewohner dem Start der Bauarbeiten entgegenfieberten, als gäbe es kein Morgen mehr. Ein von zahlreichen Touristen überlaufener und mit Reisebussen verstopfter Heimatort – war das wirklich die Zukunft, von der hier alle träumten?

Als ob sie ihre düsteren Gedanken erahnte, kam die Wurzel allen Übels, ein leeres Bierglas in der Hand und ein breites Grinsen im Gesicht, direkt auf sie zu.

»Was schauen Sie denn gar so grantig, liebe Frau Leitner?«, fragte Markus Baumgartner.

Nur mit Mühe konnte Anna den Impuls unterdrücken, ihn mit dem Inhalt des Bierglases bekannt zu machen, das sie gerade unter den Zapfhahn hielt. Sie und der Altenberger Bauunternehmer hatten sich noch nie sonderlich gemocht. Aber seit sie sich im Vorjahr geweigert hatte, einen ihrer Äcker für ein Golfplatzprojekt zu verkaufen, waren sie sich spinnefeind. Baumgartner, der sich damals nicht gescheut hatte, hinter ihrem Rücken zu intrigieren, machte seitdem einen großen Bogen um ihr Gasthaus. Dass er sich ausgerechnet heute Abend in den Biergarten setzte, war pure Provokation. Er wollte seinen Triumph auskosten, denn natürlich wusste er um ihre Haltung in punkto Freizeitpark. Doch den Gefallen, sich vor allen Leuten zu einer verbalen Entgleisung hinreißen zu lassen, würde sie ihm nicht tun.

»Sie wollen zahlen? Dazu müssen Sie nicht hereinkommen. Der

Matthias ist gerade auf dem Weg in den Biergarten«, erwiderte sie deshalb betont freundlich.

Baumgartner stellte das Glas auf dem Tresen ab. Sein Grinsen verstärkte sich. Obwohl es auch in den Abendstunden weit über zwanzig Grad hatte, trug er wie immer einen seiner teuren Maßanzüge. Nur die Krawatte hatte er abgelegt und den Hemdkragen gelockert.

»Nein, ich möchte nicht zahlen. Ich hätte gern noch ein Helles. Und das lasse ich mir doch am liebsten von der Wirtin persönlich servieren.«

Einige der Gäste begannen sich bereits nach ihnen umzudrehen. Markus Baumgartner war in der Gegend bekannt wie ein bunter Hund, und da Anna mit ihrer Meinung über sein jüngstes Vorhaben nie hinter dem Berg gehalten hatte, war jedem klar, dass es sich bei ihrem Gespräch nicht um ein Kaffeekränzchen unter Freunden handelte. Sie intensivierte ihr Lächeln, nahm das leere Glas und tauschte es gegen ein volles aus, das sie bereits für den Stammtisch gezapft hatte.

»Hier. Wohl bekomm's.«

Sie hoffte inständig, Baumgartner würde sich umdrehen und wieder Richtung Biergarten verschwinden, aber natürlich war sein Auftritt noch nicht zu Ende. Scheinbar zufällig blieb sein Blick an der ausgelegten Unterschriftenliste hängen.

»Es gibt immer Leute, die nicht wahrhaben wollen, was gut für sie ist. Aber zum Glück kommt es auf die paar Seppln nun wirklich nicht an. Gell, Leon, das sagst du auch.«

Leon Gruber hatte sich allein an den Tresen gesetzt und kurz hintereinander drei Schnäpse hinuntergekippt. Jetzt starrte er trübsinnig in sein halb leeres Bierglas.

»Mir doch wurscht«, blaffte er Baumgartner an.

»Wenn du nur einen Bruchteil des Geschäftssinns deiner Eltern hättest, würdest du nicht so daherreden. Die wissen, wie es geht: global denken, lokal handeln. Und genau das wird Altenberg und Umgebung zum neuen Touristen-Hotspot machen«, sagte der Bauunternehmer an Leon Gruber gewandt.

Während der sich desinteressiert wegdrehte, lachte Anna laut auf.

»Lachen Sie nur, liebe Frau Leitner. Ihre Gaststätte und Ihre Pension werden genauso von dem Boom profitieren. Warum wehren Sie sich nur so vehement gegen den Geldsegen?«

»Weil Fluch und Segen sehr eng beieinanderliegen, und Sie und all die anderen vor lauter Geldgier die Nachteile nicht sehen wollen.«

Baumgartner musterte Anna wie ein begriffsstutziges Schulmädchen. »Weil es schlicht und einfach keine Nachteile gibt. Ich glaube vielmehr, Sie haben Angst vor etwas Neuem. Manchmal muss man eben etwas wagen und die alten Zöpfe abschneiden, wenn man vorwärtskommen will. Schauen Sie sich nur das Hotel der Familie Gruber an. Diese Leute haben beizeiten verstanden, was Innovation und Fortschritt bedeuten.«

Anna hätte sich lieber die Zunge abgebissen, als Markus Baumgartner recht zu geben. Dennoch musste sie ihm in diesem Punkt beipflichten. Das *Drei Lilien* in Altenberg war weit über die Landkreisgrenzen hinaus bekannt. Aber dazu hatte es keinen touristischen Hotspot und keinen Freizeitpark gebraucht. Die Grubers waren seit drei Generationen Hoteliers mit Leib und Seele und hatten mit Fleiß und unermüdlicher Arbeit ein wahres Schmuckstück erschaffen. Leider geriet Leon Gruber so gar nicht nach seinen Vorfahren. Er war zwar in Altenberg und Umgebung auch kein Unbekannter, aber das lag mehr an seinen Alkoholeskapaden und seinem Frauenverschleiß denn an seinen unternehmerischen Fähigkeiten. Seine jüngere Schwester verkörperte zwar das exakte Gegenteil, doch die angehende Archäologin würde die Familientradition wohl eines Tages ebenso wenig fortführen.

Baumgartner warf Leon einen verächtlichen Blick zu. »Bei euch ist der Apfel meilenweit vom Stamm gefallen«, murmelte er. Dann hellte sich sein Gesicht plötzlich auf. »Da lob ich mir den Onkel dieses jungen Mannes. Es hat zwar eine Weile gedauert, aber am Ende ist der gute Konrad Stadler doch noch zur Vernunft gekommen.«

Matthias Stadler stellte ein Tablett mit leeren Gläsern auf dem Tresen ab und sah Baumgartner eine Weile nachdenklich an. »Wenn ich wüsste, welcher Teufel meinen Onkel da geritten hat, würde ich ihm den schleunigst austreiben. Machst du mir noch drei Weißbier, Anna?«, fragte er und verschwand wieder Richtung Biergarten.

»Unverschämtes Bürschchen«, schimpfte ihm Baumgartner hinterher, ehe er sich erneut der Unterschriftenliste auf dem Tresen widmete. »Sieh an, sieh an. Familie Eichinger hat auch etwas gegen den regionalen Fortschritt.«

Der Bauunternehmer hatte damals nicht nur Annas Acker ins Visier genommen. Auch eine Wiese der Eichingers wurde zum Objekt seiner Begierde, ehe eine Anzeige wegen Schwarzarbeit seinen Traum vom Golfresort platzen ließ wie eine Seifenblase.

»Immerhin denken sie nicht nur bis zur nächsten Hausecke, sondern auch darüber hinaus. Was man von den wenigsten hier behaupten kann.«

»Pah«, stieß Baumgartner hervor. »Der Eichinger würde seine Unterschrift bestimmt nicht unter diesen Mist hier setzen, wenn eine *seiner* Ackerflächen betroffen wäre. Der würde genauso verkaufen wie all die anderen Bauern. Und warum auch nicht? Warum sollen die Leute nicht die einmalige Chance nutzen, ihren Grund und Boden zu Geld zu machen?«

»Sie sollten nicht immer von sich auf andere schließen.«

»Leute wie Sie und die Eichingers haben leicht reden. Sie standen finanziell schon immer gut da und werden auch in Zukunft keine Not leiden müssen. Also, hören Sie auf, den Moralapostel zu spielen. Anderen Leuten geht es nämlich nicht so rosig. Was glauben Sie, wie viele Arbeitsplätze durch den Park geschaffen werden und wie viele Dienstleister aus der Umgebung in Kürze Aufträge erhalten, von denen sie bisher nur träumen konnten?«

»Inklusive Ihrer eigenen Firma. Sie machen doch den größten Reibach von allen!«

Baumgartner beugte sich über den Tresen und hob drohend seinen rechten Zeigefinger. »Passen Sie auf, was Sie sagen, Frau Leitner. Sie haben schneller eine Klage wegen übler Nachrede am Hals, als sie bis drei zählen können. Wenn Sie sich zur Abwechslung für das Projekt interessieren würden, anstatt immer nur dagegen zu wettern, wüssten Sie, dass hier alles korrekt abläuft.«

Getroffene Hunde bellen. Baumgartners Firma in einem Atemzug mit einer korrekten Vorgehensweise zu nennen, schrie förmlich zum Himmel. Aber wie einem glitschigen Aal war es ihm bisher stets gelungen, sich aus allen Schwierigkeiten und Vorwürfen herauszuwinden. Anna spürte Wut in sich aufsteigen. Wut über diesen geldgierigen Egomanen und über sich selbst, weil sie sich entgegen ihres Vorsatzes doch auf eine Diskussion mit ihm eingelassen hatte.

»Wie viel Geld ich hab, geht Sie überhaupt nichts an«, sagte sie deshalb knapp. »Und die Eichingers würden weiß Gott was darum geben, wenn ihr Sohn noch am Leben wäre. Das kann kein Geld der Welt aufwiegen.«

Bevor Baumgartner etwas erwidern konnte, wurde die Tür zur Gaststube geöffnet. Sofort ebbte das Stimmengewirr in seinem Rücken ab und der eine oder andere Hals reckte sich in Richtung des Neuankömmlings. Auch Anna war überrascht. Mit diesem Gast hatte sie in der Tat nicht gerechnet.

Denis Limmer pfefferte den Schraubenschlüssel in den Werkzeugkasten. Bloß gut, dass keiner seiner Kollegen in der Werkstatt war. Die hatten sich schon längst verabschiedet und genossen den Feierabend im Biergarten oder am See. Trotz der brütenden Hitze schraubte er noch am alten Auto vom Chef herum, das der ihm überlassen hatte und wofür Denis sich eine ordentliche Summe erhoffte, sobald er mit der Karre fertig war. Seine Garage zu Hause war zwar mittlerweile auch sehr gut ausgestattet, aber eine Hebebühne besaß sie nicht, weshalb er froh war, die Werkstatt benutzen zu können. Wenn man es geschickt anstellte, schlug man auch aus der größten Rostlaube noch Profit.

Und Denis konnte mit Fug und Recht behaupten, sein Handwerk zu verstehen. Die Details hatten dabei niemanden zu interessieren. Die kannte nur er und das genügte. Deshalb fragte er sich unablässig, warum um alles in der Welt er mit einem Schwachkopf wie Leon Gruber gemeinsame Sache machte. Der Idiot vergeigte sogar die einfachsten Dinge. Denis konnte immer noch nicht glauben, was sich vergangene Nacht auf der Anhöhe ereignet hatte.

»Vollidiot!«, entfuhr es ihm und mit voller Wucht trat er gegen ein abmontiertes Blechteil, sodass es quer durch die Halle schlitterte.

Der Drang nach einer Zigarette wurde schier übermächtig und er ging hinter das Werkstattgebäude, wo ein Aschenbecher die Hinterlassenschaften unzähliger Raucherpausen enthielt. Obwohl er im Schatten stand, spürte er die warme Luft auf seiner Haut. Die Hitze machte ihn noch verrückt. Während er den Rauch in tiefen Zügen inhalierte, beobachtete er die Werkstattkatze, die zwischen den Mülltonnen hinter einer Maus herjagte. Eigentlich gehörte die Katze niemandem. Eines Tages war sie einfach aufgetaucht und hatte sich auch vom Chef nicht vertreiben lassen. Also hatte der es irgendwann aufgegeben, ihr einen Besen hinterher zu schmeißen, und ihre Anwesenheit toleriert. Gefüttert wurde sie allerdings nicht. Und auch nicht gestreichelt. Einer der Kollegen hatte es einmal versucht, doch als Antwort nur ein wütendes Fauchen geerntet. Seitdem wagte es niemand mehr sie anzufassen. Denis mochte keine Tiere, aber diese Katze gefiel ihm.

Sie war wie er. Keine Schönheit – ihr struppiges Fell hatte eine verwegene Mischung aus Braun-, Weiß- und Grautönen –, dafür ein zäher Brocken, der sich nicht unterkriegen ließ, egal wie widrig die Umstände waren. Triumphierend kam sie jetzt mit der Maus im Maul hinter der Tonne hervor. Denis stellte sich vor, Leon wäre diese Maus. Ein gutes Gefühl.

Nur zu gern hätte er nach dem Vorfall den Ball flach gehalten, aber die Jungs drückten aufs Tempo. Mehr als zwei Tage konnte er sie nicht hinhalten, ohne dass sie misstrauisch wurden. Wenn sie wüssten, welchen Dilettanten er ins Boot geholt hatte, wäre er ohnehin schon einen Kopf kürzer. Einen weiteren Fehltritt von Leon würde Denis nicht dulden. Dann würde auch für ihn die Luft dünn werden. Doch noch genoss er das Vertrauen der Jungs. Ihr Vertrauen in seine Intelligenz, seine Abgebrühtheit und seine Skrupellosigkeit. Und er würde sie nicht enttäuschen.

Kapitel 5

Benedikt Rehberg hatte gehofft, das Wirtshaus ohne großes Aufheben betreten zu können, in seinem Fall ohne dass die Gespräche wie auf Kommando verstummten und die Hälfte der Gäste ihn mehr oder weniger verstohlen musterte. Aber der Wunsch blieb Vater des Gedankens, wie er mit einem kurzen Blick in das Rund der Gaststube feststellen musste.

Nach allem, was sich seit seinem Umzug nach Neukirchen ereignet hatte, konnte er den Dorfbewohnern nicht einmal verübeln, dass sie ihre Aufmerksamkeit auf ihn richteten. Umso mehr, da er in den vergangenen Monaten alles getan hatte, sich dieser zu entziehen. Kein leichtes Unterfangen, wenn man auf dem Land wohnte und in der nächsten Kreisstadt eine Apotheke besaß, um die die meisten Kunden mittlerweile jedoch einen großen Bogen machten.

Es war nach dem Skandal zu Beginn des Jahres nicht anders zu erwarten gewesen. Wer hatte noch Vertrauen in eine Apotheke, deren Besitzer erst dann auf die Machenschaften seines Neffen aufmerksam wurde, als die Katastrophe nicht mehr aufzuhalten war? Rehberg wusste nicht, wie oft er seit jener Nacht die Entscheidung verflucht hatte, das kriminelle Bürschchen bei sich aufzunehmen und in seinem Haus wohnen zu lassen. Bloß gut, dass er jetzt weit weg bei seinen Eltern in Afrika weilte und Sozialstunden ableistete. Ginge es nach ihm, konnte sein Neffe im Busch verschimmeln.

Sogar Anna Leitner schien sein Besuch zu überraschen. Ihr Gasthaus war einer der Orte, die er in den vergangenen Monaten tunlichst gemieden hatte. Er hatte wenig Lust, sich den Dorfbewohnern auch noch auf dem Silbertablett zu präsentieren. Dass er mittlerweile zur gescheiterten Existenz in Neukirchen mutiert war, war ihm auch so klar. Dafür hatten seine Ex-Frau und sein Neffe nach Kräften gesorgt.

»Grüß Gott, Herr Dr. Rehberg.«

Benedikt Rehberg beschloss, die neugierigen Blicke und fragenden Gesichter um sich herum auszublenden und ging geradewegs auf den Tresen zu.

»Guten Abend, Frau Leitner.«

Die Wirtin wischte über die ohnehin schon blitzblanke Oberfläche und legte einen Bieruntersetzer vor ihm ab.

»Wollen Sie ein Feierabendbier trinken? Was darf es denn sein?«

Anna war die Reaktion ihrer Gäste nicht entgangen und sie war froh, dass allmählich das Stimmengemurmel wieder einsetzte. Mit allem hätte sie an diesem Abend gerechnet, aber nicht mit einem Besuch von Dr. Benedikt Rehberg. Markus Baumgartner musterte den neuen Gast nicht minder erstaunt, doch das Klingeln seines Mobiltelefons bewahrte Rehberg vor einem Kommentar des Bauunternehmers. Dieser murmelte nur etwas von »kriminellem Pillendreher«, ehe er sich umdrehte und telefonierend Richtung Biergarten verschwand.

Anna atmete auf.

»Nein, danke. Ich möchte nichts trinken«, sagte Rehberg und stellte eine kleine Papiertüte auf den Tresen. »Ich wollte nur für Ihren Gast, Herrn Haindl, etwas abgeben. Er war heute Nachmittag in der Apotheke und ich hatte nicht alle Medikamente vorrätig.«

»Ach so. Ja, dann …«

Anna vermochte nicht zu sagen, warum die Antwort sie enttäuschte. Aber die magere Gestalt, die stark hervortretenden Wangenknochen und die müden Augen erschreckten sie. Sie kannte Rehberg bisher nur als Sonnenbrillen tragenden Porschefahrer, der in einer protzigen Villa logierte, hochmütig auf sein Gegenüber herabblickte und sich allen anderen meilenweit überlegen fühlte. Woher er diesen Anspruch nahm, war ihr dabei stets ein Rätsel geblieben. Das Häufchen Elend, das jetzt an ihrem Tresen lehnte, hatte damit nichts mehr gemeinsam. Es war allzu offensichtlich, wie unwohl er sich in seiner Haut fühlte, und sie hätte ihm gern etwas Gutes getan, wenn auch nur in Form eines frisch gezapften Bieres. Rehbergs Augen wanderten unruhig durch die Gaststube, doch die allgemeine Aufmerksamkeit gehörte mittlerweile wieder anderen Dingen, wie der hitzigen Diskussion am Stammtisch zu entnehmen war:

»Ich hab immer gesagt, dass der Stadler doch noch zustimmt.«

»Wäre ja schön blöd, wenn er ablehnen würde.«

»Der alte Stadler würde sich im Grab umdrehen, wenn er wüsste, was der Konrad vorhat.«

»Wollen Sie nicht doch einen Augenblick Platz nehmen? Ich hätte auch ein frisch gezapftes Helles für Sie«, sagte Anna und stellte das Glas vor ihm ab.

»Warum eigentlich nicht.« Rehberg setzte sich auf einen der Hocker und nahm einen tiefen Zug aus dem Bierglas. »Hier ist ja viel los.«

»Und dreimal dürfen Sie raten, worum es geht«, seufzte Anna. Benedikt Rehberg runzelte fragend die Stirn.

»Sagen Sie bloß, Sie wissen es noch nicht. Der Stadtrat hat gestern dem Bau des Freizeitparks zugestimmt.«

Rehberg winkte müde ab. »Ach, das. Doch, doch, davon habe ich gehört.«

Mehr hatte er dazu offenbar nicht zu sagen. Anna machte ein neues Tablett für den Biergarten fertig, wo Markus Baumgartner gerade bei Matthias bezahlte, wie sie durch das rückwärtige Fenster erkennen konnte. Somit würde ihr eine weitere Unterhaltung mit dem Bauunternehmer erspart bleiben. Dagegen schien Benedikt Rehberg nicht der Sinn nach Konversation zu stehen. Schweigend saß er auf seinem Hocker und fixierte einen Punkt an der gegenüberliegenden Wand.

»Sie haben eine Unterschriftenliste gegen dieses unsägliche Projekt hier liegen«, sagte er plötzlich.

»Liste ist bei den wenigen Unterschriften wohl etwas übertrieben.«

Ihre Aktion kam Anna mit einem Mal furchtbar blauäugig vor. Hatte sie wirklich geglaubt, Altenberg und seine Dörfer würden sich diese Chance auf eine dauerhafte Einnahmequelle entgehen lassen? Ihre Gäste hatten ihr mit der Verweigerung ihrer Unterschrift klar zu verstehen gegeben, was sie von der Sache hielten. Warum sollte sie den Beweis für ihr gescheitertes Unterfangen länger offen liegen lassen? Damit sich noch mehr Leute darüber lustig machen konnten, wie Baumgartner es zuvor getan hatte?

»Dann ist es jetzt immerhin eine mehr. Haben Sie etwas zu schreiben für mich?«, fragte Rehberg. »Diesen Tumult vor meiner Haustür brauche ich wie einen Kropf.«

»Anna, noch eine Halbe«, grölte Leon Gruber in diesem Moment.

»Nein, du hast genug für heute. Und Auto fahren tust du auch nicht mehr.« Anna schnappte sich Leons Autoschlüssel, ehe dieser danach greifen konnte.

Wütend schlug Leon mit der Faust auf den Tresen. »Was soll das? Ist dieser Scheißladen hier ein Wirtshaus oder nicht?«

Benedikt Rehberg legte Liste und Stift beiseite und musterte seinen Nachbarn mit unverhohlener Missbilligung.

»Mäßigen Sie gefälligst Ihren Ton und schreien Sie hier nicht so herum«, herrschte er den verdutzten Leon an.

Das war Benedikt Rehberg, wie Anna ihn kannte. Fast war sie dankbar dafür. Doch Leon dachte gar nicht daran, der Aufforderung des Apothekers nachzukommen. Mit hochrotem Kopf beugte er sich zu Rehberg.

»Du windige Bohnenstange hast mir gar nichts zu sagen.«

Rehberg wich ob Leons Alkoholfahne angewidert zurück. »Lassen Sie mich in Ruhe.«

»Und was, wenn nicht?«, fragte Leon und boxte ihm gegen den Oberarm.

Panisch hielt Anna nach Matthias Ausschau. Eine Schlägerei war das Letzte, das sie jetzt gebrauchen konnte. Die ersten Gäste wurden bereits auf die Unruhe am Tresen aufmerksam. Doch ihre Sorge war unbegründet, denn als Leon vom Hocker rutschte, um sich Rehberg vorzuknöpfen, landete er geradewegs auf dem Hosenboden. Irgendwie wollten seine Beine nicht so wie er, und auch in seinem Kopf drehte sich alles. Er rülpste laut, bevor er vergeblich versuchte aufzustehen.

»Der ist ja sturzbetrunken«, stellte Rehberg entrüstet fest.

Anna hastete hinter dem Tresen hervor. Leons Auftritt war ihr unsagbar peinlich. Warum hatte sie nicht bemerkt, in welchem Zustand er war? Er hatte doch die ganze Zeit keine zwei Meter von ihr entfernt am Tresen gesessen. Aber drei Schnaps und zwei Bier warfen einen wie Leon normalerweise nicht über den Haufen. Wahrscheinlich hatte er an der elterlichen Hotelbar schon ordentlich gebechert, bevor er seine Sauftour in Neukirchen fortsetzte.

»Ich ruf bei den Grubers im Hotel an und lass ihn abholen«, sagte Anna rasch.

»Geh, Leon, das kannst aber normalerweise besser«, rief in diesem Augenblick einer der Schützen, gefolgt von allgemeinem Gelächter und weiteren Kommentaren.

Leons Antwort bestand aus einem neuerlichen lauten Rülpsen. Er schien sich mittlerweile damit abgefunden zu haben, nicht mehr auf die Beine zu kommen. Anna schickte einen giftigen Blick in Richtung Stammtisch, doch auch dort sah sich niemand bemüßigt, ihr zu Hilfe zu kommen.

»Das ist einer von den Grubers aus dem *Drei Lilien*?« Benedikt Rehberg betrachtete Leon, als hätte der alle ansteckenden Zivilisationskrankheiten auf einmal.

Anna griff nach dem Telefon. »Ja, das ist der Sohn der Grubers.«

Rehberg schien einen Augenblick mit sich zu ringen. »Lassen Sie es gut sein, Frau Leitner. Ich bin ohnehin auf dem Weg nach Altenberg, weil ich Nachtdienst habe. Ich nehme ihn mit.«

»Das würden Sie tun?«

»Hilft ja nichts«, entgegnete Rehberg und stand auf. »Los jetzt!«

Er bückte sich und zog Leon Gruber unsanft auf die Beine. In der Vertikalen angekommen, schwankte Leon so stark, dass er zuerst sein leeres Bierglas vom Tresen fegte und dann rückwärts gegen den Hocker taumelte, der krachend auf den Fliesenboden fiel. Rehberg, fast einen Kopf größer als sein Gegenüber, packte ihn am Kragen und schob ihn energisch vor sich her Richtung Eingangstür.

»Wehe, du kotzt mir in den Porsche.«

An der Tür drehte er sich noch einmal zu Anna um. »Was bekommen Sie denn für das Bier?«

»Äh … nichts. Das passt schon.«

»Danke. Dann auf Wiedersehen, Frau Leitner.«

»Wiedersehen. Und … danke«, rief Anna ihm verdattert hinterher.

In der offenen Tür wäre das ungleiche Duo beinahe mit den Mitgliedern des Kirchenchors zusammengestoßen, darunter auch Annas Schwester Carola und Roswitha Förster, die Dorfladenbesitzerin. Beide Frauen kamen direkt zu Anna an den Tresen.

»Was hat denn der Dr. Rehberg hier gemacht?«, fragte Carola sogleich.

»Medikamente für einen Gast vorbeigebracht«, sagte Anna unwirsch. Sie stellte den Hocker mit einem lauten Knall auf den Boden und begann die Glasscherben aufzusammeln. »Der Leon braucht mir so schnell keinen Fuß mehr hier herein setzen.«

»Sternhagelvoll! Der lernt es auch nicht mehr. Aber der Dr. Rehberg hat nicht gut ausgesehen. Ganz schmal ist er geworden, gell«, fügte Roswitha Förster hinzu.

»Die letzten Monate waren für ihn schließlich kein Spaziergang.«

»Selbst schuld«, erwiderte Roswitha Förster ungerührt und begann in ihrer überdimensionalen Handtasche zu wühlen. »Schließlich hat *er* sich den Kriminellen ins Haus geholt, der unschuldige Leute niederschlägt und ihm die halbe Apotheke ausräumt.«

»Ah, da kommt ja meine beste Aushilfskraft«, sagte Anna, die in diesem Moment Julia Lechner hinter der voluminösen Gestalt der Dorfladenbesitzerin entdeckt hatte.

»Darf ich dir wieder beim Gläserspülen helfen?«, fragte das Mädchen eifrig.

»Natürlich. Du bist ja schon ein richtiger Profi«, erwiderte die Wirtin lachend.

»Muss sich das arme Ding sein Taschengeld jetzt schon selbst verdienen«, murmelte Roswitha Förster, während Julia vorsichtig ein Weißbierglas über die Spülbürste stülpte.

»Jetzt hörst aber auf«, zischte Anna. »Sie ist halt einfach gern hier in der Wirtschaft.«

»Ich will gar nicht wissen, wie es bei denen daheim zugeht. Die Marie ist heute nach der Chorprobe davon, als wären drei Teufel hinter ihr her.«

Das wäre ich an ihrer Stelle auch, dachte Anna Leitner.

»Was suchst du denn die ganze Zeit in deiner Tasche?«, fragte sie, bevor Roswitha Förster das Mädchen auf seine Mutter ansprechen konnte.

Mit einer Frauenzeitschrift in der Hand wedelte die Dorfladenbesitzerin jetzt aufgeregt vor Annas und Carolas Gesichtern herum. »Wisst ihr denn überhaupt schon das Neueste?«

»Danke, mein Bedarf an Neuigkeiten ist für den Moment wirklich gedeckt.«

»Du wirst schon noch sehen, wie gut dieser Freizeitpark für uns alle ist. Aber darum geht es jetzt gar nicht. Wer, glaubt ihr, reist morgen an?«

»Wo?«, fragte Carola. »Im *Drei Lilien*?«

»Doch nicht in Altenberg. Hier bei uns! Also, wenn man Kleineich noch zu Neukirchen rechnet. Was ich nach wie vor mache, denn von Ebersbach ist es viel weiter entfernt als von uns. Ich hab deshalb nie verstanden, warum es damals …«

»Kleineich? Du meinst das Anwesen von Magdalena Neuhaus?«, unterbrach Anna den Wortschwall.

»Ja«, sagte Roswitha Förster etwas indigniert ob der Unterbrechung.

»Und wer soll dort Großartiges ankommen? Die neuen Eigentümer vermutlich.«

»Von wegen die neuen Eigentümer.« Roswitha Förster blätterte in der Zeitschrift. »Sein Hochwohlgeboren Freiherr Adrian Clemens Philipp Alexander von Neuhaus«, zitierte sie. »Da sagt ihr jetzt nichts mehr, gell.«

»Und das steht da in der Zeitschrift?«, fragte Carola argwöhnisch.

»Geh, Schmarrn! Da ist nur ein Foto von ihm drin. Über den findet man ohnehin kaum etwas in der Zeitung.« Sie senkte die Stimme. »Die Huber Gabi und ihr Mann kümmern sich doch seit der furchtbaren Geschichte mit der Magdalena, Gott hab sie selig, um das Anwesen und das Familiengrab. Vorgestern hat der Neuhaus bei der Gabi angerufen, dass sie im Haus gründlich putzen und für ihn einkaufen soll, weil er morgen ankommt.« Roswitha Förster hielt einen Augenblick inne, um ihren folgenden Worten noch mehr Wirkung zu verleihen. »Und offenbar die nächste Zeit dort wohnt. Zusammen mit seiner Freundin.«

»Der Neuhaus kommt zurück nach Hause«, hauchte Carola Schäfer.

»Das ist allerdings eine Überraschung«, sagte Anna. »Ich dachte, er will das Anwesen verkaufen.«

»Anscheinend braucht er dringend Ruhe und Erholung.«

»Und dann kommt er ausgerechnet nach Niederbayern? Ich an seiner Stelle hätte mir ein Haus in der Schweiz oder eine Finca auf Mallorca gekauft, anstatt in den alten Kasten zu ziehen«, stellte Carola fest. »Am Geld dürfte es bei ihm ja wohl nicht scheitern.«

»Aber in der Schweiz oder auf Mallorca ist er halt nicht daheim. Ich kann ihn schon verstehen«, entgegnete Anna. »Immerhin ist Kleineich sein Elternhaus.«

»Wie redet man den denn überhaupt richtig an?«

»Sein Vater wurde mit ›Freiherr‹ angesprochen.« Im Gegensatz zu Magdalena Neuhaus, der der Standesdünkel ihrer Familie immer zuwider war, hatte Anna das einstige Oberhaupt der von Neuhaus als elegant gekleideten und distinguiert aussehenden Herrn in Erinnerung, der mit hochmütigem Gesicht durch die Gegend schritt und allen klar zu verstehen gab, was er vom gemeinen Fußvolk hielt. Blieb nur zu hoffen, dass sein Sohn nicht dieselben Allüren an den Tag legte. Adrian war Anna in jungen Jahren nicht oft begegnet, zu früh hatten sich ihre Wege getrennt.

Während sich mein Leben immer hier in Neukirchen abgespielt hat, ist er in die Welt hinausgezogen, dachte Anna in einem plötzlichen Anflug von Wehmut.

»Irgendwie ist das schon unheimlich. Damals verunglückt der Baron tödlich mit dem Auto, jetzt die Magdalena. Als ob ein Fluch über der Familie liegen würde«, unterbrach Roswitha Förster ihre Gedankenspiele.

»So ein Schmarrn!«, erwiderte Anna. »Das eine hat doch mit dem anderen nichts zu tun.«

»Außerdem hieß es damals, der Baron hätte das Auto absichtlich gegen den Baum gesetzt, weil er den frühen Tod seiner Frau nicht verkraftet hat«, warf Carola Schäfer ein. »Und die Magdalena hat sich bestimmt nicht absichtlich überfahren lassen. Ich hoffe, die Polizei erwischt den Fahrer. Zu wissen, dass der ungestraft davonkommt, muss für den Neuhaus doch unerträglich sein.«

»Wer ist das?«, fragte Julia Lechner und lugte vorsichtig über den Rand der Zeitschrift.

»Das ist ein berühmter Opernsänger, der hier aufgewachsen ist. Drüben auf dem Anwesen in Kleineich.«

»Opernsänger?«, fragte das Mädchen mit großen Augen.

»Ja«, sagte die Dorfladenbesitzerin unwirsch. »Also, nichts für dich.«

»Ich glaube, die Mama hat von dem eine CD mit Weihnachtsliedern.«

»Die hab ich auch.« Carola Schäfer strahlte. »Und in diesem Jahr soll es eine Fortsetzung geben. Die muss ich mir auf alle Fälle kaufen.«

Roswitha Förster tippte energisch auf das Foto, auf dem Adrian Neuhaus Arm in Arm mit einer blonden Frau abgebildet war. »Aber jetzt schaut euch mal dieses junge Ding an. Die passt doch gar nicht zu ihm.«

»Steht da auch, wie sie heißt?«

»Nein. Nur, dass sie offenbar seine neue Freundin ist und sie sehr zurückgezogen in München leben.«

»Wer kann es ihnen verdenken. Ich an seiner Stelle würde auch meine Ruhe haben wollen«, bemerkte Anna spitz.

»Also, hübsch ist sie. Aber er sieht schon auch gut aus. Und so alt ist er doch noch gar nicht«, warf ihre Schwester ein.

»Geh, wo ist die denn hübsch?« Roswitha Förster nahm die Zeitschrift und hielt sie Matthias Stadler unter die Nase, der soeben ein großes Tablett an ihr vorbei balancierte. »Matthias, was sagst jetzt du als Mann. Ist die hübsch?«

Matthias warf einen desinteressierten Blick auf das Foto. »Mir wurscht. Anna, der Biergarten ist brechend voll. Ich hab eine riesengroße Bestellung.«

»Ich helfe dir«, sagte Carola und stellte sich neben ihre Schwester an die Zapfanlage.

Anna nahm Matthias' Notizblock und gemeinsam begannen sie mit dem Ausschank der Getränke. Roswitha Förster verharrte noch einige Minuten unschlüssig am Tresen, gesellte sich dann jedoch zu den übrigen Mitgliedern des Kirchenchors.

Erst sehr viel später bemerkte Anna, dass Marie Lechner es

mehrmals auf ihrem Handy versucht und schließlich eine Nachricht hinterlassen hatte. Mit dem Telefon am Ohr ging sie in die Küche. Dort war der abendliche Ansturm mittlerweile vorüber und sie konnte Maries Nachricht ungestört abhören.

»Ist alles in Ordnung?«, fragte Carola, als Anna kurze Zeit später mit sorgenvoller Miene zurück an den Tresen kam.

»Ja, ja. Alles gut«, wiegelte Anna ab, obwohl sie nichts so sehr hasste, wie ihre Schwester anlügen zu müssen.

Endlich wieder in Neukirchen!

Da sein Wagen das einzige Auto auf der Zufahrtsstraße zum Dorf war, fuhr Gregor Cornelius kurzentschlossen an den Straßenrand und hielt an. Bei seinem letzten Besuch hatten Hügel und Felder unter einer dicken Schneedecke gelegen, jetzt leuchtete die Natur in grünen und gelben Farben, dazu strahlte die Sonne vom tiefblauen Himmel. Cornelius stieg aus und atmete tief ein. Es roch nach frisch gemähtem Gras. Nicht weit entfernt zog ein Mähdrescher seine Bahnen, während am Feldrand ein Bauer mit Traktor und Anhänger darauf wartete, die Getreidekörner abtransportieren zu können. Zwei Feldhasen sausten über die Fahrbahn und suchten im angrenzenden Maisfeld Unterschlupf.

Trotz der ländlichen Idylle waren die Spuren der langen Trockenheit nicht zu übersehen. Auf den Sonnenblumenfeldern zu seiner Linken herrschte ein graubraunes Einerlei an verdorrten Pflanzenresten. Der Mais bot mit seinen gelblich-braunen Stängeln und den tiefen Rissen im Ackerboden ein fast schon unheimliches Bild. Der Mähdrescher verschwand hinter einer riesigen Staubwolke und die Bäume am Straßenrand warfen die ersten braunen Blätter ab. Bereits nach wenigen Minuten spürte Cornelius die sengende Hitze und er stieg wieder in seinen Wagen. In diesem Augenblick raste ein Krankenwagen mit eingeschaltetem Martinshorn und Blaulicht an ihm vorbei. Die tropischen Temperaturen forderten ihren Tribut. Sogar Menschen mit einer guten Konstitution hatten zu kämpfen. In München ertönten die Signale der Einsatzfahrzeuge mittlerweile fast im Minutentakt.

Langsam fuhr Cornelius die Hauptstraße von Neukirchen

entlang, vorbei an stattlichen Bauernhöfen und Roswitha Försters kleinem Gemischtwarenladen. Schon kurz hinter Altenberg war der Kirchturm von St. Ulrich sichtbar geworden. Heute verschwand die gotische Dorfkirche samt ihrer charakteristischen Treppengiebel allerdings hinter einem Baugerüst. Von Anna Leitner wusste Cornelius, dass dank einer großzügigen Spende des örtlichen Sägewerks endlich längst fällige Renovierungsarbeiten in Angriff genommen werden konnten. Bis zum Kirchweihfest im Oktober sollte St. Ulrich wieder im alten Glanz erstrahlen. Das Dorf wirkte zu dieser nachmittäglichen Stunde wie ausgestorben. Außer einem Mädchen auf seinem Fahrrad war niemand zu sehen. Direkt in der Ortsmitte, gegenüber der Kirche und dem von einer weiß getünchten Mauer umgebenen Friedhof, befand sich das Gasthaus von Anna Leitner, das sie nach ihrer Scheidung und der Auflösung des landwirtschaftlichen Betriebes zu einer Pension ausgebaut hatte. Cornelius lenkte den Wagen auf den Parkplatz und stellte ihn neben einem roten Porsche ab.

Die Eingangstür war abgesperrt, wie er kurze Zeit später feststellte. Durch die blankgeputzten Fenster erblickte Cornelius eine gemütliche, im Moment jedoch leere Gaststube. Er klopfte zweimal laut gegen die Scheiben.

»Frau Leitner?«

Cornelius erhielt keine Antwort. Etwas ratlos ging er um das Haus herum. Doch auch im Biergarten herrschte gähnende Leere. Das Wirtshaus war an diesem Tag zwar erst abends geöffnet, aber seit es die Pension gab, waren immer entweder Anna oder eine ihrer Aushilfen vor Ort. Außerdem wusste die Wirtin, dass er am Nachmittag ankommen wollte. Erst am Vortag hatten sie noch miteinander telefoniert.

»Ist die Anna nicht da?«, fragte eine helle Stimme hinter ihm.

Sie gehörte dem Mädchen, das er zuvor auf dem Fahrrad gesehen hatte.

»Nein, ich glaube, es ist niemand da.«

Das Mädchen – Cornelius schätzte es auf zwölf oder dreizehn – runzelte die Stirn. »Die Anna hat aber gesagt, ich darf vorbeikommen und mir ein Eis abholen.«

»Juhu, Herr Professor«, schallte es in diesem Augenblick vom

Eingang des Biergartens, doch es war nicht Anna Leitner, sondern die stämmige Gestalt von Roswitha Förster, die auf ihn zueilte.

»Ah, grüß Gott, Frau Förster. Das ist ja eine Überraschung.«

»Die Anna hat mir gesagt, dass Sie heute ankommen und da wollte ich doch kurz vorbeischauen. Grüß dich, Julia«, sagte sie nach einem flüchtigen Seitenblick auf das Mädchen.

»Das ist sehr aufmerksam von Ihnen, Frau Förster. Nur leider ist Frau Leitner offenbar nicht zu Hause. Es macht niemand auf.«

»Geh, das gibt es doch gar nicht.«

Noch während sie redete, ging Roswitha Förster zum Hintereingang der Gaststätte und donnerte gegen die Tür, dass man es problemlos bis ins benachbarte Ebersbach hörte. Das Resultat blieb jedoch dasselbe.

»Also, das ist jetzt wirklich komisch. Da wird doch nichts passiert sein?«

Zu dritt drehten sie eine Runde um das Haus und spähten durch alle Fenster im Erdgeschoss, doch keine Spur von Anna Leitner. Auch andere Pensionsgäste waren nirgendwo zu sehen. Plötzlich stieß Roswitha Förster einen triumphierenden Schrei aus.

»Ah! Annas Radl ist nicht da. Da hätte ich doch gleich drauf kommen können. Wahrscheinlich ist sie nur kurz irgendwohin gefahren. Wir können uns ja solange in den Biergarten setzen und auf sie warten.«

»Also, Sie müssen wirklich nicht …«, begann Cornelius.

»So weit kommt es noch, dass ich Sie hier allein rumsitzen lasse. Nein, nein, Herr Professor, ich leiste Ihnen schon Gesellschaft. Wie geht es denn eigentlich deiner Mama?«, wandte sie sich dann an das Mädchen.

»Geht schon.«

»Frau Leitner hatte der jungen Dame ein Eis versprochen. Was halten Sie davon, wenn ich in Ihrem Laden eine Runde Eis für uns alle ausgebe?«, fragte Cornelius, dem nicht entgangen war, wie sich die Miene des Mädchens schlagartig verdüstert hatte. »Und bis wir zurück sind, ist bestimmt auch Frau Leitner wieder da. Natürlich nur, wenn es keine Umstände macht.«

»Nein, nein, überhaupt nicht.« Die Dorfladenbesitzerin reichte dem Mädchen einen Schlüsselbund. »Du kannst ja schon einmal mit deinem Radl vorfahren und aufsperren.«

»Armes Ding. Ihre Eltern sind bis über beide Ohren verschuldet«, sagte sie, kaum dass das Mädchen außer Hörweite war. »Den Lechner Hof müssten Sie eigentlich auch kennen. Und wissen Sie schon, dass der Seniorchef vom Sägewerk wieder auf Kur ist?«

Bevor Cornelius antworten konnte, fuhr ein Taxi auf den Parkplatz, aus dem ein dunkelhaariger Mann mit Sonnenbrille stieg.

»Grüß dich, Leon. Na, bist wieder nüchtern und holst dein Auto ab?«

Der Angesprochene reagierte jedoch nicht auf die Dorfladenbesitzerin, sondern ging ohne aufzublicken zu dem roten Porsche. Sekunden später bretterte er mit aufheulendem Motor und quietschenden Reifen davon.

»Leon Gruber«, seufzte Roswitha Förster theatralisch. »Von dem könnte ich Ihnen Geschichten erzählen, Herr Professor.« Ihre Wangen glühten jetzt förmlich. »Es ist ja so viel passiert, seit Sie das letzte Mal bei uns waren. Ich weiß gar nicht, wo ich anfangen soll …«

Kapitel 6

Nachdenklich blieb Anna neben ihrem Fahrrad stehen, das sie zuvor am Gartenzaun der Lechners abgestellt hatte. Selten hatte sie sich so hilflos gefühlt wie nach ihrem Besuch bei Marie, auch wenn deren verzweifelter Anruf am Vortag bereits Schlimmstes erwarten ließ. Dem Lechner Hof würde nur noch ein finanzielles Wunder helfen. Und an solche hatte Anna noch nie geglaubt.

Die Gerüchte und das Gerede der Leute waren keine heiße Luft, sondern bittere Realität: Maximilian hatte sich mit den Investitionen in die Milchproduktion und seinen Expansionsplänen verkalkuliert. Der Preis, der mittlerweile für einen Liter Milch gezahlt wurde, deckte nicht annähernd die Kosten, von einem Gewinn ganz zu schweigen. So unvorstellbar es für Anna immer noch war, aber der Lechner Hof stand am Rande des Ruins. Auch wenn ihm nur ein Betrag jenseits ihrer eigenen finanziellen Möglichkeiten helfen würde, hatte Anna gehofft, die Situation für Marie irgendwie erträglicher machen zu können und ihr ein spontanes Hilfsangebot unterbreitet. Doch Marie hatte es entschieden abgewiesen. So blieben Anna nur tröstende Worte und die Erkenntnis, am Ende des Tages das Unausweichliche nicht abwenden zu können.

Der Glockenschlag von St. Ulrich holte sie aus ihren trüben Gedanken. Sie musste sich beeilen, wollte sie rechtzeitig zurück in der Pension sein. Rasch fuhr sie Richtung Neukirchner Siedlung. Ihr Ziel war jedoch nicht einer der modernen Bungalows, sondern das Häuschen, das, etwas nach hinten versetzt und nur über eine Schotterstraße zu erreichen, das südliche Ortsende von Neukirchen bildete. Auch wenn Theresa Buchberger kein Aufheben um ihren Geburtstag machte, freute sich die pensionierte Bibliothekarin jedes Jahr, wenn Anna mit einem selbst gebackenen Kuchen vorbeikam. Viele Gratulanten würden es ohnehin nicht werden. Die Buchbergers hatten schon immer wenig Kontakt zu den Dorfbewohnern. Der Grund war weniger das abseits gelegene Haus, sondern vor allem der alte Buchberger, bei dem, so die einhellige Meinung im Dorf, die Familie Zeit seines Lebens nichts zu lachen gehabt hatte. Claudia, die Tochter, war seinen Kontrollwahn eines Tages leid und hatte sich über Nacht aus dem Staub gemacht. Zu diesem Ergebnis war damals zumindest die Polizei gekommen. Trotzdem hatte es immer wieder Stimmen gegeben, die behaupteten, der alte Buchberger habe Claudia in seiner Raserei umgebracht und Theresa habe ihrem Mann geholfen, die Leiche zu beseitigen. Auch die Polizei hatte diese Spur eine Zeit lang verfolgt und sogar den Garten der Buchbergers umgraben lassen. Doch Claudias Leiche war nie gefunden worden. Bis heute fehlte jede Spur von ihr. Der alte Buchberger war nur wenige Monate nach dem Verschwinden seiner Tochter an Krebs gestorben. Theresa blieb danach allein in dem kleinen Häuschen, wo sie bis heute ein sehr zurückgezogenes Leben führte. Sie ließ sich nicht oft im Dorf blicken. Anna kannte sie hauptsächlich durch gemeinsame Gottesdienstbesuche. Es Freundschaft zu nennen, wäre zu viel gewesen, aber die beiden Frauen schätzten sich sehr. Anna mochte Theresas ruhige und feine Art und gab nichts auf die Gerüchte, die nie ganz zum Erliegen gekommen waren.

Bevor Anna jedoch in den Schotterweg einbog, hielt sie an der imposanten Villa am Ende der Neukirchner Siedlung. »Rehberg« stand in schwarzen Buchstaben auf einem goldenen Schild. Anna hatte zwar nie verstanden, was Benedikt Rehberg dazu veranlasst hatte, mitten in die niederbayerische Landschaft ein Toskanahaus zu stellen, aber dies sollte sie nicht daran hindern, dem Apotheker für sein Einschreiten am Vorabend zu danken. Vorsichtig hob sie den kleineren der beiden Kuchen aus ihrem Fahrradkorb. Erst nachdem sie geklingelt hatte, fiel ihr ein, dass er nach seinem Nachtdienst womöglich noch im Bett lag und nicht gestört werden wollte. Doch in diesem Moment surrte schon der Türöffner am Gartentürchen.

———————

Benedikt Rehberg hatte wie immer wenig und sehr schlecht geschlafen. Das lag allerdings nicht am Nachtdienst und auch nicht an den hohen Temperaturen, sondern war ein seit mehreren Monaten anhaltender Dauerzustand. Längst hatte er es aufgegeben, etwas dagegen zu unternehmen. Obwohl für ihn nichts einfacher gewesen wäre als diverse Schlafpräparate einzunehmen, hatte er schnell damit aufgehört. Wenn er auch noch zum tablettenabhängigen Zombie mutierte, konnte er gleich einpacken. Aber das konnte er wohl ohnehin, wie ihm sein Steuerberater per E-Mail mitteilte. Die beigefügte Graphik in Form einer steil abfallenden Kurve – die Entwicklung der Umsätze seit Februar – zeigte das Desaster schonungslos auf. Wenn seine Apotheke nicht schleunigst mehr Geld abwarf, war er pleite. Noch konnte er die Raten für das Haus und die anderen Kosten aus seinen privaten Mitteln finanzieren, doch diese schwanden rapide. Spätestens an Weihnachten würden sowohl in der *Palmen Apotheke* als auch in der Villa Rehberg die Lichter ausgehen. Und dabei konnte er noch von Glück sagen, dass die Kammer ihm seine Zulassung als Apotheker nicht aberkannt hatte. Ein weiteres Vorkommnis und er würde seinen Beruf für immer an den Nagel hängen können.

In diesem Moment wurde an der Tür geklingelt. Konnte man in dem verfluchten Dorf nicht einmal seine Ruhe haben? Fast war er geneigt, seiner Ex-Frau recht zu geben, die Neukirchen stets als klaustrophobisch und seine Bewohner als unerträglich bezeichnet hatte. Was sie allerdings nicht davon abgehalten hatte, mit einem von ihnen ins Bett zu gehen. Missmutig drückte er auf den Türsummer und riss, ohne durch den Spion zu schauen, die Haustür auf.

»Frau Leitner?!«

Vor ihm stand Anna Leitner. Sie trug ein geblümtes Sommerkleid und hatte die Haare elegant nach oben gesteckt. In ihrer rechten Hand hielt sie einen Vorratsbehälter, dessen Deckel sie nun lüftete. Zum Vorschein kam ein kleiner Marmorkuchen.

»Ich will nicht lange stören, sondern mich nur für Ihre Hilfe gestern Abend bedanken. Ich hoffe, Sie haben den Leon ohne Probleme nach Hause gebracht?«

»Ja, ja«, wiegelte er ab. »Deshalb hätten Sie nicht extra vorbeikommen müssen.«

»Ich wollte Ihnen nur ein kleines Dankeschön bringen. Vielleicht kann der Kuchen Sie ja ein bisschen aufheitern.«

Rehberg sah zwischen Kuchen und Anna hin und her. »Ihre Sorge um mich in allen Ehren, Frau Leitner, aber ich glaube kaum, dass *ein Kuchen* meine Probleme lösen kann.«

Annas Lächeln erstarb. Wie hatte sie nur einen Moment glauben können, dieser arrogante Schnösel habe sich geändert? »Ich wollte mich lediglich bedanken«, erwiderte sie eisig.

»Das sagten Sie bereits. Ist aber nicht notwendig. Und jetzt entschuldigen Sie mich bitte. Ich habe zu tun.«

Mit einem lauten Knall ließ Rehberg die Haustür ins Schloss fallen. Anna schossen vor Wut die Tränen in die Augen. Dann halt nicht, du eingebildeter Lackaffe, dachte sie und pfefferte den Vorratsbehälter zurück in den Fahrradkorb.

Durch das Küchenfenster beobachtete Rehberg, wie sie auf das Häuschen am Ende des Schotterweges zusteuerte. Er kannte die Bewohnerin als Kundin seiner Apotheke. Eine der wenigen, die noch bei ihm einkaufte, dachte er in einem Anflug von Sarkasmus. Er hätte seine Wut über die ganze Misere nicht an Anna auslassen dürfen, aber ihr Kuchen hatte das Fass zum Überlaufen gebracht. Er war doch kein kleiner Junge, der sich das Knie aufgeschlagen hatte und getröstet werden musste. Seine Apotheke stand kurz vor der Pleite und diese Tatsache würde nicht einmal eine dreistöckige Torte abwenden können.

Rehberg hämmerte seine Antwort an den Steuerberater in die Tasten, als erneut an der Tür geläutet wurde. Dieses Mal klingelte der Besucher Sturm. Ein Blick durch den Spion sagte ihm, dass es niemand anderes als Anna Leitner war. Was zum Teufel wollte dieses penetrante Frauenzimmer jetzt schon wieder von ihm? Wütend riss er die Haustür auf. »Was ist denn …«

Als er Annas kalkweißes Gesicht sah, hielt er inne.

»Frau Buchberger«, flüsterte sie tonlos.

Anna saß im Schatten auf einem Gartenbänkchen. Ihr war übel und trotz der Hitze fror sie. Noch immer hatte sie Mühe, einen klaren Gedanken zu fassen. Wie ein Film liefen die Ereignisse der letzten Stunde wieder und wieder vor ihrem inneren Auge ab.

Benedikt Rehberg hatte nicht lange gefackelt, seine Autoschlüssel geschnappt und war mit Anna auf dem Beifahrersitz zum Haus der Buchbergers gerast. Nur wenige Schritte von der Terrasse entfernt lag Theresa auf dem Rasen.

»Haben Sie schon den Notarzt gerufen?«, rief Rehberg, während er sich über die bewusstlose Frau beugte. Ihr Gesicht war stark geschwollen, die Lippen bläulich verfärbt und kalter Schweiß stand auf ihrer Stirn.

»Nein«, schluchzte Anna.

»Dann rufen Sie an!«

Rehberg klopfte Theresa mehrmals auf beide Wangen und rief laut ihren Namen. Doch sie reagierte nicht.

»Sie hat einen anaphylaktischen Schock.«

Annas Hände zitterten so stark, dass sie beinahe das Telefon fallen ließ. »Einen ... einen was?«

»Frau Buchberger ist gegen Insektengifte allergisch. Wahrscheinlich ist sie von einer Wespe gestochen worden. Geben Sie mir die Leitstelle, wenn Sie sie am Telefon haben. Schnell!«, befahl er.

Anna agierte wie in Trance. Sie hörte Rehberg von anaphylaktischer Reaktion und schwerster Atemnot reden, doch ihr Verstand wollte nicht begreifen, was sich gerade vor ihren Augen abspielte. Theresa schwebte in Lebensgefahr und ihr Überleben würde einzig und allein von ihnen beiden abhängen. Rehberg reichte Anna das Telefon. »Sie müssen mir jetzt helfen, Frau Leitner.«

Seine klare Stimme holte sie in die Wirklichkeit zurück. Obwohl auch er wusste, was auf dem Spiel stand, strahlte er eine unglaubliche Ruhe aus.

»Gehen Sie ins Haus und suchen Sie Frau Buchbergers Notfallset. Es ist ein kleines blaues Mäppchen mit mehreren Spritzen«, sagte er laut. »Haben Sie mich verstanden?«

»Notfallset«, wiederholte Anna. »Ja.«

Sie rappelte sich auf und rannte zur offen stehenden Terrassentür. Durch das Wohnzimmer lief sie weiter in die Küche. Dort riss sie hektisch Schubladen und Schranktüren auf, aber das Mäppchen war nirgendwo zu finden. Ihr Blick blieb an einem Foto von Claudia hängen, das im Herrgottswinkel der Eckbank stand. Deine Mutter darf nicht sterben, dachte sie, ehe sie die Treppe in den ersten Stock hinaufhastete. Im Spiegelschrank des Badezimmers wurde sie endlich fündig. Fast wäre sie die Stufen hinuntergefallen, so sehr beeilte sie sich, zurück in den Garten zu kommen.

»Gut gemacht«, sagte Rehberg, als sie ihm das Mäppchen reichte.

Die Minuten bis zum Eintreffen des Rettungshubschraubers und des Krankenwagens erschienen Anna wie eine Ewigkeit. Während Rehberg die Spritzen setzte, fühlte sie den schwachen, aber regelmäßigen Puls an Theresas Handgelenk.

Bitte, lieber Gott, lass ihr Herz nicht aufhören zu schlagen.

Irgendwann nahm sie das Geräusch eines landenden Hubschraubers wahr, doch erst als der Notarzt sie sanft, aber bestimmt zur Seite drängte, ließ sie Theresas Arm los. Wie sie vom Rasen auf die Gartenbank gelangt war, konnte sie nicht sagen. Dort saß sie nun und kämpfte noch immer damit, das Geschehene zu begreifen.

Mit einem Lächeln nahm Benedikt Rehberg jetzt neben Anna Platz. »Frau Buchberger ist gerade zu sich gekommen.«

»Das heißt, sie hat es geschafft?«

»Ja. Sicherheitshalber kommt sie zur Beobachtung ins Krankenhaus, aber sie ist nicht mehr in Lebensgefahr«, beruhigte er sie.

In diesem Moment setzten sich die Rotorblätter des Hubschraubers, der auf einer der angrenzenden Wiesen gelandet war, mit lautem Geknatter in Bewegung. Aus den Augenwinkeln sah Anna den Krankenwagen auf der Schotterstraße wenden und mit eingeschaltetem Blaulicht Richtung Neukirchner Siedlung fahren.

»Theresa liegt nicht im Hubschrauber?«, fragte sie, nachdem der Geräuschpegel sich wieder gelegt hatte.

»Nein, der Krankenwagen bringt sie nach Landshut ins Klinikum. Ich bin mir sicher, in ein paar Tagen ist sie wieder vollkommen hergestellt.«

Plötzlich brach ein unkontrolliertes Schluchzen aus Anna heraus.

»Ich ... ich hab alles falsch gemacht. Ich hab sie einfach liegen gelassen, anstatt ihr zu helfen. Nicht einmal den Notarzt hab ich gerufen. Ich … ich …«

»Alles gut, Frau Leitner«, sagte Rehberg. »Sie haben sofort Hilfe geholt und damit sehr vieles sehr richtig gemacht.«

»Aber ich … ich hätte …«, stammelte Anna.

»Sie als medizinischer Laie konnten doch gar nicht wissen, dass Frau Buchberger diese Allergie gegen Insektengifte hat.«

»Aber ich hätte den Notarzt rufen und bei ihr bleiben müssen. Wozu hab ich denn einen Erste-Hilfe-Kurs gemacht?«

Rehberg sah Anna ernst an. »Jetzt hören Sie auf, sich Vorwürfe zu machen, sondern freuen Sie sich lieber, dass es Frau Buchberger besser geht.«

»Das hat die Theresa einzig und allein Ihnen zu verdanken. Sie haben sofort gewusst, was ihr fehlt, und Sie haben die Spritzen …«

»Und *Sie* haben mich geholt und die Spritzen gefunden«, unterbrach Rehberg ihren Redestrom. »Ich würde nur zu gern weiter mit Ihnen diskutieren, aber ich habe leider keine Zeit mehr. In einer halben Stunde beginnt mein Nachtdienst. Kommen Sie, ich fahre Sie nach Hause.«

Wie der Blitz schoss Anna von der Bank empor. »So spät ist es schon?! Ich muss doch die Wirtschaft aufsperren. Und der Professor Cornelius wird auch schon auf mich warten.«

Der Name des Professors entlockte Rehberg ein gequältes Lächeln, doch bevor er etwas erwidern konnte, schwankte Anna und er konnte sie gerade noch auffangen.

»Anna, da bist du ja endlich!«, rief Roswitha Förster. »Mein Gott, wie schaust du denn aus?«

Auch Cornelius entging nicht, dass die Wirtin sichtlich mitgenommen war. Langsam kam sie den Kiesweg des Biergartens entlang. Trotz der sommerlichen Bräune war sie sehr blass und Teile ihrer Hochsteckfrisur hatten sich gelöst und hingen in zerzausten Locken herab. Außerdem schien sie geweint zu haben.

»Grüß Gott, Frau Leitner.«

»Grüß Gott, Herr Professor. Bitte entschuldigen Sie die Verspätung«, sagte Anna leise. »Ich wollte bei Ihrer Ankunft eigentlich zu Hause sein.«

»Jetzt nehmen Sie doch erst einmal Platz.«

Seufzend ließ sich Anna auf der Bierbank nieder. Ihre Hände zitterten, als sie nach einem Taschentuch griff.

»Was um Himmels willen ist denn passiert?«

»Beinahe eine Katastrophe. Aber dank Dr. Rehberg ist alles gut ausgegangen.«

»Dr. Rehberg?«, kam es gleichzeitig von Cornelius und Roswitha Förster.

Cornelius kannte den Apotheker besser als ihm lieb war, war er doch in der Vergangenheit sowohl in seine Ehekrise als auch in die Eskapaden seines kriminellen Neffen verwickelt worden. Beide Male mehr oder weniger unbeabsichtigt, trotzdem war Benedikt Rehberg alles andere als gut auf ihn zu sprechen. Und auch Cornelius konnte nicht behaupten, dass er den Apotheker besonders mochte.

»Ja, er hat Theresa Buchberger das Leben gerettet. Ohne ihn … ich darf gar nicht daran denken.«

»Erzähl!«, drängte die Dorfladenbesitzerin.

Das würde zweifellos für neuen Gesprächsstoff bei der an Neuigkeiten ohnehin nicht armen Roswitha Förster sorgen. Cornelius war in der vergangenen Stunde bereits in den Genuss ihres Wissensschatzes gekommen. Atemlos lauschte sie jetzt Annas Geschichte. Auch Cornelius hörte gebannt zu.

Er hatte Theresa Buchberger im vergangenen Winter zufällig in einem Landshuter Antiquariat kennengelernt. Über ein Buch war er damals mit der pensionierten Bibliothekarin ins Gespräch gekommen und er hatte sie danach gelegentlich auf einem seiner Spaziergänge besucht. Meistens unterhielten sie sich über Bücher und Literatur. Erst sehr viel später hatte er durch Anna vom mysteriösen Verschwinden ihrer Tochter und den Gerüchten um Theresa erfahren. Sie selbst hatte Claudia in seiner Gegenwart nie erwähnt.

»Also, mir ist die Buchbergerin nicht ganz geheuer. Wer weiß, was damals wirklich passiert ist«, sagte Roswitha Förster, nachdem die Wirtin zu Ende erzählt hatte.

»Ach, Roswitha«, erwiderte Anna matt.

»Wenn es doch wahr ist!«, rief sie entrüstet. »Ich hab den Rettungshubschrauber gar nicht gehört. Wenn das die Huber Gabi und die Stenzel Inge erfahren. Ausgerechnet der Dr. Rehberg«, murmelte sie dann mehr zu sich selbst. »Und im Pfarrhaus muss ich auch Bescheid sagen.« Eilig sprang sie auf und drehte sich im Gehen noch einmal um. »Du brauchst mich hier ja nicht mehr, oder?«

Bevor die Wirtin antworten konnte, war sie aus dem Biergarten verschwunden. Anna sah ihr mit einem müden Lächeln hinterher.

»Wie geht es Ihnen jetzt?«, fragte Cornelius ernst.

»Bis heute hab ich eigentlich gedacht, ich hab meine fünf Sinne beisammen und mich wirft so schnell nichts aus der Bahn. Aber beim Anblick von Theresa war ich wie gelähmt. Ich konnte überhaupt nicht mehr klar denken. Ohne Dr. Rehberg wäre sie nicht mehr am Leben.«

Cornelius spürte, wie aufgewühlt Anna immer noch war. »Sie sollten heute nicht mehr arbeiten und sich besser ausruhen. Kann denn Ihre Aushilfe nicht einspringen?«

»Matthias kann heute nicht. Außerdem geht es mir gut«, entgegnete Anna resolut. »Jetzt bekommen Sie erst einmal Ihren Zimmerschlüssel und dann sperre ich die Wirtschaft auf. Sie haben doch bestimmt Hunger.«

»Machen Sie sich um mich keine Gedanken. Ich kann auch nach Altenberg zum Abendessen fahren. Ihre Gesundheit geht jetzt vor!«

»Der kleine Schwächeanfall ist längst vorbei«, wiegelte Anna ab. »Allerdings gibt es heute nur Brotzeit, weil mein Koch frei hat.«

»Mir schmeckt bei Ihnen doch alles.«

Anna holte einen Schlüsselbund hervor und sperrte die Hintertür zur Gaststube auf.

»Hab ich Ihnen eigentlich schon gesagt, wie schön es ist, Sie zu sehen, Herr Professor?«

———

Der Abend hatte in Person von Adrian Neuhaus, der zusammen mit Helena Stern den Biergarten besuchte, noch eine weitere Überraschung parat. Anna wusste zuerst gar nicht, wohin mit dem prominenten Gast, der trotz Sonnenbrille und legerer Kleidung sofort alle Aufmerksamkeit auf sich zog. Doch Neuhaus gab sich gelassen und setzte sich kurzerhand zu Cornelius an den Tisch. Dieser stellte fest, dass Helena Stern nicht nur eine angenehme Gesprächspartnerin war, sondern sich die Wogen zwischen den beiden wieder geglättet hatten. Von der Anspannung nach dem Konzert, die Neuhaus auch mit viel Charme und Eloquenz nicht hatte überspielen können, war an diesem Abend nichts zu spüren. Helena Stern hatte mit ihrem neuen Domizil offenbar Frieden geschlossen. Neuhaus' Laune sank jedoch erheblich, als die Unterhaltung auf den Freizeitpark kam. Er hatte über seinen Makler davon erfahren und sich bereits für den nächsten Tag einen Termin beim Altenberger Bürgermeister geben lassen.

»Ich bin gern bereit, mich für Kunst und Kultur zu engagieren, aber damit hat dieser stupide Massentourismus nicht das Geringste zu tun.«

Cornelius konnte seine Abneigung nachvollziehen. Einem sensiblen Künstler wie Neuhaus ging ein Freizeitpark natürlich gewaltig gegen den Strich. Und würden Besucher und Presse erst einmal Wind davon bekommen, dass er nur wenige Kilometer entfernt wohnte, war es mit der ersehnten Ruhe wohl endgültig vorbei. Schon sein Biergartenbesuch sorgte für lange Hälse und reges Getuschel unter den Gästen. Von zwei Frauen wurde er sogar um ein Autogramm gebeten, was er pflichtschuldig erledigte, wohingegen Helena sich einen giftigen Seitenblick nicht verkneifen konnte.

Trotz der allgemeinen Aufregung um den Freizeitpark freute sich Cornelius auf seine Zeit in Neukirchen. Gleich am nächsten Morgen brach er zu einem Spaziergang durch das Dorf auf. Sein erster Weg führte ihn auf den Friedhof und in die Kirche, wo Pfarrer Hartl stolz vom Fortgang der Renovierungsarbeiten berichtete. Im Dorfladen wurde er bereits sehnsüchtig erwartet, was in erster Linie seinem prominenten Tischnachbarn vom Vorabend geschuldet war, dessen Ankunft sich wie ein Lauffeuer in Neukirchen verbreitet hatte. Roswitha Förster hatte sichtlich damit zu kämpfen, nicht als Quelle des dörflichen Wissens fungieren zu können, und wollte dieses Defizit umgehend ausmerzen.

Erst als der Laden sich mit Kundschaft füllte, konnte er ihren Fängen schließlich entkommen.

An der Ladentür begegnete er Julia Lechner und ihrer Mutter. Marie erwiderte seinen Gruß nur flüchtig und hastete an ihm vorbei, ehe Cornelius noch etwas sagen konnte.

Er war froh, gegen Mittag zurück im Gasthaus zu sein, denn die Hitze machte ihm mit jeder Minute mehr zu schaffen. Im Biergarten traf er auf Helena Stern, die mit dem Fahrrad unterwegs war und ihm von Adrian Neuhaus' missglücktem Besuch beim Altenberger Bürgermeister berichtete.

Helena ersparte Cornelius die Details. Adrian war im Rathaus kurz und knapp abgefertigt worden, was ihn tief getroffen hatte. Der Bürgermeister hatte ihm deutlich zu verstehen gegeben, dass ihn seine Einwände nicht interessierten und er nicht bereit war, für ihn den roten Teppich auszurollen. Von einem Startenor, der sich zwanzig Jahre nicht um seine Heimatgemeinde gekümmert hatte, konnte sich die Region nichts kaufen. Von einem Freizeitpark dafür umso mehr. Entsprechend geladen war Adrian Richtung München entschwunden. Helena hoffte inständig, ihr Aufenthalt würde nicht in ein ständiges Hin- und Herpendeln ausarten. Wie sollte Adrian da die Ruhe und Erholung finden, die er so dringend brauchte? Und wo würde zwischen all den Terminen noch Platz für sie sein?

Nachdem sich Helena verabschiedet hatte, fanden Cornelius und Anna endlich Zeit für ein längeres Gespräch. Er sah sofort, dass die Wirtin gute Nachrichten hatte. Theresa Buchberger würde schon am nächsten Tag aus dem Krankenhaus entlassen werden und er versprach Anna, Theresa mit ihr zusammen in Landshut abzuholen. Natürlich dauerte es nicht lange, bis auch sie beim Thema Freizeitpark angekommen waren.

»Das hätte ich dem Neuhaus gleich sagen können. Auf dem Ohr ist der Bürgermeister taub. Wie leider so viele hier«, seufzte Anna.

Die Begeisterung im Dorf überraschte Cornelius. Er hatte vor seiner Abreise die Berichte im Internet gelesen und die Baupläne des Parks studiert. Die betroffenen Ackerflächen lagen lediglich einen halben Kilometer entfernt. Obwohl die Hauptzufahrtsstraße später nicht direkt durch Neukirchen führen würde, würden seine Bewohner die Auswirkungen unweigerlich zu spüren bekommen.

»Das alles erinnert mich an die Goldgräberstimmung im Wilden Westen«, sagte Anna traurig. »Die Leute haben nur noch das Geld vor Augen, das sie vielleicht eines Tages verdienen werden. Aber wo sind denn die anderen Werte geblieben? Wo ist der Zusammenhalt, der unser Dorf schon immer ausgemacht hat? Sobald man jetzt den Mund aufmacht und nicht mit der Masse schwimmt, wird man abgekanzelt wie ein Schwerverbrecher.«

»Haben Sie denn noch eine Gegenveranstaltung geplant?«, fragte Cornelius.

»Morgen Abend. Viel bringen wird es ohnehin nicht. Sie haben die mickrige Liste auf dem Tresen ja gesehen. Damit hat eine Bürgerinitiative keine Chance. Von einem Bürgerbegehren ganz zu schweigen. Aber der Thomas Stadler wollte unbedingt noch einmal ein Treffen organisieren.«

Cornelius wurde hellhörig. »Thomas Stadler? Ist das etwa der Sohn von diesem Konrad Stadler, der …«

»… der sich bisher beharrlich geweigert hat, seine Felder zu verkaufen und jetzt doch eingeknickt ist. Ja, genau. Thomas ist Konrads Sohn.«

»Das sorgt bestimmt für Zündstoff in der Familie.«

»Das können Sie laut sagen. Thomas wollte den Hof eigentlich nach und nach auf Bio umstellen, und die beiden Felder sollten wohl der Anfang sein. Aber mit dem Verkauf hat ihm sein Vater einen dicken Strich durch die Rechnung gemacht.«

»Gehört Ihre Aushilfe Matthias auch zur Familie?«

»Matthias ist der Sohn von Konrads verstorbenem Bruder Franz. Sein Vater ist vor übwe zwanzig Jahren bei Erntearbeiten tödlich verunglückt. Der alte Stadler hat damals ein Gedenkkreuz für ihn aufstellen lassen. Und dreimal dürfen Sie raten wo.«

»Auf dem Feld, das Konrad Stadler jetzt verkaufen will?«

Anna nickte. »Der alte Stadler hat den Acker nach dem Tod vom Franz für unverkäuflich erklärt, aber Sie sehen ja, was daraus geworden ist. Gott sei Dank muss er das nicht mehr miterleben.«

Cornelius dachte an den verschuldeten Lechner Hof. »Vielleicht braucht Konrad Stadler dringend Geld?«

Anna lachte laut auf. »Der Stadler ist nach dem Eichinger der zweitgrößte Bauernhof in Neukirchen. Der braucht das Geld bestimmt nicht, um über die Runden zu kommen.«

»Eine größere Investition?«, vermutete Cornelius.

Anna schüttelte den Kopf. »Bei der Auflösung vom Hartmann Hof hätte der Stadler zwei Obstwiesen kaufen können, die direkt neben seinen liegen. Nicht einmal ein Angebot hat er abgegeben. Ich glaube, der Konrad will den Hof verkaufen und die Felder sind erst der Anfang. Der mag nicht mehr. Im Grunde seines Herzens war er nie gern Bauer und hat den Hof damals nur aus Pflichtbewusstsein übernommen.«

»Warum übergibt er ihn denn nicht an seinen Sohn?«

Anna zögerte plötzlich. »Thomas … ist schwul und damit hatte der Konrad von Anfang an ein Problem. Sobald sein Freund auf dem Hof ist, kracht es. Der Konrad kann mitunter sehr verletzend sein.«

»Gibt es eigentlich auch eine Frau Stadler? Was sagt die denn zu dem ganzen Schlamassel?«

»Die gibt es. Aber die Waltraud hat noch nie viel gesagt.«

»Und wie denkt Matthias darüber? Schließlich war der Hof auch einmal sein Zuhause.«

»Matthias und seine Mutter sind nach dem Tod vom Franz nach München gezogen«, erzählte Anna. »Er ist erst seit einigen Monaten wieder hier. Das Verhältnis zu seinem Onkel ist nicht besonders herzlich und er findet es nicht gut, wie Konrad mit der Erinnerung an seinen Vater umgeht. Aber er war damals noch ein Kind und so lange weg aus Neukirchen. Der Stadler Hof ist für Matthias kein Zuhause mehr.«

»Dafür der Eichinger Hof«, stellte Cornelius fest.

»Anton und Franz waren sehr gute Freunde und Anton hat damals die Patenschaft für Matthias übernommen. Eigentlich ist er das Beste, was den Eichingers nach dem ganzen Unglück im letzten Jahr passieren kann.«

Cornelius war der Unterton in Annas Stimme nicht entgangen. »Eigentlich?«

»Anton und Matthias haben sich immer gut verstanden, fast wie Vater und Sohn. Aber momentan herrscht Eiszeit zwischen den beiden. Ich hab keine Ahnung, was da passiert ist.«

Kapitel 7

W issen Sie, was *ich* nicht verstehe? Wie es die Baufirma von diesem Markus Baumgartner überhaupt noch geben kann?!«, sagte Cornelius nach einer Weile.

Der Bauunternehmer war im Vorjahr in den Fokus von Zollfahndung und Staatsanwaltschaft geraten, nachdem ein Handwerker ihn der Schwarzarbeit bezichtigt hatte.

Annas Miene verfinsterte sich. »Das kann ich Ihnen sagen: weil er ein ganz hinterhältiger Verbrecher ist, der sich selbst als Unschuldslamm präsentiert und alles auf seinen Bruder und einen seiner Bauleiter abgeschoben hat.«

»Damit ist er durchgekommen?«

»Das sehen Sie ja. Der Bauleiter hat offiziell die Arbeiter angesprochen und eingeteilt. Den Rest hat dann sein Bruder erledigt, der immerhin gleichberechtigter Geschäftsführer war und alle Personalangelegenheiten geregelt hat.«

»Und das glauben Sie?«

»Natürlich nicht! In der Firma wird kein Cent ausbezahlt und keine Schraube umgedreht, ohne dass der Baumgartner darüber Bescheid weiß. Aber beweisen Sie ihm das Gegenteil! Alle Handwerker hatten nur mit seinem Bauleiter Kontakt, der wiederum steif und fest behauptet hat, das Ganze auf Geheiß von Baumgartners Bruder eingefädelt zu haben.«

»Das heißt, dieser Bauleiter und sein Bruder haben für ihn den Kopf hingehalten und sich verurteilen lassen?«

Anna nickte. »Die Firma musste natürlich die Steuern und Abgaben nachzahlen und obendrein eine Strafzahlung leisten. Aber persönlich belangt wurde der Baumgartner bis heute nicht.«

»Und was hat er den beiden dafür geboten? Das macht doch niemand freiwillig?«, fragte Cornelius entgeistert.

»Sein Bauleiter ist wenig später an Krebs gestorben, der hatte nichts mehr zu verlieren. Dafür durfte er seine letzten Wochen in der Schweiz in einem sündhaft teuren Hospiz verbringen.«

»Verstehe. Und sein Bruder?«

Anna wurde nachdenklich. »Der ist aus der Geschäftsführung ausgeschieden und hat die Firma verlassen. Er war ohnehin nur das Anhängsel, das der Baumgartner als Architekt gut gebrauchen konnte, das aber abgesehen davon nichts zu melden hatte. Ihn aber so weit zu bringen, eine Falschaussage zu machen und in der Öffentlichkeit als Schuldiger aufzutreten, ist schon ein starkes Stück.«

»Die Polizei hat bestimmt nichts unversucht gelassen, diesen Sumpf aufzudecken. Aber solange keiner den Mund aufmacht und redet …«

»Und jetzt kommt er mit diesen Finanzheinis und seinem Freizeitpark daher. Jeder hier in der Gegend weiß, welches Kaliber der Baumgartner ist, und trotzdem machen alle mit«, schimpfte Anna.

»Fast alle«, entgegnete Cornelius. »Sie können sich auf die Fahnen schreiben, nicht mit dem Strom zu schwimmen.«

»Davon kann ich mir am Ende des Tages auch nichts kaufen. Wenn man nur den Stadler dazu bringen könnte, seine Felder nicht zu verkaufen«, sagte Anna grimmig.

»Indem du meinen Hund umbringst, du Giftmischerin!«

Cornelius und Anna schreckten hoch. Sie waren so in ihr Gespräch vertieft gewesen, dass sie den Neuankömmling im Biergarten nicht bemerkt hatten, auch wenn dieser nicht so aussah, als ob er eine Bestellung aufgeben wollte.

»Was hab ich, Stadler? Ich glaub, du spinnst«, rief Anna.

Aus ihrer Bemerkung schloss Cornelius, dass es sich offenbar um niemand anderen als Konrad Stadler handelte. Wutentbrannt, die Hände in die Seiten gestemmt, stand der Landwirt jetzt vor Anna Leitner. Er war groß und sehr kräftig. Unter einer blauen Latzhose trug er ein weißes, nicht mehr ganz sauberes T-Shirt. Seine helle Haut war mit Sommersprossen übersät und der Schweiß lief ihm in kleinen Rinnsalen über das Gesicht.

»Wenn du glaubst, ihr könnt mich so umstimmen, dann hast du dich gewaltig geschnitten.«

»Ich hab deinen Hund bestimmt nicht angefasst. Du weißt ganz genau, dass ich der Rosi niemals was antun könnte. Was ist denn

überhaupt passiert?« Anna ging einen Schritt auf Konrad Stadler
zu.

»Tu nicht so scheinheilig. Du klingst schon genauso verlogen
wie mein Herr Sohn.«

Cornelius war ebenfalls aufgestanden. »Entschuldigen Sie,
wenn ich mich einmische, aber …«

»Halten Sie sich da raus«, wurde er sogleich von Stadler unterbrochen. »Weil ihr es nicht verkraften könnt, dass ich meine
Felder verkaufe, hat die Rosi qualvoll sterben müssen.« Stadler
spuckte vor Anna auf den Boden. »Was seid ihr nur für eine skru-
pellose Bagage. Und du mit deinem mitleidigen Getue bist die
Schlimmste von allen.«

Anna sah ihn fassungslos an. »Ich sag es dir jetzt zum letzten
Mal: Ich hab der Rosi nichts getan! Nur weil es Leute gibt, die
deine hirnrissige Entscheidung nicht gutheißen, sind wir noch
lange keine Tiermörder. Und jetzt verschwinde und lass dich hier
nie wieder blicken!«

Helena musste sich eingestehen, dass sie auf den Feldwegen die
Orientierung verloren hatte. Dabei war sie nur zweimal abgebogen. Trotzdem hätte sie im Moment nicht sagen können, wo die
Straße verlief, die sie nach Hause zurückbringen würde. Die Sonne brannte vom wolkenlosen Himmel und brachte die Luft zum
Flirren. Vergeblich hielt sie nach Schatten Ausschau. Weit und
breit nur Äcker, die meisten davon mit Getreide.

In der Ferne deutete eine riesige Staubwolke die Existenz eines
Mähdreschers an. Helenas Kopf schmerzte und sie sehnte sich
nach einem schattigen Plätzchen zum Ausruhen. Sie würde noch
bis zur nächsten Anhöhe fahren und dann überlegen, was sie tun
konnte. Adrian war im Tonstudio und damit nicht zu erreichen.
Abgesehen davon hätte er ihr ohnehin nicht helfen können. Aber
vielleicht hatte sie von dort oben einen besseren Überblick und
fand einen Orientierungspunkt. Neukirchen konnte nicht allzu
weit entfernt sein. Beflügelt von diesem Gedanken trat sie schneller in die Pedale, als plötzlich ein lautes Zischen ertönte. Entnervt
stieg sie vom Sattel. Ein platter Reifen hatte ihr gerade noch ge-

fehlt. Und tatsächlich: Im Vorderrad klaffte ein großes Loch, aus dem die Luft entwich.

Oh, Adrian, wo hast du mich nur hingebracht?

Und welcher Teufel hatte sie geritten, sein Angebot, nach Ibiza zu fliegen, so leichtfertig auszuschlagen? Das hatte sie nun davon. Anstatt in einem Luxushotel am Mittelmeer Urlaub zu machen, stand sie in der niederbayrischen Pampa auf einem Feldweg. Zumindest kamen die Temperaturen denen auf Ibiza schon sehr nahe, auch wenn sie darauf getrost verzichten konnte. Obwohl sie sich zu Hause eingecremt hatte, begann sich die Haut an ihren Armen und Schultern bereits rötlich zu färben. Natürlich hatte sie die Sonnenmilch nicht eingesteckt und auch die kleine Wasserflasche war längst leer.

Direkt neben ihr huschte eine Maus aus dem Getreidefeld, hielt einen Augenblick ihre kleine Schnauze in die Luft, ehe sie kehrtmachte und wieder zwischen den Weizenähren verschwand. Helena gab sich einen Ruck. Sie würde einfach bei der Auskunft anrufen und sich mit dem Gasthaus in Neukirchen verbinden lassen. Die Wirtin kannte bestimmt jemanden, der sie abholen würde. »Kein Netz« war jedoch alles, was ihr Mobiltelefon zu vermelden hatte. Noch während sie leise vor sich hin fluchend auf und ab lief, in der Hoffnung eine Funkzelle zu erhaschen, raste ein roter Porsche heran. Helena atmete auf. Der Fahrer hatte ihr Winken offenbar gesehen, denn er drosselte das Tempo und blieb mit knirschenden Reifen neben ihr stehen. Laute Musik dröhnte aus dem Wageninneren, als sich das Fenster der Beifahrerseite öffnete. Helena beugte sich nach unten.

Hinter dem Steuer saß ein braun gebrannter Typ Anfang dreißig mit leicht gewellten, nach hinten gegelten Haaren, Goldkettchen um den Hals und einem unangenehmen Zahnpastalächeln. Heute blieb ihr offensichtlich nichts erspart. Aber was war die Alternative? Bei sengender Hitze weiter am staubigen Wegrand zu stehen und zu warten, dass irgendwann jemand vorbeikam, der nicht sofortigen Brechreiz in ihr auslöste?

»Na, Schnecke, brauchst ein Taxi?«

Die zweite Alternative hatte sich soeben durchgesetzt. Das Lächeln auf Helenas Lippen erstarb so schnell, wie es gekommen war.

»Verpiss dich.«

Dann drehte sie sich um und ging hoch erhobenen Hauptes zu ihrem Fahrrad zurück. Lieber riskierte sie einen Hitzschlag, als zu diesem Idioten ins Auto zu steigen.

»Blöde Kuh«, brüllte ihr der Fahrer hinterher, ehe er mit Vollgas anfuhr, sodass Helena in einer riesigen Staubwolke verschwand.

Sie hustete und rang nach Luft. Tränen schossen ihr in die Augen. Warum hatte sie sich nicht zusammenreißen können? Bis hier das nächste Auto vorbeikam, konnte es Stunden dauern.

Oder auch nicht …

Keine fünfzig Meter von ihr entfernt bog ein Mähdrescher aus einem der angrenzenden Felder. Mochte der Typ, der jetzt auf diesem Ungetüm den Weg entlang rumpelte, noch so unmöglich sein, sie würde keine Minute länger stehen bleiben und sich von der Sonne grillen lassen. Helena winkte und ging unwillkürlich zwei Schritte nach hinten. Das Gefährt war riesig. Zaghaft sah sie nach oben, wo die Tür zur Fahrerkabine geöffnet wurde und ihr zwei graublaue Augen fragend entgegenblickten.

Matthias Stadler lenkte den Mähdrescher vorsichtig auf den Feldweg. Gerade war der Porsche von Leon Gruber an ihm vorbeigerast. Was hatte der mit seiner Luxuskarosse zwischen den Feldern zu suchen? Womöglich war die blonde Frau, die dort vorne am Wegrand stand, der Grund für Leons Ausflug. Aber was machte sie dann noch hier? Leon konnte sie unmöglich übersehen haben. Oder waren sie in Streit geraten und hatte er sie aus dem Wagen geworfen? Zuzutrauen wäre es ihm. Matthias kannte Leon von dessen Gasthausbesuchen. Auch in Altenberg oder Landshut waren sie sich schon über den Weg gelaufen. Matthias konnte nicht behaupten, dass er Leon sympathisch fand. Laut Anton brachte er wohl nichts zustande, außer das Geld seiner Eltern auszugeben, wovon dank des Fünf-Sterne-Hotels genug vorhanden war. Aber die Mädels schien er zu beeindrucken, nicht umsonst saß jedes Mal eine andere auf dem Beifahrersitz. Matthias verspürte wenig Lust, sich über Leons Frauengeschichten den Kopf zu zerbrechen, und noch weniger anzuhalten und sich einzumischen. Er hatte schließlich schon genug Ärger am Hals.

Aber in diesem Augenblick begann die Frau am Feldrand zu winken. Bei näherem Hinsehen machte sie auch nicht den Eindruck, als ob sie gerade in einem klimatisierten Auto gesessen hätte. Ihre weißen Shorts und das dunkelblaue Trägertop waren mit Staub besudelt und mehrere Haarsträhnen hatten sich aus der zu einem Pferdeschwanz gebundenen Frisur gelöst. Ihre zierliche Statur und die helle Haut ließen Matthias unweigerlich an eine Elfe denken. Jetzt sah er auch das Fahrrad am Wegrand stehen. Widerwillig brachte er den Mähdrescher zum Stehen und öffnete die Tür der Fahrerkabine.

»Guten Tag. Vielen Dank, dass Sie angehalten haben«, schallte es ihm von unten entgegen.

»Grüß dich.«

Die Frau sah ihn einen Moment irritiert an. Ihre Wangen waren gerötet und sie strich sich hastig eine Strähne aus dem Gesicht. »Äh … ja. Fahren Sie zufälligerweise nach Neukirchen?«

»Ja.«

»Gott sei Dank. Wären Sie so freundlich und würden mich mitnehmen? Ich habe nämlich eine Reifenpanne und hier gibt es weit und breit keinen Handyempfang.«

»Von mir aus.«

Helena atmete auf. Der gesprächigste schien dieser Typ zwar nicht zu sein, aber dafür sparte er sich wenigstens die dummen Sprüche. Und – er fuhr nach Hause. Die erste gute Nachricht an diesem Tag. Helena beäugte die schmale, steile Leiter, die hinauf in die Fahrerkabine führte. Ihr graute bei der Vorstellung, sich daran nach oben hangeln zu müssen, aber das half jetzt alles nichts.

»Das ist wirklich nett von Ihnen.« Sie zeigte auf ihr Fahrrad. »Und was passiert damit?«

Matthias sah sie mit einer Mischung aus Belustigung und Erstaunen an. »Bleibt hier. Wo soll ich das denn aufladen?«

»Ah ja, auch kein Problem. Das holen wir dann eben morgen ab.«

Den alten Drahtesel, der noch von Adrians Mutter stammte, würde bestimmt niemand klauen und wenn doch, war es auch nicht schade um ihn. Sie atmete einmal tief durch und kletterte dann mit einem etwas flauen Gefühl im Magen nach oben. Hoffentlich rutschte sie nicht ab. Sie wollte diesem Typ keinen zusätzlichen Grund geben, sie auszulachen. Er fand das Ganze ohnehin schon sehr amüsant. Aber das hätte sie an seiner Stelle auch getan. Sie mochte sich gar nicht ausmalen, wie sie aussah. Hochroter Kopf, zerzauste Haare, über und über mit Staub bedeckt, den dieser Proll mit seinem Porsche aufgewirbelt hatte. Oben angekommen stellte sie fest, dass es in der Fahrerkabine angenehm kühl und sehr sauber war. Sie setzte sich auf den freien Platz neben dem Fahrer. Aus dem Radio ertönte leise Musik. Nicht Ibiza, aber immerhin erträglich.

»Schaffen wir es in einer halben Stunde bis Neukirchen, genauer gesagt müsste ich zu dem kleinen Weiler zwischen Neukirchen und Ebersbach.«

Wenn sie sich beeilte, wäre sie vor Adrians Rückkehr geduscht und umgezogen und sie konnten nach Landshut fahren und in der Altstadt schön essen gehen. Sie hoffte sehr, dass seine Laune sich gebessert hatte und er in den nächsten Tagen endlich zur Ruhe kommen würde – Freizeitpark hin oder her. Das Anwesen war schließlich groß genug, um sich auch in Zukunft die Schaulustigen vom Leib zu halten.

»Nein.«

Erst jetzt bemerkte sie, dass der Typ etwas gesagt hatte. »Wie bitte?«

»Nein, schaffen wir nicht.«

»Dieses Gefährt wird doch in der Lage sein, die Strecke in einer halben Stunde zurückzulegen?! So weit ist es nun auch wieder nicht.«

»Ich muss aber noch zwei Felder abdreschen. Das dauert ungefähr zwei Stunden, danach fahr ich dich gern heim.«

»Sie wollen jetzt nicht allen Ernstes irgendwelche Erntearbeiten verrichten, während ich hier oben sitze?«

Die Elfe starrte ihn an, als habe er vorgeschlagen, mit dem Mähdrescher eine Marsexpedition zu unternehmen. Nur mit Mühe konnte Matthias ein Grinsen unterdrücken. Er war sich außerdem sicher, sie von irgendwoher zu kennen, aber danach fragte er sie jetzt besser nicht.

Helena zeigte auf ihre staubige Kleidung. »Sie sehen doch, dass ich dringend unter die Dusche muss.«

Er musterte sie von oben bis unten und Helena spürte, wie ihr das Blut in die Wangen stieg. »Jetzt entspann dich mal. Hinter dem nächsten Feld haben wir wieder Empfang und dann kannst du daheim anrufen und dich abholen lassen.«

»Das kann ich eben nicht, weil mein Freund noch in München ist«, kam es giftig zurück. Immerhin konnte sie Adrian schreiben, dass es bei ihr später wurde und er sich keine Sorgen machen musste. Aber wie sollte sie es zwei Stunden neben jemandem aushalten, der in etwa so unterhaltsam war wie eine Litfaßsäule?

Matthias sah sie abwartend an.

»Also gut, dann bleibe ich eben hier«, seufzte Helena.

Er öffnete die Kühltasche, die neben seinem Fahrersitz stand. »Magst was trinken? Die Bar gibt im Moment aber nur Mineralwasser her.«

»Ja, gern. Hauptsache flüssig.« Ihre Kehle fühlte sich wie ausgedörrt an.

»Ich bin Matthias«, sagte er und reichte ihr eine Flasche. Seinen rechten Unterarm zierte eine kleine Tätowierung. Helena konnte das Motiv jedoch nicht genau erkennen.

»Danke. Helena Stern.« Und nach einem kurzen Zögern: »Danke fürs Mitnehmen.«

»Passt schon. Vorsicht.« Matthias beugte sich über sie und zog die Mähdreschertür mit einem kräftigen Ruck zu. Dabei streifte er sie mit seinem linken Arm und sein Gesicht war nur wenige Zentimeter von ihrem entfernt. Für einen Moment sahen sie sich direkt in die Augen. Hastig nahm Helena einen Schluck aus der Wasserflasche.

Anna war nach der Auseinandersetzung mit Konrad Stadler so geladen, dass Cornelius sie bis in den Biergarten rumoren hörte. Geschirr klapperte, Schubladen wurden aufgerissen und wieder zugeknallt und ein Glas fiel klirrend zu Boden. Ein weiterer Gast kam in den Biergarten und Cornelius brauchte einen Augenblick, bis er Benedikt Rehberg erkannte. Entgegen seiner sonstigen

Gepflogenheiten war der Apotheker sehr leger gekleidet. Außerdem schob er ein rotes Damenfahrrad neben sich her. Rehbergs Begeisterung, Cornelius an Ort und Stelle anzutreffen, hielt sich spürbar in Grenzen. Seine Miene hellte sich jedoch schlagartig auf, als Anna mit einem Tablett in der Hand in den Biergarten kam.

»Grüß Gott, Frau Leitner. Ich will nicht lange stören. Ich habe Ihnen nur Ihr Fahrrad zurückgebracht.«

»Das hab ich vor lauter Aufregung ja ganz vergessen. Sind Sie jetzt etwa hierher *geradelt*?«

Was einen Kerl wie Rehberg wohl nicht umhauen dürfte, dachte Cornelius. Anna tat gerade so, als hätte der Apotheker soeben eine Himalaya-Expedition hinter sich gebracht. Zudem war ihm nicht entgangen, wie gut gelaunt die Wirtin auf einmal war.

»Ich wollte ohnehin nachsehen, ob es Ihnen wieder besser geht.«

»Mir … mir geht es gut, danke. Wollen Sie einen Kaffee mit mir … also ich meine … mit uns trinken? Der Herr Professor und ich …«

»Frau Leitner, mir fällt gerade ein, ich muss ja dringend zu Frau Eichinger. Den Kaffee holen wir morgen nach, einverstanden?«, sagte Cornelius rasch und entschwand Richtung Gehsteig. Ein Kaffeekränzchen mit Benedikt Rehberg nahm auf seiner Beliebtheitsskala definitiv einen der hinteren Plätze ein.

»Der Kuchen war auch noch auf Ihrem Gepäckträger. Ich weiß nicht, ob er noch in Ordnung ist«, hörte er Rehberg durch die Hecke sagen.

Anna lachte. »Wir können ihn ja mal testen, wenn Sie möchten.«

»Gern. Außerdem muss ich mich bei Ihnen entschuldigen. Ich habe mich Ihnen gegenüber gestern sehr … äh … rüpelhaft verhalten.« Eine Papiertüte raschelte. »Das ist die Lavendelseife, die Sie immer kaufen. Als kleine Entschuldigung.«

Vor dem Biergarten entdeckte Cornelius Julia Lechner und ein anderes Mädchen mit ihren Fahrrädern. Julia lenkte ihr Rad quer über die Straße. »Hallo. Ist die Anna zu Hause?«

»Grüß dich, Julia. Ja, aber Frau Leitner hat gerade Besuch.« Cornelius holte einen Fünf-Euro-Schein aus seiner Geldbörse.

»Soweit ich weiß, wurden heute bei Frau Förster im Laden zwei neue Eissorten angeliefert.«

Während die Mädchen Richtung Dorfladen fuhren, ging Cornelius weiter zum Eichinger Hof, der nur wenige Häuser entfernt lag. An der Einfahrt blieb er stehen. Genau hier waren Sascha Eichinger und er sich im vergangenen Jahr das erste Mal begegnet. Cornelius war die etwas ungestüme und unbekümmerte Art des jungen Bauern sofort sympathisch gewesen. Nur zwei Tage später hatte er an den Keltenschanzen seine Leiche gefunden. Und in der Dorfkirche schließlich seinen Mörder gestellt …

Wer würde dieses wunderschöne Anwesen eines Tages übernehmen? Ein großer Innenhof mit Brunnen trennte das gepflegte und mit zahlreichen Holzverkleidungen versehene Wohnhaus von den Wirtschaftsgebäuden und Stallungen auf der anderen Seite. Neben dem Haus befand sich ein moderner Hallenanbau, auf dessen Dach zahlreiche Sonnenkollektoren angebracht waren. Vor der Halle werkelten zwei Männer an einem Mähdrescher herum. Sie waren so in ihre Arbeit vertieft, dass sie ihn nicht bemerkten. In diesem Augenblick kam Saschas Mutter mit einem Tablett aus dem Haus. Sie begrüßte Cornelius sehr herzlich.

»Trinken Sie einen Kaffee mit mir? Ich wollte ohnehin gerade eine kleine Pause machen.«

Nachdem sie zwei Tassen neben den Männern abgestellt und einige Worte mit ihnen gewechselt hatte, folgte ihr Cornelius in den Garten, wo im Schatten der Obstbäume eine Sitzbank und ein hölzerner Gartentisch standen.

»Mein Mann ist bis spätabends mit dem Mähdrescher unterwegs. Aber ich kann Ihnen gern die Wohnung zeigen.«

»Das eilt nicht.«

Anton Eichinger hatte neben den Obstwiesen auch das Wohnhaus des ehemaligen Hartmann Anwesens übernommen und es in drei Wohnungen umbauen lassen. Eine davon würde das zukünftige Feriendomizil von Familie Cornelius sein.

»Ist Ihre Frau denn gar nicht mitgekommen?«, fragte Eva Eichinger, während sie den Gartentisch deckte.

»Sie hilft einer guten Freundin bei einer Veranstaltung und kommt in einigen Tagen nach.«

Wie er dem Telefonat mit Ramona am Vorabend entnehmen konnte, hielt sich der Arbeitseifer der »guten Freundin« bisher sehr in Grenzen. Cornelius hatte wohlweislich auf einen Kommentar verzichtet und stattdessen geduldig Ramonas Klagen gelauscht.

»Mit etwas Glück ist bis dahin die Küche eingebaut. Der Anton kann ja viel selbst erledigen, aber momentan sind wir mitten in der Weizenernte und er hat kaum Zeit für andere Dinge.«

Von Anna wusste Cornelius, dass die Eichingers zusätzlich zum landwirtschaftlichen Betrieb ein eigenes Lohnunternehmen gegründet hatten und ihre Mähdrescher bei vielen Bauern aus der Umgebung das Getreide abernteten.

»Manchmal geht es bis weit nach Mitternacht«, seufzte Eva. »Aber unsere Fahrer freuen sich jedes Jahr wie die Kinder, wenn es ums Mähdrescherfahren geht. Grad, dass sie sich nicht darum streiten, wer welches Modell fahren darf.«

Sie sah besser aus als noch zu Beginn des Jahres. Ihr Gesicht war voller, die Wangen rosig und sie trug eine moderne Kurzhaarfrisur anstelle des strengen Knotens. Doch trotz ihres Lächelns lag ein Schatten über ihren Augen.

»Machen Sie morgen einfach eine Probefahrt. Der Matthias nimmt Sie gern mit. Er fährt unser allerneuestes Modell. Das gefällt Ihnen bestimmt.«

»Ich weiß nicht, ob er davon so begeistert sein wird. Ich störe ihn doch nur beim Arbeiten.«

»Überhaupt nicht«, wehrte Eva ab. »Die Kinder von den Bauern fahren auch immer mit.«

Die Kinder … Da passte er ja gut dazu.

»Matthias ist der Patensohn Ihres Mannes, nicht wahr?«, fragte er unverfänglich.

»Ja. Ein ganz ruhiger und netter Bursche. Ich weiß gar nicht, wie wir in Zukunft ohne ihn …« Ihre Stimme versagte plötzlich. »Bitte entschuldigen Sie, Herr Professor«, schluchzte sie.

Kapitel 8

Denis Limmer tigerte unruhig hinter dem Werkstattgebäude auf und ab. In der einen Hand hielt er eine halb gerauchte Zigarette, in der anderen sein Mobiltelefon. Verärgert hörte er zu, was Leon Gruber ihm erzählte.

»Geht es vielleicht noch etwas auffälliger? Was hast du, verdammt noch mal, da oben mit deinem Porsche herumzukurven?«

»Wenn ich am helllichten Tag das Auto meiner Schwester nehme, fällt das doch auf.«

»Du sollst dich dort überhaupt nicht blicken lassen«, schrie Denis.

Leon konnte von Glück sagen, dass er ihm jetzt nicht gegenüberstand. Wütend trat Denis gegen den Standaschenbecher.

»Aber ich dachte …«

»Hör auf zu denken! Das Ding ist weg, begreif das endlich. Das ist dumm genug gelaufen. Aber wenn du jetzt auch noch ständig da oben aufkreuzt, kannst du gleich ein Inserat in die Zeitung setzen.« Er holte tief Luft. »Also, halt den Ball flach. Mit etwas Glück ist einer mit dem Mähdrescher drübergefahren.«

»Und wenn nicht?«

»Dann wirst du der Erste sein, der davon erfährt. Das garantiere ich dir. Außerdem will ich dafür Kohle von dir sehen.« Er zog noch einmal an seiner Zigarette und drückte sie dann aus. »Und jetzt hör mir genau zu. Die Jungs wissen nicht, was passiert ist. Morgen Nacht geht es weiter wie immer. Hast du das verstanden?«

»Willst du wirklich …«

»Ob du das verstanden hast?«, brüllte Denis in das Telefon. Nur mit Mühe konnte er den Impuls unterdrücken, den Aschenbecher umzutreten.

»Ja.«

»Dann reiß dich gefälligst zusammen! Wir ziehen das jetzt durch wie geplant. Und bete zu Gott, dass morgen Nacht nicht wieder etwas dazwischenkommt.«

———

»Sie müssen sich doch nicht entschuldigen«, sagte Cornelius betroffen.

Eva Eichinger holte ein Taschentuch hervor und wischte sich hastig die Tränen aus dem Gesicht. »Ich hatte solche Angst, Anton würde nicht mehr auf die Beine kommen. Er hatte überhaupt keine Energie und keine Lebensfreude mehr. Sascha fehlt uns so sehr. Manchmal ist es so schlimm, dass ich fast verrückt werde.«

Cornelius schwieg. Die Hilflosigkeit, die ihn schon am Morgen an Saschas Grab ereilt hatte, war zurückgekehrt. Welchen Trost hätte er Eva Eichinger spenden können? Jedes Wort schien ihm eines zu viel, unangebracht, eine bloße Floskel. Nichts würde ihren Schmerz je heilen können.

»Matthias kann uns den Sascha nicht ersetzen. Das soll er auch nicht. Sascha wird immer unser Sohn bleiben, und er wird uns immer fehlen. Aber mit Matthias ist endlich wieder Leben auf dem Hof eingekehrt. Alles schien wieder einen Sinn zu machen. Die Ferienwohnungen und die neuen Wiesen … noch vor ein paar Monaten hätte sich Anton nicht dazu aufraffen können, Pläne für die Zukunft zu machen. Wofür denn auch?«

Saschas jüngerer Bruder hatte sich nie für die Landwirtschaft interessiert und lebte mittlerweile in Frankfurt, wo er bei einer Großbank arbeitete. Cornelius vermied es, Eva Eichinger auf ihn anzusprechen. Er hatte nicht vergessen, wozu er im vergangenen Jahr fähig gewesen war, um seine ehrgeizigen Pläne durchzusetzen, und welchen Kummer er seinen Eltern damit bereitet hatte.

»Aber kaum denkt man, es geht aufwärts, kommt der nächste Rückschlag.« Bitterkeit lag in Evas Stimme.

Cornelius musste an Annas Vermutung denken, dass zwischen Matthias und seinem Patenonkel etwas vorgefallen war. Also hatte die Wirtin recht gehabt.

»Matthias hat schon einiges mitgemacht. Sein Vater sollte damals eigentlich den Stadler Hof übernehmen, aber dann ist der Franz tödlich verunglückt. Seine Witwe ist Malerin und hat Neukirchen nach seinem Tod sofort verlassen.«

»Eine Malerin und ein Landwirt, auch ungewöhnlich.«

Eva lächelte trotz der Tränen. »Sie sagen es. Was hat diese Hochzeit damals für ein Gerede verursacht. Ich muss zugeben, wir waren auch skeptisch, als uns der Franz die Esther das erste Mal vorgestellt hat. Aber er wusste, dass seine Frau keine Bäuerin ist, und sie hat von Anfang an akzeptiert, dass man aus einem Landwirt keinen Künstler machen kann. Der Tod vom Franz hat die Esther vollkommen aus der Bahn geworfen. Drei Tage nach der Beerdigung ist sie mit dem Matthias nach München gezogen. Ein Jahr später hat sie wieder geheiratet. Einen ihrer ehemaligen Dozenten, der auch verwitwet ist und zwei Kinder hat. Sie hat es sicher nur gut gemeint und wollte dem Matthias eine intakte Familie bieten.«

»Aber es ist nicht gut gegangen?«

»Nein, überhaupt nicht. Matthias ist wie sein Vater. Er muss raus in die Natur, muss etwas anpacken. Er ist sich in diesem Akademiker- und Künstlerhaushalt vollkommen verloren vorgekommen. Als Teenager hat er dann zum Rebellieren angefangen und ist mit einer Sprayer-Clique durch die Gegend gezogen. Fragen Sie nicht, wie oft er in der Zeit von der Polizei aufgegriffen wurde. Irgendwann hat sich die Esther nicht mehr anders zu helfen gewusst und ihn in ein Internat gesteckt. Dort ist es tatsächlich besser geworden. Nach dem Abitur hat er sogar Maschinenbau studiert«, fügte sie mit unüberhörbarem Stolz hinzu. »In den Semesterferien hat er uns oft auf dem Hof geholfen. Esther passte das zwar nicht, aber Matthias hat sich nicht von ihr reinreden lassen. Sascha und er haben sich so gut verstanden.«

Eva trank einen Schluck Kaffee, ehe sie fortfuhr: »Der Kontakt zu seinen alten Spezln ist allerdings nie abgerissen. Im März, ausgerechnet in der Nacht vor seiner Examensfeier, haben sie zusammen ein Fabrikgelände verschönert und sind prompt erwischt worden. Sein Stiefvater und er haben sich furchtbar gestritten. Am Abend stand er dann mit Sack und Pack vor unserer Tür und hat gefragt, ob er vorerst bei uns bleiben kann.«

Eva hielt einen Augenblick inne und blickte versonnen zum Wohnhaus. »Uns tut es so gut, dass auf dem Hof wieder etwas los ist.« Sie seufzte leise. »Aber es soll einfach nicht sein.«

»Was ist denn passiert?«

»Vor drei Wochen hab ich mit dem Traktor Matthias' Auto angefahren. Es ist Antons alter Wagen, an dem er wochenlang he-

rumgeschraubt hat. Ich hab ihn am Kofferraum erwischt und als
wir ihn aufgemacht haben, um uns das Malheur anzuschauen …«

»Spraydosen?«

Eva traten neue Tränen in die Augen. »Ja, unter einer Decke
versteckt. Matthias behauptet zwar, er hätte auf einem Abbruch-
gelände in Landshut gesprayt, das vom Eigentümer dafür zur
Verfügung gestellt wurde. Aber meinen Mann hat das nicht interessiert. Anton war vollkommen außer sich und wollte ihn
noch am selben Tag hinausschmeißen. Matthias hat ihm damals
versprechen müssen, dass dieses Kapitel ein für allemal beendet
ist. Aber Matthias wollte ohnehin sofort weg und zurück nach
Norwegen, wo er letztes Jahr ein Praktikum gemacht hat. Ich hab
beide angefleht, nichts Unüberlegtes zu tun und sich wieder zu
vertragen. Vor lauter Aufregung hatte ich eine Kreislaufschwäche
und musste ins Krankenhaus. Nur mir zuliebe ist Matthias überhaupt noch hier. Er hat mir versprochen, bis zum Ende der Ernte
zu bleiben, aber danach …«

»Und es gibt keine Aussicht auf Versöhnung?«, fragte Cornelius.

»Nein. Sie reden nur noch das Allernötigste miteinander. Was
halt besprochen werden muss, wenn es um den Hof geht. Ansonsten gehen sie sich aus dem Weg oder schweigen sich an.«

»Was sagt denn Matthias' Familie dazu?«

»Weder die Stadlers noch seine Mutter wissen davon. Wir haben es niemandem erzählt. Aber natürlich merken die Leute, dass
irgendetwas bei uns nicht stimmt. Die sind ja nicht blind. Ich
weiß wirklich nicht, wie das alles noch weitergehen soll.«

»Und jetzt auch noch die Aufregung um die Felder seines Onkels«, warf Cornelius ein.

Eva Eichinger stieg die Zornesröte ins Gesicht. »Der Konrad
kann von Glück sagen, dass nur ich zu Hause war und nicht der
Anton. Kommt hierher und schreit mich an, wir hätten seinen
Hund vergiftet.«

»Bei Ihnen war er auch?«

»Wo denn noch?«

»Frau Leitner hat er ebenfalls beschimpft. Sie hat sich das aber
nicht gefallen lassen und ihn aus dem Gasthaus geworfen«, sagte
Cornelius mit Genugtuung.

»Recht so. Sein Vater würde sich im Grab umdrehen, wenn er wüsste, was der Konrad vorhat. Mein Mann hat damals das Kreuz für den Franz angefertigt und ist immer noch außer sich. Ich verstehe auch nicht, welcher Teufel den Konrad geritten hat, sich von diesem windigen Baumgartner überreden zu lassen, seine Felder zu verkaufen. Aber deshalb vergiften wir doch nicht seinen Hund!«

Nach einer kurzen Wohnungsbesichtigung verbrachte Cornelius einen geruhsamen Abend im Biergarten. Auch am nächsten Tag ließ er es langsam angehen. Am Nachmittag holte er gemeinsam mit Anna Theresa Buchberger aus dem Krankenhaus in Landshut ab. Diese war froh, in ihr Häuschen zurückkehren zu können und freute sich sehr über das unverhoffte Wiedersehen mit Cornelius. Er musste ihr versprechen, sie bald wieder zu besuchen. Da Anna danach noch einige Besorgungen für Theresa machen wollte, fuhren sie weiter nach Altenberg.

Trotz der Hitze schlenderte Cornelius durch den mittelalterlichen Stadtkern, vorbei an bunt gestrichenen Häuserfassaden und kleinen Geschäften. Bei einem Blick durch das Schaufenster der *Palmen Apotheke* stellte er fest, dass der Verkaufsraum voller Kunden war. Hatte Roswitha Förster nicht erzählt, Rehberg stünde kurz vor der Pleite? Auch Helena Stern kam mit einer Tüte in der Hand aus der Apotheke. Der Fahrradausflug am Vortag hatte ihr einen Sonnenbrand beschert, wie sie Cornelius berichtete. Doch das schien ihre gute Laune ebenso wenig zu trüben wie die Tatsache, dass Adrian Neuhaus den Tag erneut im Tonstudio in München verbringen musste. Spontan begleitete sie Cornelius in das Café auf dem Rathausplatz, wo Anna bereits auf ihn wartete.

Zurück in Neukirchen wurde es schließlich ernst. Für seine abendliche Verabredung mit Matthias Stadler samt Mähdrescher begab er sich zum Eichinger Hof. Cornelius wurde beim Anblick des riesigen Gefährts ziemlich flau im Magen. Aus der Ferne betrachtet wirkte es nicht halb so imposant. Auch die schmale Leiter nach oben zum Führerhaus trug nicht unbedingt zu seiner Beruhigung bei. Eva Eichinger schienen ähnliche Gedanken zu beschäftigen. Sorgenvoll sah sie von Cornelius zum »A380 unter den Mähdreschern«, wie Matthias das Fahrzeug stolz vorstellte, ehe er behände nach oben kletterte. Dort wartete er geduldig, bis sich auch Cornelius – wesentlich langsamer und alles andere als elegant – nach oben gehangelt hatte. Schnaufend ließ er sich auf dem Beifahrersitz nieder. Ob dieser Ausflug eine gute Idee für seine alten Knochen war?

Gespannt sah er sich in der Fahrerkabine um. Mit dieser Hightech-Ausstattung hatte er nicht gerechnet. Langsam setzte sich das schwere Gefährt in Bewegung. Die Art und Weise, wie Matthias die Hofausfahrt und die engen Kurven meisterte, nötigte Cornelius allen Respekt ab. Schon an der ersten Einmündung hätte er sämtliche Verkehrsschilder abgeräumt. Von Eva Eichinger wusste er, dass Anton und Matthias auch die meisten Reparaturen an den Fahrzeugen selbst erledigten. Und nicht nur dort. Es gab wohl keinen Winkel auf dem Eichinger Hof, an dem sie nicht schon Hand angelegt hatten. Cornelius als alte Großstadtpflanze mit minimalster handwerklicher Begabung konnte davor nur den Hut ziehen. Wie einseitig seine Vorstellungen vom Dasein eines Landwirts doch bisher waren.

Am Acker angekommen setzte allmählich die Dämmerung ein, und Matthias schaltete das Licht am Mähdrescher an. Ein großes Areal um sie herum war taghell erleuchtet. Cornelius beobachtete die drehende Bewegung des Schneidwerks, das gleichmäßig Ähre um Ähre, Halm um Halm verarbeitete, bis Matthias schließlich die Getreidekörner auf einem am Feldrand bereitgestellten Anhänger ablud. Wie Cornelius erfuhr, gehörte der Acker, den sie gerade abgeerntet hatten, Maximilian Lechner. Der Landwirt wartete mit verschränkten Armen und mürrischem Gesichtsausdruck neben dem Traktorgespann und rauschte grußlos von dannen, kaum dass Matthias seine Fracht abgeladen hatte.

»Sie machen diese Arbeit richtig gern«, stellte Cornelius nach einer Weile fest.

»Schon.«

Matthias sagte nicht viel, doch es war kein unangenehmes Schweigen. Cornelius musterte ihn verstohlen. Er glaubte sich zu erinnern, ihn damals unter den Trauergästen in der Dorfkirche gesehen zu haben. Aber er konnte sich auch täuschen. Zu viele

Menschen hatten von Sascha Eichinger Abschied genommen, um sich jedes Gesicht einzuprägen. Eva hatte recht. Matthias und Sascha hätten unterschiedlicher nicht sein können. Aber seine Anwesenheit auf dem Hof hatte die Eichingers aus ihrer Trauer und ihrem Schmerz geholt und sie wieder nach vorn schauen lassen. Diese unsägliche Sprayaktion durfte all das doch nicht zunichtemachen. Cornelius überlegte angestrengt, ob und wie er Matthias darauf ansprechen sollte.

»Sie haben ihn damals da oben gefunden, nicht wahr?«

Die Frage riss Cornelius aus seinen Gedanken. »Äh … ja.«

»Und Sie haben herausgefunden, wer ihm das angetan hat.«

»Mit sehr viel Glück und der Hilfe des Zufalls.«

Matthias deutete ein kleines Lächeln an. »Sein Mörder läuft nicht frei herum, nur das zählt.«

»Sie beide haben sich gut verstanden?«

»Schon.«

Cornelius wartete darauf, dass er noch mehr Fragen stellte oder von sich aus zu erzählen anfing, aber für Matthias war offenbar alles gesagt, und so verlief der Rest der Fahrt wie sie angefangen hatte … schweigend.

Nach einiger Zeit ließ Matthias ihn an der nächsten Wegkreuzung aussteigen. Cornelius war nicht wenig erstaunt, dort auf Helena Stern zu treffen, die mit ihrem Fahrrad gewartet hatte und jetzt seinen Platz auf dem Beifahrersitz einnahm. Das unverhoffte Wiedersehen machte die junge Frau sichtlich verlegen. Cornelius verabschiedete sich rasch und begab sich auf den Heimweg. Die Nacht war sternenklar und sehr mild. Wie ein gigantischer Lampion hing der Vollmond am Himmel und tauchte die Umgebung in silbriges Dämmerlicht. Cornelius blieb einen Augenblick stehen, um das Bild auf sich wirken zu lassen. In der Ferne schob sich ein Leuchtkegel den Hügel hinauf. Bei genauem Hinhören war sogar das Motorengeräusch des Mähdreschers zu vernehmen, in dem Matthias und Helena die nächsten Stunden miteinander verbringen würden. Adrian Neuhaus würde gut daran tun, sich künftig mehr um seine Freundin zu kümmern, dachte er.

Schließlich erreichte er das westliche Ortsende von Neukirchen. Nur noch wenige Fenster waren erleuchtet. Ein Blick auf die Uhr sagte ihm, dass es mittlerweile fast elf war. In einem Garten wurde noch gefeiert. Es roch nach Holzkohle und Grillfleisch und er hörte leises Gelächter und das Klirren von Gläsern. Aus einem Gebüsch zu seiner Rechten drang das wütende Fauchen zweier Katzen. Der Garten gehörte zum Haus seines Neffen, dem Auslöser, warum es Cornelius vor über einem Jahr nach Neukirchen verschlagen hatte. Seine Bewohner weilten erneut auf einer archäologischen Expedition. Cornelius fragte sich, wozu sie überhaupt ein Haus gebaut hatten, wenn sie doch ständig um den Globus reisten. Wie Adrian Neuhaus, der schließlich in seine Heimat zurückgekehrt war und feststellen musste, dass sich auch dort der Blick nach vorn gerichtet hatte, weg von der Vergangenheit, die er immer noch mit seinem einstigen Zuhause verband.

Die Halle neben dem Wohnhaus der Eichingers war trotz der späten Stunde hell erleuchtet. Der Mähdrescher vom Nachmittag stand immer noch vor dem geöffneten Hallentor. Werkzeuge und abmontierte Fahrzeugteile lagen auf dem Boden verstreut. Schon am Nachbarhaus angelangt, entdeckte Cornelius Anton Eichinger, der aus der Halle trat und in der gegenüberliegenden Garage verschwand. Kurze Zeit später fuhr er ohne Licht mit einem Fahrrad die Dorfstraße entlang.

Zurück in der Pension fand Cornelius keinen Schlaf. Sein Rücken schmerzte und wirre Gedanken geisterten durch seinen Kopf. Gegen Mitternacht stand er auf. Während er im Bad nach einer Schmerztablette suchte, schaltete sich an der Garage der Bewegungsmelder ein. Cornelius sah Anna von ihrem Fahrrad steigen und ins Haus gehen. Das Treffen der Freizeitparkgegner hatte lange gedauert. Er war gespannt, was sie zu berichten wusste. Die Uhr auf seinem Nachttisch zeigte bereits halb eins, als er schließlich in einen unruhigen Schlaf sank.

Konrad Stadler stand auf der Anhöhe und betrachtete die abgeernteten Felder. *Seine Felder …*

Im Licht des Vollmondes waren sie gut zu erkennen. Zum letzten Mal hatte dort eine Ernte stattgefunden. Schon in einigen Stunden würden die Ackerflächen den Eigentümer wechseln und zu Bauland werden. Der Anwalt der Münchner Unternehmensgruppe hatte für den nächsten Morgen den Notartermin vereinbart, bei dem sie, einer nach dem anderen, ihre Unterschriften unter die Kaufverträge setzen würden. Dann saßen sie alle zusammen – sie, die in so manchen Augen nichts weiter waren als geldgieriges Pack. Auch in den Augen seines Sohnes …

Konrad atmete tief durch. Nur eines musste jetzt noch getan werden. Tagelang hatte er es vor sich hergeschoben, doch jetzt gab es kein Zurück mehr, wenn er nicht wollte, dass die Bagger einfach darüberwalzten. Er hatte bewusst die Dunkelheit abgewartet, weil er keine Zuschauer gebrauchen konnte. Sein Sohn würde es wohl Feigheit nennen, aber Konrad wollte jetzt nicht an Thomas und seine Vorwürfe denken. Behutsam strich er mit der Hand über das Kreuz. Wind und Wetter hatten dem Holz zugesetzt und es rau und brüchig werden lassen. Wie die Erinnerung an seinen Bruder, so fing auch die Schrift zu verblassen an. Den ganzen Abend hatte er versucht, die Gedanken an Franz zu verdrängen, aber jetzt trafen sie ihn mit solcher Wucht, dass er sich nicht mehr dagegen wehren konnte.

Konrad hatte seinen Bruder stets beneidet um die Zufriedenheit und Ruhe, die er ausstrahlte, und die Hingabe, mit der er sich dem Hof und der Landwirtschaft widmete. Franz hatte seinen Platz im Leben gefunden. Und er hatte Esther geheiratet. Wie ein Wesen aus einer anderen Welt war sie ihm damals erschienen, als sie eines Nachmittags mit Leinwand und Pinsel vor ihrer Tür stand und fragte, ob sie die Seerosen im Gartenteich malen dürfte. Dass sie sich für Franz entschieden hatte, konnte Konrad ihr nicht einmal verübeln. Groß gewachsen, feine Gesichtszüge, elegante Bewegungen: Franz kam ganz nach ihrer Mutter, um die sein Vater einst von jedem Mann im Dorf beneidet wurde.

Esther hatte Konrad bis heute nicht verziehen, dass Franz in seinen Armen gestorben war und sie in den letzten Minuten nicht bei ihm sein konnte. Obwohl sein Vater es nie ausgesprochen hatte, hatte Konrad auch in seinen Augen den stillen Vorwurf immer gespürt. Und dennoch würde er wieder genauso handeln.

Vor zwanzig Jahren hatte er noch kein Mobiltelefon gehabt und mit dem Traktor zurück nach Neukirchen zu fahren, um Hilfe zu holen, hätte viel zu lange gedauert. Konrad hatte noch nie so viel Blut gesehen. Er wusste sofort, dass sein Bruder sterben würde. Und Franz hatte es auch gewusst. Ganz ruhig hatte er Konrad angesehen mit diesen graublauen sanften Augen, hatte nach seiner Hand gegriffen und sie festgehalten.

»Lass die Eltern nicht im Stich. Und pass auf Esther und Matthias auf«, waren seine letzten Worte gewesen.

Konrad hatte versucht, die Bitten seines Bruders zu erfüllen, hatte entgegen seiner eigenen Pläne den Hof übernommen und ausgebaut, neue Maschinen angeschafft, Felder dazugekauft und immer gute Erträge erwirtschaftet. Trotzdem hatte er nie die Leidenschaft und Hingabe seines Bruders verspürt. Den allerletzten Wunsch war er Franz schuldig geblieben. Weil Esther es nicht zugelassen hatte. Fluchtartig hatte sie damals den Hof verlassen, den Ort, der schuld am Tod ihres Mannes war. Sein Neffe war ihm heute so fremd wie jeder x-beliebige junge Mann, wenn sich auch die Ähnlichkeit zwischen Vater und Sohn nicht leugnen ließ. Bei jeder Begegnung mit Matthias glaubte er Franz gegenüber zu stehen. Der Schmerz hatte nichts an Heftigkeit eingebüßt.

Und ausgerechnet er würde jetzt die Erinnerung an ihren letzten gemeinsamen Augenblick für immer zerstören. Aber er konnte nicht anders, auch wenn sein zukünftiges Leben anders aussehen würde, als er bis vor Kurzem gehofft hatte. Trotzdem konnte er nicht mehr so weitermachen wie bisher. Auf einmal war Konrad sich ganz sicher, dass Franz ihn am besten von allen verstanden hätte.

Die Erde war nach der langen Hitzewelle knochentrocken, weshalb er neben einem Spaten und diversen Werkzeugen auch einige Wasserkanister dabeihatte. Wenn er das Erdreich gut wässerte, würde es sich lockern lassen. Als er die Kanister und eine Taschenlampe aus dem Kofferraum holte, vernahm er hinter sich ein Geräusch. Er drehte sich um und stellte erstaunt fest, dass er nicht allein war …

<hr>

Gegen sechs Uhr morgens wachte Cornelius auf. Er beschloss, die Gunst der frühen Stunde zu nutzen und zu einem Spaziergang aufzubrechen, bevor die Hitze jede Bewegung und jeden Schritt unerträglich machte. Er hatte sich ohnehin die Stelle ansehen wollen, an der für Franz Stadler das Holzkreuz aufgestellt war. Viele Gelegenheiten würde es dafür wohl nicht mehr geben.

Er ging über den Dorffriedhof und folgte einem kleinen Trampelpfad, der ihn rechts am Kirchturm vorbeiführte. Eva Eichinger hatte ihm am Vortag diese Abkürzung beschrieben. Auf der Rückseite von St. Ulrich begegnete Cornelius zwei Handwerkern, die gerade darüber stritten, wer am Vorabend vergessen hatte, die Sakristei abzusperren. Wie er ihrem Wortgefecht entnahm, war es nicht zum ersten Mal passiert. Ohne seinen Gruß zu erwidern, verschwanden die beiden Streithähne in der Kirche. Er überquerte eine kleine Rasenfläche, schlüpfte durch das geöffnete Tor der hinteren Friedhofsmauer und fand sich auf einer frisch gemähten Wiese wieder, an deren Längsseite der Feldweg zum Holzkreuz von Franz Stadler vorbeiführte. Die aufgehende Sonne kündigte einen weiteren heißen Sommertag an. Der Weg war staubig und schlängelte sich eine kleine Anhöhe hinauf, doch noch war die Wärme gut auszuhalten. Nach etwa fünfzehn Minuten hatte Cornelius die Stelle erreicht. Nicht weit entfernt stand ein Auto mit offenem Kofferraum. Fanden womöglich bereits die ersten Vermessungsarbeiten statt? Den Fahrer des Wagens konnte er jedoch nirgendwo entdecken.

Das Marterl bestand aus einem einfachen Holzkreuz mit Jesusfigur. Das Kreuz war mit einem Holzdach versehen und zu Füßen der Jesusfigur war eine Tafel angebracht:

Zum Gedenken an Franz Stadler,
hier verstorben am 25.07.1994
O Herr, gib ihm die ewige Ruhe

Holz und Schrift zeugten davon, dass das Kreuz über viele Jahre hinweg der Witterung ausgesetzt war. Trotzdem war die fachkundige Hand des Schreiners immer noch zu erkennen. Anton Eichinger hatte den Beruf einst erlernt, bevor er schließlich den elterlichen Hof übernommen hatte.

Cornelius betrachtete die weitläufigen Äcker vor sich. Die Anhöhe verschaffte ihm einen guten Überblick auf die Umgebung. Hier würde sich also zukünftig der Freizeitpark erstrecken. Die Ausmaße des Areals überstiegen seine kühnsten Vorstellungen. Es war eine Sache, die Pläne im Internet zu studieren, das Gelände dann tatsächlich vor sich zu sehen, war etwas ganz anderes. Konrad Stadlers Felder bildeten das Herzstück. Wenn er einem Verkauf nicht zugestimmt hätte, hätte der Park keine Zukunft gehabt. Doch anders als Anton Eichinger war Konrad Stadler der Landwirtschaft überdrüssig. Etwas Besseres als das Kaufangebot des Finanzinvestors hätte ihm in seiner Situation nicht passieren können.

Noch immer war vom Fahrer des geparkten Autos nichts zu sehen. Cornelius ging einige Schritte in Richtung des Wagens. Plötzlich erstarrte er. Neben dem rechten Hinterrad lugten ein Paar Schuhe und zwei Hosenbeine hervor.

»Hallo?!«

Cornelius erhielt keine Antwort. Zaghaft näherte er sich der am Boden liegenden Gestalt. Noch bevor er am Auto angekommen war, hörte er das Summen der Fliegen. Cornelius schluckte. Seine Kehle war mit einem Mal staubtrocken. Zittrig tastete er nach dem Mobiltelefon in seiner Hemdtasche. Weil er Ramona nach seinem Morgenspaziergang anrufen wollte, hatte er es ausnahmsweise eingesteckt. Cornelius verharrte einen Moment, ehe er um das Auto herumging.

Der Anblick, der ihn erwartete, fuhr ihm durch Mark und Bein. Vor ihm lag die Leiche von Konrad Stadler, um dessen Kopf sich eine große Blutlache gebildet hatte.

Kapitel 9

K riminalkommissar Florian Weber war froh, als sie endlich die Abzweigung Richtung Neukirchen erreicht hatten. Sobald Robert Thorwald, Hauptkommissar und Fahrer des schwarzen Dienstwagens, die Geschwindigkeit reduziert hatte, betätigte Weber den automatischen Fensterheber. Sogar zu dieser frühen Stunde war es im Wageninneren heiß und stickig geworden, kaum, dass sie Landshut hinter sich gelassen hatten. Die Klimaanlage einzuschalten hatte Weber sich nicht getraut, schließlich war ihm Thorwalds Phobie der künstlich erzeugten Kälte gegenüber hinlänglich bekannt. Die vergangenen Wochen hatten seinem Chef auch ohne Sommergrippe ordentlich aufs Gemüt geschlagen. Thorwalds Freundin befand sich erneut Tausende Kilometer entfernt, um ihren Vater bei dessen Neuanfang in Neuseeland zu unterstützen, nachdem sie schon Anfang des Jahres gemeinsam eine ausgedehnte Reise dorthin unternommen hatten. Aber nicht nur sein Strohwitwerdasein machte Robert Thorwald zu schaffen.

Wochenlang hatten Drogenfahndung und Mordkommission eine gemeinsame Einsatzgruppe gebildet und hart, aber letztendlich erfolglos daran gearbeitet, der aufkommenden Drogenflut in Landshut und dem Landkreis Einhalt zu gebieten. Mittlerweile zog sich die unheilvolle Spur aus Crystal Meth und Kokain bis nach München. Das Teufelszeug kam vermutlich aus Tschechien, aber wie es von dort den Weg zu seinen Abnehmern fand, blieb rätselhaft. Unzählige Nächte hatten sie sich um die Ohren geschlagen und dabei das ganze Programm polizeilicher Ermittlungsarbeit abgespult: Schleierfahndung auf den Autobahnen, Personenkontrollen in Nachtclubs und Diskotheken, Observierung von Verdächtigen. Am Vortag hatte sie schließlich die Todesnachricht des letzten Kokainopfers erreicht. Die junge Frau hatte zwei Wochen im Koma gelegen und war die Einzige, von der sie sich Rückschlüsse auf einen Zwischenhändler erhoffen durften. Hätten sie erst einmal einen Namen gehabt, hätten sie in diesem Sumpf aus Lügen, Angst und Schweigen weiter graben können. So blieb ihnen nur die bittere Erkenntnis, wieder ganz am Anfang zu stehen. Fast war Weber froh, als der Kriminaldauerdienst am Morgen einen Leichenfund in Neukirchen meldete.

Der schwarze BMW passierte das Ortsschild. Thorwald reduzierte die Geschwindigkeit, ließ das mobile Blaulicht aber eingeschaltet. Er wollte so schnell wie möglich zum Fundort gelangen. Sommerliche Hitze und eine Leiche … er musste kein Pathologe sein, um zu wissen, was sie erwarten würde. Trotz der morgendlichen Stunde war die Anwesenheit der Polizei nicht unentdeckt geblieben. Einige Dorfbewohner hatten sich vor dem Gasthaus versammelt. Andere standen an ihren Gartenzäunen oder diskutierten auf dem Gehsteig miteinander. Thorwald fuhr am ehemaligen Elternhaus seiner Freundin vorbei. Der Bauernhof war vor einigen Monaten aufgelöst worden, nachdem kein Käufer für das Anwesen gefunden werden konnte. Dem Gerüst am Wohnhaus nach zu schließen hatte Anton Eichinger, der neue Eigentümer, den Umbau bereits in Angriff genommen. Sein Name weckte bei Thorwald keine allzu guten Erinnerungen. Noch immer nagte der Mordfall Sascha Eichinger am Hauptkommissar, vor allem, unter welchen Umständen er schließlich gelöst worden war.

Ein Streifenwagen parkte an der nächsten Einmündung. Zwei uniformierte Polizisten hatten die Zufahrt mit rotweißem Band abgesperrt. Thorwald nickte den Beamten kurz zu, während sie seinen Wagen passieren ließen. Etwa sechshundert Meter weiter hatten sie ihr Ziel für diesen Morgen erreicht. Die Spurensicherung und der Pathologe waren schon vor Ort, wie er den weißgekleideten Gestalten entnehmen konnte. Thorwald griff nach seiner Sonnenbrille und stieg aus.

Katrin Abel, seit einigen Monaten Mitarbeiterin der Mordkommission, kam ihnen entgegen. Wie immer hatte sie eine überdimensionale Tasche umhängen und einen Schreibblock in der Hand. Etwas anderes hatte Thorwald nicht erwartet. Katrin machte sich auch um drei Uhr morgens eifrig Notizen, wenn es die Umstände erforderten. Und in ihrem hellblauen Top und den Dreiviertelhosen zweifellos eine gute Figur, was auch Florian Weber nicht entging.

114

»*Ciao, bella donna*«, sagte er mit einem breiten Grinsen.

»Guten Morgen, ihr zwei. Wollt ihr euch gleich die Leiche anschauen? Die Gerichtsmedizin würde sie gern schnellstmöglich abtransportieren.«

Während sie hinter Katrin den staubigen Feldweg entlangmarschierten, klappte diese ihren Schreibblock auf. »Also, das Opfer ist ein gewisser Konrad Stadler, Landwirt aus Neukirchen. Er wurde heute Morgen gegen sieben Uhr von einem Spaziergänger aufgefunden.«

»Ein Spaziergänger? Um diese Zeit? Da hätte ich Besseres zu tun, als durch die Pampa zu rennen«, wurde sie sogleich von Weber unterbrochen.

»Jetzt lass ihn doch. Professor Cornelius kann schließlich spazieren gehen, wann er will«, entfuhr es Katrin.

»Wer?«, kam es gleichzeitig von Thorwald und Weber.

Während Florian Weber gar nicht erst versuchte, sein Lachen zu unterdrücken, starrte der Hauptkommissar die junge Kollegin entgeistert an. »Sag bitte, dass das nicht wahr ist.«

»Da musst du jetzt durch, Robert. Sherlock Holmes wartet schon auf uns«, erwiderte Weber, der Gregor Cornelius in diesem Augenblick bei einem der Streifenwagen entdeckt hatte.

»Also, Herr Cornelius, dann schießen Sie mal los«, sagte Robert Thorwald und schob die Kaffeetasse zur Seite.

Die Kommissare hatten sich nicht lange auf der kleinen Anhöhe aufgehalten. Die Sonne brannte mit jeder Minute stärker und Thorwald verspürte wenig Lust, den Vormittag als Röstkastanie zu beenden. Nach einem kurzen Blick auf die Leiche und einem ersten Gespräch mit dem Gerichtsmediziner und der Spurensicherung waren sie samt Gregor Cornelius ins Gasthaus Leitner gefahren. Dort saßen sie nun im schattigen Biergarten und ließen sich die Ereignisse der Morgenstunden schildern.

»Das ist ja schon einiges«, stellte Weber fest, nachdem Cornelius geendet hatte.

Und auch Thorwald musste insgeheim zugeben, dass es mit Sicherheit schlechtere Zeugen gab als den emeritierten Geschichtsprofessor. Trotzdem hatte er nach zwei Mordfällen, in denen Cornelius schließlich den Täter gestellt hatte, gehofft, ihm so schnell nicht mehr über den Weg laufen zu müssen. Doch er verdrängte den vergangenen Ärger und besann sich auf ihren aktuellen Fall.

Während Weber sich nach der Wirtin des Gasthauses umsah, studierte Thorwald seine Notizen. Offenbar wollte Konrad Stadler gerade das Gedenkkreuz für seinen verstorbenen Bruder entfernen, als er auf seinen Mörder traf. Der Pathologe ging von einem mehrfachen Schädelbruch als Todesursache aus. Das mutmaßliche Tatwerkzeug, einen blutbesudelten Spaten, hatte der Täter neben der Leiche zurückgelassen, wenn sie Glück hatten inklusive Fingerabdrücke, aber darauf wollte sich Thorwald nicht verlassen.

Gregor Cornelius wirkte erschöpft, was nach einer Nacht mit wenig Schlaf, wie er ausgesagt hatte, und dem grausigen Fund am frühen Morgen nicht weiter verwunderlich war. Schweigend saß er jetzt neben dem Hauptkommissar, der weiter in seinen Aufzeichnungen las.

Das Kreuz sollte entfernt werden, weil Konrad Stadler seine Ackerflächen offenbar an einen Investor verkaufen wollte. Thorwald hatte hin und wieder in der Zeitung über die Baupläne der kleinen Kreisstadt gelesen, ihnen bisher aber keine Beachtung geschenkt. Das würde sich jetzt ändern. Er holte sein Mobiltelefon hervor und rief Katrin Abel an. Sie sammelte im Kommissariat bereits die ersten Informationen über Konrad Stadler und seine Familie, die ihn bisher nicht als vermisst gemeldet hatte, wie Thorwald sogleich erfuhr. Der Freizeitpark würde als nächstes auf ihrer Liste stehen, denn laut Gregor Cornelius war längst nicht jeder mit *Bavarian Adventure* einverstanden, allen voran der Sohn des Ermordeten.

Thorwald hatte das Telefonat gerade beendet, als Florian Weber mit Anna Leitner in den Biergarten kam. Die Wirtin war blass und blickte unsicher zwischen Cornelius und den Kommissaren hin und her. In der Hand hielt sie ein Blatt Papier, das sie Thorwald jetzt entgegenhielt.

»Ist das die Unterschriftenliste der Freizeitparkgegner?«

116

»Ja, sie liegt seit ein paar Wochen auf meinem Tresen. Aber ich kenne alle Leute, die unterschrieben haben. Sie … wir würden doch nie jemanden umbringen!«

»Das behauptet auch niemand, Frau Leitner.« Thorwald hielt einen Augenblick inne. »Herr Cornelius, wir sind dann vorerst hier fertig. Kommen Sie morgen bitte ins Kommissariat nach Landshut, um das Protokoll zu unterschreiben. Und falls Ihnen noch etwas einfällt … Sie kennen die Prozedur ja.«

Cornelius machte Anstalten aufzustehen.

»Mir wäre es sehr recht, wenn der Herr Professor hierbleiben könnte«, sagte Anna Leitner nach einem kurzen Zögern.

Thorwald sog hörbar die Luft ein. Eine bessere Steilvorlage, sich erneut in ihre Ermittlungen einzumischen, konnten sie Cornelius kaum geben. Andererseits würde ihm die Wirtin ohnehin alles brühwarm erzählen, kaum dass sie den Biergarten verlassen hatten. »Meinetwegen.« Große Mühe, seinen Widerwillen zu verbergen, gab sich Thorwald allerdings nicht.

»Wo waren Sie gestern Nacht zwischen halb elf und halb zwei?«, fragte er, nachdem die Wirtin neben Cornelius Platz genommen hatte. Die ungefähre Tatzeit hatte ihnen der Pathologe schon auf den Weg mitgegeben, für alles Weitere mussten sie die Obduktion abwarten.

Anna wurde noch etwas blasser. »Ich … wir … also die Leute, die hier unterschrieben haben, hatten gestern Abend noch einmal ein Treffen.«

»Wann und wo?«

»Um acht, im Gemeindesaal in Altenberg.«

»Warum nicht bei Ihnen im Gasthaus?«

»Ich wollte dem Dorf nicht noch mehr Angriffsfläche bieten. Die meisten sind mit mir ohnehin nicht einer Meinung, wie Sie an den wenigen Unterschriften unschwer erkennen können.«

Thorwald überflog die Namensliste. Anton und Eva Eichinger, Dr. Benedikt Rehberg, Tanja Rohrbach … Unfreiwillig wurden Erinnerungen an vergangene Mordermittlungen wach. Plötzlich stutzte er. »Thomas Stadler? Matthias Stadler? Ich dachte, Konrad Stadler hätte nur einen Sohn.«

Anna schluckte. »Matthias Stadler ist sein Neffe. Er wohnt

zurzeit auf dem Eichinger Hof. Anton Eichinger ist sein Patenonkel.«

»Matthias ist der Sohn von Franz Stadler, für den dieses Holzkreuz …«

»Danke, Herr Cornelius«, unterbrach Thorwald ihn sogleich. »Sollten wir weitere Fragen zu den Familienverhältnissen des Toten haben, werden wir diese zu gegebener Zeit stellen.« Aber ganz bestimmt nicht an Sie, fügte er in Gedanken hinzu.

»Wie lange hat das Treffen gestern Abend gedauert?«, wandte er sich dann wieder an Anna.

»Das weiß ich nicht. Ich hatte furchtbare Migräne und bin schon gegen neun nach Hause gefahren.«

Cornelius gab einen undefinierbaren Hustlaut von sich.

»Ist etwas nicht in Ordnung?«, fragte Thorwald irritiert.

Der Professor trank rasch einen Schluck Kaffee. »Ich … äh … nein, alles gut.«

»Und es waren gestern Abend alle anwesend, die auf dieser Liste stehen?«

»Nein. Die Eichingers und Dr. Rehberg waren nicht da. Und Matthias Stadler hat auch gefehlt.«

»Dr. Rehberg hatte Nachtdienst in der Apotheke. Und die Eichingers stecken mitten in der Weizenernte. Ich habe Matthias Stadler eine Zeit lang auf dem Mähdrescher begleitet«, warf Cornelius ein.

»Sie?« Thorwald starrte ihn entgeistert an. War denn vor diesem Mann nichts und niemand sicher?

»Respekt«, sagte Florian Weber sichtlich erheitert. »Wie lange waren Sie denn unterwegs?«

»Nur bis etwa halb elf«, musste Cornelius einräumen. »Aber …«

»Ja?«

Cornelius hüstelte. »Danach wurde Matthias noch von einer jungen Dame begleitet.«

Webers Grinsen verstärkte sich. »Und hat die junge Dame auch einen Namen?«

»Ja … Helena Stern.«

»Die Freundin vom Neuhaus?! Was macht die denn auf dem Mähdrescher vom Matthias?«, entfuhr es Anna.

»Neuhaus?«, fragte Thorwald.

»Adrian von Neuhaus, der Operntenor. Er kommt ursprünglich hier aus der Gegend und wohnt seit einigen Tagen wieder auf dem Familiensitz in Kleineich. Zusammen mit Helena Stern, seiner Lebensgefährtin«, sagte Cornelius.

»Aha«, murmelte Thorwald, während er sich die Namen notierte. »Und Thomas Stadler ist also der Hauptinitiator dieser Gegenbewegung?«

Anna spielte nervös mit der Zuckerdose. »Ja. Aber nicht so, wie Sie es sich vielleicht vorstellen.«

Thorwald verlor allmählich die Geduld. »Was habe ich mir denn vorzustellen?«

»Ich hab mir da nie etwas vorgemacht«, begann Anna. »Thomas ist vor allem deshalb gegen den Park, weil zwei Felder seines Vaters darin verwickelt sind. Wenn dem nicht so wäre, wäre ihm das Ganze wahrscheinlich herzlich egal. Mit den Feldern wollte Thomas einen Biobauernhof aufbauen. Und dann ist da noch die Sache mit seinem verstorbenen Onkel. Dass sein Vater einfach so darüber hinweggeht, hat der Thomas überhaupt nicht verstehen können. Eines Tages hat er hier im Gasthaus meine Liste entdeckt und mich gefragt, ob wir uns nicht zusammenschließen wollen. Ich hatte nichts dagegen, warum auch? Aber ...«, Anna holte tief Luft, »wir sind einfach zu wenige und die meisten haben zudem sehr schnell resigniert.«

Thorwald sah Anna direkt in die Augen. »Und wie ist das bei Ihnen? Sie haben grundsätzlich etwas gegen einen Freizeitpark hier in der Gegend?«

»Ja«, sagte sie mit fester Stimme. »Das hab ich, und dazu stehe ich auch. Und bevor Sie jetzt weiterfragen: Ich hab Konrad Stadlers Entscheidung nicht nachvollziehen können. Aber ich hab ihn deshalb nicht umgebracht.«

Cornelius hatte das Gespräch schweigend mitverfolgt. Es war offensichtlich, dass sich Kommissar Thorwalds Begeisterung über seine erneute Verwicklung in einen Mordfall spürbar in Grenzen hielt. Doch noch mehr als die Laune des Hauptkommissars beschäftigte ihn Annas Aussage.

Warum hatte sie ihn angelogen, als Thorwald nach ihrem Alibi gefragt hatte? Und wo war sie vergangene Nacht gewesen, nachdem sie die Versammlung verlassen hatte?

Adrian stand allein auf der Bühne und sang. *Nessun dorma*, seine Lieblingsarie. Jeder Ton rein und klar und voller Hingabe. Helena hatte nie etwas Vollkommeneres gehört. Außer ihr befand sich niemand im weiten Rund des Konzertsaals. Auch das Orchester konnte sie nirgendwo entdecken. Plötzlich verwandelten sich die wohlklingenden Töne der Instrumente in schrille, unangenehme Laute. Adrian versuchte dagegen anzukämpfen und sang einfach weiter, aber seine Stimme hatte keine Chance. Verzweifelt blickte er sich um. Immer lauter, immer schmerzhafter breiteten sich die Misstöne aus. Helena spürte, wie ihr schwindlig wurde. Sie wollte sich die Ohren zuhalten, doch ihre Arme ließen sich nicht bewegen. Entsetzt bemerkte sie, dass ihre Handgelenke mit Eisenriemen an eine der Stuhlreihen angekettet waren.

»Hilfe!« Ihr Ruf ging im Getöse der Musik unter. Adrian musste doch sehen, was mit ihr passiert war. *Adrian, so hilf mir doch …*

Mit einem Aufschrei wachte Helena auf. Ihr Herz raste und es dauerte einige Sekunden, bis sie die Orientierung wiedergewonnen hatte. Sie befand sich in Adrians Schlafzimmer auf Kleineich und nicht in einem Konzertsaal. Panisch bewegte sie ihre Arme. Keine Eisenriemen, nichts, womit sie gewaltsam festgehalten wurde. Mit zittrigen Händen strich sie sich die Haare aus dem schweißnassen Gesicht. Durch das geöffnete Fenster ertönte ein durchdringender Laut. Fast hätte sie erneut aufgeschrien, doch dann begriff sie, dass es sich um das Martinshorn eines Einsatzfahrzeugs handelte, das am Grundstück vorbeigerast war. Sie zwang sich tief durchzuatmen. Ihre Kehle fühlte sich wie ausgedörrt an und in ihrem Kopf pochte ein dumpfer Schmerz. Dabei hatte sie am Vorabend nur ein Glas Champagner getrunken. Sie drehte sich zur anderen Bettseite. Adrian lag tief schlafend neben ihr. Wie jung und verletzlich er doch aussah. Helena strich ihm sachte über die Wange. Was hatten sie sich vor ihrer Abreise aus München versprochen? Nichts sollte jemals zwischen ihnen stehen. Keine Lügen, keine Geheimnisse.

Die Übelkeit kam so plötzlich, dass sie es gerade noch zur Toilette schaffte. Würgend und hustend sank sie auf den Badezimmerfliesen nieder. Ihr Magen krampfte sich schmerzhaft zusammen und ihr Körper wurde von einem Schüttelfrost gepackt. Erschöpft lehnte sie sich schließlich gegen die gekachelte Wand. Was war nur los mit ihr? Hatte sie sich bei ihrem Fahrradausflug einen Sonnenstich eingefangen? Aber dann hätten sich die Symptome doch schon früher gemeldet und nicht erst jetzt, zwei Tage später. War es nicht vielmehr das schlechte Gewissen, das in ihr rumorte und sie nicht zur Ruhe kommen ließ?

Mühsam richtete sie sich auf, um sich im Badezimmerspiegel zu betrachten. Sie sah erbärmlich aus. So durfte Adrian sie auf keinen Fall zu Gesicht bekommen. Er machte schon genug durch. Darüber konnte auch seine vermeintlich gute Laune am Vorabend nicht hinwegtäuschen. Er wollte sie nicht beunruhigen, wollte nicht, dass sie sah, wie sehr er sich quälte. Magdalenas Tod lähmte ihn mehr, als er zuzugeben bereit war. Schon seit Wochen war er nicht mehr er selbst, sie hatte es nur viel zu spät erkannt. Würde ihm die Rückkehr auf den Familiensitz darüber hinweghelfen? Oder riss dieses Haus nicht vielmehr alte Wunden wieder auf? Wunden, von denen er glaubte, sie wären längst verheilt und würden ihn nicht mehr schmerzen.

Das eiskalte Wasser brachte allmählich ihre Lebensgeister zurück. Es gab keinen Grund, ein schlechtes Gewissen zu haben, schließlich war nichts passiert, hätte sie ihrem Spiegelbild am liebsten entgegengebrüllt. Aber nur, weil sie am Vorabend förmlich geflohen war. Vor Matthias. Und vor sich selbst. Ihr Spiegelbild wusste das. *Sie* wusste das.

Adrian und Matthias waren nicht nur Lichtjahre, sondern Galaxien voneinander entfernt. Matthias sagte nicht viel und war glücklich, wenn er auf dem Bauernhof seines Patenonkels herumwerkeln konnte. Sie hatte selten einen so anspruchslosen und gleichzeitig so zufriedenen Menschen kennengelernt. Warum zum Teufel beschäftigte sie sich überhaupt mit ihm? Während sie sich die Zähne putzte, wagte Helena kaum, in den Spiegel zu schauen. Die Antwort geisterte trotzdem durch ihren Kopf. Matthias sagte nicht viel, aber irgendwie genau das Richtige. Helena hatte sich keine Sekunde unwohl gefühlt, ob sie nun miteinander

gesprochen hatten oder nicht. Das Schweigen zwischen ihnen war
nie krampfig geworden, hatte in ihr nie den Drang ausgelöst, etwas sagen zu *müssen*, nur um es zu brechen. Es klang verrückt,
aber seine Nähe hatte Geborgenheit in ihr ausgelöst. Die graublauen Augen hatten einfach alles andere verschwinden lassen.

Er musste ihr Fahrrad am Wegrand abgeholt und es über Nacht
repariert haben, denn am nächsten Morgen stand es vor Adrians
Haus. Dass sie sich ein paar Stunden später im Dorfladen über
den Weg gelaufen waren, war purer Zufall. Dass er ihr beim Hinausgehen seine Handynummer auf den Unterarm gekritzelt hatte
nicht. Sie hatte nicht widerstehen können und ihn am Nachmittag
angerufen. Was war schon dabei? Es war keine richtige Verabredung. Er hatte gearbeitet und sie hatte ihm dabei Gesellschaft
geleistet. Es war nicht das Geringste passiert. Keine Berührung.
Kein Kuss. Matthias hatte nicht einmal den Versuch unternommen, nach ihrer Hand zu greifen.

Schließlich wusste er, dass sie mit Adrian zusammen war. Adrian, der, kaum dass sie wieder zu Hause war, aus München zurückkam und mit ihr auf seinen Entschluss, eine längere Pause einzu-
legen, anstoßen wollte. Helena hatte versucht, ihr Entsetzen so
gut es ging zu verbergen, doch sie war schon immer eine schlechte
Schauspielerin gewesen. Bedeutete diese Pause den Anfang vom
Ende? Seines Endes als Tenor? Der Entschluss musste ihm alles
abverlangt haben. Die Musik war schließlich sein Leben. Anfangs
hatte er versucht, sich nichts anmerken zu lassen, doch noch während er mit zittrigen Händen den Champagner einschenkte, hatte
er sämtliche Masken fallen gelassen. Die Proben in München hatten in einer wahren Katastrophe geendet.

Ein Klopfen an der Badezimmertür ließ Helena aufschrecken.

»Schatz, ist alles in Ordnung?«

Hastig band sie die Haare zusammen und trocknete sich das
Gesicht.

»Alles gut. Komm ruhig rein.«

Adrian gab ihr einen Kuss auf die Stirn und nahm sie behutsam
in den Arm. »Soll ich nicht besser einen Arzt rufen?«

»Unsinn! Ich habe wahrscheinlich nur zu viel Sonne erwischt.«

»Dann lassen wir es heute ganz ruhig angehen. Du legst dich

in den Schatten und ich schau mich ein bisschen im Garten um. Einige Stellen sehen ziemlich wüst aus.«

»Gartenarbeit ... du?«

»Warum nicht? Ich glaube, das tut mir ganz gut. Ich ... bin ja nicht krank.«

»Nein, natürlich nicht«, sagte Helena rasch. Fast war sie froh, dass in diesem Moment an der Haustür geklingelt wurde. »Ich gehe nachsehen.«

»Ich bin für niemanden zu sprechen«, rief Adrian ihr hinterher.

Erschöpft setzte er sich auf den Badewannenrand. Es war der erste Tag seiner selbst verordneten Auszeit. Und er fühlte sich genauso beschissen an wie all die Tage zuvor. Aber nur ein radikaler Rückzug aus seinem bisherigen Leben würde ihm jetzt noch helfen. Seine allergrößte Angst war am Vortag Wirklichkeit geworden: Mitten in den Studioaufnahmen hatte ihn seine Stimme verlassen. Die entsetzten Blicke der Beteiligten, allen voran des Produzenten, drückten nicht einmal ansatzweise aus, was er selbst in dem Moment verspürt hatte. Er hatte versucht, die Situation herunterzuspielen, hatte ein leichtes Unwohlsein vorgeschoben und erklärt, dass er bei vierzig Grad im Schatten keine Weihnachtslieder singen könne. Man müsse das Ganze eben auf die kalte Jahreszeit verschieben. Andere Sänger hatten schließlich auch ihre Allüren. Damit musste man in dieser Branche leben. Aber jedes Wort hatte die Situation nur noch unerträglicher gemacht.

Was man bisher auch von ihm verlangt hatte, er hatte es stets ohne mit der Wimper zu zucken zum Besten gegeben. Makellos, jeder Ton ein Kunstwerk, sogar wenn er für die Aufnahmen von *Adeste fideles* mitten in der Wüste gestanden hätte. Er war nicht wie andere Sänger ... er war Adrian Neuhaus. Noch in der Nacht hatte sein Agent den Intendanten der Staatsoper kontaktiert und eiligst eine Pressemeldung abgefasst, die von einem Erschöpfungssyndrom und einer familiär bedingten Auszeit sprach. Leere Worthülsen und bloße Phrasen, die den Albtraum, in dem er sich befand, nicht annähernd widerspiegelten.

Sein Beruf war stets eine Erfüllung für ihn gewesen. Sein Lebenselixier. Eine Auszeit war die einzige Chance auf einen Neuanfang. Er würde zurückkehren, besser und stärker als je zuvor.

Es musste ihm einfach gelingen, schließlich würden in wenigen Wochen die Proben für *La Traviata* beginnen. Nicht auszudenken, wenn an seiner statt ein anderer auf der Bühne stehen würde.

Er durfte jetzt nicht versagen. Sein ganzes Leben hing davon ab.

Markus Baumgartner schnitt sich ein großes Stück des weißen Presssacks ab. Manchmal musste man sich einfach etwas gönnen, dachte der Bauunternehmer und kaute genüsslich an seinem deftigen Frühstück. Die mahnenden Worte seines Hausarztes, auf den Cholesterinspiegel zu achten und fette Speisen tunlichst zu vermeiden, ignorierte er beharrlich. Das war auch einer, der immer nur redete und stundenlange Vorträge über Gesundheitsrisiken hielt. Ein Zauderer eben. Er dagegen war ein Macher, einer, der die Dinge in die Hand nahm, anstatt sich ständig den Kopf darüber zu zerbrechen, was das Leben wohl mit ihm vorhatte. Er bestimmte Kurs und Tempo und war mit dieser Einstellung bisher nie schlecht gefahren. Ganz im Gegenteil, sein Meisterstück stand unmittelbar bevor.

Ein Blick auf seine Rolex sagte ihm, dass in diesen Minuten der Notartermin mit den Eigentümern der Ackerflächen begann. Zufrieden säbelte er sich ein weiteres Stück Presssack herunter. Nicht mehr lange, und dann würde seine Baufirma loslegen können … und mit diesem Auftrag in völlig neue Dimensionen vorstoßen. Die Münchner Investoren hatten schon durchblicken lassen, dass sie ihn beim nächsten Bauauftrag durchaus wieder mit ins Boot zu nehmen gedachten. Und diese Herren gaben sich nicht mit Kleinkram zufrieden. Dann brauchte es keinen Golfplatz und kein Resorthotel mehr, um im Konzert der Großen mitzuspielen, und auch nicht mehr das Einverständnis von Leuten der Marke Anna Leitner. Diese ewig Gestrigen, die vor allem Angst hatten, was mit Fortschritt und Zukunft zu tun hatte. Hauptsache alles blieb schön so, wie es war. Bloß nichts riskieren und verändern und sich keine Gedanken darüber machen, wie man aus Geld noch mehr Geld machen konnte. Er hatte noch nie ein Risiko gescheut, auch wenn er dem Abgrund dabei mitunter gefährlich nahe kam.

So wie im Vorjahr, als plötzlich die Zollfahndung vor seiner Bürotür gestanden hatte. Da wurde es richtig eng. Gut nur, dass seine Kanäle funktionierten und ihm einige Stunden Vorsprung verschafften. Beim Rest hatten ihm der Zufall und auch eine Portion Glück in die Hände gespielt. Das viel zitierte Glück des Tüchtigen eben. Wer etwas unternahm und nicht nur tatenlos zusah, der wurde am Ende des Tages auch belohnt. Und wie schnell die Leute den kleinen Skandal vergaßen, hatten ihm die Begeisterung für den Freizeitpark und die Zusagen der Landwirte nur allzu deutlich gezeigt. Der Name Baumgartner war in der Region eben schon immer gleichbedeutend mit Erfolg und Geschäftssinn.

Auch wenn es bei Konrad Stadler etwas gedauert und der Landwirt sich durchaus als zäher Brocken erwiesen hatte. Aber schließlich hatte auch dieser Fels bei der entsprechenden Geldsumme zu bröckeln begonnen, da mochte er die Familientradition anfangs noch so hoch halten. Sobald die Arbeiten am Freizeitpark begonnen hätten, würde Baumgartner sein nächstes Schäfchen ins Trockene bringen und sich das Anwesen von diesem Neuhaus holen. Man würde in den maroden Kasten zwar einiges hineinstecken müssen, aber genau darin lag der Reiz für den Bauunternehmer. Einen Neubau konnte schließlich jeder hinstellen, der Familiensitz eines alten Adelsgeschlechts war dagegen eine ganz andere Liga. Dumm nur, dass Neuhaus ausgerechnet jetzt auf die Idee kommen musste, sich wieder hier niederzulassen. Dabei war der Kaufvertrag so gut wie unterschrieben gewesen. Diese vermaledeiten Künstler mit ihrer Weltfremdheit und ihren Launen. Wenn der einen ordentlichen Beruf gelernt hätte, anstatt jodelnd durch die Weltgeschichte zu reisen, wüsste er, dass er so ein Angebot kein zweites Mal bekommen würde.

Durch die geschlossene Bürotür hörte er das Klingeln des Telefons und gleich darauf die Stimme seiner Sekretärin. Sie taugte in seinem Vorzimmer zwar nur bedingt, dafür in seinem Bett umso mehr. Und die Kilos, die diesem Hungerhaken fehlten, machten seine Figur erst interessant. Zufrieden schob er sich das letzte Stück Presssack in den Mund. Sekunden später klapperten ihre Absätze über den Parkettboden und ohne anzuklopfen riss sie die Tür zu seinem Allerheiligsten auf.

»Das Notariat in Altenberg ist am Telefon und muss dich …
äh … ich meine Sie dringend sprechen.«

Missmutig blickte Baumgartner auf. Wie oft hatte er ihr schon
eingetrichtert, ihn in der Firma nicht zu duzen und gefälligst anzuklopfen, bevor sie in sein Büro stürmte. Wozu kam sie überhaupt hier hereingerannt?

»Dann stellen Sie den Anruf halt durch«, sagte er gedehnt. Etwas Hirn ab und zu würde dann doch nicht schaden.

Wieder klapperten die Absätze, und kurze Zeit später ertönte
die Stimme des Notars aus dem Telefonhörer. Was sie ihm zu vermelden hatte, gefiel Baumgartner ganz und gar nicht. »Was soll
das heißen, Konrad Stadler ist nicht aufgetaucht?«, blökte er in
den Hörer.

Die Antwort des Notars machte die Situation nicht besser.

»Und warum schlagen Sie dann bei mir auf und rufen nicht
beim Stadler an?«

Ein unangenehmes Stechen machte sich in Baumgartners linker Brust bemerkbar, doch er ignorierte den Schmerz. »Kruzifix, dann versuchen Sie es halt noch einmal. Irgendwann wird da
schon jemand ans Telefon gehen«, brüllte er.

Das durfte einfach nicht wahr sein! Er würde nicht zulassen,
dass Konrad Stadler im allerletzten Moment noch einknickte.
Nicht jetzt, wo er so kurz vor seinem ersehnten Ziel stand. Den
würde er jetzt so rund machen, dass der Landwirt danach nicht
mehr wusste, wo hinten und vorne war.

»Wo willst du … äh … wollen Sie denn hin?«, fragte seine Sekretärin, als er an ihr vorbei nach draußen stürmte.

Kapitel 10

Auf dem Hof von Konrad Stadler war bei der Ankunft der beiden Kommissare außer einer wohlbeleibten Katze, die sich in der Sonne räkelte und streckte, niemand zu sehen. Thorwald stellte den Wagen im Schatten einer Eiche gegenüber dem Wohnhaus ab. Es war ein großes und sehr gepflegtes Anwesen, wie sie bei ihrem Gang über den Innenhof feststellten. Der Balkon im Obergeschoss des weiß getünchten Hauses begrüßte die Besucher mit üppigen Geranienpflanzen. Neben dem Garagenanbau gruppierten sich Wirtschaftsgebäude und Stallungen um den weitläufigen Innenhof. Das bunte Blumenrondell in der Hofmitte schien mit den Geranien förmlich zu wetteifern. Mehr noch als die florale Pracht beschäftigte Thorwalds Aufmerksamkeit jedoch der leere Hundezwinger, aber abgesehen von einem gelegentlichen Muhen aus dem Stall an der Frontseite und dem Gackern der Hühner, die aufgeregt an die Umzäunung ihres Auslaufs gewackelt kamen, machte sich kein weiterer tierischer Mitbewohner bemerkbar.

Auch Florian Weber war der Zwinger nicht entgangen. »Meinst, er hat den Hund in der Nacht dabei gehabt?«

»Das werden wir gleich wissen«, murmelte Thorwald und drückte den Klingelknopf.

Es dauerte eine Weile, bis Schritte hinter der Eingangstür zu hören waren. Ein korpulenter rothaariger Mann mit nacktem Oberkörper und nassen Haaren stand barfuß vor ihnen. Thorwald schätzte ihn auf nicht älter als dreißig.

»Grüß Gott. Herr Stadler?«

»Ja. Aber nicht der, zu dem Sie wahrscheinlich wollen.« Er musterte die beiden Beamten prüfend. »Sie wollen doch zu meinem Vater, oder?«

»Wir wollten eigentlich …«

»Er ist nämlich nicht da«, fuhr Thomas Stadler unwirsch fort.

»Herr Stadler, mein Name ist Robert Thorwald, das ist mein

Kollege Florian Weber. Wir sind von der Kriminalpolizei Landshut und wir würden gern mit Ihnen und Ihrer Mutter sprechen«, entgegnete Thorwald.

Thomas Stadler ließ ein unschönes Lachen hören. »Hat er mich jetzt tatsächlich angezeigt?«

»Wer soll Sie angezeigt haben?«

»Na, mein Vater, wer denn sonst. Aber ich sag es Ihnen gleich: Ich hab mit dem Tod von der Rosi nix zu tun. Ich vergifte doch nicht unseren eigenen Hund. Und die anderen auch nicht.«

»Herr Stadler, es geht hier nicht um eine Anzeige und auch nicht um Ihren Hund«, sagte Thorwald laut. »Könnten wir alles Weitere bitte drinnen besprechen und holen Sie auch Ihre Mutter dazu? Sie ist doch zu Hause, oder?«

»Jetzt wissen wir immerhin schon, dass er den Hund letzte Nacht nicht dabeihatte«, bemerkte Weber, während sie in der Küche auf Waltraud Stadler und ihren Sohn warteten.

Die Einrichtung war ebenfalls sehr gepflegt. Die Küchenschränke und die Eckbank waren aus hellem Holz gefertigt, der beigefarbene Fliesenboden blitzblank gewischt, die Wand an der Längsseite der Bank ebenfalls mit einer Holzverkleidung versehen. Die Sitzkissen und die Gardinen an den Küchenfenstern ergänzten sich im gleichen grün-weißen Karostoff. Unter dem Holzkreuz im Herrgottswinkel standen ein kleiner Blumenstrauß und das Schwarz-Weiß-Foto eines etwa siebzigjährigen Mannes, von dem Thorwald annahm, dass es sich um Konrad Stadlers verstorbenen Vater handelte. Gemütlich und idyllisch.

Seine Nachricht würde diese ländliche Idylle sprengen und Trauer, Entsetzen und Chaos zurücklassen. Doch wenn er den Aussagen von Anna Leitner glauben durfte, war das Familienleben in der letzten Zeit nicht allzu harmonisch verlaufen. Der Streit zwischen Vater und Sohn hatte für böses Blut gesorgt. Waltraud Stadler dürfte dieser vergifteten Atmosphäre kaum entkommen sein. Hinter ihrem Sohn betrat sie nun die Küche.

»Grüß Gott. Thomas sagt, Sie sind von der Polizei?«

Sie war eine groß gewachsene und kräftige Frau, was Thorwald auch an ihrem Händedruck spürte. Eine Frau, die es seit Jahren gewohnt ist, hart zu arbeiten, dachte er, während er aufstand und sich und Weber noch einmal vorstellte. Ihre sonnengebräunten Beine steckten in einer an den Knien abgeschnittenen Jeans, auf ihrem hellblauen T-Shirt waren in Brusthöhe kleine Schweißflecken zu sehen.

»Sie müssen entschuldigen, ich hab hinten im Garten gearbeitet und die Klingel nicht gehört.«

Nachdem sie sich zu dritt an den Tisch gesetzt hatten, war es für einen kurzen Augenblick ganz still in der Küche. Waltraud Stadler hatte die Hände wie zum Gebet gefaltet und blickte die Kommissare abwartend an. Ihr Sohn, mittlerweile in T-Shirt und Badeschlappen, lehnte mit verschränkten Armen an der Küchenanrichte.

»Jetzt sagen Sie schon, was Sie von uns wollen. Geht es doch um die Rosi?«

»Nein. Es geht um Ihren Vater. Es tut mir sehr leid, aber wir haben keine guten Nachrichten. Ein Spaziergänger hat ihn heute Morgen tot aufgefunden. Er ist offenbar das Opfer eines Gewaltverbrechens geworden.«

»Was?«

»Ihr Vater ist …«

Waltraud Stadler sprang so abrupt von ihrem Stuhl auf, dass dieser nach hinten auf den Fliesenboden knallte. Mit weit aufgerissenen Augen starrte sie Thorwald an.

»Konrad ist … ist …«

»Ihr Mann ist tot, Frau Stadler. Es tut mir sehr leid.«

Sekundenlang stand sie einfach nur da, als hätte sie das soeben Gesagte nicht verstanden. Dann begann sie sich hektisch umzusehen. »Am Hof … so viel zu erledigen. Muss mich um den Stall kümmern«, stammelte sie und rannte Richtung Küchentür. »Viel zu tun … Immer so viel zu tun … Muss mich doch um alles kümmern.«

Mit einem erstickten Schluchzen sank sie auf den Küchenboden.

»Ich glaube, es ist besser, wir verschieben das Gespräch«, stellte Thorwald fest.

Obwohl ihr Sohn zuvor energisch darauf bestanden hatte, einen Arzt zu rufen, hatte Waltraud Stadler nichts davon wissen wollen und sich von ihm lediglich auf das Wohnzimmersofa betten lassen.

Mit einem Glas Wasser in der Hand kehrte Thomas in das Wohnzimmer zurück und setzte sich zu seiner Mutter auf das Sofa. »Du ruhst dich jetzt aus und die Kommissare kommen morgen wieder.«

Florian Weber blickte sehnsüchtig auf die Flüssigkeit, doch der Jungbauer machte keine Anstalten, den Besuchern etwas anzubieten. Seine Mutter richtete sich langsam auf und trank einige Schlucke aus dem Wasserglas.

»Es geht schon«, sagte sie leise. »Morgen ist das Ganze auch nicht besser.«

»Wie Sie meinen.« Thorwald, der auf dem einzigen Fernsehsessel im Raum saß, zückte seinen Notizblock. Im Hausflur fing erneut das Telefon zu klingeln an, schon zum dritten Mal, seit sie auf dem Hof angekommen waren. »Wollen Sie nicht hingehen?«

»Ich möchte hierbleiben. Damit haben Sie doch kein Problem, oder?«

Der aggressive Unterton von Thomas Stadler gefiel Thorwald ganz und gar nicht, doch er beschloss, ihn vorerst zu ignorieren. »Nein, damit habe ich kein Problem«, entgegnete er ruhig.

Florian Weber holte einen der Küchenstühle und nahm neben Thorwald Platz. Seit über einem Jahr arbeiteten sie nun zusammen. Befragungen wie diese waren Routine geworden und sie gut aufeinander abgestimmt. Jeder machte sich seine eigenen Notizen, die sie anschließend im Kommissariat miteinander verglichen und mit dem Team besprachen.

Thorwald räusperte sich. »Wann haben Sie denn Ihren Mann das letzte Mal gesehen, Frau Stadler?«

»Gestern Abend, so gegen Viertel vor zehn. Konrad ist noch einmal weggefahren, weil er etwas zu erledigen hatte.«

»Wissen Sie auch, was das war?«

Waltraud Stadlers Augen wanderten zu ihrem Sohn und zurück zu Thorwald. »Ja«, sagte sie nach einem kurzen Zögern. »Er wollte zu einem unserer Felder fahren und dort ein altes Holzkreuz entfernen, weil ...«

»Das ist wieder mal so typisch«, entfuhr es Thomas.

»Was wollen Sie damit sagen?«, fragte Thorwald.

Thomas Stadler sprang vom Sofa auf. »Was ich damit sagen will? Dass mein Vater nicht nur ein Wortbrüchiger war, sondern auch noch ein Feigling, der sich in der Dunkelheit nach draußen schleicht, damit ihn ja niemand sieht, wenn er das Andenken an seinen verstorbenen Bruder zerstört.«

»Thomas, bitte!« Waltraud Stadlers Augen füllten sich mit neuen Tränen.

»Nur weil du immer alles klaglos akzeptiert hast, was er in seinem Egotrip ausgebrütet hat, heißt das nicht, dass ich genauso bin.« Wütend drehte er sich zu den beiden Kommissaren um. »Mein Vater hat hinter meinem Rücken zwei Felder an einen Investor verkauft, der uns einen dieser bescheuerten Freizeitparks vor die Nase bauen will.«

»Und das hat Ihnen nicht gepasst?«, fragte Florian Weber trocken.

Die Wangen des Mannes färbten sich noch eine Spur röter. »Das hat mir ganz und gar nicht gepasst! Wir hatten zuvor vereinbart, dass ich auf diesen Feldern Biogerste anbauen darf. Außerdem ist mein Onkel dort tödlich verunglückt. Mein Opa hat damals ein Kreuz für ihn aufstellen lassen und die Äcker für unverkäuflich erklärt.«

»Wer ist denn der rechtmäßige Eigentümer der Flächen?«

»Das war mein Mann«, sagte Waltraud Stadler schnell.

»Was ihm noch lange nicht das Recht gibt, zu schalten und zu walten, als wäre er allein auf der Welt. Er hat mir die Felder fest versprochen. Und er hat dem Opa versprechen müssen, sie nicht zu verkaufen. Und was macht er?« Thomas Stadlers Stimme überschlug sich fast.

Wieder klingelte das Telefon im Hausflur. Seine Mutter sah ihn erschrocken an. »Das wird der Notar sein. Konrad hätte doch heute Morgen den Termin gehabt. Thomas, bitte …«

Ohne etwas zu erwidern stürmte er nach draußen. Kurze Zeit später drang undeutliches Stimmengemurmel durch die geschlossene Wohnzimmertür.

Waltraud Stadler wischte sich die Tränen aus dem Gesicht. »Sie müssen entschuldigen, aber das Thema ist ein ganz wunder Punkt bei ihm. Ein Biobauernhof ist Thomas' großer Traum. Er … er hat es Konrad einfach nicht verzeihen können, dass er sein Wort nicht gehalten hat.«

Thorwald und Weber wechselten einen raschen Blick. Die Unterhaltung mit dem Jungbauern würde an dieser Stelle noch nicht zu Ende sein.

»Haben Sie Ihren Mann denn vergangene Nacht nicht vermisst?«

»Ich hatte den ganzen Tag starke Kopfschmerzen. Auch meine Schmerztabletten haben nichts geholfen. Kurz nachdem Konrad weg ist, hab ich eine Schlaftablette genommen und bin dann bis heute Morgen nicht aufgewacht. Als ich das unbenutzte Bett gesehen hab, dachte ich zuerst, Konrad hätte auf der Wohnzimmercouch übernachtet und wäre schon im Stall. Er hat morgens gern allein gearbeitet. Aber dann kam Thomas plötzlich herein. Im Kuhstall sei die Hölle los, weil niemand die Kühe gemolken hätte.« Ihre Hände klammerten sich um das Wasserglas. »Ich war mir sicher, dass Konrad uns vor dem Notartermin nicht über den Weg laufen wollte und schon nach Altenberg gefahren war. Thomas und ich sind dann in den Stall und ich hatte keine Zeit mehr, mir um meinen Mann Gedanken zu machen. Ich konnte doch nicht ahnen …« Der Rest ging in einem neuerlichen Schluchzen unter. »Wie … wie ist es denn überhaupt passiert?«

»Wir gehen davon aus, dass Ihr Mann in der Nacht erschlagen wurde. Ein Spaziergänger hat ihn heute Morgen beim Holzkreuz direkt neben seinem Wagen aufgefunden.«

Waltraud Stadlers Augen weiteten sich. »Heißt das, jemand hat ihm dort oben aufgelauert?«

»Genaueres können wir erst nach der Obduktion und der Auswertung der Spuren sagen. Wusste denn irgendjemand, was er gestern Nacht vorhatte?«

»Er hat es bestimmt nicht herumerzählt. Nicht alle im Dorf waren mit seiner Entscheidung einverstanden. Wegen des Freizeitparks wird hier in Neukirchen viel gestritten. Und die, die den Franz noch gekannt haben, haben es ihm besonders übel genommen. Aber ich will hier niemanden verdächtigen«, fügte sie mit einem Anflug von Panik hinzu.

»Das tun Sie nicht. Sagen Sie uns einfach, was gestern passiert ist.«

»Mir hat er beim Abendessen davon erzählt. Ich hab ihm solche Vorwürfe gemacht. Verstehen Sie? Mein Mann und ich sind im Streit auseinandergegangen. Ich hab ihn danach nicht mehr gesehen und jetzt …« Verzweifelt blickte sie die Kommissare an.

»Sie waren also auch gegen den Verkauf der Felder?«, fragte Weber.

»Ja. Es stimmt nicht, dass ich immer alles klaglos akzeptiere. Ich fand es nicht richtig, wie er mit der Erinnerung an den Franz umgegangen ist. Er war doch sein Bruder! Und einen Freizeitpark brauch ich ganz bestimmt nicht. Aber was hätte ich denn tun sollen? Die Felder gehörten ihm und er wollte sie halt verkaufen.« Erschöpft lehnte sie sich zurück.

»Ihnen gehört der Hof nicht gemeinsam?«, bohrte Weber nach.

»Nur das Wohnhaus. Der Rest gehört … gehörte Konrad. Die Stadlers sind schon seit Generationen eine sehr wohlhabende Familie. Ich dagegen bin mit fast leeren Händen an den Hof gekommen.«

»Sie haben bei Ihrer Hochzeit also Gütertrennung vereinbart?«

Waltraud lächelte matt. »Ja, Konrads Vater hat damals darauf bestanden. Für mich war das in Ordnung. Ich hab den Konrad schließlich nicht wegen seines Besitzes geheiratet. Und später haben wir es aus steuerlichen Gründen dabei belassen. Trotzdem … ich bin hier auf dem Hof genauso daheim wie der Konrad.«

»Hat Ihr Mann ein Testament gemacht?«, fragte Thorwald.

»Ja. Wir haben uns gegenseitig als Alleinerben eingesetzt. Sie können beim Notar in Altenberg nachfragen.«

Thorwald und Weber tauschten erneut einen Seitenblick. War sich Waltraud Stadler bewusst, was diese Aussage bedeutete? Bei einer möglichen Scheidung wäre ihr so gut wie nichts geblieben, der Tod ihres Mannes würde sie dagegen als wohlhabende Frau zurücklassen. Doch Thorwald brannte noch eine ganz andere Frage unter den Nägeln.

»Hatte Ihr Mann konkrete Pläne mit dem Verkaufserlös?«

Waltraud Stadler sah ihm direkt in die Augen. »Das weiß ich nicht, Herr Thorwald. Ich hab Konrad immer wieder gefragt, wofür er denn das ganze Geld braucht. Uns geht es gut, wir haben keine Schulden. Aber er meinte immer nur, man dürfe sich diese einmalige Chance nicht entgehen lassen.«

Zweifellos ein Argument, schien Webers Kopfnicken zu besagen. Die Äcker waren durch die Baupläne ein Vielfaches dessen wert, was sie bisher in ihrer Polizeilaufbahn verdient hatten … und wahrscheinlich jemals verdienen würden.

Er studierte kurz seine Notizen. »Könnte jemand Ihren Streit gestern Abend mitangehört haben?«

»Wir sind hinten auf der Terrasse gesessen. An der Hausseite haben wir keine Nachbarn.«

»Und wenn jemand von vorne gekommen und am Haus entlanggegangen wäre?«

»Ihr Sohn zum Beispiel«, warf Thorwald ein.

»Thomas war zu der Zeit noch mit dem Mähdrescher unterwegs. Er ist nur kurz zum Duschen nach Hause gekommen und dann gleich weiter zu seinem Treffen. Außerdem hab ich niemanden gesehen.« Sie zuckte resigniert mit den Schultern. »Aber seit die Rosi nicht mehr da ist, kann im Grunde jeder unbemerkt kommen und gehen.«

»Wie viele Mähdrescher haben Sie denn?«

Waltraud Stadler musterte Thorwald erstaunt. »Zwei. Aber was hat das mit Konrads Tod zu tun?«

»Vielleicht wollte Ihr Mann ja ein weiteres Fahrzeug anschaffen. Dafür wird man doch bestimmt einiges hinblättern müssen.«

Die Trauer in ihren Augen wurde plötzlich von einer seltsamen Wehmut überlagert. »Nein, das glaube ich nicht.« Sie hielt einen Augenblick inne. »Der Hof und die Arbeit haben Konrad in letzter Zeit nicht mehr viel Freude bereitet. Ich hatte gehofft, es wäre nur eine Phase, die wieder vorbeigeht.«

»Aber Ihnen gefällt die Arbeit auf dem Hof?«

»Ja, Herr Thorwald. Der Hof ist mein Leben«, sagte sie leise.

Der Hauptkommissar versuchte seine nächste Frage so behutsam wie möglich zu stellen. Er spürte, dass Waltraud Stadler nicht mehr lange durchhalten würde. »Ihr Sohn ging anfangs davon aus, dass wir wegen Ihres Hundes hier sind. Was ist denn mit Rosi passiert?«

134

»Es war entsetzlich. Letzte Woche hab ich sie tot im Käfig gefunden. Schaum vor dem Maul, der Körper total verkrampft …
Konrad war sich sicher, dass die Rosi vergiftet wurde. Und er …«

»Ja?«

Sie holte tief Luft. »Und er war sich auch sicher, dass Thomas und
die anderen Freizeitparkgegner dahinterstecken. Was natürlich
vollkommener Unsinn ist! Der Thomas würde der Rosi doch nie
etwas antun! Und die anderen auch nicht«, fügte sie schnell hinzu.

»Wissen Sie denn, wer diese anderen sind?«

»Im Gasthaus Leitner liegt eine Liste aus, in die man sich ein-
tragen kann, wenn man gegen den Freizeitpark ist. Da finden Sie
alle Namen.«

»Die haben wir schon gefunden«, erwiderte Thorwald. »Mich
interessiert vielmehr, ob Sie diese Namen kennen?«

Waltraud Stadler richtete sich auf. »Ja, ich kenne die Namen
und die meisten davon auch persönlich. Und eines kann ich Ihnen sagen: Dort werden Sie den Täter bestimmt nicht finden. Der
Thomas gibt sich nicht mit Mördern ab!«

Als ob er die letzten Worte seiner Mutter gehört hätte, stand Thomas Stadler plötzlich im Türrahmen. Seine ganze Körperhaltung
strahlte etwas Feindseliges aus.

»Wollen Sie mich gleich verhaften oder überprüfen Sie zuerst
noch mein Alibi?«

»Niemand wird verhaftet«, entgegnete Thorwald. »Aber Sie
dürfen uns trotzdem verraten, wo Sie gestern Nacht zwischen
halb elf und halb zwei waren.«

Thomas Stadler taxierte ihn wütend. »Unsere Initiative hat sich
um acht im Gemeindesaal in Altenberg getroffen. Bis ungefähr
halb elf haben wir diskutiert, was wir noch unternehmen könnten. Danach bin ich zu … zu einem Bekannten nach Landshut
gefahren. Dort hab ich auch übernachtet. Heute Morgen gegen
acht war ich zurück und bin erst einmal in den Kuhstall, weil sich
die Viecher die Seele aus dem Leib gebrüllt haben.«

Thorwald war das kurze Zögern in seiner Antwort nicht entgangen. »Was war denn das Ergebnis Ihrer Diskussion?«

Zum ersten Mal wich die Aggressivität bei Thomas Stadler. Er wirkte einfach nur erschöpft. »Dass wir keine Chance mehr haben. Der Notartermin war schließlich kein Geheimnis. Was hätten wir in der Kürze der Zeit noch Großartiges unternehmen können? Die meisten sind sowieso nicht mehr gekommen. Und der Rest hat vor allem gestritten, anstatt etwas Konstruktives zu beschließen. Als wir uns getrennt haben, hat die Rohrbach Tanja noch alle zu sich nach Hause eingeladen, weil sie nicht wollte, dass wir so auseinandergehen. Keine Ahnung, wer da noch mit ist und wer nicht. Ich bin auf alle Fälle ... nach Landshut gefahren.«

Wieder ein Zögern.

»Hat dieser Bekannte in Landshut auch einen Namen und eine Adresse?«, kam Weber Thorwald zuvor.

»Glauben Sie etwa, ich lüge Sie an?« Thomas Stadler stemmte die Arme in die Seiten. Die alte Feindseligkeit war zurück.

»Es spielt keine Rolle, was wir glauben, sondern was wir wissen. Und wir wüssten jetzt gern, bei wem Sie gestern Nacht waren«, erwiderte Weber unbeeindruckt.

Waltraud Stadler stand plötzlich vom Sofa auf. »Jetzt sag es ihnen halt, Thomas. Sie finden es doch ohnehin heraus.«

Kapitel 11

ornelius war nach dem Gespräch mit den Kommissaren im Biergarten geblieben. Eigentlich hatte er nach Landshut fahren wollen, um für Theresa Buchberger nach einem Buchgeschenk zu suchen, doch jetzt konnte er sich nicht einmal aufraffen, aufzustehen und in sein Zimmer zu gehen. Sein Kopf schmerzte und eine bleierne Müdigkeit hatte sich seiner bemächtigt. Auf einen Spaziergang durch das Dorf verspürte er ebenfalls wenig Lust. Die Anwesenheit der Polizei und der Grund dafür dürften sich mittlerweile in ganz Neukirchen herumgesprochen haben: Er, Professor Gregor Cornelius, hatte erneut eine Leiche gefunden. Der Gedanke an die morgendlichen Geschehnisse ließ Übelkeit in ihm aufsteigen. Aber nicht nur das Bild des blutüberströmten Konrad Stadler hatte sich in sein Gedächtnis eingebrannt. Womit er vor allem haderte, war Annas Falschaussage.

Wo war sie gewesen, nachdem sie die Versammlung verlassen hatte? Erst drei Stunden später hatte er sie nach Hause kommen sehen. Hätte er Kommissar Thorwald davon berichten sollen? Sein gesunder Menschenverstand sagte laut und deutlich ja – die Polizei musste wissen, was sich in der Mordnacht ereignet hatte –, aber Herz und Verstand gingen wieder einmal getrennte Wege. Er konnte und *wollte* sich einfach nicht vorstellen, dass Anna etwas mit dem gewaltsamen Tod eines Menschen zu tun hatte.

Doch unfreiwillig schlichen sich unliebsame Szenarien in seine Gedanken. Anna war von Anfang an eine entschiedene Gegnerin des Freizeitparks gewesen und hatte Konrad Stadlers Entschluss, seine Felder zu verkaufen, aufs Schärfste verurteilt. Sie war wütend. Und diese Wut auf Stadler hatte sich noch gesteigert, nachdem er ihr die Tötung seines Hundes vorgeworfen hatte. Cornelius hatte sich selbst davon überzeugen können. War Anna Konrad Stadler auf dem Rückweg von Altenberg am Feldrand begegnet? War erneut ein Streit ausgebrochen und Anna dabei so in Rage geraten, dass sie ihm den Spaten über den Kopf gezogen hatte? Oder hatte sie durch Zufall von seiner nächtlichen Aktion erfahren und die Migräne nur vorgetäuscht, in der Absicht, ihn beim Holzkreuz abzupassen und zu töten? Womöglich mit der Hilfe von Anton Eichinger, dem einstigen Stifter des Kreuzes, der ebenfalls in der Nacht unterwegs gewesen und ein nicht minderer Gegner des Freizeitparks war. Herrgott, was spann er sich hier nur zusammen?!

»Sie sehen gar nicht gut aus, Herr Professor.«

Annas Worte rissen ihn aus seinem Gedankenwirrwarr. Die Wirtin musterte ihn besorgt. Auch sie wirkte mitgenommen, blass und mit bläulichen Schatten unter den sonst so strahlenden Augen.

»Es … es geht schon. War nur etwas viel auf einmal.«

»Soll ich nicht doch einen Arzt rufen?«

»Nein, nein. Ich muss mich einfach nur ein bisschen hinlegen.«

Annas Blick ruhte immer noch auf ihm. Für einen Moment sah es so aus, als ob sie etwas sagen wollte, aber dann drehte sie sich um und ging zurück Richtung Gaststätte.

»Frau Leitner?« Seine Stimme klang brüchig.

Anna wirbelte herum. »Ja?«

»Ich …« Cornelius räusperte sich. »Ich weiß nicht recht, wie ich …«

In diesem Moment waren jenseits der Hecke eilige Schritte zu hören und Sekunden später stand Marie Lechner im Biergarten. Mit finsterer Miene sah sie von Anna zu Cornelius.

»Grüß dich, Marie. Ist alles in Ordnung?«

Doch Marie Lechner reagierte nicht auf Annas Gruß. »Sind Sie dieser Professor aus München?«, wandte sie sich stattdessen an Cornelius.

»Grüß Gott. Ja, ich bin Gregor Cornelius. Wir sind uns neulich im Dorfladen begegnet.«

Marie Lechner ging direkt auf Cornelius zu. Dicht vor ihm blieb sie stehen. »Hören Sie gefälligst damit auf, meiner Tochter Geld zuzustecken und sie zu irgendetwas einzuladen«, zischte sie.

Verdattert wich Cornelius einen Schritt zurück. »Ich … ich verstehe nicht ganz. Ich wollte doch nur …«

»Und ich will, dass Sie das in Zukunft bleiben lassen. Julia kann sich ihr Eis selbst kaufen. Wir brauchen keinen edlen Spender«, fiel ihm Marie sogleich ins Wort.

»So war das doch nicht gemeint. Ich wollte Ihrer Tochter lediglich eine kleine Freude machen. Mehr nicht.«

Marie Lechner sog scharf die Luft ein. »Weil das arme Kind ja so freudlos und bedürftig aussieht.«

»Nein, weil Frau Leitner, die Julia ein Eis versprochen hatte, gerade keine Zeit hatte«, erwiderte Cornelius. Allmählich fing die Unterhaltung an ihn zu nerven.

»In Zukunft können Sie sich Ihre Almosen sparen. Julia muss von niemandem eingeladen werden. Wir können unser Kind sehr gut allein ernähren. Das gilt auch für dich«, schleuderte sie Anna wütend entgegen.

Diese zuckte zurück, als hätte man ihr eine Ohrfeige verpasst. »Marie, was soll denn das?«

»Eine saubere Freundin bist du! Hast nichts Besseres zu tun, als Hinz und Kunz von unseren Problemen zu erzählen. Leg doch gleich eine Liste auf deinem Tresen aus, damit jeder lesen kann, dass die Lechners kein Geld mehr haben.«

Julias Mutter liefen plötzlich Tränen über die Wangen, doch das tat ihrer Wut keinen Abbruch. »Das kannst du doch so gut. Listen auslegen und gegen Leute hetzen, nur, weil sie nicht nach deiner Pfeife tanzen.«

Anna schoss die Zornesröte ins Gesicht. »Marie, jetzt reicht es aber.«

»Allerdings! Mit dir bin ich fertig!«, giftete Marie Lechner und stürmte aus dem Biergarten.

Auf dem Gehsteig wäre sie beinahe mit Roswitha Förster zusammengestoßen, die gerade von ihrem Fahrrad stieg.

»Jessas, Marie. Pass doch auf.«

Doch Marie Lechner schob sich wortlos an der unförmigen Gestalt der Dorfladenbesitzerin vorbei und rannte zu ihrem eigenen Fahrrad, das einige Meter entfernt an Annas Gartenzaun lehnte.

»Was hast es denn so eilig? Weißt überhaupt schon das Neueste?«, rief ihr Roswitha Förster hinterher.

»Nein, und es interessiert mich auch nicht.«

»Den Konrad Stadler haben's umgebracht. Heute Morgen haben sie ihn oben bei den Feldern gefunden«, fuhr Roswitha Förster unbeirrt fort. Neuigkeiten waren schließlich dazu da, verbreitet zu werden.

Wie vom Blitz getroffen blieb Marie Lechner stehen. »Was sagst du da?«

»Gell, da schaust. Anscheinend ist er erschlagen worden. Direkt neben dem Feldkreuz soll er gelegen haben. Wenn das kein Zeichen ist«, sagte die Dorfladenbesitzerin mit bebender Stimme.

Marie Lechner ließ ein ersticktes Schluchzen hören. »Der Konrad ist …«

»… tot. Wenn ich es dir doch sage. Und weißt, wer ihn gefunden hat?«

Doch Marie tat Roswitha Förster nicht den Gefallen, sie danach zu fragen. Kreidebleich im Gesicht musste sie sich einen Moment am Gartenzaun festhalten. Dann drehte sie sich um, stieg auf ihr Fahrrad und fuhr davon. Blind vor Tränen trat sie in die Pedale, ohne zu wissen, wohin sie überhaupt fuhr.

»Ich hab keine Ahnung, was in Marie gefahren ist«, sagte Anna, die sichtlich um Fassung rang. »Wir kennen uns schon eine halbe Ewigkeit und ich hab sie noch nie so erlebt.« Sie schüttelte den Kopf. »Diese verdammten Schulden machen die ganze Familie kaputt.«

Roswitha Försters lautes Geplapper drang durch die Hecke und holte Cornelius aus seiner Erstarrung. Er ahnte, weshalb die Dorfladenbesitzerin dem Gasthaus einen Besuch abstatten wollte. Das Objekt ihrer Begierde war niemand Geringerer als er selbst, wusste sie doch bereits, dass *der Professor aus München* Konrad Stadlers Leiche gefunden hatte. Hastig verabschiedete er sich auf sein Zimmer.

»Grüß dich, Anna«, schallte es Sekunden später durch den Biergarten. »Also, ich muss schon sagen, die Marie war gerade richtig unfreundlich.«

Anna blickte ihr Gegenüber nur wortlos an.

»Na ja, wer weiß, wie es bei der daheim zugeht«, murmelte

Roswitha Förster. Erwartungsvoll sah sie sich um. »Wo ist denn der Herr Professor?«

»Professor Cornelius hat sich hingelegt. Es geht ihm nicht gut«, sagte Anna.

Die Enttäuschung der Dorfladenbesitzerin währte jedoch nicht lange. »Kein Wunder, der Anblick vom Stadler muss grauenvoll gewesen sein. Überall Blut.«

»Da weißt du mehr als ich«, erwiderte Anna.

»Hat er denn gar nichts erzählt?«

»Ich war bei seinem Gespräch mit der Polizei nicht dabei.«

»Hat die Polizei dich auch vernommen?«

»Ja, das hat sie.«

»Wegen deiner Liste! Das hätte ich dir gleich sagen können. Was meint denn die Polizei dazu? Hat sie schon einen Verdächtigen?«

»Wie du siehst, bin ich noch nicht verhaftet«, sagte Anna eisig.

»Geh Schmarrn, so war das doch nicht gemeint. Wenn du auch zugeben musst, dass es euch schon sehr gut in die Karten spielt.«

Anna musterte sie mit steinerner Miene. »Der Konrad ist *tot*, Roswitha. Das hat niemand von uns gewollt. Und ganz bestimmt ist auch niemand von uns dafür verantwortlich. Und jetzt entschuldige mich bitte, ich hab zu tun.«

»Das mag ja sein«, ereiferte sich Roswitha Förster. »Aber wie soll es denn jetzt mit dem Freizeitpark weitergehen? Der Konrad hatte doch noch nicht verkauft! Eine Katastrophe ist das, eine einzige Katastrophe!«

»Also, Herr Stadler. Raus mit der Sprache. Wo waren Sie gestern Nacht?«, fragte Robert Thorwald.

Thomas Stadler bedachte seine Mutter mit einem bösen Seitenblick, erwiderte jedoch nichts.

»Bei seinem Freund war er«, sagte sie leise.

Thorwald verlor allmählich die Geduld. »Das wissen wir schon. Name, Adresse? Herr Stadler, bitte! Jetzt lassen Sie sich halt nicht alles aus der Nase ziehen.«

»Thomas«, bat ihn seine Mutter eindringlich.

Der Jungbauer sah die Kommissare nicht an, als er schließlich antwortete. »Yannick Lichtenberg, Römerstraße 12 in Landshut.«

Seine Stimme klang brüchig. Täuschte sich Thorwald oder kämpfte Thomas Stadler gerade mit den Tränen?

»Wann sind Sie gestern Abend in Landshut angekommen?«, fragte Weber, ohne von seinen Notizen aufzublicken.

»So gegen elf.«

»Gibt es außer Herrn Lichtenberg noch weitere Zeugen?«

»Nein, gibt es nicht. Yannicks Aussage wird Ihnen wohl oder übel reichen müssen.«

»Hatten Sie Ihr Mobiltelefon dabei?«

Für einen Moment wirkte Thomas Stadler irritiert. »Ja, warum fragen …? Ah, ich verstehe. Da muss ich Sie leider enttäuschen. Der Akku war leer. Ich hab es erst in Landshut bemerkt und hatte kein Ladekabel dabei. Es kann Ihnen also nicht verraten, wo ich mich aufgehalten hab. Das müssen Sie mir und Yannick notgedrungen glauben.«

»Wie schade«, bemerkte Weber. »Hat Herr Lichtenberg denn mitbekommen, wann Sie heute Morgen die Wohnung verlassen haben?«

Thomas Stadler stieß ein heiseres Lachen aus. »Sie haben meine Mutter vorhin nicht richtig verstanden, nicht wahr?«

Neugierig hob Florian Weber den Kopf.

»Yannick Lichtenberg ist *mein Freund*. Natürlich hat er mitbekommen, wann ich heute Morgen gegangen bin. Wir haben die Nacht zusammen verbracht. Und für Sie noch einmal zum Mitschreiben: Ich bin schwul. Vergessen Sie das bloß nicht zu notieren«, fuhr er den Kommissar an.

»Schon geschehen. Unterstrichen und mit dickem Ausrufezeichen«, konterte Weber.

»Schön, dass Sie das so lustig finden.«

»Sehen Sie mich lachen? Herr Stadler, mir ist wurscht, was Sie sind. Das Einzige, was uns interessiert, ist, wer Ihren Vater umgebracht hat. Von daher wäre es gut, wenn Sie sich etwas kooperativer zeigten, anstatt sich wie ein bockiges kleines Kind aufzuführen.«

»Das muss ich mir von Ihnen nicht gefallen lassen«, begehrte Thomas Stadler auf.

»Ist gut jetzt«, mischte sich Thorwald ein. Und ehe sein Gegenüber zu einem weiteren Kommentar ansetzen konnte: »Wusste Ihr Vater von Ihrer Beziehung zu Herrn Lichtenberg?«

Stadler drehte sich um. »Ja. Und bevor Sie mich weiter löchern: Er hat Yannick *gehasst*.«

»Thomas, das ist nicht wahr«, sagte Waltraud.

»Ach, hör doch auf! Natürlich ist es wahr. Er ist nie damit klargekommen, dass ausgerechnet er einen schwulen Sohn hat. Für ihn war das wie eine Krankheit, von der man geheilt werden musste. Wahrscheinlich hatte er Angst, sich bei mir anzustecken, wenn er mir zu nahe kommt.«

»Es gab deswegen also Streit?«

»Ja, den gab es«, rief Thomas Stadler. »Weil er keine Gelegenheit ausgelassen hat, mich deshalb dumm anzureden und Yannick schlechtzumachen.« Er hielt einen kurzen Augenblick inne. »Ich bin mir sicher, er hatte nie ernsthaft vor, mir die Felder zu überlassen. Wenn der Typ mit seinem Freizeitpark nicht gekommen wäre, hätte er sie eben an jemand anderen verkauft. Hauptsache, er musste sie mir nicht geben. Dass der Onkel Franz dort gestorben ist, hat ihn doch einen feuchten Kehricht interessiert.«

»Das stimmt nicht«, schluchzte Waltraud Stadler.

Thorwald beschloss, die Befragung an dieser Stelle abzubrechen. Er wollte die Frau nicht länger quälen und Stadler junior würde es nicht schaden, ein paar Gänge zurückzuschalten. Er nickte Weber unmerklich zu, der den Hinweis sofort verstand.

»Wenn Sie damit einverstanden sind, würden sich die Kollegen von der Spurensicherung hier umsehen. Büro, Computer, Kleiderschrank, persönliche Gegenstände Ihres Mannes. Das alles müssen wir genauer unter die Lupe nehmen. Auch seine Bankunterlagen und die Kontoauszüge.«

»Und wenn wir nicht einverstanden sind?«, fragte Thomas Stadler, ehe seine Mutter überhaupt reagieren konnte.

Thorwald holte tief Luft. »Dann wird der Staatsanwalt beim Ermittlungsrichter einen Durchsuchungsbefehl erwirken. Reine Formsache, dauert zwei Stunden länger, kommt auf dasselbe heraus. Und in der Zwischenzeit werden wir einen Beamten hier abstellen, der aufpasst, dass nichts verloren geht.«

Thomas Stadler hatte den Hinweis des Hauptkommissars sehr wohl verstanden. Seine Wangen färbten sich dunkelrot.

»Natürlich können Sie sich hier umsehen. Wir haben schließlich nichts zu verbergen«, ließ Waltraud Stadler in diesem Moment laut und deutlich vernehmen. Und an Ihren Sohn gewandt: »Und von dir will ich jetzt kein Wort mehr hören.«

———

Cornelius tigerte unruhig in seinem Pensionszimmer auf und ab. Den Versuch, sich hinzulegen und die vormittäglichen Geschehnisse im abgedunkelten Zimmer einfach auszublenden, hatte er schon nach wenigen Minuten aufgegeben. Je länger er sich über Konrad Stadler, Anna Leitner und Anton Eichinger den Kopf zerbrach, umso mehr war ihm danach, sich jemandem anzuvertrauen. Allein würde er sich noch in den Wahnsinn grübeln.

Sollte er Ramona anrufen? Seine Frau würde ihn zweifellos sofort zurück nach München beordern, sobald sie das Wort »Leichenfund« nur hörte. Er musste zugeben, dass auch er im Moment große Lust verspürte, aus Neukirchen abzureisen, aber womöglich drohte ihm zu Hause nur ein Arbeitseinsatz auf dem Golfturnier der Baronin. Nein, das Telefonat mit Ramona musste noch warten. Obwohl er nicht umhinkommen würde, ihr seine erneute Verwicklung in einen Mordfall zu beichten. Besser früher als später. Aber nicht jetzt!

Nachdem er eine weitere Viertelstunde auf und ab gelaufen war, hatte er einen Entschluss gefasst: Er würde Pfarrer Felix Hartl um Rat fragen. Der Priester hatte ein sehr gutes Gespür für seine Gemeindemitglieder und war ein ausgezeichneter Seelsorger, dem das Wohl der Menschen wirklich am Herzen lag. Nicht umsonst war er noch immer als Dorfpfarrer tätig, obwohl er längst seinen wohlverdienten Ruhestand genießen könnte. Dazu war er an die Schweigepflicht gebunden, sodass Cornelius keine Angst haben musste, seine Befürchtungen würden sich mit ähnlicher Geschwindigkeit im Dorf verbreiten wie die Nachricht von Konrad Stadlers Ermordung.

Doch alles, was Cornelius vorfand, waren eine verschlossene Pfarrhaustür und eine leere Kirche. Von einem der Maler erfuhr er, dass Felix Hartl nach München gefahren war und erst zur Abendandacht wieder in Neukirchen sein würde. Enttäuscht setzte er sich auf eine schattige Bank am Rande des kleinen Friedhofs. Dort ließ es sich trotz der Hitze gut aushalten. Cornelius schloss die Augen und versuchte alles auszublenden, was sich an diesem furchtbaren Tag ereignet hatte. Die Vögel zwitscherten, auf der Hauptstraße fuhr dem Geräusch nach zu urteilen gerade ein Mähdrescher vorbei und irgendjemand öffnete das schmiedeeiserne Tor zum Friedhof und schloss es wieder. Alltagsgeräusche. Sie konnten der wohltuenden Ruhe, die er auf Friedhöfen stets verspürte, nichts anhaben. Allmählich ging es ihm etwas besser. Auf dem Kiesweg waren Schritte zu hören, die langsamer wurden und schließlich ganz innehielten. Cornelius öffnete die Augen … und erschrak.

»Frau Buchberger, was machen Sie denn hier?«, rief er.

Theresa Buchberger stand einige Meter von ihm entfernt und stützte sich schwer atmend an einem Baumstamm ab.

Cornelius rannte zu ihr. »Kommen Sie, setzen Sie sich in den Schatten.«

Er nahm sie vorsichtig am Arm und half ihr beim Gehen, bis sie die Bank erreicht hatten. Mit einem Seufzer ließ sich Theresa Buchberger darauf nieder. Natürlich hatte er wieder einmal sein Mobiltelefon nicht eingesteckt, aber einer der Maler würde bestimmt aushelfen können.

»Bleiben Sie ganz ruhig. Ich sag den Jungs da oben Bescheid, dass sie den Notarzt rufen sollen.«

»Nein, kein Arzt.« Theresas schmales Handgelenk schnellte nach vorne. Mit erstaunlich viel Kraft hielt sie Cornelius am Arm fest. »Es geht mir gleich wieder besser. Ich muss mich nur ein bisschen ausruhen.«

Cornelius musterte sie besorgt. »Sind Sie sicher? Sie gefallen mir gar nicht.«

Theresa lächelte matt. »Das war jetzt aber kein Kompliment, Herr Professor.«

So gern Cornelius sich sonst auf eine kurzweilige Unterhaltung mit ihr einließ, so wenig war ihm jetzt zum Lachen zumute. Ihr Atem ging stoßweise und auf ihrer Stirn hatten sich kleine

Schweißperlen gebildet. Das schmale Gesicht wirkte fast durchsichtig. Er eilte zum Fuß des Baugerüsts, wo er aus dem Getränkekasten der Maler eine Wasserflasche nahm.

Cornelius schraubte sie auf. »Hier. Trinken Sie.«

Mit zittrigen Händen nahm Theresa die Flasche entgegen. Während sie in kleinen Schlucken trank, schien sich ihr Kreislauf langsam zu erholen.

»Was um Himmels willen machen Sie hier?«, fragte Cornelius noch einmal.

»Ich wollte nach dem Grab meines Mannes sehen. Es hat sich doch die letzten Tage niemand darum gekümmert«, seufzte sie.

»Warum haben Sie denn nicht Bescheid gesagt? Sie müssen sich schonen.«

»Anna hat schon so viel für mich getan und die Arbeit im Wirtshaus macht sich doch auch nicht von allein.«

»Aber *ich* hätte mich doch in der Zwischenzeit um das Grab kümmern können.«

»Ach, Herr Professor. Das ist nun wirklich nicht Ihre Aufgabe.«

»Warum denn nicht? Ich habe jede Menge Zeit und mache es wirklich gern. Wie sind Sie überhaupt hierhergekommen?«

»Mit dem Fahrrad«, murmelte Theresa. »Anfangs ging es noch ganz gut, aber dann hab ich wohl die Hitze etwas unterschätzt.«

Cornelius stand von der Bank auf. »Sie sagen mir jetzt, wo ich das Grab Ihres Mannes finde. Und Sie bleiben hier im Schatten sitzen!«, fügte er streng hinzu, nachdem Theresa Buchberger Anstalten machte, ebenfalls aufzustehen.

Wie sich herausstellte, war ihre Sorge gänzlich unbegründet, denn nicht eine Blume war vertrocknet. Zweifellos hatte sie in den vergangenen Tagen jemand regelmäßig mit Wasser versorgt.

»Ich hätte es wissen müssen. Anna ist ein wahrer Engel«, sagte sie, als Cornelius mit der frohen Kunde zurückkam.

Er spürte einen Stich in der Magengrube. »Ja, in der Tat.«

Das schmiedeeiserne Tor quietschte leise. Eva Eichinger hatte den Friedhof betreten, eine Kerze und ein Blumenbouquet in der Hand. Cornelius wusste, wohin ihr Weg sie führte. Ohne ihn und Theresa zu bemerken, ging sie zum Grab ihres Sohnes.

Eine Weile saßen sie schweigend nebeneinander.

»Sie sehen aber auch nicht gut aus, wenn ich mir die Bemerkung erlauben darf«, sagte Theresa in die Stille hinein.

»Ich fühle mich auch nicht besonders gut«, erwiderte Cornelius. »Vergangene Nacht ist etwas ganz Furchtbares passiert.«

Mit großen Augen lauschte Theresa Buchberger, was sich auf den Feldern bei Neukirchen ereignet hatte.

»Konrad Stadler … ermordet«, wiederholte sie entsetzt. »Deshalb das ganze Polizeiaufgebot. Ich hab mich schon gefragt, was hier los ist. Mein Gott, die arme Waltraud!«

Cornelius befürchtete schon einen neuen Schwächeanfall, doch auf einmal richtete Theresa sich kerzengerade auf. »Ist das etwa …«, flüsterte sie.

Cornelius folgte ihrem Blick. Er war, wie er feststellte, auf Adrian Neuhaus gerichtet. Der Tenor stand vor einem Grab direkt an der Friedhofsmauer und hielt den Kopf gesenkt. Die beiden Besucher auf der Bank schien er nicht bemerkt zu haben. Wie lange er schon dort war, vermochte Cornelius nicht zu sagen.

»Ja, das ist Adrian Neuhaus«, sagte er leise, obwohl Neuhaus sie auf die Entfernung unmöglich hören konnte. »Kennen Sie ihn persönlich?«

Theresa lächelte. »Ja, seit seiner Kindheit.« Ihre Augen fingen an zu leuchten. »Eine unglaubliche Stimme, schon in ganz jungen Jahren. Während er an der Musikhochschule studiert hat, hat er ab und zu noch im Kirchenchor mitgesungen. Meine Tochter und ich waren damals auch im Chor. Ich hab noch nie so eine Aura und stimmliche Präsenz erlebt. Ein Jahrhunderttalent.«

Trotz der Hitze fröstelte Cornelius. Das erste Mal überhaupt, seit sie sich kannten, hatte Theresa Buchberger über ihre Tochter Claudia gesprochen. Sie schien sich dessen gar nicht bewusst zu sein. Er hatte plötzlich Angst, etwas Falsches zu sagen.

»Ich habe ihn erst vor Kurzem persönlich in München kennengelernt. Dabei erwähnte er, sich eine Weile nach Kleineich zurückziehen zu wollen«, erwiderte er so unverfänglich wie möglich. »Das Leben im Rampenlicht fordert offenbar seinen Tribut. Er wirkte ziemlich müde und ausgelaugt.«

»Das wundert mich nicht. Ich könnte so ein Leben nicht auf Dauer führen. Aber ich war mir sicher, er würde Kleineich verkaufen und nie wieder dorthin zurückkehren«, sagte Theresa nachdenklich. »Magdalena und er hatten keine schöne Kindheit. Der alte Baron war sehr herrisch und streng. Ein unsympathischer Mann. Und mit der Entscheidung seines Sohnes, eine Gesangskarriere einzuschlagen, konnte er auch nichts anfangen. Nur Magdalena hat immer zu ihrem Bruder gehalten und ihn gegen alle Widrigkeiten verteidigt. Sie war auch Künstlerin. Bildhauerin. Eine so sanfte und herzliche Frau, ganz wie die Mutter.«

»Ich glaube, der Tod seiner Schwester macht ihm immer noch sehr zu schaffen.«

»Das kann ich gut verstehen. Der Schuldige wurde ja bis heute nicht gefunden. Diese Ungewissheit, nicht abschließen zu können, das ist das Schlimmste, was den Hinterbliebenen passieren kann«, sagte Theresa leise.

Cornelius schwieg betroffen. Die Worte erinnerten ihn an ihr eigenes Schicksal. Bis heute wusste sie nicht, was mit ihrer Tochter passiert war. Wie bei Adrian Neuhaus hatte ihre Wunde nie eine Chance gehabt zu verheilen. Und auch Theresas Mann hatte seiner Familie das Leben zur Hölle gemacht und Frau und Tochter schikaniert, wo er nur konnte. Wann würden Theresa und Adrian endlich Frieden mit ihrer Vergangenheit schließen können?

Kapitel 12

Ihr hättet den mal erleben müssen. Kein Bedauern, keine Tränen. Er hat sich nicht einmal die Mühe gemacht, so zu tun, als würde ihm der Tod seines Vaters nahegehen. Die pure Aggression, von der ersten bis zur letzten Sekunde.«

Thorwalds Team hatte sich nach der Rückkehr der beiden Kommissare zu einer ersten Besprechung in sein Büro zurückgezogen, wo sich Florian Weber gerade über Thomas Stadler ausließ.

Neben Katrin Abel hatte Thorwald noch drei weitere Kollegen aus der Mordkommission in die Ermittlungen miteinbezogen. Einträchtig saßen sie nun nebeneinander auf ihren Stühlen und lauschten Webers Ausführungen, Katrin wie immer mit gezücktem Block, in den sie hin und wieder etwas notierte. Dass manch einer in der Abteilung den Eifer und die Gewissenhaftigkeit der »neuen Musterschülerin« etwas spöttisch kommentierte und hinter ihrem Rücken darüber getuschelt wurde, prallte seit ihrem ersten Arbeitstag an Katrin ab wie ein Fußball an einer Betonmauer. Mochten sie charakterlich auch noch so unterschiedlich sein, hatte sie zudem einen positiven Einfluss auf Florian Weber. Der junge Kommissar war ein guter Ermittler und Thorwald hatte seinen Wechsel zur Mordkommission sehr begrüßt, gleichzeitig wusste er aber auch um Webers mitunter lockere Einstellung und sein loses Mundwerk. Doch seit Katrin im Team war, riss er sich spürbar zusammen. Ob aus rein beruflichem Ehrgeiz oder weil er auf die attraktive Kollegin ein Auge geworfen hatte, konnte Thorwald nicht eindeutig feststellen.

Das Klingeln des Telefons unterbrach Weber in seinen Ausführungen. Im Display erkannte Thorwald die Nummer der Gerichtsmedizin. Rasch nahm er den Anruf entgegen und schaltete den Lautsprecher an, damit auch die anderen hörten, was der Pathologe zu berichten hatte. Die Obduktion war zwar noch nicht abgeschlossen, doch zwei Dinge standen bereits fest: Konrad Stadler war an einem mehrfachen Schädelbruch gestorben, verursacht durch gezielte Schläge mit seinem eigenen Spaten. Thorwald bedankte sich für den schnellen Zwischenbericht und wandte sich wieder den Kollegen zu, wo die Nachricht sofort eine rege Diskussion auslöste.

»Die Tat war offenbar nicht geplant und der Täter hat im Affekt zugeschlagen. Womöglich hatte er eine Auseinandersetzung mit Stadler, weswegen, dürfte nicht schwer zu erraten sein«, wagte Weber einen ersten Vorstoß.

»Wegen dem Verkauf der Felder«, fuhr Katrin fort. »Weil der Täter den Freizeitpark verhindern wollte oder ihm die Entfernung des Gedenkkreuzes an Franz Stadler ein Dorn im Auge war.«

»Aber wegen eines Holzkreuzes jemanden zu erschlagen … Da scheint mir der Freizeitpark schon das stärkere Motiv zu sein«, wandte Toni Kornbichler, einer der neuen Kollegen, ein.

»Schon möglich. Vielleicht hatte unser Täter ja durchaus Tötungsabsichten und hat sich an Ort und Stelle für eine andere Mordwaffe entschieden, weil ihm der Spaten gelegener kam.«

»Was im Umkehrschluss bedeutet, jemand hat Wind von Stadlers nächtlicher Aktion bekommen, obwohl er sie laut seiner Frau geheim halten wollte.«

Thorwald ging zu der weißen Wandtafel hinter seinem Schreibtisch. Er mochte es, wenn im Team diskutiert wurde und Ideen auf ihn einprasselten. Nichts war für eine Ermittlung schlimmer als eine gedankliche Einbahnstraße. Sich vorzeitig auf einen Tathergang oder ein bestimmtes Täterprofil zu versteifen, mündete in den meisten Fällen in einer Sackgasse. Noch wichtiger als Ideen zu sammeln war für ihn, diese zu visualisieren. Thorwald musste Namen, Motive und Verbindungen der an einem Mordfall beteiligten Personen nicht nur vor seinem geistigen Auge sehen. Im Kommissariat waren seine Malstunden, wie Weber sie scherzhaft nannte, schon zu einer Art Markenzeichen geworden, auch wenn der eine oder andere sie milde belächelte. Doch daran störte sich Thorwald nicht. Auch jetzt nahm er einen der dicken schwarzen Stifte und klopfte damit gegen die Wandtafel. Sofort verstummte das Stimmengewirr.

»Also, Leute, lasst uns systematisch vorgehen und die Tatwaffe kurz hintanstellen. Konzentrieren wir uns erst einmal auf den

Toten.« Er schrieb Konrad Stadlers Namen in die Mitte der Tafel und umkreiste ihn.

»Katrin, was hast du bisher über ihn und seine Familie herausgefunden?«

Die Beamtin blätterte in ihrem Block. »Konrad Stadler war verheiratet und hat einen Sohn. Die Witwe und Thomas habt ihr ja bereits kennengelernt. Keiner der drei ist vorbestraft und alle drei sind auf dem Bauernhof in Neukirchen gemeldet.«

Thorwald schrieb Waltrauds und Thomas' Namen links und rechts neben Konrad auf die Wandtafel und umkreiste sie ebenfalls. »Laut eigener Aussage hat seine Frau damals relativ mittellos in die vermögende Familie von Konrad Stadler eingeheiratet. Das Ehepaar hatte aus steuerlichen Gründen Gütertrennung vereinbart, Waltraud steht jedoch als Alleinerbin im Testament ihres Mannes. Für die Tatzeit hat sie kein Alibi. Angeblich hatte sie starke Kopfschmerzen und deshalb ein Schlafmittel genommen, das sie bis zum nächsten Morgen hat durchschlafen lassen. Sie ist keine Anhängerin des Freizeitparks und war auch nicht damit einverstanden, wie ihr Mann mit dem Andenken an seinen verstorbenen Bruder umgegangen ist.«

»Wenn ihr mich fragt, war Konrad Stadler die Meinung seiner Frau all die Jahre herzlich egal. Der hat stur sein Ding durchgezogen und sie hatte sich gefälligst nach ihm zu richten«, mutmaßte Weber, während Thorwald »fehlendes Alibi« und »Motiv« neben Waltrauds Namen notierte.

»Ich hatte auch das Gefühl, dass vor allem er der tonangebende Part in der Ehe war. Die Vermögenssituation hat es für Waltraud Stadler bestimmt nicht einfacher gemacht.« Thorwald drehte sich in Richtung Katrin. »Aber Freizeitpark ist auch ein gutes Stichwort.«

Katrin tippte auf ihre Computertastatur und warf eine Landkarte von Neukirchen und seiner Umgebung an die Wand. Eine Fläche – Thorwald schätzte sie auf etwa vierzig Hektar – war schraffiert dargestellt. »*Bavarian Adventure* geht auf eine Münchner Unternehmensgruppe zurück, die auf Investitionen in Immobilien-, Freizeit- und Wellnessprojekte spezialisiert ist. Das betreffende Areal umfasst laut Grundbucheintrag die Felder von insgesamt acht Landwirten. Den Presseberichten nach zu urteilen haben sieben relativ schnell einem Verkauf zugestimmt, der achte, Konrad Stadler, hat sich dagegen erst vor einigen Tagen dazu entschlossen. Im Stadtrat von Altenberg ist das Bauprojekt daraufhin mit nur zwei Gegenstimmen abgesegnet worden. Das Landratsamt muss zwar noch die Baugenehmigung erteilen, aber hat sich bereits positiv dazu geäußert. Offenbar hat es von Anfang an großen Zuspruch in der Bevölkerung gegeben.«

»*Bavarian Adventure* … was ist das denn für ein Schmarrn?« Florian Weber schüttelte den Kopf.

»Die Präsentation auf der Altenberger Internetseite nennt es einen Themenpark. Einerseits ist es eine Art agrarhistorisches Zentrum mit Heimatmuseum, verschiedenen Pavillons, einem Streichelzoo, andererseits ein Erlebnispark mit Fahrgeschäften, Abenteuerspielplatz und einem großen Wellenbad mit Sauna- und Fitnessbereich.«

Webers Kopfschütteln verstärkte sich bei jedem Schlagwort, das Katrin vorlas. »Sag ich doch – ein Schmarrn! Das ist höchstens alles und nix, wenn du mich fragst.«

»Das lass mal nicht Markus Baumgartner hören. Der Bauunternehmer ist einer der größten Befürworter. Er hatte den Investor ursprünglich angeschleppt, wohl in der Hoffnung, einen großen Teil der Aufträge selbst abgreifen zu können. Auch wenn er dies stets verneint und ihm laut Presse nur das Wohl der Gemeinde am Herzen liegt.«

»Der glaubt wahrscheinlich auch noch den Mist, den er da verzapft. Wir hatten heute schon das Vergnügen. Kam auf den Stadler Hof gedonnert und wollte wissen, warum Konrad Stadler nicht zum Notartermin erschienen ist. Unsere Antwort hat ihm dann weniger gefallen.«

»Er wollte daraufhin sofort mit Waltraud Stadler sprechen, aber weiter als bis zur Türschwelle ist er nicht gekommen«, fügte Thorwald hinzu.

Thomas Stadler hatte dem Bauunternehmer unmissverständlich empfohlen, das Weite zu suchen, was Baumgartner nach einigen wüsten Beschimpfungen auch tat, wenngleich es nicht sein letzter Besuch auf dem Stadler Hof gewesen sein dürfte.

»Gab es bei dem im vergangenen Jahr nicht eine Razzia wegen Schwarzarbeit?«, fragte Kornbichler.

Thorwald nickte. »Ja, aber soweit ich mich erinnere, hatte da vor allem sein Bruder die Hände im Spiel.«

»Ich kann ihn ja bei Gelegenheit noch einmal unter die Lupe nehmen«, schlug Katrin vor und kritzelte den Namen in ihren Block.

Thorwald mochte im Augenblick nicht zu viel Zeit für den Bauunternehmer verschwenden. »Was wissen wir über Thomas Stadler?«, fragte er deshalb.

»Er hat Agrarwissenschaften in Weihenstephan studiert und Praktika auf diversen Biobauernhöfen gemacht. Darüber ging auch seine Masterarbeit, für die er von der Hochschule sogar ausgezeichnet worden ist. Auf *Facebook* ist er vor allem mit seiner Kampagne gegen den Freizeitpark aktiv, hat dort aber nicht allzu viele Unterstützer. Die Profile von denen muss ich mir noch im Detail anschauen.«

Florian Weber griff nach seinem Notizblock. »Sein Vater und er hatten vereinbart, dass er die besagten Felder biologisch bewirtschaften darf. Nachdem sich Konrad Stadler dann wider Erwarten für einen Verkauf der Flächen entschieden hatte, kam es zwischen Vater und Sohn wiederholt zu heftigen Auseinandersetzungen. Das hat er selbst zugegeben.«

»Allerdings hat er ein Alibi«, wandte Thorwald ein und berichtete den Kollegen von Yannick Lichtenberg. »Katrin, Torsten, sobald wir hier fertig sind, fahrt ihr zu diesem Lichtenberg und überprüft die Geschichte. Macht ihm auch klar, welche Konsequenzen eine mögliche Falschaussage zugunsten seines Freundes hätte.«

»Du denkst, Thomas Stadler hat euch angelogen?«

»Er hat auf alle Fälle ein starkes Motiv. Sein Vater hat ihn nicht nur um die versprochenen Felder gebracht, er hat auch seine Beziehung zu Lichtenberg torpediert. Ein schwuler Sohn passte offenbar nicht in Konrad Stadlers Weltbild.«

»Willkommen im Mittelalter«, murmelte Katrin.

»Dazu kommt sein leicht aufbrausendes Naturell, zu dem eine Tat im Affekt durchaus passen würde. Ich will auf die Minute genau wissen, wann Thomas Stadler in Landshut eingetroffen ist und ob er oder beide zusammen in der Nacht noch einmal weg sind«, sagte Thorwald energisch. »Angeblich war der Akku seines Handys leer. Sein Bewegungsprofil und auch das von Lichtenberg wird bereits überprüft. Trotzdem will ich mich nicht allein darauf stützen. Hört euch bei den Nachbarn um, sucht die Straße nach Geschäften und Kneipen ab. Vielleicht hat jemand etwas gesehen, das uns weiterhelfen könnte.« Thorwald hielt einen Augenblick inne. »Danach fahrt ihr auf den Stadler Hof und schaut, was die Spurensicherung so alles ans Tageslicht befördert. Und wir brauchen die Fingerabdrücke von Waltraud und Thomas Stadler. Laut KTU wimmelt der Spatenstil nur so von Abdrücken.« Was keine sensationelle Erkenntnis bedeutete, da der Spaten regelmäßig in Benutzung war, wie Waltraud Stadler ihm bestätigt hatte.

»Die rückt Stadler junior doch niemals freiwillig heraus«, entgegnete Weber.

»Das werden wir dann schon sehen«, sagte Katrin angriffslustig.

»Wenn ihr dort seid, sucht bitte das gesamte Areal nach einem frisch geschaufelten Grab ab. Der Hund der Stadlers wurde vergangene Woche angeblich vergiftet. Zuerst wollte Konrad Stadler ihn obduzieren lassen, weil er Thomas und die Freizeitparkgegner im Verdacht hatte, aber dann hat er es sich offenbar anders überlegt und das Tier beerdigt. Allerdings haben wir dort, wo seine Witwe das Grab vermutet hat, keinerlei Spuren gefunden.«

Die Befragung hatte Waltraud Stadler zwar erschöpft, dennoch hatte sie es sich nicht nehmen lassen, die Kommissare in den weitläufigen Garten zu begleiten und ihnen die Stelle an der Grundstücksgrenze zu zeigen, wo Rosis Vorgänger ihre letzte Ruhe gefunden hatten. Ein kurzer Blick hatte genügt, um festzustellen, dass das knochentrockene Erdreich in den Tagen zuvor nicht umgegraben worden war. Laut Stadlers Tierarzt hatte der Landwirt sich tatsächlich nach einer möglichen Obduktion erkundigt, die Tierpathologie in München konnte Weber jedoch keine entsprechende Autopsie am Telefon bestätigen.

»Du glaubst, der Hund war ein letzter Warnschuss?«, fragte Katrin.

Thorwald zeichnete einen Pfeil auf die Wandtafel, der Konrad Stadler und Rosi miteinander verband. Beide Namen markierte er mit einem kleinen Kreuz.

»Gut möglich, auch wenn Waltraud eine Verwicklung der Freizeitparkgegner vehement bestreitet. Umso wichtiger ist es für uns, das tote Tier zu finden. Vielleicht liefert das verwendete Gift einen Hinweis zum Täter.«

»Falls das Viech überhaupt vergiftet wurde. Bisher gibt es keinen Beweis dafür. Wer weiß, was sich Stadler in seiner Wut alles eingebildet hat«, brummte Weber.

Katrin war bei seiner Wortwahl leicht zusammengezuckt und Thorwald glaubte »unsensibler Klotz« von ihren Lippen abzulesen.

»Wenn dem so wäre, will ich das wissen«, sagte er knapp.

Katrin überflog noch einmal ihre Notizen. »Sollen wir gleich zu Lichtenberg aufbrechen oder magst du dir erst noch anhören, was ich über Matthias Stadler herausgefunden habe?«

»Nur raus damit. So wie du klingst, ist er nicht ganz uninteressant.«

»Er ist zumindest kein unbeschriebenes Blatt. Als Jugendlicher war er in der Münchner Sprayerszene unterwegs und ist mehrfach vorbestraft. Er wurde zu Sozialstunden und Jugendarrest verurteilt, was offenbar Wirkung zeigte, denn bis vor Kurzem gab es keinen weiteren Vorfall. Zumindest keinen, der aktenkundig wurde. Im März sind er und zwei weitere Sprayer allerdings auf einem Fabrikgelände aufgegriffen worden. Der Eigentümer wollte zuerst Anzeige erstatten, hat es sich dann aber anders überlegt, weil ihm die Motive so gut gefallen haben.«

»Manche haben mehr Glück als Verstand«, stellte Weber fest.

»Oder einfach nur künstlerisch begabte Gene«, schmunzelte Katrin. Und als fünf Augenpaare sie fragend anblickten: »Matthias Stadler ist der Sohn von Franz Stadler und …«, sie machte eine vielsagende Pause, »… Esther Lamarque.«

»Von wem?«, fragten Thorwald und Weber fast gleichzeitig.

»Jetzt sagt bloß, ihr kennt Esther Lamarque nicht?!«

Weber zuckte mit den Schultern. »Noch nie gehört.«

Auch die Gesichter der anderen Kollegen offenbarten drei große Fragezeichen.

Katrin seufzte. »Esther Lamarque ist Malerin. Sie arbeitet hauptsächlich mit Acryl. Ich habe einen Kalender mit ihren Bildern, also mit Kopien davon, und … Ist ja egal. Sie ist auf alle Fälle die Witwe von Franz Stadler und in zweiter Ehe mit François Lamarque, einem Kunsthistoriker, verheiratet. Matthias Stadler hat bis vor einigen Monaten bei seiner Mutter in München gewohnt, ist jetzt aber unter der Adresse von Eva und Anton Eichinger in Neukirchen gemeldet.«

»Anton Eichinger ist sein Patenonkel«, erklärte Weber. »Unser Künstler war übrigens gestern Nacht ganz rustikal mit einem Mähdrescher unterwegs.« Er grinste plötzlich. »Bis etwa halb elf wurde er von Professor Cornelius begleitet, danach von einer gewissen Helena Stern. Wie lange die beiden unterwegs waren und was sie sonst noch so vorhatten, wusste der Professor nicht. Diese Stern hat angeblich einen Freund, auch so einen berühmten Heini, den kein Mensch kennt: Adrian von Neuhaus.«

»Adrian von Neuhaus, der Operntenor?«, hauchte Katrin.

»Das war ja klar.«

»Den kenn ja sogar ich«, schaltete sich Kornbichler ein.

»Musst halt auch mal das Feuilleton lesen und nicht immer nur den Sportteil«, sagte Katrin in Webers Richtung. »Seine Stimme ist unglaublich. Ich habe ihn vor Kurzem live in München gehört. Der Mann ist der absolute Wahnsinn.«

»Ich dachte, es geht dir nur um seine Stimme«, stichelte Weber.

»Er hat eine wunderbare Stimme *und* sieht sehr gut aus. Ich wüsste nicht, was daran verwerflich sein soll. Es muss ja nicht jeder Opernsänger als Quasimodo durch die Welt laufen.«

»Schluss jetzt.« Thorwald ging das Gezänk der beiden allmählich auf die Nerven. »Mir ist wurscht, wie der aussieht. Ich will jetzt hier weitermachen.«

Katrin runzelte die Stirn. »Aber was macht die Freundin von Adrian von Neuhaus mitten in der Nacht auf dem Mähdrescher eines vorbestraften Graffitisprayers?«

»Das werden wir dann schon herausfinden«, entgegnete Thorwald, bevor Weber zu einem weiteren Kommentar ausholen konnte. »Ich schlage vor, wir nehmen uns als Nächstes die Liste aus dem Gasthaus vor.« Er drehte sich zu den neuen Kollegen.

»Toni, Korbi, ihr überprüft die Namen auf Vorstrafen und fangt
dann von unten mit der Befragung an. Flo und ich nehmen uns
die erste Hälfte vor. Bis abends sollten wir die Namen soweit ab-
gearbeitet haben.«

Er verteilte Kopien von Annas Unterschriftenliste an die Beamten. »Wie ihr seht, steht Matthias Stadler auch darauf. Dann
können wir ihn gleich zu seinem nächtlichen Date befragen.«

Weber beäugte die Namen kritisch. Anton und Eva Eichinger
hatten direkt unter Anna Leitner unterschrieben. »Sollen den
Eichinger nicht besser der Toni und der Korbi übernehmen?«

»Warum?«, schnappte Thorwald.

»Ich meine ja nur, weil …«

»Weil wir es im letzten Jahr nicht geschafft haben, den Mörder
seines Sohnes zu überführen und das einem Rentner überlassen
mussten?«

»Wenn du es unbedingt so formulieren willst, genau deswegen«, konterte Weber unbeeindruckt von der schlechten Laune
seines Vorgesetzten. Er wusste, der Stachel saß bei Thorwald
noch immer tief.

Der Hauptkommissar erhob sich von seinem Stuhl und riss die
Bürotür auf. »Ich gehe jetzt zum Mittagessen und danach fahren
wir beide nach Neukirchen und befragen das Ehepaar Eichinger,
wo es vergangene Nacht gewesen ist.«

Mit einem lauten Knall flog die Tür ins Schloss.

<hr>

Das Klingeln des Mobiltelefons ließ Leon Gruber zusammenzucken. Mit seinen Nerven war es seit letzter Nacht nicht zum Besten bestellt. Obwohl es auf Mittag zuging, hatte er sich den ganzen Tag noch nicht im Hotel blicken lassen. Er konnte von Glück
sagen, dass der Umstand seinen Eltern bisher nicht aufgefallen
war. Wie er ihre Bevormundung und diese endlosen Vorwürfe
hasste. Er wollte kein Hotelier werden. Das Hotel hatte ihn noch
nie interessiert und würde es auch in Zukunft nicht tun. Warum
konnten sie das nicht akzeptieren? Und warum konnte sich nicht
einfach der Boden vor ihm auftun und er in diesem Loch ein für
allemal verschwinden?

Am liebsten hätte er sich, so wie früher, wenn draußen ein Gewitter tobte, unter seiner Bettdecke verkrochen. Mit dem Unterschied, dass er damals mit einer Tasse heißen Kakao hervorzulocken war. Heute wünschte er sich, keiner Menschenseele begegnen zu müssen. Nie wieder.

Leon kannte den Anrufer, ohne auf das Display zu sehen. Auf diesem Telefon, von dessen Existenz niemand außer Denis wusste, wurde er von keiner anderen Person angerufen. Leons Daumen schwebte über dem roten Knopf, der den Anruf ablehnen und auf die Mailbox umleiten würde. Er wollte jetzt nicht mit Denis sprechen. Sein Wutausbruch in der vergangenen Nacht, als Leon schließlich mit einer halben Stunde Verspätung angekommen war, reichte ihm hinlänglich. Anfangs war Leon außerstande gewesen, auch nur ein halbwegs vernünftiges Wort hervorzubringen. Zu groß waren sein Entsetzen und seine Panik.

Was hatte Denis ihm eingebläut? Es durfte nichts mehr schiefgehen, alles musste wie am Schnürchen klappen, so wie die unzähligen Nächte zuvor auch. Der schwere Fehler aus der vergangenen Woche durfte sich nicht mehr wiederholen. Doch jetzt war etwas viel Schrecklicheres passiert, etwas, das ihn den Rest seines Lebens nicht mehr loslassen würde. Das musste Denis doch verstehen!

»Sag verdammt noch mal, dass das nicht wahr ist!«, hatte der ihn nur angebrüllt und so fest am Kragen gepackt, dass Leon für einen kurzen Augenblick Angst hatte, er würde ihm mit bloßen Händen das Genick brechen.

Leon hatte versucht, die Situation zu erklären, obwohl er selbst kaum begreifen konnte, was sich auf der kleinen Anhöhe ereignet hatte. Hilflos hatte er herumgestottert und Denis damit nur noch mehr in Rage gebracht.

»Kruzifix, jetzt red endlich normal mit mir!«

Nach einigen vergeblichen Anläufen war es Leon gelungen, in halbwegs zusammenhängenden Sätzen zu sprechen. Er hatte geglaubt, sich jeden Moment übergeben zu müssen, so übel wurde ihm bei der bloßen Erinnerung an den Vollmond, die Anhöhe und an das, was unweit des Feldkreuzes geschehen war. Denis hatte sich alles angehört. Anstatt in einen neuerlichen Tobsuchtsanfall auszubrechen, war er plötzlich ganz ruhig geworden. Doch diese Ruhe hatte Leon nicht behagt, ganz im Gegenteil. Sie ließ seine Angst nur noch größer werden.

Mit zittrigen Händen nahm er jetzt den Anruf entgegen. Obwohl sich alles in ihm dagegen sträubte, wagte er es nicht, Denis zu ignorieren. Leon holte tief Luft. »Ich bin raus aus der Sache.«

Denis stieß ein unheimliches Lachen aus, das Leon das Blut in den Adern gefrieren ließ. »Falsch gedacht. Du steckst bis zum Hals in der Scheiße. Raus bist du dann, wenn ich das sage. Und das solltest du dir besser nicht wünschen.«

»Vielen Dank für alles. Und kommen Sie mich bald wieder besuchen.«

Cornelius winkte Theresa Buchberger noch einmal zu, ehe er in seinen Wagen stieg. Gemeinsam waren sie vom Friedhof zum Gasthaus gegangen und er hatte sie und ihr Fahrrad zurück nach Hause gefahren. Zum Abschied hatte er Theresa versprechen müssen, Anna nichts von ihrem vormittäglichen Ausflug zu erzählen.

Die kurze Zeit, die das Auto vor Theresas Haus in der Sonne gestanden hatte, hatte den Innenraum in eine Sauna verwandelt. Das Lenkrad und der Schaltknüppel waren glühend heiß. Cornelius ließ das Fenster herunter und schimpfte leise vor sich hin, während er den Wagen durch die Neukirchner Siedlung steuerte. An der Villa von Dr. Rehberg waren an den meisten Fenstern die Jalousien heruntergelassen. Ihre Wege hatten sich in der Vergangenheit mehrmals gekreuzt, unglücklicherweise immer dann, wenn ein Mitglied aus Dr. Rehbergs Familie gerade dabei war, eine Straftat zu begehen. Ex-Frau und Neffe hatten ihm mit ihren Eskapaden einen schweren Stand in Neukirchen verschafft. Ob er seine Rückkehr in die alte Heimat bereute? Und würde er zukünftig tatsächlich allein in dem großen Haus wohnen?

An der Einmündung zur Hauptstraße traf Cornelius auf ein Cabrio mit Münchner Kennzeichen, das schwungvoll in die Neukirchner Siedlung einbog. Cornelius brauchte einen Moment, um Adrian Neuhaus hinter dem Steuer des Sportwagens zu erkennen.

Theresa und er hatten es vorgezogen ihn auf dem Friedhof in Ruhe zu lassen und nicht in seiner Andacht vor dem Familiengrab zu stören. Jetzt winkte Neuhaus und brachte seinen Wagen zum Stehen. Wie sich herausstellte, war er auf dem Weg zu Benedikt Rehberg, einem alten Schulfreund aus seiner Zeit bei den Regensburger Domspatzen.

»Zwei verlorene Söhne kehren nach Hause zurück«, sagte Neuhaus wehmütig. »Wissen Sie, warum hier heute Morgen so viel Polizei unterwegs war?«

Offensichtlich hatte sich der Leichenfund noch nicht bis Kleineich durchgesprochen. Etwas widerwillig erzählte Cornelius, was sich in der Nacht am Feldkreuz ereignet hatte. Entsetzt nahm Neuhaus seine Sonnenbrille ab. »Mein Gott, kommt denn diese Familie nie zur Ruhe?!«

»Sie kennen die Stadlers?«

»Ich bin hier *aufgewachsen*, Herr Cornelius, auch wenn der eine oder andere das gern vergisst«, sagte er gereizt. Sein Seitenhieb galt zweifellos dem Altenberger Bürgermeister. Helena hatte im Biergarten nicht viel erzählt, dennoch brauchte Cornelius keine allzu lebhafte Fantasie, um sich den Gesprächsverlauf auszumalen. Er konnte den Bürgermeister sogar verstehen. Jahrelang hatte sich der Tenor nicht um seine Heimatgemeinde gekümmert, nur um kurz nach seiner Ankunft bereits mit einer Forderung im Rathaus aufzuschlagen. Einer mehr als dreisten Forderung, wenn man das Ganze aus Sicht des Bürgermeisters betrachtete, für den der Freizeitpark sein ganz persönliches politisches Meisterstück bedeutete.

»Natürlich habe ich Konrad Stadler und seine Familie gekannt«, fuhr Neuhaus fort. »Sein Vater und mein Vater waren eng befreundet. Nie werde ich die Trauerfeier für Franz Stadler oben am Feldkreuz vergessen. Der alte Stadler ist am Tod seines Sohnes damals fast zerbrochen. Weiß man denn schon, wer …«

Doch bevor Neuhaus weitersprechen konnte, wurde hinter ihm ungeduldig gehupt. Ein dunkler Wagen mit zwei Männern im Fond wollte ebenfalls in die Neukirchner Siedlung einbiegen. Der Fahrer ließ das Fenster herunter. »Fahren Sie bitte weiter und blockieren Sie nicht die Straße«, rief er streng.

Cornelius war sich sicher, es handelte sich um Zivilbeamte. Die polizeilichen Ermittlungen waren im vollen Gange. So schnell würde Neukirchen nicht zur Ruhe kommen. Er verabschiedete sich von Adrian Neuhaus und beschloss spontan, die Abwesenheit des Tenors zu nutzen und Helena zu besuchen. Schließlich musste sie wissen, dass die Mordkommission über ihren nächtlichen Ausflug mit Matthias unterrichtet war und womöglich schon bald vor ihrer Haustür stehen dürfte.

Der Familiensitz der Freiherren von Neuhaus lag an der Verbindungsstraße zwischen Neukirchen und seinem Nachbardorf Ebersbach. Etwa fünfzig Meter nach hinten versetzt befand sich das Herrenhaus inmitten einer weitläufigen Gartenanlage. Eine hoch gewachsene Hecke und mehrere Baumgruppen schirmten es vor neugierigen Blicken und dem Lärm der Straße ab. Das Grundstück war von einem einfachen Holzzaun umgeben, der sehr reparaturbedürftig wirkte. Die meisten Zaunlatten hingen schief, waren in der Mitte abgebrochen oder fehlten komplett.

Cornelius konnte nirgendwo eine Klingel entdecken. Er zögerte kurz, doch dann öffnete er das wackelige Holztürchen, das in den Garten führte. Den Eingang zum Sitz eines alten Adelsgeschlechts hatte er sich in der Tat anders vorgestellt, pompöser und mit wesentlich mehr Sicherheitsvorkehrungen ausgestattet: ein großes schmiedeeisernes Tor, wo man sich mit einer Gegensprechanlage auseinandersetzen musste, dazu Kameraüberwachung, Bewegungsmelder und mindestens ein Wachhund. So würde sich Neuhaus unliebsame Gäste nicht lange vom Hals halten können.

Ein Kiesweg führte durch den Rasen zu einem weiß getünchten zweistöckigen Wohnhaus, das aus drei ineinander übergehenden Gebäudeteilen bestand. Das ursprüngliche Herrenhaus, der einstige Dienstbotentrakt und daran anschließend die Wirtschaftsräume, wie Cornelius vermutete. Ein imposantes Gebäude, auch wenn die Jahre ihre Spuren hinterlassen hatten. An manchen Stellen bröckelte der Putz und im Dach fehlten in unregelmäßigen Abständen einige Ziegel. Die linke Hausseite war fast vollständig von Efeu überwachsen. Den grünen Fensterläden und weißen Fensterrahmen hätte ein Anstrich nicht geschadet. Kleineich wirkte wie ein Dornröschenschloss. Jahrelang nur von Magdalena Neuhaus bewohnt, hatte es vor sich hingeschlummert und war dabei immer mehr dem Verfall preisgegeben worden. Ihr Bruder würde eine ordentliche Summe in die Hand nehmen müssen, um dem Anwesen den Glanz vergangener Zeiten zurückzugeben.

Von einem Fahrradausflug wusste Cornelius, dass die Rasenfläche hinter dem Haus noch weitaus größer war und schließlich in einem Fichtenwäldchen mündete, in dem sich auch die einstige Kapelle der Adelsfamilie befand. Wie viel von dem Kirchlein noch übrig war, vermochte er nicht zu sagen, zu dicht standen die Bäume und zu unwegsam war das Gelände, um sich bis dorthin durchzuschlagen.

Er musste nicht lange nach Helena Ausschau halten, sondern fand sie im vorderen Teil des Gartens auf einer Sonnenliege. Obwohl die Liege neben einem Rattantisch und zwei Korbstühlen im Schatten einer großen Eiche stand, trug Helena eine Sonnenbrille, die sie beim Anblick von Cornelius abnahm und in ihre Haare steckte. Offenbar hatte sie gerade in einem Fotoalbum geblättert. Sie klappte das mit einem Leineneinband versehene Buch zu und legte es zur Seite.

»Als ich Schritte auf dem Kies hörte, dachte ich zuerst, es wäre wieder diese Dorfladenbesitzerin. Sie stand heute Morgen schon mit selbst gemachter Marmelade vor unserer Haustür und hat sich von Adrian ein Autogramm geben lassen«, seufzte sie. »Dann wollte sie auch noch, dass ich ein gemeinsames Foto mache. Es hat nicht viel gefehlt, und ich hätte sie hinausgeworfen.« Sie bedeutete Cornelius mit einer Handbewegung, sich zu setzen. Er nahm auf einem der Korbstühle Platz, froh, der Sonne entkommen zu sein.

Die gute Roswitha Förster ließ offenbar keine Gelegenheit aus, den prominenten Nachbarn genauer unter die Lupe zu nehmen. Ein halb verfallener Gartenzaun stellte für sie natürlich keine nennenswerte Hürde dar.

Eine Weile plauderten sie über belanglose Dinge. Cornelius bewunderte das Herrenhaus und erzählte von seiner zufälligen Begegnung mit Adrian. Gleichzeitig überlegte er angestrengt, wie er das Gespräch auf ihr nächtliches Aufeinandertreffen und das Ereignis am Feldkreuz bringen sollte.

Doch Helena kam ihm zuvor. »Ich bin froh, dass Sie hier sind, Herr Cornelius. Ich wollte ohnehin noch einmal mit Ihnen reden. Wegen gestern Abend.« Jetzt sah sie Cornelius direkt in die Augen. »Es ist nicht das, was Sie denken.« Einen Augenblick schien sie nach den passenden Worten zu suchen. »Matthias hat mir vorgestern aus einer ziemlichen Zwickmühle geholfen. Ich hatte eine Reifenpanne mit dem Fahrrad und weit und breit keinen Handyempfang. Er kam zufällig vorbei und hat mich mitgenommen. Ich … ich wollte ihm gestern Abend nur ein bisschen Gesellschaft leisten. Stundenlang auf diesem Gefährt sitzen, ohne Ansprache, ohne irgendeine Abwechslung … Ich wusste ja nicht, dass Sie …«

»Sie müssen vor mir doch keine Rechenschaft ablegen«, unterbrach er ihren Redefluss.

Sie lachte nervös. »Das weiß ich doch. Ich wollte … Es ist nichts passiert. Das wollte ich nur sagen. Wir sind Freunde. Mehr nicht. Also, eigentlich nicht einmal das. Matthias ist einfach nur … ein Bekannter.«

»Dann ist ja alles gut.«

»Ja, das ist es. Adrian und ich sind sehr glücklich zusammen. Deshalb wollte ich Sie bitten, ihm nichts von gestern Nacht zu erzählen. Oder haben Sie ihm …?« Ihre Augen weiteten sich.

Cornelius wehrte sogleich ab. »Nein, wie käme ich denn dazu?«

»Es ist nicht so, dass wir Geheimnisse voreinander haben«, sagte Helena rasch. »Adrian ist … es geht ihm momentan nicht besonders gut. Die vielen Auftritte, die Reisestrapazen, dazu der Tod seiner Schwester, das alles hat ihn sehr mitgenommen. Er wird in der nächsten Zeit beruflich etwas kürzer treten und ich möchte ihn nicht noch zusätzlich beunruhigen. Zumal es überhaupt keinen Grund dafür gibt.« Sie blickte zu dem Rattantisch, als erhoffte sie sich von dort eine Bestätigung ihrer Beteuerungen. Neben einer Tube mit Sonnencreme standen eine angebrochene Wasserflasche und ein halb volles Glas. »Ich habe Ihnen ja noch gar nichts zu trinken angeboten. Bitte entschuldigen Sie.«

Hastig stand sie auf und lief über den Rasen. Durch die Terrassentür sah Cornelius sie im Haus verschwinden. Wie sollte er ihr erzählen, was sich in der Nacht ereignet hatte, wenn sie wie ein aufgescheuchtes Huhn durch die Gegend flatterte? Fast schien es, als sei sie auf der Flucht. Fragte sich nur, wovor? Cornelius ließ seinen Blick durch den Garten schweifen. Das Gras stand sehr hoch und Büsche und Sträucher machten einen vernachlässigten und verwilderten Eindruck. Das Bild von einem Dornröschenschloss verstärkte sich noch. Doch wer war auf Kleineich die böse Hexe? Der Geist von Magdalena Neuhaus, der Adrian nicht zur Ruhe kommen ließ und ihn so lange quälte, bis man den Schuldigen an ihrem Tod gefunden hatte?

Schließlich kam Helena mit einem zweiten Glas zurück in den Garten. Cornelius wartete, bis sie eingeschenkt und selbst einen Schluck Wasser getrunken hatte.

»Es ist letzte Nacht etwas Furchtbares passiert«, begann er, ehe er Helena von den Geschehnissen am Feldkreuz erzählte.

»Der Onkel von Matthias?! Tot? Aber wir haben ihn doch noch gesehen«, stieß sie hervor.

Cornelius richtete sich kerzengerade in seinem Korbsessel auf. »Wo haben Sie Konrad Stadler gesehen?«

»An diesem Kreuz! Er ist gerade aus seinem Auto gestiegen, als wir auf der gegenüberliegenden Feldseite entlanggefahren sind. Matthias war plötzlich ganz komisch. Er hat den Mähdrescher angehalten und ist wie versteinert dagesessen. Dann hat er irgendetwas gemurmelt, das wie ›Alles musst du kaputt machen‹ klang. Ich habe ihn gefragt, wer der Mann sei. Er meinte nur, sein Onkel und der wäre es nicht wert, dass man über ihn spricht. Er ist dann weitergefahren und hat ganz schnell das Thema gewechselt.« Helena blickte Cornelius bekümmert an. »Ich wusste ja nicht, dass genau dort sein Vater tödlich verunglückt ist.«

»Davon hat er Ihnen erzählt?«

»Ja. Meine Eltern sind beide bei einem Autounfall ums Leben gekommen und ich bin größtenteils bei meiner Oma aufgewachsen. So sind wir auf seinen Vater zu sprechen gekommen. Matthias hat den Ernteunfall erwähnt, aber abgesehen davon nicht viel gesagt. Nur, dass er weiß, wie es sich anfühlt, wenn die Familie zerbricht. So wie es sich angehört hat, war es bei ihm zu Hause danach nie wieder dasselbe.« Helena griff nach dem Wasserglas, trank jedoch nicht daraus. »Glauben Sie, er hat etwas mit dem Mord zu tun?«

»Das weiß ich nicht«, musste Cornelius zugeben. »Hat er denn eine Andeutung gemacht, zu seinem Onkel zurückfahren und mit ihm reden zu wollen?«

»Nein. Wir haben kein Wort mehr über seinen Onkel gesprochen. Allerdings bin ich danach nicht mehr lange mit ihm zusammen gewesen. Er hat mich dort aussteigen lassen, wo Sie mich getroffen haben. Ich bin mit dem Fahrrad nach Hause und wenige Minuten später ist auch schon Adrian aus München zurückgekommen.«

»Wissen Sie, welche Felder Matthias danach noch abfahren wollte?«

»Nur, dass er auf alle Fälle eines der Eichinger Felder erledigen wollte. Sein Patenonkel hat zwischendurch auf dem Handy angerufen und ich habe gehört, wie sie darüber gesprochen haben. Das heißt ...« Helena hielt inne.

»Ja?«

»Matthias ist kein Schwätzer und sagt bestimmt kein Wort zu viel, aber er ist nicht unfreundlich. Am Telefon war er dagegen sehr abweisend und dann ist er auf einmal richtig bockig geworden. Sein Patenonkel wollte offenbar das Feld selbst abfahren, aber Matthias hat darauf beharrt, dass er es macht, so wie sie es vereinbart hätten. Irgendwann hat er nur noch ›Lass mich einfach in Ruhe‹ gesagt und aufgelegt.«

Cornelius schloss aus ihren Worten, dass sie nichts von dem schwelenden Streit zwischen Anton Eichinger und Matthias Stadler wusste und auch nicht, was ihn ausgelöst hatte.

»Hat er gesagt, wo sich dieses Feld befindet?«

»Nur, dass es ziemlich weit entfernt liegt. Irgendwo hinter Ebers ... Ebers ...«

»Ebersbach«, half ihr Cornelius auf die Sprünge.

»Ja, genau. Irgendwo dahinter. Matthias hat mich gefragt, ob ich mitfahren würde, aber so viel Zeit hatte ich nicht.«

Leider nicht, wenn es nach dem Ausdruck in Helenas Augen ging, dachte Cornelius. Laut aber sagte er: »Machen Sie sich nicht zu viele Sorgen. Ich bin mir sicher, die Polizei wird den Fall bald aufklären. Wahrscheinlich wollte jemand mit aller Macht den Bau des Freizeitparks verhindern. Das Thema schlägt hier sehr hohe Wellen.«

»Allerdings. Dabei bräuchte Adrian dringend Ruhe. Wobei ich mir mittlerweile nicht mehr sicher bin, dass Kleineich der richtige Ort für ihn ist. Nicht nur wegen dieses unsäglichen Parks.«

»Sie denken an Magdalena?«

»Er kann sich einfach nicht mit ihrem Tod abfinden. Die endlosen Grübeleien über den Unfallfahrer bringen ihn noch um den Verstand. Und jetzt wohnen wir in Magdalenas Haus, keine zweihundert Meter von dem Ort entfernt, an dem sie gestorben ist«, sagte Helena betrübt.

Cornelius’ Blick fiel auf das Fotoalbum. »Haben Sie seine Schwester gekannt?«

»Nein. Adrian und ich haben uns erst einige Wochen nach ihrem Tod kennengelernt. Ich war Flugbegleiterin und habe ihm auf einem Flug Tomatensaft über sein Hemd gekippt.« Helena lächelte. »Das Ganze war mir furchtbar peinlich, er dagegen hat sehr gelassen reagiert. Beim Aussteigen hat er mich gefragt, ob ich als kleine Entschädigung mit ihm ausgehen würde.« Ihre Wangen färbten sich rot. »Klischeebehaftet bis zum Geht-nicht-mehr, ich weiß. Aber so war es.« Sie griff nach dem Fotoalbum. »Es ging alles so schnell. Schon nach vier Wochen bin ich bei ihm eingezogen. Wir sind sehr glücklich zusammen, aber manchmal habe ich das Gefühl, ihn überhaupt nicht zu kennen.«

»Sie sind beide viel unterwegs. Es ist bestimmt schwierig, gemeinsame Zeit zu verbringen.«

»Oh nein, das ist es nicht«, wehrte Helena ab. »Ich arbeite nicht mehr als Flugbegleiterin, sondern versuche so oft es geht ihn auf seinen Reisen zu begleiten. Trotzdem gibt es Momente, in denen ich überhaupt nicht zu ihm durchdringe. Magdalena ist eines der Kapitel in seinem Leben, bei dem ich mich völlig außen vor fühle. Überhaupt weiß ich so wenig von ihm und seiner Familie, dem Leben hier auf Kleineich …«

Helena öffnete das Album. Die Bilder auf den ersten Seiten stammten aus Adrians Kindheit und Jugend. Kaum ein Foto, auf dem er nicht zusammen mit seiner Schwester abgebildet war.

»Sie standen sich sehr nahe«, sagte Helena leise. »Magdalena muss eine wunderbare Frau gewesen sein.« Sie blätterte weiter. Plötzlich lächelte sie. »Das ist mein Lieblingsbild. An dem Tag ist er bei den Domspatzen verabschiedet worden.«

Das Foto zeigte einen mehr als zwanzig Jahre jüngeren Adrian Neuhaus in Anzug und Krawatte und mit einem breiten Lachen im Gesicht, eingerahmt von zwei weiteren Absolventen im gleichen eleganten Anzug und mit dem zufriedenen und selbstsicheren Lachen, das man nur hatte, wenn einem die ganze Welt offenstand. Cornelius brauchte einen Moment, bis er in einem der jungen Männer Benedikt Rehberg erkannte. Adrian Neuhaus hielt stolz sein Handgelenk mit einer silbernen Armbanduhr in die Kamera.

»Ein altes Familienerbstück. Sein Name und das Wappen der von Neuhaus sind auf der Rückseite eingraviert. Seine Eltern haben sie ihm zum bestandenen Abitur geschenkt, obwohl der alte Baron von Adrians Gesangsausbildung nicht sehr angetan war. Zu allem Überfluss wurde ihm die Uhr einige Jahre später in Mailand gestohlen«, seufzte Helena. »Dieses Haus mit all seinen Erinnerungen … Es ist ein Fluch, wenn Sie mich fragen, und kein Segen. Wir hätten niemals hierherkommen dürfen.«

»Bei aller Sorge um Adrian sollten Sie sich selbst nicht vergessen. Sie sind nicht sein Kummerkasten, sondern haben auch noch ein eigenes Leben. Wenn Sie Ihre Bedürfnisse immer hintanstellen, tun Sie sich beiden keinen Gefallen damit.«

»Ich weiß. Meistens hat er auf seinen Reisen ohnehin keine Zeit für mich. Deshalb habe ich auch beschlossen, mein Kunstgeschichtestudium wieder aufzunehmen.«

»Sie studieren Kunstgeschichte?«

»Ja. Als Flugbegleiterin habe ich nur nebenbei gearbeitet, um mir das Studium zu finanzieren.«

»Meine Tochter studiert auch Kunstgeschichte. Mit Italienisch im Nebenfach. Gerade sind sie und ihr Freund in Florenz und Siena unterwegs.«

Cornelius hatte Tabea mehrfach versucht anzurufen, aber bisher wurde ihm stets von einer automatischen Stimme mitgeteilt, dass sein Gesprächspartner nicht zu erreichen sei. Ob dies nun ein gutes oder schlechtes Zeichen war, ließ er dahingestellt. Immerhin blieb ihm somit erspart, seiner Tochter von den jüngsten Ereignissen in Neukirchen zu berichten. Vor dem Telefonat mit Ramona würde es jedoch spätestens am Abend kein Entrinnen mehr geben.

Helenas Miene hellte sich plötzlich auf. »Ich auch. Und ich vermisse das Studium und die Uni mehr als ich dachte.« Sie legte das Fotoalbum auf den Rattantisch. »Haben Sie nicht Lust, zum Mittagessen zu bleiben? Adrian wollte einen alten Schulfreund besuchen und danach in ein Gartencenter nach Landshut fahren.« Helena blickte sich skeptisch im weiten Rund des Gartens um. »Auch wenn ich bezweifle, dass er dieser Wildnis Herr werden wird. Aber wenn er meint, dass es ihm gut tut …«

So gefiel sie Cornelius schon viel besser. »Ich bleibe sehr gern«, sagte er.

———

Thorwald fluchte leise, als er die Dampfsauna öffnete, die er unter normalen Umständen seinen Wagen genannt hätte. Aber dieser Sommer war nicht normal. Ein Hitzerekord jagte laut Medien den nächsten und er selbst konnte sich beim besten Willen nicht mehr daran erinnern, wann es das letzte Mal geregnet hatte. Während früher in regelmäßigen Abständen Gewitter für Abkühlung sorgten, hielt das aktuelle Hoch allen Tiefdruckeinflüssen hartnäckig stand und sorgte mit seiner Hitzewelle dafür, dass Thorwald sich durchaus vorstellen konnte, den nächsten Urlaub in Grönland zu verbringen. Urlaub … solange sie den Mordfall Konrad Stadler nicht aufgeklärt hatten, brauchte er daran ohnehin keinen Gedanken verschwenden. Soweit er den Dienstplan im Kopf hatte, würde er ab der nächsten Woche zwei Kollegen ersetzen müssen. Eigentlich wollte er ihnen den bereits genehmigten Urlaub ungern streichen, zumal sich die Überstunden innerhalb der Mordkommission ebenfalls anhäuften, wie ihm am Vortag von der Personalabteilung mitgeteilt worden war. Doch so, wie sich der Fall in seinen ersten Stunden präsentiert hatte, würde er bis dahin nicht abgeschlossen sein. Weber öffnete die Beifahrertür, machte jedoch keine Anstalten einzusteigen.

»Könnten wir nicht wenigstens für fünf Minuten? Nur bis die größte Hitze draußen ist?«

»Was?«

»Die Klimaanlage einschalten«, seufzte Weber.

»Nix da. Damit wir dann morgen beide krank sind? Die anderen würden sich schön bedanken.«

»Katrin schmeißt den Laden schon. Außerdem bin ich nicht so empfindlich wie du.«

»Aber ich sage, das Ding bleibt aus. Und ich bin der Chef. Also bleibt es aus«, erwiderte Thorwald ungerührt.

Weber ließ die Tür ins Schloss fallen. »Dann geh ich zu Fuß zum Eichinger.«

»Das ist gar keine schlechte Idee.« Thorwald warf einen Blick auf seine Armbanduhr. »Jetzt werden sie hoffentlich zu Hause sein. Wenn nicht, gibt es eine schriftliche Vorladung ins Kommissariat.«

Weber bezweifelte, ob Anton Eichinger dieser Folge leisten würde. Zu präsent war ihm noch die ablehnende Haltung des Landwirts, nachdem nicht sie, sondern Gregor Cornelius im Vorjahr den Mörder seines Sohnes überführt hatte, während die Polizei zu allem Überfluss auch noch Saschas jüngeren Bruder verdächtigte. Wie Thorwald angekündigt hatte, waren sie nach der Mittagspause noch einmal Richtung Neukirchen aufgebrochen, nur um einen verlassenen Bauernhof und verschlossene Türen vorzufinden. Erntezeit – Weber hatte schon damit gerechnet, Thorwald in seinem Eifer aber nicht bremsen wollen. Also hatten sie das Gespräch mit den Eichingers und Matthias Stadler notgedrungen vertagt und sich zuerst den anderen Namen auf Annas Liste gewidmet. Mit einem bescheidenen Ergebnis, wenn man es elegant ausdrücken wollte.

Natürlich war man gegen den Freizeitpark, andernfalls hätte man seinen Namen nicht schwarz auf weiß auf besagte Liste gesetzt, und ja, auch der Notartermin war dank Thomas Stadler kein Geheimnis. Und dass man auf die Bauern, die verkaufen wollten, nicht gut zu sprechen war, dürfte jedem einleuchten. Ebenso, dass die Wut sich besonders gegen Konrad Stadler richtete, weil er schließlich doch noch eingeknickt war, wohl wissend, dass das gesamte Projekt von seiner Entscheidung – dank der Lage seiner Felder – abhängig war.

Aber so einig sich alle darin waren, genauso vehement bestritten sie, etwas mit der Ermordung von Konrad Stadler zu tun zu haben. Wie sein Sohn ausgesagt hatte, hatten sich die meisten nach der Versammlung bei Tanja Rohrbach getroffen. Die Letzten hatten dort bis nach zwei Uhr zusammengesessen, und da der allgemeine Aufbruch nicht ganz geräuscharm über die Bühne gegangen war, in Form der lärmgeplagten Nachbarn auch ein Alibi. Bei denjenigen, die nicht mitgekommen waren oder die gesellige Runde früher verlassen hatten, konnten Familienmitglieder bestätigen, wann sie nach Hause gekommen und dass sie den Rest des Abends nicht mehr weggefahren waren.

»Nix Hieb- und Stichfestes, aber auch nichts, um jemandem einen Strick daraus zu drehen«, fasste Weber die Misere zusammen.

Es war gut möglich, dass sie alle die Wahrheit sagten. Aber genauso gut war Blut im Zweifel dicker als Wasser, und wer konnte schon mit Sicherheit ausschließen, dass sich nicht jemand in der Dunkelheit weggeschlichen hatte und Konrad Stadler ermordete, nur um dann wenig später mit viel Getöse die Aufmerksamkeit der Nachbarn zu erregen und sich damit ein Alibi zu verschaffen. Womöglich sogar mit dem Wissen der anderen.

»Ein gemeinsam ausgetüfteltes Mordkomplott«, echote Weber. »Dann wird es für uns richtig schwierig.« Er blieb einen Augenblick auf dem Gehsteig stehen. »Oder auch nicht. Denn der Plan geht nur auf, solange sich alle an die Regeln halten. Bricht einer aus, fängt das Bollwerk an zu bröckeln.«

Thorwald musste Weber beipflichten. Eine Kette war immer nur so stark wie ihr schwächstes Glied. Und kam es hart auf hart, war sich im Ernstfall eben doch jeder selbst der Nächste. Aber an derartige Mordtheorien mochte er vorerst keinen weiteren Gedanken verschwenden. Seine Hoffnungen ruhten jetzt auf denjenigen, die am Vorabend *nicht* an der Versammlung der Freizeitparkgegner teilgenommen hatten. Aus welchen Gründen auch immer …

———

Erschöpft stieg Eva Eichinger aus dem Auto. Die Heimfahrt hatte sich wegen eines Unfalls hinter dem Münchner Flughafen in die Länge gezogen. Trotzdem war es ein schöner Tag gewesen. Obwohl er stets mitten in der Erntezeit lag, hatte es sich Eva nicht nehmen lassen, zusammen mit ihrer Schwester deren Geburtstag zu feiern. Wie immer hatten sie ihn auf Frauenchiemsee verbracht, wo ihre Schwester seit vielen Jahren im Kloster lebte. Der Hof musste eben ein paar Stunden ohne sie auskommen.

Matthias hatte den neuen Mähdrescher vor dem Hallenanbau geparkt. Daneben stand ein Wagen mit dem Logo des Landmaschinentechnikers aus Ebersbach auf der Motorhaube. Eva lugte in die Halle und entdeckte Anton und einen kräftig gebauten Mann, dessen Arme und Beine mit Tätowierungen übersät waren, neben einem der Mähdrescher. Beide waren so in ihr Gespräch vertieft, dass sie Eva nicht bemerkten. Antons Stimme klang gereizt. Sie zog es vor, erst ins Haus zu gehen und sich umzuziehen. Aus der Küche drang Radiomusik, die von einem lauten Pfeifen begleitet wurde. Matthias hantierte an der Arbeitsplatte mit einem Brotmesser herum und schien Eva nicht zu hören.

»Grüß dich. Du bist aber gut drauf. Was ist denn los?«, sagte sie laut.

Matthias wirbelte herum. Rasch schaltete er das Radio aus und räumte Butter und Wurst zurück in den Kühlschrank. »Servus, Eva. Nix ist los. Was soll denn sein?«

»Meinetwegen darfst die Musik gern anlassen.« Eva machte die Kühlschranktür auf. »Ihr habt ja gar nichts von dem Nudelauflauf gegessen, den ich für euch vorbereitet hab. Ihr hättet ihn nur noch ins Backrohr schieben müssen.«

»Ich hatte keine Zeit für eine Mittagspause.«

»Und Anton?«

»Weiß ich nicht.« Matthias biss herzhaft in sein belegtes Brot.

»Warum ist denn der Landmaschinentechniker da?«

»An einem der Mähdrescher ist die Achse nicht in Ordnung«, antwortete er mit vollem Mund.

»Kannst du dir das nicht mal anschauen?« Eva mochte diesen ungehobelten Kerl nicht, der gerade mit Anton sprach. Er grüßte nicht, rauchte während der Arbeit, ohne sich danach um die Kippen zu kümmern, und bei seinem letzten Besuch hätte er auch noch beinahe ihre Katze überfahren. Eva hegte sogar den Verdacht, dass er mit Absicht Gas gegeben hatte und direkt auf das Tier zugesteuert war.

»Wollte ich ja, aber …«, Matthias deutete ein Schulterzucken an, »Anton hat lieber gleich den Denis Limmer angerufen. Ich muss jetzt weiter. Morgen soll ein Gewitter kommen, haben sie in den Nachrichten gesagt.«

»Warum könnt ihr zwei euch nicht wieder vertragen?«, seufzte Eva.

Matthias, schon im Gehen begriffen, ließ den Türgriff los und drehte sich noch einmal zu ihr um. »Es tut mir leid, Eva. Ich weiß, wie sehr du dir das wünschst, aber ich hab dazu nix mehr zu sagen.«

»Ihr seid beide solche Sturköpfe.«

»Er wollte mich rausschmeißen, vergiss das bitte nicht.«

»Weil du dein Versprechen gebrochen hast. Ein bisschen verstehen musst du ihn schon auch«, schimpfte Eva.

»Ich hab nix Illegales gemacht. Wie oft soll ich das denn noch sagen?«

»Darum geht es doch gar nicht. Du hattest uns etwas versprochen und das hast du nicht gehalten. Anton ist einfach wahnsinnig enttäuscht.«

Matthias holte tief Luft. »Okay, ich werde noch einmal mit ihm reden. Aber nicht heute. Ich hab noch einen Haufen Arbeit vor mir.«

»Kannst du nicht …«

»Ich verspreche es dir, Eva. Und dieses Mal werde ich mein Versprechen auch halten. *Ich rede mit Anton*«, sagte er. »Aber jetzt muss ich los.«

»Triffst du dich wieder mit dieser Frau?«, entfuhr es Eva Eichinger. »Bist du deshalb so gut gelaunt?«

Matthias blieb stehen. »Woher weißt du …?«

»Wir sind hier nicht in München, Matthias. Die Förster Roswitha hat sie vorgestern bei dir auf dem Mähdrescher gesehen und gestern wart ihr zusammen im Dorfladen.«

»Dass der alten Ratschen ja nix auskommt. Ich hab Helena mitgenommen, weil sie eine Reifenpanne hatte und wir waren auch nicht *zusammen* im Dorfladen, sondern sind uns dort zufällig über den Weg gelaufen.«

»Es geht mir nicht um die Roswitha, sondern um die junge Frau. Sie ist die Freundin von diesem Opernsänger, der auf Kleineich wohnt. Also lass um Himmels willen die Finger von ihr.«

»Das weiß ich«, sagte Matthias laut. »Außerdem ist überhaupt nix passiert. Darf man sich jetzt nicht einmal mehr miteinander unterhalten, ohne dass einem dieser Dorfsheriff etwas andichtet?«

Eva stellte sich vor Matthias und hob warnend den rechten Zeigefinger. »Ich will es nur deutlich gesagt haben: Lass die Finger von dieser Helena Stern. Am Ende geschieht noch ein Unglück.«

Kapitel 13

S chon an der Hofeinfahrt sah Weber, dass sie dieses Mal mehr Glück hatten als einige Stunden zuvor. Eva Eichinger und ein dunkelhaariger junger Mann kamen gerade aus dem Wohnhaus und gingen zum Hallenanbau, wo Anton Eichinger und ein kräftig gebauter Typ mit unzähligen Tätowierungen aus dem geöffneten Tor traten. Der Tätowierte verabschiedete sich rasch und stieg in den Wagen einer Firma für Landmaschinentechnik. Ohne anzuhalten fuhr er an den Kommissaren vorbei und bog in die Hauptstraße ein.

Eichingers ohnehin nicht allzu freundliche Miene verfinsterte sich, kaum dass er die Besucher entdeckt hatte. Anders als ihr Mann hatte Eva Eichinger den Polizisten ihre Ermittlungen nie zum Vorwurf gemacht, auch dann nicht, als sie Saschas jüngeren Bruder verdächtigten. Dass der letztendlich nicht das Unschuldslamm war, für das viele ihn jahrelang gehalten hatten, und gerade noch mit einer Bewährungsstrafe davonkam, hätte Thorwald Anton Eichinger nur allzu gern unter die Nase gerieben. Aber am Ende eines langen Tages war er zu müde zum Streiten.

Auch jetzt begrüßte Eva Eichinger die Kommissare sehr freundlich. »Grüß Gott. Das ist ja eine Überraschung. Was machen Sie denn in Neukirchen?«

Also wissen sie es noch nicht, dachte Thorwald, während er und Weber den Gruß erwiderten.

»Wir müssten uns kurz mit Ihnen und Ihrem Mann unterhalten. Darf ich fragen, wer Sie sind?«, wandte sich Thorwald an den jungen Mann.

»Warum wollen Sie das wissen?«

»Herr Thorwald und Herr Weber sind von der Kriminalpolizei«, sagte Eva Eichinger rasch.

Der Mann musterte die beiden Beamten kritisch. »Ich bin Matthias Stadler. Mit mir wollen Sie ja nicht sprechen, oder? Ich müsste dann nämlich weiterarbeiten«, sagte er und deutete auf den Mähdrescher vor dem Hallenanbau.

»Doch, Herr Stadler, mit Ihnen müssen wir uns auch unterhalten.«

»Geht es um den Konrad?«, fragte Anton Eichinger in diesem Moment. Es war das erste Mal, dass er seit der Ankunft der Kommissare etwas gesagt hatte.

Weber nickte. »Ja. Sie wissen, was passiert ist?«

»Nein«, rief Eva Eichinger, während Matthias sichtlich irritiert den Kopf schüttelte.

»Ja«, sagte Eichinger knapp. »Mich haben ein paar Landwirte angerufen und es mir gesagt.«

»Was denn, um Himmels willen?«

»Konrad Stadler ist heute am frühen Morgen erschlagen aufgefunden worden«, sagte Thorwald an Eva Eichinger und Matthias Stadler gewandt.

Eva schlug sich entsetzt die Hand vor den Mund, während Matthias die Kommissare nur ungläubig anstarrte. »Mein Onkel ist ... tot?«

»Ja, es tut mir sehr leid.«

Abrupt drehte Matthias sich zu Anton Eichinger um. »Und du hast es die ganze Zeit gewusst? Du weißt schon den ganzen Tag, dass mein Onkel tot ist, und sagst es mir nicht?!«, rief er aufgebracht.

»Ich hab es irgendwann gegen Mittag erfahren und wollte damit warten, bis die Eva zurück ist«, knurrte Eichinger.

Matthias ließ ein unfreundliches Lachen hören. »Damit du ja nicht mit mir reden musst. Das wäre ja auch zu viel verlangt.«

»Ich rede dann mit dir, wenn ich es für richtig halte. Und ich wollte es dir nicht am Telefon sagen, während du irgendwo auf den Feldern unterwegs bist.«

So viel Feingefühl hätten die Kommissare Anton Eichinger gar nicht zugetraut. Sein Patensohn schien davon jedoch wenig beeindruckt.

»Wie fürsorglich von dir! Aber du weißt ja immer alles besser und machst alles richtig.«

»Besser als du kriminelles Bürschchen auf alle Fälle schon.«

Thorwald wurde es allmählich zu bunt. »Meine Herren, bitte.«

»Ich lass mir auf meinem eigenen Hof nicht den Mund verbieten«, herrschte Anton Eichinger den Hauptkommissar an.

»Hört jetzt auf! Alle beide. Der Konrad ist tot und ihr habt nichts Besseres zu tun als euch zu streiten.« Evas Augen füllten sich mit Tränen.

»Können wir uns vielleicht irgendwo hinsetzen und *in Ruhe* miteinander reden?«, fragte Thorwald.

Eva Eichinger blickte Thorwald und Weber nach, bis sie hinter der Hausmauer aus ihrem Sichtfeld verschwunden waren. Sie hatten sich schließlich auf die Gartenbank im Schatten der Obstbäume gesetzt, um die Fragen der Kommissare zu beantworten. Anton zwar mit sichtlichem Widerwillen, doch entgegen Evas Befürchtungen hatte er sich zusammengerissen. Dass sie mit ihren Unterschriften auf Annas Liste zum Kreis der Verdächtigen gehörten, war Eva klar, sobald Kommissar Thorwald das Wort »Freizeitpark« ausgesprochen hatte. In den Augen der Polizei hatten sie alle drei ein Motiv, ein nicht unerhebliches sogar, ging es doch neben dem Getöse um den Freizeitpark auch um das Gedenkkreuz für Franz Stadler. Matthias war sein Sohn, Anton sein bester Freund …

Ob die Kommissare mit ihren Aussagen zufrieden waren, vermochte sie nicht zu sagen. Florian Weber hatte sie beim Abschied lediglich gebeten, sich zur Verfügung zu halten. Wo, glaubte denn der junge Kommissar, würden sie mitten in der Erntezeit hinfahren? Eva war nahe daran, ihm die wenigen Urlaube aufzuzählen, die Anton und sie in all den Jahren gemacht hatten und die entweder an irgendeinem bayerischen See oder, nachdem er den Hof seiner Eltern übernommen hatte, in der Nähe einer Landwirtschaftsausstellung endeten.

Durfte Matthias überhaupt nach Norwegen fliegen, solange der Fall nicht aufgeklärt war? Er hatte Weber nicht danach gefragt. Auch jetzt saß er schweigend und mit bleichem Gesicht neben ihr und starrte auf die Tischplatte. Zuvor hatte er nur wortkarg und einsilbig geantwortet, sodass Eva ihn am liebsten an den Schultern gepackt und durchgeschüttelt hätte. Allerdings hatten sie in der Tat alle drei nicht viel zu erzählen. Sie selbst war früh schlafen gegangen, Anton hatte einen defekten Mähdrescher repariert und

Matthias bis halb drei morgens Weizenfelder abgeerntet. Danach war er hundemüde ins Bett gefallen. Weit mehr als die Tatsache, dass er Konrad in der Nacht am Feldkreuz gesehen hatte, beunruhigte Eva die Nachricht, dass er offenbar schon wieder mit dieser Helena Stern zusammen gewesen war. In der Küche hatte er ihr nächtliches Treffen mit keinem Wort erwähnt.

Ein Opernsänger war wohl nicht genug. Keine Woche auf Kleineich und schon brachte dieses Weibsstück alles durcheinander. Eva hoffte inständig, sie und Neuhaus würden alsbald wieder von der Bildfläche verschwinden. Dieser ganze Adelsklüngel war ihr schon immer suspekt gewesen. Anders als der alte Baron hatte Neuhaus' Schwester zwar keine Allüren gehabt, allerdings war Eva selten einer so weltfremden Person wie Magdalena Neuhaus begegnet. Zeit ihres Lebens hatte sie sich gefragt, wovon die Frau eigentlich lebte, wenn man einmal von den seltsamen Gegenständen absah, die hin und wieder im Garten von Kleineich herumstanden und offenbar Kunstwerke darstellen sollten. Wahrscheinlich war es einzig das Geld ihres Bruders, das sie und den alten Kasten, in dem Eva freiwillig keine Nacht würde verbringen wollen, all die Jahre über Wasser gehalten hatte. Wie sie von Anna wusste, hatte der Bürgermeister Adrian Neuhaus sauber abblitzen lassen. Geschah ihm ganz recht, auch wenn er sich gegen den Freizeitpark ausgesprochen hatte. Wie oft hatte er seine Schwester und das elterliche Anwesen in all den Jahren besucht? Er war im Rathaus nicht vorstellig geworden, weil es ihm um den Erhalt seiner Heimat ging, sondern weil er auf Kleineich seine Ruhe haben wollte.

»Der Waltraud ist nur zu wünschen, dass die beiden Stümper dieses Mal ihre Arbeit so machen, wie man das von der Polizei erwarten darf«, brummte Anton Eichinger. »Die haben doch von nix einen Plan.«

Eva seufzte. »Woher willst du denn das wissen? Die Ermittlungen haben gerade erst angefangen.«

»Ich *weiß*, was sie letztes Jahr falsch gemacht haben, und das reicht mir. Wenn der Professor Cornelius nicht gewesen wäre …«

»Anton, bitte! Ich möchte jetzt nicht darüber reden und mich auch nicht mit dir streiten. Wo willst du denn hin?«

Matthias war abrupt von seinem Stuhl aufgestanden. Mit einer

Miene, die Eva nicht recht deuten konnte, sah er zwischen Anton und ihr hin und her. »Ich … Die Felder vom Drechsler sind als Nächstes dran, oder?«, fragte er leise.

»Ja. Aber das ist doch jetzt nicht so wichtig. Die Felder kann auch der Hans übernehmen. Kein Mensch verlangt von dir, dass du jetzt arbeitest.«

Evas Augen suchten vergeblich die ihres Mannes. Anton saß auf der Gartenbank und beobachtete scheinbar konzentriert zwei Meisen, die in der Vogeltränke ein ausgiebiges Bad nahmen.

»Mein Gott, Anton. Jetzt sag doch auch mal etwas«, platzte es aus ihr heraus.

»Schon gut. Wenn was ist, ich hab das Handy dabei«, murmelte Matthias.

»Kannst du nicht ein Mal über deinen Schatten springen?«, schimpfte Eva, kaum dass vom Hof das Motorengeräusch des Mähdreschers erklang. »Er hat gerade vom Tod seines Onkels erfahren, und du hast nix Besseres zu tun, als auf den Boden zu schauen. Wie lange willst du ihn denn noch ignorieren?«

»Jetzt tu nicht so, als ob die zwei die dicksten Freunde gewesen wären. Den Konrad hat sein Neffe in all den Jahren doch nie interessiert.«

»Trotzdem! Sie sind immer noch eine Familie«, beharrte Eva. »Außerdem hab ich euren Streit so satt! Hast du dich eigentlich einmal gefragt, wie es mir dabei geht?«

Eichinger, ob des Zornausbruchs seiner Frau sichtlich irritiert, stand ebenfalls auf. »Er hat sein Wort gebrochen, nicht ich. Nur weil dieses Herumsprühen ausnahmsweise nicht illegal war, heißt das noch lange nicht, dass er da mitmachen muss.«

»Das hat er doch mittlerweile verstanden. Soll er auf allen Vieren angekrochen kommen und dich um Verzeihung bitten? Unsere Buben haben auch nicht immer die Wahrheit gesagt.«

Anton blickte seine Frau mit versteinerter Miene an. »Komm mir jetzt nicht so.«

»Wie denn dann?« Eva holte tief Luft. »Und weil wir schon beim Thema sind: *Du* nimmst es doch mit der Wahrheit auch nicht so genau.«

»Was soll das heißen?«

»Wo warst du denn letzte Nacht, als du angeblich den Mähdrescher repariert hast? In der Halle jedenfalls nicht, so wie du vor der Polizei behauptet hast.«

Eichinger wurde blass. »Du warst …?«

»Ja, ich war in der Halle. Weil ich dir sagen wollte, dass ich früh ins Bett gehe, und dir eine gute Nacht wünschen wollte.« Eva traten plötzlich die Tränen in die Augen. »Aber du warst nicht da. Nicht in der Halle, nicht in der Garage, nicht im Stall. Also?«

»Soll das jetzt ein Verhör werden?«

»Ich will einfach nur wissen, wo du gewesen bist, als der Konrad umgebracht wurde«, schrie Eva.

»Spinnst du jetzt komplett?« Ohne die Antwort seiner Frau abzuwarten, drehte sich Eichinger um und stapfte schweren Schrittes durch den Garten.

»Anton, bleib hier! Du kannst mich doch jetzt nicht einfach so stehen lassen!«

Da sie fast zeitgleich ihre Befragungen abgeschlossen hatten, entschieden sich Thorwald und Weber für einen Abstecher in das Gasthaus Leitner, um dort mit den Kollegen die Ergebnisse zu besprechen. Auch Katrin, die den Nachmittag in Landshut und dann gemeinsam mit der Spurensicherung auf dem Stadler Hof verbracht hatte, wollte dazukommen. Offenbar mit Neuigkeiten im Gepäck, wie sie Thorwald am Telefon mitteilte. Zu Webers Leidwesen setzten sie sich nicht in den schattigen Biergarten, sondern in den kleinen Nebenraum der Gaststube. Aber Thorwald konnte keine unliebsamen Zuhörer gebrauchen. Die Anwesenheit der Polizei sorgte schon für genug Wirbel im Dorf, wie unschwer an den Blicken der anderen Gäste abzulesen war.

»Toni, Korbi, was habt ihr herausgefunden?«, fragte er die Kollegen, nachdem sie Platz genommen und Anna Leitner die Getränke serviert hatte.

Weber hatte das Gefühl, das Ergebnis ihrer eigenen Befragungen noch einmal vorgelesen zu bekommen. Wut auf Konrad Stadler: ja durchaus; Verwicklung in einen Mordfall: auf gar keinen Fall; Alibis: mehr oder weniger vorhanden.

»Also genau wie bei uns: So gut wie keiner ist hundertprozentig aus dem Schneider, aber wir können auch niemandem die Tat nachweisen«, sagte er und trank einen kräftigen Schluck seiner eisgekühlten Apfelschorle.

»Mit Ausnahme von diesem Dr. Rehberg. Der kann es nicht gewesen sein. Er war die ganze Nacht in seiner Apotheke und wurde ziemlich oft herausgeklingelt«, brummte Toni Kornbichler.

An Thorwalds hochgezogenen Augenbrauen konnte Weber ablesen, dass er auf diese Ausnahme gern verzichtet hätte. Was sie dringend brauchten, war ein handfester Verdacht, nicht jemanden, der es mit an Sicherheit grenzender Wahrscheinlichkeit *nicht* getan hatte. Doch stattdessen waren diverse Migräneanfälle, ein defekter Mähdrescher, nächtliche Erntearbeiten, eine Gartenparty und jede Menge mehr oder weniger verlässliche Zeugen in Form von Nachbarn und Familienangehörigen auf ihren Notizblöcken vermerkt.

In diesem Moment wurde die Schiebetür zum Nebenraum aufgezogen. Katrin Abel stand mit einem Mineralwasser in der Hand und einem Lächeln im Gesicht im Türrahmen und blickte aufgekratzt in die Runde. Sofort sprang Florian Weber auf, holte einen Stuhl vom Nachbartisch und stellte ihn neben seinen Platz. »Hast wenigstens du etwas herausgefunden, das diesem Tag irgendeinen Sinn gibt?«

Katrin setzte sich neben Weber, hängte ihre Tasche über die Stuhllehne und holte ihren Block hervor. »Ihr klingt ja ziemlich verzweifelt. Haben denn eure Befragungen nichts ergeben?«

Thorwald, dem das spöttische Grinsen der beiden Kollegen ob Webers Reaktion nicht entgangen war, schilderte kurz, was sie von den Leuten auf Anna Leitners Liste erfahren hatten.

»Den ganzen Tag sind wir uns die Hacken abgelaufen, aber natürlich will es keiner von diesen Protestheinis gewesen sein«, brummte Kornbichler.

»Was hast du denn für Neuigkeiten?«, fragte Weber gespannt.

»Das Gespräch mit Yannick Lichtenberg war leider nicht sehr ergiebig«, begann Katrin.

Thorwalds vorsichtiger Optimismus geriet ob dieser Einleitung ins Wanken.

»Er wusste durch Thomas bereits, was passiert war, und hat schon damit gerechnet, dass die Polizei bei ihm auftaucht«, fuhr Katrin fort. »Laut seiner Aussage ist Thomas Stadler um kurz vor elf gestern Abend bei ihm angekommen. Sie haben die Wohnung danach nicht mehr verlassen, bis Thomas heute Morgen gegen sieben zurück nach Neukirchen gefahren ist. Lichtenberg selbst ist in der Wohnung geblieben und hat an seiner Dissertation weitergeschrieben. Er hat an der Hochschule in Weihenstephan eine Doktorandenstelle und arbeitet als wissenschaftlicher Assistent am …«, Katrin warf einen kurzen Blick in ihre Notizen, »… Institut für nachwachsende Rohstoffe und Ökotrophologie. Dort haben Thomas und er sich vor zwei Jahren auch kennengelernt. Seit etwa achtzehn Monaten sind sie ein Paar.« Sie hielt einen Augenblick inne und trank von ihrem Mineralwasser.

»Wenn Stadler um kurz vor elf schon in Landshut war, scheidet er als Täter so gut wie aus. Welchen Eindruck hat Lichtenberg auf dich gemacht?«, wollte Thorwald wissen.

»Sehr selbstsicher und offen. Er hat ohne Zögern auf unsere Fragen geantwortet und hat auch nicht damit hinterm Berg gehalten, dass Konrad Stadler ihn nicht ausstehen konnte und nicht akzeptieren wollte, einen schwulen Sohn zu haben. Zeitweise hatte ich allerdings das Gefühl, seine Antworten wirkten wie einstudiert. Als ob er einen auswendig gelernten Text herunterleiern würde.«

»Was sagen die Nachbarn?«

»Lichtenberg wohnt im zweiten Stock eines Vier-Parteien-Hauses. Die Nachbarn über ihm sind zurzeit im Urlaub, denen im ersten Stock hab ich meine Karte in den Briefkasten geworfen und die alte Dame im Erdgeschoss ist um elf ins Bett gegangen und außerdem schwerhörig. Die hätte es nicht einmal gehört, wenn Stadler und Lichtenberg in der Nacht mit einem Panzer weggefahren wären. Im Haus gegenüber befindet sich ein Kindergarten. Das scheidet also auch aus. Abgesehen von einem griechischen Restaurant und einer Bäckerei an der Ecke ist die Straße reines Wohngebiet, das vorwiegend aus Mehrparteienhäusern besteht. In der unmittelbaren Nachbarschaft hat uns bei den meisten Wohnungen jedoch niemand aufgemacht. Ich hab überall meine

Karte im Briefkasten hinterlassen. Die paar, die da waren, konnten uns jedenfalls nicht weiterhelfen.«

»Und Lichtenberg bleibt dabei, dass sie beide die ganze Nacht in der Wohnung waren?«, fragte Thorwald und konnte nur mit Mühe ein Gähnen unterdrücken. Der lange Tag machte sich allmählich bemerkbar. Außerdem nervten ihn die vielen Sackgassen, die ihnen der Fall bisher präsentierte.

Katrin lehnte sich in ihrem Stuhl zurück und verschränkte die Arme. »Ja. Er hat mein Nachfragen schon richtig gedeutet, aber seine Aussage nur noch einmal bekräftigt. Er habe einen sehr leichten Schlaf und hätte es auf alle Fälle gehört, wenn Thomas aufgestanden wäre. Und er selbst habe sich ebenfalls keinen Millimeter aus der Wohnung wegbewegt. Anders als Thomas habe er längst akzeptiert, dass bei Stadler Hopfen und Malz verloren ist. In seinen Augen war er nichts anderes als ein homophober, sturer und geldgieriger Wortbrecher.«

»Harter Tobak, aber solange wir ihm nicht das Gegenteil beweisen können ...« Weber zuckte entmutigt mit den Schultern.

»Dafür war unser Ausflug an den Stadler Hof umso interessanter«, sagte Katrin mit einem kleinen Lächeln.

»Habt ihr den vergifteten Hund gefunden?«, fragte Kornbichler.

»Nein. Wir haben den gesamten Garten abgesucht. Nichts, was auch nur annähernd auf ein frisch geschaufeltes Grab hindeutet. Aber Konrad Stadler hat sein Mobiltelefon im Büro zurückgelassen. Die Anrufliste war nicht gelöscht. Ich lasse gerade eine Mobilnummer überprüfen. Stadler hat sie in den Tagen vor seinem Tod mehrmals angerufen, das letzte Mal gestern Abend um 21.43 Uhr.«

»Also kurz bevor er zum Feldkreuz gefahren ist«, sagte Thorwald. »Die Rufnummernlisten seines Mobilfunkanbieters und des Festnetzanschlusses hat der Staatsanwalt schon beantragt. Bis morgen Mittag sollten sie uns vorliegen. Aber umso besser, wenn wir schon einen ersten Anhaltspunkt haben. Wie bist du denn so schnell in sein Telefon reingekommen?«

Katrin winkte ab. »Das war ganz einfach. Er hatte sein Geburtsjahr als Code hinterlegt. Ich hab es einfach auf gut Glück eingegeben und es hat geklappt.«

»Und wem könnte diese ominöse Nummer gehören?«

»Das weiß ich noch nicht. In Stadlers Handy war sie lediglich mit einem ›M.‹ abgespeichert.«

Weber überflog Annas Liste. »Hier sind einige drauf, die passen könnten. Michael … Manuela … Matthias. Wie wäre es mit Matthias Stadler?«

»An den hab ich auch schon gedacht, zumal ich seinen Namen nirgendwo in den Kontaktdaten finden konnte.«

»Aber es war doch Konrad Stadler, der diese Nummer angerufen hat. Nicht umgekehrt. Ich kann mir nicht vorstellen, dass er Matthias extra anruft, kurz bevor er zum Gedenkkreuz seines verstorbenen Vaters fährt, um es zu entfernen«, gab Thorwald zu bedenken.

»Vielleicht haben sie ja über etwas anderes gesprochen«, mutmaßte Kornbichler.

»Dann hat Matthias Stadler uns angelogen, denn laut seiner Aussage hatten sein Onkel und er so gut wie keinen Kontakt«, sagte Weber. »Und der Professor hat auch kein Telefonat erwähnt. Um Viertel vor zehn saß er noch bei Matthias auf dem Mähdrescher.«

»Ich hab Waltraud Stadler während der Hausdurchsuchung nach ihrem Verhältnis zu Matthias gefragt.« Katrins Wangen färbten sich leicht rot. »Ich weiß, das hatten wir nicht ausgemacht«, fügte sie mit einem schnellen Seitenblick auf Thorwald hinzu.

»Was hat sie denn erzählt?«

»Dass Matthias und ihre Familie in all den Jahren kaum etwas miteinander zu tun hatten und sich das auch nicht großartig geändert hat, seit er in Neukirchen wohnt. Sie hat ihn einmal zum Essen eingeladen, aber Onkel und Neffe hatten sich wohl nicht viel zu sagen. Und Thomas hat nicht einmal die Handynummer seines Cousins. Ich glaube auch nicht, dass Konrads Familie von Matthias' Graffitiaktionen und den Vorstrafen weiß. Waltraud hat sie mit keiner Silbe erwähnt. Habt ihr Matthias eigentlich zu dieser Helena Stern befragt?«

Weber nickte. »Nur eine Bekannte, die ihn begleitet hat.«

»Sagt er?«

»Sagt er.«

Katrins Augenbrauen schossen in die Höhe. »Und das glaubt ihr ihm?«

»Warum nicht. Was will die schöne Helena mit einem vorbestraften Graffitisprayer, wo doch so ein toller Mann zu Hause auf sie wartet«, stichelte Weber.

»Mit dieser Stern müssen wir uns ohnehin einmal unterhalten. Matthias hat zugegeben, seinen Onkel gestern Nacht am Feldkreuz gesehen zu haben. Aber angeblich haben sie nicht miteinander gesprochen, obwohl ihm natürlich klar war, was Konrad Stadler vorhatte«, kam Thorwald einer Erwiderung Katrins zuvor.

Die Augenbrauen der Kommissarin wanderten noch etwas höher. »Und das habt ihr ihm auch geglaubt?«

Matthias' zurückhaltende Reaktion, seine einsilbigen Antworten und die vorsichtige Art und Weise, wie er jedes Wort formulierte, hatte den Kommissaren sofort verraten, dass er nicht zum ersten Mal mit der Polizei zu tun hatte. Thorwald war sich außerdem sicher, dass er etwas verschwieg.

»Noch können wir ihm nicht das Gegenteil beweisen.«

»Wie hat Thomas Stadler eigentlich reagiert, als du ihm seine Fingerabdrücke abnehmen wolltest?«, fragte Weber.

»Am liebsten hätte er mir zwar die Augen ausgekratzt, aber nachdem seine Mutter sofort zugestimmt hat, hat auch er brav Pfötchen gegeben.« Ein Grinsen huschte über Katrins Gesicht. »Waltraud Stadler hat auf mich einen recht stabilen Eindruck gemacht. Irgendwie hatte ich das Gefühl, sie war sogar ganz froh, dass jemand im Haus war und sie nicht mit ihrem Sohn allein sein musste.«

»Vielleicht ist die gute Waltraud ja gar nicht so traurig darüber, Witwe zu sein«, bemerkte Weber.

»Ich hab sie noch nicht von unserer Liste gestrichen, falls du das meinst«, sagte Thorwald.

In diesem Augenblick klingelte Katrins Handy. Die Nummer der Landshuter Dienststelle stand auf dem Display. Während sie dem Kollegen zuhörte, kritzelte sie hastig einen Namen und eine Adresse in ihren Block.

»Und?«, fragte Thorwald, kaum dass sie das Gespräch beendet hatte.

»Die Mobilnummer in Stadlers Handy gehört einem gewissen Maximilian Lechner. Er ist mit seiner Frau und seiner Tochter hier in Neukirchen gemeldet. Am Hollerbusch 12«, erwiderte Katrin.

»Auf geht's, Flo. Den knöpfen wir uns gleich einmal vor«, sagte Thorwald, während er von seinem Stuhl aufstand. Die Müdigkeit, die sich in den letzten Minuten breitgemacht hatte, war wie weggeblasen. »Und wir treffen uns alle morgen früh um acht zur Teamsitzung in meinem Büro.«

Vielleicht konnte er den Kollegen ja dann schon den Täter präsentieren und sie den Fall abschließen.

<hr>

Matthias Stadler brachte den Mähdrescher zum Stehen und schaltete den Motor des schweren Gefährts aus. Eine Weile blieb er regungslos in der Fahrerkabine sitzen. Nicht mehr lange und die Dämmerung würde einsetzen. Normalerweise freute er sich, wenn es dunkel wurde, er die gewaltigen Scheinwerfer einschalten und bis weit nach Mitternacht seine Bahnen ziehen konnte. Aber heute war alles anders. Am gegenüberliegenden Ende des vor ihm liegenden Feldes konnte er schemenhaft die Umrisse eines Holzkreuzes erkennen. Mehrere Radfahrer hatten die kleine Anhöhe angesteuert, und er war froh, in sicherer Entfernung zu stehen. Neugierige Gaffer und dumme Fragen waren das Letzte, was er jetzt gebrauchen konnte.

Einige Fußgänger gesellten sich zu den Radfahrern. Und alle interessierte sie nur das eine: die Stelle, an der die Leiche seines Onkels gelegen hatte. Keine zehn Meter von dem Feldkreuz entfernt, das bis heute an den Mann erinnerte, von dem Matthias nicht mehr als ein paar Fotos geblieben waren. Die wenigen gemeinsamen Jahre waren wie ausgelöscht, so sehr er sich auch anstrengte, sie in sein Gedächtnis zurückzurufen. Dafür wurde keiner in Neukirchen müde, ihn darauf anzusprechen, wie ähnlich er seinem Vater doch sei.

Nur Anton und Eva hatten das in all den Jahren nie gesagt. Für sie war er einfach Matthias. Aber das war jetzt auch vorbei. In Antons Augen war er nicht mehr als ein Krimineller, und für

Eva eine einzige Enttäuschung. Genau wie für seine Mutter. Er musste sie anrufen und ihr sagen, dass ihr Schwager tot war. Auch wenn sie nicht zur Beerdigung kommen würde. Neukirchen und die Familie ihres verstorbenen Mannes existierten für seine Mutter schon lange nicht mehr. Schließlich war in ihren Augen einzig und allein der Hof schuld an seinem viel zu frühen Tod. Existierte *er* überhaupt noch für sie? Seit seinem Rauswurf in jener Nacht hatten sie nicht mehr miteinander gesprochen. Oder war sie nicht vielmehr froh, den Schandfleck in der Familie endlich los zu sein?

Widerwillig holte er sein Mobiltelefon hervor. Sein Herz schlug schneller, während sich die Verbindung aufbaute. Ohne vorweg ein Freizeichen zu hören erklang plötzlich die Stimme seiner Mutter. Matthias erschrak. Doch es war nur ihre Mailbox, die ihm in Deutsch, Englisch und Französisch mitteilte, dass Esther Lamarque momentan in New York weilte, man aber gern eine Nachricht hinterlassen oder mit ihrer Agentur sprechen könne, sofern man dies wollte. Matthias wollte weder das eine noch das andere, sondern legte einfach auf. Mit einem Mal wünschte er sich nur noch weg, weit weg vom Eichinger Hof, von Neukirchen, den neugierigen Fragen der Polizei und überhaupt von allem. Irgendwo ganz neu anfangen, wo ihn niemand kannte und er einfach in Ruhe gelassen wurde.

Seine Augen wanderten zu der kleinen Tätowierung auf seinem rechten Unterarm. Entschlossen startete er den Motor, wendete den Mähdrescher und fuhr dem Sonnenuntergang entgegen.

Kapitel 14

Thorwald und Weber beeilten sich zum Auto zurückzukommen. Die trockene Hitze des Tages war einer drückenden Schwüle gewichen und das Wageninnere kam einer finnischen Dampfsauna, immer noch gefährlich nahe. Doch all das registrierte Thorwald überhaupt nicht, während er den Wagen startete. Kam jetzt endlich Bewegung in diesen festgefahrenen Fall? An der Hofeinfahrt der Lechners klingelte sein Mobiltelefon. Torsten, Katrins Kollege, der sich in der Dienststelle gerade durch die bei Stadlers konfiszierten Ordner wühlte, hatte offenbar Neuigkeiten. Thorwald bog in die Einfahrt, schaltete den Motor aus und den Lautsprecher ein.

»Lass hören, Torsten. Was hast du gefunden?«

»Einen Schuldschein über zwanzigtausend Euro, ausgestellt von Konrad Stadler vor etwas mehr als drei Monaten. Empfänger des Geldes war dieser Maximilian Lechner«, schallte die Stimme des Kollegen aus dem Lautsprecher.

»Wann ist das Geld fällig?«

»Die Rückzahlung *war* vor zehn Tagen fällig. Ich hab auf den Kontoauszügen vom Stadler aber keinen entsprechenden Zahlungseingang feststellen können.«

Weber warf Thorwald einen triumphierenden Blick zu.

»Danke, Torsten. Mach Schluss für heute. Wir treffen uns alle Morgen um acht bei mir im Büro zur Besprechung.«

Weber öffnete schwungvoll die Wagentür. »Jetzt bin ich mal gespannt, was Lechner dazu zu sagen hat.«

Das Wohnhaus befand sich auf der linken Seite des Hofes, ihm gegenüber lag ein lang gezogenes Stallgebäude mit einer Photovoltaikanlage auf dem Dach und – den Geräuschen nach zu urteilen – zahlreichen Kühen im Stallinneren. Verbunden waren beide Gebäude durch eine Garage mit Hallenanbau, durch dessen geöffnetes Rolltor Thorwald einen hochmodernen Traktor erkennen konnte. Nicht ganz so ausladend wie bei Eichingers oder

Stadlers, dennoch konnte sich der Lechner Hof durchaus sehen lassen. Alles sah blitzblank und sehr gepflegt aus. Was man von Maximilian Lechner allerdings nicht behaupten konnte, wie die Kommissare feststellten, nachdem ihnen die Tür geöffnet wurde und sie einem mürrisch dreinblickenden Mann in den Dreißigern mit ungepflegtem Drei-Tage-Bart, müden Augen und ungekämmten Haaren gegenüberstanden.

»Guten Abend. Maximilian Lechner?«, fragte Thorwald.

»Ja. Wer will das wissen?«, brummte sein Gegenüber.

Die Kommissare holten ihre Ausweise hervor und hielten sie Lechner unter die Nase, während Thorwald sich und Weber vorstellte.

»Wir müssten uns mit Ihnen im Rahmen einer laufenden Ermittlung unterhalten.«

»Was für eine Ermittlung?«

Eine korpulente Frau in einem geblümten Sommerkleid radelte an der Hofeinfahrt vorbei. Nur mit Mühe konnte sie ein Anfahren am Randstein verhindern, so sehr verrenkte sie sich beim Anblick der beiden Kommissare an der Haustür der Lechners den Hals.

»Könnten wir uns vielleicht drinnen unterhalten?«

Wortlos drehte Lechner sich um und ging den Hausflur entlang, was Thorwald als Zeichen deutete, ihm zu folgen. Der hell geflieste Flur führte in eine gemütliche Küche mit Eckbank. Offenbar hatten sie Lechner gerade bei der Büroarbeit gestört, denn der Tisch und die Stühle waren mit Unterlagen und Ordnern übersät. Ohne ihnen einen Platz anzubieten ließ sich der Landwirt auf der Eckbank nieder, verschränkte die Arme und lehnte sich abwartend zurück. Weber nahm die beiden aufgeschlagenen Ordner von den Stühlen und legte sie auf den Boden. Das Verhör mit diesem Typ konnte ja heiter werden.

»Also, worum geht es?«, fragte dieser ungehalten.

Thorwald entschied sich für den Frontalangriff. »Wie Sie vielleicht schon gehört haben, ist Konrad Stadler heute Morgen tot aufgefunden worden.«

Falls Lechner dieser Umstand bisher nicht bekannt war, ließ er sich nichts anmerken. Mit ausdrucksloser Miene starrte er vor sich auf die Tischplatte.

»Die Obduktion hat ergeben, dass Herr Stadler erschlagen wurde. Mich würde nun interessieren, was er Ihnen gestern Abend zu sagen hatte, als er sie gegen Viertel vor zehn angerufen hat.«

Ein Ruck ging durch den Körper von Maximilian Lechner. »Der Konrad hat mich nicht angerufen.«

»Herr Lechner, laut Herrn Stadlers Mobiltelefon hat er Sie um 21.43 Uhr angerufen und ungefähr drei Minuten mit Ihnen telefoniert«, sagte Thorwald ruhig.

»Ging es um den Schuldschein, den Sie nicht bezahlen konnten?«, warf Florian Weber ein.

Lechners Ausdruck hatte plötzlich etwas Gehetztes. »Woher wissen Sie …?«

»Wir haben den Schuldschein in Herrn Stadlers Unterlagen gefunden. Ich gehe doch recht in der Annahme, dass Sie den Betrag bisher nicht an ihn zurückgezahlt haben? Hat er Sie unter Druck gesetzt oder Ihnen gedroht?«, bohrte Weber nach.

»Nein! Konrad hat mich nicht angerufen.«

»Und was ist mit den zwanzigtausend Euro, die Sie ihm schulden?«, fragte Thorwald.

Lechner fuhr sich durch die ungekämmten Haare, sodass sie wie bei einem Kobold in alle Richtungen abstanden. »Ja, es stimmt. Er hat mir Geld geliehen. Aber wir haben gestern nicht miteinander gesprochen.«

Weber wurde es allmählich zu bunt. Wen glaubte der Kerl eigentlich vor sich zu haben? »Herr Lechner, Sie wollen uns doch wohl nicht weismachen, dass Ihnen Herr Stadler zwanzigtausend Euro borgt und es ihm dann wurscht ist, ob und wann Sie ihm das Geld zurückzahlen.«

»Nein, das nicht, aber …«

»Aber was?«

»Ich hab gestern nicht mit Konrad telefoniert. Wie oft soll ich Ihnen das denn noch sagen«, rief Lechner.

Thorwald blätterte in seinen Notizen. »Wie lautet Ihre Handynummer, Herr Lechner?«

»Wie?«

»Ihre Handynummer. Wie lautet Ihre Handynummer?«
Maximilian Lechner holte sein Telefon hervor. »Ich weiß sie

nicht auswendig.« Er tippte auf das Display und legte das Gerät vor Thorwald auf den Tisch. »Das ist meine Nummer.«

Ein kurzer Blick genügte, um festzustellen, dass sie auf dem Holzweg waren.

»Und wem gehört dann diese Nummer?«, fragte Thorwald und zeigte auf die Ziffern in seinem Notizblock.

Lechner schluckte. »Das … das ist die Handynummer meiner Frau.«

»Ihrer Frau?«, echote Weber.

»Ja. Das ist Maries Nummer. Ich hab damals den Vertrag abgeschlossen, aber die Nummer benutzt sie.«

In diesem Augenblick wurde die Küchentür geöffnet und eine Frau mit Pferdeschwanz, Shorts und T-Shirt stand vor ihnen. Thorwald schätzte sie auf Mitte dreißig. Sie war braun gebrannt, hatte eine athletische Figur und ebenmäßige Gesichtszüge. Wie gemacht für das Fotoshooting eines Reiseveranstalters. Nur die bläulichen Schatten unter ihren Augen und die zusammengekniffenen Lippen wollten so gar nicht in das Bild passen.

»Warum schreist du denn hier so herum?« Ohne Lechners Antwort abzuwarten wandte sie sich an die beiden Besucher. »Und wer sind Sie?«

Thorwald stellte sich und Weber noch einmal vor. »Wir ermitteln im Mordfall Konrad Stadler. Sie sind Marie Lechner?«

»Ja. Aber was …«

Maximilian Lechner stand von der Eckbank auf. »Marie, die sagen, du hast gestern Abend mit dem Konrad telefoniert. Ich versteh das nicht … Was hast du denn mit dem Konrad zu schaffen?«

Marie Lechners Augen weiteten sich. »Ich … Max, ich …«

»Ja?«

Schweigend stand sie den drei Männern gegenüber.

»Marie, was ist denn los? Jetzt sag doch was.«

»Frau Lechner, hat Konrad Stadler Sie gestern Abend gegen Viertel vor zehn angerufen?«, fragte Thorwald ernst.

»Einen Schmarrn hat er«, fuhr Lechner aufgebracht dazwischen. »Sie müssen da etwas verwechselt haben.«

Marie Lechners Augen füllten sich plötzlich mit Tränen. »Kann … kann ich bitte unter vier Augen mit Ihnen sprechen?«

Thorwald nickte. »Natürlich.«

»Marie, was soll das?« Lechner schob den Stuhl zur Seite, auf dem Thorwald zuvor gesessen hatte.

Weber stellte sich ihm energisch in den Weg. »Herr Lechner, bitte. Bleiben Sie sitzen.«

Lechner stieß ihn unsanft zur Seite, doch Weber machte einen blitzschnellen Schritt nach vorn, packte den Landwirt von hinten an den Oberarmen und hielt ihn fest.

»Lassen Sie mich verdammt noch mal los«, brüllte Lechner.

»Max, bitte«, rief Marie verzweifelt. »Lass mich mit der Polizei reden. Bitte!«

»Warum denn? Sag mir doch endlich, was los ist.« Lechner versuchte sich erfolglos aus Webers Griff zu winden.

»Ich … ich … Es tut mir so leid. Es tut mir so unendlich leid«, sagte sie mit tränenerstickter Stimme und stürzte aus der Küche.

Cornelius war erst am frühen Abend aus Kleineich zurückgekehrt. Nach dem Mittagessen hatte Helena vorgeschlagen, gemeinsam das alte Herrenhaus und den Garten zu erkunden. Wie Magdalena in all den Jahren bewohnten auch Adrian und Helena lediglich einige Zimmer im ersten Stock des Westflügels, während der Großteil des Anwesens im tiefen Dornröschenschlaf lag. Cornelius war sich zunächst nicht sicher, ob Adrian Neuhaus von der Nachricht begeistert sein würde, dass ein Fremder seine Privaträume und das Grundstück inspizierte, doch Helena wischte seine Bedenken kurzerhand beiseite.

»Ich brauche doch einen starken Mann an meiner Seite, wenn ich auf dem Dachboden dem Hausgespenst begegne.«

»Ich mag Ihren Humor«, entgegnete Cornelius, musste sich jedoch eingestehen, dass seine Neugier in diesem Fall größer war als sein schlechtes Gewissen, und so lief er staunend hinter Helena durch die Gänge. Kleineich besaß an die zwanzig Zimmer, von denen die meisten entweder leer standen oder die wenigen Möbel darin mit dicken Laken abgedeckt waren. Über das Jagdzimmer mit seinen Trophäen an den Wänden – laut Helena allesamt scheußlich – gelangten sie in das Musikzimmer, wo noch immer der Flügel aus Adrians Kindertagen stand. Ihr Erkundungsgang führte sie weiter durch etliche Gästezimmer – in grauer Vorzeit wohl die Dienstbotenkammern – und das Arbeitszimmer des alten Barons bis zu Magdalenas Schlafzimmer, das Adrian seit ihrem Tod nicht verändert hatte. Es war ein heller, lichtdurchfluteter Raum, den jemand mit stilsicherer Hand sehr geschmackvoll eingerichtet hatte.

»Erst habe ich mich nicht getraut hereinzukommen, aber gestern bin ich fast den ganzen Vormittag hier gesessen.« Helena deutete auf den antiken Sekretär an der großen Fensterfront. Er war aus Nussbaumholz gefertigt und mit zahlreichen Schnitzereien und edlen Griffen versehen. Durch das Fenster im ersten Stock konnte Cornelius den eingerüsteten Kirchturm von St. Ulrich erkennen. Auf dem Sekretär stand ein gerahmtes Foto von Adrian und seiner Schwester. Der eleganten Abendgarderobe nach zu urteilen war es nach einem Konzert des Tenors aufgenommen worden.

»Ich hatte das Gefühl, Magdalena kommt jeden Moment zur Tür herein. Aber das hat mir keine Angst gemacht. Ganz im Gegenteil. Ich hätte sie so gern kennengelernt«, sagte Helena.

Das letzte Zimmer im Ostflügel des Hauses, die Bibliothek, hatte es Cornelius ganz besonders angetan. Sie beherbergte, obwohl mittlerweile etwas angestaubt und vergilbt, einige wertvolle antiquarische Exemplare, an denen auch Theresa Buchberger ihre helle Freude gehabt hätte. Auf dem Dachboden erwarteten sie anstelle des Hausgeistes nur jede Menge alter Koffer, Staub und Spinnweben, sodass sie schleunigst kehrtmachten, sich den Keller sparten und direkt hinaus in den hinteren Teil des Gartens gingen. Die Fläche dort war noch weitläufiger, als Cornelius sie sich vorgestellt hatte. Auch hier stand der Rasen kniehoch und Sträucher und Büsche wuchsen wild nach allen Seiten. Der Garten ging nahtlos in das Fichtenwäldchen über, wo sie bereits nach wenigen Metern auf die einstige Kapelle der Familie stießen. Das Kirchlein hatte ebenfalls mit dem Zahn der Zeit zu kämpfen. An vielen Stellen war der Putz aufgeplatzt und bröckelte ab.

Helena rüttelte an der Vordertür, doch diese war fest verschlossen. Durch das staubige Seitenfenster konnte Cornelius schemenhaft einen Altar mit einem Kruzifix und einer Muttergottesfigur entdecken. Im Schatten der Bäume war die Hitze gut auszuhalten und so setzten sie sich auf die alte Holzbank vor der Kapelle und genossen die Ruhe, die nur hin und wieder vom Klopfen eines Spechtes und einem Rascheln im Unterholz durchbrochen wurde.

Schwer vorstellbar, dass nur wenige Kilometer entfernt ein Mensch ermordet worden war, dachte Cornelius, als er sich schließlich auf den Rückweg nach Neukirchen begab.

In der Pension machte Cornelius einen großen Bogen um die Gaststube und den Biergarten. Er wollte sich bis zur Abendmesse mit niemandem unterhalten und keine neugierigen Fragen beantworten. Davon würde es in den nächsten Tagen noch genug geben. Stattdessen blieb er auf seinem Zimmer und las in der Familienchronik der Freiherren von Neuhaus, die ihm Helena mitgegeben hatte.

Die Abendmesse wurde nur von wenigen Neukirchnern besucht, sodass er nach dem Gottesdienst ungestört die Sakristei aufsuchen konnte. Allerdings war Pfarrer Hartl bereits entschwunden, warteten doch die Ministranten im Biergarten, um ihren bevorstehenden Ausflug mit ihm zu besprechen, wie ihm vom Messner mitgeteilt wurde.

»Julia, beeil dich. Die anderen sind schon drüben«, wandte sich der alte Mann dann an das blonde Mädchen, das gerade aus der Ministrantenkluft schlüpfte und diese zurück in den Schrank hängte.

Jetzt erst erkannte Cornelius Julia Lechner. Während des Gottesdienstes war ihm das Mädchen gar nicht aufgefallen. Mit einem scheuen Lächeln hastete es an ihm vorbei nach draußen. Cornelius bedankte sich beim Messner für die Auskunft und entschied sich, stattdessen Julias Mutter aufsuchen. Wenn er ehrlich war, ärgerte ihn Marie Lechners morgendlicher Auftritt im Biergarten noch immer. In dieser Sache war das letzte Wort noch nicht gesprochen.

———

Thorwald wartete, bis Marie Lechner sich wieder einigermaßen beruhigt hatte. Er war ihr auf die Terrasse gefolgt und hatte sich neben sie auf einen kleinen Mauervorsprung gesetzt. Mit dem Handrücken wischte sie sich die Tränen aus dem Gesicht und atmete tief durch.

»Was wollen Sie wissen?«

»Konrad Stadler hat Sie gestern Abend angerufen? Und auch an den Tagen zuvor?«

Sie nickte stumm.

Irgendwo in der Nachbarschaft wurde gerade zu Abend gegessen, denn der Duft von frisch gegrillten Würstchen stieg Thorwald in die Nase. Jetzt erst bemerkte er, wie hungrig er war. Ein langer Tag lag bereits hinter ihm und Marie Lechner würde nun darüber entscheiden, ob ihm auch noch eine lange Nacht folgte.

»Kannten Sie Konrad Stadler gut?«

Sie sah ihn aus verweinten Augen an. »Ja.«

Ein Durcheinander an Stimmen, gefolgt von lautem Gelächter und Geschirrgeklapper, drang zu ihnen in den Garten.

»Sie waren also, entgegen der Annahme Ihres Mannes, Freunde?«

Ein müdes Lächeln huschte über Maries Gesicht. »Sie liegen schon richtig, Herr Thorwald. Konrad und ich hatten eine Affäre.«

»Waren Sie gestern Abend miteinander verabredet?«

»Nein, und auch nicht an den Tagen zuvor. Ich hab unser Verhältnis vor etwa einer Woche beendet und Konrad seitdem nicht mehr gesehen.«

»Warum dann seine ganzen Anrufe?«

Marie strich sich eine Haarsträhne aus dem Gesicht. »Er wollte mich überreden bei ihm zu bleiben und miteinander neu anzufangen.«

»Und haben Sie sich überreden lassen?«, fragte Thorwald ruhig.

»Nein. Ich hab ihm gesagt, dass ich meine Familie nicht verlassen werde. Es ist gerade nicht einfach bei uns, aber wir schaffen das. Max und ich, wir kriegen das wieder hin. Ich … ich liebe meinen Mann.«

»Weiß er von Ihnen und Konrad Stadler?«

»Nein«, entgegnete Marie energisch. »Niemand wusste davon.

Auch Waltraud nicht. Wir haben uns immer in Landshut in einem Hotel getroffen. Meistens tagsüber, wenn mein Mann unterwegs war oder ich zum Einkaufen nach Landshut gefahren bin.«

»Und wie hat Konrad Stadler auf das Ende Ihrer Beziehung reagiert?«

»Es war keine Beziehung. Für mich war es immer nur eine Affäre«, erwiderte sie heftig. »Für Konrad …«, Marie zuckte mit den Schultern, »… für ihn war es irgendwann mehr. Anfangs wollte er es nicht wahrhaben, dass es vorbei ist, und hat mich immer wieder angerufen. Gestern Abend hat er dann eingesehen. Er war traurig und verzweifelt, aber ich konnte ihm nichts anderes sagen.«

»Sie haben Konrad Stadler gestern Abend getroffen?«, hakte Thorwald nach.

»Ja. Er hat mich angerufen und mir gesagt, was er vorhat. Er würde die Felder verkaufen, auch wenn ich nicht mit ihm wegginge, und sei auf der kleinen Anhöhe, um das Gedenkkreuz zu entfernen. Da hab ich mich auf mein Fahrrad gesetzt und bin zu ihm gefahren. Ich wollte ihn da oben nicht so allein stehen lassen.«

»Was ist dann passiert?«

Marie sah Thorwald irritiert an. »Nichts ist passiert. Wir haben einfach eine Weile geredet. Er war sehr niedergeschlagen, aber er hat eingesehen, dass wir keine Zukunft haben. Irgendwann bin ich dann nach Hause gefahren.«

»Das war alles? Es gab keinen Streit, keine Vorwürfe. Er hat Ihnen nicht gedroht?«

»Womit sollte er mir denn drohen?«

»Immerhin sind Sie verheiratet«, erwiderte Thorwald trocken.

»Sie denken, er wollte Max von unserer Affäre erzählen?« Marie stieß ein heiseres Lachen aus. »Das hätte Konrad nie gemacht. Dafür war er ein viel zu … zu ehrlicher und anständiger Mensch.«

»Ehrlich und anständig? Das lassen Sie mal besser nicht seine Frau hören.«

»Konrad hat Waltraud nicht betrogen, weil er sie verletzen wollte oder ein notorischer Fremdgänger war. All die Jahre hat er wie am Schnürchen funktioniert und den Hof am Laufen gehalten, obwohl er ihn nie gewollt hat. Und die Ehe mit Waltraud auch nicht«, fügte Marie leise hinzu. »Die beiden hätten nicht heiraten dürfen. Aber deshalb hat er seine Frau nicht schlecht behandelt!«

Sie stand auf und lehnte sich gegen den Mauervorsprung. »Er konnte irgendwann einfach nicht mehr und wollte ein neues Leben anfangen. Und ausgerechnet da bin ich ihm über den Weg gelaufen.«

»Sie haben sich vorher nicht gekannt?«

»Wie man sich halt kennt, wenn man im selben Dorf wohnt und eine Landwirtschaft hat. Nachdem Max den Milchviehbestand erhöht hat, war Konrad öfters bei uns und wir haben uns nett miteinander unterhalten. Eines Tages sind wir uns dann zufällig in Landshut in der Fußgängerzone über den Weg gelaufen. Er hat mich ins Café eingeladen und damit hat alles angefangen. Max und ich hatten eine ziemliche Krise und ich hab es einfach genossen, mit jemandem zusammen zu sein, ohne ständig zu streiten. Konrad hat mir das Gefühl gegeben, begehrenswert zu sein. Er war kein schlechter Mensch, Herr Thorwald. Und er hätte jemand Besseren verdient als mich, jemand, der den Mut gehabt hätte, mit ihm ein neues Leben anzufangen.«

»Vielleicht wollte er ja niemand anderen. Nach allem, was Sie mir über Konrad Stadler erzählt haben, scheint er sich Hals über Kopf in Sie verliebt zu haben. Da fällt es mir schwer zu glauben, dass er Sie einfach so gehen lässt.«

»Es war nicht einfach. Für uns beide nicht. Aber er hat mich weder bedrängt noch damit gedroht, Max von unserem Verhältnis zu erzählen«, sagte Marie ungehalten.

»Das mag durchaus sein. Aber vielleicht hat er ja damit gedroht, das Geld von Ihrem Mann einzuklagen, wenn Sie nicht bei ihm bleiben?«

»Welches Geld?«

Auch Thorwald war aufgestanden. »Die zwanzigtausend Euro, die er Ihrem Mann geliehen hat und die laut Schuldschein vor zehn Tagen fällig gewesen wären.«

Marie Lechner wurde blass. »Das … das kann nicht sein. Konrad hat uns kein Geld geliehen.«

»Doch, Frau Lechner. Ihr Mann hat das auch schon zugegeben. Hat Konrad Stadler von Ihnen verlangt, bei ihm zu bleiben, wenn er Ihrem Mann dafür einen weiteren Zahlungsaufschub gewährt oder den Schuldschein sogar ganz vernichtet?«

»Aber ich weiß nichts von einem Schuldschein«, rief Marie aufgebracht. »Wir haben zwei Kredite bei der Bank und eine Hypothek auf das Haus aufgenommen, aber wir haben uns von niemandem Geld geliehen. Und erst recht nicht vom Konrad.« Ihre Augen wanderten zur Terrassentür. »Das kann nicht sein«, stieß sie hervor. »Das kann einfach nicht sein.«

Ehe Thorwald sie aufhalten konnte, rannte sie zurück ins Haus.

»Ist es wahr, was die Polizei sagt? Du hast dir vom Konrad Geld geliehen?«, schrie sie ihren Mann an.

Maximilian Lechner stand vom Küchentisch auf und funkelte seine Frau böse an. »Und wenn schon! Sag mir jetzt endlich, was da zwischen euch lief!«

»Ich hab dir gar nichts zu sagen«, stieß Marie hervor.

»Für wie blöd hältst du mich eigentlich?« Lechner schlug mit der Faust auf den Küchentisch. »Also, gib es endlich zu. Hattest du was mit dem Stadler?«

Maries Gesichtszüge versteinerten. »Ja«, sagte sie laut. »Ja, ich hatte ein Verhältnis mit Konrad. Bist du jetzt zufrieden?«

Für einen kurzen Moment sah es so aus, als ob Lechner alles kurz und klein schlagen würde. Seine rechte Hand krallte sich um die Stuhllehne und er lief feuerrot an. Florian Weber stand dicht hinter ihm und ließ ihn keine Sekunde aus den Augen.

»Wussten Sie von der Affäre Ihrer Frau?«, fragte Thorwald, der hinter Marie die Küche betreten hatte.

»Nein!«, brüllte Lechner. »Ich Depp reiß mir hier tagtäglich den Arsch auf, damit ich der gnädigen Frau etwas bieten kann. Aber der Hof war ihr ja noch nie gut genug.«

»Der Hof und das Geld! Das ist alles, woran du denken kannst. Aber stell dir vor, das hatte mit Geld überhaupt nichts zu tun. Ich hab es mit deinen Launen und deinem ständigen Gejammer einfach nicht mehr ausgehalten.«

»Das wäre beim Stadler ja ganz was Neues. Warum hat er denn plötzlich das Geld zurückhaben wollen? Zuerst hieß es noch, ich kann mir mit der Rückzahlung Zeit lassen. Aber davon wollte er auf einmal nichts mehr wissen«, platzte es aus Lechner heraus.

Thorwald machte einen Schritt nach vorne. »Konrad Stadler hat Sie also mit dem Schuldschein unter Druck gesetzt?«

»Dieser verdammte Heuchler«, knurrte Lechner. »Dem haben doch diese Zwanzigtausend nicht wehgetan. Aber mich kosten sie die Existenz.«

»Sie werden uns jetzt beide auf das Kommissariat nach Landshut begleiten«, sagte Thorwald energisch, während er sein Telefon hervorholte.

Lechner sah ihn an. »Ich hab einen Bauernhof, falls Sie das noch nicht bemerkt haben. Ich kann hier nicht einfach alles liegen und stehen lassen. Außerdem hab ich nix getan.«

»Woher wollen Sie das wissen, wo Sie doch letzte Nacht angeblich einen Filmriss hatten? Das haben Sie mir vorhin selbst gesagt«, mischte sich Weber ein.

»Ist das wahr, Herr Lechner?«

»Ja, verdammt noch mal«, schnaubte Lechner verächtlich. »Ich hab im Lagerhaus einen über den Durst getrunken und bin irgendwann heute Morgen hier auf der Küchenbank aufgewacht. Keine Ahnung, wie ich nach Hause gekommen bin. Aber deshalb hab ich noch lange nicht den Stadler umgebracht!«

»Das wird sich dann schon herausstellen«, sagte Thorwald laut. »Packen Sie bitte ein paar Sachen zusammen. Die Kollegen werden Sie abholen.«

»Heißt das, wir sind verhaftet?«, fragte Marie mit angstgeweiteten Augen.

»Sie sind beide dringend tatverdächtig, weshalb die Vernehmung fürs Erste auf dem Kommissariat fortgesetzt wird«, antwortete Thorwald streng. »Es steht Ihnen selbstverständlich frei einen Anwalt anzurufen.«

»Anwalt?«, wiederholte Lechner.

»Ja, einen Anwalt. Dazu kann ich Ihnen nur raten. Es würde mich nämlich sehr wundern, wenn sich nicht auch der Staatsanwalt mit Ihnen unterhalten möchte.«

Marie Lechner brach in Tränen aus. »Aber was passiert dann mit unserer Tochter? Julia ist erst zwölf. Wir können sie unmöglich allein hierlassen.«

»Gibt es jemand, der sich vorübergehend um sie kümmern kann?«

»Die Anna Leitner«, brummte Lechner, dem Thorwalds Ansage offenbar den Wind aus den Segeln genommen hatte.

»Nein, nicht die Anna!«, entgegnete Marie.

Lechner sah seine Frau irritiert an. »Spinnst jetzt komplett? Warum denn nicht?«

»Weil ich das sage.« Und an Thorwald gewandt: »Ich rufe Julias Patentante in Ebersbach an.«

»Haben Sie auch jemand, der sich um den Hof kümmern kann?«, fragte Weber.

Der Landwirt tat ihm mittlerweile fast leid. Kreidebleich im Gesicht musste Lechner sich am Küchentisch abstützen. »Mein Bruder«, murmelte er.

Durch das Küchenfenster sah Thorwald ein blondes Mädchen auf seinem Fahrrad in die Einfahrt einbiegen.

»Ich glaube, Ihre Tochter kommt gerade nach Hause.«

»Was soll ich ihr denn jetzt sagen?«, flüsterte Marie verzweifelt.

Thorwald und Weber fuhren hinter dem Streifenwagen, in dem Julia Lechners Eltern saßen, vom Hof. Der Hauptkommissar schaltete den Lautsprecher ein und wählte die Nummer des zuständigen Staatsanwaltes. Dieser würde sicherlich erfreut auf die jüngsten Entwicklungen reagieren, nicht zuletzt, weil Thorwald wusste, dass er in Kürze in seinen bereits mehrmals verschobenen Sommerurlaub entfliehen wollte.

Weber und er waren so in das Telefonat vertieft, dass sie den Fußgänger nicht bemerkten, der schon eine ganze Weile an der Hofeinfahrt gestanden hatte und jetzt die Straße entlangeilte.

ch, hier sitzen Sie, Herr Professor«, sagte Anna Leitner, nachdem sie Gregor Cornelius allein im Nebenraum des Gasthauses, wo kurz zuvor noch die Kommissare gesessen waren, entdeckt hatte. »Wollen Sie Ihre Ruhe haben, gell. Drüben wird sowieso von nichts anderem als dem Stadler geredet«, seufzte sie, während sie mit dem Daumen Richtung Gaststube zeigte. »Und die Förster Roswitha war heute bestimmt auch schon viermal da und hat nach Ihnen gefragt«, fügte sie mit einem gequälten Lächeln hinzu.

Erst jetzt fiel der Wirtin die ernste Miene des Professors auf. »Geht es Ihnen nicht gut?« Besorgt setzte sie sich zu ihm an den Tisch.

»Die Lechners sind gerade von der Polizei abgeführt worden.«

Anna erschrak. »Woher wissen Sie das?«

Bevor er etwas erwidern konnte, stand sie auf und zog die geöffnete Schiebetür zu.

»Ich wollte wegen heute Vormittag noch einmal mit Marie Lechner sprechen«, begann Cornelius, nachdem Anna wieder Platz genommen hatte. »Als ich vor der Haustür stand, brach im Haus ein furchtbarer Streit los. Eines der Fenster war gekippt und ich habe Marie und ihren Mann bis nach draußen gehört. Alles habe ich zwar nicht verstanden, aber anscheinend ging es um Geld, das Herr Lechner sich von Konrad Stadler geliehen hat und …« Cornelius stockte.

»Und?«

»… und um die Affäre von Marie und … Konrad Stadler.«

Es war plötzlich ganz still. Sogar das Stimmengewirr in der Gaststube verstummte für einen Augenblick, als ob die anderen Gäste ahnten, worüber gerade im Nebenraum gesprochen wurde.

»Die Marie … und der Konrad?«, brach es schließlich aus Anna heraus.

Cornelius hob abwehrend die Hände. »Ich will nichts beschwören, aber es klang ganz danach, als ob die beiden …«

»Und die Julia hat das alles mitanhören müssen?!«

»Nein, sie saß doch mit den anderen Ministranten bei Ihnen im Biergarten«, beruhigte Cornelius sie.

Anna schüttelte den Kopf. »Die Julia war heute nicht hier. Da bin ich mir ganz sicher.«

»Ich war gerade drüben in der Kirche, als der Messner zu ihr gesagt hat, die anderen Ministranten und Pfarrer Hartl wären schon in den Biergarten vorausgegangen.«

»Der Pfarrer und die Ministranten waren hier, aber die Julia war ganz bestimmt nicht dabei.«

Cornelius runzelte die Stirn. »Sie ist auf alle Fälle erst nach Hause gekommen, nachdem sich ihre Eltern wieder einigermaßen beruhigt hatten. Allerdings traf keine fünf Minuten nach ihr ein Streifenwagen ein.«

»Wahrscheinlich hat einer der Nachbarn die Polizei gerufen, wenn es so hoch herging, wie Sie sagen.«

»Ich glaube vielmehr, das war Kommissar Thorwald. Er und sein Kollege waren nämlich die ganze Zeit vor Ort.«

»Die Mordkommission? Bei den Lechners?«, flüsterte Anna entsetzt. »Dann denkt die Polizei tatsächlich, die Marie und der Max haben etwas mit der Ermordung vom Konrad zu tun?!« Sie stützte ihren Kopf in die Hände. »Haben Sie gesehen, ob sie auch die Julia mitgenommen haben?«

»Julia ist zu einer dunkelhaarigen Frau ins Auto gestiegen. Wahrscheinlich jemand vom Jugendamt«, mutmaßte Cornelius.

»Etwa in meinem Alter? Mit kurzen Haaren und einer Brille?«

Cornelius nickte.

»Das ist die Patentante von der Julia aus Ebersbach. Das arme Kind! Sie hätte doch auch zu mir kommen können.« Anna schüttelte den Kopf. »Egal, was da mit dem Konrad war ... Die Lechners haben bestimmt nichts mit dem Mord zu tun!«

Cornelius rutschte auf seinem Stuhl hin und her. »Vielleicht kann sie ja jemand entlasten.«

»Hoffentlich! Aber wer denkt schon mitten in der Nacht daran, dass er ein Alibi braucht. Ich ... ich war ja auch im Bett«, fügte sie rasch hinzu.

»Nein, Frau Leitner, das waren Sie nicht«, entfuhr es Cornelius.

Annas Gesichtszüge erstarrten. »Was wollen Sie damit sagen?«

»Nichts, gar nichts.« Cornelius hüstelte nervös. »Es ist nur so … Ich … ich habe Sie gestern Nacht gesehen, als Sie nach Hause gekommen sind.«

Die Wirtin blickte ihn mit unbewegter Miene an.

»Es war schon nach Mitternacht und nicht … nicht neun Uhr, wie Sie es vor der Polizei ausgesagt haben.«

»Und?«, fragte Anna lauernd.

»Ich verstehe halt nicht, warum Sie der Polizei nicht die Wahrheit sagen …«

»Weil es die Polizei nichts angeht, was ich gestern Abend gemacht habe.«

»Aber die Kommissare ermitteln in einem Mordfall. Sie müssen doch wissen …«

Anna sprang von ihrem Stuhl auf. »Sie glauben allen Ernstes, ich hätte etwas mit dem Tod vom Konrad zu tun?«

»Um Himmels willen, nein. So war das überhaupt nicht gemeint. Ich verstehe nur nicht, warum Sie …« Verzweifelt suchte Cornelius nach den richtigen Worten.

»Warum ich was?«

»Warum Sie so ein Geheimnis daraus machen, wenn Sie nichts zu verbergen haben.«

»Was ich letzte Nacht gemacht hab, ist einzig und allein meine Privatangelegenheit. Das geht weder die Polizei noch Sie irgendetwas an«, erwiderte Anna eisig. »Und wenn Sie mich für tatverdächtig halten, nur weil ich Ihnen nicht minutiös schildere, wo ich wann war, ist das nicht mein Problem. Ich bin Ihnen keine Rechenschaft schuldig!«

»Nein, Frau Leitner, natürlich nicht. Ich … bitte … ich …«, stotterte Cornelius. Welcher Teufel hatte ihn nur geritten, Anna solche Vorhaltungen zu machen?

Die Wirtin ging zur Schiebetür und zog sie mit einem Ruck auf. »Wenn Sie etwas bestellen wollen, sagen Sie meiner Aushilfe Bescheid.« Sie hielt einen Augenblick inne. »Ich hab wirklich gedacht, wir beide wären so etwas wie Freunde. Aber offenbar hab ich mich getäuscht.«

Nachdem Cornelius geendet hatte, war es ganz still in der Leitung. Er hatte gar nicht erst versucht, um den heißen Brei herumzureden oder irgendetwas zu verschweigen. Seine Stimme hatte viel zu niedergeschlagen geklungen, um seiner Frau glaubhaft zu versichern, in Neukirchen sei alles in bester Ordnung. Cornelius glaubte schon, Ramona habe aufgelegt, als sie plötzlich einen lauten Seufzer ausstieß.

»Gregor, bitte sag, dass das nicht wahr ist. Du bist nicht schon wieder in einen Mordfall verwickelt?!«

Leider konnte er ihr diesen Wunsch nicht erfüllen.

»Und wie kommst du eigentlich dazu, Anna zu beschuldigen?«, fauchte es aus dem Telefon.

»Ich habe sie nicht beschuldigt, sondern lediglich gefragt, wo sie …«

»Sie hat vollkommen recht. Du bist nicht die Polizei und auch nicht die Inquisition von Neukirchen. Also, sieh zu, dass du das wieder in Ordnung bringst. Und zwar schleunigst!«

»Guten Morgen«, rief Katrin fröhlich und wirbelte in Thorwalds Büro.

»Morgen«, brummte Florian Weber, sichtlich irritiert ob so viel guter Laune.

Auch Thorwald konnte nur mit Mühe ein Gähnen unterdrücken, als er ihren Gruß erwiderte.

Katrin stellte einen Einsatz mit drei Kaffeebechern auf seinen Schreibtisch und griff in ihre Umhängetasche, aus der sie eine prall gefüllte Bäckertüte hervorholte und sie bis zur Mitte aufriss.

»Ich hab mir nach unserem Telefonat schon gedacht, dass es eine lange Nacht wird, und euch eine kleine Stärkung mitgebracht. Bitte, bedient euch.«

Sofort wurde der Raum von Kaffeeduft und dem Geruch ofenfrischer Croissants erfüllt.

»Du bist die Beste«, strahlte Weber und angelte sich eines der Hörnchen aus der Tüte.

Katrin blickte die beiden Kommissare erwartungsvoll an. »Und, wie sieht's aus? Seid ihr bei den Lechners vorangekommen?«

»Lass uns noch auf die Kollegen warten«, sagte Thorwald und inspizierte den Inhalt der Tüte, während Weber bereits herzhaft in ein Croissant biss.

Fünf Minuten später war das ganze Team versammelt. Kornbichler musterte zuerst die Bäckertüte und dann Katrin mit hochgezogenen Augenbrauen.

»So ein De-luxe-Frühstück gibt es halt nur nach einer Nachtschicht«, bemerkte Weber und prostete dem Kollegen mit seinem Kaffeebecher zu.

»Hat sie wenigstens etwas gebracht?«, fragte Kornbichler.

Fünf Augenpaare wanderten in Richtung Thorwald.

»Bisher noch nicht«, seufzte der Hauptkommissar. »Marie Lechner bleibt steif und fest dabei, dass Konrad Stadler noch gelebt hat, als sie gegen Viertel nach elf von ihm weg ist. Er sei zwar sehr niedergeschlagen gewesen, aber es habe keinen Streit und auch keine Drohungen gegeben. Außerdem will sie nichts von dem Geld und dem Schuldschein gewusst haben.«

»Das kann ja jeder behaupten«, sagte Kornbichler.

»Du glaubst ihr?«, fragte Katrin.

Thorwald drehte einen Kugelschreiber nachdenklich zwischen seinen Fingern hin und her. »Sie muss auf alle Fälle eine verdammt gute Schauspielerin sein, wenn sie es doch gewusst hat. Ihr Gesichtsausdruck und ihre Reaktion, als ich das Geld erwähnt habe …« Er schüttelte den Kopf. »Nein, ich glaube, sie hatte davon tatsächlich keine Ahnung. Trotzdem kann Stadler sie immer noch damit erpresst haben, ihre Affäre publik zu machen.«

»Warum hat er ihrem Mann überhaupt Geld geliehen? Je schlechter es dem Hof ging, umso besser standen doch Stadlers Chancen, dass sie ihren Mann verlässt und mit ihm ein neues Leben anfängt«, sagte der Beamte neben Kornbichler.

»Guter Punkt«, schaltete sich Weber ein. »Allerdings fing die Affäre zwischen den beiden erst an, nachdem er Lechner das Geld geliehen hatte.«

»Sagt sie?«

»Sagt sie. Und Stadlers Telefonlisten, die heute Morgen eingetroffen sind. Die Anrufe und Nachrichten auf Marie Lechners Mobilnummer fingen in der Tat erst einige Zeit nach dem Datum an, das auf dem Schuldschein steht.« Thorwald verteilte einige Blätter an die Beamten. »Toni, Korbi, bitte überprüft alle Nummern, die da drauf stehen. Ich will wissen, mit wem Konrad Stadler und die Familie in den letzten Wochen Kontakt hatten.«

»Und was ist mit dem Lechner?«, fragte Kornbichler, nachdem er die Zahlenreihen kritisch beäugt hatte.

»Um den werden sich Katrin und Flo kümmern. Laut seiner Aussage hat er gegen zweiundzwanzig Uhr den abgeernteten Weizen nach Altenberg ins Lagerhaus gebracht und sich dort anschließend mit einigen anderen die Kante gegeben. Er hatte einen Filmriss und kann sich an nichts mehr erinnern. Gegen halb fünf sei er bei sich zu Hause auf der Küchenbank aufgewacht, ohne auch nur annähernd zu wissen, wann und wie er dorthin gekommen ist. Das sind die Namen und Adressen der Bauern, die im Lagerhaus dabei waren.«

Katrin nahm das Blatt entgegen, das Thorwald ihr reichte. »Hoffentlich mit einem besseren Erinnerungsvermögen. Was sagt er zu seiner Frau und Konrad Stadler?«

»Er hat angeblich nichts von der Affäre gewusst«, erwiderte Weber. »Und so wie er in der Küche reagiert hat, glaube ich ihm das sogar. Der arme Kerl sah aus, als hätte ihn ein Bus überfahren. Außerdem bestätigt er die Aussage seiner Frau, was den Schuldschein betrifft. Ihr gegenüber hat er behauptet, die Bank hätte ihnen einen letzten Kredit gewährt.«

»Wie wollte er die zwanzigtausend Euro eigentlich so schnell auftreiben?«, fragte Katrin.

»Gar nicht. Er wollte Stadler nach dem Notartermin noch einmal um einen letzten Zahlungsaufschub bitten.«

»Das würde ich an seiner Stelle auch behaupten. Ihr könnt es drehen und wenden wie ihr wollt, die haben beide ein astreines Motiv«, warf Kornbichler ein. »Ihr saß Stadler mit der Affäre im Nacken, und ihn hat er mit seiner Rückzahlungsforderung praktisch in den Bankrott getrieben.«

»Stadler hat wahrscheinlich gehofft, dass Marie sich für ihn entscheidet, wenn ihrem Mann finanziell die Luft ausgeht«, sagte Katrin nachdenklich.

»Genau! Und als er gemerkt hat, dass sein Plan nicht aufgeht, hat er sie unter Druck gesetzt. Daraufhin hat sie keinen Ausweg mehr gesehen und ihm den Spaten über den Schädel gezogen«, kombinierte Kornbichler und lehnte sich zufrieden in seinem Stuhl zurück.

»Theoretisch stimme ich dir zu, Toni, nur praktisch können wir bisher nichts davon beweisen.« Thorwald ging zur weißen Wandtafel, wo jetzt auch die Namen von Marie und Maximilian Lechner standen, und las sich seine bisherigen Notizen aufmerksam durch. Dann holte er tief Luft und drehte sich um.

»Wir machen weiter wie bisher: Torsten wird sich noch einmal in Yannick Lichtenbergs Straße umhören und außerdem weiter Stadlers Unterlagen durcharbeiten. Der Schuldschein gestern war sehr gute Arbeit«, sagte er in Richtung des jungen Beamten.

»Was willst denn jetzt mit dem Lichtenberg? Wir haben doch zwei Tatverdächtige«, fragte Kornbichler entgeistert.

»Die bisher weder ein Geständnis abgelegt haben noch einwandfrei überführt werden konnten«, erwiderte Thorwald ungerührt. »Also, an die Arbeit. Ich werde mich gleich noch einmal mit Marie Lechner unterhalten. Vielleicht ist sie nach einer Nacht in Polizeigewahrsam ja etwas gesprächiger.«

Er hoffte es, denn am späten Vormittag wurde er vom Staatsanwalt erwartet und dieser wollte vor allem eines: konkrete Ergebnisse, auf denen sich eine Anklage aufbauen ließ.

»Der hat doch von nix einen Plan. Aber Hauptsache wir dürfen wieder Innendienst schieben«, murmelte Kornbichler und warf Katrin und Flo, die lachend durch die Tür verschwanden, einen giftigen Blick hinterher.

»Gestern hast du dich noch beschwert, dass wir bei dieser Affenhitze draußen rumrennen müssen«, wandte sein Kollege ein.

»Geh, lass mir doch meine Ruh«, sagte Kornbichler unwirsch.

Cornelius hatte schlecht geschlafen, und auch das Frühstück wollte ihm heute nicht schmecken. Lag es an Ramonas Standpauke vom Vorabend oder daran, dass Anna ihn weder begrüßte noch bediente, sondern dies ihrer Frühstückskraft überließ? Er fühlte sich hundeelend und die Ankunft von Benedikt Rehberg, der bei Anna gut gelaunt einen Kaffee bestellte, machte diesen Umstand nicht unbedingt besser. Doch der Apotheker fühlte sich ohnehin nicht bemüßigt, Cornelius Gesellschaft zu leisten, sondern nickte nur knapp in seine Richtung, ehe er samt Kaffeetasse in den Biergarten entschwand, wohin ihm Anna Leitner nach wenigen Minuten folgte. Missmutig beobachtete Cornelius die beiden durch das Fenster. Er hatte stets geglaubt, die Wirtin könne Rehberg nicht besonders gut leiden, doch jetzt unterhielten sie sich sehr angeregt miteinander. Dennoch entging Cornelius nicht, dass sich Rehbergs anfänglich gute Laune mit jedem Wort, das aus Annas Mund kam, mehr und mehr verflüchtigte. In diesem Augenblick wurde die Eingangstür geöffnet und Julia Lechner betrat die Gaststube. Suchend blickte sich das Mädchen um.

»Grüß dich, Julia.«

Erst jetzt schien sie den Gast am Fenster zu bemerken. »Hallo. Ist die Anna da?«

»Ja, Frau Leitner ist draußen«, sagte Cornelius und zeigte Richtung Biergarten, wo Benedikt Rehberg jetzt mit finsterer Miene am Tisch saß, während Anna immer noch auf ihn einredete.

»Hallo, Anna«, rief Julia durch die geöffnete Hintertür.

Die Wirtin wirbelte herum. »Julia, was machst du denn hier?«, hörte Cornelius sie rufen. »Hast du heute keine Schule?«

»Die Tante Elvira hat mir eine Entschuldigung geschrieben«, erwiderte Julia, ehe sie aus Cornelius' Blickfeld verschwand.

»Haben Sie noch einen Wunsch? Ich würde dann nämlich das Frühstücksbüfett abbauen.«

Annas Küchenhilfe stand vor Cornelius und sah ihn abwartend an. Er verneinte rasch und wartete, bis die junge Frau in der Küche verschwunden war. Dann spähte er erneut aus dem Fenster. Julia war auf Anna zugelaufen und hatte bitterlich zu weinen angefangen. Anna nahm sie behutsam in den Arm und strich ihr sanft über den Kopf. Cornelius konnte nicht verstehen, was die Wirtin sagte, doch offenbar gelang es ihr, Julia allmählich zu beruhigen. Sie drehte sich kurz zu Benedikt Rehberg, der die Szene schweigend verfolgt hatte, und ging dann gemeinsam mit dem Mädchen zurück in die Gaststube. Cornelius löste sich rasch vom Fenster und schlug seine Zeitung auf.

»Was hältst du von ein paar frisch gebackenen Waffeln? Ich hab ein neues Waffeleisen und das weihen wir beide jetzt ein, einverstanden?«, sagte Anna, als sie und Julia vor dem Tresen standen.

Die Miene des Mädchens hellte sich etwas auf. »Okay. Ich muss nur noch schnell den Blutzucker messen und spritzen.«

»Wie geht es ihr?«, fragte Cornelius, nachdem Julia in der Toilette verschwunden war.

Anna bedachte ihn mit einem eisigen Blick. »Wie soll es ihr schon gehen, nachdem die Eltern die Nacht bei der Polizei verbracht haben?! Julia ist kein Baby mehr. Sie weiß ganz genau, was das heißt.«

»Natürlich«, beeilte er sich zu sagen. »Frau Förster erwähnte neulich, das Mädchen leide an Diabetes.«

»Ja, aber sie ist sehr gut auf die Krankheit eingestellt«, erwiderte Anna.

»Frau Leitner, wegen gestern Abend …«

Doch Anna hatte sich bereits umgedreht und war in die Küche gegangen.

In diesem Augenblick ertönte von draußen eine lautstarke Stimme. Kein Zweifel – Roswitha Förster befand sich im Anmarsch. Doch das unerwartete Zusammentreffen mit Dr. Rehberg, der von der Dorfladenbesitzerin sofort mit einem »Unser Held von Neukirchen«-Aufschrei in Beschlag genommen wurde, verschaffte Cornelius den notwendigen Vorsprung. Eilig nahm er die Zeitung und seine Lesebrille an sich und hastete aus der Gaststube.

»Maximilian Lechner ist raus aus der Sache«, sagte Katrin, kaum dass sie und Florian Weber Thorwalds Büro betreten hatten.

»Mist«, fluchte Thorwald und schleuderte seinen Kugelschreiber quer über den Schreibtisch.

»In diesem Lagerhaus ist zwar ordentlich gezecht worden, aber die anderen haben das besser weggesteckt als Lechner«, bemerkte Weber.

Katrin holte ihren Block hervor. »Oder sie haben sich nicht so zugeschüttet, je nachdem.«

»Das heißt?«, fragte Thorwald.

»Lechner hat einen Schnaps nach dem anderen hinuntergekippt. Gegen Mitternacht war er so betrunken, dass er nicht mehr gerade stehen konnte. Irgendwann ist er dann einfach eingeschlafen. Um kurz vor drei hat ihn der Verwalter des Lagerhauses nach Hause gefahren und auf der Küchenbank abgelegt. Seinen Traktor hat er dann heute Morgen abgeholt.«

»Kurz vor drei«, wiederholte Thorwald. »Da war Konrad Stadler längst tot. Verdammter Mist!«

»Was sagt seine Frau?«, wollte Weber wissen.

»Dasselbe wie gestern. Stadler und sie sind im Guten auseinandergegangen. Kein Streit, keine Erpressung, kein Grund, den Spaten zu nehmen und ihm damit den Schädel einzuschlagen.«

»Fingerabdrücke?«, fragte Katrin vorsichtig.

»Negativ. Allerdings hat die KTU festgestellt, dass vorhandene Fingerabdrücke teilweise verwischt sind. Es sieht also ganz danach aus, als ob jemand den Spatenstil mit Handschuhen oder mit einem Lappen angefasst hat.«

»Und jetzt?«

»Lechner kann gehen«, seufzte Thorwald. »Und seine Frau auch. Solange wir ihr nicht das Gegenteil beweisen können, gibt es keinen Grund, sie länger festzuhalten. Das sieht auch der Staatsanwalt so.«

»Wie war es denn?«

Thorwald winkte ab. »Das erzähl ich euch besser beim Mittagessen«, sagte er und stand von seinem Schreibtisch auf.

In diesem Moment wurde kurz an die Bürotür geklopft und selbige schwungvoll aufgerissen.

»Ein gewisser Herr Papadopoulos ist am Telefon und will Katrin sprechen«, sagte der junge Beamte etwas außer Atem.

Katrin runzelte die Stirn. »Papa wer?«

»Papadopoulos«, wiederholte er. »Er hat deine Visitenkarte in seinem Briefkasten gefunden, mit einem Vermerk, dass er hier anrufen soll.«

Katrins Miene hellte sich auf. »Ach, das ist der griechische Restaurantbesitzer in Yannick Lichtenbergs Straße. Geht ihr ruhig schon vor. Ich komme gleich nach.«

———

»Ich glaube, ich platze gleich«, sagte Weber und legte das Besteck auf dem leeren Teller ab.

»Wer für zwei isst, braucht sich nicht wundern, wenn der Gürtel spannt«, brummte Thorwald, der sein Mittagessen kaum angerührt hatte.

»Hier spannt gar nichts«, erwiderte Florian Weber und schob einen Daumen unter den Bund seiner Jeans. »Alles nur eine Frage regelmäßigen Trainings.«

Thorwald schob sein Tablett zur Seite. »Ich wusste gar nicht, dass Kauen und Schlucken zu den Sportarten gehören.«

Wie Weber es schaffte, regelmäßig Berge an Essen in sich hineinzuschaufeln ohne ein Gramm zuzulegen, war ihm seit dessen erstem Tag bei der Mordkommission ein Rätsel, zumal Thorwald bisher keine besondere Sportbegeisterung bei Weber ausmachen konnte.

»Ah, da ist Katrin«, sagte sein Kollege und winkte.

Mit einem Laptop in den Händen bahnte Katrin sich einen Weg zu ihrem Tisch.

»Bereit für einen kleinen Filmvortrag?«, fragte sie und stellte das Gerät neben Thorwalds Tablett ab.

»Kommt auf den Inhalt an«, bemerkte Weber.

»Der wird euch sehr gut gefallen«, erwiderte Katrin mit einem triumphierenden Lächeln im Gesicht. »Als Vorspann folgende Geschichte: Nachdem Rowdys immer wieder in die Blumenkübel von Herrn Papadopoulos gepinkelt und auf seiner Terrasse vor dem Restaurant die Sitzmöbel beschädigt haben, hat er im vergangenen Sommer zwei Kameras installieren lassen. Eine davon ist so angebracht, dass sie auch den Straßenabschnitt vor dem Restaurant filmt. Die Aufnahmen werden gespeichert und nach einer Woche überspielt.«

Thorwald zog scharf die Luft ein.

»Ich hab ihn schon darauf hingewiesen, dass er nicht einfach wildfremde Leute auf der Straße und dem Gehsteig filmen darf«, beschwichtigte Katrin.

Sie öffnete die oberste E-Mail in ihrem Posteingang und klickte auf den Dateianhang. »Aber jetzt schaut mal, was mir Herr Papadopoulos gerade per E-Mail geschickt hat.«

»Das ist die Mordnacht«, sagte Weber nach einigen Sekunden und deutete auf die Datums- und Uhrzeitanzeige am rechten unteren Rand des Bildschirms.

»Richtig. Und wer fährt um 22.57 Uhr am Restaurant vorbei, obwohl er sich angeblich keinen Millimeter aus seiner Wohnung wegbewegt hat?«

In diesem Moment wurde ein schwarzer Sportwagen auf dem Bildschirm sichtbar.

»Hübscher kleiner Flitzer, nebenbei bemerkt«, sagte Katrin und hielt das Bild mit einem Tastendruck an. »Als Doktorand scheint man gar nicht so schlecht zu verdienen.«

»Netter Versuch, uns an der Nase herumzuführen«, murmelte Thorwald, während er auf das gestochen scharfe Bild von Yannick Lichtenberg starrte, das ihn zweifelsfrei als Fahrer des Sportwagens identifizierte.

»Vorausgesetzt, Marie Lechner sagt die Wahrheit und Konrad Stadler hat tatsächlich noch gelebt, als sie gegen Viertel nach elf von ihm weg ist, dann …«

»… dann ist es durchaus möglich, dass er kurze Zeit später noch einmal nächtlichen Besuch bekommen hat. Und zwar vom Hauptdarsteller dieses oskarreifen Streifens«, sagte Thorwald grimmig.

»Wie willst du die Aufnahmen dem Staatsanwalt schmackhaft machen? Die dürfte es eigentlich gar nicht geben«, wandte Weber ein.

»Keine Sorge. Sollte Yannick Lichtenberg der Täter sein, werden wir genügend Beweismaterial für eine hieb- und stichfeste Anklage sammeln. Und jetzt will ich sofort mit ihm sprechen.«

»Er sitzt praktisch schon in deinem Büro«, erwiderte Weber, während Katrin und er von ihren Stühlen aufstanden und Richtung Ausgang eilten.

Kapitel 16

Cornelius las das Protokoll, das der Polizeibeamte vor ihm auf den Tisch gelegt hatte, aufmerksam durch.

»Falls Ihnen noch irgendetwas einfallen sollte, melden Sie sich bitte umgehend bei uns«, wurde er von dem Beamten instruiert, nachdem er seine Unterschrift unter das Schriftstück gesetzt hatte.

Cornelius nickte dienstbeflissen und stand zwei Minuten später wieder auf dem Flur, auf dem sich auch die Büros der Mordkommission befanden.

»Hallo, Herr Cornelius.«

Die junge Kommissarin aus Robert Thorwalds Team lief an ihm vorbei, in ihrem Schlepptau ein mürrisch dreinblickender Mann mit dunklen Haaren und Florian Weber. Auch der Kommissar nickte ihm freundlich zu, ehe das Trio in einem der angrenzenden Büros verschwand.

Cornelius ging durch den Hauptausgang und über den Parkplatz zu seinem Wagen. Die trockene Hitze der letzten Tage war einer drückenden Schwüle gewichen. Der Himmel schimmerte gräulich und war von Wolkenschlieren durchzogen, erste Vorboten des Gewitters, das für den Abend angekündigt war. Trotzdem entschloss er sich zu einem kurzen Abstecher in die Landshuter Innenstadt, um nach einem geeigneten Buchgeschenk für Theresa Buchberger zu suchen. Als er langsam hinter zwei anderen Wagen Richtung Ausfahrt rollte, entdeckte er Maximilian Lechner auf dem Vorplatz des Polizeigebäudes, durch dessen Drehtür in diesem Moment Marie Lechner ins Freie trat.

Julias Eltern waren allem Anschein nach also wieder frei. Gut für das Mädchen, auch wenn die Gesichter der beiden ausdrückten, dass sie meilenweit von einem glücklichen Familienleben entfernt waren. Marie Lechner stand jetzt neben ihrem Mann und berührte ihn sanft am Arm. Er drehte sich abrupt weg und würdigte seine Frau keines Blickes. Cornelius sah die Verzweiflung in Maries Gesicht. Sie stellte sich erneut vor ihren Mann und versuchte auf ihn einzureden. Lechner blieb zwar stehen, musterte sie jedoch mit unverhohlener Verachtung. In diesem Moment hielt ein Wagen am Gehsteig an. Dem Schriftzug an der Fahrertür entnahm Cornelius, dass es sich um Maximilian Lechners Bruder handeln musste, der laut Roswitha Förster einen Hofladen in Ebersbach betrieb. Lechner drängte seine Frau unwirsch zur Seite, öffnete die Beifahrertür und stieg ein.

Ein Hupen ließ Cornelius hochschrecken. Der Wagen vor ihm hatte bereits die Ausfahrt passiert. Hastig legte er den Gang ein, steckte das Parkticket in den Automaten und rollte unter der sich öffnenden Schranke hindurch. Auch Lechners Bruder war losgefahren, sodass Marie Lechner jetzt ganz allein auf dem Gehsteig stand. Sie weinte, und für einen kurzen Moment war Cornelius versucht anzuhalten. Doch dann besann er sich eines Besseren. Sie hatte ihm unmissverständlich zu verstehen gegeben, sich aus ihrem Leben und dem ihrer Familie herauszuhalten. Also sollte sie zusehen, wie sie zurück nach Neukirchen kam …

»Können Sie mir jetzt endlich sagen, was ich hier soll?«, schimpfte Yannick Lichtenberg, kaum dass Robert Thorwald den Vernehmungsraum betreten hatte.

Robert Thorwald setzte sich ihm gegenüber, stellte sich kurz vor und schaltete dann das Aufnahmegerät ein, das er mit den notwendigen Informationen besprach.

»Warum werde ich vom Institut abgeholt und hierher gebracht? Ihre beiden Laufburschen hielten es ja nicht für nötig, mich darüber aufzuklären.«

»Kommissar Weber und Kommissarin Abel sind weder meine Laufburschen noch sind sie verpflichtet, Ihnen Rede und Antwort zu stehen. Dafür dürfen Sie sich jetzt mit *mir* unterhalten, und zwar in einem zivilisierten Tonfall«, sagte Thorwald laut.

Yannick Lichtenberg lehnte sich mit verschränkten Armen in seinem Stuhl zurück und sah Thorwald bitterböse an. Katrin hatte ihn gut beschrieben. Groß gewachsen, feine Gesichtszüge, durchtrainierte Figur. Der optische Unterschied zu Thomas Stadler hätte größer nicht sein können.

»Bevor wir anfangen, lesen Sie sich bitte das Protokoll durch, das Kommissarin Abel nach ihrem gestrigen Besuch bei Ihnen abgefasst hat.« Thorwald schob zwei zusammengeheftete DIN-A4-Seiten über die Tischplatte. »Wenn alle Angaben richtig sind, bitte auf der zweiten Seite unterschreiben.«

»Und deshalb sitze ich hier? Weil ich ein Protokoll unterschreiben muss?!«, fragte Lichtenberg entgeistert.

Als Thorwald nichts erwiderte, griff er wutschnaubend nach den beiden Seiten und begann zu lesen.

»Ja, passt alles«, sagte er nach einer Weile. »Haben Sie etwas zu schreiben für mich?«

»Sie bleiben also dabei: Sie waren die ganze Nacht mit Thomas Stadler zusammen in Ihrer Wohnung?«

»Ja«, erwiderte Lichtenberg ungehalten.

Thorwald blickte zur Spiegelwand, da er wusste, dass Katrin Abel auf der anderen Seite wartete. Sekunden später betrat die Kommissarin mit ihrem Laptop das Vernehmungszimmer und stellte das Gerät so auf dem Tisch ab, dass Yannick Lichtenberg den Bildschirm sehen konnte. Mit einem Tastendruck setzte sie den Filmausschnitt in Bewegung.

»Dann müssen Sie über geradezu magische Fähigkeiten verfügen, um an zwei Orten gleichzeitig sein zu können«, erwiderte Thorwald, während der Sportwagen von Yannick Lichtenberg über den Bildschirm fuhr. »Vereinfacht ausgedrückt: Sie haben uns angelogen.«

Yannick Lichtenberg wurde blass. Mit starrem Blick verfolgte er das Geschehen auf dem Bildschirm, das Katrin gerade ein zweites Mal abspielen ließ.

»Wie unschwer zu erkennen ist, waren Sie vorgestern Nacht durchaus noch einmal mit Ihrem Wagen unterwegs, obwohl Sie vor uns das Gegenteil behauptet haben.« Thorwald tippte auf die beiden Protokollbögen.

»Und?«, krächzte Lichtenberg. »Das beweist gar nichts.«

»Sie hatten doch bestimmt Ihr Mobiltelefon dabei, oder?«, fuhr Thorwald ungerührt fort. »Ihr Bewegungsprofil wird bereits ausgelesen. Was wird es uns wohl verraten? Mein Tipp: Es hat sich in die Funkzelle eingewählt, zu der auch Neukirchen gehört.«

Für einen Moment sah Yannick Lichtenberg so aus, als wolle er zu einem gehörigen Protest ansetzen, doch dann ließ er sich in seinen Stuhl zurückfallen.

»Ja«, sagte er resigniert. »Ja, ich war in Neukirchen.«

Thorwald und Katrin tauschten einen raschen Blick.

»Woher wussten Sie, dass Konrad Stadler das Holzkreuz entfernen wollte? Hat Thomas doch etwas vom Gespräch seiner Eltern mitbekommen?«

»Nein, Thomas wusste nicht, was sein Vater vorhatte. Und ich war auch nicht beim Holzkreuz.«

»Sondern?«

»Auf dem Hof der Stadlers. Ich ...« Lichtenberg hielt inne.

»Ja?«

Er holte tief Luft. »Thomas war total fertig, als er abends bei mir ankam. Das Treffen mit den anderen war eine einzige Katastrophe. Die meisten sind ohnehin nicht mehr gekommen und der Rest hat sich eigentlich nur gestritten, anstatt irgendetwas Konstruktives zu machen.«

»Und deshalb haben Sie beschlossen, die Sache in die Hand zu nehmen und Konrad Stadler aus dem Weg zu räumen.«

»Nein!«, rief Yannick Lichtenberg. »Er ist ... war Thomas' Vater. Ich bring doch nicht einfach den Vater meines Freundes um! Ich war nicht beim Holzkreuz und ich hab Konrad in der Nacht auch nicht gesehen. Ich bin zum Stadler Hof gefahren, weil ich etwas an seine Garage und an seine Hauswand sprühen wollte.«

»Sie wollten was?«, fragte Thorwald laut.

»Ich hab Sie gestern nicht angelogen, als ich gesagt hab, bei Konrad Stadler sei Hopfen und Malz verloren. Für mich war klar, er würde mich nie akzeptieren und den Verkauf der Felder durchziehen, komme was wolle. Wenn nicht an diesen Investor, dann halt an jemand anderen. Ich hab das Thomas einfach nicht so sagen können. Auch wenn die beiden viel gestritten haben ... Er hing an seinem Vater. Sehr sogar«, fügte er leise hinzu.

»Und was wollten Sie an die Wände sprühen?«, hakte Katrin nach.

»Verräter. Ich wollte ›Verräter‹ an die Wände sprühen, damit er vor dem Notartermin mit eigenen Augen lesen muss, was er damit anrichtet. Aber ich konnte nicht. Als ich mit meinem Wagen in die Hofeinfahrt reinfuhr und alles so still und friedlich dalag …« Lichtenberg schüttelte den Kopf. »Der Hof ist Thomas' Zuhause. Er liebt diesen Hof. Ich hab es einfach nicht fertig gebracht, ihn … zu verschandeln.«

»Was haben Sie dann getan?«

»Ich bin zwanzig Minuten einfach nur so dagesessen. Dann bin ich umgedreht und nach Hause gefahren. Das war alles.«

Thorwald musterte ihn mit hochgezogenen Augenbrauen. »Und Thomas Stadler? Weiß er von Ihrer nächtlichen Aktion?«

»Nein«, entgegnete Lichtenberg heftig. »Und er soll es auch nicht erfahren. Er hat überhaupt nicht bemerkt, dass ich noch einmal weg bin. Wenn Tom einmal schläft, dann schläft er. Was glauben Sie, warum drei Wecker in meinem Schlafzimmer stehen.«

Katrin lächelte. »Haben Sie denn auf dem Stadler Hof oder unterwegs irgendjemand gesehen?«

»Ja«, antwortet Lichtenberg nach einem kurzen Zögern. »Ich hab nicht weiter darüber nachgedacht, aber … Auf der Rückfahrt nach Landshut kam aus einem Feldweg ein Radfahrer geschossen. Er hat die Straße überquert und ist im gegenüberliegenden Feldweg verschwunden. Ich hab mich echt erschrocken. Er hatte kein Licht und war vollkommen schwarz gekleidet.«

Katrin drehte den Laptop um. Nach einigen Klicks erschien eine Landkarte von Neukirchen und seiner Umgebung.

»Können Sie mir ungefähr sagen, wo Sie diesen Radfahrer gesehen haben?«

Lichtenbergs Augen wanderten über den Bildschirm. »Hier«, sagte er schließlich und deutete auf eine Stelle am linken Bildrand. »Ich war nicht mehr weit von der Bundesstraße entfernt.«

»Und wissen Sie auch, wann Sie ihn gesehen haben?«

»Es muss kurz vor Mitternacht gewesen sein. Im Radio sind ein paar Minuten später die Nachrichten gekommen.«

»Können Sie die Person beschreiben?«, wollte Thorwald wissen.

»Nein. Sie trug ein schwarzes Kapuzenshirt und hatte sich die Kapuze über den Kopf gezogen. Ich könnte nicht einmal sagen, ob es ein Mann oder eine Frau war.«

»Und warum haben Sie das alles nicht schon gestern gesagt?«

»Hätten Sie mir denn geglaubt? Ich hatte einfach Angst, dass Sie denken, ich hab was mit dem Mord zu tun. Außerdem … hab ich mich geschämt.«

»Was macht Sie eigentlich so sicher, dass wir Ihnen jetzt glauben?«, fragte Thorwald wütend. »Immerhin gibt es für Ihren kleinen Ausflug keinerlei Zeugen, abgesehen von einem schwarz gekleideten Phantomradler, den Sie sich ebenso gut ausgedacht haben können.«

»Aber das ist die Wahrheit!«, rief Lichtenberg aufgebracht. »Schauen Sie in meinem Wagen nach, da liegen noch die beiden Spraydosen.«

»Das mag schon sein. Aber wer garantiert mir, dass Sie nicht doch noch Konrad Stadler einen Besuch abgestattet haben, der dann gehörig aus dem Ruder gelaufen ist?«

»Du willst ihn gehen lassen?«, fragte Weber, nachdem Thorwald von der Vernehmung von Yannick Lichtenberg berichtet hatte.

Thorwald kritzelte Lichtenbergs Name an die Wandtafel und machte ein großes Fragezeichen dahinter. »Von wollen kann keine Rede sein, aber was soll ich machen? Natürlich ist er immer noch verdächtig. Er hat ein Motiv, er war in der Nähe des Tatorts. Aber ich kann ihm den Mord nicht beweisen. Ihm nicht und Marie Lechner auch nicht.«

Katrin Abel streckte den Kopf ins Büro. »Wir sind mit dem Protokoll jetzt fertig. Er hat es unterschrieben, auch den Vermerk, dass er gestern gelogen hat. Ich würde ihn dann nach Hause schicken.«

Thorwald nickte missmutig. »Ja, schick ihn heim. Sag ihm aber, dass er sich zur Verfügung halten muss und uns Bescheid geben soll, falls er wegfahren will.«

Florian Weber stellte sich an die Wandtafel. »Wenn wenigstens die Funkzellen am Land nicht so groß wären. Dann könnten wir sein Bewegungsprofil besser eingrenzen. Aber so kann niemand mit Sicherheit sagen, ob er nicht doch oben auf der Anhöhe war.«

»Geht es noch etwas destruktiver?«, fragte Thorwald ungehalten.

»Nein, positiver: Die Jungs haben sich bei Stadlers Telefonlisten echt rangehalten und wohl einiges gefunden, das dich interessieren dürfte.«

Thorwald warf einen kurzen Blick auf seine Armbanduhr. »Okay. In zwanzig Minuten Teambesprechung hier bei mir im Büro.«

Nach einem kurzen Einkaufsbummel und einem Abstecher in ein Café in der Landshuter Fußgängerzone kehrte Cornelius nach Neukirchen zurück. Die Innenstadt war wie leer gefegt gewesen, was angesichts der tropisch anmutenden Temperaturen kein Wunder war. Während des Mittagessens, das aus einem großen Eisbecher mit Sahne bestand, hatte sich Tabea auf seinem Handy gemeldet. Doch die Freude, endlich mit seiner Tochter sprechen zu können, währte nur kurz. Von Ramona wusste sie bereits, was sich in Neukirchen ereignet hatte, inklusive seiner Auseinandersetzung mit Anna. Stillschweigend hatte er ihre Aufregung über sich ergehen lassen und am Schluss gerade noch erfahren, dass in Italien alles in Ordnung war, bevor die Verbindung unter Knacken und Rauschen zum Erliegen kam.

Zurück in Neukirchen fuhr Cornelius direkt zu Theresa Buchberger. Der Besitzer des Antiquariats, in dem sie sich damals das erste Mal begegnet waren, hatte ihm eine ganz besondere Ausgabe ans Herz gelegt: ein Buch über die Gemäldesammlungen der bekanntesten Adelsfamilien in Niederbayern, zu denen auch die Freiherren von Neuhaus gehörten. Cornelius musste sich zwingen, nicht gleich an Ort und Stelle mit dem Lesen zu beginnen und hoffte, damit auch Theresa Buchberger eine Freude zu machen. Erleichtert stellte er fest, dass ihr Fahrrad vor dem kleinen Garagenanbau stand. Obwohl es kein weiter Weg bis zum Dorffriedhof war, wurde die drückende Schwüle doch immer unerträglicher. Es dauerte eine Weile, bis ihre Schritte im Flur zu hören waren. Cornelius fielen sofort zwei Dinge auf, als sie in der geöffneten Haustür stand: Theresa trug ein sehr schönes Sommerkleid ... und sie hatte geweint.

»Grüß Gott, Herr Professor. Das ist ja eine Überraschung.«

Rasch wischte sie sich die Tränen von den Wangen und bat ihn herein.

»Bitte entschuldigen Sie die Störung. Ich komme besser ein anderes Mal wieder«, sagte er, während er Theresa durch einen schmalen Flur folgte.

Sein Gefühl, gerade einen besonders unpassenden Moment erwischt zu haben, verstärkte sich noch, nachdem sie die Tür zu ihrer Wohnküche geöffnet hatte. Offenbar erwartete Theresa Besuch, denn der Ecktisch war für zwei Personen zum Kaffee gedeckt.

»Nein, nein. Kommen Sie ruhig herein. Ich freu mich, dass Sie da sind.«

»Aber Sie bekommen doch sicher gleich Besuch. Da möchte ich wirklich nicht stören.«

»Alles gut. Bitte setzen Sie sich doch«, wiegelte Theresa ab. »Trinken Sie eine Tasse Kaffee mit mir?«

»Gern. Ich habe Ihnen auch eine Kleinigkeit mitgebracht. Deshalb bin ich eigentlich hier«, erwiderte Cornelius und reichte Theresa das Buch aus dem Antiquariat.

»Oh, was für ein wunderbares Exemplar«, rief sie und begann sofort begeistert darin zu blättern. »Das wäre doch nicht nötig gewesen, Herr Professor.«

»Jetzt lassen Sie mich Ihnen doch eine kleine Freude machen.«

Theresa legte kein weiteres Gedeck auf, nachdem sie den Kaffee eingeschenkt hatte. Stattdessen holte sie einen mit Puderzucker bestreuten Kuchen aus der angrenzenden Speisekammer.

»Ich hab einen Marmorkuchen gebacken. Davon nehmen Sie doch ein Stück, oder?«

Mit einem Kuchenmesser schnitt sie ein erstes Stück heraus und legte es Cornelius auf den Teller.

»Was sagt denn Ihr Besuch, wenn ich mich hier so ausbreite?«

Die Hand, die das Messer hielt, zitterte plötzlich.

»Es kommt niemand. Heute … heute ist der Geburtstag meiner Tochter.«

Theresas Blick wanderte zu dem Foto einer jungen Frau, das im Herrgottswinkel der Eckbank stand. Der große Blumenstrauß daneben war Cornelius schon beim Betreten der Küche aufgefallen.

Theresa legte das Messer beiseite. In ihren Augen glitzerten Tränen.

Betroffen setzte Cornelius die Kaffeetasse ab. »Das tut mir sehr leid. Bitte entschuldigen Sie meine Taktlosigkeit.«

»Sie müssen sich für nichts entschuldigen. Woher sollten Sie es denn wissen. Ich hätte Sie nicht hereingebeten, wenn ich mich über Ihren Besuch nicht gefreut hätte.«

»Trotzdem … Sie wollen jetzt bestimmt Ihre Ruhe haben. Ich …«

Theresa legte ihre Hand auf seinen Arm. »Alles gut, Herr Professor. Meine Ruhe hatte ich lange genug.« Ein warmes Lächeln umspielte ihre Lippen. »Claudia war so eine fröhliche junge Frau. Es würde ihr sehr gut gefallen, wenn sie wüsste, dass ich heute nicht allein bin.«

»Sind Sie sicher?«

»Ganz sicher«, erwiderte Theresa mit fester Stimme.

»Der Kuchen schmeckt ausgezeichnet«, sagte Cornelius nach einer Weile.

»Marmorkuchen war Claudias Lieblingskuchen. Fast jedes Wochenende hab ich einen gebacken. Und natürlich auch zu ihrem Geburtstag.«

Cornelius betrachtete das Foto. »Wie alt wäre Sie denn heute geworden?«

»Dreiundvierzig. Es ist ein seltsamer Gedanke.« Theresa spielte mit ihrer Kuchengabel. »Ich sehe sie immer als junge Frau vor mir. Gleichzeitig frage ich mich oft, wie sie jetzt wohl aussehen würde, aber dann hab ich wieder nur dieses Bild hier vor Augen. Drei Monate danach ist sie verschwunden.«

»Ich kann Ihnen gar nicht sagen, wie unendlich leid mir das tut. Hat denn die Polizei nie irgendetwas herausgefunden?«

Die Frage war Cornelius einfach so herausgerutscht.

Theresas Gesicht wurde hart. »Im Dorf wird doch sicherlich noch immer über mich getratscht.«

Er rutschte unbehaglich auf seinem Stuhl hin und her. »Nun ja …«

»Das muss Ihnen nicht unangenehm sein, Herr Professor. Jeder hier weiß, dass mein Mann und ich verdächtigt wurden, Claudia umgebracht und ihre Leiche beseitigt zu haben. Einige in Neukirchen glauben das bis heute«, fügte sie bitter hinzu. »Nicht umsonst meide ich den Dorfladen wie der Teufel das Weihwasser. Die Förster hat schon damals nichts anderes getan, als die Leute auszurichten.« Theresa stieß ein unfreundliches Lachen aus. »Irgendwann kam die Polizei dann zu dem Schluss, dass Claudia freiwillig verschwunden ist. Wegen meines Mannes.«

»Glauben Sie das auch?«

»Ich weiß es nicht. Mein Mann war ein sehr bestimmender Mensch und es verging kein Tag, an dem die beiden nicht aneinandergeraten sind. Er wollte rund um die Uhr wissen, wo sie sich aufhält und was sie gerade tut, und hat ihr damit das Leben zur Hölle gemacht.« Theresa sah Cornelius direkt in die Augen. »Ich könnte es verstehen, wenn sie es einfach nicht mehr ausgehalten hat. Vor allem, nachdem sie seinetwegen nicht mehr Geige spielen konnte.«

»Was ist passiert?«

»Mein Mann hat Holz für unseren Kachelofen geschnitten und darauf bestanden, dass sie ihm dabei hilft, obwohl er wusste, wie sehr sie die Kreissäge fürchtete. Und dann ist sie tatsächlich mit der linken Hand in die Säge geraten und hat zwei Finger verloren. Den Tag werde ich mein Leben lang nicht vergessen. Ihre Schreie … das viele Blut … es war grauenhaft. Die Ärzte haben alles versucht, aber sie konnten die Finger nicht mehr retten. Im Dorf haben damals viele geglaubt, mein Mann habe sie absichtlich verletzt. Aber das stimmt nicht. Es war ein Unfall! Claudia hat ihn danach nur noch gehasst. Neben dem Literaturstudium war die Geige seit ihrer Kindheit ihr Ein und Alles. Nach einiger Zeit konnte ich sie zwar überreden, im Kirchenchor mitzusingen, aber das war nur ein schwacher Trost.«

Erneut rollten Tränen über ihre Wangen. »Ich könnte es verstehen, wenn sie mit all dem hier nichts mehr zu tun haben wollte. Manchmal ist sie mir so nah, dass ich mir ganz sicher bin, sie ist noch am Leben. Nur ein Anruf, ein einziger Anruf, in dem sie mir sagt, es geht ihr gut, würde mir schon reichen. Und falls dem nicht so ist und ihr tatsächlich etwas zugestoßen ist, dann will ich das auch wissen. Verstehen Sie?! Es ist nicht die Wahrheit, es ist diese Ungewissheit, diese verdammte Ungewissheit, die alles aufzehrt und mich wahnsinnig werden lässt.« Theresas Blick wanderte zurück zu Claudias Foto. »In Ihren Ohren muss es vollkommen verrückt klingen, aber es gibt Momente, in denen ich Eva Eichinger beneide. Saschas Tod hat mich tief erschüttert. Aber sie hat Gewissheit. Sie weiß, was ihrem Sohn zugestoßen ist. Es gibt ein Grab auf dem Friedhof, zu dem sie jeden Tag gehen kann. Sie durfte Abschied nehmen und …«

»… einen Schlusspunkt setzen«, sagte Cornelius leise.

»Ja. Mein Mann ist daran zugrunde gegangen. Er war zeit seines Lebens ein cholerischer und schwieriger Mensch, aber er war kein Mörder. Und er hat sein Kind auch nicht absichtlich verletzt. Dazu kam diese furchtbare Ungewissheit. Jeden Tag die gleichen zermürbenden Fragen. Der Krebs hat sich so schnell ausgebreitet, dass die Ärzte nichts mehr tun konnten. Und ich … ich kämpfe bis heute darum, endlich Antworten auf diese Fragen zu finden.«

Robert Thorwald steuerte den Wagen über die Bundesstraße, bis er die Ausfahrt nach Altenberg erreicht hatte. Nachdem er die kleine Kreisstadt passiert hatte, war er wenige Minuten später in Neukirchen angekommen. Die Teamsitzung hatte nicht lange gedauert und fast alle Beamten noch zu einem nachmittäglichen Außeneinsatz aufbrechen lassen. Die Telefonlisten von Stadlers Mobiltelefon und dem Festnetzanschluss der Familie hatten einige Neuigkeiten ans Tageslicht gezaubert. So hatte Adrian von Neuhaus Konrad Stadler an den Tagen vor seinem Tod zweimal angerufen. Thorwald hatte kurz damit geliebäugelt, den Operntenor selbst aufzusuchen, den Besuch dann aber doch Florian Weber und Katrin Abel überlassen. Weber würde schon dafür sorgen, dass Katrins Begeisterung für Neuhaus ihr Urteilsvermögen nicht trübte. Außerdem würden sie dann auch Helena Stern zu ihrem nächtlichen Ausflug mit Matthias Stadler befragen können. Kornbichler und sein Kollege tauschten ihre Bürostühle ebenfalls gegen einen Dienstwagen und überprüften zwei Jäger, deren Nummern Stadler mehrmals angewählt hatte.

Thorwald selbst hatte sich auf den Weg zu Waltraud Stadler gemacht. Auch wenn Marie Lechner die Tat bisher nicht nachgewiesen werden konnte, so war sie zweifellos die Geliebte von Konrad Stadler gewesen. Und Thorwald war sehr gespannt, was seine Ehefrau dazu zu sagen hatte.

Kapitel 17

Wie spricht man von Neuhaus eigentlich richtig an?«, fragte Katrin.

Leise fluchend legte Weber eine Vollbremsung ein. Gerade war er an der Einmündung nach Kleineich vorbeigerauscht.

»Ich würde es an deiner Stelle mit ›Grüß Gott‹ versuchen«, sagte er und steuerte den Wagen einige Meter rückwärts.

»Depp.«

»Jetzt mach dir doch wegen dieses Opernheinis keinen Kopf. Der wird es schon verkraften, wenn du vor ihm nicht gleich einen Kniefall machst.«

Weber parkte vor einem baufälligen Gartenzaun und stieg aus. Er wollte die Befragung schnellstmöglich über die Bühne bringen. Mit etwas Glück wartete danach ein Feierabend, der das Wort zur Abwechslung auch einmal verdient hatte.

Da Katrin immer noch im Wagen saß und auf ihr Mobiltelefon starrte, öffnete er ungeduldig die Beifahrertür. »Wo bleibst du denn?«

»Ich komm ja schon.«

»Noch ein Date für heute Abend klarmachen?«, fragte er spitz.

»Stell dir vor, ich hab auch abseits der Mordkommission ein Leben.« Katrin verstaute das Telefon in ihrer Umhängetasche. »Freiherr.«

»Häh?«

»Ich hab gerade im Internet nachgeschaut. Adrian von Neuhaus wird mit ›Freiherr‹ angesprochen.«

Da sie nirgendwo eine Klingel finden konnten, gingen sie einfach durch das windschief in seinen Angeln hängende Gartentürchen.

»Was für eine Bruchbude«, murmelte Weber, während sie sich über einen Kiesweg dem weiß getünchten Wohnhaus näherten.

»Also, ich finde es romantisch. Fast wie bei Dornröschen«, erwiderte Katrin, obwohl sie sich eingestehen musste, dass sie sich den Stammsitz eines alten Adelsgeschlechts pompöser und vor allem gepflegter vorgestellt hatte. Aber das würde sie Weber bestimmt nicht auf die Nase binden.

Der hatte in diesem Moment den Eigentümer des Anwesens im Garten entdeckt, wo Freiherr Adrian von Neuhaus eine Leiter an der Hauswand aufstellte. Weber vermutete, um den Efeu zu bekämpfen, der die linke Hausseite und die beiden dort befindlichen Fenster fast vollständig überwuchert hatte. Neuhaus trug Shorts und T-Shirt und er erkannte ihn nur deshalb, weil Katrin ihm im Auto ein Foto des Tenors gezeigt hatte. Obwohl es drückend schwül war und Weber sich bei jedem Schritt nach einer kalten Dusche sehnte, schien Neuhaus davon unbeeindruckt. Auf seinem T-Shirt war kein einziger Schweißfleck zu sehen, und als er sich zu den Neuankömmlingen umdrehte, wirkte er, als würden ihm weder Hitze noch schwere Arbeit etwas anhaben können.

Katrin straffte die Schultern. »Guten Tag, He... Freiherr von Neuhaus«, sagte sie laut.

»Guten Tag. Ich gebe keine Interviews und ich stehe auch nicht für Fotos zur Verfügung. Würden Sie bitte umgehend mein Grundstück verlassen! Andernfalls sehe ich mich gezwungen, die Polizei zu rufen«, sagte Neuhaus freundlich, jedoch mit Nachdruck in der Stimme.

Weber war der Typ spätestens jetzt unsympathisch. »Die ist schon da. Florian Weber, meine Kollegin Katrin Abel, Kripo Landshut.«

Falls er Neuhaus mit seiner Begrüßung überrascht hatte, wusste dieser es gut zu verbergen. Sein Lächeln verstärkte sich sogar noch. »Sie haben doch sicher nichts dagegen, mir Ihre Ausweise zu zeigen.«

Weber zog geräuschvoll die Luft ein, ehe er Neuhaus seinen Ausweis unter die Nase hielt. Katrin tat es ihm gleich, allerdings sah sie dabei so aus, als würde sie jeden Moment einen Hofknicks machen.

»Ich habe mir schon gedacht, dass Sie irgendwann bei mir auftauchen. Bitte nehmen Sie doch Platz.« Neuhaus streifte sich die Gartenhandschuhe ab und zeigte auf eine kleine Sitzgruppe im Schatten einer alten Eiche. »Darf ich Ihnen etwas zu trinken anbieten?«

»Nein, wir würden lieber gleich zur Sache kommen«, entgegnete Weber und setzte sich in einen der Korbstühle. Nach kurzem Zögern nahm auch Katrin Platz.

»Von mir aus gern.« Neuhaus blieb stehen und lehnte sich mit verschränkten Armen gegen das Kopfteil der Sonnenliege. Die beiden Kommissare waren somit gezwungen zu ihm aufzusehen.

Du hältst dich wohl für etwas ganz Besonderes, dachte Weber wütend.

Katrin schien sich jedoch nicht daran zu stören. »Warum, Freiherr von Neuhaus, haben Sie gedacht, dass wir mit Ihnen sprechen wollen?«

»Oh bitte, keine dieser Adelsfloskeln! Herr Neuhaus reicht vollkommen. Ich nehme an, es geht um Konrad Stadler?«

Katrins Wangen färbten sich rot.

»Richtig, und darum, dass Sie ihn in den Tagen vor seinem Tod zweimal angerufen haben«, sagte Weber rasch. »Was wollten Sie von ihm?«

Neuhaus lachte. »Dreimal dürfen Sie raten.«

»Wir sind hier nicht in einer Quizshow. Würden Sie daher bitte einfach meine Frage beantworten«, sagte Weber gereizt.

Katrins warnenden Seitenblick ignorierte er geflissentlich.

»Natürlich. Bitte entschuldigen Sie«, erwiderte Neuhaus galant. »Ich habe ihn gebeten, von einem Verkauf seiner Felder abzusehen. Wir brauchen hier keinen Freizeitpark mitsamt dem ganzen Getöse.«

»Woher wussten Sie von den Bauplänen?«

»Ich habe es durch Zufall von meinem Makler erfahren.«

»Makler?«, hakte Katrin nach. »Wollen Sie das Anwesen verkaufen?«

»Ja, das wollte ich. Allerdings …« Neuhaus hielt kurz inne. »Mir geht es gesundheitlich momentan nicht sehr gut, weshalb ich beschlossen habe, mich einige Zeit auf Kleineich zurückzuziehen und von einem Verkauf vorläufig abzusehen.«

»Und obwohl Sie krank sind, arbeiten Sie im Garten?«

Katrin funkelte Weber wütend an.

»Herr … «, begann Neuhaus.

»Weber«, sagte der Kommissar scharf.

»Herr Weber, ich glaube nicht, dass ich Ihnen über meinen Gesundheitszustand Auskunft geben muss.«

»Nein, natürlich nicht«, warf Katrin hastig ein.

Neuhaus schenkte ihr ein kurzes Lächeln, ehe er sich wieder an Florian Weber wandte. »Trotzdem will ich ganz offen zu Ihnen sein. Ich habe seit einiger Zeit Probleme mit meinen Stimmbändern, was, wie Sie sich sicher vorstellen können, bei meinem Beruf einer Katastrophe gleichkommt. Ich habe mich deshalb zu einem Rückzug in mein Elternhaus entschlossen, in der Hoffnung, mich abgeschirmt von Presse und Öffentlichkeit vollständig erholen zu können. Und um auf Ihre Frage zurückzukommen: Ja, ich arbeite im Garten. Wie Sie sehen, sind meine Arme und Beine unversehrt.«

»Gut. Dann hätten wir das ja geklärt«, entgegnete Weber freundlich, obwohl sein Innerstes tobte. »Wie hat denn Konrad Stadler auf Ihr Anliegen reagiert?«

Neuhaus zuckte mit den Schultern. »Abweisend, unfreundlich. Bei meinem zweiten Versuch wurde er regelrecht ausfallend. Danach war für mich die Sache erledigt.«

»Erledigt?«, wiederholte Weber. »Es hat Sie also nicht gestört, dass Konrad Stadler überhaupt nicht auf Sie eingegangen ist?«

Neuhaus wurde plötzlich ernst. »Herr Weber, eines sollte Ihnen klar sein: Ich *muss* hier nicht leben. Kleineich ist zwar mein Elternhaus, aber ein Elternhaus, von dem ich sehr lange getrennt war. Es war in erster Linie meine Schwester, die hier alles am Laufen gehalten hat. Kleineich war ihr immer eine Herzensangelegenheit, was ich von mir wahrlich nicht behaupten kann. Erst Magdalenas Tod und die Krise, die ich gerade durchlebe, haben mich nachdenklich gestimmt und mich hierher zurückkehren lassen.«

»Ihre Schwester war im vergangenen Jahr das Opfer eines Verkehrsunfalls«, sagte Katrin.

Sie hatten Neuhaus vor ihrer Abfahrt routinemäßig im Computer überprüft und waren dabei auf den tödlichen Unfall seiner Schwester gestoßen.

Neuhaus' Gesichtszüge erstarrten. »Ja, die Polizei hat den Schuldigen bis heute nicht gefunden.«

»Die Kollegen haben sicher alles getan, um ihn ausfindig zu machen«, entgegnete Weber. »Aber jetzt geht es um die Ermordung von Konrad Stadler. Sie haben ihn angerufen, er hat Sie abblitzen lassen und Ihnen hat das nichts ausgemacht? Obwohl Sie wieder nach Kleineich zurückkehren und hier Ihre Ruhe haben wollen?«

»Ja, aber nicht um jeden Preis«, sagte Neuhaus eisig. »Wenn ein größenwahnsinniger Bürgermeister und ein paar geldgierige Bauern meinen, alles auf den Kopf stellen zu müssen, nur weil sie ihren Hals nicht vollkriegen können, von mir aus. Und wenn die Leute glauben, dieser Park sei das zukünftige Allheilmittel für die Gegend hier, soll mir das auch recht sein. Wie ich schon sagte, ich muss hier nicht leben. Ich kann mich auch woanders erholen. Ich hatte nur gehofft ...«

Die beiden Kommissare sahen Neuhaus abwartend an.

»Meine Karriere lässt die Leute gern vergessen, wo ich aufgewachsen bin. Ich kenne die Familie Stadler, seit ich denken kann. Mein Vater und der alte Stadler waren eng befreundet. Franz Stadlers tödlichen Unfall haben wir hautnah miterlebt. Ich habe den Alten eines Nachts sturzbetrunken an der Stelle gefunden, an der es passiert ist, und ich habe bei der Einweihung des Gedenkkreuzes das *Ave Maria* gesungen. Glauben Sie, das vergisst man einfach?« Neuhaus seufzte resigniert. »Das habe ich Konrad bei meinem zweiten Anruf versucht begreifbar zu machen. Für seinen Vater wäre ein Verkauf dieser Felder niemals in Frage gekommen. Aber davon wollte er überhaupt nichts hören. Er hat mich nur beschimpft und gesagt, ich solle mich aus seinem Leben heraushalten.«

»Wo waren Sie vorgestern Nacht zwischen halb elf und halb zwei?«

Neuhaus lächelte matt. »Ich musste am Nachmittag Studioaufnahmen in München vorzeitig abbrechen. Ich bin dann in meine Wohnung nach Bogenhausen gefahren, um etwas zur Ruhe zu kommen. Gegen elf war ich wieder hier. Helena, meine Lebensgefährtin, kann das bestätigen. Wir haben noch ein Glas Champagner getrunken und sind dann ins Bett. Die weiteren Details dieser Nacht können Sie sich gern ausmalen«, fügte er hinzu.

»Champagner?«, hakte Weber nach, ohne auf Neuhaus' Anspielung einzugehen. »Gab es denn etwas zu feiern?«

»Meine Auszeit«, sagte Neuhaus scharf. »Wir haben auf meine Auszeit angestoßen und darauf, in Zukunft mehr Zeit miteinander zu verbringen. Helena …« Er stockte. »Sie weiß, dass es mir momentan nicht sehr gut geht, aber ich möchte es nicht zu einem Dauerthema zwischen uns werden lassen. Durch diese Krise muss ich ganz allein durch. Das nimmt mir niemand ab, auch Helena nicht.«

»Ist Ihre Freundin denn zu Hause?«, fragte Katrin, der nicht entging, wie aufgebracht Neuhaus plötzlich war. Zweifellos hatten sie seinen wunden Punkt getroffen.

»Nein, sie ist ins Dorf gefahren, um einige Besorgungen zu machen. Sie wird Ihnen ohnehin nicht weiterhelfen können. Helena hat Konrad Stadler nicht gekannt.«

»Und Matthias Stadler?«

»Matthias?«, überlegte Neuhaus. »Ist das Konrads Sohn?«

»Sein Neffe. Er wohnt seit einiger Zeit wieder in Neukirchen.«

»Tatsächlich. Nein, den kennen wir beide nicht.«

Unter dem Tisch stieß Webers Fuß unauffällig gegen Katrins Schienbein. Adrian Neuhaus wusste also nichts von Helenas kleinem Ausflug in der Mordnacht.

»Seine Mutter habe ich vor einiger Zeit auf einer Wohltätigkeitsgala getroffen. Eine begnadete Künstlerin. Esthers Talent war schon damals einzigartig. Ich habe nie verstanden, warum sie ausgerechnet einen Landwirt geheiratet hat.« Neuhaus schüttelte den Kopf. »Ach Gott, das Ganze ist so lange her. Ich weiß, sie und Franz hatten einen gemeinsamen Sohn, aber den Namen habe ich, ehrlich gesagt, vergessen. Ist er etwa tatverdächtig?«

Sieh zu, dass dir der Sohn eines Landwirts nicht deine Freundin ausspannt, dachte Weber mit einiger Genugtuung. Dieser Adelsheini wurde ihm von Minute zu Minute unsympathischer. Laut sagte er: »Wir versuchen uns lediglich ein Bild von Konrad Stadlers Umfeld zu machen.«

Neuhaus wirkte leicht amüsiert. »Dann sollten Sie besser jemanden aus der Gegend hier befragen. Ich kenne zwar noch ein paar der alteingesessenen Familien, aber zwanzig Jahre Abwesenheit lassen sich nicht einfach ausblenden. Versuchen Sie es doch im Dorfladen. Die Besitzerin kann Ihnen bestimmt weiterhelfen.«

»Danke für den Tipp«, erwiderte Weber eisig. »Aber wir haben da unsere eigene Vorgehensweise.«

Neuhaus nickte nur. »Wie Sie meinen.« Doch dann richtete er sich plötzlich kerzengerade auf. »Ich gehe davon aus, dass nichts, was Sie über meinen Gesundheitszustand erfahren haben, an die Öffentlichkeit dringt. Haben Sie das verstanden? Andernfalls wird es sehr ungemütlich für Sie werden.«

»Schau, Waltraud«, sagte Markus Baumgartner und stellte die Kaffeetasse zur Seite. »Wir wollen doch alle nur, dass es in Konrads Sinne weitergeht.«

Waltraud Stadler musterte den Bauunternehmer mit Unbehagen. Mit einem großen Blumenstrauß im Arm hatte er ihr sein Beileid ausgesprochen. Obwohl sie weder Lust noch Kraft verspürte, sich mit irgendjemand zu unterhalten, hatte sie ihn ins Haus gelassen und ihm eine Tasse Kaffee angeboten. Ein Entschluss, den sie schon nach wenigen Minuten bitter bereute, denn Baumgartner redete von nichts anderem als von Konrad und dessen Vorhaben, die beiden Felder zu verkaufen. Das Gespräch ermüdete sie und sie wünschte sich, ihr Sohn wäre hier, um ihn vor die Tür zu setzen, so wie er es heute schon bei zwei Reportern getan hatte, die die Dreistigkeit besessen hatten, auf dem Hof aufzutauchen. »Seit wann sind wir beide eigentlich per du?«, fragte sie jetzt.

Der Bauunternehmer lachte, als ob sie gerade einen besonders lustigen Witz gemacht hätte. »Geh, Waltraud. Jetzt glaub ich es aber. Das sind wir hier auf dem Land doch praktisch alle.« Fast hätte er ihr kumpelhaft auf die Schulter geklopft, doch im letzten Moment beherrschte er sich. »Ich kann ja verstehen, wenn das alles zu viel für dich ist. Der Konrad von einer Sekunde auf die andere so brutal aus dem Leben gerissen … Es ist bestimmt im Moment nicht einfach für dich. Aber denk immer daran, was der Konrad gewollt hätte. Und für die zwei Felder gibt es doch einen Haufen Geld. Was glaubst du, wie viele Bauern in Neukirchen sich wünschen würden, an deiner Stelle zu sein. Da würde keiner auch nur eine Minute zögern und zugreifen.«

»Was soll ich denn mit dem ganzen Geld? Uns geht es doch auch so sehr gut.«

»Ja, dann gönn dir halt mal was«, rief Baumgartner. »Eine schöne Reise, ein neues Auto, Shopping in München. Da wird es doch bestimmt etwas geben.«

Waltraud Stadler holte ein Taschentuch aus ihrer Rocktasche hervor und putzte sich die Nase. »Ich weiß nicht …«

Der Bauunternehmer beugte sich vor und legte ihr die Hand auf den Arm. »Schau, es ist doch nur in Konrads Sinn, wenn alles so weitergeht, wie wir es ausgemacht haben. Jetzt bringst du erst einmal die Beerdigung hinter dich und danach vereinbaren wir einen neuen Notartermin.« Er holte eine seiner Visitenkarten hervor und steckte sie in den Blumenstrauß. »Du kannst mich jederzeit anrufen, wenn du eine Frage hast. Tag und Nacht.«

»Das wird mir der Thomas nie verzeihen«, schluchzte sie.

»Aber in diesem Fall geht es nicht darum, was der Thomas will, sondern was *du* willst. Und du willst doch den letzten Wunsch deines verstorbenen Mannes erfüllen, oder?«

Waltraud Stadler sah ihn aus verweinten Augen an. »Aber was, wenn der Konrad genau deswegen hat sterben müssen? Weil er die Felder verkaufen wollte …«

Baumgartner brach in schallendes Gelächter aus. »Geh, so ein Schmarrn. Haben dir das die Hansel von der Polizei eingetrichtert? Das glaubst du doch wohl selbst nicht. Wenn du mich fragst, war das irgendein Betrunkener, der da oben rumrandaliert hat und dem der Konrad in die Quere gekommen ist. Wirst sehen, der ist bald dingfest gemacht.«

»Wer soll denn da oben rumrandalieren? Da gibt es doch nix außer Felder … und das Kreuz für den Franz.«

»Da haben wir es doch schon. Bestimmt wollte das einer beschädigen. Jetzt im Sommer sind doch überall irgendwelche Feste. Da ist einer heimgetorkelt und hat sich in seinem Vollrausch gedacht, dass er sich da oben ein bisschen austoben kann.«

Waltraud Stadler blickte den Bauunternehmer skeptisch an.

»Wenn dir das solche Sorgen bereitet, dann können wir das

Ganze auch unter uns lassen«, sagte Baumgartner mit verschwörerischem Unterton. »Ich rede gleich heute mit den anderen Landwirten. Nach der Beerdigung machen wir für euch einen neuen Notartermin aus, ohne dass das überall herumgetratscht wird. Danach fährst du ein paar Wochen in den Urlaub und lässt den Thomas hier ein bisschen schalten und walten, und wenn du wieder zurück bist, sind die Bagger schon am Werkeln und kein Mensch regt sich mehr darüber auf.«

Helena stand immer noch neben ihrem Fahrrad, obwohl das Auto der beiden Kommissare längst in die Kreisstraße eingebogen und aus ihrem Blickfeld verschwunden war. Auch die Hitze konnte sie nicht dazu bewegen, das Gartentürchen zu öffnen und das Grundstück zu betreten. Sie brauchte noch einen Moment, einen Moment für sich und ihre Gedanken.

Seit dem Besuch des Professors hatte sie damit gerechnet, dennoch war ihr erster Impuls, kehrtzumachen und davonzuradeln, als sie bei ihrer Rückkehr nach Kleineich die beiden Besucher neben ihrem Wagen stehen und miteinander diskutieren sah. Doch die Frau hatte sie bereits entdeckt und winkte ihr zu. Offenbar hatten die Polizisten sich zuvor mit Adrian unterhalten. Adrian, der nichts von ihrem Zusammentreffen mit Matthias ahnte. Natürlich interessierte die Beamten vor allem ihr nächtlicher Ausflug. Die Kommissarin fragte sehr freundlich, aber Helena war ihr prüfender Blick nicht entgangen. Ob die Polizei ihre Geschichte glaubte, beunruhigte sie jedoch weniger als ihre eigene Ungewissheit, die seit dem Gespräch mit Professor Cornelius an ihr nagte. War Matthias nicht nach Ebersbach weitergefahren, sondern wollte er seinen Onkel davon abhalten, das Gedenkkreuz zu entfernen? Hatten sie zu streiten begonnen und Matthias die Beherrschung verloren? Helena fand keine Antworten auf die quälenden Fragen. Unzählige Male hatte sie in den letzten Stunden nach ihrem Telefon gegriffen, nur um es dann doch wieder zur Seite zu legen. Auch in den Dorfladen war sie nur in der Hoffnung gefahren, Matthias irgendwo in Neukirchen zu sehen. Aber was hätte sie gesagt, wenn sie sich tatsächlich gegenübergestanden hätten?

Sie kannte ihn kaum, wusste so gut wie nichts von ihm und seinem Leben, und dennoch geisterte er seit ihrer ersten Begegnung pausenlos in ihrem Kopf herum.

In diesem Moment legten sich von hinten zwei Arme um ihre Taille. Helena erschrak.

»Was stehst du denn hier draußen herum?«, fragte Adrian und küsste zärtlich ihren Halsansatz.

Helena atmete tief durch. »Ich … ich wollte gerade reinkommen.«

»Die Polizei war hier«, sagte er. »Wegen Konrad.«

Sie drehte sich zu ihm um. »Ich weiß. Sie haben mich gefragt, wann du vorgestern Nacht nach Hause gekommen bist. Und …« Sie schluckte.

Adrian sah ihr direkt in die Augen. »Und?«

»Nichts. Das war alles.«

»Ich habe ihnen gleich gesagt, dass du die Stadlers ohnehin nicht kennst.« Er strich Helena liebevoll über die Wange. »Tut mir leid, meine Schöne, dass das alles hier so unerfreulich verläuft. Ich habe mir unseren Aufenthalt auch anders vorgestellt.«

»Dafür kannst du doch nichts.«

»Aber ich habe dich überredet, mich hierher zu begleiten. Wir könnten jetzt auch auf Ibiza in der Sonne liegen, weit entfernt von diesem Chaos.« Adrian seufzte. »Vielleicht ist es besser, wir reisen die nächsten Tage ab. Spanien wird uns beiden guttun.«

Helena wand sich aus seiner Umarmung. »Das ist jetzt nicht dein Ernst?«

»Entschuldige, ich weiß, ich mute dir einiges zu …«

»Allerdings!«, unterbrach sie ihn. »Zuerst teilst du mir vor wildfremden Leuten mit, dass du dir eine Auszeit nimmst und wir die nächsten Wochen auf dem Land verbringen. Und kaum sind wir hier, passt es dir wieder nicht, nur weil du einmal von der Polizei befragt wurdest.«

»Es geht mir doch nicht um diese lächerliche Befragung! Die ganze Situation ist einfach furchtbar belastend für mich«, sagte Neuhaus gedehnt.

»Ich, ich, ich. Die ganze Zeit geht es immer nur um dich!« Helena holte tief Luft. »Du hast nicht erst gestern erfahren, was mit deiner Schwester passiert ist. Seit über einem Jahr weißt du, wo und wie der Unfall geschehen ist. Und Kleineich mit all seinen Erinnerungen ist seit über vierzig Jahren dein Elternhaus. Was hast du denn von deiner Rückkehr erwartet? Natürlich gibt es Momente, die wehtun. Aber diese Momente gehen auch wieder vorbei.«

»Ich möchte jetzt nicht mit dir darüber diskutieren«, sagte Neuhaus und seine Gesichtszüge wurden hart.

Helena spürte die Wut in sich hochkochen. »Nur zu deiner Erinnerung: Du bist hier nicht der Einzige, der einen geliebten Menschen verloren hat. Ich war von einer Sekunde auf die andere Vollwaise und musste zusehen, wie ich an der Seite meiner Oma mit meinem Leben klarkam. Du dagegen hattest von Kindesbeinen an alles, was man sich nur wünschen kann. Also hör endlich auf, in Selbstmitleid zu zerfließen und alles um dich herum damit zu vergiften.« Sie packte ihr Fahrrad und schob es durch das Gartentor.

Neuhaus rannte ihr hinterher. »Ein privilegiertes Elternhaus und meine Gesangskarriere ist alles, was dir dazu einfällt? Ich hätte nicht gedacht, dass du so oberflächlich bist. Weißt du eigentlich, was für eine beschissene Kindheit ich in diesem Haus verbracht habe? Und wie viel Kraft mich dieses Leben im Rampenlicht kostet, wie viel Selbstdisziplin ich tagtäglich aufbringen muss, um das alles auszuhalten«, schrie er.

»Nein, da du es weder für nötig hältst, aus deinem früheren Leben noch von deiner Familie zu erzählen. Von deinen Gefühlen ganz zu schweigen. Das Einzige, das du kannst, ist mich vor vollendete Tatsachen stellen«, schrie Helena zurück. Ohne seine Erwiderung abzuwarten drehte sie sich um und verschwand im Haus.

In diesem Moment waren auf der Zufahrtsstraße Motorgeräusche zu hören. Neuhaus wirbelte herum. Jemand von der Presse oder, noch schlimmer, dieses neugierige Tratschweib aus dem Dorfladen, hätten ihm jetzt gerade noch gefehlt. Warum konnte man ihn nicht einfach in Ruhe lassen? Doch der Wagen wendete noch vor der Hofeinfahrt und entfernte sich rasch.

»Wo willst du hin?«

Helena kam mit einer Badetasche über der Schulter zurück und legte diese in den Fahrradkorb. »Ich gehe schwimmen.«

»Was, jetzt?«, fragte er entgeistert. »Hast du vergessen, dass wir heute Abend bei Benedikt Rehberg eingeladen sind? Außerdem braut sich da hinten etwas zusammen.«

»Benedikt ist dein Schulfreund, nicht meiner. Und ob du es glaubst oder nicht, ich kann sehr gut allein auf mich aufpassen«, schnappte Helena.

»Dann hau doch ab!«, brüllte Neuhaus, während sie auf das Fahrrad stieg und davonfuhr.

Kapitel 18

Waltraud Stadler saß kerzengerade auf der Küchenbank und starrte Robert Thorwald mit unbewegter Miene an. Hatte er sich am Vortag noch von ihrer Sonnenbräune ablenken lassen, so bemerkte er jetzt, nur wenige Armlängen von ihr entfernt, wie verhärmt ihre Gesichtszüge doch waren. Tiefe Falten hatten sich um ihre Mundwinkel und unter ihren müden Augen in die Haut gegraben. Keine Spuren von Trauer, sondern eines jahrelangen zermürbenden Ehealltags, der beide Stadlers nicht glücklich gemacht hatte.

Die Stille, die sich in der Küche ausbreitete, wurde nur durch das gelegentliche Tropfen des Wasserhahns und das Ticken der Wanduhr durchbrochen. Thorwald hatte seinen Besuch nicht angekündigt, in der Hoffnung, Waltraud Stadler allein, ohne ihren Sohn Thomas, anzutreffen. Und er hatte Glück gehabt. Offenbar war vor ihm bereits ein Besucher da gewesen, denn auf dem Küchentisch stand eine Vase mit einem großen Blumenstrauß. Zwischen zwei Blüten steckte ein weißes Kärtchen, dessen Aufschrift Thorwald jedoch nicht erkennen konnte.

»Nein, von einer Affäre meines Mannes hab ich nichts gewusst«, sagte Waltraud Stadler schließlich. »Wer ist diese Frau?«

Der Kommissar antwortete nicht gleich.

Waltrauds Finger krampften sich um die Kaffeetasse, die vor ihr auf dem Küchentisch stand. »Wahrscheinlich wird es ohnehin schon im ganzen Dorf herumgetratscht. Ersparen Sie mir wenigstens die Schmach, es als Allerletzte zu erfahren.«

»Marie Lechner«, sagte er schließlich.

Waltraud stieß ein verächtliches Schnauben aus. »Darauf hätte ich auch selbst kommen können. Die schöne Marie. Der ist so einer wie der Max natürlich nicht gut genug.«

»Ich glaube nicht, dass irgendjemand davon weiß. Ihr Mann und Frau Lechner waren sehr … diskret«, fügte Thorwald hinzu. Er wusste selbst, wie erbärmlich er sich anhörte.

»Das tröstet mich jetzt aber!«, giftete Waltraud Stadler ihn an. »Mir schickt dieses Luder ihre Tochter, während sie sich hinterrücks mit meinem Mann vergnügt. Weiß der Max eigentlich schon, was die so alles treibt?«

»Seit gestern Abend. Was haben Sie denn mit Julia Lechner zu tun?«, fragte Thorwald rasch.

Waltraud Stadler musterte ihn missbilligend. »Was soll ich mit dem Kind schon zu tun haben? Einen Hund will sie halt, wie alle Kinder. Und weil sie den zu Hause nicht bekommt, ist sie immer zur Rosi gekommen. Das Mädel kann einem wirklich leidtun. Der Vater pleite, die Mutter eine Schlampe. Ich hoffe, der Max hat sie hochkantig hinausgeworfen.«

»Es gibt noch etwas, das Sie wissen sollten«, erwiderte Thorwald nach kurzem Zögern. Dass die Lechners eine Nacht in Polizeigewahrsam verbracht hatten und der Tatverdacht gegen Marie Lechner immer noch nicht ganz entkräftet war, würde er Waltraud Stadler bestimmt nicht unter die Nase reiben. Doch der Schuldschein war eine andere Geschichte. In wenigen Worten erzählte er ihr von den zwanzigtausend Euro und der nicht eingehaltenen Rückzahlungsfrist.

»Das wird ja immer besser!« Waltraud lachte laut auf. Doch plötzlich hielt sie inne. »Das heißt, der Max ist verdächtig?«

Sie kombiniert schnell, dachte Thorwald. »Er hat ein Alibi für die Tatzeit und seine Frau wusste bis gestern nichts von dem Schuldschein. Ihr Mann hat Maximilian Lechner das Geld geliehen, bevor er …«

»Dieser Trottel«, murmelte Waltraud Stadler.

Thorwald war sich nicht ganz sicher, welchen der beiden Männer sie meinte, doch er vermied es nachzufragen.

»Ich hätte große Lust, die nächstbeste Mistgabel zu nehmen und dieses Weibsstück damit aufzuspießen. Aber an der mach ich mir die Finger bestimmt nicht schmutzig. Das muss ich gar nicht. Die ist mit ihrem Hof schon gestraft genug«, sagte Waltraud voller Genugtuung.

»Sie wissen, dass Maximilian Lechner Ihnen das Geld momentan nicht zurückzahlen kann?«

Waltraud bedachte Thorwald mit einem abfälligen Blick. »Der

Hof steht kurz vor der Pleite. Das weiß jeder in Neukirchen. Für den Max tut es mir zwar leid, aber ich hätte ihm schon vor Monaten sagen können, dass sein Plan nicht aufgeht. Ob mit oder ohne die zwanzigtausend Euro vom Konrad. Wer so hirnlos investiert wie er, nur weil der gnädigen Frau nichts gut genug ist, darf sich nicht wundern, wenn am Ende alles den Bach runtergeht. Zwei Wochen … höchstens, und dann steht da der Gerichtsvollzieher vor der Tür.«

Der Hauptkommissar beugte sich vor und sah Waltraud Stadler direkt in die Augen. »Ich frage Sie trotzdem noch einmal, Frau Stadler: Wo waren Sie in der Tatnacht zwischen halb elf und halb zwei?«

»Zuhause in meinem Bett.«

»Leider kann das niemand bezeugen.«

»Dann beweisen Sie mir doch das Gegenteil«, entgegnete Waltraud Stadler mit eisiger Stimme.

———

Leon Gruber brachte den Porsche am rechten Fahrbahnrand zum Stehen. Er musste sich fast zwingen, das Handy an sich zu nehmen, das in der Mittelkonsole seines Wagens lag und unaufhörlich klingelte. Wie immer wusste er bereits, wer der Anrufer war. Was Denis Limmer wollte, konnte er sich ebenso ausmalen.

»Aber hier wimmelt es überall von Bullen«, jammerte er, nachdem Denis ihm in wenigen Sätzen berichtet hatte, was er von ihm erwartete. »Was? Das … das ist viel zu gefährlich. Denis, bitte!«

Leon heulte jetzt fast, doch Denis konnte er damit nicht erweichen. Ganz im Gegenteil. Er legte das Telefon einen Augenblick auf den Beifahrersitz, um die Schimpftirade nicht hören zu müssen, die ihm Denis entgegenbrüllte. Denis war kein Dummkopf. Er wusste, wie waghalsig ihr Plan war, wie schmal der Grat, auf dem sie sich bewegten, vor allem seit dem Ereignis oben am Feldkreuz. Allein der Gedanke daran schnürte Leon fast die Kehle ab. Trotzdem wollte Denis ihr Vorhaben gnadenlos durchziehen. Er wirkte auf Leon wie ein angeschossenes Raubtier. Noch gefährlicher und unberechenbarer als sonst.

Leon graute vor der kommenden Nacht. Gefreut hatte er sich

nie, aber jetzt packte ihn die pure Angst. Noch lange nachdem Denis aufgelegt hatte, saß Leon im Wagen, unfähig auch nur einen Finger zu bewegen. Erst als ein Regentropfen seine Wange traf, erwachte er aus seiner Erstarrung. Fluchend schloss er das Verdeck seines Wagens. Ein Gewitter zog auf. Der Himmel hatte eine gelblich graue Verfärbung angenommen und die ersten Sturmböen jagten durch die Bäume. Hoffentlich fing es nicht zu hageln an. Einen Lackschaden könnte er jetzt gerade noch gebrauchen. Was für ein Scheißtag!

Vom nahe gelegenen Badesee strömten die Menschen in ihren Autos und auf ihren Fahrrädern nach Hause. Jeder wollte ein sicheres Dach über dem Kopf haben, bevor das Inferno losbrach. Leon startete den Motor.

In diesem Moment sah er sie.

Sie war wieder mit dem Fahrrad unterwegs. Obwohl sie sich nur kurz zum Beifahrerfenster heruntergebeugt hatte, hatte er ihr Gesicht nicht vergessen. Ein verdammt hübsches Gesicht. Seine Hände umklammerten das Lenkrad, bis die Knöchel weiß hervortraten. Ob sie dieses Mal wieder so hochmütig eine Mitfahrgelegenheit ausschlagen würde wie vor einigen Tagen auf dem Feldweg? Er hätte der Tussi schon damals klarmachen sollen, dass man so nicht mit ihm, Leon Gruber, umsprang.

Er ließ einige Autos passieren, ehe er losfuhr und im zweiten Gang die Straße entlangzockelte. Offenbar war sie eine der letzten Badegäste gewesen, denn bald waren nur noch sie beide auf der Landstraße unterwegs. Sie trat ordentlich in die Pedale, doch die Regentropfen nahmen immer mehr zu. Nicht mehr lange, und der Himmel würde seine Schleusen öffnen. Gerade als er Gas geben und zu ihr aufschließen wollte, bog sie in den nächsten Feldweg ein. Sollte der Tag unverhofft noch ein Glückstag werden?

Nicht weit entfernt stand eine alte Scheune. Leon hielt am Fahrbahnrand und beobachtete, wie sie das Fahrrad an der Scheunenwand abstellte und es ihr nach einigem Ziehen und Zerren gelang, die Schiebetür zu öffnen. Er wartete, bis sie in der Scheune verschwunden war, ehe er den Porsche auf den Feldweg steuerte und an der von der Straße abgewandten Seite parkte. Sein Auto fiel auf und für das, was er vorhatte, konnte er keine Zeugen gebrauchen.

Sogar die Sorge um einen Hagelschaden hatte sie ihn vergessen lassen.

»Jetzt bist du fällig, Schnecke«, grinste er und öffnete die Wagentür.

———————

Helena verharrte einen Augenblick am geöffneten Scheunentor, holte ihr Mobiltelefon hervor und schaltete die Taschenlampe ein. Das Gerät zeigte nur noch wenig Akkuleistung an und würde sich bald abschalten. Im Inneren der Scheune war es jedoch nicht so dunkel, wie sie befürchtet hatte. Durch zwei schmutzige Fenster an den Schmalseiten fiel diffuses Licht herein. Über die Hälfte des Raumes war mit Heuquadern bedeckt, teilweise waren sie bis oben an die Decke gestapelt. Jetzt konnte sie das Heu auch riechen. Zögernd blieb Helena an der Scheunentür stehen. Der Himmel hatte sich mittlerweile pechschwarz verfärbt und die Sturmböen wurden immer kräftiger. Das Donnergrollen war ihr schon als Kind unheimlich gewesen und jagte ihr auch jetzt einen Schauer über den Rücken. Obwohl ihr Unterschlupf nicht sehr einladend wirkte, beschloss sie, das Gewitter abzuwarten. Sie ließ die Scheunentür eine Handbreit offen und setzte vorsichtig, den Lichtstrahl direkt auf den Boden gerichtet, einen Fuß vor den anderen, bis sie zwei hüfthoch aufeinander gestapelte Heuquader erreichte, die sie als provisorische Sitzgelegenheit benutzte. Sie hätte sich ohrfeigen können. Am Badesee hatte sie sich in den Schatten gelegt und war nur deshalb wach geworden, weil ein anderer Badegast sie unsanft geweckt hatte. Als eine der Letzten hatte sie hastig ihre Sachen zusammengepackt und war zu ihrem Fahrrad geeilt. Doch schon nach wenigen Metern war ihr klar, dass sie es nicht bis Kleineich schaffen würde. Ein Rascheln zu ihrer Linken ließ Helena hochschrecken. Der Lichtkegel der Taschenlampe erhaschte eine Maus, die rasch zwischen den Heuquadern verschwand. Helena entfuhr ein leiser Aufschrei und sie hätte beinahe das Telefon fallengelassen.

Der Sturm tobte immer heftiger um die Scheune. Sollte sie es wagen und weiterfahren? Im schlimmsten Fall würde sie bis auf die Haut durchnässt in Kleineich ankommen. Das konnte sie verschmerzen. Oder sollte sie Adrian anrufen und sich abholen lassen? Ihr Telefon vermeldete nur noch fünf Prozent Akkuleistung, aber für einen Anruf würde es reichen. Nein, diese Genugtuung würde sie ihm nicht geben! Er wartete wahrscheinlich nur darauf, dass sie sich kleinlaut bei ihm meldete. Aber darauf konnte er lange warten. Sie würde das Gewitter aussitzen, auch wenn sich das mulmige Gefühl in ihrer Magengrube mit jeder Minute verstärkte.

Von draußen waren Motorengeräusche zu hören. Helena hielt den Atem an. War einem vorbeifahrenden Autofahrer die offene Scheunentür aufgefallen? Angestrengt lauschte sie auf weitere Geräusche, doch sie gingen im Heulen des Sturmes unter. Hatte sie sich getäuscht? Plötzlich erschien eine groß gewachsene Gestalt in der Türöffnung und schob das Scheunentor ein Stück weiter auf. Helena hob die Hand, um den Lichtstrahl auf den Neuankömmling zu richten. Doch in diesem Augenblick schaltete sich ihr Mobiltelefon ab …

––––––––––––

Robert Thorwald hatte auf Florian Webers Stuhl Platz genommen, um die Wandtafel hinter seinem eigenen Arbeitsplatz besser in Augenschein nehmen zu können. Es war schon spät und er der einzige Mitarbeiter in den Büros der Mordkommission. Beide Fensterflügel standen sperrangelweit offen. Am späten Nachmittag war ein Gewitter über Landshut gefegt und hatte endlich für Abkühlung gesorgt. Während das Team nach einer kurzen Abschlussbesprechung in den verdienten Feierabend entschwunden war, hatte er sich in sein stilles Kämmerlein zurückgezogen und die vergangenen beiden Tage Revue passieren lassen.

Die ersten achtundvierzig Stunden im Mordfall Konrad Stadler waren fast vorüber, und sie von der Festnahme eines Täters weiter entfernt als Landshut von Auckland. Dass seine Freundin in wenigen Tagen zurückkommen würde, war die einzige gute Nachricht gewesen, die ihn an diesem Tag erreicht hatte. Ganz glauben mochte er es immer noch nicht, immerhin hatte sie ihren Abflug bereits mehrmals verschoben. Erneut las er ihre E-Mail – zum fünften Mal an diesem Abend –, ehe er sich wieder der Lektüre seiner Wandtafel widmete.

Bavarian Adventure – beim Freizeitpark hatten ihre Ermittlungen ursprünglich begonnen, doch dann hatten sie sich viel zu schnell von Stadlers Privatleben ablenken lassen. Dabei lag eine Liste an Verdächtigen von Anfang an schwarz auf weiß vor ihnen. Von wenigen Ausnahmen abgesehen konnte keiner der Freizeitparkgegner ein sattelfestes Alibi für die Mordnacht vorweisen. Trotzdem hatten sie sich mit den Aussagen von Familienmitgliedern, Freunden und Gleichgesinnten zufriedengegeben. Ein Fehler, den es zu revidieren galt, auch wenn das Team auf die Aufgabenverteilung für den nächsten Tag nicht gerade begeistert reagiert hatte. Sie würden sich erneut Anna Leitners Unterschriftenliste vornehmen und allen, die ihr Veto gegen das Projekt eingelegt und dies mit ihrer Unterschrift publik gemacht hatten, noch einmal auf den Zahn fühlen.

Dass Kornbichler sofort lospolterte, war keine Überraschung gewesen. Er ging Thorwald mittlerweile gehörig auf die Nerven, aber einer Verkleinerung des Teams hätte der Staatsanwalt beim jetzigen Ermittlungsstand niemals zugestimmt. Webers Begeisterung über das neuerliche Klinkenputzen hielt sich ebenfalls in Grenzen, doch er war klug genug, seinen Unmut nicht laut hinauszuposaunen, wohl wissend, an wessen Seite er am nächsten Tag die Befragung durchführen würde.

Torsten würde die *Facebook*-Freunde von Thomas Stadler und ihre Kommentare zum Freizeitpark genauer unter die Lupe nehmen. Der Jungbauer hatte sich nicht gescheut, seinen Vater in den sozialen Medien an den Pranger zu stellen, und offen gegen das Bauvorhaben gewettert. Katrin recherchierte rund um den Bauunternehmer Markus Baumgartner und die Münchner Investorengruppe, die *Bavarian Adventure* überhaupt erst ins Rollen gebracht hatten. Einigermaßen zufrieden betrachtete Thorwald den Einsatzplan, als ihn ein Klopfen an der Bürotür hochschrecken ließ.

»Servus, Robert«, sagte der Kollege aus dem Archiv und reichte ihm einen Hängeordner. »Die Katrin hat die Akte bei uns angefordert. Schönen Abend noch.«

Katrin hatte ihn bei ihrer Rückkehr um Einsicht in die Unfallakte von Magdalena Neuhaus gebeten. Thorwald verstand zwar nicht, was sie sich davon versprach, doch er ließ sie gewähren. Wenn der Maulwurf wühlen wollte, würde er ihn nicht aufhalten, zumal Katrin ohnehin keine Ruhe gegeben hätte.

Der Besuch bei Adrian von Neuhaus hatte auch noch in der Teambesprechung für heftige Diskussionen gesorgt. Während Weber den Tenor für einen oberflächlichen Schnösel hielt, war Katrin geneigt, ihn nach allen Regeln der Kunst zu verteidigen. Für Thorwald zählte nur das Ergebnis ihrer Befragung, das besagte, dass Neuhaus der Bau eines Freizeitparks vor seiner Haustür schlicht und einfach egal sein konnte, weil er dank seines Vermögens seine Neurosen überall auf der Welt auskurieren konnte. Außerdem war Kleineich offenbar in einem erbärmlichen Zustand, dem nur mit einer enormen Finanzspritze beizukommen war. Würde Neuhaus dazu überhaupt bereit sein?

Ein frischer Wind wehte durch das Büro. Thorwald trat ans offene Fenster und genoss es, minutenlang in den Nachthimmel zu schauen, ohne an irgendetwas denken zu müssen. Die Gewitterwolken hatten sich verzogen und eine kühle und klare Luft zurückgelassen. Die Kirchturmuhr von St. Martin schlug halb zehn. Zeit nach Hause zu fahren, doch was außer einer leeren Wohnung wartete dort auf ihn? Er ging zu Webers Schreibtisch zurück und nahm die Akte »Magdalena Neuhaus« an sich. Dann setzte er sich auf seinen eigenen Bürostuhl, legte die Beine auf den Schreibtisch und begann zu lesen.

Helena hielt weinend am Straßenrand an und wischte sich die Tränen von den Wangen. Erst jetzt bemerkte sie, dass sie bis auf die Haut durchnässt war. Frierend blickte sie sich um. Felder, Wiesen, Sträucher und Bäume … sie hatte nicht die geringste Ahnung, wo sie sich befand. Es war schon dunkel und das Gewitter längst vorüber, doch noch immer regnete es und sie trug nur ein leichtes Sommerkleid und Riemchensandalen. Wie weit sie von Kleineich entfernt war und ob sie sich überhaupt auf dem richtigen Weg nach Hause befand, vermochte sie nicht zu sagen. Sie war einfach aus der Scheune gerannt, hatte ihr Fahrrad gepackt und war losgefahren. Hatte nicht nach links und rechts gesehen, sondern nur in die Pedale getreten, während unaufhörlich Tränen über ihre Wangen liefen. Ihre rechte Schulter und ihr Nacken schmerzten und die Haut an den Fingerknöcheln war teilweise aufgeplatzt. Erneut begann sie hemmungslos zu weinen.

Ein Geräusch ließ sie zusammenzucken. Sie drehte sich um, doch die Straße hinter ihr war menschenleer. Hastig stieg sie wieder auf ihr Fahrrad.

Wie um Himmels willen sollte sie jemals nach Hause finden? Zitternd vor Angst und Kälte fuhr sie weiter, ohne zu wissen, was hinter der nächsten Kurve wartete. Erneut hörte sie das Geräusch, noch lauter und klarer als zuvor. Sie blickte hinter sich, aber außer dem regennassen Asphalt war auch jetzt nichts zu sehen. Trotzdem spürte Helena plötzlich mit jeder Faser ihres Körpers, dass sie nicht allein war.

Und tatsächlich! Unüberhörbar vernahm sie es ein weiteres Mal. Die Richtung hatte gewechselt, fast schien es, als ob …

Noch einmal drehte sie sich um – und erschrak.

»Hilfe!«

Panisch verriss sie den Lenker. Sie versuchte gegenzusteuern, doch ihr Fahrrad schoss geradewegs über das Bankett und einen kleinen Abhang hinunter. Mit jedem Meter wurde sie schneller. Verzweifelt trat Helena auf die Bremse und stürzte kopfüber in das nasse Gras, wo sie sich mehrmals überschlug. Wie ein Tennisball wurde sie durch die Luft geschleudert. Etwas Hartes traf sie im Gesicht und am Oberkörper. Alles drehte sich vor ihren Augen und Dutzende von Schlägen schienen auf sie einzuprasseln. Ein spitzer Gegenstand bohrte sich zwischen ihre Rippen und raubte ihr die Luft zum Atmen. Ihr Körper schien in Flammen zu stehen, jeder Zentimeter davon ein heißer, nicht enden wollender Schmerz.

»Hilfe«, stieß sie mit letzter Kraft hervor. Doch statt eines Schreis kam nur ein schwaches Röcheln über ihre blutigen Lippen. Dann wurde alles schwarz.

Cornelius verbrachte den ganzen Nachmittag bei Theresa Buchberger. Sie blätterten durch alte Fotoalben aus Claudias Kindheit und Jugend, und obwohl immer wieder Tränen in ihren Augen glitzerten, wurde Theresa nicht müde, ihn zum Bleiben zu ermuntern. Plötzlich frischte der Wind auf und ein erstes Donnern war zu hören. Gerade noch rechtzeitig schafften sie Theresas Wäsche und die Gartenmöbel ins Trockene, bevor der Himmel seine Schleusen öffnete und Blitz und Donner sich im Takt weniger Sekunden abwechselten. Theresa zündete die Kerze neben Claudias Bild an und gemeinsam warteten sie das Ende des Gewitters ab.

So war es schon abends, als Cornelius schließlich in die Pension zurückkehrte. Es regnete immer noch und er beeilte sich, vom Parkplatz ins Haus zu kommen. Die Fenster im Gasthof waren hell erleuchtet. Während er überlegte, ob er nicht besser nach Altenberg zum Abendessen fahren sollte, hörte er hinter sich ein Auto auf den Parkplatz fahren.

»Ist Helena hier?«, rief Adrian Neuhaus, kaum dass er aus seinem Sportwagen gestiegen war.

Er rannte auf Cornelius zu, sodass dieser instinktiv einen Schritt zurücktrat.

»Äh … das weiß ich nicht. Ich bin gerade erst angekommen.«

Neuhaus drängte sich an ihm vorbei und riss die Tür zur Gaststube auf. Bis auf einem Tisch in der Ecke waren keine Gäste anwesend. Dafür stand Benedikt Rehberg bei Anna am Tresen. Die beiden unterhielten sich leise miteinander und blickten erschrocken auf.

»Ist Helena hier?«, schrie Neuhaus nochmals.

»Nein«, erwiderte Anna. »Tut mir leid. Ich hab sie den ganzen Tag nicht gesehen.«

»Das heißt, zu Hause ist sie auch nicht?«, fragte Rehberg.

»Würde ich sonst hier stehen und nach ihr suchen«, herrschte Neuhaus ihn an.

Er hatte so laut gesprochen, dass die Gäste am Ecktisch sich zu ihnen umdrehten.

»Entschuldige, Benedikt. Das … das wollte ich nicht«, murmelte er und lehnte sich erschöpft an den Tresen.

»Was ist denn passiert?«, fragte Cornelius.

»Helena ist verschwunden«, stieß Neuhaus hervor und vergrub sein Gesicht in den Händen.

»Verschwunden?!« Cornelius blickte irritiert von Anna Leitner zu Benedikt Rehberg, doch ihre Mienen blieben verschlossen.

»Ja, und das ist alles nur meine Schuld«, sagte Neuhaus mit brüchiger Stimme.

»Adrian, hör auf so einen Unsinn zu reden. Kein Mensch hat sie gezwungen, zum Baden zu fahren«, entgegnete Rehberg.

»Sie wäre niemals gefahren, wenn wir uns nicht gestritten hätten.« Neuhaus drehte sich zu Cornelius um. »Wir waren bei Benedikt zum Abendessen eingeladen. Aber dann haben wir uns wegen einer dummen Kleinigkeit so in den Haaren gelegen, dass sie nicht mehr mitkommen wollte. Stattdessen ist sie zum Baden gefahren. Und das bei diesem Wetter!« Neuhaus holte sein Mobiltelefon hervor. »Keine Nachricht! Nichts! Seit ich das erste Donnern gehört habe, versuche ich sie zu erreichen.«

»Sie hat sich ganz bestimmt irgendwo untergestellt«, sagte Anna.

»Vielleicht ist sie längst in Kleineich und wartet dort auf Sie«, wagte Cornelius einen Versuch.

Neuhaus wirbelte herum. »Was glauben Sie, wo ich gerade herkomme? Ich bin sofort nach Hause gefahren, als das Gewitter anfing. Aber dort ist Helena nicht. Und an ihr Handy geht sie auch nicht!«, rief er verzweifelt. »Das Einzige, was ich höre, ist diese verdammte Mailbox.«

»Adrian, bitte. Das kann tausend Gründe haben. Wahrscheinlich ist einfach nur der Akku leer. Oder es ist nass geworden und lässt sich nicht mehr einschalten«, sagte Rehberg.

Neuhaus tigerte unruhig auf und ab. »Und was schlägst du jetzt vor? Dass ich seelenruhig nach Kleineich fahre und dort gemütlich auf sie warte, als wäre nichts passiert? Ich muss doch irgendetwas tun!«

»Ich kann Sie gern nach Landshut auf die Polizeiwache fahren«, schlug Cornelius vor. Neuhaus schien kurz vor einem Nervenzusammenbruch zu stehen.

»Die Polizei unternimmt doch nichts!«, erwiderte er unwirsch. »Da muss doch erst ein Unglück geschehen, bevor die nach jemandem suchen.«

Benedikt Rehberg schlug mit der flachen Hand auf den Tresen.

»Dann suchen *wir* sie eben«, sagte er energisch. »Haben Sie eine Karte von der näheren Umgebung? So viele Badeseen, an denen sie sein könnte, gibt es doch hier nicht.«

Anna nickte und eilte in ihr kleines Büro direkt neben der Gaststube. Cornelius konnte sie in einer der Schubladen rumoren hören. Kurze Zeit später kehrte sie mit einer unförmigen Landkarte zurück, die sie auf dem Stammtisch ausbreitete. Zu viert beugten sie sich über die Tischplatte.

»Es gibt eigentlich ohnehin nur zwei Möglichkeiten«, sagte Benedikt Rehberg, noch ehe Cornelius sich die Karte genauer angesehen hatte.

Neuhaus richtete sich auf. »Du denkst an den Waldsee und den Staufensee?«

»Ja, oder fällt dir noch ein anderer Badesee ein?«

»Nein«, sagte Neuhaus leise.

Auch Anna schüttelte den Kopf. »Zumindest keiner, den man mit dem Fahrrad erreichen kann.«

»Dann teilen wir uns jetzt am besten auf.« Rehbergs fragender Blick wanderte zu Cornelius. »Ich komme selbstverständlich mit«, sagte dieser rasch.

»Ich auch.« Anna eilte zurück in ihr Büro. »Ich muss nur kurz meine Schwester anrufen, damit sie hier für mich die Stellung hält.«

Neuhaus starrte auf die Landkarte. Er war aschfahl im Gesicht. »Ich hatte so gehofft, sie würde hier im Gasthaus sein. Sie kennt sich doch überhaupt nicht aus. Wer weiß, wo sie hingefahren ist!«

»Adrian, wir finden sie! Ganz bestimmt!«, sagte Rehberg laut, ehe er sich noch einmal über die Landkarte beugte. »Ich würde vorschlagen, Frau Leitner und ich fahren an den Staufensee und Sie, Herr Cornelius, fahren mit Adrian an den Waldsee. Einverstanden?«

Cornelius nickte. »Sie kennen die Strecke?«, fragte er an Neuhaus gewandt. Er hatte den Namen zwar schon einmal gehört, aber nicht die geringste Ahnung, wo sich dieser See befand.

»Wenn Helena irgendetwas passiert ist, werde ich mir das mein ganzes Leben lang nicht verzeihen«, sagte Neuhaus, als Cornelius wenige Minuten später mit ihm auf dem Beifahrersitz den Parkplatz der Pension verließ.

Kapitel 19

Darüber will ich nichts lesen, haben wir uns da verstanden?!«, blökte Markus Baumgartner in den Telefonhörer. »Ansonsten kann sich Ihr Sohn woanders einen Ausbildungsplatz suchen.« Grußlos beendete er das Gespräch und lehnte sich in seinen Bürosessel zurück.

Geld und Familie … nichts machte einen Menschen angreifbarer, durch nichts war er leichter zu ködern und zu manipulieren. Zufrieden mit dieser Erkenntnis betrachtete Baumgartner das Modell des Freizeitparks, das auf dem Besuchertisch seines Büros stand. Draußen regnete es in Strömen, doch selbst der Umstand, dass er seine Golfpartie mit dem Landrat hatte abbrechen müssen, konnte ihm nicht die Stimmung vermiesen. Nicht bei diesem Anblick!

Nur Waltraud Stadler musste jetzt noch mitziehen, dann war alles gut. Auch wenn es so ganz und gar nicht seinem Naturell entsprach und er sie am liebsten eigenhändig zum Notar geschleift hätte, wusste Baumgartner, dass er sich in Geduld üben musste. Ein paar Tage Zeit würde er ihr notgedrungen geben, aber dann, nach der Beerdigung, würde sie ihm nicht mehr entkommen.

Fast zärtlich strich er über das Dach des Modellhauses, das das Heimatmuseum darstellte. Sobald hier die Bagger am Werkeln waren, stand der Nächste auf seiner Liste. Dass der hochwohlgeborene Freiherr kein gutes Haar an seinem liebsten Kind ließ, hatte ihm bereits der Bürgermeister gesteckt, wenige Minuten nachdem Adrian von Neuhaus zur Rathaustür hinausgestürmt war. Baumgartner konnte das nur recht sein. Der Park würde kommen, da mochte der Blaublütler noch so toben und zetern. Und wenn der Bürgermeister mit seiner Vermutung recht hatte und Neuhaus wegen *Bavarian Adventure* seine Zelte beizeiten abbrach und endgültig aus der Gegend verschwand, hatte Baumgartner gleich zwei Fliegen mit einer Klappe geschlagen. Dann musste er nur noch sein Angebot geschickt platzieren und Kleineich gehörte ihm!

Den alten Kasten auf Vordermann zu bringen reizte ihn fast mehr, als den Freizeitpark aus dem Boden zu stampfen. Aber ein Schritt nach dem anderen. Erst wurde die Kohle gescheffelt, dann ausgegeben. Und das nicht zu knapp. Er würde Neuhaus ein Angebot machen, das der gar nicht ablehnen konnte, wenn er nicht ein vollkommener Idiot war. Baumgartner öffnete die unterste Schreibtischschublade und nahm eine Schnapsflasche heraus. Darauf jetzt einen Hochprozentigen und danach … Mitten in der Bewegung hielt er inne. Aus seinem Vorzimmer waren laute Stimmen zu hören. Offenbar begehrte jemand gegen den Willen seiner Sekretärin Einlass in sein Allerheiligstes. Ein Blick auf den Computerbildschirm sagte ihm, dass er für diesen Tag keinen Termin mehr eingetragen hatte. Was zum Teufel sollte dann das Geschrei da draußen? Baumgartner donnerte die Schublade zu und holte einmal tief Luft. Der Kerl würde ihn jetzt kennenlernen.

In diesem Augenblick wurde die Bürotür aufgerissen und Thomas Stadler stürmte wutentbrannt in das Zimmer, dicht gefolgt von seiner Sekretärin.

»Was fällt Ihnen ein, bei uns zu Hause aufzukreuzen und meine Mutter zu belästigen?«, brüllte Stadler und schleuderte Baumgartners Blumenstrauß quer durch den Raum.

Seine Sekretärin starrte den Jungbauern ängstlich an. »Ich … ich habe ihm gesagt, dass Sie …«

»Schon gut. Wenn Herr Stadler sich mit mir unterhalten möchte, nehme ich mir gern die Zeit«, sagte Baumgartner.

»Aber …«

»Tür zu! Und zwar von außen!«, herrschte Baumgartner sie an. »Und nimm das verdammte Gemüse mit!«

Hastig hob sie den zerrupften Blumenstrauß vom Boden auf und stöckelte aus dem Zimmer. Die Arme in die Seiten gestemmt, baute sich Thomas Stadler vor Baumgartners Schreibtisch auf. »Ich will mich nicht mit Ihnen unterhalten. Ich sage es Ihnen jetzt noch einmal: Hören Sie auf, hinter meinem Rücken mit meiner Mutter zu reden!«

»Sonst was?«, fragte der Bauunternehmer unbeeindruckt und ging langsam um seinen Schreibtisch herum.

Stadlers Gesichtsfarbe wandelte sich ins Dunkelrote. »Sonst werden Sie mich kennenlernen.«

Baumgartner lachte höhnisch. »Oh, jetzt hab ich aber Angst.« Direkt vor Thomas Stadler blieb er stehen. Seine massige Gestalt überragte die des jungen Mannes um einige Zentimeter.

»Lassen Sie uns in Ruhe. Sie bekommen die beiden Felder nicht, und wenn Sie sich auf den Kopf stellen«, stieß Stadler hervor.

Der Bauunternehmer musterte ihn. »Deine Mutter hat die Felder geerbt, nicht du. Also werde ich das einzig und allein mit ihr besprechen. Du hast hier überhaupt nichts zu melden.«

Stadler entglitten die Gesichtszüge. »Woher …?«

»Woher ich das weiß? Dein Vater war so frei und hat es mir erzählt. Dir gehört kein einziger Quadratzentimeter auf diesem Hof.« Baumgartner packte Thomas Stadler plötzlich unsanft am Hemdkragen. »Also sieh zu, dass du verschwindest und dich nie wieder hier blicken lässt!«

Bevor Stadler reagieren konnte, hatte Baumgartner ihn bereits zur Bürotür hinausbefördert. Vorbei an seiner entsetzten Sekretärin schubste er den Jungbauern durch das Vorzimmer und gab ihm einen rüden Stoß, sodass Stadler auf dem Flur ins Straucheln kam und mit dem Gesicht voran auf dem Teppichboden landete.

»Hau ab! Sonst wirst *du mich* kennenlernen. Hast du kleine Schwuchtel das jetzt verstanden?«, schrie Baumgartner ihm hinterher.

Türen knallend stürmte er zurück in sein Büro und ließ sich schwer atmend auf seinem Schreibtischstuhl nieder. Erneut verspürte er ein unangenehmes Ziehen in seiner linken Brust, doch für diese Kinkerlitzchen hatte er jetzt keinen Nerv. Stattdessen holte er sein Mobiltelefon aus der Anzugtasche und wählte eine Nummer aus seinem Adressbuch. Die Schonzeit für dieses Pack war soeben abgelaufen. Nach wenigen Sekunden ertönte die vertraute Stimme.

»Ich bin's«, sagte er kurz angebunden. »Es gibt ein kleines Problem, das bereinigt werden muss.«

Wie immer kam auch sein Gegenüber direkt zur Sache.

»Darüber mach dir mal keine Sorgen. Jemand muss für einige

Zeit aus dem Verkehr gezogen werden. Und zwar heute noch!«, erwiderte er.

Die Antwort, die er zu hören bekam, gefiel Baumgartner ganz und gar nicht.

»Was soll das heißen, du hast heute keine Zeit?«, tobte er. Wieder machte sich ein schmerzhaftes Stechen bemerkbar, doch er ignorierte es beharrlich. Missmutig lauschte er seinem Gesprächspartner.

»Ja, ja, schon gut«, brummte er schließlich. »Dann eben morgen. Aber keinen Tag später. Ich lass mir das schließlich auch einiges kosten. Also, hör zu …«

———

Mit einem leisen Klicken schloss Marie Lechner die Spülmaschine und schaltete das Reinigungsprogramm ein. Nach wenigen Sekunden strömte das Wasser in die Maschine, leise und gleichmäßig. Das Geräusch beruhigte sie. Sie verharrte einen Augenblick an der Anrichte und ließ ihren Blick durch die Wohnküche wandern, die sie – wie auch den Rest des Hauses – nach ihrer Rückkehr geputzt und gewienert hatte, als könnte sie dadurch die letzten vierundzwanzig Stunden einfach auslöschen. Alles war blitzblank und aufgeräumt, nichts deutete auf den Scherbenhaufen hin, der von ihrem Leben noch übrig war. Der Hof war pleite, ihre Ehe eine einzige Lüge, und die Polizei hielt Max und sie für Tatverdächtige in einem Mordfall. Wie tief konnte sie noch sinken? Hätte man ihr mit zwanzig gesagt, was sie eines Tages erwartete, dieses Leben hätte sie ganz bestimmt nicht gewollt.

Zwei Busse hatte sie in Landshut vorbeifahren lassen, erst in den dritten war sie eingestiegen. Die Fahrkarte hatte ihr letztes Bargeld aufgebraucht. Zwanzig Cent mehr und sie hätte sich das Ticket nicht leisten können. Erbärmlich.

In Neukirchen musste sie sich fast zwingen auszusteigen. Im Dorf war niemand unterwegs, trotzdem meinte sie hinter jeder Gardine eine Bewegung wahrzunehmen. Die Ehebrecherin, die Mordverdächtige war wieder zu Hause. Von ihr aus mochten die Leute so viel tratschen wie sie wollten. Wenn sie nur ihre Tochter vor dem Gerede und Getuschel beschützen könnte, so wie sie sie früher immer beschützt hatte, wenn ein Gewitter kam und Julia Angst hatte. Dann war sie zu ihnen ins Bett gekrochen und hatte so lange zwischen ihnen gelegen, bis das Unwetter vorbei war. Manchmal schlief sie ein und blieb die ganze Nacht. Und Max und sie lauschten ihren ruhigen und gleichmäßigen Atemzügen und konnten sich nichts Schöneres vorstellen.

Ein energisches Klopfen am Küchenfenster ließ Marie zusammenzucken. Roswitha Förster winkte ihr durch die Scheibe. Marie verspürte große Lust, einfach aus der Küche zu gehen und das alte Tratschweib draußen stehen zu lassen, aber schließlich rang sie sich doch dazu durch, das Fenster einen Spalt zu öffnen.

»Grüß dich, Marie. Ich wollte nur schauen, wie es dir geht. Jetzt, wo du wieder zu Hause bist.«

»Alles gut. Warum? Ist was passiert?«, fragte sie, entschlossen, sich nicht aus der Reserve locken zu lassen.

»Ja, aber der Max und du … Die Polizei hat euch doch mitgenommen!«

»Wer sagt denn sowas?«

»Ich … Also, ich meine, ich hab die Kommissare doch gestern Abend bei euch stehen sehen und die Stenzel Inge hat dann später den Streifenwagen …«

Marie wusste selbst nicht, woher sie die Kraft nahm, in ein lautes, herzhaftes Lachen auszubrechen. »Wir haben bei der Polizei lediglich unsere Aussagen gemacht. Und weil wir den Konrad sehr gut gekannt haben, hat das eben recht lange gedauert. Kannst also der Inge sagen, dass alles in bester Ordnung ist.«

»Seit wann wart ihr und der Stadler denn gut bekannt?«, kam es wie aus der Pistole geschossen zurück. »Davon hat die Waltraud nie etwas erzählt.«

»Der Max und der Konrad … schon ewig. Und die Julia hat in der letzten Zeit ja fast bei den Stadlers gewohnt. Du weißt doch, wie verrückt sie nach Hunden ist«, sagte Marie scheinbar gelassen. In ihrem Innern tobte es, aber sie würde ihre Familie nicht der Lächerlichkeit preisgeben. »Bei dir wird sich die Polizei bestimmt auch bald melden«, fügte sie beiläufig hinzu.

Die Augen der Dorfladenbesitzerin weiteten sich. »Bei mir? Warum denn?«

»Na, so gut, wie du seit Jahren mit der Waltraud befreundet bist. Und dann ist da ja auch noch die Sache mit dem Freizeitpark ...« Marie war kurz davor, Gefallen an dem Gespräch zu finden.

»Was hab ich denn mit dem Freizeitpark zu tun?« Roswitha Förster war jetzt sichtlich irritiert.

»Du bist doch eine der größten Anhängerinnen dieses Projekts. Da wird die Polizei schon wissen wollen, wie du zum Konrad gestanden bist. Vor allem, nachdem er offenbar doch nicht verkaufen wollte.« Letzteres war eine glatte Lüge, aber das war Marie vollkommen egal.

»Der Konrad ... nicht verkaufen?! Das hör ich jetzt zum ersten Mal.«

»Dann hoffen wir mal, dass die Polizei das auch glaubt. Wenn die erst einmal anfangen, Fragen zu stellen ...«

Roswitha Förster wurde puterrot im Gesicht. »Du meinst, die verdächtigen *mich*? Aber das können die doch nicht machen. Das ... das ...«, stieß sie atemlos hervor.

»Ich hab natürlich gleich ein gutes Wort für dich eingelegt, aber dieser Kommissar Thorwald ist ein ganz harter Hund«, sagte Marie mitfühlend. »Nicht umsonst hat es beim Max und mir so lange gedauert. Was der über die Stadlers alles wissen wollte!«

Die Dorfladenbesitzerin schnappte nach Luft.

»Du, ich hab einen Kuchen im Backofen. Wir sehen uns, gell, Roswitha«, sagte Marie zuckersüß und schloss das Küchenfenster.

Während Roswitha Förster davonradelte, fuhr ein Auto auf den Hof und in die Garage. Max hatte Julia in Ebersbach abgeholt. Gesagt hatte er nichts, Marie hatte bei ihrer Rückkehr lediglich einen Zettel auf dem Küchentisch gefunden. Noch immer wusste sie nicht, was sie ihrer Tochter über die vergangene Nacht erzählen sollte. Doch wenn sie es nicht von ihren Eltern erfuhr, würde sie es von anderen erfahren. Und das würde Marie unter keinen Umständen zulassen.

»Hallo, Mama.«

Wie hatte sie nur jemals denken können, dieses Leben nicht zu wollen? Dieser wunderbare Mensch war ihr Ein und Alles, das größte und kostbarste Geschenk, das sie sich überhaupt vorstellen konnte. Am liebsten hätte sie Julia fest an sich gedrückt, doch sie wagte es plötzlich nicht, ihre Tochter anzufassen.

»Na, meine Große«, sagte sie stattdessen und strich ihr eine Haarsträhne hinter das Ohr.

Julia drehte den Kopf zur Seite. Stocksteif stand sie neben Marie und vermied es sie anzusehen.

Marie versetzte die Ablehnung ihrer Tochter einen schmerzhaften Stich. »Der Pfarrer hat vorhin angerufen. Du warst gestern nicht bei der Ministrantenbesprechung«, sagte sie, nur um irgendetwas zu sagen.

Julia zuckte gleichgültig mit den Schultern. »Keine Lust.«

»Wo warst du denn nach der Kirche?«

»Soll das jetzt ein Verhör werden?«

»Ich will doch nur wissen, wo du …«

»Bei Rosis Grab«, platzte Julia heraus. »Jemand muss sich ja darum kümmern, jetzt wo Konrad …« Ihre Unterlippe begann zu zittern.

Marie streckte die Arme nach ihrer Tochter aus, doch Julia wich zurück. »Außerdem fahr ich nicht mit auf den blöden Ausflug«, stieß sie hervor.

»Warum denn nicht? Du hast dich doch so darauf gefreut.«

»Ich hab es mir eben anders überlegt«, sagte Julia trotzig. »Wir haben doch sowieso kein Geld dafür.«

Die Worte ihrer Tochter schmerzten Marie mehr als jeder Kontoauszug und jedes Gespräch mit der Bank. Max und sie hatten versagt. Nicht nur als Ehepaar, sondern auch als Eltern. Sie hatte sich noch nie in ihrem Leben so unsagbar geschämt.

Sie griff nach Julias Händen und sah ihr direkt in die Augen. »Papa und ich, wir kriegen das wieder hin. Es ist momentan nicht einfach, aber wir schaffen das. Zusammen schaffen wir das. Und wegen letzter Nacht … mach dir bitte keine Gedanken. Die Polizei wollte uns nur …«

»Das hat mir Papa schon erklärt«, fiel ihr Julia ins Wort.

»Was hat dir Papa erklärt?«

»Kann ich jetzt in mein Zimmer gehen?«

»Gleich. Zuvor möchte ich wissen, was dir der Papa erzählt hat.«

»Ich will aber jetzt in mein Zimmer gehen! Papa und du, ihr macht doch auch ständig, was ihr wollt«, schrie Julia und riss sich unsanft von Marie los.

»Julia, warte!«, rief Marie, doch ihre Tochter stürmte zur Küche hinaus und die Treppe in den ersten Stock hinauf. Sekunden später knallte ihre Zimmertür ins Schloss.

»Das hast du ja wieder toll hinbekommen.« Maximilian Lechner erschien im Türrahmen.

Marie stemmte die Arme in die Seiten. »Was hast du ihr im Auto erzählt?«

»Die Wahrheit«, sagte er kalt.

Marie wurde blass. »Du hast ihr von …«

»Ich hab ihr die Wahrheit über letzte Nacht erzählt«, fuhr ihr Mann fort. »Dass wir wegen Konrad bei der Polizei waren, aber dass wir beide nichts Unrechtes getan haben und die Polizei das auch verstanden hat.«

»Warum hast du damit nicht gewartet, bis ihr zu Hause wart? Willst du mich jetzt aus allem ausschließen, was unsere Familie betrifft?«

»Dass du eine Familie hast, fällt dir ja früh ein. Als du mit dem Konrad ins Bett gestiegen bist, war dir deine Familie doch auch herzlich egal.«

»Meine Familie war mir nie egal«, zischte Marie. »Du hast nichts, aber auch gar nichts verstanden.«

»Doch, Marie. Ich hab sehr gut verstanden. Und Julia ist auch nicht blöd. Glaubst du allen Ernstes, sie weiß nicht, was hier vor sich geht? Im Auto hat sie mich gefragt, ob wir uns scheiden lassen, weil wir doch ohnehin nur noch streiten.«

»Und was hast du ihr geantwortet?«, fragte Marie tonlos.

»Dass ich es nicht weiß, weil ich meine eigene Frau nicht mehr kenne«, erwiderte er bitter.

Cornelius' Wagen war im Schritttempo die Wegstrecke zum Waldsee entlanggekrochen. Immer wieder wurde hinter ihm gehupt und er von ungeduldigen Autofahrern überholt, aber die anderen Verkehrsteilnehmer interessierten ihn nicht. Nur so konnten sie sichergehen, Helena nicht irgendwo am Straßenrand oder – Cornelius versuchte den Gedanken beharrlich zu verdrängen – im Straßengraben zu übersehen. Nach über einer halben Stunde waren sie schließlich an ihrem Ziel angekommen. Adrian Neuhaus war außer sich und rannte ziellos über den kleinen Parkplatz des Badesees.

Während der Fahrt hatte er stocksteif neben Cornelius gesessen und den Blick nicht vom Seitenfenster abgewandt. Zweimal glaubte er etwas entdeckt zu haben. Bei genauerem Hinsehen hatte es sich jedoch lediglich als die zerrupften Überreste einer Vogelscheuche und ein eisernes Wegkreuz herausgestellt. Irgendwann hatte Cornelius es dann aufgegeben, ihn davon überzeugen zu wollen, dass Helenas Verschwinden nicht seine Schuld war. Wie ein Mantra hatte Neuhaus die immer gleichen Sätze heruntergebetet.

»Das ist die Strafe dafür«, sagte er auch jetzt. »Die Strafe, weil ich so ein verdammter Egoist war. Ich hätte sie gar nicht erst hierherbringen dürfen. Dann wäre das alles nicht passiert. Helena!« Verzweifelt hielt er nach allen Richtungen Ausschau, doch der Parkplatz war menschenleer. In der Zwischenzeit hatte es aufgehört zu regnen. Die Luft fühlte sich klar und rein an und am Nachthimmel wurden die ersten Sterne sichtbar.

»Lassen Sie uns in die Pension zurückfahren«, sagte Cornelius. »Wenn wir sie dann immer noch nicht gefunden haben, schalten wir die Polizei ein.«

Neuhaus nickte erschöpft. Anna und Benedikt Rehberg hatten sich noch nicht bei ihm gemeldet, was nur bedeuten konnte, dass auch sie Helena nicht gefunden hatten. Mit Unbehagen dachte Cornelius jetzt an ihr Zusammentreffen in der Gaststube zurück. Neuhaus war zu aufgebracht gewesen, um es zu bemerken, aber ihm war Annas Reaktion nicht entgangen. Jede Frage, jede Erwiderung seinerseits hatte sie gänzlich ignoriert. Hatten sich ihre Blicke doch einmal gekreuzt – was Anna tunlichst zu vermeiden versucht hatte –, wurde ihre Miene kalt und abweisend. Dass der Apotheker ihn wie Luft behandelte und ihn am liebsten zum Teufel wünschte, war Cornelius mittlerweile gewohnt. Rehberg und er würden in diesem Leben keine Freunde mehr werden. Bei

Anna befremdete ihn das Verhalten dagegen sehr. Wie sollten sie jemals wieder normal miteinander umgehen? Was auch immer »normal« heißen mochte …

»Halt!«, schrie Adrian Neuhaus in diesem Moment und deutete aus dem Seitenfenster.

Cornelius brachte den Wagen zum Stehen.

»Da unten! Sehen Sie das auch? Da! … Da liegt etwas«, rief Neuhaus und riss die Autotür auf.

Jetzt erkannte auch Cornelius die Umrisse eines Fahrrads, das wenige Meter abseits des Straßenrandes an einem kleinen Abhang lag. Er schaltete das Warnblinklicht ein und griff nach der Taschenlampe im Handschuhfach.

»Jetzt warten Sie doch!«

Neuhaus hatte sich bereits an den Abstieg gemacht und schlitterte das nasse Gras hinunter.

»Bleiben Sie oben und geben Sie mir Licht«, rief er aus der Dunkelheit zurück.

Nach wenigen Sekunden war er am Fahrrad angekommen. Im Lichtstrahl der Taschenlampe sah Cornelius die verbogenen Reifen.

»Das ist Helenas Rad!« Neuhaus klang panisch. »Und hier ist auch ihre Badetasche.«

Cornelius stützte sich mit einer Hand im feuchten Gras ab und hangelte sich vorsichtig hinunter. Er würde nicht oben stehen bleiben und Neuhaus tatenlos zusehen.

»Helena!«, schrie der Tenor in die Dunkelheit hinein.

Cornelius ließ den Lichtstrahl den Abhang hinunterwandern. Die Grashalme waren mit unzähligen Regentropfen benetzt und glitzerten wie kleine Diamanten. Nach einigen Metern ging der Hang in eine Wiese über. Und tatsächlich … dort unten bewegte sich etwas. Cornelius' Griff um die Taschenlampe verstärkte sich. Doch es war nur ein Feldhase, der sekundenlang paralysiert in den Lichtkegel starrte, ehe er mit großen Sprüngen Reißaus nahm.

»Helena!«

In diesem Moment hörte Cornelius ein schwaches Stöhnen zu seiner Rechten.

»Pst!«

Neuhaus, der einen Meter neben Cornelius ging, wirbelte herum. »Was …?«

Cornelius richtete den Strahl in die Richtung, aus der das Geräusch gekommen war. Der Anblick im Lichtkegel der Lampe ging ihm durch Mark und Bein. Helena lag auf dem Rücken und hatte die Augen geschlossen. Aus einer Wunde an der Schläfe und aus der Nase floss Blut. Arme und Beine waren von Schürfwunden übersät.

»Helena!«, schrie Neuhaus und rannte los.

Beinahe wäre er im nassen Gras ausgerutscht, doch im letzten Moment hielt er die Balance. Er kniete sich neben die bewegungslose Gestalt auf den Boden und strich ihr sachte über die Wange.

»Helena, mein Liebling«, flüsterte er. »Halte durch. Bitte halte durch.«

Cornelius tastete nach seinem Mobiltelefon und wählte den Notruf. Seine Hände zitterten plötzlich und er musste sich anstrengen, um die Taschenlampe nicht fallen zu lassen.

»Guten Abend. Wir brauchen dringend einen Rettungswagen«, sagte er mit rauer Stimme, als sich die Notrufleitstelle am anderen Ende meldete.

Cornelius saß im Halbdunkel auf dem Sofa seines Gästezimmers. Wie lange, vermochte er nicht zu sagen. Eigentlich hatte er Ramona anrufen wollen, doch noch immer hielt er das Telefon in seinen Händen, unfähig einen klaren Gedanken zu fassen. Das einzige Bild, das er immer wieder vor Augen hatte, war Helena blutüberströmt und schwer verletzt im Straßengraben. Und Neuhaus, der verzweifelt neben ihr kniete und ihre leblose Hand hielt.

Nur mit Mühe war Cornelius wieder nach oben an die Straße geklettert, wo kurz nach seinem Anruf Notarzt, Rettungswagen und eine Polizeistreife eintrafen. Während der Arzt und die Sanitäter sich um Helena kümmerten und die Polizisten die Unfallstelle begutachteten, hatten Neuhaus und er am Wagen gewartet. Regungslos, den Blick starr auf die Straße gerichtet, stand der Tenor neben ihm. Seine Stimme war nur ein Krächzen, als er Benedikt Rehberg anrief und ihm von Helena berichtete. Für Cornelius fühlte es sich wie eine halbe Ewigkeit an, bis sie endlich abtransportiert wurde. Neuhaus begleitete sie im Krankenwagen ins Klinikum nach Landshut, während er selbst sich müde und erschöpft auf den Rückweg nach Neukirchen machte.

Auf dem Flur waren plötzlich eilige Schritte zu hören. Kurze Zeit später klopfte es an seiner Zimmertür.

»Adrian hat gerade angerufen«, kam Benedikt Rehberg ohne Umschweife zum Punkt. »Helena hat eine Gehirnerschütterung, zwei Platzwunden und jede Menge Prellungen und Hautabschürfungen. Aber sie ist nicht in Lebensgefahr. Er bleibt die Nacht über bei ihr im Krankenhaus. Ich soll Ihnen Grüße bestellen.«

»Danke«, sagte Cornelius matt.

Rehberg verharrte einen Augenblick auf der Türschwelle. Für einen Moment sah es so aus, als wollte er noch etwas hinzufügen, doch dann drehte er sich wortlos um und verschwand. Cornelius ging zur Balkontür, öffnete einen der beiden Flügel und ließ die kühle Nachtluft ins Zimmer. Der Himmel war sternenklar und es wehte nur eine schwache Brise. Nichts deutete mehr auf das Unwetter der vergangenen Stunden hin.

»Matthias, Frühstück!«, rief Eva Eichinger über den Hof.

Fröstelnd knöpfte sie sich ihre Strickjacke zu. Das Gewitter vom Vortag hatte die Luft abkühlen lassen. In den frühen Morgenstunden hatte es noch einmal angefangen zu regnen, doch jetzt wurden die ersten Wolkenlücken sichtbar.

»Kein Hunger«, kam es aus der Garage.

Kopfschüttelnd ging Eva zum Garagentor. »Das kann doch gar nicht sein. Du hast schon gestern Abend nix gegessen. Wo hast du eigentlich so lange gesteckt?«

Matthias stand mit dem Rücken zu ihr und beugte sich über den offenen Motorraum des alten Mercedes. »Ich … hab mich untergestellt und das Gewitter abgewartet«, murmelte er. »Ich brauch nix. Ich fahr jetzt nach Landshut.«

»Das läuft dir doch nicht weg. Heute können wir ohnehin nicht dreschen, weil es viel zu nass ist. Dann fährst du halt eine halbe Stunde später los. Also, komm jetzt mit rein und trink wenigstens eine Tasse Kaffee mit uns.«

Matthias brummte etwas Unverständliches und beugte sich noch tiefer unter die Motorhaube.

Allmählich wurde es Eva zu bunt. »Kannst du mich wenigstens anschauen, wenn du mit mir sprichst!«

»Ich glaub nicht, dass du das sehen willst.«

»Was?«

»Ich glaub nicht, dass du das sehen willst«, wiederholte Matthias und drehte sich zu ihr um.

Eva schnappte nach Luft. »Was ist denn mit dir passiert?«

Die Haut an Matthias' linkem Auge war bläulich verfärbt und seine Unterlippe mit einer blutigen Kruste bedeckt. »Reg dich jetzt bloß nicht auf. Es ist alles in Ordnung«, versuchte er sie zu beschwichtigen.

»Von wegen alles in Ordnung!«, rief Eva. »Hast du dich etwa geprügelt?«

»Eva, bitte! Es ist nix Schlimmes passiert.«

»Raus mit der Sprache! Mit wem hast du dich geprügelt?«

Matthias schüttelte nur stumm den Kopf.

»Wenn der Anton dich so sieht …«

»Er wird mich so nicht sehen«, unterbrach Matthias sie. »Bitte sag ihm nichts davon. Es ist wirklich alles in Ordnung.« Jetzt flehte er sie fast an.

»Und wie lange willst du dich vor ihm verstecken? Bis das abgeheilt ist?«

Matthias ließ die Motorhaube einrasten. »Ich hab einfach keine Lust auf irgendwelche Diskussionen. Kannst du das nicht verstehen? Es ist doch so schon kompliziert genug.«

»Dann geh wenigstens zum Arzt«, seufzte Eva.

»Ich brauch keinen Arzt. Soll ich dir aus Landshut etwas mitbringen?«, fragte Matthias und setzte seine Sonnenbrille auf.

»Nein! Und glaub ja nicht, dass darüber schon das letzte Wort gesprochen ist!«

Anton Eichinger sah seine Frau über den Zeitungsrand hinweg an. »Wo ist der gnädige Herr jetzt?«

Eva schüttelte unwirsch den Kopf und setzte sich wieder an den Küchentisch. »Er hat keinen Hunger.«

»Dann halt nicht«, brummte Eichinger und widmete sich wieder seiner Zeitungslektüre. »Was?«, fragte er, da er Evas prüfenden Blick spürte.

»Das weißt du ganz genau.«

»Eva, bitte. Fang nicht wieder davon an.«

»Ich fange so lange davon an, solange du mir nicht sagst, was du in der Nacht gemacht hast.«

Eichinger faltete die Zeitung zusammen und legte sie neben sich auf die Küchenbank. »Eva, ich schwöre dir, es hat nichts mit dem Konrad zu tun«, sagte er eindringlich. »Ich war nicht oben auf der Anhöhe und ich hab ihm auch nichts getan.«

»Warum sagst du mir dann nicht einfach, wo du warst?«, fragte sie aufgebracht.

»Weil …« Eichinger griff nach den Händen seiner Frau. In diesem Augenblick war vom Hof Motorengeräusch zu hören. Er wandte sich ruckartig zum Küchenfenster. »Wo fährt er denn hin?«

»Nach Landshut, irgendetwas erledigen«, sagte Eva rasch. »Aber jetzt lenk nicht ab!«

Doch Eichinger war schon vom Küchentisch aufgestanden. »Nicht jetzt, Eva. Ich kann jetzt nicht«, murmelte er und hastete zur Tür.

»Geht es um eine andere Frau?«, fragte Eva laut.

Der Landwirt blieb wie angewurzelt stehen. »Das ist nicht dein Ernst!«

Eva traten Tränen in die Augen. »Was soll ich denn sonst glauben?«

Eichinger ließ die Türklinke los und ging zu seiner Frau. Dann nahm er ihr Gesicht in seine Hände und tat etwas, was er schon lange nicht mehr getan hatte. Er küsste sie. »Ich liebe dich, Eva. Nur dich. Und ich schwöre dir, ich hab dem Konrad nichts getan. Und ganz bestimmt gibt es keine andere Frau in meinem Leben. Aber jetzt muss ich weg.«

Er küsste sie noch einmal, drehte sich um und rannte aus der Küche. Sekunden später schoss sein Wagen aus der Garage und bog in die Hauptstraße ein.

Kapitel 20

Trotz der Aufregung am Vorabend hatte Cornelius gut geschlafen. Womöglich lag es daran, dass ihnen Gewitter und Regen die erste kühle Nacht seit Wochen bescherten. Obwohl es schon spät war, hatte er es schließlich doch noch bei Ramona versucht. Das Gespräch hatte ihm gutgetan und ihn halbwegs beruhigt einschlafen lassen. Seine Frau hatte ihn noch einmal eindringlich gebeten, den Streit mit Anna aus der Welt zu schaffen. Nicht, dass er dafür irgendeine Aufforderung gebraucht hätte. Er wollte sich lieber heute als morgen mit Anna versöhnen, doch die Wirtin machte es ihm nicht leicht.

Entschlossen, sich durch nichts von einem klärenden Gespräch abbringen zu lassen, betrat er die Gaststube, nur um von Annas Frühstücksaushilfe zu erfahren, dass sie nach München gefahren und erst gegen Nachmittag wieder zurück sei. Etwas missmutig bediente er sich am Büfett, ehe er sich mit den *Altenberger Nachrichten* an den Ecktisch setzte. Nachdem der Mordfall Konrad Stadler am Vortag nur unter den Polizeimeldungen erwähnt worden war, widmete ihm der Lokalteil heute eine ganze Seite. Vieles davon waren jedoch pure Spekulationen und nicht mehr als ein Aneinanderreihen bloßer Vermutungen. Cornelius konnte sich nicht vorstellen, dass der Verfasser mit Stadlers Angehörigen oder gar der Polizei gesprochen hatte. Keine seiner abenteuerlichen Mordtheorien hing dabei auch nur annähernd mit dem Freizeitpark zusammen.

Polizei und Staatsanwaltschaft ließen in ihrer knappen Pressemitteilung lediglich durchblicken, dass nach wie vor in alle Richtungen ermittelt werde und es noch keinen Hauptverdächtigen gebe.

Nach dem Frühstück beschloss Cornelius, nach Landshut zu Helena in die Klinik zu fahren. Sollte sie keinen Besuch wünschen, würde er wenigstens den Blumenstrauß abgeben, den er auf einem kurzen Abstecher nach Altenberg besorgte. Er kannte den Weg in das Klinikum. Zu Beginn des Jahres war er auf der

Intensivstation in eine lebensgefährliche Situation verwickelt worden, die sich beim Betreten des weiß getünchten Flachbaus sofort wieder in sein Gedächtnis drängte. Er verharrte einen Augenblick in der Eingangshalle und versuchte der unschönen Bilder in seinem Kopf Herr zu werden.

»Ist Ihnen nicht gut?«, fragte in diesem Moment eine Frau mittleren Alters. Sie stützte einen grauhaarigen gebückten Mann, der einen Ständer mit einer Infusionsflasche neben sich herschob und langsam Richtung Ausgang schlurfte.

»Alles in Ordnung. Vielen Dank.«

»Kann ich jetzt endlich meine Zigarette rauchen?«, krächzte der Alte.

»Du wartest, bis wir draußen sind«, antwortete die Frau genervt.

Der Alte murmelte etwas, das Cornelius nicht verstand, und brach dann in ein rasselndes Husten aus, das seinen ausgemergelten Körper regelrecht durchschüttelte.

»Was ist denn jetzt?«, schimpfte er, nachdem er wieder einigermaßen Luft bekam.

Cornelius ging rasch weiter zur Anmeldung, wo eine Mittvierzigerin mit randloser Brille und akkurater Bobfrisur hinter einer Scheibe saß und ihm mit emotionsloser Stimme mitteilte, dass Helena Stern auf der chirurgischen Abteilung, Zimmer 323, lag. Der für Krankenhäuser typische Geruch, der ihm schon in der Eingangshalle entgegengeschlagen war, verstärkte sich mit jeder Minute und im Fahrstuhl wünschte sich Cornelius plötzlich nichts mehr, als umzukehren und an die frische Luft zu gelangen. Schließlich kam der Aufzug zum Stehen. Seine Tür öffnete sich fast geräuschlos. Cornelius' Griff um den Blumenstrauß verstärkte sich und entschlossen schritt er den Flur entlang, vorbei am gläsernen Kasten des Schwesternzimmers, wo offenbar gerade eine Mitarbeiterbesprechung stattfand, bis er das Hinweisschild entdeckte, das ihm den Weg zur Chirurgie zeigte. Dort musste er nicht lange nach Zimmer 323 suchen, denn Adrian Neuhaus trat einige Meter entfernt auf den Korridor, sichtlich gezeichnet von den Spuren einer durchwachten Nacht. Trotz der Sonnenbräune wirkte sein Gesicht fahl und eingefallen. Unter den müden Augen lagen bläuliche Schatten und sein zerknittertes Hemd hing unordentlich aus dem Hosenbund.

»Helena hat schon nach Ihnen gefragt«, sagte er, nachdem Cornelius sich für seinen unangemeldeten Besuch entschuldigt hatte. »Gehen Sie ruhig zu ihr. Ich wollte ohnehin gerade nach Hause fahren, um ein paar Sachen für sie zu holen.«

»Wie geht es ihr?«, fragte Cornelius besorgt.

Neuhaus schluckte. »So weit ganz gut. Sie hat großes Glück gehabt. Nicht auszudenken, was ohne Fahrradhelm alles hätte passieren können.«

»Wie kommen Sie denn nach Kleineich? Ich kann Sie später gern mitnehmen.«

Neuhaus' Gesichtszüge entspannten sich etwas. »Nicht nötig. Benedikt wartet unten im Auto auf mich.«

Nach einigen Metern drehte er sich noch einmal zu Cornelius um. »Danke. Ich weiß nicht, was ich gestern Nacht ohne Sie gemacht hätte.«

Cornelius wehrte verlegen ab.

»Ich hatte so eine verdammte Angst«, sagte Neuhaus leise. »Bis gestern war mir gar nicht klar, wie gut es mir geht. Ich habe so lange nur an mich und meine Probleme gedacht und den wunderbaren Menschen an meiner Seite vollkommen vergessen. Das wird mir nie wieder passieren.«

———

Cornelius öffnete die Zimmertür und ging leise zu dem Krankenbett neben der Fensterfront. Helena lag in einem Zweibettzimmer, doch das andere Bett war nicht belegt und von einer Schutzfolie überzogen. Sie hatte den Kopf zum Fenster gewandt und schlief. Cornelius blieb am Fußende des Bettes stehen. Auch jetzt versetzte ihm der Anblick der jungen Frau einen schmerzhaften Stich. Helenas rechte Schläfe zierte ein großer Wundverband, Augenpartie und Nase waren geschwollen, und die Haut an den Augen hatte sich bläulich verfärbt. Ihr Nacken wurde von einer Halskrause abgestützt und am linken Handgelenk war eine Infusion befestigt, die gleichmäßig vor sich hin tropfte. Beide Arme waren von blauen Flecken und Abschürfungen übersät.

Plötzlich bewegte sie sich und schlug die Augen auf.

»Hallo, Herr Cornelius«, flüsterte sie.

Cornelius zog einen Stuhl neben das Bett, setzte sich und legte den Blumenstrauß auf die Bettdecke. »Eine kleine Aufmunterung.«

»Sie sind wunderschön. Vielen Dank.« Helena versuchte sich an einem Lächeln, das jedoch in einer schmerzverzerrten Grimasse endete.

Eine Krankenschwester betrat das Zimmer, nickte Cornelius kurz zu und überprüfte dann die Einstellungen der Infusion.

»In zwanzig Minuten ist sie durchgelaufen«, sagte sie zu Helena. »Länger sollte der Besuch auch nicht dauern. Frau Stern braucht viel Ruhe«, fügte sie streng hinzu.

Cornelius nickte schuldbewusst.

Ihr Blick fiel auf den Blumenstrauß. »Ich bringe Ihnen eine Vase«, sagte sie beim Hinausgehen und ihre Stimme klang nicht mehr ganz so streng.

»Was machen Sie denn für Sachen, Helena?«, fragte Cornelius, als sie wieder allein im Zimmer waren.

Helenas Unterlippe begann zu zittern und ihre Augen füllten sich mit Tränen.

»Haben Sie Schmerzen? Soll ich einen Arzt rufen?«, fragte Cornelius erschrocken.

»Nein. Ich ... ich bin so froh, dass Sie da sind. Ich ...« Ihre nächsten Worte gingen in einen Hustenanfall über. Es dauerte eine Weile, bis sie wieder sprechen konnte. »Das Brustbein und einige Rippen sind geprellt. Es tut verdammt weh, wenn man husten muss.«

»Ich glaube, Sie sollten besser nicht reden. Ruhen Sie sich einfach aus.«

»Ich will aber reden«, murmelte Helena. »Deshalb bin ich auch so froh, dass Sie hier sind. Ich ...« Sie rang kurz nach Luft. »Mit Adrian kann ich darüber nicht sprechen.«

Ihre Augen wanderten zum Nachtkästchen, auf dem eine Schnabeltasse mit einer gelblichen Flüssigkeit stand.

»Möchten Sie etwas trinken?«

»Ja, gern.«

Cornelius reichte ihr die Tasse.

»Sie müssen mir versprechen, dass Sie Adrian nichts davon sagen, was ich Ihnen jetzt erzähle«, sagte Helena, nachdem sie einige Schlucke getrunken hatte.

»Helena, ich ...«

»Bitte! Versprechen Sie es mir!«

Cornelius musterte sie besorgt. »Versprochen«, sagte er dann.

»Das ist nichts als pure Zeitverschwendung«, schimpfte Kornbichler, nachdem er und sein Kollege Korbinian Bäumel mit dem Dienstwagen Richtung Neukirchen aufgebrochen waren. Griesgrämig besah er sich ihren Teil der Unterschriftenliste mit den Namen der Freizeitparkgegner. »Die werden uns heute auch nichts anderes erzählen als vor zwei Tagen.«

»Jetzt warte doch erst einmal ab«, wandte Bäumel ein, dem Kornbichlers Nörgelei mittlerweile gehörig auf die Nerven ging.

»Worauf sollen wir denn warten? Wir haben doch genug Verdächtige. Der Robert muss halt einfach mal die Daumenschrauben anziehen, wenn er keine Beweise hat. Die fangen dann schon an zu reden.«

Kornbichlers Kollege murmelte etwas Unverständliches und konzentrierte sich weiter auf den Verkehr.

»Diese Marie Lechner wäre bei mir bestimmt nicht so einfach aus dem Kommissariat spaziert. Von wegen sie und Stadler haben sich einfach nur unterhalten. Und dann dieser Lichtenberg mit seiner Nacht-und-Nebel-Aktion! Der Kerl ist nicht sauber, wenn du mich fragst.«

Dich fragt aber keiner, dachte Bäumel boshaft.

»Außerdem bin ich mir sicher, die Stadler hat von dem Techtelmechtel mit der Lechner gewusst und schiebt diese lächerliche Migräne nur als Ausrede vor. Die würde ich samt ihrem Sohn so in die Mangel nehmen, dass beiden Hören und Sehen vergeht«, schimpfte Kornbichler weiter vor sich hin.

»Dann geh halt zum Robert und sag ihm, was dich stört.«

Kornbichler stieß ein verächtliches Schnauben aus. »Bin ich der leitende Ermittlungsbeamte oder er? Der Staatsanwalt wird ihm schon Beine machen, wenn er ihm nicht bald einen Verdächtigen liefert. Das garantiere ich dir.«

»Adrian und ich hatten uns furchtbar gestritten«, begann Helena leise zu erzählen. »Er denkt tatsächlich darüber nach, endgültig von hier wegzugehen und Kleineich zu verkaufen.«

»Wegen dem Freizeitpark?«, fragte Cornelius und setzte sich etwas bequemer auf den Stuhl. »Oder ist es wegen Konrad Stadler?«

Helena schüttelte kaum merklich den Kopf. »Das sind nur Randerscheinungen, mit denen er sich selbst und anderen etwas vormacht. Es ist wegen Magdalena und … seiner Vergangenheit. Er kommt über ihren Tod einfach nicht hinweg. Jeden Tag quält er sich mit der Frage nach dem Unfallverursacher. Aber das Haus hat auch andere Wunden aufgerissen, hat so viele schmerzhafte Erinnerungen aus seiner Kindheit und Jugend wieder aufleben lassen.«

»Sie wollen nicht weg von hier?«

»Ich will, dass er sich seiner Vergangenheit stellt und nicht ständig vor ihr davonläuft. Sie wird ihn immer einholen, ganz egal wie weit entfernt von Kleineich er auch sein mag. Und er muss lernen, Magdalenas Tod zu akzeptieren und einen Schlussstrich zu ziehen.«

Cornelius dachte an seinen Besuch bei Theresa Buchberger, die sich nichts sehnlicher wünschte, als endlich Gewissheit über das Schicksal ihrer Tochter zu erlangen. Zwei rastlose Seelen auf der Suche nach der Wahrheit, die ihnen so grausam mitgespielt hatte.

»Ich habe Adrian einfach im Garten stehen gelassen und bin zum Baden gefahren. Ich wollte plötzlich nur noch weg. Weg von seiner übertriebenen Fürsorge, seinen unerträglichen Launen und diesem Haus, das …«

Erneut wurde sie von einem Hustenanfall gepackt.

»Strengen Sie sich nicht an, Helena. Wir können uns auch ein anderes Mal unterhalten.«

»Nein«, stieß sie mühsam hervor. »Jetzt … bitte!« Sie trank noch einmal von dem Kamillentee. »Am Badesee bin ich eingeschlafen und viel zu spät aufgewacht. Ich hatte gehofft, es bis nach Kleineich zu schaffen, aber das Gewitter war schneller. Deshalb habe ich mich in einer Scheune untergestellt. Er muss mich auf der Straße gesehen haben und mir gefolgt sein ...«

Ihre Augen füllten sich erneut mit Tränen.

»Wer?«

»Ich wusste zuerst nicht, wie er heißt. So ein schmieriger Proll mit einem roten Porsche.«

»Leon Gruber?«, entfuhr es Cornelius.

»Sie kennen ihn?«

»Reiner Zufall. Er hat vor einigen Tagen vor der Pension geparkt.«

Helena wischte sich mit dem Handrücken die Tränen von der Wange.

»Ich hatte ihn abblitzen lassen, als ich mich auf den Feldwegen verfahren hatte und er mich mitnehmen wollte. Das hat er sich offenbar gemerkt. Er ist mir in die Scheune gefolgt und ...«

»Was hat er Ihnen angetan?«, fragte Cornelius tonlos.

»Nichts. Das heißt ... er hat mich gepackt und festgehalten und versucht mich zu küssen. Ich habe mich mit Händen und Füßen dagegen gewehrt und dann ...«

»Ja?«

»... dann ist auf einmal Matthias gekommen. Er war mit dem Mähdrescher unterwegs und hat mein Fahrrad vor der Scheune gesehen. Er hat diesen Widerling gepackt und sie haben sich geprügelt, bis Leon irgendwann das Weite gesucht hat.«

»Helena, Sie müssen das zur Anzeige bringen«, sagte Cornelius eindringlich. »Sie haben Matthias als Zeugen. Er wird gegen diesen Gruber aussagen und ...«

»Nein, Herr Cornelius. Ich will nie wieder an gestern denken. Ich will diesen furchtbaren Tag einfach für immer aus meinem Gedächtnis streichen.« Helena schluchzte laut auf. »Und Matthias auch.«

Cornelius setzte sich kerzengerade auf. »Hat er irgendetwas mit Ihrem Unfall zu tun?«

»Nein!«, rief Helena. »Er kann überhaupt nichts dafür.«

Cornelius blickte sie schweigend an.

»Er hat mich getröstet und ich habe mich um seine blutige Lippe gekümmert und ihn ...« Helena schluckte. »Wir haben uns geküsst. Und wir haben geredet, während draußen das Gewitter tobte. Bisher war er ja eher schweigsam, aber wir haben uns über alles Mögliche unterhalten. Meine Eltern, seine Familie, den Tod seines Vaters, die Sache mit den Graffitis ...«

»Das hat er Ihnen anvertraut?«

Helena lächelte matt. »Ich habe ihn gefragt, was die Tätowierung an seinem Unterarm zu bedeuten hat. Er meinte, das Zeichen sei sein Tag, seine persönliche Unterschrift, die er unter ein Graffiti setzt.«

»Sie wissen, dass er deswegen im Clinch mit seinem Patenonkel liegt?«

»Ja.« Helena sah Cornelius verwundert an. »Woher wissen Sie davon?«

»Eva Eichinger hat es mir erzählt.«

»Über Eva haben wir auch gesprochen«, fuhr Helena leise fort. »Und über ihren verstorbenen Sohn. Matthias hat Sascha sehr gemocht. Er sagte, Sie hätten vergangenes Jahr seinen Mörder ...«

»Das ist nicht so wichtig«, wehrte Cornelius rasch ab.

»Doch, Herr Cornelius. Für Matthias ist das sehr wichtig. Und für Saschas Familie auch. So viel habe ich verstanden. Bevor ich alles kaputt gemacht habe.«

Wieder glitzerten Tränen in Helenas Augen.

»Was ist passiert?«

»Matthias vermisst seinen Vater. Und Neukirchen. Er wäre so gern hier aufgewachsen und es tut ihm so leid, dass er all die Jahre kaum noch Kontakt zu seinem Onkel hatte. Vor allem jetzt ...« Helena hielt einen Augenblick inne. »Ich habe ihn gefragt, wo er in der Nacht war, als das mit seinem Onkel passiert ist. Seit Ihrem Besuch hat mir das keine Ruhe mehr gelassen. Und die Polizei hat sich gestern auch nach Matthias erkundigt. Ich musste es einfach wissen. Zuerst hat er mich einfach nur vollkommen fassungslos angestarrt. Und dann ist er wütend geworden. Richtig wütend. Nur weil er Graffiti sprayt, sei er noch lange kein Mörder. Ich sei keinen Deut besser als sein Patenonkel und all die anderen, die in ihm nur einen Kriminellen sehen würden. Und warum ich ihn überhaupt geküsst hätte, wenn ich ihn doch sowieso verdächtigen würde. Anfangs habe ich noch versucht, mich zu entschuldigen und es ihm zu erklären, aber irgendwann bin ich auch wütend geworden und wir haben uns nur noch angeschrien. Dann habe ich meine Sachen gepackt und bin davongefahren. Er hat gar nicht erst versucht, mich aufzuhalten«, sagte Helena bitter.

»Und dann sind Sie von der Straße abgekommen und den Abhang hinuntergestürzt.«

Helenas Augen weiteten sich plötzlich.

»Nein, Herr Cornelius. Ich bin nicht einfach von der Straße abgekommen«, stieß sie hervor. »Es hat mich angegriffen. Wie aus dem Nichts war es da und hat mich angegriffen.«

»Hat Matthias Sie mit dem Mähdrescher von der Straße gedrängt?«, fragte Cornelius aufgebracht. »Oder dieser Gruber mit seinem Porsche? Hat der Ihnen noch einmal aufgelauert?«

»Nein«, weinte Helena verzweifelt. »Es kam aus der Luft. Es war so unheimlich. Plötzlich war es da und hat mich angegriffen.«

Cornelius konnte ihr nicht folgen. »Wie, aus der Luft? Ein Flugzeug?«

»Nein«, flüsterte Helena. »Etwas ganz Grauenhaftes. Mit leuchtenden Augen und Spinnenbeinen. Es wollte mich töten.«

Einen Augenblick war es ganz still im Zimmer.

»Helena«, begann Cornelius hilflos.

»Ich weiß, es klingt verrückt. Aber ich bin nicht verrückt. Es war da. Sie müssen mir glauben!«

»Ich glaube Ihnen ja«, versuchte Cornelius die aufgebrachte junge Frau zu beruhigen. »Aber könnte es nicht auch ein Vogel gewesen sein? Eine Krähe zum Beispiel? Die können sehr aggressiv werden.«

»Ich weiß doch, wie ein Vogel aussieht! Und das war ganz bestimmt *kein* Vogel! Es war viel größer und … unheimlicher.«

Cornelius blickte Helena unschlüssig an. »Sie waren nach all dem, was in der Scheune passiert ist, sehr aufgebracht. Außerdem war es dunkel und es hat geregnet. Es könnte doch sein, dass …«

»Dass ich es mir eingebildet habe? Dass ich also doch verrückt bin?« Aus Helenas Stimme klang die pure Verzweiflung.

Cornelius schob den Blumenstrauß zur Seite und griff nach ihren Händen. »Nein, Helena! Sie sind ganz bestimmt nicht verrückt. Es klingt nur einfach sehr … abwegig.«

»Ich weiß, Herr Cornelius«, murmelte Helena erschöpft. »Deshalb erzähle ich es auch nur Ihnen. Wenn Adrian davon erfährt … Er denkt doch, ich habe komplett den Verstand verloren.«

»Das würde er niemals denken. Ganz im Gegenteil. Er würde sich große Sorgen um Sie machen und sofort die Polizei einschalten.«

»Ich will weder das eine noch das andere. Nach dem ganzen Hin und Her der letzten Wochen will ich einfach nur mit ihm zusammen sein.«

»Und was ist mit Matthias?«, fragte Cornelius vorsichtig.

»Nichts! Was in der Scheune passiert ist, war eine einzige große Dummheit. Außerdem will er ohnehin nichts mehr von mir wissen. Und das ist auch gut so!«, stieß Helena hervor.

»Dann hat er noch nichts von Ihrem Unfall gehört?«

»Nein! Und er wird auch nichts davon erfahren! Ich gehöre zu Adrian, zu niemandem sonst. Wenn ich letzte Nacht etwas begriffen habe, dann das.«

Cornelius zögerte. »Wir sollten trotzdem die Polizei einschalten. Was auch immer da draußen … herumfliegt, ist offenbar gefährlich.«

»Das glaubt mir doch niemand«, flüsterte Helena. »Nicht, so lange …«

»Solange was?«

Sie richtete sich etwas in ihrem Bett auf. »Wenn es noch jemanden gibt, der es gesehen hat, dann klingt es nicht mehr ganz so verrückt und die Polizei unternimmt vielleicht etwas.«

»Und dieser jemand soll ich sein?«

Helena schloss für einen Moment die Augen. Die Unterhaltung hatte sie angestrengt.

»Sie sollen nicht meinetwegen lügen«, erwiderte sie heiser. »Aber würden Sie sich heute Nacht da draußen umsehen? Vielleicht kommt es ja zurück.«

Kapitel 21

Unentschlossen und verwirrt wanderte Cornelius durch die Landshuter Innenstadt. Der strenge Blick der Stationsschwester, die kurze Zeit später mit einer Vase zurückkam und Helena von der Infusion befreite, hatte ihrer Unterhaltung ein rasches Ende bereitet. Der flehende Ausdruck in Helenas Augen verfolgte Cornelius bis zur Zimmertür, wo er sich schließlich noch einmal zu ihr umgedreht hatte.

»Ich kümmere mich um alles, versprochen. Ruhen Sie sich aus und werden Sie schnell wieder gesund.«

Doch jetzt, mit etwas Abstand zu seinem Besuch, fragte er sich, welcher Teufel ihn geritten hatte, Helena irgendwelche Versprechungen zu machen. Wonach sollte er da draußen denn Ausschau halten? Nach einem fliegenden Ungetüm, das wie aus dem Nichts am Himmel auftauchte und ahnungslose Fahrradfahrer angriff? Es klang nicht nur absurd, es *war* absurd.

Ein Gedanke durchzuckte ihn. Handelte es sich womöglich um eine harmlose Fledermaus, die in der Dunkelheit zu einem Ungeheuer mit leuchtenden Augen und Spinnenbeinen mutiert war? Andererseits … Cornelius blieb so plötzlich stehen, dass ein Passant hinter ihm fast auf ihn aufgelaufen wäre. Rasch trat er einen Schritt zur Seite.

Helena war zweifellos sehr aufgebracht gewesen, aber sie hatte ihre fünf Sinne beisammen und hätte eine Fledermaus als solche bestimmt erkannt. Gab es in Niederbayern überhaupt Fledermäuse, die größer als gewöhnliche Krähen waren? Oder hatte dieser schmierige Gruber etwas mit der Sache zu tun? Außerdem war Konrad Stadler nur wenige Kilometer entfernt ermordet aufgefunden worden. Vielleicht hing der geheimnisvolle Angriff am Ende ja damit zusammen. Sollte er deshalb, auch gegen Helenas Wunsch, Kommissar Thorwald informieren … und sich damit endgültig zur *Persona non grata* machen? Unbekanntes Flugobjekt – er konnte Thorwalds entgeisterte Miene förmlich sehen.

Cornelius wünschte sich einmal mehr Ramona an seiner Seite. Er beschloss, sich in das Eiscafé auf der gegenüberliegenden Straßenseite zu setzen und noch einmal in Ruhe über alles nachzudenken. Während er nach einem freien Tisch Ausschau hielt, eilte Anton Eichinger nur wenige Meter entfernt an ihm vorbei. Die Augen starr auf einen fixen Punkt vor sich gerichtet, hatte es beinahe den Anschein, Eichinger verfolge jemanden. Nur mit Mühe konnte er eine Kollision mit einem Kinderwagen vermeiden. Rasch entschuldigte er sich bei der aufgebrachten Mutter und hastete dann weiter den Gehsteig entlang. Plötzlich machte er einen Ausfallschritt in eine Einkaufspassage, wo er angespannt einige Sekunden verharrte, ehe er vorsichtig aus seinem Versteck hervorlugte. Jetzt stand es außer Zweifel: Anton Eichinger verfolgte jemanden und wollte bei seinem Treiben offenbar nicht gesehen werden. Cornelius zögerte nicht lange und heftete sich an Eichingers Fersen.

Der Landwirt und sein Objekt der Begierde legten ein ordentliches Tempo vor und Cornelius musste sich anstrengen, um ihn nicht aus den Augen zu verlieren. Immer wieder versuchte er zu erkennen, hinter wem Eichinger eigentlich herrannte, doch es waren zu viele Menschen unterwegs, um jemanden ausfindig zu machen. Erneut versteckte sich Eichinger, dieses Mal war es eine Litfaßsäule, hinter der er in Deckung ging. Cornelius selbst blieb keine andere Wahl, als sich blitzschnell in Richtung eines Schaufensters zu drehen und scheinbar interessiert die Warenauslage zu betrachten. Er hatte Glück. Eichinger war viel zu sehr mit seiner eigenen Beschattung beschäftigt, um seinen Verfolger wahrzunehmen. Nach einigen Sekunden nahm er die Jagd wieder auf. Diese führte schließlich in eine Seitenstraße, die deutlich weniger frequentiert war.

Plötzlich bückte sich Eichinger und hantierte an seinen Schnürsenkeln herum. Die brünette Frau mit dem Sommerrock und den eleganten Halbschuhen direkt vor ihm war ebenfalls stehen geblieben und holte ein Mobiltelefon aus ihrer Handtasche. Cornelius linste hinter einem Bushäuschen hervor. An der nächsten Einmündung konnte er das Hinweisschild eines Hotels erkennen. Unwillkürlich musste er an Marie Lechner und Konrad Stadler denken und ihm wurde flau im Magen. Geheime Treffen in einem Landshuter Hotel …

Jetzt winkte die Frau jemandem zu und rannte dann quer über die Straße, wo sie von einem großen Mann im Anzug mit einem innigen Kuss begrüßt wurde. Cornelius blickte zu Eichinger, der immer noch am Boden kniete und den die Szene auf der anderen Straßenseite nicht interessierte. Seine ganze Aufmerksamkeit galt vielmehr der Person wenige Meter vor ihm. Sie trug eine Sonnenbrille und betrachtete die Schaufensterauslage eines Sportgeschäftes, ehe sie schließlich in dem Laden verschwand. Cornelius brauchte ein paar Sekunden, um zu verstehen. Und dann ging alles blitzschnell.

Eichinger rappelte sich auf und hastete weiter … und lief direkt in eine Frau mit Kopftuch und Kittelschürze, die im selben Moment aus einem Hauseingang trat und mehrere Kisten übereinander gestapelt vor sich hertrug. Die Frau schrie erschrocken auf und ließ die Kisten fallen. Unzählige Orangen kullerten auf den Gehsteig. Von ihrem Geschrei aufgeschreckt kam eine weitere Frau aus dem benachbarten Obstgeschäft angelaufen. Wild gestikulierend schimpften beide auf Eichinger ein. Er brummte ihnen etwas entgegen, was die Frauen nur noch mehr in Rage versetzte. Erst nachdem unter tatkräftiger Mithilfe einiger Passanten – Cornelius eingeschlossen – die Orangen wieder eingesammelt waren, beruhigten sich die aufgebrachten Gemüter und die Frauen verschwanden samt Obstkisten in ihrem Laden.

»Was machen Sie denn hier?«, entfuhr es Eichinger, als er Cornelius erkannte.

»Dasselbe wie Sie. Ich verfolge jemanden.«

Die Miene des Landwirts verfinsterte sich. »Wie kommen Sie auf die Idee, ich würde jemanden verfolgen?«

Statt einer Antwort packte Cornelius ihn am Ärmel und zerrte ihn mit sich, bis sie das schützende Bushäuschen erreicht hatten.

»Was zum Teufel …«

»Matthias muss ja nicht unbedingt mitbekommen, dass Sie ihm nachspionieren«, sagte Cornelius, während keine zehn Meter von ihnen entfernt Matthias Stadler auf den Gehsteig trat.

Mit hängenden Schultern saß Anton Eichinger neben Cornelius im Straßencafé und starrte trübsinnig vor sich hin. Den Kaffee, den die Kellnerin schon vor einer ganzen Weile auf ihrem Tisch abgestellt hatte, hatte er nicht angerührt.

»Eva hat Ihnen doch erzählt, was mit ihm los ist. Ich wollte einfach nur wissen, ob er wieder heimlich zum Sprayen geht«, sagte er schließlich.

»Indem Sie ihm nachspionieren? Noch dazu am helllichten Tag! Was glauben Sie, was losgewesen wäre, wenn Matthias Sie entdeckt hätte?«, fragte Cornelius kopfschüttelnd.

»Was soll ich denn machen? Diese Graffitis treiben mich noch in den Wahnsinn«, stieß Eichinger hervor. »Ständig hab ich Angst, dass er wieder Mist baut.«

»Weil er vor ein paar Wochen einmal heimlich gesprayt hat? Die Aktion war doch sogar vom Eigentümer des Gebäudes abgesegnet, wie mir Ihre Frau erzählt hat.«

»Und wer sagt mir, ob das tatsächlich seine einzige Aktion war? Ich kann ihm halt einfach nicht mehr vertrauen, verstehen Sie das denn nicht?! Außerdem geht es mir nicht um legal oder illegal. Wir hatten bei seinem Einzug ausgemacht, dass dieses Thema ein für allemal vorbei ist. Nicht umsonst ist er zu Hause hinausgeflogen. Und was macht er?«

Eichinger hatte sich jetzt regelrecht in Rage geredet und Cornelius war froh, dass die Nebentische mittlerweile leer waren.

»Gewisse … Angewohnheiten lassen sich eben nur schwer ablegen. Mit dem Sprayen ist es wahrscheinlich wie mit dem Rauchen. Wenn der Drang übermächtig wird, gibt man diesem irgendwann nach.«

»Das ist ja alles schön und gut, Herr Professor. Aber Matthias hat mir etwas versprochen und dieses Versprechen nicht gehalten. Er hat Eva und mich bei der erstbesten Gelegenheit hintergangen und ich befürchte, dass es nicht das letzte Mal war.«

Cornelius durchzuckte ein Gedanke. »Waren Sie deshalb neulich nachts mit dem Fahrrad unterwegs? Um Matthias zu beschatten?«

Eichinger runzelte die Stirn. »Woher …?«

»Ich habe Sie zufällig davonfahren sehen. Ohne Licht, mitten in der Nacht. Da macht man sich eben seine Gedanken«, räumte Cornelius ein.

»Jetzt fangen Sie nicht auch noch damit an. Es reicht schon, wenn mir Eva ein Verhältnis unterstellt.« Eichinger wirkte auf einmal sehr erschöpft. »Sie konnte mich auf dem Hof nirgendwo finden und hat mitbekommen, dass ich die Polizei angelogen hab. Ich hab denen erzählt, ich hätte den Mähdrescher repariert. Aber das stimmt nur zum Teil. Gegen elf hab ich mein Fahrrad gepackt und bin los.«

»Warum denn? Matthias hat in der Nacht doch gearbeitet. Ich selbst bin neben ihm gesessen.«

»Die ganze Nacht?«

»Nein, aber …«

»Eben«, seufzte Eichinger. »Ich war mir plötzlich sicher, er nutzt die Arbeit, um sich heimlich abzuseilen.«

»Wohin sollte er sich denn mit einem Mähdrescher abseilen?«, fragte Cornelius entgeistert.

»Wir haben drüben bei Ebersbach ein Feld. Das Gelände der alten Getreidemühle ist nicht weit davon entfernt. Seit die Mühle stillgelegt wurde, hat da schon öfter die Polizei vorbeischauen müssen. Heimliche Saufgelage, Partys, Drogen … und eben auch Graffitis.«

»Doch nicht von Matthias?!«

»Nein, aber vor Kurzem war ein Artikel über die alte Mühle und was da so alles vor sich geht in der Zeitung. Matthias hat ihn auch gelesen. Ich hab auf einmal ein ganz schlechtes Gefühl bekommen und ihn in der Nacht angerufen und gesagt, dass ich das Feld übernehme und er nach Hause fahren kann. Aber obwohl es schon spät war und er stundenlang gearbeitet hatte, wollte er es auf Biegen und Brechen selbst erledigen. Mitten im Gespräch hat er dann einfach aufgelegt.«

Darüber hatte Matthias also so vehement mit Eichinger gestritten.

»Und? Hat er heimlich gesprayt?«, fragte Cornelius vorsichtig.

»Nein«, entgegnete Eichinger. »Zuerst saß eine Frau bei ihm auf dem Mähdrescher. Keine Ahnung, wer das war. Ich hab die hier noch nie gesehen. Sie ist irgendwann ausgestiegen und er ist rüber nach Ebersbach und dann nach Hause.«

»Haben Sie ihn die ganze Zeit beobachtet?«

Eichinger nickte beschämt. »Ja.«

»Dann sollten Sie das auch bei der Polizei aussagen. Matthias würden Sie damit auf alle Fälle helfen.«

»Warum das denn?«, fragte Eichinger irritiert.

»Weil Matthias in deren Augen ein Motiv für den Mord an Konrad Stadler, aber kein Alibi hat. Immerhin wollte sein Onkel das Gedenkkreuz entfernen und die Felder verkaufen.«

»So ein Schmarrn«, brach es aus Eichinger heraus. »Der Matthias bringt doch deswegen niemanden um. Das ist wieder typisch. Diese Stümper haben von nichts eine Ahnung. Die sollen sich trauen und den Matthias verdächtigen. Dann werde ich diesem Thorwald so die Meinung geigen, dass ihm Hören und Sehen vergeht.«

»Und was ist mit Ihrer Frau?«, wandte Cornelius ein.

»Was soll mit Eva sein?«

»Wollen Sie ihr nicht sagen, wo Sie in der Nacht waren?«

»Irgendwann vielleicht, aber nicht jetzt. Wenn Eva erfährt, dass ich Matthias nachspioniert hab … Das verzeiht sie mir nie! Ausgerechnet sie, die mir die ganze Zeit damit in den Ohren liegt, dass ich ihm noch eine Chance geben soll.«

»Offenbar ist er ja auf einem guten Weg. Oder glauben Sie tatsächlich, dass er gerade in irgendeinem Landshuter Hinterhof heimlich ein Graffiti an die Wand sprayt?«, fragte Cornelius herausfordernd.

Nachdem Anton Eichinger sich verabschiedet und auf den Rückweg nach Neukirchen gemacht hatte, war Cornelius noch immer unschlüssig, was er mit Helenas Beobachtung anfangen sollte. Schließlich griff er nach seinem Telefon, um Ramona anzurufen. Er brauchte jetzt jemanden, der nüchtern und pragmatisch dachte und die Geschehnisse von außen beurteilte.

»Hallo, Herr Cornelius«, hörte er in diesem Moment eine vertraute Stimme.

Er drehte sich um und entdeckte Katrin Abel am Nebentisch. Die junge Kommissarin und er hatten sich schon vor einigen Monaten gut verstanden. Anders als ihr Vorgesetzter hatte sie Cornelius nie zum Vorwurf gemacht, dass sich ihre Wege in der Vergangenheit immer wieder gekreuzt hatten. Auch jetzt lächelte sie freundlich und er lud sie spontan ein, an seinem Tisch Platz zu nehmen.

»Sind Sie ganz allein unterwegs?«, fragte er beiläufig.

Ihr Lächeln wurde noch etwas intensiver. »Ja. Herr Thorwald und Herr Weber sind gerade in Neukirchen.«

»Haben Sie schon eine heiße Spur?«, platzte er heraus.

Die Kommissarin blickte ihn mit hochgezogenen Augenbrauen über den Rand der Speisekarte an.

»Ich bin schon still. Ich weiß ja, Sie dürfen mir nichts sagen.«

Cornelius rutschte auf seinem Stuhl hin und her und wartete, bis Katrin Abel einen Eisbecher und einen Kaffee bei der Kellnerin bestellt hatte.

»Es ist vielleicht gar nicht so schlecht, dass ich Sie hier treffe«, begann er. »Es gibt da nämlich eine etwas heikle Angelegenheit, die ich nur ungern mit Herrn Thorwald besprechen würde.«

Jetzt gehörte die Aufmerksamkeit der Kommissarin ganz ihm.

———

Adrian Neuhaus schlich auf Zehenspitzen an Helenas Krankenbett. Sie schlief tief und fest und er wollte sie auf keinen Fall wecken. Leise räumte er ihre Sachen in den schmalen Kleiderschrank und in das kleine Ablagefach im Badezimmer. Er hasste Krankenhäuser – allein bei dem Geruch drehte sich ihm fast der Magen um – und wollte Helena so schnell wie möglich nach Hause holen, wo er sie pflegen und ihr jeden Wunsch von den Augen ablesen würde. Vor dem Badezimmerspiegel verharrte er einen Moment. Das künstliche Licht in dem fensterlosen Raum zeigte in seinem Gesicht schonungslos die Spuren einer durchwachten Nacht, die Spuren kräfteraubender Wochen und Monate, die hinter ihm lagen.

Aber jetzt ging es nicht um ihn. Viel zu lange hatte sich in ihrem gemeinsamen Leben alles ausschließlich um ihn und seine Karriere gedreht, hatte er sich in seiner Schaffenskrise und der Trauer um Magdalena verloren und war in Selbstmitleid zerflossen. Ja, er war Opernsänger, und ja, seine Stimme machte ihm im Augenblick schwer zu schaffen. Genauso wie seine Rückkehr nach Kleineich mit all den schmerzhaften Erinnerungen, die sich seiner mehr bemächtigt hatten, als er es je für möglich gehalten hätte.

Doch keine Krise und kein Schmerz kamen auch nur annähernd an die Angst heran, die er von dem Moment an verspürt hatte, als er am Vortag das erste Donnergrollen gehört hatte und Helena nicht zu erreichen war. Die auch noch da war, nachdem sie Helena endlich gefunden hatten, und die auch jetzt noch nicht ganz weichen wollte. Am liebsten wäre er stundenlang an ihrem Bett gesessen und hätte sie einfach nur angesehen und ihre Hand gehalten.

Er holte das neue Mobiltelefon hervor, das er gerade in Landshut für sie gekauft hatte, und legte es auf den Nachttisch. Ihr altes Gerät funktionierte zwar noch, war durch den Sturz aber schwer ramponiert worden. Gerade als er sich auf den Bettrand setzen wollte, begann es zu vibrieren. Ein ankommender Anruf.

»Anonym« war auf dem gesplitterten Display zu lesen. Jemand mit unterdrückter Rufnummer versuchte Helena zu erreichen. Sie bewegte sich kurz, wachte aber nicht auf. Adrian Neuhaus zögerte einen Augenblick, ehe er das Telefon an sich nahm und sich einige Schritte vom Bett entfernte.

»Neuhaus.«

Wahrscheinlich die Polizei, die von Helena eine Aussage zu dem Unfall brauchte. Sie würde damit wohl oder übel noch eine Weile warten müssen. In diesem Zustand kam eine Vernehmung nicht in Frage. Doch am anderen Ende der Leitung blieb es still.

»Hallo?!«, sagte er eine Spur lauter.

Im Hintergrund meinte er das Geräusch vorbeifahrender Autos zu hören.

»Hallo! Wer ist denn da?«

Doch erneut erhielt er keine Antwort. Neuhaus wurde wütend.

»Hören Sie auf, meine Verlobte zu belästigen«, zischte er in das Telefon und legte auf.

Das Wort war so schnell ausgesprochen, dass er erst jetzt realisierte, was er gesagt hatte. Plötzlich fing er an zu lächeln. Es fühlte sich gut an, richtig gut. Eine Welle der Wärme und Zärtlichkeit durchflutete ihn.

Leise legte er das Telefon zurück, hauchte Helena einen Kuss auf die Wange und schlich aus dem Zimmer. Hoffentlich gab es das Juweliergeschäft in der Landshuter Innenstadt noch, in dem er vor vielen Jahren eine Kette für Magdalena gekauft hatte, dachte er auf dem Weg zum Parkplatz, und sein Lächeln wurde noch eine Spur breiter.

Noch lange nachdem Gregor Cornelius sich von ihr verabschiedet hatte, saß Katrin Abel im Eiscafé und grübelte über die Geschichte, die der Professor ihr anvertraut hatte. Die Kellnerin hatte schon nachgefragt, ob sie noch etwas bestellen wolle, und blickte auch jetzt abwartend in ihre Richtung. Katrin winkte ihr, bezahlte und machte sich dann auf den Rückweg ins Kommissariat.

Ein fliegendes Ungetüm mit leuchtenden Augen und Spinnenbeinen …

Was Robert Thorwald davon halten würde, war mit einem Wort gesagt: nichts. Er würde höchstens behaupten, der Professor wolle sich wichtigmachen und habe sich deshalb diese Räuberpistole ausgedacht. Und dann würde er Cornelius mit einer Anzeige wegen Behinderung der Polizeiarbeit drohen und ihn vor die Tür setzen. Und sollte jemand im Kommissariat noch einmal die abstruse Geschichte erwähnen, würde er den Unmut des Hauptkommissars zu spüren bekommen. So viel stand für Katrin fest. Ihr Vorschlag, sich gemeinsam mit Gregor Cornelius in der kommenden Nacht auf die Lauer zu legen, glich einem Himmelfahrtskommando. Worauf hatte sie sich da nur eingelassen? Ihr erster Impuls ließ sie nach dem Handy greifen und Florian Weber anrufen.

Doch mitten in der Bewegung hielt sie inne. Nicht aus Angst, dass ihr Kollege sie auslachen oder es Thorwald brühwarm unter die Nase reiben würde. Das war nicht seine Art. Sondern weil sie plötzlich das Gefühl hatte, etwas Angefangenes zu Ende bringen zu müssen. Und zwar allein, ohne Flo.

Ihr graute zwar schon bei der bloßen Vorstellung, Thorwald Rede und Antwort stehen zu müssen, wenn er dahinterkam – und ihr Gefühl sagte ihr, dass genau dies der Fall sein würde –, aber darüber konnte sie sich den Kopf zerbrechen, wenn es so weit war. Außerdem hatte sie sich nach Feierabend mit dem Professor verabredet, und in ihrer Freizeit konnte sie immer noch tun und lassen, was sie wollte.

Also steckte sie das Telefon zurück in die Tasche und öffnete die Bürotür. Keiner da. Torsten weilte ebenfalls in der Mittagspause, und der Rest der Mannschaft fragte sich noch einmal durch die Unterschriftenliste der Freizeitparkgegner. Die Stimmung war schon am Vorabend sehr angespannt gewesen, vor allem Kornbichler, dieser Querulant, hatte pausenlos gemosert. Katrin befürchtete, nach diesem Tag würde es nicht viel besser sein. Ihr Gefühl sagte ihr außerdem, dass Thorwald den Hebel an der falschen Stelle ansetzte und das Motiv für den Mord an Konrad Stadler ganz woanders lag. Nur wo zu suchen anfangen? Bei einem fliegenden Ungetüm? Cornelius' Geschichte kam ihr mit jeder Minute absurder vor.

Aber jetzt hatten sie ihre Nachtwache fest vereinbart, und Katrin würde ihn bestimmt nicht allein da draußen herumlaufen lassen. Auch wenn es am Ende nur ein Lausbubenstreich war, der die junge Frau so erschreckt hatte, dass sie mit dem Fahrrad verunglückt war. Apropos Fahrrad …

Bevor sie weiter über *Bavarian Adventure* recherchierte, wollte sie einen Blick in die Unfallakte von Magdalena Neuhaus werfen, die sie am Vortag im Archiv angefordert hatte. Noch immer las sie lieber in einer Papierakte als in der digitalen Version im Intranet. Ohne zu murren hatte Thorwald sein Einverständnis gegeben. Er hatte sich offenbar ebenfalls damit beschäftigt, denn sie fand das gute Stück auf seinem Schreibtisch. Katrin holte sich noch einen Kaffee und begann zu lesen. Schon bald war sie so in ihre Lektüre vertieft, dass der Fall Konrad Stadler für einen Moment in den Hintergrund rückte.

Cornelius verbrachte nach seiner Rückkehr aus Landshut einen geruhsamen Nachmittag in der Pension, wo er weiter in der Familienchronik der Freiherren von Neuhaus las. Anfangs hatte er

Helena gegenüber ein schlechtes Gewissen verspürt, da er trotz seines Versprechens, niemandem von den nächtlichen Vorkommnissen zu erzählen, die junge Kommissarin eingeweiht hatte. Aber jetzt war er eigentlich ganz froh, sich da draußen nicht allein auf die Lauer legen zu müssen. Obwohl er mittlerweile ziemlich sicher war, das Ganze würde sich als harmlos erweisen. Immerhin hatte er dann seine Pflicht und Schuldigkeit getan und Helena konnte beruhigt gesund werden. Leon Grubers Übergriff hatte er mit keinem Wort erwähnt, auch wenn er diesen Gruber nur zu gern an die Polizei verraten hätte. Aber diese Entscheidung konnte nur Helena treffen.

Wie ihre Aushilfe angekündigt hatte, kam Anna erst am späten Nachmittag aus München zurück. Cornelius hatte sich in den Biergarten gesetzt, um sie vor dem Abendgeschäft abzupassen. Gemeinsam mit ihrer Schwester holte sie etliche Vorhang- und Tapetenmuster aus dem Kofferraum ihres Autos und breitete diese auf einem Tisch im Nebenzimmer der Gaststube aus, wo beide Frauen sogleich anfingen, durch die Kataloge zu blättern. Cornelius verschob daher seine Pläne, sich mit der Wirtin auszusprechen. Stattdessen machte er einen kurzen Abstecher nach Kleineich, um Neuhaus die Chronik zurückzugeben. Er fand das Haus jedoch verlassen vor, weshalb er ins Hotel *Drei Lilien* zum Abendessen und – nach Einbruch der Dunkelheit – weiter an den mit Katrin Abel vereinbarten Treffpunkt auf den Parkplatz des Waldsees fuhr.

Die Kommissarin wartete bereits in ihrem Dienstwagen auf ihn. Cornelius parkte sein Auto und stieg zu ihr in den Wagen. Gemeinsam fuhren sie dann die Strecke ab, die Cornelius und Adrian Neuhaus am Vorabend auf der Suche nach Helena zurückgelegt hatten. Katrin Abel passierte die Unfallstelle und wendete etwa hundert Meter weiter in einem kleinen Waldstück. Der Himmel hatte sich in den frühen Abendstunden erneut zugezogen, das Mondlicht konnte die Wolkendecke nicht durchdringen. Cornelius starrte die ganze Zeit wie gebannt aus dem Seitenfenster. Katrin fuhr langsam zurück zum Parkplatz am Waldsee und machte dann erneut kehrt, bis sie wieder ihren Wendepunkt im Wald erreicht hatten.

Dieses Spiel wiederholten sie eine ganze Weile. Hin und wieder kam ihnen ein anderes Fahrzeug entgegen, zweimal wurden sie überholt, doch Cornelius konnte nichts Verdächtiges am Himmel entdecken. Schließlich bog Katrin in einen Waldweg ein, wendete den Wagen und schaltete dann Licht und Motor aus.

»Und jetzt?«, fragte Cornelius.

»Jetzt warten wir.«

———

Die dunkel gekleidete Gestalt schlich leise durch die Nacht. Obwohl zu der späten Stunde von ein paar Feldhasen abgesehen niemand unterwegs war, hatte sie sich die Kapuze ihres Pullovers tief ins Gesicht gezogen. Sie mied den Weg durch das Dorf und lief stattdessen einen großen Bogen durch die angrenzenden Wiesen und Felder, bis sie am westlichen Ende von Neukirchen ihr Ziel erreicht hatte. Dort angekommen holte sie einige Gegenstände aus ihrem Rucksack und legte sie neben sich auf den Boden. Ein flüchtiges Lächeln huschte über ihre Lippen, ehe sie sich ein schwarzes Tuch über Mund und Nase zog, sodass nur noch ihre Augenpartie sichtbar war. Aber mehr brauchte es für ihr Vorhaben nicht. Der schmale Lichtschein einer Taschenlampe flammte auf.

Jede Handbewegung saß perfekt, nur ab und zu hielt sie inne, wechselte die Gegenstände aus ihrem Rucksack und fuhr dann ohne zu zögern in ihrem Tun fort. Am Ende fehlte nur noch eine Kleinigkeit …

———

Cornelius hielt unruhig nach Katrin Abel Ausschau. Die junge Kommissarin war mehrmals die Strecke bis zur Unfallstelle zu Fuß zurückgegangen, während er an ihrem Wagen die Stellung hielt. Gerade war sie wieder unterwegs. Irgendwo schrie ein Käuzchen. Im Unterholz knackte und raschelte es. Cornelius fixierte die Stelle, aus der das Geräusch kam, doch er konnte nichts erkennen. Das Gehölz zu seiner Linken und Rechten war pechschwarz. Katrins Abwesenheit zog sich immer mehr in die Länge. Cornelius' Unruhe wuchs. Er ging einige Schritte bis zur

Einmündung und bog nach einem kurzen Zögern in die Straße
ein. Doch schon nach wenigen Metern bereute er seinen Ausflug
durch die stockfinstere Nacht. Hatte nicht sein Mobiltelefon eine
Taschenlampenfunktion? Tabea hatte ihm diese einmal gezeigt,
aber er wusste nicht mehr, wohin er drücken musste, um sie zu
aktivieren. Missmutig verharrte er am Straßenrand. In der letzten halben Stunde war kein Fahrzeug mehr vorbeigekommen. Er
versuchte den Schein von Katrins Taschenlampe zu erhaschen,
doch die Straße lag dunkel und verlassen vor ihm. Vorsichtig setzte er seine Wanderung fort. Obwohl er sehr langsam ging und
immer wieder eine Pause einlegte, hatte er schließlich das Ende
des Wäldchens erreicht. Wo zum Teufel steckte die junge Frau?

In diesem Moment vernahm er ein Geräusch. Kein Rascheln
oder Scharren, wie es im Wald mannigfaltig zu hören war, sondern … ein Surren. Und es kam auch nicht aus dem Unterholz.
Cornelius blieb regungslos stehen und lauschte. Es kam tatsächlich … von oben. Instinktiv blickte er zum Himmel. Nacht-
schwarz. Nichts, was dort nicht hingehörte.

Dafür bewegte sich plötzlich ein Lichtstrahl auf ihn zu. Der
Schein aus Katrin Abels Taschenlampe. Sekunden später zeichne-
te sich die Gestalt der Kommissarin ab. Sie lief nicht … sie rannte.
Als ginge es um ihr Leben.

Kapitel 22

Katrin spazierte langsam den Straßenrand entlang. Alle paar Meter hielt sie inne, lauschte angestrengt und suchte den Himmel ab. Doch außer einem Fuchs, der direkt vor ihr die Straße kreuzte, war sie niemandem begegnet. Mit jedem Schritt zweifelte sie mehr an der Sinnhaftigkeit ihres Unterfangens. Bloß gut, dass die Kollegen nichts davon wussten. Kornbichlers Kommentare konnte sie förmlich hören. Neben nörgeln gehörte über andere zu spotten und zu lästern zu seinen Lieblingsbeschäftigungen. Und auf Katrin hatte er es besonders abgesehen. Er dachte wahrscheinlich, sie wüsste nicht, was er hinter ihrem Rücken so alles verbreitete. Vollpfosten!

Thorwald hätte ihrem Außeneinsatz ohnehin sofort einen Riegel vorgeschoben. Die Laune, mit der er nach der erneuten Befragung der Freizeitparkgegner im Kommissariat aufgeschlagen war, kam einem Sauerampfer gleich. Hauptbetroffener war wieder einmal Florian Weber, der ihn den ganzen Tag begleitet hatte. Doch wie so oft musste mehr als ein Dutzend verstockter Tatverdächtiger und ein übellauniger Hauptkommissar daherkommen, um Flo aus der Haut fahren zu lassen. Umso lieber hätte Katrin ihn in ihre Pläne eingeweiht, aber ihr Entschluss stand fest: Sie würde die Aktion ohne Weber durchziehen. Deshalb hatte sie auch ein Date vorgeschoben, als er mit ihr nach der Arbeit noch etwas trinken gehen wollte. Sein Gesicht sprach Bände, weshalb sich Katrin eiligst vom Acker gemacht hatte. Thorwald war ohnehin viel zu bedient, um noch eine Teamsitzung abzuhalten, und hatte diese kurzerhand auf den folgenden Morgen verschoben.

Und wenn sie doch kurz bei Flo durchklingelte? Nur um sich hier draußen nicht komplett zum Idioten zu machen. Ihre Hand wanderte zum Mobiltelefon in ihrer Gesäßtasche, als sie plötzlich ein seltsames Brummen wahrnahm. Nein, eigentlich war es ein Surren … und die Geräuschquelle schien sich direkt über ihrem Kopf zu befinden. Blitzschnell schaltete sie die Taschenlampe aus und blickte nach oben. Helena Stern hatte recht gehabt, war ihr erster Gedanke. Ich muss weg von der Straße, ihr zweiter. Dann drehte sie sich um und rannte los. Sie musste das kleine Wäldchen erreichen, bevor …

Zahlreiche Bildfragmente schossen ihr durch den Kopf, während sie zurück in den Wald hastete. Und je näher sie den schützenden Bäumen kam, desto vollständiger wurde das Gebilde in ihrem Kopf. Wie hatten sie das nur übersehen können? Die Methode war doch längst kein Geheimnis mehr. Und ausgerechnet jetzt …

Oh, Flo, wenn du doch nur hier wärst!

Unversehens geriet sie ins Straucheln und konnte nur mit Mühe einen Sturz vermeiden. Hastig blickte sie sich um. Die Straße war leer, aber das Surren immer noch deutlich zu hören. Bleib, wo du bist, flehte sie in Richtung Himmel. Notgedrungen schaltete sie die Taschenlampe wieder ein und rannte weiter Richtung Wäldchen. Auf einmal konnte sie den Professor am Waldrand erkennen. Auch das noch! Er sollte doch am Wagen warten.

»In Deckung«, schrie sie.

Hinter ihr ertönte Motorengeräusch. Kein Surren oder Brummen, sondern eindeutig ein herannahender Wagen. Katrin spurtete Gregor Cornelius wie eine Wahnsinnige entgegen, packte ihn am Arm und riss ihn mit sich in das schützende Dickicht der Bäume. Die Zweige stachen und kratzten an der Haut, aber das war Katrin egal. Sie löschte die Taschenlampe.

»Was um Himmels willen …?«

»Still«, zischte Katrin.

Das Summen über ihren Köpfen wurde immer lauter, bevor es sich plötzlich so anhörte, als ob etwas hart auf der Straße aufschlug. Dann tat sich sekundenlang gar nichts, ehe ein schwarzer Kleinwagen wenige Meter vor ihrem Versteck mit quietschenden Reifen zum Stehen kam. Motor und Licht waren noch eingeschaltet, als der Fahrer aus dem Wagen stürzte und sich über das beugte, was vor ihm auf der Fahrbahn lag, ehe er es fast schon behutsam aufhob. Im Lichtkegel der Scheinwerfer war jede seiner Bewegungen gut zu erkennen.

»Ich weiß, wer das ist«, wisperte Cornelius.

———

Helena ließ das Kopfteil des Krankenbetts wieder nach unten fahren. Noch immer schmerzte jede Bewegung. Hunger hatte sie auch keinen. Obwohl die Schwester ihr extra eine Suppe zum Abendessen gebracht hatte, war sie bereits nach wenigen Löffeln satt. In ein paar Minuten würde auch diese Infusion durchgelaufen sein und sie dann hoffentlich schnell einschlafen können. Nur schlafen, nichts träumen, nichts denken müssen. Einfach nur schlafen und alles um sich herum ausblenden. Vor allem die Geschehnisse der vergangenen Nacht.

Ihr neues Handy lag noch unbenutzt auf dem Nachtkästchen. Adrian hatte es für sie gekauft. Als sie irgendwann am späten Nachmittag aufgewacht war, saß er an ihrem Bett und hielt ihre Hand. Obwohl er nach einer durchwachten Nacht todmüde sein musste, war er regelrecht aufgekratzt. Sobald es ihr etwas besser ging, würde eine Überraschung auf sie warten. Mehr hatte er nicht verraten wollen. Dabei hatte er so glücklich ausgesehen wie schon lange nicht mehr. Sie hatte ihn fast zwingen müssen, nach Hause zu fahren und sich endlich auszuruhen.

Helena griff nach ihrem ramponierten Mobiltelefon und las noch einmal seine Nachricht durch, die er, kaum dass er das Krankenhaus verlassen hatte, an sie abgeschickt hatte. Sogar an die Kopfhörer hatte er gedacht, als er ihre Sachen aus Kleineich geholt hatte. Die Musik, die sie jetzt auswählte, hatte sie sehr lange nicht mehr gehört. Zuerst spielte nur das Orchester, nach ein paar Takten setzte Adrians Stimme ein. Es traf Helena mitten ins Herz, ihn zu hören. So rein, so klar, so unendlich schön. Wie immer stellte sie sich vor, er singe nur für sie. Jeder Ton eine einzige Liebeserklärung.

Warum hatte sie diesen wunderbaren Mann nur hintergangen? Er war das größte Glück, das man sich nur vorstellen konnte. Mit Tränen in den Augen schlief sie schließlich ein.

Sobald der schwarze Kleinwagen auf der Straße gewendet und sich einige Meter entfernt hatte, schaltete Katrin Abel ihre Taschenlampe wieder ein und sprang aus dem Dickicht.

»Sie bleiben hier!«, rief sie Cornelius zu und spurtete zu ihrem eigenen Wagen.

Ich muss Flo anrufen. Und Robert. Ich muss Verstärkung holen.
Doch bevor sie die Kollegen mobilisierte, musste sie an diesem Wagen dranbleiben, um zu wissen, ob ihr Verdacht sich bewahrheitete. Hoffentlich war er nicht irgendwo abgebogen und in der Dunkelheit der Nacht verschwunden.

Keuchend erreichte sie ihren Wagen. Solange sie durch den Wald fuhr, musste sie notgedrungen das Licht eingeschaltet lassen. Ein Zusammenstoß mit einem Reh und ihre Verfolgung wäre jäh gestoppt.

Die Gestalt von Gregor Cornelius erschien im Lichtkegel der Scheinwerfer. Katrin hielt mit laufendem Motor an, um den Professor einsteigen zu lassen. Sie drückte das Gaspedal durch, kaum dass er die Beifahrertür geschlossen hatte. Die Straße verlief zuerst schnurgerade, ehe sie sich in S-förmigen Kurven an Feldern und Wiesen vorbeischlängelte. Das ebene Gelände gewährte eine gute Sicht und es dauerte nicht lange, bis Katrin in der Ferne die Rücklichter eines anderen Fahrzeugs entdeckte. Trotz des kurvigen Straßenverlaufs beschleunigte sie. Der Professor wurde unsanft an die Seitentür gedrückt und klammerte sich an den Haltegriff. Bisher hatte er kein Wort gesagt, ihr nur ab und zu einen fragenden Blick zugeworfen.

Eine Zivilperson hat bei einem Polizeieinsatz nichts verloren.
Natürlich wusste Katrin, dass sie gerade gegen alle Regeln der Polizeiarbeit verstieß. Aber das Wichtigste war, den schwarzen Kleinwagen nicht aus den Augen zu verlieren. Um alles andere würde sie sich später Gedanken machen. Außerdem kannte die Zivilperson neben ihr den großen Unbekannten.

»Wer ist das im Wagen vor uns?«, fragte sie, während sie weiter starr geradeaus sah.

»Leon Gruber. Seinen Eltern gehört dieses Fünf-Sterne-Hotel in Altenberg.«

»Das *Drei Lilien*?«

»Ja. Normalerweise ist er mit einem roten Porsche unterwegs, aber ich bin mir sicher, er ist es.«

Katrin Abel schaltete einen Gang höher. Hätte Cornelius geahnt, dass er sich mitten in einer Verfolgungsjagd wiederfinden würde, hätte er auf das Abendessen verzichtet. Mit beiden Händen krallte er sich am Haltegriff oberhalb seines Kopfes fest, während sein Mageninhalt Achterbahn fuhr. Er versuchte tief durchzuatmen und die aufkommende Übelkeit zu verdrängen.

»Was geht hier vor sich?«, stieß er zwischen zusammengepressten Zähnen hervor.

Katrin war jetzt bis auf zweihundert Meter an Leon Gruber herangefahren. Noch immer hatte sie das Licht eingeschaltet, zu groß war ihre Angst vor einem Wildwechsel. Sie drosselte die Geschwindigkeit, um ihm nicht zu nah aufzufahren. Er durfte unter keinen Umständen Verdacht schöpfen. Die Frage des Professors ignorierte sie.

»Sagen Sie mir jetzt um Himmels willen, warum Sie wie eine Verrückte die Straße entlangheizen und was dieser Kerl vor uns in seinem Wagen liegen hat!«, rief Cornelius.

Katrin wandte den Blick nicht von der Windschutzscheibe.

»Drogen.« Mehr sagte sie nicht.

»Und weiter? Was ist das für ein Ding, das am Himmel herumschwirrt und Helena angegriffen hat?«, bohrte Cornelius nach.

So würde er sich nicht abspeisen lassen. Erneut begann sein Magen zu rebellieren. Kalter Schweiß trat auf seine Stirn. Was auch immer dieser Leon Gruber vorhatte, Hauptsache er hielt bald an und der Husarenritt hatte ein Ende.

Katrin holte tief Luft. »Also gut. Das Ding ist eine Drohne, ein unbemanntes Flugzeug. Damit schickt irgendjemand Drogen zu Leon Gruber. Was er damit anstellt, werden wir hoffentlich bald herausfinden.«

»Eine Drohne?«, fragte Cornelius entgeistert und vergaß für einen Augenblick sogar seine Übelkeit. »Und warum greift das Ding unschuldige Fahrradfahrer an?«

»Es hat Helena nicht angegriffen. Es ist wahrscheinlich zu tief geflogen und vorzeitig abgestürzt, weil es zu schwer beladen war.«

Der schwarze Kleinwagen bog in die Landstraße Richtung Altenberg ein. Wollte Leon Gruber zum Hotel seiner Eltern? War die Nobelherberge ein geheimer Drogenumschlagplatz? Katrin setzte den Blinker und folgte ihm. Kurz vor der Kreisstadt war mehr Verkehr als auf den Nebenstrecken und sie musste aufpassen, Gruber nicht aus den Augen zu verlieren. Ein anderes Fahr-

zeug hatte sich zwischen ihn und seine Verfolger geschoben, doch
dieses überholte den Kleinwagen bei der nächsten Gelegenheit,
sodass sie kurz vor Altenberg wieder direkt hintereinander fuhren.

»Und wer hat dieses Ding, diese Drohne beladen?«

»Vermutlich Drogendealer aus Tschechien. Wir sind seit Wochen hinter denen her, weil gerade Unmengen an Crystal Meth
und Kokain die Szene überfluten. Dass diese Drohnen überladen
werden, passiert immer wieder. An der Grenze zwischen Mexiko
und den USA gehört das längst zum Berufsrisiko eines Drogen-
dealers.«

»Mexiko, USA. Frau Abel, wir sind hier in Niederbayern!«

Trotz der Anspannung musste Katrin lächeln. »Das eine schließt
das andere nicht aus. Gerade, weil wir hier mitten auf dem Land
sind, hoffen die Dealer den Polizeikontrollen zu entkommen.«

Und bisher war es ihnen perfekt gelungen. Während sie näch-
telang Schleierfahndungen durchführten, Autos filzten und Personen durchsuchten, segelten die Drogen seelenruhig über ihre
Köpfe hinweg.

»Dieser Gruber nimmt die Drohne in Empfang, holt die Drogen
heraus und schickt das Ding wieder zurück. Die Route ist entweder in einen Bordcomputer eingegeben oder die Drohne wird per
Fernsteuerung navigiert. Das alles bringt natürlich nichts, wenn
sie zu schwer ist. Wahrscheinlich ist er gerade zum vereinbarten
Übergabeort gefahren, als er sie hat abstürzen sehen.«

Man neigte dazu, leichtsinnig zu werden, wenn etwas besonders
gut lief. Oder man bekam den Hals irgendwann einfach nicht voll
und überspannte den Bogen. Beim Marktwert dieser illegalen
Fracht war jedes einzelne Gramm Gold wert.

Plötzlich durchzuckte Katrin ein Gedanke. Schlugen sie womöglich zwei Fliegen mit einer Klappe?

»Vielleicht ist sie ja auch in der Mordnacht abgestürzt. Oben
beim Feldkreuz«, sagte Cornelius in diesem Moment.

Seine Übelkeit war auf einmal wie weggeblasen. Obwohl es im
Wageninneren fast dunkel war, konnte er an Katrin Abels Reaktion erkennen, dass er mit seiner Vermutung ins Schwarze getroffen hatte.

Vor ihnen fuhr niemand anderes als der Mörder von Konrad Stadler.

Entgegen Katrins Annahme war nicht das elterliche Hotel das Ziel von Leon Grubers nächtlichem Ausflug. Nachdem er eine Weile durch Altenberg gefahren war und dabei peinlichst genau jede Geschwindigkeitsbeschränkung eingehalten hatte, bog er in eine Sackgasse und hielt vor einem kleinen Einfamilienhaus, das seine besten Jahre schon hinter sich hatte, an. Katrin passierte die Einmündung und parkte wenige Meter entfernt am Straßenrand.

»Sie bleiben hier und rühren sich nicht von der Stelle!«, schärfte sie Cornelius ein, während sie ihre Dienstwaffe aus ihrer Umhängetasche holte.

»Aber Sie können doch nicht ganz allein ... Der Mann hat schon einmal jemanden umgebracht!«

»Sie werden mich unter keinen Umständen begleiten und in diesem Auto sitzen bleiben. Egal, was da draußen auch passiert. *Sie bleiben hier!*«, wiederholte Katrin energisch, ehe sie die Autotür öffnete und ausstieg. »Und unser Gespräch von vorhin hat niemals stattgefunden. Haben wir uns da verstanden?!«

Besorgt beobachtete Cornelius im Außenspiegel, wie die junge Kommissarin sich vom Wagen entfernte und in die Sackgasse einbog.

Die Minuten verstrichen. Ein offenbar nicht mehr ganz nüchterner Radfahrer lenkte in Schlangenlinien an dem parkenden Wagen vorbei, doch davon abgesehen war zu der späten Stunde niemand mehr unterwegs. In einigen Metern Entfernung befand sich eine Straßenlaterne, die für ein diffuses Licht sorgte. Cornelius warf einen Blick auf seine Armbanduhr. Fast Mitternacht. Die Straße gehörte zu einem Wohngebiet, wo es hinter den meisten Fenstern schon dunkel war. Wo blieb Katrin Abel? Die Minuten zogen sich wie Kaugummi.

Schließlich hielt es Cornelius nicht mehr auf dem Beifahrersitz aus. Ganz egal, was er der Kommissarin versprochen hatte, er würde nicht tatenlos im Auto sitzen, während es die junge Frau mutterseelenallein mit irgendwelchen Dealern aufnahm, die auch vor einem Mord nicht zurückschreckten.

Mit leisen Schritten und einem flauen Gefühl im Magen näherte er sich der Einmündung zur Sackgasse.

———

Waltraud Stadler saß allein in der Wohnküche und starrte auf die Visitenkarte von Markus Baumgartner, die vor ihr auf dem Esstisch lag. Kaum hatte ihr Sohn am Vortag die Küche betreten, hatte er auch schon den Blumenstrauß entdeckt und sofort wissen wollen, von wem er war. Waltraud brachte es nicht übers Herz, ihn anzulügen, wohl wissend, welche Reaktion sie auslösen würde. Wutentbrannt hatte Thomas die Blumen aus der Vase gerissen. Das kleine Kärtchen war dabei zu Boden gesegelt, doch ihr Sohn war viel zu sehr mit Schimpfen und Fluchen beschäftigt gewesen, um es zu bemerken. Schließlich war er samt Strauß zur Küche hinausgestürmt. Waltraud hatte ihn erst wieder gesehen, als er einige Stunden später zusammen mit seinem Freund zurückkam. Yannick Lichtenberg war die angespannte Stimmung zwischen Mutter und Sohn nicht entgangen und es war ihm sichtlich unangenehm, gerade jetzt einige Tage auf dem Stadler Hof zu verbringen. Waltraud dagegen freute sich über den unverhofften Besuch. Sie mochte den jungen Mann, ganz egal, wie sehr Konrad auch gegen ihn gewettert hatte.

Konrad … Waltraud konnte nicht behaupten, ihn tatsächlich zu vermissen. In den ersten Stunden nach dem Besuch der Kommissare hatte sie gedacht, ihr würde es den Boden unter den Füßen wegziehen. Doch dem war nicht so. Die Erde drehte sich weiter, auch ohne Konrad. Nur eines hatte er nach seinem Tod noch geschafft: Er hatte sie zutiefst gekränkt und ihr Leben und all das, woran sie immer geglaubt hatte, lächerlich gemacht.

Wann hatte sie eigentlich das letzte Mal etwas getan, aus dem einfachen Grund, weil sie es tun wollte? Baumgartners Worte fielen ihr ein. Eine schöne Reise, in München einkaufen gehen, raus aus dem Alltagstrott und ihrer kleinen Welt, die ihr bisher so erstrebenswert erschienen war. Der Preis, den die Investoren zu zahlen bereit waren, hatte sie den Atem anhalten lassen …

Der Hofbetrieb würde auch ohne die beiden Felder weitergehen. Seit sie denken konnte, hatte Waltraud nichts mehr gewollt als eine eigene Landwirtschaft. Aber in den Augen ihres Vaters war es nicht legitim, einer ledigen Frau einen Bauernhof zu überschreiben. Den hatte damals ihr Bruder bekommen – und ihn innerhalb weniger Jahre zugrundegerichtet. Aber durch die Heirat mit Konrad war ihr Traum doch noch Wirklichkeit geworden. Nur eines hatte sie nicht gesehen, nicht sehen wollen, wenn sie ehrlich war: Der Hof war stets *ihr Traum* gewesen, nicht der ihres Mannes. Bis heute hatte sie keine Ahnung, was Konrad mit seinem Leben angestellt hätte, wenn Franz nicht tödlich verunglückt wäre. Nur eines wusste sie mit ziemlicher Sicherheit: Er wäre niemals Landwirt geworden.

Im Treppenhaus waren Schritte zu hören. Sekunden später wurde die Küchentür geöffnet und Thomas stand in T-Shirt und Schlafanzughose vor ihr.

»Jessas, Mama. Was machst du denn hier um diese Zeit?«

»Ich konnte nicht schlafen. Und du?«

Thomas schlurfte zum Kühlschrank. »Ich wollte uns nur was zu trinken holen.«

Er nahm eine Mineralwasserflasche heraus und wandte sich wieder zum Gehen, als er die Visitenkarte auf dem Esstisch entdeckte.

»Dann hast du dich jetzt also entschieden«, sagte er bitter.

Waltraud räusperte sich. »Thomas, ich …«

»Brauchst mir nichts erklären. Die Felder gehören jetzt dir. Du kannst damit tun und lassen, was du willst.«

Seine Mutter stand langsam von der Eckbank auf. »Das Gefühl hab ich ganz und gar nicht.«

»Was hast du denn erwartet? Dass ich vor Freude ›Halleluja‹ schrei, weil du …«

»Weil ich was?«, fragte Waltraud laut. »Die Felder verkaufen will? Woher weißt du das?«

»Du sitzt hier mitten in der Nacht mit einer Visitenkarte von diesem Baumgartner auf dem Esstisch …«

Waltraud nahm die Karte und zerriss sie in kleine Fetzen. »Hast du mich einmal gefragt, ob ich überhaupt verkaufen möchte?«

»Aber der Papa …«

»Der Konrad, der Konrad. Immer hör ich nur Konrad«, schrie Waltraud mit schriller Stimme. »Hat mich auch nur ein einziges Mal einer gefragt, was *ich* möchte? Jahrelang hab ich alles für diese Familie und diesen Hof getan. Und das Einzige, was ich zu hören bekomme, ist Konrad dies und Konrad das.«

Thomas wich erschrocken zurück. »Mama, was …«

»Warum glaubt eigentlich immer jeder zu wissen, was gut für mich ist? Dein Vater, die Landfrauen, der Baumgartner, du. Alle wisst ihr scheinbar bestens über mich Bescheid.«

»Aber …«

»Nix aber. Ich kann sehr gut allein für mich entscheiden.« Waltraud stemmte wütend die Arme in die Seiten. »Ich brauche diesen Freizeitpark nicht und ich werde einen Teufel tun und dem Baumgartner die beiden Felder verkaufen, nur weil dein Vater es so wollte. Und wenn der Konrad ein Problem mit seinem schwulen Sohn hatte, dann war das halt so. Von mir aus kann der Yannick gern hier einziehen. Und falls du die Biogerste noch anbauen willst, dann bau sie an. Aber sag mir nie wieder, was ich zu tun und zu lassen hab. Das entscheide ab sofort ganz allein ich und sonst niemand.«

Thomas öffnete den Mund und schloss ihn wieder. Der Gefühlsausbruch seiner Mutter hatte ihn vollkommen überfahren. »Aber der Papa …«, stotterte er.

»Dein Vater war auf diesem Hof schon lange nicht mehr glücklich. Alles andere ist nichts weiter als eine große Lüge.« Sie sah ihrem Sohn direkt in die Augen. »Machen wir uns doch nichts vor, Thomas. Die Felder waren erst der Anfang. Irgendwann hätte er alles verkauft. Er wollte nie Landwirt sein, und ich hab das einfach nicht sehen wollen, weil ich selbst nirgendwo anders leben wollte als auf einem Bauernhof.«

Thomas schluckte. »Das heißt, du willst nicht an den Baumgartner verkaufen?«

»Nein, ganz bestimmt nicht. Ich überschreibe dir die beiden Felder. Mach damit, was du für richtig hältst.« Waltraud atmete tief durch. »So, und jetzt geh ich schlafen. Morgen früh bin ich wegen der Beerdigung beim Pfarrer. Wäre schön, wenn du mitkommst.«

Sie legte ihrem Sohn kurz die Hand auf den Arm und ging dann zur Küchentür, wo sie beinahe mit Yannick Lichtenberg zusammengestoßen wäre.

»Servus, Yannick. Haben wir dich geweckt?«

»N-nein.« Yannick sah beunruhigt zwischen Waltraud und Thomas hin und her. »Da draußen schleicht einer bei der Maschinenhalle herum.«

Das Erste, was Cornelius sah, als er in die schwach beleuchtete Sackgasse einbog, war der schwarze Kleinwagen. Er wechselte vorsichtshalber die Straßenseite, um Leon Gruber, sollte der irgendwo auftauchen, nicht direkt in die Arme zu laufen. Auch wenn er Cornelius auf dem Parkplatz damals kaum beachtet hatte, wollte dieser es lieber nicht darauf ankommen lassen.

Ein Fenster an der rechten Hausseite, an der sich auch die Eingangstür befand und eine gepflasterte Einfahrt vorbeiführte, war hell erleuchtet. Um herauszufinden, was sich gerade hinter der Scheibe abspielte, hätte Cornelius einige Meter in die Einfahrt hineingehen müssen, die, so viel war zu erkennen, in einem Garagenanbau mündete. Vergeblich hielt er nach Katrin Abel Ausschau. Im Gebüsch hinter ihm raschelte es. Für einen kurzen Moment glaubte er, die Kommissarin hätte sich im Garten versteckt, doch dann entpuppte sich das Geräusch als Igel, der emsig an Cornelius vorbeiwackelte, ehe er wieder in den Untiefen einer Hecke verschwand. Er hatte lange genug gewartet. Von der anderen Straßenseite aus war er Katrin Abel keine große Hilfe. Da hätte er auch gleich im Auto sitzen bleiben können. Und die Gewissheit, dass die Kommissarin Hilfe brauchte, verfestigte sich mit jeder Minute, die verstrich. Er blickte sich mehrmals um und überquerte schließlich die Straße. Vor der Einfahrt verharrte er einen Augenblick. Das hölzerne Tor war geschlossen, doch linker Hand befand sich ein kleines Gartentürchen, das sich öffnen ließ. Von dem erleuchteten Fenster abgesehen, lag das Haus dunkel und still vor ihm. Im Vorgarten standen zwei hohe Tannen, die es weit überragten. Unweigerlich musste er bei dem spitz zulaufenden Dach und den kleinen Fenstern an ein Hexenhaus denken.

Leise ging er die Einfahrt entlang. Auf Höhe der Eingangstür waren auf der anderen Seite plötzlich Schritte zu hören. Jemand drückte die Klinke herunter.

Panik erfasste ihn. Umdrehen oder sich verstecken? Aber wo? Sein erster Blick fiel auf die Garage und ohne zu zögern rannte er los.

Ein Bewegungsmelder! Ihm wurde siedend heiß. Keine Sekunde hatte er bei seiner Aktion an ein automatisches Hoflicht gedacht. Erst dann nahm er im Augenwinkel wahr, dass die Beleuchtung am Nachbarhaus aufgeflammt war. Trotzdem reichten einige Strahlen bis in die Einfahrt. Keuchend erreichte er den Garagenanbau, wo er hektisch am Türgriff rüttelte. Mit einem leisen Knarren bewegte sich der rechte Torflügel. Cornelius zwängte sich durch die schmale Öffnung und zog das Tor hinter sich zu. Nur einen kleinen Spalt ließ er offen. Im selben Moment trat Leon Gruber in die Hofeinfahrt. Cornelius lugte durch den Türspalt. Gruber redete mit jemandem, der in der geöffneten Eingangstür des Hauses stand, den er von seinem Versteck aus jedoch nicht sehen konnte.

Dann wurde die Haustür geschlossen und Gruber blieb allein zurück. Noch immer brannte am Nachbargebäude das Licht, weshalb Cornelius den Hotelierssohn gut erkennen konnte. Mit einem Ruck drehte Gruber sich jetzt um und fixierte die Garage. Im selben Moment schaltete sich der Bewegungsmelder ab. Cornelius hielt den Atem an. Im Zeitlupentempo und so leise er konnte, schloss er den Torflügel. Um ihn herum wurde es schwarz. Stocksteif blieb er stehen. Verzweifelt versuchte er das Geräusch herannahender Schritte zu erlauschen.

Ich brauche eine Waffe.

Allmählich gewöhnten sich seine Augen an die Dunkelheit. Soweit er es erkennen konnte, befand sich kein Wagen, dafür aber jede Menge Werkzeug und Gerümpel in der Garage. Vorsichtig tastete er sich an der Wand entlang. Der Putz fühlte sich rau und rissig an. Seine Finger glitten über ein Regal. Es klirrte leise. Erschrocken hielt Cornelius inne.

Doch alles blieb ruhig. Schließlich tastete er sich weiter. Und tatsächlich fanden seine Hände einen langen Stiel, den er als

Hammergriff identifizierte. Der Kopf des Werkzeugs wog schwer in seiner Hand. Er wandte sich wieder Richtung Tür … und erstarrte. Der Lauf einer Schusswaffe bohrte sich von hinten schmerzhaft zwischen seine Rippen.

Kapitel 23

Cornelius hob langsam die Arme. Es war mucksmäuschenstill. Die Person in seinem Rücken schien ebenfalls den Atem anzuhalten. Die Sekunden verstrichen. Von draußen drang plötzlich ein Poltern und das wütende Fauchen zweier Katzen herein. Cornelius vermeinte schnelle Schritte zu vernehmen. Kurze Zeit später hörte er den Motor eines Wagens. Das Fahrzeug schien in der Hofeinfahrt zu wenden und sich dann rasch zu entfernen. Wieder wurde es still.

Allmählich begannen seine Arme zu schmerzen, doch er wagte es nicht, sich zu bewegen.

»Bitte«, krächzte er. »Ich … ich kann Ihnen alles erklären.«

Die Stille machte ihn noch wahnsinnig. Sein Herz raste und das Blut dröhnte in seinen Ohren. Der Arm, der den Hammer hielt, begann zu zittern und er spürte, wie ihm der kalte Schweiß ausbrach.

Ohne lange nachzudenken wirbelte er herum, bereit, dem anderen den Hammer auf den Kopf zu schlagen … oder es zumindest zu versuchen.

Doch sein Schlag ging ins Leere. Cornelius taumelte und konnte nur mit Mühe verhindern, kopfüber in das Fahrrad zu stürzen, dessen verbogener rechter Lenker sich in seinen Rücken gebohrt hatte und an dem er sich jetzt gerade noch festhalten konnte. Sein Kopf verfehlte den Sattel nur um Millimeter. Ein metallisches Scheppern erklang. Dann war es ganz still.

Ächzend richtete er sich auf. Er zitterte am ganzen Körper und stellte fest, dass er nur noch den Stiel des Hammers in der Hand hielt. An das Regal gelehnt, dauerte es eine Weile, bis er sich von dem Schreck erholt hatte und wieder einen klaren Gedanken fassen konnte. Plötzlich vibrierte es unangenehm in der Brusttasche seines Hemdes. An sein Mobiltelefon hatte er überhaupt nicht mehr gedacht. Ramona …

Hastig drückte er das Gespräch weg. Nicht hier, nicht jetzt …

Sein Blick blieb an der Anzeige des Telefons haften. Er wusste zwar immer noch nicht, wie man die Taschenlampe einschaltete, aber die Helligkeit des Displays sollte ausreichen, um sich besser zu orientieren. Er inspizierte das ramponierte Rad, das ihm beinahe zum Verhängnis geworden wäre, und dann den Rest der Garage, der vorwiegend aus Autoteilen und jeder Menge Werkzeug bestand. Am gegenüberliegenden Ende fand er eine weitere Tür, die er nach kurzem Zögern öffnete. Soweit er es im milchigen Licht des Displays erkennen konnte, handelte es sich bei dem Raum um eine zweite, sehr moderne und tipptopp aufgeräumte Garage mit einem Sportwagen darin. Das Tor hatte keinen Griff, sondern funktionierte elektrisch, weshalb ihm nichts anderes übrig blieb, als zurück durch den Altbau zu gehen, um wieder ins Freie zu gelangen. Nach einigen Minuten bangen Wartens drückte er die Klinke herunter und öffnete die Tür einen kleinen Spalt. Dann etwas weiter. Die Einfahrt war dunkel … und menschenleer.

Er quetschte sich durch die Öffnung und ließ das Tor leise ins Schloss gleiten. Auch im Haus war alles dunkel und ruhig. Nur das Fenster im Erdgeschoss war nach wie vor hell erleuchtet. Schnellen Schrittes und ohne einen Blick in das Innere zu werfen ging Cornelius daran vorbei, passierte die Haustür und huschte zur Einfahrt hinaus. Gerade als er feststellte, dass der schwarze Kleinwagen verschwunden war, sprang direkt vor ihm jemand von der Garage des Nachbargrundstücks auf den Gehsteig und schnitt ihm den Weg ab.

Cornelius' Herz machte einen Satz. Erschrocken starrte er sein Gegenüber an. Erst dann erkannte er Katrin Abel, deren wütender Blick ihn fast durchbohrte.

»Mitkommen!«

Mehr sagte sie nicht, sondern machte auf dem Absatz kehrt und eilte den Gehsteig entlang. Folgsam trottete Cornelius hinter ihr her, bis sie den geparkten Dienstwagen erreicht hatten.

»Was an ›Sie bleiben im Wagen, egal, was hier draußen passiert‹, haben Sie nicht verstanden?«, zischte Katrin. »Ich hab gedacht, mich trifft der Schlag, als Sie plötzlich in der Hofeinfahrt aufgetaucht sind.«

»Ich habe mir Sorgen gemacht, weil Sie so lange nicht zurückgekommen sind und wollte …«

»Was? Mal eben klingeln und die beiden Typen fragen, ob sie mir was angetan haben?«, fuhr sie aufgebracht dazwischen.

»Sie waren zu zweit?«

»Ja. Aber jetzt lenken Sie nicht ab! Was Sie getan haben, war lebensgefährlich! Ich bin Polizistin und für diese Situationen ausgebildet. Aber Sie … Sie …« Ihre Stimme schnappte fast über.

»Wo waren Sie denn die ganze Zeit?«

Katrin holte tief Luft. »Gruber ist gerade im Haus verschwunden, als ich mich an die Einfahrt herangeschlichen hatte. Ich bin auf das Dach der Nachbargarage geklettert. Von dort sieht man direkt in das Küchenfenster. Ich hab die beiden mit meinem Handy fotografiert.«

»Und?«, fragte Cornelius gespannt.

Katrins Wut verrauchte allmählich. »Volltreffer!«, sagte sie mit einem triumphierenden Lächeln im Gesicht. »Unser kleiner Kurier war tatsächlich bis oben hin mit Drogen vollgestopft. Sie haben alles fein säuberlich auf dem Küchentisch ausgebreitet. Nicht auszudenken, wenn das Teil samt Inhalt in den Waldsee oder mitten auf die Bundesstraße gestürzt wäre.«

»Und was passiert jetzt?«

Katrins Lippen wurden schmal. »Jetzt sagen Sie mir endlich, welcher Teufel Sie geritten hat, hier draußen rumzurennen?! Wissen Sie eigentlich, wie knapp das Ganze war? Zuerst an der Haustür, und dann wäre Gruber auch noch beinahe zur Garage gestiefelt.«

»Haben Sie das alles beobachtet?«

»Allerdings. Zum Glück sind beim Nachbarn an der Mülltonne zwei Katzen herumgeschlichen. Ich habe einen Stein dagegen geworfen und die beiden aufgeschreckt. Das hat ihn von der Garage abgelenkt.«

»Danke«, erwiderte Cornelius kleinlaut.

»Was haben Sie denn die ganze Zeit da drin gemacht?«, wollte die Kommissarin wissen.

Cornelius wurde heiß. Wenn er ihr jetzt beichtete, womit er den Lenker eines Fahrrads verwechselt hatte … »Mich versteckt«, sagte er daher schnell. »Ich dachte ja, dieser Gruber kommt hinterher.«

Katrin Abel musterte ihn mit starrer Miene.

»Die eine Hälfte der Garage ist übrigens voller Autoteile und Werkzeug und Sperrmüll. Dahinter folgt ein moderner Anbau, in dem ein Sportwagen geparkt ist«, fügte er eifrig hinzu.

»Das heißt, die Ausfahrt der Garage ist auf der Rückseite und man kommt in der Parallelstraße heraus?«, sagte Katrin mehr zu sich selbst.

Hinter ihrer Stirn begann es zu arbeiten. Drogenrazzia, Fluchtgefahr, Abriegeln aller möglichen Ausgänge …

»Was unternehmen wir denn jetzt?«, unterbrach Cornelius ihre Gedankenspiele.

»Wir?« Katrin starrte ihn entgeistert an. »*Ich* lasse Sie jetzt von einem Streifenwagen nach Neukirchen zurückbringen und rufe dann meine Kollegen von der Drogenfahndung und Hauptkommissar Thorwald an. Und während *Sie* in Ihrem Bett liegen und den heutigen Abend aus Ihrem Gedächtnis löschen, schnappen wir uns den Gruber und diesen anderen Typen.«

»Jetzt klingen Sie schon wie Ihr Chef«, sagte Cornelius mürrisch.

»Werden Sie bloß nicht frech! Seien Sie froh, dass Robert nichts von Ihren Eskapaden weiß.«

»Sie werden mich also nicht verraten?«, fragte er zaghaft.

Katrin verschränkte die Arme vor der Brust. »Sie haben im Wagen gewartet, während ich die beiden beobachtet und mich in der Garage umgesehen hab. So war es doch, nicht wahr?«

Cornelius nickte stumm.

»Ich mache das nicht nur Ihnen zuliebe, Herr Cornelius. Was glauben Sie, was mir blüht, wenn Robert erfährt, was heute Abend passiert ist?«

»Ich weiß. Tut mir leid«, murmelte Cornelius zerknirscht.

Hinter Katrin warfen zwei Scheinwerferkegel ihr Licht auf den Asphalt. An der nächsten Querstraße, die nur wenige Meter entfernt war, stand ein Wagen. Da es eine unübersichtliche Stelle war, musste sich der Fahrer weit in die Einmündung vortasten. Die Motorhaube und die Beifahrertür waren im Schein der nahen Straßenlaterne bereits gut zu erkennen.

»Deckung!«, rief Cornelius und zog Katrin Abel im selben Augenblick nach unten. »Der Sportwagen«, wisperte er aufgeregt, während sie hinter ihrem Dienstwagen auf dem Gehsteig kauerten und ein Auto die Straße entlangfuhr. »Was hat der Typ vor?«

Katrin wartete, bis das Motorengeräusch leiser wurde.

»Das werden wir gleich wissen«, sagte sie und rannte um den Dienstwagen herum.

»Und ich?«, rief Cornelius.

»Einsteigen! Schnell!!«

Cornelius saß angespannt auf dem Beifahrersitz, während Katrin Abel dem Sportwagen folgte und gleichzeitig Kommissar Weber anrief.

»Flo, ich bin's. Ich brauche deine Hilfe.«

***

»Wer schleicht da auf unserem Hof herum?«, fragte Waltraud Stadler irritiert.

»Keine Ahnung. Ich hab das Schlafzimmerfenster aufgemacht, weil es so stickig war. Da hat sich drüben an der Maschinenhalle plötzlich der Bewegungsmelder eingeschaltet und ich hab eine schwarz gekleidete Gestalt gesehen«, erwiderte Yannick Lichtenberg.

»Und du bist sicher, dass es nicht irgendein Viech war?«

Yannick sah seinen Freund entrüstet an.

»Ich mein ja nur«, fügte Thomas Stadler hastig hinzu.

Die Augen seiner Mutter weiteten sich. »Da schleicht wirklich einer herum.« Aufgeregt deutete sie zum Küchenfenster.

In diesem Moment prasselten mehrere Kieselsteine gegen die Fensterscheibe. Waltraud Stadler schrie erschrocken auf.

Thomas wirbelte herum, doch außer dem Lichtschein an der Maschinenhalle konnte er nichts erkennen.

»Den kauf ich mir!«, rief er und stürzte an Yannick vorbei in den Hausflur.

»Jetzt warte doch!«

»Thomas, bleib hier!« Waltraud Stadler eilte zum Küchenfenster.

Die Haustür wurde aufgerissen und Sekunden später sah sie ihren Sohn mitten im Hof stehen.

»Gehen Sie vom Fenster weg und rufen Sie die Polizei«, schrie Yannick Lichtenberg, ehe er Thomas hinterherrannte. Am Garderobenständer im Flur griff er noch schnell nach einem Regenschirm. Im Freien angekommen sah er, dass sein Freund bereits auf die gegenüberliegende Hofseite zusteuerte, wo die dunkel gekleidete Gestalt gerade um die Ecke der Maschinenhalle verschwand.

»Jetzt warte halt, bis die Polizei da ist«, zischte er, nachdem er ihn eingeholt hatte.

Doch Thomas dachte gar nicht daran stehen zu bleiben. Dem Typen würde er jetzt zeigen, wo der Hammer hing.

»Ich brauche keine Polizei«, stieß er grimmig hervor.

»Dann nimm wenigstens den hier.« Yannick reichte ihm den Regenschirm.

»Den brauch ich schon zweimal nicht.«

»Verdammt, Thomas …«

Thomas Stadler rannte einfach los, vorbei an der rechten Schmalseite der Halle, hinter der er den Eindringling vermutete. Er stieß einen unterdrückten Fluch aus. Auf der Rückseite der Halle war es dunkler, als er gedacht hatte. Warum hatte er keine Taschenlampe eingesteckt?

Einige Meter entfernt raschelte es im Gras und er konnte schemenhaft eine Gestalt erkennen, die vor ihm weglief.

»Na warte«, knurrte er und stürzte hinterher.

Plötzlich flammte ein grelles Licht auf und traf ihn mitten im Gesicht. Er hielt sich schützend die linke Hand vor die Augen. Um ein Haar wäre er gestolpert, so abrupt hatte er in der Bewegung innegehalten.

»Was zum Teufel …«

Der Strahl kam näher und blendete ihn so stark, dass er unwillkürlich den Kopf zur Seite drehte. Er spürte einen Lufthauch und riss instinktiv beide Arme hoch. Fast im selben Augenblick traf ihn ein harter Gegenstand am Unterarm und an der Schläfe. Der Schmerz war so heftig, dass er glaubte, sein Kopf würde explodieren. Ächzend sank er auf die Knie. Von irgendwoher waren Stimmen zu hören. Viele Stimmen, aufgeregte Stimmen … Jemand schrie seinen Namen. Dann wurde er ohnmächtig.

Schon zum zweiten Mal an diesem Abend verfolgte Katrin Abel ein Fahrzeug. Verbissen schaltete sie einen Gang zurück. Dann löschte sie das Licht an ihrem Wagen. Professor Cornelius saß mucksmäuschenstill neben ihr, während sie den Kollegen per Funk die Streckenänderung mitteilte.

»Wir sind in die Landstraße Richtung Neukirchen eingebogen.«

Florian Weber hatte nicht lange gezögert, sondern war noch während ihres Telefonats zu seinem Auto gespurtet und losgefahren. Er hatte ihr keine Vorwürfe gemacht und keine Fragen gestellt. Bei Thorwald am nächsten Tag im Büro würde es anders ablaufen. Aber zuerst musste sie diesen Einsatz über die Bühne bringen. Zwei Streifenwagen waren alarmiert und zu ihrer Unterstützung unterwegs, wie sie dem Funkspruch der Kollegen entnehmen konnte.

Warum Neukirchen?

Sie hätte ihr Monatsgehalt darauf verwettet, dass der Typ mit der heißen Ware nach Landshut oder sogar nach München wollte. Doch statt auf die Bundesstraße und weiter auf die Autobahn zu fahren, kurvte er durch die nächtliche Pampa. War er ebenfalls nur ein Kurier? Während sie auf dem Garagendach auf der Lauer gelegen hatte, war sie fast sicher gewesen, dass Gruber die Drogen in Empfang nahm und der tätowierte Typ bestimmte dann, wie und wo es damit weiterging. Zu dominant und bestimmend war sein Auftreten in der Küche gewesen. Hatte sie sich getäuscht und der Dealer saß tatsächlich in Neukirchen, dessen Ortsschild sie gerade passierten? Auch wenn sie die Scheinwerfer schon abgeschaltet hatte, versuchte sie, dem Sportwagen nicht zu dicht aufzufahren. Jetzt bloß keinen Fehler machen.

»Wir sind in Neukirchen auf der Hauptstraße. Bitte unbedingt unauffällig bleiben.«

Die Streife befand sich bereits kurz vor dem westlichen Ortsende, Weber nur unwesentlich dahinter.

Das Dorf lag im nächtlichen Tiefschlaf. Kein Wunder, die Uhr im Wagen zeigte fast halb zwei. Es ging vorbei an St. Ulrich und den Bauernhöfen an der Hauptstraße. Bei Eichingers brannte in einem Fenster im oberen Stockwerk noch Licht, wie Cornelius feststellte. Katrin wagte es nicht, an der Pension anzuhalten und ihn aussteigen zu lassen. Auf keinen Fall durfte sie den Sportwagen aus den Augen verlieren oder seine Aufmerksamkeit auf sich lenken.

Sie waren schon fast am Dorfende angekommen, als er einen Schlenker nach rechts machte und am Straßenrand anhielt. Katrin Abel tat es ihm gleich. Rasch schaltete sie den Motor ab. Es dauerte nicht lange und der Fahrer stieg aus. Er trug etwas bei sich und ging einige Meter die Straße entlang. Katrin informierte die Kollegen.

»Sitzenbleiben! Andernfalls werde ich Sie eigenhändig verhaften«, sagte sie dann zu Cornelius, nahm das Funkgerät an sich und stieg aus.

In diesem Moment bog der Typ in die nächstgelegene Hofeinfahrt. Katrin kannte das Grundstück, hatte sie doch selbst vor einigen Tagen dort nach einem vermeintlichen Hundegrab Ausschau gehalten.

»Er ist auf dem Stadler Hof«, flüsterte sie in das Funkgerät.

War Konrad Stadler hinter die Drogengeschäfte seines Sohnes gekommen und hatte deshalb sterben müssen? Oder hatte Yannick Lichtenberg am Ende seine Finger im Spiel und sein nächtlicher Ausflug war nichts weiter als ein Treffen unter Dealern, und Konrad Stadler nur zur falschen Zeit am falschen Ort?

Sie beeilte sich, der Gestalt vor ihr zu folgen. An der Einfahrt blieb sie jedoch abrupt stehen, denn der Bewegungsmelder hatte sich eingeschaltet und tauchte den Hof in ein weißes Licht. Der Typ selbst hatte ihn ausgelöst. Gerade kam er hinter der Maschinenhalle hervor, jetzt mit einer schwarzen Sturmmütze über dem Kopf, die nur die Augenpartie freiließ, dafür ohne den Gegenstand, den er zuvor in der Hand gehalten hatte. Er marschierte schnurstracks Richtung Wohnhaus.

»Ich brauche dringend Verstärkung. Ich wiederhole, ich brauche dringend Verstärkung auf dem Stadler Hof.«

In einem der Erdgeschossfenster brannte noch Licht. Der maskierte Kerl nahm eine Handvoll Kieselsteine und schleuderte sie gegen das Fenster. Von drinnen ertönte der spitze Aufschrei einer Frau. Im nächsten Moment flog die Haustür auf und Thomas Stadler stürzte heraus. Sekunden später erschien Yannick Lichtenberg. Er versuchte Stadler aufzuhalten, doch dieser hastete zur Maschinenhalle, wo der Maskierte gerade um die Ecke verschwand.

»Bin auf dem Stadler Hof hinter der Maschinenhalle und brauche dringend Verstärkung«, schrie Katrin in das Funkgerät, entsicherte ihre Dienstwaffe und spurtete los.

Als sie um die Ecke bog, sah sie im Lichtkegel einer Taschenlampe gerade noch den Baseballschläger, der Thomas Stadler mit voller Wucht traf, sodass dieser stöhnend zusammenbrach.

»Polizei! Hände hoch!«

Der Lichtstrahl richtete sich jetzt auf Katrin und für einen Augenblick war sie so geblendet, dass sich nur bunte Sternchen vor ihren Augen tummelten.

»Polizei! Lassen Sie den Schläger fallen und nehmen Sie die Hände hoch!«

Ich darf nicht schießen. Ich darf nicht einfach blindlings schießen.

»Haben Sie nicht gehört, was meine Kollegin gesagt hat? Lassen Sie den Schläger fallen!«

Flo, du bist da. Gott sei Dank bist du da.

Der Lichtstrahl ließ von Katrin ab und schnellte in die Richtung, aus der die Stimme ihres Kollegen gekommen war. Aber dort stand niemand. Plötzlich näherten sich Schritte, ein Aufschrei ertönte, der Strahl irrlichterte durch die Dunkelheit. Ein kurzes Handgemenge folgte, Baseballschläger und Taschenlampe fielen zu Boden. Weitere Lichtkegel flammten auf und richteten sich direkt auf die beiden Polizisten, die den Kerl überwältigt hatten, ihm die Mütze abnahmen und ihn jetzt routinemäßig durchsuchten. Alles um Katrin herum schien taghell erleuchtet.

»Tom!«

Erst Yannick Lichtenbergs Schrei holte sie aus ihrer Erstarrung. Während er sich über den blutüberströmten Thomas Stadler beugte, spürte sie einen kräftigen Arm, der sich um ihre Schultern legte.

»Flo ...«

»Das war knapp. Das war richtig knapp.«

Das Durcheinander an uniformierten Polizisten, Sanitätern und Notärzten, weiß gekleideten Beamten der Spurensicherung und Zivilpolizisten nahm schier kein Ende. Nur mit Mühe konnte eine vollkommen aufgelöste Frau – Cornelius nahm an, dass es sich um Waltraud Stadler handelte – von einer jungen Polizistin in Uniform und einem der Sanitäter beruhigt werden. Ein groß gewachsener Mann kletterte auf den Beifahrersitz des abfahrbereiten Notarztwagens, der den verletzten Thomas Stadler ins Krankenhaus nach Landshut bringen würde. Davor hatten uniformierte Polizisten bereits den Fahrer des Sportwagens in Handschellen abgeführt und in einem Streifenwagen abtransportiert.

Cornelius saß noch immer auf dem kleinen Mauervorsprung an der Hofeinfahrt und beobachtete das Geschehen aus sicherer Entfernung. Irgendwann war Katrin Abel zu ihrem Wagen geeilt und hatte ihm mitgeteilt, dass die Gefahr gebannt sei und er aussteigen dürfe. Nur kurz hatte sie erwähnt, was sich zuvor hinter der Maschinenhalle abgespielt hatte. Jetzt stand sie mit zwei Kollegen der Spurensicherung vor dem Sportwagen. Ein dritter Beamter, ebenfalls in weißer Schutzkleidung, trug einen länglichen Gegenstand, der in eine Folie gehüllt war, an Cornelius vorbei. Offenbar der Schläger, mit dem Thomas Stadler so übel zugerichtet worden war.

»Herr Cornelius, Sie sind ja immer noch da!«, rief die Kommissarin in diesem Moment und näherte sich seinem provisorischen Sitzplatz.

»Ich dachte, Sie brauchen mich noch für eine Aussage.«

Katrin Abel schüttelte den Kopf. »Nicht mehr heute Nacht. Ich lasse Sie von einem Streifenwagen zurück in die Pension bringen und melde mich morgen bei Ihnen. Ihre Daten haben wir ja.«

Auf dem Hof rief einer der Streifenpolizisten nach der Kommissarin.

»Den kurzen Weg schaffe ich auch zu Fuß.«

»Sind Sie sicher?«

»Ja, keine Sorge. Gute Nacht, Frau Abel.«

»Gute Nacht, Herr Cornelius. Schlafen Sie gut.« Sie schenkte ihm ein kleines Lächeln, ehe sie zurück auf den Hof lief.

Langsam ging er Richtung Pension. In einigen Häusern brannte noch Licht. Trotz der späten Stunde hatten die Ereignisse auf dem Stadler Hof die Nachbarn aufgeschreckt. Sie standen auf dem Gehsteig und in ihren Hofeinfahrten und unterhielten sich aufgeregt miteinander. Cornelius wünschte sich, er hätte Katrin Abels Vorschlag angenommen und sich zurückfahren lassen. Er beschleunigte seine Schritte. Unter keinen Umständen wollte er jetzt stehen bleiben und sich in ein Gespräch verwickeln lassen.

Plötzlich spürte er jeden einzelnen Knochen in seinem Körper. Eine bleierne Müdigkeit bemächtigte sich seiner und er war froh, endlich die Eingangstür zur Pension aufsperren zu können. Dort hatte niemand etwas vom Trubel am anderen Dorfende mitbekommen. Still und friedlich lag das Haus vor ihm. Die Uhr in seinem Zimmer zeigte halb vier, als er schließlich erschöpft in seinem Bett lag und innerhalb weniger Sekunden einschlief.

Der Barkeeper im *Drei Lilien* warf einen verstohlenen Blick auf seine Armbanduhr. Kurz nach zwei Uhr morgens. Es saßen nicht mehr viele Gäste in der Bar, die etwas versteckt hinter einigen Palmengewächsen im hinteren Teil der noblen Hotellobby untergebracht war. Die Champagnerladys – fünf betuchte Ehefrauen Frankfurter Großindustrieller und Investmentbanker, die jedes Jahr ins Hotel kamen und nicht nur das Servicepersonal und den Masseur zum Schwitzen, sondern auch die Kreditkarten ihrer Ehemänner auf der Münchner Maximilianstraße zum Glühen brachten – hielten sich beharrlich an ihrem Ecktisch. Ihr Geplapper verfolgte ihn seit Schichtbeginn beinahe synchron zum stetig plätschernden Brunnen in der Mitte des Foyers. Beides gehörte seit Jahren zu seinem Beruf und beides nahm er nur noch unterschwellig wahr. Direkt daneben hatte ein junges Pärchen Platz genommen, das außer sich selbst überhaupt nichts sah und hörte.

Einige Tische entfernt saß der Bauunternehmer Markus Baumgartner mit zwei anderen Anzugträgern. Die drei tranken ausschließlich Pils, hatten die Köpfe über irgendwelchen Unterlagen zusammengesteckt und sahen nur gelegentlich auf, wenn das Gegacker besonders laut wurde. So wie jetzt, als eine der Damen in ein schrilles Lachen ausbrach. Baumgartner musterte sie geringschätzig, ehe er sich wieder seinen beiden Begleitern zuwandte, nicht ohne vorher ein Zeichen zu geben, noch drei Pils fertig zu machen. Der Barkeeper stellte ein tulpenförmiges Glas unter den Zapfhahn und ließ die goldgelbe Flüssigkeit hineinlaufen.

»Mach mir noch ein Helles. Und einen Schnaps dazu«, grölte jemand am Tresen.

Leon Gruber, der Sohn der Eigentümer, saß als einziger Gast auf einem der Barhocker. Nicht mehr lange, dachte der Barkeeper, und er rutscht vom Stuhl auf den Hosenboden. Es wäre nicht das erste Mal, dass es passierte und er dann Hilfe beim Aufstehen bräuchte, weil er sternhagelvoll war.

Bei jedem anderen Gast hätte er nichts mehr ausgeschenkt, sondern ihn höflich gebeten, sich auf sein Zimmer zu begeben. Aber er wusste, was unweigerlich folgen würde, sollte er Gruber junior seinen Wunsch verwehren – wütendes Protestgeschrei, das schließlich in unflätigen Kraftausdrücken und zerschmetterten Gläsern mündete. So mochte Leon sich vielleicht in irgendeiner drittklassigen Kneipe aufführen, jedoch nicht in einem Fünf-Sterne-Haus wie dem *Drei Lilien*. Das Hotel hatte schließlich einen Ruf zu verlieren. Also stellte er ohne mit der Wimper zu zucken ein gefülltes Bierglas vor dem Sohn der Grubers ab, der, den Kopf auf einen seiner Arme gestützt, stumpfsinnig vor sich hinstarrte. Fehlte nur noch, dass er zu rülpsen anfing.

Alles hätte Leon von seinen Eltern haben können: das teuerste Internat, die beste Ausbildung, ein Studium an einer Eliteuniversität im Ausland. Aber nichts hatte dieser jämmerliche Versager auf die Reihe gebracht. Jetzt fing er offenbar auch noch zu schlägern an, zumindest sahen das Veilchen an seinem Auge und die Schrammen und Blutergüsse an Gesicht und Armen verdächtig danach aus. Lass dir auch noch das letzte bisschen Gehirn rausprügeln. Viel war ohnehin nie vorhanden, dachte der Barkeeper.

Wäre Leon sein Sohn gewesen, hätte er ganz andere Saiten aufgezogen. Aber so wohlüberlegt und sorgsam die Grubers das *Drei Lilien* führten, so realitätsfremd waren sie, was ihren Sohn anbelangte. Statt ihm endlich den Geldhahn zuzudrehen, schienen sie seine Eskapaden geradezu zu belohnen. Bei ihrer Tochter waren sie doch auch nicht so nachgiebig. Das Mädel war außerordentlich tüchtig und wäre eine würdige Hotelerbin, nur leider grub sie lieber nach archäologischen Funden, als hinter dem Empfangstresen zu stehen.

Während er Baumgartner und seinen Begleitern das bestellte Pils servierte, fuhren zwei Autos vor das Hotel. Durch die gläserne Eingangstür waren sie gut zu erkennen. Zuerst vermutete der Barkeeper spät anreisende Gäste. Die Insassen gingen jedoch nicht ins Hotel, sondern steuerten das Privathaus der Grubers auf der gegenüberliegenden Straßenseite an. Ein paar Minuten später betraten die Männer schließlich die Hotellobby. Ein großer Blonder vorweg, drei weitere, allesamt recht bullige Typen, hinterher. Aber es waren nicht ihre ernsten Mienen, die den Barkeeper erschreckten. Es war der Gesichtsausdruck von Leons Vater, der der kleinen Gruppe vorausging und der sie, so sah es fast aus, aufhalten wollte. Ferdinand Gruber stand das Entsetzen ins Gesicht geschrieben. Seine Augen wanderten panisch in Richtung Tresen. Immer wieder gestikulierte er wild und schüttelte den Kopf, was die Männer jedoch nicht beeindruckte. Mit schnellen Schritten näherten sie sich der Bar, doch nur Markus Baumgartner schenkte ihnen Aufmerksamkeit. Leon trank sein Bierglas mit einem Schluck zur Hälfte aus, während der Damentisch weiter vor sich hingackerte. Der Blonde sagte etwas zu Ferdinand Gruber, das der Barkeeper nicht verstehen konnte, und schob den Hotelier dann resolut zur Seite, ehe er an Leon Gruber herantrat, der von den Neuankömmlingen in seinem Rücken immer noch nichts mitbekommen hatte.

»Mein Sohn ist kein Mörder«, schrie Ferdinand Gruber in diesem Moment verzweifelt.

Kapitel 24

Florian Weber tigerte unruhig im Gemeinschaftsbüro auf und ab. Normalerweise würde er jetzt bei Robert Thorwald im Büro nebenan sitzen und mit ihm letzte Vorbereitungen für die Teambesprechung treffen, doch das musste er notgedrungen von hier aus und ohne den Hauptkommissar erledigen. Denn Katrin saß momentan bei Thorwald im Büro und die Tür war geschlossen. Schon seit über einer halben Stunde. Kein Laut war zu hören, aber Weber wusste, dass Thorwald nicht schreien musste, um jemanden richtig ins Gebet zu nehmen.

Was hatte sie sich nur dabei gedacht? Warum hat sie sich erst gemeldet, als es fast zu spät war?

Seit Katrin ihn mitten in der Nacht angerufen hatte, geisterten die Fragen unablässig durch seinen Kopf. Dass sie den Ausflug mit dem Professor nicht an die große Glocke hängen wollte, konnte er ja noch verstehen. Kornbichlers deplatzierte Kommentare waren niemandem entgangen und nervten mittlerweile die ganze Abteilung. Aber dass sie nach dem Absturz der Drohne nicht sofort angerufen hatte, kam so gar nicht nach der pflichtbewussten Beamtin, die er seit einigen Monaten zu kennen glaubte. Wenigstens bei ihm hätte sie sich melden können. Sie hatten doch von Anfang an einen guten Draht zueinander. Oder hielt sie ihn am Ende für den gleichen Vollpfosten wie Kornbichler? Der gab sich gar nicht erst die Mühe, seine Schadenfreude zu verbergen.

»Da würde ich nur zu gern Mäuschen spielen«, sagte er grinsend. »Hat sich unser Streberlein wohl etwas zu weit aus dem Fenster gelehnt.«

»Halt doch einfach deine Klappe. Dein dummes Geschwätz interessiert hier niemanden«, brummte Weber.

Kornbichlers Grinsen verschwand so schnell, wie es gekommen war. Doch bevor er etwas erwidern konnte, wurde die Bürotür aufgerissen und Hauptkommissar Martin Gerlach, Leiter des Drogendezernats, betrat den Raum. Mit seinen knapp zwei Metern Körpergröße überragte er sogar Robert Thorwald, zudem war er sehr durchtrainiert und immer sportlich-schick gekleidet. Nicht nur in der Gunst der Sekretärinnen lag er weit vorne, was aber auch an seiner unkomplizierten und jovialen Art liegen mochte. Weber hatte gern mit ihm und seinem Team zusammengearbeitet. Ein Profi durch und durch. Die wochenlangen Misserfolge bei der Jagd nach den Drogendealern hatten mehr an ihm genagt, als er zugeben wollte.

»Wir wären jetzt vollzählig. Können wir?«, fragte er in die Runde.

Drogenfahndung und Mordkommission hatten noch in der Nacht beschlossen, erneut eine gemeinsame Arbeitsgruppe zu bilden, wenn auch mit unterschiedlichem Fokus. Gerlachs Truppe würde sich vornehmlich um den Kerl mit dem Sportwagen kümmern und versuchen, an das Drogenlabor und die Hintermänner zu gelangen, während die Mordkommission Leon Gruber in die Mangel nahm.

Man konnte von Katrins Alleingang halten, was man wollte, aber er hatte ihnen nicht nur eine heiße Spur im Kampf gegen die Drogenmafia, sondern wahrscheinlich auch den Mörder von Konrad Stadler beschert. Falscher Ort, falsche Zeit …

»Der Chef und die Katrin haben noch eine … Besprechung«, antwortete Kornbichler süffisant.

Gerlach zeigte sich jedoch unbeeindruckt und klopfte energisch an die geschlossene Bürotür. »Robert, wir sind so weit!«

»Wer weiß, ob die Katrin überhaupt noch beim Meeting dabei ist«, unkte Kornbichler.

Weber hätte ihn am liebsten aus dem Büro geworfen. Katrins Aktion hatte Thorwald sehr verärgert. Diese Scharte vermochte auch Leon Grubers Verhaftung, die er in der Nacht höchstpersönlich vorgenommen hatte, nicht auszumerzen. Aber würde er deshalb tatsächlich Katrins Suspendierung vom Dienst beantragen?

»Das hoffe ich doch sehr«, sagte Gerlach ungerührt. »Kommissarin Abel mag zwar etwas über das Ziel hinausgeschossen sein, aber tatkräftige Polizisten sind mir allemal lieber als diese Stubenhocker, die nur darauf warten, bis ihr Dienst zu Ende ist.« Seine letzten Worte waren direkt an Kornbichler gerichtet. »Kollege Thorwald wird schon das Richtige tun«, fügte er hinzu.

In diesem Moment traten Thorwald und Katrin aus dem angrenzenden Büro. Katrin war sehr blass. Mit gesenktem Kopf ging sie an den Kollegen vorbei, immerhin direkt in den Besprechungsraum, wie Weber erleichtert feststellte. Also gehörte sie noch zum Team. Erst nachdem er sich neben sie gesetzt und eine Tasse Kaffee auf ihren Platz gestellt hatte, blickte sie kurz auf. Gerlach und Thorwald saßen am anderen Ende des lang gezogenen Konferenztisches einander gegenüber. Einer von Gerlachs Beamten hatte seinen Laptop aufgeklappt und Fotos der beiden Hauptverdächtigen an die Wand projiziert.

»Nachdem wir jetzt vollzählig sind, schlage ich vor, beide Teams auf einen einheitlichen Informationsstand zu bringen. Die Nacht war für uns alle kurz, aber dafür haben wir auch schon einiges über unsere beiden Kandidaten hier herausgefunden.« Gerlach wies mit dem Kopf Richtung Wand. »Robert, da die Ermittlungen durch euren aktuellen Mordfall ins Rollen kamen, fangt ihr am besten an. Wir klinken uns an der einen oder anderen Stelle dann einfach ein.«

Thorwald nickte. Doch anstatt aus seinen Unterlagen vorzutragen, wandte er sich an Katrin Abel.

»Katrin, mir liegt deine schriftliche Aussage zwar schon vor, aber du kannst sicher am besten von uns allen erzählen, was letzte Nacht passiert ist.«

»Ich?!« Katrin hob ruckartig den Kopf.

»Ja, gute Idee«, schaltete Gerlach sich ein. »Ich habe sowieso keine Lust, die ganzen Protokolle durchzukauen.«

Die Augen der Anwesenden richteten sich auf die junge Kommissarin. Katrin spürte, wie ihr abwechselnd heiß und kalt wurde. Dabei hatte sie gehofft, mit dem Gespräch bei Thorwald das Schlimmste an diesem Tag schon überstanden zu haben. Er war zu keiner Sekunde laut geworden, trotzdem hatte er ihr Fehlverhalten schonungslos kritisiert – zu Recht. Das wusste niemand besser als sie selbst.

»Was du in deiner Freizeit anstellst, ist mir egal. Von mir aus schlägst du dir mit dem Professor die Nächte um die Ohren. Aber in dem Moment, in dem die Drohne direkt vor eurer Nase auf die Straße gekracht ist, warst du im Dienst. Und von einer Polizeibeamtin im Dienst erwarte ich, dass sie sich regelkonform verhält. Und eine unserer Regeln besagt: keine Alleingänge. Erst recht nicht, wenn eine Zivilperson darin involviert ist.«

Die eine Stunde, die sie zu Hause war – an Schlaf war ohnehin nicht zu denken –, hatte sie nicht nur heiß geduscht, sondern sich fest vorgenommen, später nicht zu weinen. Egal was passierte, sie würde vor Thorwald und den anderen nicht in Tränen ausbrechen. Doch jeder Satz von ihm hatte ihr Vorhaben nur noch schwerer gemacht.

»Ein Wort, Katrin, ein einziges Wort, und Flo und ich wären sofort zur Stelle gewesen. Ich dachte, wir sind ein Team und können uns aufeinander verlassen.«

»Und was hättest du gesagt, wenn ich mich getäuscht hätte und alles ganz harmlos gewesen wäre?«, hatte sie mit rauer Stimme gefragt.

»Dann hättest du dich eben getäuscht. Punkt. Unser kleiner Ausflug wäre deshalb nicht in aller Munde gewesen, falls es das ist, was du befürchtet hast.«

Er las in ihr wie in einem offenen Buch. Der Kloß in ihrem Hals war immer größer geworden.

»Mir gefällt die Stimmung im Team momentan auch nicht. Aber was soll ich machen? Wir brauchen im Fall Stadler jeden Mann. Ich muss mich deshalb darauf verlassen können, dass meine Leute professionell damit umgehen, wenn es mal knirscht im Gebälk.«

Ja, es knirschte im Gebälk, und zwar gewaltig. Der Grund dafür saß ihr jetzt schräg gegenüber, hieß Kornbichler und musterte sie mit unverhohlener Schadenfreude. Dabei hatte sie sich geschworen, seine blöden Sprüche und abfälligen Kommentare zu ignorieren. Plötzlich musste sie an Thorwalds letzten Satz denken, bevor er sie mit einer Abmahnung für die Personalakte aus dem Büro entlassen hatte.

»Dass du bei der Drohne so schnell geschaltet hast, zeigt, was für eine gute Polizistin du bist.« Seine Lippen hatte ein kleines Lächeln umspielt. »Manch ein Kollege hätte es wahrscheinlich noch nicht einmal begriffen, wenn ihm das Ding samt Inhalt direkt auf den Kopf gefallen wäre.«

Aber die Schuld allein auf den unliebsamen Kollegen zu schieben, wäre nicht fair gewesen. Es war auch ihr Sturkopf, der sie es unbedingt hatte durchziehen lassen. Und die Befürchtung, die Aktion würde im letzten Moment nach hinten losgehen, wenn Gerlachs Leute plötzlich anrückten. Ein Blick auf den Leiter der Drogenfahndung sagte ihr, wie furchtbar dumm sie letzte Nacht gewesen war. Jetzt sah er sie aufmerksam an und nickte ihr aufmunternd zu. Katrin räusperte sich und straffte die Schultern. Dann begann sie zu erzählen.

Cornelius wachte erst nach elf Uhr am Vormittag auf. Das Frühstück in der Pension hatte er verpasst, was ihm sogar ganz recht war, hörte er doch beim Vorbeigehen an der Gaststube die Stimme von Roswitha Förster, die am Tresen stand und ihre Version der nächtlichen Geschehnisse auf dem Stadler Hof zum Besten gab. Er beschloss kurzerhand, nach Altenberg zu fahren und einen Abstecher in das Café im Hotel *Drei Lilien* zu machen.

Erst beim Anblick des leeren Parkplatzes fiel ihm ein, dass sein Wagen ja noch immer am Waldsee stand. Daran hatte er nach dem Durcheinander der vergangenen Nacht überhaupt nicht mehr gedacht. Aber hatte Anna nicht einen Bus erwähnt, der von Neukirchen an den Badesee fuhr? Auf gut Glück marschierte er die Hauptstraße entlang, denn die Bushaltestelle befand sich am westlichen Dorfende. Nach der Gewitternacht und den kühleren Temperaturen am Vortag hatte die Sonne wieder das Regiment übernommen und strahlte von einem wolkenlosen Himmel. Doch noch war es gut auszuhalten. Auf dem Eichinger Hof wurde eifrig an zwei Mähdreschern geschraubt und gewerkelt. Zweifellos würde es in wenigen Stunden, wenn die Felder abgetrocknet waren, mit der Ernte weitergehen. Matthias konnte er jedoch nirgendwo entdecken.

Unfreiwillig passierte er auf seinem Weg durch das Dorf auch die Einmündung zum Stadler Hof. Er hatte eigentlich nicht stehen bleiben wollen, doch er erkannte Eva Eichinger auf dem Fahrrad, die schon von Weitem winkte. Etwas atemlos hielt sie neben ihm an.

»Haben Sie schon gehört, was letzte Nacht mit dem Thomas passiert ist?«

»Äh … ja. In der Pension wurde darüber gesprochen.«

»Die Waltraud hat mich heute Morgen ganz verzweifelt angerufen und es mir erzählt. Ich kenne diesen Limmer. Der war bei uns auch schon ein paar Mal auf dem Hof. Ein unsympathischer Kerl, aber wer denkt denn gleich an so etwas!«

»Wissen Sie, wie es Thomas geht?«

Eva sah sehr bekümmert aus. »Er hat eine schwere Gehirnerschütterung und eine große Platzwunde. Und seine Hand hat wohl auch etwas abbekommen. Die arme Waltraud. Erst der Konrad, dann der Thomas …«

»Hoffen wir das Beste.« Über Evas Schulter hinweg entdeckte Cornelius Matthias am Stalleingang. »Ah, Matthias ist ja auch da.«

»Ja, wir versorgen die Kühe und schauen nach dem Hof. Das ist das Mindeste, was wir für die Waltraud und den Thomas tun können.«

»Schaffen Sie das denn alles? Sie haben doch selbst schon genug zu tun.«

»Ist nicht für lange. Ab morgen schickt der Maschinenring zwei Hofhelfer, die sich um alles kümmern.« Eva Eichinger stieg wieder auf ihr Fahrrad. »Jetzt muss ich aber weiter, Herr Professor. Machen Sie es gut.«

Nachdenklich ging Cornelius die Straße entlang. Erst kurz vor dem Bushäuschen – ein unscheinbarer fensterloser Betonbau wenige Meter vor dem Ortsausgang – fiel ihm die Menschenmenge auf, die sich dort versammelt hatte. Die Leute warteten jedoch nicht am Straßenrand, sondern standen vornehmlich auf der Wiese hinter dem Häuschen. Anna Leitners Schwester kam ihm mit zwei vollen Einkaufstaschen und ihren beiden Kindern im Schlepptau entgegen.

»Grüß Gott, Herr Professor. Haben Sie das scheußliche Geschmiere schon gesehen?«, fragte sie kopfschüttelnd.

»Das ist eine Elfe, Mama«, rief ihre Tochter aufgeregt. »Die ist schön!«

»Na«, widersprach der Junge sogleich. »Elfen fahren nicht mit dem Fahrrad.«

»Tun sie doch!«

»Tun sie nicht!«

»Jetzt gebt Ruhe, ihr beiden«, schimpfte Annas Schwester und beeilte sich, mit ihren streitenden Kindern von dannen zu ziehen.

Neugierig näherte sich Cornelius dem Bushäuschen, wo bei den Umstehenden helle Aufregung herrschte.

»Was sagen jetzt Sie, Herr Professor? Wenn Sie mich fragen, gehört dieser Schmierfink angezeigt.«

»Allerdings.«

»Also, mir gefällt es. Die Bushaltestelle sah eh immer so langweilig aus.«

»Das gehört sich trotzdem nicht. Was sollen denn die Leute denken? Dass jeder hier herumschmieren kann, wie es ihm passt?!«

»Genau! Eine Schande ist das!«

Cornelius nickte grüßend in die Runde, während er sich einen Weg durch die Dorfbewohner bahnte.

Eines musste man dem Künstler lassen: Er hatte Helena Stern perfekt porträtiert, dachte Cornelius beim Anblick des Graffitis auf der Rückseite des Betonbaus. Es zeigte ein elfenhaftes Wesen auf einem Fahrrad, mit dem es über Wiesen und Felder zu schweben schien. Dass das Gemälde von Matthias Stadler stammte, war nicht schwer zu erraten, erst recht nicht, nachdem Cornelius das kleine Zeichen am rechten unteren Rand des Graffitis entdeckt hatte: das Tag, die Unterschrift des Sprayers. Er hatte es schon einmal gesehen. Auf dem Unterarm von Matthias Stadler.

<hr>

Katrin berichtete den Kollegen von Helena Sterns Fahrradunfall und dass sie anfangs von einem Dumme-Jungen-Streich ausging. Erst die Bruchlandung der Drohne habe sie auf die Idee eines fliegenden Drogenkuriers gebracht. Wie zur Bestätigung war wenige Minuten später auch schon Leon Gruber aufgetaucht, den sie schließlich bis nach Altenberg verfolgte. An dieser Stelle hielt sie inne, da sie spätestens jetzt mit einer Frage oder einen Kommentar seitens der Anwesenden rechnete.

Doch nur Gerlach, der sich eifrig Notizen gemacht hatte, meldete sich zu Wort. »Da kommt dann auch noch gefährlicher Eingriff in den Straßenverkehr dazu, würde ich mal behaupten.« Er grinste kurz in die Runde und wandte sich dann wieder an Katrin. »Dieser Gruber sagt uns gar nichts.«

Thorwald nickte ihr schweigend zu, weshalb sie fortfuhr. »Leon Gruber ist bisher mit keinem Drogendelikt aktenkundig geworden. Er hat allerdings schon zweimal den Führerschein wegen Trunkenheit am Steuer abgeben müssen. Darüber hinaus war er in zwei Verkehrsunfälle verwickelt, die jeweils einen hohen Blechschaden verursacht haben. Er ist einunddreißig und wohnt bei seinen Eltern, denen das Fünf-Sterne-Hotel *Drei Lilien* in Altenberg gehört. Dort ist er vergangene Nacht verhaftet worden. Wir gehen momentan davon aus, dass die abgestürzten Drohnen der letzten Tage keine Einzelfälle waren. Es ist wahrscheinlich, dass in der Mordnacht eine Drohne Konrad Stadler direkt vor die Füße gefallen ist. Er wird nicht lange gebraucht haben, um zu verstehen, was da vor sich geht, weshalb Leon Gruber sich gezwungen sah zu handeln.«

Katrin suchte Thorwalds Blick. »Ich habe noch nicht mit ihm gesprochen«, nahm er den Faden auf. »Bei der Verhaftung hatte er fast zwei Promille, weshalb er in der Nacht nicht vernehmungsfähig war. Sein Vater hat einen Anwalt eingeschaltet, der heute Morgen hier aufgeschlagen ist. Mal sehen, wie viel wir aus ihm herausbekommen. Die Kollegen der Spurensicherung durchkämmen gerade das Haus der Grubers, haben bisher aber nur ein paar Gramm Cannabis gefunden.«

»Also eher Eigenbedarf«, warf Weber ein.

»Sieht ganz danach aus.«

»Die Drogenspürhunde sind heute Nachmittag an der Reihe. Momentan läuft ein größerer Einsatz am Münchner Flughafen, aber sobald die Spürnasen wieder fit sind, fahren sie nach Altenberg und nehmen sich beide Häuser vor«, sagte Gerlach und stand von seinem Stuhl auf. Direkt neben der Wand mit den Fotos blieb er stehen. »Das bringt uns zu Grubers Partner von letzter Nacht, Denis Limmer.« Er tippte mit seinem Kugelschreiber auf das Bild des tätowierten Mannes, der Thomas Stadler überfallen hatte.

»Limmer ist achtundzwanzig, Landmaschinentechniker bei einer Firma in Ebersbach und bereits mehrfach vorbestraft. Körperverletzung, Diebstahl und kleinere Drogendelikte, aber nichts in der Größenordnung von letzter Nacht. Seine Eltern sind beide früh verstorben. Das Haus in Altenberg hat er von seiner Großmutter geerbt. Wir gehen nach den Beobachtungen von Kommissarin Abel davon aus, dass Gruber die Drogen irgendwo in der Pampa in Empfang nimmt und dann bei Limmer abliefert, der sie anschließend unter die Leute bringt. Er hatte ein Mobiltelefon bei sich, ein weiteres mit einer Prepaid-Karte haben wir neben den Drogenpäckchen in der Küche gefunden.«

»Auch Gruber hat zwei Handys, das zweite ebenfalls mit einer Prepaid-Karte«, warf Thorwald ein. »Sieht ganz danach aus, als ob sie darüber miteinander kommuniziert hätten.«

»Der Staatsanwalt hat die Verbindungsnachweise schon beantragen lassen. Die KTU untersucht gerade die Telefone, die Laptops und die abgestürzte Drohne, die wir bei Limmer in der Küche gefunden haben.«

»Ist schon klar, woher die Drogen kommen?«, fragte Florian Weber.

»Der Stoff von gestern Nacht wird ebenfalls gerade untersucht. Mein Tipp ist nach wie vor Tschechien«, fuhr Gerlach fort. »Limmer schweigt beharrlich, hat aber gleich nach seinem Strafverteidiger verlangt, der ihn bisher immer vertreten hat. Der ist gerade bei ihm und bringt ihn hoffentlich zum Reden. Wenn Limmer uns seine Kontakte jenseits der Grenze verrät, lässt der Staatsanwalt vielleicht mit sich handeln. Was wir noch gar nicht einordnen können, ist der Überfall auf Thomas Stadler. Frau Abel, ich habe mir Ihre Aussage dazu schon durchgelesen …« Er sah Katrin direkt an.

»Ich ging zuerst davon aus, Limmer und Stadler seien Komplizen. Aber auf dem Anwesen hat Limmer sich aufgeführt wie ein Irrer. Er hat absichtlich den Bewegungsmelder aktiviert, Kieselsteine gegen das Küchenfenster geschleudert und sich mitten in den beleuchteten Hof gestellt.«

»Er hat also alles getan, um auf sich aufmerksam zu machen und Thomas Stadler nach draußen zu locken«, fasste Thorwald zusammen.

»Aber warum?«, platzte Kornbichler heraus.

320

»Das gilt es noch herauszufinden«, kam es von Gerlach. »Dafür sind wir ja bei der Polizei.«

Kornbichler fixierte ihn wütend, sagte aber nichts.

»Laut Frau Stadler war Denis Limmer ein paar Mal als Landmaschinentechniker auf dem Hof im Einsatz. Abgesehen davon wüsste sie nicht, was er und Thomas miteinander zu tun hätten«, sagte Katrin, die in der Nacht nur kurz mit Waltraud Stadler sprechen konnte.

»Wie geht es Thomas Stadler denn?«, erkundigte sich einer der Beamten.

»Yannick Lichtenberg hat mich heute Morgen angerufen. Stadler hat eine schwere Gehirnerschütterung und eine große Platzwunde am Kopf und kann sich an nichts erinnern. Ich wollte nach unserer Besprechung ohnehin ins Klinikum fahren und noch einmal Lichtenberg und seine Mutter befragen«, erwiderte Katrin.

Ihr war klar, dass der Überfall weitaus heftigere Verletzungen hätte nach sich ziehen können. Gehirnblutung, Koma, Schädelbasisbruch. Sie mochte sich gar nicht ausmalen, was alles hätte passieren können. Umso mehr graute ihr vor dem bevorstehenden Gespräch. Warum hatte sie nicht schneller reagiert? Wenn die Kollegen nicht in letzter Sekunde zur Stelle gewesen wären …

»Der Stadler kann von Glück sagen, dass du zufällig da warst. Bis die von seiner Mutter alarmierte Streife eingetroffen wäre, hätte Limmer ihn zu Brei geschlagen. Und seinen Freund womöglich auch«, bemerkte einer der Kollegen aus Gerlachs Team.

Katrins Wangen fingen erneut zu glühen an und der Kloß in ihrem Hals wurde schier übermächtig. Jetzt bloß nicht Thorwald oder Flo ansehen.

»Warum haben die nach dem Mord an Konrad Stadler einfach weiter gedealt? Es musste denen doch klar sein, dass es in der Gegend nur so von Polizisten wimmelt, sobald die Leiche gefunden wird«, hörte sie Weber neben sich fragen.

»Guter Einwand«, erwiderte Gerlach. Er mochte Weber und Abel. Beide noch etwas jung und ungeschliffen, was sie aber mit viel Engagement und Köpfchen wettmachten. Thorwald konnte froh sein, sie im Team zu haben.

»Das haben wir uns auch schon gefragt. Wir vermuten, das bevorstehende Musikfestival in Landshut hat sie weitermachen lassen. Dort kann man an einem Wochenende mehr Stoff unter die Leute bringen als anderswo in einem ganzen Jahr. Außerdem ist nicht gesagt, dass die Jungs jenseits der Grenze über den ›Zwischenfall‹ eingeweiht waren. Womöglich hätten die sich dann andere Abnehmer gesucht. Immerhin haben die beiden nach dem Mord den Übergabeort verlegt.« Gerlach hielt inne. »Andererseits sind regelmäßige Ortswechsel unter Dealern nicht unüblich. Die Drohne ist schließlich nicht unsichtbar und das Risiko, dass sie doch einmal jemandem auffällt, auf Dauer zu hoch.«

»Ich hätte die Leiche vom Stadler einfach verschwinden lassen«, sagte der Kollege neben Kornbichler.

»Vielleicht war dazu nicht mehr die Gelegenheit. Oder Leon Gruber hat Denis Limmer den Mord zunächst verschwiegen und ihm das Ganze erst letzte Nacht gebeichtet. Womöglich hatte er Angst, Thomas Stadler könnte dahinterkommen, was er seinem Vater angetan hat. Vielleicht war das der Grund für den Überfall auf ihn. Er sollte zum Schweigen gebracht werden, bevor er anfing, unangenehme Fragen zu stellen.«

Gerlach grinste Thorwald an. Katrin Abel warf Thesen auf, die einem wie diesem Kornbichler in hundert Jahren nicht einfallen würden.

»Das werden wir hoffentlich bald herausfinden«, sagte Thorwald rasch. »Katrin, wenn du ohnehin ins Klinikum fährst, befrag auch gleich diese Helena Stern. Vielleicht ist ihr vor ihrem Unfall irgendetwas aufgefallen. Torsten, du begleitest Katrin. Danach sind die Grubers und die Hotelangestellten an der Reihe. Flo und ich treffen euch im Hotel. Wir knöpfen uns hier in der Zwischenzeit Leon Gruber vor«, verteilte Thorwald die Aufgaben. Kornbichler und sein Kollege sollten das sichergestellte Material sichten und sich durch die Telefonlisten arbeiten.

Auch Gerlach wies seinen Leuten ihre Aufgaben zu. Er selbst würde Denis Limmer verhören, während seine Beamten Limmers Arbeitgeber in Ebersbach unter die Lupe nahmen und sich durch den Fundus aus dem Haus wühlten.

»Mit etwas Glück können wir bis heute Abend den Sack zumachen«, schloss er die Sitzung.

<h1 style="text-align:center">Kapitel 25</h1>

R obert Thorwald telefonierte kurz mit dem Staatsanwalt, ehe er und Weber den Vernehmungsraum betraten. Dort warteten schon Leon Gruber und sein Anwalt, Letzterer ein Mittfünfziger im eleganten Zweireiher und mit akkurater Föhnfrisur, der, kaum dass sie sich vorgestellt und Platz genommen hatten, seine Vertretungsvollmacht über den Tisch schob und erklärte, Leon Gruber werde keinerlei Angaben zur Sache machen.

»Darf ich erst noch das Band besprechen?«, fragte Thorwald und bemühte sich, nicht zu gereizt zu klingen. Das konnte ja heiter werden.

Dann schaltete er das Aufnahmegerät ein und machte die notwendigen Angaben.

»Also dann noch einmal«, sagte der Anwalt gedehnt und wiederholte seine einleitenden Worte.

Thorwald beschloss kurzerhand, ihn zu ignorieren, und wandte sich stattdessen direkt an Leon Gruber, der übernächtigt und unrasiert vor ihm saß und neben seinem geschniegelten Anwalt ein umso jämmerlicheres Bild abgab. Immerhin war er wieder einigermaßen nüchtern.

»Herr Gruber, es steht Ihnen selbstverständlich frei zu schweigen. Ich rate Ihnen aber dringend, in Ihrem eigenen Interesse, sich zu dem im Raum stehenden Tatverdacht zu äußern. Wir ...«

»Hier steht, von einigen wilden Spekulationen und unscharfen Fotos abgesehen, überhaupt nichts im Raum«, fuhr ihm Leons Anwalt sofort in die Parade.

Thorwald legte seinerseits eine Mappe auf den Tisch. »Das ist die Zeugenaussage von Kommissarin Abel, die Sie, Herr Gruber, vergangene Nacht dabei beobachtet hat, wie Sie eine mit Kokain und Chrystal Meth gefüllte Flugdrohne von der Landstraße aufgehoben und diese in Ihrem Wagen zu Denis Limmer nach Altenberg transportiert haben. Die Fotos dieses Treffens finden sich ebenfalls in der Mappe.«

Ehe Leon auch nur zum Luftholen kam, hatte sein Anwalt bereits gekontert. »Sie sagen es, Herr Thorwald. Von der Straße aufgehoben … Mein Mandant ist lediglich die Landstraße entlanggefahren, als direkt vor seinem Wagen dieses Flugobjekt abgestürzt ist. Natürlich ist er ausgestiegen, um sich den Gegenstand genauer anzusehen. Was hätten Sie denn an seiner Stelle getan?«

Damit kommst du aufgeföhnter Affe nicht durch, dachte Thorwald.

»Die Polizei gerufen«, erwiderte Weber neben ihm ruhig.

»Ich gebe zu, Herrn Grubers Reaktion, zuerst seinen Freund Herrn Limmer in Altenberg aufzusuchen und ihn ob des heiklen Funds um Rat zu fragen, war nicht ganz in Ordnung. Aber versetzen Sie sich doch einmal in seine Lage! Er war von diesem nächtlichen Ereignis vollkommen überrumpelt, um nicht zu sagen geschockt.«

Leon Gruber glotzte seinen Anwalt mit offenem Mund an.

»Und weil er so geschockt war, hat er die Drogen gleich bei ›seinem Freund Herrn Limmer‹ gelassen und ist dann weiter an die elterliche Hotelbar gefahren, um auf den Schreck erst einmal einen zu heben.« Thorwald kostete es enorme Überwindung, nicht aus der Haut zu fahren.

»Besser hätte ich es nicht ausdrücken können«, erwiderte der Anwalt mit einem galanten Lächeln. »Im Übrigen ist Herr Gruber, wie nicht zu übersehen sein dürfte, nach wie vor in einem psychischen Ausnahmezustand, sodass wir die Befragung an dieser Stelle …«

»Was bin ich?«, platzte Leon heraus.

Der Anwalt tätschelte seinem Schützling väterlich den Arm. »Wahrlich nichts, wofür Sie sich schämen müssten, Leon. Die Erlebnisse der vergangenen Nacht waren schließlich kein Zuckerschlecken für Sie.« Er wandte sich wieder an die beiden Kommissare. »Ich werde deshalb auch eine psychologische Untersuchung meines Mandanten beantragen und …«

»Was für einen Psycho-Scheiß? Soll das heißen, ich bin nicht ganz dicht?«, blaffte Leon ihn an.

Thorwald beobachtete das Schauspiel mit steigendem Interesse. Weber gab keinen Mucks von sich.

»Natürlich nicht. Ich wollte damit lediglich zum Ausdruck bringen, dass Sie nicht in der Lage waren …«

»Nicht in der Lage waren … Nicht in der Lage waren«, äffte Leon Gruber ihn nach. »Sagen Sie doch gleich, dass Sie mich für einen kompletten Idioten halten.«

Die Kommissare wechselten einen raschen Blick. Das Verhör lief nicht mehr ganz so, wie der Anwalt das geplant hatte. Das schien auch Leons Rechtsbeistand nicht entgangen zu sein.

»Leon, ich …«

»Na los. Spuck es aus!«, brüllte Leon. »Leon, der Depp, der nix auf die Reihe bekommt. Das ist es doch, was ihr alle denkt.«

»Die gestrige Aktion war auch nicht besonders schlau«, entfuhr es dem Anwalt.

Er merkte sofort, dass er sich zu weit aus dem Fenster gelehnt hatte, und versuchte zurückzurudern. »Ich meine …«

»Raus!«, schrie Leon und zeigte zur Tür. »Du verdammter Paragrafenreiter bist die längste Zeit mein Anwalt gewesen.«

»Aber Leon, jetzt seien Sie doch vernünftig. Wir können doch über alles …«

»Hau ab!« Und wie zur Untermauerung seiner Worte griff Leon nach der anwaltlichen Vollmacht, zerknüllte sie und warf das Papierknäuel in die Ecke. »Schöne Grüße an meinen Vater von seinem idiotischen Sohn!«

Thorwald stand auf und öffnete die Tür des Vernehmungszimmers. »Sie haben gehört, was Herr Gruber gesagt hat.«

Der Anwalt musterte Leon verächtlich. »Das wird Ihnen noch leidtun«, zischte er, ehe er grußlos hinausrauschte.

Thorwald holte eine Flasche Mineralwasser und ein Glas aus der Mitarbeiterküche und stellte beides vor Leon Gruber auf den Tisch. Dann setzte er sich wieder und klärte Gruber noch einmal über seine Rechte auf.

»Wollen Sie aussagen?«

Gruber schenkte sich mit zittrigen Händen ein und trank das Glas in einem Zug aus. »Ja.«

»Gut«, übernahm Weber das Gespräch. »Dann lassen Sie uns zuerst über gestern Nacht sprechen. Wohin waren Sie unterwegs, bevor Sie die Drohne haben abstürzen sehen?«

Leon sagte zuerst gar nichts. Thorwald konnte förmlich sehen, wie es hinter seiner Stirn arbeitete.

»Direkt hinter dem Pullinger Forst ist eine kleine Freifläche. Man kann sie von der Straße aus kaum sehen und kommt nur hin, wenn man schon im Wald rechts abbiegt. Dort ...« Leon stockte. »Dort sollte die Drohne eigentlich landen.«

»Aber das hat sie nicht getan?«

Er schüttelte den Kopf. »Nein, sie war viel zu schwer. Auf dem Weg dorthin hab ich sie plötzlich gesehen. Sie flog sehr niedrig und hätte es niemals durch den Wald geschafft. Ich wusste nicht, was ich tun sollte, und hatte Angst, dass ich sie in der Dunkelheit aus den Augen verliere. Aber kurz vor den ersten Bäumen ist sie dann mitten auf die Straße gedonnert.«

»Von wem kam die Drohne?«

Leon sah ihn mit großen Augen an. »Das weiß ich nicht. Denis meldet sich und gibt mir die Uhrzeit und die Koordinaten durch. Er hat mir dafür eigens ein Handy gegeben, auf dem nur er mich anruft. Ich fahre dann im Auto meiner Schwester los, warte, bis sie landet, und hole das Zeugs raus.«

»Im Auto Ihrer Schwester?«

»Ja, Denis meinte, mein roter Porsche sei zu auffällig. Sie hat einen schwarzen Kleinwagen und ist momentan in Griechenland. Sie will Archäologin werden«, fügte er kopfschüttelnd hinzu.

Thorwald ließ ihm Zeit.

»Die Drohne fliegt wieder dorthin zurück, wo sie hergekommen ist. Aber wo das ist, weiß ich nicht. Wirklich nicht! Das müssen Sie mir glauben!« Leon wurde panisch. »Das wird alles von Denis organisiert.«

»Woher kennen Sie beide sich eigentlich?«

Leon schluckte. »Vom Pokern. Ich ... ich hab vor einigen Wochen ziemlich viel Geld verloren. Mehr als ich an dem Abend dabeihatte. Die Jungs, mit denen ich gespielt hatte, fanden das gar nicht lustig. Denis ist dann für mich eingesprungen. Er hat mir einen Schuldschein ausgestellt und gesagt, dass ich ihn abarbeiten könnte. Für jede Drohne wird die Summe um fünfhundert Euro kleiner.«

Abarbeiten ... So konnte man dealen auch nennen. Limmer

brauchte offenbar einen Dummen, den er vorschicken konnte und der ihm die Drecksarbeit abnahm.

»Außerdem bin ich in einigen Nachtclubs in Landshut und München Stammgast. Das sind keine Dorfdiskos, sondern richtig exklusive Schuppen.« Ein Anflug von Stolz machte sich in Leons Stimme bemerkbar. »Ohne mich wäre Denis da nie reingekommen. Die Leute haben uns das Zeug förmlich aus der Hand gerissen. Vor allem das Koks ging weg wie warme Semmeln.«

»Und auf die Idee, sich das Geld für den Schuldschein bei Ihren Eltern zu leihen, sind Sie nicht gekommen?«

»Denis hat mir gedroht, ihnen den Schuldschein zu zeigen, wenn ich nicht mitmache. Wenn die gesehen hätten, wofür ich es brauche und mit welchen Leuten ich rumhänge …«

Thorwalds Hinweis, dass seine Aussage Ermittlungen wegen illegalen Glücksspiels nach sich ziehen würde, quittierte Leon lediglich mit einem Schulterzucken. »Jetzt ist doch eh schon alles wurscht.«

»Sie sagten vorhin, die Drohne sei viel zu schwer gewesen«, fuhr Weber fort. »Das war gestern Abend nicht zum ersten Mal der Fall, oder?«

Langsam näherten sie sich ihrem eigentlichen Ziel. Mit der Drogengeschichte würde Gerlach sich dann herumschlagen dürfen.

Leon schüttelte den Kopf.

Thorwald wies auf die Bandaufnahme. »Bitte antworten Sie.«

»Nein«, krächzte Leon. »Seit einer Woche ist das Ding fast jeden Abend viel zu voll. Denis wurde stinksauer, aber irgendwie klappt es nicht mehr so wie davor. Vorgestern Nacht ist es auch passiert. Und …«

»… und in der Nacht, in der Konrad Stadler das Feldkreuz entfernen wollte?«

Leon schenkte sich nochmals ein. Seine Hände zitterten jetzt so stark, dass er einen Teil des Wassers verschüttete.

»Herr Gruber, ist die Drohne auch in der besagten Nacht abgestürzt?«, fragte Thorwald eine Spur lauter.

»Ich hab den Typ nicht gekannt und wusste auch nicht, was der da oben um diese Zeit wollte. Das Scheißding sollte eigentlich fünfhundert Meter weiter fliegen, aber ich hab es schon vom Auto aus herumeiern sehen. Es war viel zu niedrig und dann … dann ist es einfach heruntergefallen. Als ob es jemand abgeschossen hätte«, sagte Gruber heiser.

»Und ist Konrad Stadler direkt vor die Füße gefallen.«

»Nein … ja! Ich bin mit dem Auto auf die Anhöhe hoch und hab sie gesucht. Ich hatte Panik, weil da schon ein Wagen stand. Aber dann hab ich sie gefunden … und er … er …«

»Er hat die Bruchlandung gesehen. Und Sie hatten plötzlich einen unliebsamen Augenzeugen, der schnellstens beseitigt werden musste.«

»Nein! Der konnte nix mehr sehen. Der lag da einfach hinter seinem Wagen. Alles war voller Blut.« Leon Gruber heulte jetzt fast. »Der war tot!«

––––––––––

Thorwald röntgte Leon geradezu mit seinen stahlblauen Augen. »Sie behaupten also, dass Konrad Stadler nicht mehr am Leben war, als Sie oben auf der Anhöhe angekommen sind und nach der abgestürzten Drohne gesucht haben?«

Leons Augen glänzten fiebrig. »Das war so! Ich schwöre es!«

»Was haben Sie dann gemacht?«

»Ich hab das Scheißding gepackt und bin abgehauen und zu Denis gefahren. Er ist zuerst vollkommen ausgeflippt, nachdem er erfahren hat, was passiert ist. Ich hab gedacht, das war's mit den Drohnen. Wenn hier erst einmal überall Bul… Polizisten herumlaufen, können wir unmöglich das Zeug durch die Luft schicken. Aber Denis brauchte den Stoff für das Musikfestival in Landshut. Also haben wir einfach ein paar Kilometer entfernt weitergemacht.«

»Woher haben Sie eigentlich das Veilchen und die anderen Verletzungen?«, wollte Weber wissen. »Hat Denis Limmer Ihnen diese Andenken verpasst?«

»Nein!«, wehrte Leon sogleich ab. »Da … da bin ich zu Hause in der Dusche ausgerutscht.«

Die beiden Kommissare glaubten ihm kein Wort.

»Ist er Ihnen gegenüber schon einmal handgreiflich geworden?«

»Nein!«, sagte Leon laut. »Er kann ganz schön wütend werden, wenn ihm etwas nicht passt, aber … nein!«

Angst vor Limmer oder die Wahrheit?

»Wissen Sie, was Denis Limmer mit Thomas Stadler zu tun hat?«

»Mit wem?«

»Thomas Stadler. Dem Sohn von Konrad Stadler, dessen Leiche Sie oben auf der Anhöhe gefunden haben.«

»Keine Ahnung. Den kenn ich nicht.«

Thorwald ließ ihn nicht aus den Augen. »Hat er Ihnen gestern Abend gesagt, wo er danach noch hinwollte?«

»Nein, Denis hat mir nie etwas erzählt. Und ich …«, Leon schluckte, »… ich wollte es auch gar nicht wissen.«

»Denis Limmer hat Thomas Stadler gestern Nacht mit einem Baseballschläger attackiert und schwer verletzt. Hat er irgendwann einmal seinen Namen erwähnt oder hatten Sie das Gefühl, dass da noch ein Dritter im Bunde ist?«, fragte Thorwald.

Leon griff nach dem Wasserglas, trank jedoch nicht daraus. »Nein! Ich sagte doch, ich kenne diesen Stadler nicht. Und ich hab auch keine Ahnung, ob noch ein anderer das Zeug vertickt hat. Mit mir war Denis lediglich in den Nachtclubs unterwegs. Was er mit dem Rest angestellt hat, weiß ich nicht.«

»Kommen wir noch einmal zur Mordnacht zurück«, begann Thorwald.

»Ich war es nicht!«, schrie Leon Gruber. »Ich hab dem nix getan.« Plötzlich hielt er inne. »In der Zeitung stand doch, dass er erschlagen wurde.«

»Und?« Thorwald hatte nicht vor, sich aus der Reserve locken zu lassen.

Leon lehnte sich zurück. »Ich hätte ihn nicht erschlagen müssen. Ich hab immer eine Schusswaffe mit Schalldämpfer dabei, die mir Denis für den Fall der Fälle gegeben hat. Wenn mir der da oben in die Quere gekommen wäre, hätte ich ihn einfach über den Haufen geschossen.«

Cornelius war froh, dass kurze Zeit später der Bus Richtung Waldsee eintraf und er den Spekulationen über das Graffiti entkommen konnte. Er mochte sich gar nicht ausmalen, wie Anton

Eichinger darauf reagieren würde. Der Unterhaltung mit seiner Frau nach zu schließen, hatte sich das Kunstwerk noch nicht bis zum Eichinger Hof durchgesprochen.

Mit seinem Wagen machte er sich dann auf den Weg nach Altenberg. Das Hotel *Drei Lilien*, in Ursprungszeiten wohl ein klassizistisches Stadthaus, in dem vermögende Kaufleute gewohnt hatten, bot neben einem exklusiven Restaurant auch ein schönes Café mit einer Sonnenterrasse. Cornelius setzte sich an einen freien Tisch unter einem ausladenden Sonnenschirm. Während er auf seine Bestellung wartete, fuhren auf der gegenüberliegenden Straßenseite mehrere Polizeiwagen vor. Aus einem von ihnen stieg ein Beamter mit einem Schäferhund. Hund und Herrchen verschwanden mit den anderen Polizisten in dem einstöckigen Wohnhaus in unmittelbarer Nähe.

»Jetzt guckt mal da«, sagte eine aufgeregte Frauenstimme am Nebentisch. »Das ist bestimmt ein Spürhund. Ich bin gespannt, was als Nächstes passiert.«

Ungeniert hielt sie sich ein Opernglas vor die Augen und beobachtete damit das Geschehen jenseits der Straße.

»Am Ende wird wieder jemand verhaftet«, erwiderte ihre Tischnachbarin mit unverhohlener Begeisterung.

»Wenn ich das meinem Karl-Heinz erzähle, der glaubt mir das nie! Von wegen, hier in Niederbayern ist nichts los!«

»Mord und Totschlag!«, jubelte die Frau mit dem Opernglas.

Cornelius waren die fünf elegant gekleideten Damen schon beim Betreten der Sonnenterrasse aufgefallen. Etwas zu stark geschminkt und zu üppig behängt für seinen Geschmack, aber offenbar durchaus gut informiert. Er versteckte sich hinter den *Altenberger Nachrichten*, die er als Lektüre mitgenommen hatte, und lauschte gespannt ihrer Konversation.

»Ich habe geglaubt, mir bleibt das Herz stehen, als dieser blonde Polizist in die Bar gekommen ist.«

»Du hast ihn doch zuerst gar nicht bemerkt.«

»Natürlich! So gut aussehend, wie der war. Von dem hätte ich mich gern verhaften lassen.« Allgemeines Gekicher.

»Dabei sind Polizisten gnadenlos unterbezahlt. Erst neulich kam ein Bericht im Fernsehen.«

»Wenn ich daran denke, dass wir fast eine Stunde mit einem Mörder zusammen an der Bar saßen …«

»Dabei sah der gar nicht so aus.«

»Also mir war der gleich suspekt. So betrunken und ungehobelt, wie der war.«

»Das heißt noch lange nicht, dass er jemanden umgebracht hat«, meldete sich die bisher schweigsame Nummer fünf des Quintetts zu Wort.

Die Antwort war ein entrüsteter Aufschrei der anderen vier. Mitten in dem Stimmengewirr, das Nummer fünf vom Gegenteil zu überzeugen versuchte, wurde Cornelius' Bestellung serviert.

»Mit so einem Sohn in der Familie ist man wirklich gestraft genug! Ich will gar nicht wissen, was der noch alles angestellt hat.«

»Mir tun die Eltern leid«, sagte Nummer fünf. »Habt ihr gesehen, wie verzweifelt sein Vater war, als die ihn abgeführt haben?«

Während Cornelius noch einen Kaffee trank, löste sich nicht nur die Gemeinschaft am Nebentisch auf – man wollte noch nach München zum Einkaufen fahren –, auch der Beamte mit dem Schäferhund verließ das Wohnhaus. Dafür trafen fast zeitgleich Hauptkommissar Thorwald und seine Kollegen vor dem Hotel ein.

Cornelius versteckte sich rasch hinter seiner Zeitung, war er doch sicher, nur wenig Begeisterung bei Robert Thorwald auszulösen, sollte dieser ihn auf der Sonnenterrasse des Hotels entdecken, wo er noch vor wenigen Stunden den Mörder von Konrad Stadler verhaftet hatte.

Martin Gerlach bremste seinen Dienstwagen vor dem kleinen Haus in der Sackgasse ab. Er war froh, das Kommissariat in Landshut für eine Weile verlassen zu können. Außeneinsätze waren ihm nach wie vor am liebsten. Direkt hinter ihm trafen die Kollegen mit den beiden Spürhunden ein. Ein weiterer Vierbeiner war gerade im Wohnhaus der Grubers zugange. Sein Gefühl sagte ihm jedoch, dass dort nicht viel zu finden sein würde. Leon Gruber mochte Konrad Stadler zwar den Schädel eingeschlagen haben, aber die Drogenzentrale lag hier, nur wenige Meter von ihm entfernt. Mit Schutzhandschuhen und Überschuhen ausgerüstet betrat er den Hausflur und begrüßte die Kollegen der Spurensicherung. Er hoffte, dass sie fündig wurden und zu den Drogen von letzter Nacht noch einiges dazu kam, denn Denis Limmer hatte bisher nicht allzu viel preisgegeben.

Der Kerl war eiskalt. Ein Profi. Anders als Leon Gruber, der vor Thorwald und Weber schon ausgepackt hatte, verschanzte Limmer sich hinter seinem Anwalt und seinem Schweigerecht. Nur zum Überfall auf Thomas Stadler hatte er sich geäußert. Und wie!

»Ich saß im Auto und musste pinkeln. Da bin ich hinter der Halle vom Stadler verschwunden. Ich kenn den Hof, hab dort schon öfters gearbeitet. Plötzlich ist der Typ auf mich losgegangen und hat mich angegriffen. Ist doch klar, dass ich mich verteidigen musste.«

Den Baseballschläger habe er zufällig im Auto gehabt, und weil er beim Aussteigen ein mulmiges Gefühl verspürt habe, habe er ihn mitgenommen. Zu Recht, wie sich dann ja herausstellte. Thomas Stadler habe sich schließlich wie ein Wahnsinniger auf ihn gestürzt. Gerlach hatte seine Aussage schweigend aufgezeichnet und ihm dann den Bericht von Katrin Abel hingelegt.

»Das ist die Aussage eines Augenzeugen. Die lesen Sie sich jetzt zusammen mit Ihrem Anwalt in Ruhe durch. Und dann überlegen Sie ganz scharf, ob Sie Ihre Aussage noch einmal revidieren wollen.«

Kapitel 26

Cornelius wartete, bis Kommissar Thorwald und seine Kollegen im Foyer des Hotels verschwunden waren, ehe er selbst die Rückfahrt nach Neukirchen antrat. Auf dem Beifahrersitz lag noch immer die Familienchronik der Freiherren von Neuhaus, die er ihrem Eigentümer schon am Vortag hatte zurückgeben wollen. Vielleicht war Adrian von Neuhaus ja jetzt auf Kleineich anzutreffen.

In der Tat hatte er dieses Mal mehr Glück, denn auf sein Klingeln hin waren schon bald Schritte hinter der mächtigen Eingangstür aus Eichenholz zu hören und der Türentriegler wurde betätigt.

»Die einzige ernst zu nehmende Sicherheitsvorkehrung in diesem Haus«, sagte Neuhaus und zeigte lachend auf die Vorrichtung, die mühelos jedem Prellbock und jedem Brecheisen standgehalten hätte. »Und die wurde noch von den Vorfahren meines Vaters angefertigt.«

Neuhaus wirkte erstaunlich gelöst und bat Cornelius sogleich ins Haus, wo er ihm ins Wohnzimmer voranging. Auch dort stammten die meisten Möbel wohl aus den vorvergangenen Generationen; mit seinem offenen Kamin, zwei kunstvoll verzierten Kommoden, einer alten Truhe und dem ausladenden Sofa machte es aber einen gemütlichen Eindruck. Trotzdem nagte der Zahn der Zeit an allen Ecken und Enden in Kleineich, wie Cornelius am bröckelnden Putz, den nach Farbe lechzenden Fensterrahmen und den knarzenden Türen feststellen konnte.

Neuhaus war offenbar gerade dabei, seine Ablage zu ordnen, denn der gesamte Wohnzimmertisch und Teile des Eichendielenbodens waren mit Papieren und Aktenordnern übersät.

»Bitte entschuldigen Sie das Chaos, aber ich war auf der Suche nach meiner Geburtsurkunde. Und wenn man erst einmal zu kramen anfängt ...« Wieder lachte er heiter und gelöst.

»Ich möchte Sie auch gar nicht lange stören, sondern Ihnen nur das gute Stück hier mit Dank zurückgeben.« Cornelius reichte ihm die Familienchronik.

»Sie stören überhaupt nicht. Ganz im Gegenteil: Sie sollen es als Erster erfahren«, entgegnete Neuhaus geradezu feierlich. »Helena und ich werden heiraten.«

»Oh …«, war alles, was Cornelius im ersten Moment einfallen wollte. Nicht sehr geistreich, aber Neuhaus schien sich nicht weiter daran zu stören.

»Gestern habe ich bei einem Juwelier in Landshut den perfekten Ring für Helena gefunden. Eigentlich wollte ich ihr den Antrag erst hier zu Hause machen, aber ich habe es einfach nicht mehr ausgehalten. Heute im Krankenhaus habe ich sie dann gefragt.«

»Herzlichen Glückwunsch«, beeilte Cornelius sich zu sagen.

»Vielen Dank. Anfangs hatte ich Angst, Helena würde ablehnen, so entgeistert hat sie mich angestarrt. Aber dann hat sie doch ›ja‹ gesagt.« Er lachte verlegen. »Zugegeben, sehr romantisch war das Ambiente in diesem Krankenzimmer nicht, zumal kurz zuvor auch noch die Polizei bei ihr war.«

»Ah ja.«

»Die Mordkommission war da. Ich habe die Kommissarin, die mich zu Konrad Stadler befragt hat, aus Helenas Zimmer kommen sehen. Sie wollte nicht recht mit der Sprache herausrücken und hat auf laufende Ermittlungen verwiesen, aber offenbar hatte sie gehofft, Helena habe vor ihrem Unfall eine Beobachtung gemacht.«

»Und hat sie?«

»Nein. Aber das hätte ich ihr gleich sagen können. Helena hätte mir doch davon erzählt. Immerhin hat sie durchblicken lassen, dass sie im Fall Stadler wohl eine heiße Spur verfolgen.«

»Ach …«

Wenn er weiter so eloquente Antworten gab, würde Neuhaus sich bald ernsthaft fragen, welchen Einfaltspinsel er vor sich hatte.

»Ja. Der Familie wäre es zu wünschen, wenn der Täter bald gefasst wird. Nicht abschließen zu können …«

Plötzlich erlosch das Strahlen in den Augen des Tenors. Er drehte sich zum Kaminsims. »Die offene Wunde immer zu spüren …«

Auf dem Sims standen drei Fotos von Magdalena Neuhaus. Ein Schwarz-Weiß-Porträt, ein Bild, das sie gemeinsam mit ihrem Bruder zeigte, und ein Bild – Cornelius gefiel es am besten, weil sie vollkommen gelöst in die Kamera lachte –, auf dem sie an ihrem Fahrrad lehnte, in dessen Korb sich ein großer Strauß Wiesenblumen befand.

Neuhaus ging zum Kamin und nahm das Foto an sich.

»Dieses Lachen konnte den traurigsten Menschen glücklich machen. Sie war immer so zufrieden, so im Reinen mit sich und der Welt. Warum ist sie in jener Nacht nicht mit dem Auto gefahren? Warum musste sie mit diesem verdammten Fahrrad unterwegs sein?« Mit leeren Augen starrte er auf das Bild in seinen Händen. »Ohne Magdalena wäre ich nicht der, der ich heute bin. Ich kann Ihnen gar nicht sagen, wie sehr ich meine Schwester vermisse.«

»Sie sieht wunderschön aus«, sagte Cornelius leise. Plötzlich entriss er Neuhaus den Bilderrahmen. »Das Fahrrad!«, rief er.

»Was?« Irritiert blickte Neuhaus ihn an.

»D-das Fahrrad auf diesem Foto …«

»Magdalenas Fahrrad. Was ist damit?«, fragte Neuhaus eine Spur schärfer.

»Das Fahrrad der Unglücksnacht?«

»Ja. Aber was …«

»Ich weiß, wo es steht«, stieß Cornelius hervor.

Jegliche Farbe wich aus Adrian Neuhaus' Gesicht. »Wo?«

»Ich … Wir …«

»Wo steht es?«, brüllte Neuhaus.

»In einer Garage in Altenberg«, sagte Cornelius tonlos.

»Dann fahren wir jetzt auf der Stelle dorthin.« Neuhaus stürmte zur Tür.

»Nein! Die Polizei …«

»Die Polizei sucht seit über einem Jahr erfolglos nach demjenigen, der meine Schwester umgebracht hat«, schrie er außer sich.

»Die Polizei hat den Eigentümer der Garage letzte Nacht verhaftet«, erwiderte Cornelius. Allmählich kehrten seine Lebensgeister zurück.

»Woher wollen Sie das wissen?«, fragte Neuhaus lauernd.

»Ich weiß es eben. Und deshalb …«

»Bitte sagen Sie mir, wo diese Garage steht.« Jetzt flehte der Tenor ihn fast an.

»Nein. Wir fahren jetzt ...«, Cornelius zögerte, »... wir fahren jetzt in das Hotel *Drei Lilien* nach Altenberg. Dort ist gerade die Mordkommission vor Ort.«

»Und woher wissen Sie das schon wieder?«

»Weil ich selbst gerade von dort komme.« Cornelius holte tief Luft. »Und ich weiß sogar noch etwas: Leon Gruber, der Sohn der Hoteleigentümer, hat Konrad Stadler erschlagen.«

Neuhaus hatte Mühe, das Gehörte zu begreifen. »Wie? Aber warum? Und ... und Magdalena?«

»Das wird die Polizei alles aufklären. Los, lassen Sie uns fahren.«

Eva Eichinger setzte sich auf den Bettrand und ließ den Blick durch das Schlafzimmer ihres verstorbenen Sohnes wandern. Nirgendwo war die Nähe zu Sascha größer als in diesem Raum. Nicht einmal sein Grab auf dem Dorffriedhof vermochte ihr dieses Gefühl zu geben. Trotzdem verging kein Tag, an dem sie es nicht besuchte. Genauso wie sie täglich das Schlafzimmer der kleinen Einliegerwohnung betrat, wo sich in den letzten fünfzehn Monaten nichts verändert hatte. Saschas Jeans und ein weißes T-Shirt hingen noch immer über dem Sessel in der Ecke, als wären sie dort nur kurz abgelegt. Auch Schrank und Schreibtisch waren noch voll mit seinen Sachen.

Eva strich die Bettdecke glatt. Ihre Gedanken waren bei Waltraud Stadler, die gerade um das Leben ihres Sohnes bangte. Die ersten Tage und Wochen war sie stundenlang in diesem Bett gelegen und hatte um Sascha geweint. Anfangs vollgepumpt mit Beruhigungsmitteln, die sie in einen Dämmerzustand versetzten, der alles betäubte und sie ihre Umwelt wie durch einen Schleier hindurch wahrnehmen ließ. Irgendwann hatte sie die Tabletten weggelassen in der Hoffnung, der Schmerz wäre so groß, dass sie einfach daran sterben würde. Oder zumindest den Verstand verlieren. Doch sie tat weder das eine noch das andere, und ganz allmählich wandelte sich der Schmerz in dumpfe Hoffnungslosigkeit.

336

Anton dagegen hatte anfangs jedes Gefühl von Trauer und Schmerz mit Arbeit bekämpft, wovon es auf dem Hof bis in den Spätherbst hinein genug gegeben hatte. Und Eva, froh, wenn er frühmorgens außer Haus ging und sich bis zum Abend nicht mehr blicken ließ, hatte ihn gewähren lassen. Sie wollte einfach nur für sich sein und an nichts anderes als an ihren Sohn denken. Dass Anton von einem Hofhelfer unterstützt werden musste, war Eva damals genauso egal wie ihr Haushalt. Jede Tätigkeit, jeder Gedanke, der sich nicht um Sascha drehte, erschien ihr wie purer Verrat. Dazu kam diese entsetzliche Angst, eines Tages nicht mehr zu wissen, wie sich seine Stimme und sein Lachen angehört hatten. Wenn Anna sich nicht regelmäßig um das Haus gekümmert hätte, wäre alles im Chaos versunken. Eines Tages stand die Wirtin einfach vor der Tür, ohne ihr Ratschläge zu erteilen oder, noch schlimmer, Trost zu spenden. Eva wusste, die Leute meinten es mit ihren mitleidsvollen Worten nur gut. Sie möge Kraft und Hoffnung aus der gemeinsamen Zeit schöpfen und an die schönen Stunden denken. Doch Eva wollte sich nicht erinnern. Sie wollte einfach nur ihren Sohn zurück.

Antons Zusammenbruch kam drei Tage nachdem der Prozess vorüber war und es auch auf dem Hof plötzlich ruhig wurde. Nie würde Eva den Novembermorgen vergessen, an dem er den Wecker ausschaltete und einfach liegen blieb.

»Wofür denn?«, war alles, was er sagte.

Verzweifelt hatte sie feststellen müssen, ihm darauf keine Antwort geben zu können. Ihr jüngerer Sohn hatte sich nie für den Hof interessiert. Dass er all die Jahre das Gefühl hatte, seine Eltern damit zu enttäuschen und in ihren Augen nicht gut genug zu sein, hatten sie viel zu spät bemerkt. Erst seine Verzweiflungstat, die ihn beinahe ins Gefängnis gebracht hätte, machte ihr bewusst, wie vernachlässigt er sich gefühlt haben musste und wie sehr sie als Eltern versagt hatten. Mittlerweile hatte er in Frankfurt Fuß gefasst. Gelegentlich kam ein Anruf, ab und zu auch eine Postkarte aus dem Urlaub. Mehr durften sie im Augenblick wohl nicht erwarten.

Wofür also alles aufrechterhalten? Der leere Blick aus Antons Augen traf Eva bis ins Mark. Und plötzlich fühlte sie ganz tief in sich drin eine Kraft, von der sie schon lange glaubte, sie verloren zu haben. Sie würde nicht zulassen, dass alles den Bach runterging und von ihrer Familie eines Tages überhaupt nichts mehr übrig war. Also stand sie auf, zog sich um und ging in den Stall.

Die Wintermonate waren trotzdem die Hölle, jeder dunkle, triste Tag ein einziger Kampf. Am schlimmsten war Weihnachten. Aber sie gab nicht auf und kämpfte unermüdlich weiter. Um Anton, um ihre Ehe, um ihren Hof, der auch für ihren jüngeren Sohn eines Tages wieder ein Zuhause sein sollte. Und dann, eines Abends, stand Matthias mit Sack und Pack vor ihrer Tür. Und ganz allmählich kehrte das Leben zurück auf den Eichinger Hof. Vor einigen Wochen, Matthias schraubte gerade an Antons altem Wagen herum, hatte sie die beiden durch das offene Küchenfenster miteinander reden und Anton auf einmal befreit auflachen hören. Das erste Lachen seit Saschas Tod.

Ein paar Graffiti auf einem abbruchreifen Fabrikgelände konnten das doch nicht zerstören. Ihre Kinder waren weiß Gott auch keine Waisenknaben gewesen. Warum war Anton bei Matthias so unnachgiebig? Hilf mir, schickte Eva eine stumme Bitte zu Saschas Foto an der Wand. Mittlerweile gaben ihr die täglichen Minuten in seinem Zimmer Kraft und Ruhe, auch wenn der erste Schritt über die Türschwelle noch immer mit einem tiefen Schmerz verbunden war.

Jemand lief die Treppe in den ersten Stock hinauf.

»Matthias?«

»Ja.«

»Ich bin hier. In Saschas Wohnung.«

Langsam kamen die Schritte näher. An der Tür zum Schlafzimmer blieb Matthias stehen.

»Bist du bei den Stadlers fertig?«

Matthias nickte stumm.

Eva rutschte zur Seite. »Komm ruhig rein.«

Er zeigte auf sein schmutziges T-Shirt. »Ich muss unter die Dusche.«

»Das bisschen Kuhstall werde ich schon aushalten.«

Zögernd betrat Matthias das Zimmer und setzte sich neben Eva auf das Bett. Die Verfärbung an seinem Auge war immer noch deutlich zu sehen. Früher oder später würde Anton Wind von der Prügelei bekommen.

Plötzlich durchzuckte sie ein unguter Gedanke. »Hast du dich etwa auch mit diesem Limmer geprügelt?«

»Nein, Eva!«

»Sei ehrlich. Hat dir dieser Kerl irgendetwas getan?«

»Nein, hat er nicht. Ich kenn den kaum.«

»Woher hast du dann das Veilchen?« Evas Augen wanderten zu Saschas Porträt an der Wand. »Ihm hättest du es doch auch erzählt, oder?«

Matthias sah sie schweigend an. »Leon Gruber«, sagte er dann leise.

»Du hast dich mit dem Gruber geprügelt?! Was hast du denn mit dem zu schaffen?«, regte sich Eva sogleich auf.

»Der Typ hat eine Frau angemacht.«

»Warst du nach dem Gewitter noch in der Disko?«

»Nein, in einer Scheune. Helena hatte sich dort untergestellt und dann kam er dazu und ich fuhr zufällig mit dem Mähdrescher vorbei.«

»Helena«, platzte Eva heraus. »Sag bitte nicht, dass es schon wieder um diese Stern aus Kleineich geht!«

»Doch! Was hätte ich denn tun sollen? Seelenruhig zusehen, wie er über sie herfällt? Der ist richtig handgreiflich geworden.«

»Ist ja schon gut«, lenkte Eva ein. »Ich will doch nur nicht, dass du dich in etwas verrennst. Dieser Neuhaus ist ihr Freund und …«

»Verlobter«, sagte er heiser.

»Ach Matthias, die beiden bleiben doch sowieso nicht lange auf Kleineich. Schlag sie dir am besten gleich aus dem Kopf. Diese Frau ist nichts für dich.«

»Ja, ja. Und andere Mütter haben auch schöne Töchter«, murmelte er. »Aber ich kann dich beruhigen: Es hat sich sowieso erledigt. Sie glaubt nämlich, ich hab etwas mit Onkel Konrads Tod zu tun.«

Eva sprang wie von der Tarantel gestochen auf. »Was glaubt die? Was fällt denn der ein?«

»Ist doch egal. Soll sie glauben, was sie will.« Matthias war ebenfalls aufgestanden. Warum nur hatte er Eva davon erzählt?

Und warum zum Teufel hatte er bei Helena angerufen? Zu allem Überfluss war auch noch dieser Neuhaus am Telefon gewesen. Kein Wort hatte sie erwähnt, dass sie so gut wie verheiratet waren. Hätte er damals bloß nicht angehalten und sie mitgenommen.

»Von wegen! Ich fahr jetzt raus nach Kleineich und werde mir diese Pritschn einmal vorknöpfen. Wie kommt die dazu, so einen Schmarrn zu behaupten?«

»Eva, bitte! Lass es einfach gut sein.«

Ehe sie etwas darauf erwidern konnte, wurde unten die Haustür aufgerissen.

»Eva!«, hörte sie ihren Mann durch den Flur brüllen.

»Was ist denn jetzt schon wieder los«, seufzte sie und ging aus dem Zimmer.

Auf der Treppe in den ersten Stock kam ihr Anton mit hochrotem Kopf und vollkommen außer Atem entgegengepoltert.

»Was schreist du denn so herum?«

»Von wegen Vertrauen haben und ihm noch eine Chance geben. Du wirst nicht glauben, was er sich jetzt schon wieder geleistet hat.«

Eva musste nicht fragen, um wen es ging.

»Anton, bitte! Er kann wirklich nichts dafür. Er wollte doch nur ...«

»Nichts dafür?! Hast du dir das Geschmiere einmal angeschaut?«

»Geschmiere?«, fragte Eva irritiert.

»Am Bushäuschen!« Die Stimme ihres Mannes überschlug sich fast. »Wovon, glaubst du, rede ich die ganze Zeit. Unser ›Künstler‹ hat es in der Nacht angesprüht. Das halbe Dorf hat es schon gesehen.«

Eva zuckte zusammen, als hätte man ihr eine Ohrfeige verpasst. *Nicht schon wieder ein Graffiti! Matthias, bitte nicht!*

In diesem Moment hörte sie seine Schritte.

»Wie schaust du denn aus?«, entfuhr es Anton. »Reicht es nicht, dass du hier überall deine Schmierereien hinterlässt? Fängst du jetzt auch noch das Prügeln an.«

Matthias stand wie angewurzelt am Treppenabsatz und starrte Anton mit unbeweglicher Miene an.

»Dafür kann er nichts. Wirklich nicht! Matthias, erzähl ihm, was passiert ist! Dass du nur der jungen Frau hast helfen wollen«, sagte Eva verzweifelt.

Herrgott, warum machte er seinen Mund nicht auf?!

»Ich hab genug gehört und gesehen. Sieh zu, dass du von hier verschwindest!«, schrie Anton.

Und damit drehte er sich um, stürmte die Treppenstufen hinunter und ließ die Haustür donnernd ins Schloss fallen.

Kommissar Thorwald und seine Kollegen saßen im Hotelfoyer und hielten eine kurze Teambesprechung ab. Sie waren an diesem sonnigen Nachmittag die einzigen Gäste, die sich auf den eleganten Ledersofas niedergelassen hatten. Kein Wunder, dachte Weber und warf einen sehnsüchtigen Blick durch die gläserne Eingangstür. Er konnte sich auch Schöneres vorstellen, als bei dreißig Grad im Schatten Zeugenbefragungen durchzuführen. Thorwalds Stimme holte ihn aus seinen Tagträumen.

»Ich bin mir sicher, wenn wir ihn noch einmal in die Mangel nehmen, legt Gruber ein Geständnis ab«, sagte er leicht verstimmt.

Nur zu gern hätte er dieses dem Staatsanwalt bereits jetzt präsentiert, aber Leon Gruber hatte bis zur Unterbrechung des Verhörs behauptet, nichts mit Konrad Stadlers Tod zu tun zu haben. Gerade entschied der Ermittlungsrichter über den Fortbestand des Haftbefehls, woran Thorwald jedoch keine Zweifel hatte.

»Seine Kartei wird immer länger: Drogenhandel, illegales Glückspiel, unerlaubter Waffenbesitz.«

Tatsächlich hatte die Spurensicherung eine Schusswaffe mitsamt Schalldämpfer im Handschuhfach des Wagens seiner Schwester gefunden. Nur den Mord hatte er noch nicht gestanden.

»Und er hat tatsächlich seinen Verteidiger hinausgeworfen?«, fragte Torsten, der junge Kollege im Team.

»Hochkantig«, antwortete Weber. »Das hättet ihr mal sehen müssen.«

»Das Gericht wird ihm einen Pflichtverteidiger zuweisen. Bei den Anklagepunkten, die im Raum stehen …«

»So ganz von der Hand zu weisen ist sein Argument aber nicht«, wandte Katrin vorsichtig ein.

»Dass er den Stadler erschossen und nicht erschlagen hätte? Der Typ weiß doch gar nicht, wie eine Schusswaffe funktioniert«, entgegnete Weber. »Der hätte sich höchstens selbst damit verletzt, wenn du mich fragst. Und was ist das überhaupt für ein bescheuertes Argument?! Zuzugeben, dass man eine Schusswaffe besitzt, die man womöglich eingesetzt hätte.«

»Eine Mordanklage ist ein anderes Kaliber als eine Anklage wegen unerlaubten Waffenbesitzes. Das dürfte auch Leon Gruber nicht entgangen sein. Außerdem war klar, dass wir die Waffe früher oder später sowieso in seinem Wagen finden …«

Mitten im Satz hielt Katrin inne und starrte zu der gläsernen Eingangstür. Thorwald folgte ihrem Blick.

»Was macht der denn hier?«, zischte er, als er Gregor Cornelius und einen dunkelhaarigen Mann im Schlepptau des Professors entdeckte. »Der geht mir jetzt gerade noch ab.«

»Ich kümmere mich um ihn«, sagte Katrin und eilte Cornelius entgegen. Thorwald war gerade wieder etwas besser auf sie zu sprechen. Die Anwesenheit des Professors würde zu dieser Entwicklung nicht unbedingt beitragen. Und was hatte er überhaupt mit Adrian Neuhaus zu schaffen, der nicht minder aufgeregt hinter Cornelius herlief? Fast war sie geneigt, Thorwalds Meinung über den Professor zu teilen.

»Sie habe ich gesucht«, rief Cornelius schon von Weitem.

»Was machen Sie denn hier? Wir hatten doch ausgemacht, ich rufe Sie an.«

»Herr Cornelius hat das Fahrrad meiner Schwester gefunden«, platzte Adrian Neuhaus heraus.

»Welches Fahrrad?«

»Das Fahrrad, mit dem Magdalena tödlich verunglückt ist«, sagte Neuhaus ungeduldig.

»In der Garage von diesem Kerl, der den jungen Stadler angegriffen hat«, fügte Cornelius hinzu. »Ich … ich bin letzte Nacht fast darüber gestolpert.«

»Sind Sie sicher?«, fragte Katrin streng.

Cornelius schluckte. »J-ja.«

»Ich erkenne das Fahrrad auf alle Fälle, wenn ich es sehe. Mein Gott, jetzt tun Sie doch endlich etwas und stehen Sie hier nicht so herum«, schrie Neuhaus.

Kapitel 27

Martin Gerlach wartete schon auf Robert Thorwald und Katrin Abel, die in diesem Moment vor Denis Limmers Haus ankamen. Dicht hinter ihnen hielt ein Personenwagen, aus dem ein älterer Herr und ein Mann Mitte vierzig stiegen.

»Was ist das denn für eine verrückte Geschichte?«, begrüßte Gerlach die Neuankömmlinge, nachdem Katrin Abel ihn von unterwegs angerufen hatte.

»Das trifft es wohl am besten«, sagte Thorwald gedehnt.

Von wegen Gregor Cornelius habe in der Nacht brav im Auto gewartet. Thorwald hatte gleich ein ungutes Gefühl verspürt, schließlich wollte es so gar nicht zum Naturell des Professors passen, irgendwelchen Anordnungen zu folgen. Erst recht nicht, wenn diese von der Polizei kamen. Entsprechend harsch war die Predigt ausgefallen, die Katrin sich auf der Fahrt vom Hotel zum Haus von Denis Limmer hatte anhören müssen. Was war nur los mit ihr? Alleingänge und Lügen – das alles passte überhaupt nicht zu Katrin.

Gerlach grinste breit, als ihm Cornelius vorgestellt wurde. Natürlich hatte es im Kommissariat die Runde gemacht, dass ein pensionierter Geschichtsprofessor in der Vergangenheit zwei Mordfälle gelöst hatte.

Adrian Neuhaus wollte sich nicht lange mit irgendwelchen Begrüßungsfloskeln aufhalten. »Wo ist das Fahrrad?«

»Nur mit der Ruhe«, sagte Gerlach. »Die Spurensicherung ist ohnehin gerade dabei, die Garage auseinanderzunehmen. Sie bringen es gleich nach draußen.«

Dann gab er Thorwald und Katrin mit einer Kopfbewegung zu verstehen, dass er sie allein sprechen wollte.

»Unsere vierbeinigen Kollegen haben ganze Arbeit geleistet«, begann er nicht ohne Stolz. »Sogar die ausgehöhlten Handtuchhalter im Bad und die Porzellanpuppen seiner Oma haben sie aufgespürt.« Er drehte sich kurz um. »Die Bude ist bis obenhin voll mit Crystal und Koks. Aus dieser Nummer kommt Limmer nicht mehr heraus. Wenn jetzt auch noch fahrlässige Tötung im Straßenverkehr und der Mordversuch an Thomas Stadler dazukommt, dann gute Nacht. Wie geht es denn dem jungen Stadler?«, wandte er sich an Katrin Abel.

»Er hat großes Glück gehabt. Keine der Verletzungen ist lebensbedrohlich. Etwas Sorge macht noch sein linkes Handgelenk, das der Baseballschläger voll getroffen hat. Er ist Landwirt und braucht beide Hände zum Arbeiten«, berichtete Katrin leise, was sie am Vormittag von Waltraud Stadler und Yannick Lichtenberg erfahren hatte.

»Die Geschichte, die Limmer mir aufgetischt hat, schreit zum Himmel«, fasste Gerlach das Verhör von Denis Limmer zusammen. »Beim Rest mauert er. Noch.«

»Hier kommt das Fahrrad.« Katrin zeigte hastig auf den weiß gekleideten Kollegen der Spurensicherung, der sich der Hofeinfahrt mit einem demolierten Damenfahrrad näherte.

Ein Blick auf Neuhaus genügte und Cornelius wusste, dass er sich nicht geirrt hatte. Der Tenor war aschfahl im Gesicht. Mit weit aufgerissenen Augen starrte er auf den verbogenen Rahmen, den Achter im Vorderrad, das zertrümmerte Licht und den verdrehten Sattel. Man konnte nur ahnen, mit welcher Wucht das Auto es erfasst haben musste.

»Bitte nicht berühren.« Katrin Abel hielt Neuhaus behutsam am Arm fest. »Die Kollegen von der KTU müssen es noch untersuchen.«

Neuhaus brauchte einen Augenblick, ehe er sprechen konnte.

»Das ist Magdalenas Fahrrad«, sagte er heiser und wies mit zittrigen Fingern auf den ramponierten Sattel. »Ich habe damals ihre Initialen in den Sattel einsticken lassen. MAEN ... Magdalena Alexandra Elisabeth von Neuhaus.«

Kornbichler öffnete die Tür des Gemeinschaftsbüros und äugte missmutig auf den Flur hinaus, wo Stimmengewirr und schnelle Schritte an ihm vorbeizogen. Thorwald und Gerlach rannten diskutierend vorneweg, Katrin und zwei Männer den beiden Hauptkommissaren hinterher. Worum es ging, vermochte er nicht zu erfahren. Er schnappte nur die Worte »Fahrrad« und »Unfall« auf. War die Mordkommission jetzt schon für die Verkehrsunfallaufnahme zuständig? Zuzutrauen wäre es dieser Schlange, schoss er einen mentalen Giftpfeil in Richtung Katrin ab. Solange sie nur in der Gunst des Chefs wieder nach oben katapultiert wurde, was ganz offensichtlich der Fall war. Dabei hatte er so gehofft, sie habe sich mit ihrer Nacht-und-Nebel-Aktion ins Aus befördert. Es würde ihn nicht wundern, wenn sie mit Thorwald ins Bett stieg. Oder mit Gerlach. Der war auch so begeistert von ihr. Oder mit beiden.

»Chef, Herr Gerlach. Die Verbindungsnachweise der Telefone sind gerade eingetroffen«, sagte er beiläufig.

Der Leiter der Drogenfahndung wirbelte herum.

»Sehr gut. Schnappen Sie sich einen meiner Männer und dann gehen Sie alle Nummern akribisch durch.«

Kornbichler brummte etwas, das keiner der Anwesenden verstehen konnte, und verkrümelte sich wieder in sein Büro.

»Zwei Kollegen werden Ihre Aussagen aufnehmen.« Katrin wies Cornelius und Adrian Neuhaus den Weg in die angrenzenden Büroräume.

»Und ich werde Limmer mal erzählen, was wir so Interessantes bei ihm zu Hause gefunden haben«, sagte Gerlach grimmig.

»Sobald Flo und Torsten vom Hotel zurück sind, besprechen wir uns kurz«, bemerkte Thorwald in Richtung Katrin.

Ihm gefiel es nicht so recht, wie der Fall sich entwickelte. Der Fund des Fahrrads würde zwar die Schlinge um den Hals von Denis Limmer weiter zuziehen, was Leon Gruber und die Mordsache Konrad Stadler anbelangte, waren sie in den letzten Stunden aber nicht wirklich vorangekommen. Noch fehlte Grubers Geständnis und so lange sie das nicht hatten, mussten sie weiter ermitteln.

Gerlach wollte gerade Richtung Vernehmungsraum stürmen, als die Tür am Ende des Flurs geöffnet wurde und einer der KTU-Mitarbeiter mit einem Laptop auf dem Arm näher kam. Es war das Gerät von Denis Limmer, wie sich herausstellte.

»Kannst du ihn nicht knacken?«, fragte der Leiter der Drogenfahndung, was der IT-Spezialist sogleich mit einem entgeisterten Gesichtsausdruck quittierte. »Ich sitze schon seit über einer Stunde an seinen Dateien. Die beiden Bilder hier kamen mir komisch vor. Deshalb wollte ich sie dir vorweg zeigen«, erwiderte er eisig.

Er drehte den Laptop so, dass auch Katrin und Thorwald den Bildschirm sehen konnten.

»Das ist ja das Fahrrad von Magdalena Neuhaus«, stieß die Kommissarin hervor.

Thorwald runzelte die Stirn. »Limmer hat das demolierte Teil fotografiert und das Bild auch noch abgespeichert?«

Jetzt schlug die Stunde des IT-Spezialisten. »Nicht nur dieses Bild«, entgegnete er triumphierend und öffnete das nächste Foto.

Die drei Kommissare starrten sekundenlang auf den Bildschirm. Gerlach fing sich als Erster.

»Frau Abel, könnten Sie bitte das Kennzeichen dieses Wagens überprüfen?«

»Bin schon unterwegs.«

»Ich brauche sofort einen Ausdruck der beiden Fotos. Gute Arbeit, Kollege«, fügte er hinzu.

»Du denkst, was ich denke?«, fragte Thorwald angespannt, nachdem der KTU-Mitarbeiter samt Laptop verschwunden war.

»Limmer war nicht der Unfallfahrer. Aber wer dann?« Gerlach runzelte die Stirn. »Und was hat er mit dem Rad und dem Wagen zu schaffen?«

Thorwald überlegte. »Als Landmaschinentechniker kann er wahrscheinlich auch Autos reparieren.«

Katrin eilte ihnen mit einem Zettel in der Hand entgegen. »Das ist der Halter des beschädigten Wagens.«

»Ist das *dieser* …?«, begann Thorwald.

»Nein«, sagte sie rasch. »Sein Bruder.«

»Kann mich mal einer aufklären«, rief Gerlach ungeduldig.

»Worüber?«, fragte Florian Weber, der gerade um die Ecke bog und beinahe in Martin Gerlach hineingelaufen wäre.

»Alle in mein Büro«, rief Thorwald laut den Flur entlang. »Es gibt Neuigkeiten. Katrin, ruf den Kollegen an, der damals wegen Fahrerflucht ermittelt hat. Die Akte von Magdalena Neuhaus hast du ja.«

»Fahrerflucht?«, echote Weber. »Hab ich etwas verpasst?«

»Allerdings«, antwortet Thorwald und schloss hinter den Kollegen die Bürotür.

»So, Herr Limmer. Jetzt hatten Sie ja schon einige Zeit zum Nachdenken«, begann Gerlach und setzte sich Denis Limmer und seinem Anwalt gegenüber.

»Mein Mandat wird sich nicht zur Sache äußern«, antwortete der Rechtsanwalt, ohne eine Miene zu verziehen.

»Das habe ich mir fast gedacht. Deshalb lassen Sie mich zuerst von einem kleinen Haus in Altenberg erzählen, in dem wir Drogen für eine halbe Armee gefunden haben, und danach …«, Gerlach legte das erste Foto von Limmers Laptop auf den Tisch, »… danach von diesem Fahrrad in Ihrer Garage.«

Er machte eine kurze Pause, ehe er das zweite Foto hervorholte. »Schließlich habe ich noch dieses Foto für Sie im Angebot. Glauben Sie, wir finden eine gemeinsame Gesprächsbasis?« Gerlach stand auf. »Ich könnte mir vorstellen, Sie wollen noch einmal gründlich über alles nachdenken. Falls Sie mich brauchen, finden Sie mich draußen.«

Gerlach stand am Kaffeeautomaten und beobachtete die braune Flüssigkeit, wie sie langsam in den Plastikbecher lief. Das Zeug schmeckte tatsächlich noch widerlicher, als es aussah, stellte er nach einem Schluck fest. Robert Thorwald, Katrin Abel und Florian Weber warteten gespannt neben ihm. Niemand sagte ein Wort. Nach zehn Minuten öffnete sich die Tür zum Vernehmungszimmer.

»Mein Mandant möchte eine Aussage machen.«

Cornelius wartete auf dem Flur des Kommissariats auf Adrian Neuhaus. Während er auf einem unbequemen Plastikstuhl saß und lustlos in einer Broschüre über Verkehrssicherheitserziehung blätterte, entging ihm nicht, dass das Stimmengewirr und die Aufregung unter den Beamten plötzlich zunahmen. Türen wurden geöffnet und geschlossen, Kommissar Weber und Katrin Abel hetzten vorbei – Letztere lächelte ihm kurz zu, ehe sie hinter ihrem Kollegen in das Treppenhaus hinausstürmte. Wenige Minuten später dann das gleiche Bild. Dieses Mal war es Robert Thorwald – definitiv ohne ein Lächeln für Cornelius.

»Was ist denn hier los?« Adrian Neuhaus war neben Cornelius aufgetaucht. »Hallo, Sie!«, rief er dann Martin Gerlach hinterher, der gerade aus einem der Büros trat. »Wie geht es denn jetzt weiter? Wo ist der Kerl, der meine Schwester über den Haufen gefahren hat?«

»Nur mit der Ruhe. Die Kollegen …«

»Sie immer mit Ihrer Ruhe. Glauben Sie tatsächlich, ich bin jetzt *ruhig*? Also, wo ist er? Wie heißt er? Was hat er zum Unfall gesagt?«, polterte Neuhaus los.

Martin Gerlach verzog keine Miene. »Die Ermittlungen sind noch nicht abgeschlossen. Jetzt lassen Sie die Kollegen doch einfach ihre Arbeit machen. Sobald es konkrete Ergebnisse gibt, wird man Sie umgehend informieren.«

Neuhaus starrte ihn entgeistert an. »Was soll das heißen, die Ermittlungen sind noch nicht abgeschlossen? Ich denke, Sie haben den Kerl längst verhaftet?«

»Es haben sich neue Anhaltspunkte ergeben, denen wir erst nachgehen müssen«, erwiderte Gerlach ungerührt. »Sie wollen doch auch, dass der Richtige für den Unfall zur Verantwortung gezogen wird, oder nicht?!«

»Jetzt speisen Sie mich doch nicht mit Ihren üblichen Pressefloskeln ab. Ich bin …«

»Sie sind ein naher Angehöriger, der verständlicherweise sehr aufgewühlt ist. Ich werde Ihnen hier und jetzt trotzdem keine Auskunft erteilen. Guten Tag!« Ohne ein weiteres Wort drehte Gerlach sich um und ging den Flur hinunter.

»Aber … aber der kann doch nicht einfach …«

»Kommen Sie, Herr Neuhaus, das führt doch zu nichts«, murmelte Cornelius und versuchte den Tenor durch die Schwingtür hinauszubefördern, durch die zuvor auch die Kommissare verschwunden waren.

Neuhaus' Augen glänzten, als habe er hohes Fieber. »Seit über einem Jahr warte ich auf diesen Moment: Endlich zu wissen, wer Magdalena das angetan hat. Wer sie totgefahren und sich dann einen Dreck um sie geschert hat.« Er schüttelte den Kopf. »Ich glaube dem kein Wort. Von wegen eine neue Spur! Was denken Sie?«

»Ich weiß es nicht«, sagte Cornelius ernst. »Aber Kommissar Gerlach hat recht: Lassen Sie die Polizei ihre Arbeit machen. Auch wenn es Ihnen schwerfällt: Sie müssen jetzt geduldig sein.« Er hielt die Tür zum Treppenhaus auf. »Soll ich Sie zu Helena in die Klinik bringen?«

»Nein. Ich will sie nicht unnötig beunruhigen.« Neuhaus sah auf einmal unheimlich erschöpft aus. Mit hängenden Schultern stand er mitten auf dem Flur.

In den entscheidenden Momenten seines Lebens ist er immer mutterseelenallein, dachte Cornelius. Mitleid überkam ihn.

»Lassen Sie uns nach Hause fahren«, schlug er vor. »Wenn Sie wollen, warte ich mit Ihnen, bis die Polizei sich meldet. Ich bin mir sicher, es wird nicht mehr lange dauern.«

Und dann könnte er die Vergangenheit endlich ruhen lassen …

Als Katrin Abel und Florian Weber und kurz dahinter auch Robert Thorwald vor dem Bungalow in einer Altenberger Wohngegend ankamen, ging es im Inneren des Hauses hoch her. Die wütenden Stimmen zweier Männer waren bis in die Einfahrt des gepflegten Anwesens zu hören.

»Oha, da kommen wir ja gerade richtig«, stellte Weber fest.

Das schmiedeeiserne Hoftor stand offen. In der Zufahrt zum Haus parkte eine schwarze Mercedeslimousine.

»Dass sich der Strobel das entgehen lässt …«

Der Leiter der Verkehrsunfallaufnahme hatte nichts gegen abteilungsübergreifende Ermittlungen, wie er es formulierte, nachdem Thorwald ihn mit den Erkenntnissen der Mordkommission konfrontiert hatte. Sein Vorgänger, der den Fall Magdalena Neuhaus damals bearbeitet hatte, war seit einigen Wochen im Ruhestand und er nicht mit der Akte vertraut. Ein hoher Krankenstand und viele Verkehrsunfälle rund um die Baustellen auf der nahe gelegenen Autobahn brachten seine Abteilung momentan an den Rand ihrer Kräfte.

Katrin ahnte, worauf Webers Kommentar anspielte. Der Unfall hatte im vergangenen Jahr hohe Wellen geschlagen, nicht nur deshalb, weil der flüchtige Fahrer nicht zu ermitteln war, sondern in der Schwester von Adrian Neuhaus auch noch ein prominentes Opfer hatte. Das blaue Blut der Familie tat sein Übriges, und schon hatte man den geeigneten Stoff, aus dem Journalistenträume gesponnen wurden. Die Polizei kam in diesem Strudel aus wilden Spekulationen, Verschwörungstheorien und abwegigen Vermutungen nicht allzu gut weg. Trotzdem oder vielleicht auch gerade deswegen hatte Kollege Strobel ihnen die Akte förmlich aufgedrängt. Lagen sie mit ihrem Verdacht falsch, würde nicht er den Kopf hinhalten müssen.

Thorwalds Handy meldete sich und er hörte aufmerksam zu, was Toni Kornbichler ihm zu berichten hatte.

»Die gottverdammte Heulsuse soll sich zusammenreißen«, brüllte einer der beiden Männer in diesem Moment.

»Hör endlich auf damit! Du hast doch erreicht, was du wolltest. Also lass meine Familie in Ruhe!«, schrie der andere zurück.

»Ich würde sagen: richtiger Ort, richtige Zeit. Umso besser, wenn alle beide da sind«, sagte Thorwald und bat Kornbichler, einen Streifenwagen zur Verstärkung zu schicken.

Katrin wartete, bis Thorwald das Telefonat beendet hatte, und drückte dann auf den silbernen Klingelknopf, unter dem das Namensschild der Hausbewohner angebracht war.

Baumgartner.

Der Mann, der ihnen öffnete, erinnerte sie im ersten Moment an Adrian Neuhaus. Groß, südländisch anmutender Typ, schlank … Erst auf den zweiten Blick bemerkte sie die Silberfäden im schwarzen Haar, die beginnenden Geheimratsecken, die fahle Haut und die Falten um die Mundwinkel. So würde Neuhaus vielleicht in fünfzehn Jahren aussehen, auch wenn der Mann vor ihnen nicht viel älter sein mochte als der Tenor. Das Auffälligste waren jedoch seine traurigen Augen.

Du büßt, dachte Katrin. Du büßt jeden einzelnen Tag.

»Grüß Gott. Ralf Baumgartner?«, fragte Thorwald.

»Ja, warum?« Sein Gegenüber beäugte die Besucher misstrauisch.

Thorwald stellte sich und die Kollegen vor. »Wir haben im Rahmen einer laufenden Ermittlung einige Fragen an Sie.«

»Welche Ermittlung?«, fragte er lauernd.

»Könnten wir das drinnen besprechen? Dauert auch nicht lange.«

Widerwillig trat Ralf Baumgartner zur Seite und ließ die Kommissare ins Haus. Er führte sie durch einen hellen Flur in eine moderne Wohnküche mit frei stehender Kochinsel und einem erhöhten Tisch, um den einige Barhocker gruppiert waren. Ein korpulenter Mann lehnte an der anthrazitfarbenen Küchenanrichte, neben sich eine Espressotasse, und musterte die Besucher mit einer Mischung aus Misstrauen und Geringschätzung.

»Mein Bruder, Markus Baumgartner«, sagte Ralf Baumgartner knapp.

Der Baumgartner also, dachte Katrin. Mindestens fünfzehn Kilo schwerer, einige Jahre älter und mit unübersehbaren Spuren von regelmäßigem Alkoholkonsum, dennoch war die Ähnlichkeit zu Ralf Baumgartner nicht zu leugnen.

Thorwald stellte sich und die Kollegen noch einmal vor, was dem Bauunternehmer jedoch nur ein müdes Lächeln entlockte.

»So, so, Kriminalpolizei. Na, dann lassen Sie sich nicht aufhalten.« Er stellte die Espressotasse unter den Hightech-Vollautomaten und drückte einen der Knöpfe. »Ich störe Sie ja nicht, oder?«, fragte er über seine linke Schulter hinweg.

Thorwald wartete, bis das Geräusch des Mahlwerks verklungen war.

»Wenn Ihr Bruder nichts dagegen hat«, er drehte sich zu Ralf Baumgartner, der nur resigniert mit den Schultern zuckte, »und Sie sich nicht in das Gespräch einmischen, können Sie meinetwegen bleiben.«

Markus Baumgartner hob abwehrend die Hände, ehe er grinsend den Espresso in einem Zug austrank. Da niemand den Kommissaren einen Platz anbot, stellte Katrin kurzerhand die erste Frage.

352

»Herr Baumgartner, Sie sind seit fast zwei Jahren der Halter des Wagens mit dem Kennzeichen LA-RB 350?«

»Ja, warum?«

»Sie fahren den Wagen regelmäßig?«

»Er ist das einzige Auto, das ich besitze. Also, ja«, erwiderte er gereizt.

»Gestern Abend wurde im Zuge einer polizeilichen Ermittlung Herr Denis Limmer verhaftet«, fuhr Weber beiläufig fort.

»Wer?«, fragte Ralf Baumgartner.

Thorwald ließ Markus Baumgartner nicht aus den Augen. Doch das Gesicht des Bauunternehmers zeigte keine Regung.

»Denis Limmer. Der Name sagt Ihnen nichts?«

»Nein. Wer soll das sein?«

Ohne auf die Gegenfrage einzugehen, holte Thorwald die beiden Fotos hervor und legte sie auf den Küchentisch.

»Herr Limmer hat zugegeben, im vergangenen Jahr Ihren Wagen nach einem Zusammenstoß mit einem Fahrrad repariert zu haben.«

»Was ist daran strafbar?«, blökte Markus Baumgartner.

Doch Thorwald ignorierte die Frage des Bauunternehmers. Seine Augen waren jetzt nur noch auf Ralf Baumgartner gerichtet, der die beiden Fotos regelrecht hypnotisiert anschaute.

»Es ist strafbar, wenn die Fahrradfahrerin bei diesem Unfall tödlich verletzt wird, der Autofahrer die tote Frau im Straßengraben liegen lässt und weder Polizei noch Notarzt verständigt«, erwiderte Katrin an seiner Stelle. »Und den Wagen stattdessen von einem befreundeten Mechaniker reparieren lässt, der das Fahrrad parktischerweise gleich mit entsorgt.«

Der Bauunternehmer machte einen Schritt nach vorne. »Und den Mist hat Ihnen dieser … dieser Dingsda verzapft?«

»Limmer. Der Mann heißt Denis Limmer und …«

»Es stimmt«, sagte Ralf Baumgartner so leise, dass Thorwald im ersten Augenblick dachte, er habe sich verhört.

»Halt den Mund«, brüllte sein Bruder.

»Ich habe schon viel zu lange geschwiegen«, stieß der heiser hervor. Er sah Thorwald direkt in die Augen. »Ja, es stimmt, was dieser Denis Limmer sagt. Der Unfall ist damals mit meinem Wagen verursacht worden.«

»Sei doch endlich still!«

»Der Einzige, der jetzt still ist, sind Sie, Herr Baumgartner. Andernfalls werden meine Kollegen Sie auf der Stelle verhaften und abführen«, donnerte Thorwald los.

Wie zur Bestätigung wurde im selben Moment an der Tür geklingelt.

»Das wird die Streife sein«, sagte Katrin und lief nach draußen.

Thorwald baute sich vor Markus Baumgartner auf. »Denis Limmer hat außerdem ausgesagt, gestern Nacht Thomas Stadler in Ihrem Auftrag überfallen und schwer verletzt zu haben.«

Baumgartner rief puterrot an. »Und nur, weil irgendein dahergelaufener Kerl irgendetwas behauptet, schießen Sie mit haltlosen Verdächtigungen um sich? Ich kenne den Typen überhaupt nicht.«

»Ach ja?« Thorwald spielte seinen nächsten Trumpf aus. »Sie haben Herrn Limmer vorgestern Abend von Ihrem Handy aus angerufen und über eine Viertelstunde mit ihm telefoniert. Ein ziemlich langes Gespräch mit jemandem, den Sie angeblich nicht kennen.« Kornbichlers Information über die Telefonliste war genau zum richtigen Zeitpunkt eingetroffen.

Zwei uniformierte Polizisten betraten hinter Katrin die Küche.

»Festnehmen!«, sagte Thorwald und zeigte auf den Bauunternehmer. »Wegen des Verdachts der Anstiftung zum Totschlag …«

»Totschlag?« Ein Ruck ging durch Markus Baumgartner.

»Sie haben ganz richtig gehört. Denis Limmer ist mit einem Baseballschläger auf Thomas Stadler losgegangen und hat ihn halb tot geprügelt.«

»Dieser Idiot!«, presste Baumgartner hervor. »Er sollte doch nur …«

»Was?«

»Dieses vorlaute Früchtchen für einige Zeit aus dem Verkehr ziehen. Und ihm eine Lektion erteilen, damit die Alte weiß, mit wem sie es zu tun hat«, schrie Baumgartner.

»Sie meinen seine Mutter, Waltraud Stadler?«, fragte Weber.

»Wen denn sonst? Konrad und ich hatten doch alles geklärt. Und kaum gibt er den Löffel ab, fängt seine Alte an herumzueiern. Warum denn die Felder verkaufen, sie bräuchte doch gar nicht so viel Geld.« Baumgartners Stimme schnappte fast über. »Allein für den Satz sollte man dieses ganze Pack so durchprügeln, dass es nicht mehr geradeaus schauen kann.«

»Das hat Denis Limmer dann ja auch getan«, sagte Thorwald kalt.

Ralf Baumgartners Gesicht war wie zu einer Maske erstarrt. »Sag, dass das nicht wahr ist«, flüsterte er.

Der Bauunternehmer funkelte seinen Bruder feindselig an, erwiderte jedoch nichts.

»Du bist doch wirklich das Allerletzte! Benutzt mich und meine Familie, um deine Firma …«

»Halts Maul!« Markus Baumgartner stürzte sich auf seinen Bruder, doch die beiden Beamten waren schneller. Mit routiniertem Griff packten sie ihn an den Armen, drückten ihn gegen den Kühlschrank und legten ihm Handschellen an. Baumgartner fluchte und tobte. »Du wirst nichts sagen, hörst du! Du wirst dein gottverdammtes Maul halten!«

»Schafft ihn weg«, ordnete Thorwald an.

»Ich bring dich um! Wenn du was sagst, bring ich dich um!«, schrie er, ehe er von den Beamten abgeführt wurde.

Kapitel 28

In der Küche war es auf einmal ganz still.

»Er ist vollkommen verrückt«, brach sein Bruder schließlich das Schweigen. »Verrückt nach Geld und Macht. So war es schon immer. Aber jetzt kann ich einfach nicht mehr.«

»Wollen wir uns nicht setzen«, schlug Thorwald vor und wies auf die cremefarbene Ledercouch im angrenzenden Wohnzimmer.

Katrin ging zum Kühlschrank und holte eine Flasche Mineralwasser heraus. Nach einigem Suchen fand sie in einem der Küchenschränke Gläser. Sie schenkte Baumgartner ein und stellte das Glas vor ihm ab.

»Was dürfen Sie uns nicht sagen?«

»Die Wahrheit«, sagte Ralf Baumgartner ohne mit der Wimper zu zucken.

»Herr Baumgartner, das Foto zeigt Ihren demolierten Wagen neben dem zerstörten Fahrrad von Magdalena Neuhaus. Sie selbst haben ausgesagt, dass …«

»Dass sie durch meinen Wagen zu Tode kam. Das stimmt. Aber … ich bin in jener Nacht nicht gefahren.«

»Wer dann?«

»Ihr Bruder? Dürfen Sie uns nicht sagen, dass Ihr Bruder damals am Steuer saß?«

»Nein, für Markus hätte ich das alles nicht auf mich genommen. Niemals!«

Katrin, die Baumgartners Blick gefolgt war, stand auf und ging zum Bücherregal, auf dem neben unzähligen Büchern auch einige Fotos standen. Eines davon zeigte einen schmalen jungen Mann mit dunklen Haaren. In gut zwanzig Jahren würde er wohl so aussehen wie der Mann, der jetzt neben Weber saß und die Tränen nur noch mühsam zurückhalten konnte. Sie nahm das Bild und stellte es auf den Glastisch. Fast wünschte sie sich, sie würde sich irren.

»Aber für ihn, für Ihren Sohn, würden Sie durch die Hölle gehen, nicht wahr.«

»Ich war an dem Wochenende, an dem es passierte, auf einem Ehemaligentreffen meiner Universität in Edinburgh. Dominik durfte mich am Freitag in meinem Wagen zum Flughafen fahren. Auch für das Wochenende hatte ich ihm erlaubt, das Auto zu benutzen. Nicht für größere Touren, schließlich hatte er kaum Erfahrung hinter dem Steuer. Nach dem Abitur hatte Dominik ein freiwilliges soziales Jahr eingelegt und in der Zeit auch erst seinen Führerschein gemacht. Am Montagabend sollte er mich dann wieder abholen. Seine Augen haben so gestrahlt, als wir auf der Autobahn unterwegs waren. In Edinburgh hatte ich mir deshalb überlegt, ihm ein eigenes Auto zu schenken. Nichts Besonderes, aber trotzdem etwas Eigenes.«

»Aber dazu ist es nicht gekommen?«, fragte Katrin.

»Nein. Mein Sohn hat sich seit jener Nacht nicht mehr hinter ein Steuer gesetzt.«

»Was ist passiert?«, wollte Thorwald wissen.

»Er war in Ebersbach bei einem Schulfreund. Sie haben Musik gehört und am Computer gespielt. Was Jungs in seinem Alter halt so machen.«

»Alkohol?«

»Nein«, sagte Baumgartner heftig. »Dann hätte ihn die Mutter seines Freundes nicht mehr nach Hause fahren lassen. Das hatte ich zuvor mit ihr ausgemacht.«

»Sie sind alleinerziehend?«, fragte Katrin, da sie vergeblich nach dem Foto einer Frau Ausschau gehalten hatte.

»Ja. Dominiks Mutter hat uns verlassen, als der Junge zwei Jahre alt war.« Baumgartner fuhr sich über die Augen. »Er ist kein schlechter Mensch. In all den Jahren war Dominik immer ein unkompliziertes und fröhliches Kind. Auch in der Schule gab es nie Probleme. Er hat nur für drei Sekunden nicht aufgepasst.«

Die Kommissare ließen ihm Zeit.

»Auf der Heimfahrt ist sein Handy in einer Kurve vom Beifahrersitz in den Fußraum gerutscht. Anstatt anzuhalten, hat er sich während der Fahrt danach gebückt und sich für einen Augenblick nicht auf die Straße konzentriert. Er sagte mir später, die Fahrradfahrerin sei wie aus dem Nichts vor seinem Kotflügel aufgetaucht. Er hat sie mit voller Wucht erfasst.« Baumgartner sah Katrin verzweifelt an. »Können Sie sich vorstellen, wie er sich da draußen gefühlt haben muss, mutterseelenallein mit der toten Frau auf der Landstraße? Er hat versucht mich anzurufen, doch mein Akku war leer und mein Ladekabel lag zu Hause. Ich hatte mir deshalb keine Sorgen gemacht. Dominik war schließlich kein Kind mehr und ich nicht das erste Mal weg von zu Hause. Wäre ich doch nur für ihn da gewesen«, sagte er bitter.

»Stattdessen hat er seinen Onkel um Hilfe gerufen.«

»Und Ihr Bruder hat dann Denis Limmer verständigt und ihn das Fahrrad wegschaffen und den Wagen reparieren lassen.«

Baumgartner nickte. »Ich wusste bis heute nicht, wer dieser Typ ist und wie er heißt. Ehrlich nicht. Markus sagte immer nur, um den würde er sich schon kümmern. Ich habe die ganze Geschichte erst erfahren, als nicht mein Sohn, sondern mein Bruder am Flughafen auf mich gewartet hat. Meine erste Reaktion war, dass Dominik sich bei der Polizei stellen muss. Aber Markus meinte, das würde die Frau nicht mehr lebendig machen und ein Geständnis würde am Ende nur Dominiks Leben zerstören. Er war doch erst neunzehn und hatte noch so viele Pläne und Träume …«

»Wo ist ihr Sohn jetzt?«, fragte Thorwald.

»Bei seinem Freund in Ebersbach. Ich konnte Dominik überreden, ihn endlich wieder einmal zu besuchen. Seit dem Unfall verlässt er nur selten das Haus. Meistens ist er oben in seinem Zimmer und starrt die Wände an.« Baumgartner hielt inne. »Der Unfall und das Schweigen haben Dominiks Leben zerstört. Vergangenen Herbst hatte er eine Zusage für einen Architektur-Studienplatz in Edinburgh, so wie ich damals. Ich hatte so gehofft, der Abstand und die neue Herausforderung würden ihm guttun. Aber schon nach zwei Wochen ist er nach Hause zurückgekehrt. Seit dem Unfall ist er ein gebrochener Mensch, er hat Albträume und schottet sich von allem und jedem ab. Auch eine Psychotherapie hat er bisher abgelehnt. Aber immer, wenn ich so weit war, ihn von einer Selbstanzeige zu überzeugen, dachte ich mir: Du kannst dein eigenes Kind doch nicht an die Polizei verraten.«

»Sie sind im vergangenen Winter wegen Schwarzarbeit verurteilt worden.« Katrin hatte ihre Hausaufgaben gemacht.

Baumgartner lächelte traurig. »Das war der Preis, den ich für die Freiheit meines Sohnes zu zahlen hatte.« Er hielt kurz inne. »Zwei Wochen nach dem Unfall rief Markus mich an. Es gäbe jetzt eine Möglichkeit, meine Schuld bei ihm zu begleichen. Einer Ihrer Leute hatte ihn gewarnt, dass in ein paar Stunden die Zollfahndung auf unserem Firmengelände vor der Tür stehen würde.«

»Ein Polizist?«, fragte Weber entgeistert.

»Ja! Wie er heißt, weiß ich nicht, nur, dass er beim Zoll arbeitet. Markus hat ihn geschmiert, schließlich kann man sich alles im Leben erkaufen. So hat er es auch bei einem unserer Bauleiter gemacht. Monatelang hat der die Arbeiter angesprochen und die illegalen Schichten koordiniert, während mein Bruder diskret im Hintergrund blieb. Ich kann es dem armen Kerl nicht einmal verübeln: Er hat damals bei meinem Vater in der Firma angefangen und hätte alles für meinen Bruder getan, erst recht nach seiner Krebsdiagnose. Ein Sanatorium in der Schweiz für die letzten Wochen seines Lebens, und schon war er bereit, als einer der Hauptschuldigen aufzutreten. Nach dem Anruf von Ihrem Kollegen hatte Markus genügend Zeit, die verdächtigen Unterlagen und Computerdateien verschwinden zu lassen und mich entsprechend zu instruieren. Ich war damals neben ihm Geschäftsführer, hatte offiziell Zugang zu allen Konten und der Firmenkasse und war darüber hinaus für das Personal zuständig. Er hätte keinen besseren Sündenbock finden können.«

»Und Sie haben aus Liebe zu Ihrem Sohn den Kopf hingehalten?«

»Eine Hand wäscht die andere, sagte mein Bruder damals. Er habe Dominik in der Nacht geholfen und sich um das Fahrrad und die Reparatur des demolierten Wagens gekümmert. Also sei es jetzt an der Zeit, meinen Anteil einzufordern.« Er betrachtete noch einmal die beiden Fotos. »Dieser Limmer … wollte er meinen Bruder mit den Bildern erpressen?«

»Gut möglich. Wahrscheinlich hat er sie sich für karge Zeiten aufgehoben«, sagte Thorwald.

»Das hätte er mal versuchen sollen.« Ralf Baumgartner stieß ein unschönes Lachen aus. »Markus hätte den Kerl fertiggemacht.«

»Haben Sie von der Schwarzarbeit gewusst?«

»Ich habe es geahnt, aber wenn ich ehrlich bin, wollte ich es all die Monate gar nicht wissen. Markus hat die Firma zu dem gemacht, was sie heute ist. Er bestimmt, wo es langgeht. Ich bin nur ein dummer kleiner Architekt, der sich vor seinen Karren hat spannen lassen. Aber damit ist jetzt Schluss.«

»Wo arbeiten Sie heute?«

»Hier. Mein Büro ist oben im ersten Stock. Ich bin selbständiger Architekt und die Auftragslage ist gut. Nicht von Leuten hier aus der Region, wo ich seit der Verurteilung ein gebranntes Kind bin«, er lächelte gequält, »aber ich habe gute Verbindungen nach München und Norddeutschland. Es könnte alles so schön sein, wenn Dominik nicht immer an diesen Unfall …«

Mitten im Satz wurde er von der Türklingel unterbrochen. Der Besucher begehrte mit Nachdruck Einlass und klingelte Sturm.

»Ich gehe nachsehen«, sagte Weber und sprang vom Sofa auf.

Vor der Haustür stand eine etwa fünfzigjährige Frau. »Sind Sie von der Polizei?«, stieß sie atemlos hervor.

»Ja. Ist etwas passiert?«

Aus der Ferne glaubte Weber ein Martinshorn zu hören, das rasch näher kam.

»Ich bin die Nachbarin von gegenüber. Ihre Kollegen schicken mich. Sie müssen schnell kommen und ihnen helfen.« Sie deutete hektisch auf den Gehsteig.

»Robert, Katrin!«, brüllte Weber in den Flur.

»Ich habe alles vom Fenster aus gesehen. Er ist einfach umgefallen. Ihre Kollegen wollten ihn gerade in den Streifenwagen setzen, da ist er plötzlich zusammengesackt«, sagte sie aufgeregt, während Weber bereits die Einfahrt hinunterhastete, wo noch immer die Mercedeslimousine des Bauunternehmers parkte.

»Tut mir leid.« Der Notarzt streifte seine Handschuhe ab. »Da war nichts mehr zu machen.«

Thorwald und Weber lehnten erschöpft am Rettungswagen

und starrten auf den leblosen Körper von Markus Baumgartner. Auch Ralf Baumgartner war aus dem Haus geeilt und stand jetzt fassungslos neben der Leiche seines Bruders, die mitten auf dem Gehsteig lag.

»Sie haben alles Menschenmögliche getan«, sagte der Arzt. »Aber der Herzinfarkt war tödlich. Der Mann hatte keine Chance.«

Es war schon spät, als Cornelius Katrin Abel zur Eingangstür begleitete und in die laue Sommernacht hinausließ. Die junge Kommissarin hatte es sich nicht nehmen lassen und war persönlich nach Kleineich gekommen, um Adrian Neuhaus von den dramatischen Geschehnissen in Altenberg zu berichten.

»Sie haben ein Auge auf ihn?«, fragte sie Cornelius bei der Verabschiedung.

»Natürlich. Ich glaube aber, er ist auf einem guten Weg, jetzt, nachdem dieser furchtbare Unfall endlich aufgeklärt ist.«

An der Treppe verharrte Katrin einen Augenblick.

»Denis Limmer hat Thomas Stadler übrigens im Auftrag von Markus Baumgartner überfallen. Baumgartner wollte ihn eine Weile aus dem Verkehr ziehen und gleichzeitig Waltraud Stadler einschüchtern, damit sie nicht vom Verkauf der Felder abspringt.«

»Dieser Mann ist wirklich vor nichts zurückgeschreckt.«

»Berechnend durch und durch. Ich hab es vorher nicht erwähnt, weil es mit dem Unfall nichts zu tun hat.« Sie lächelte plötzlich. »Aber nachdem Sie mich letzte Nacht so tapfer begleitet haben, wollte ich es Ihnen nicht vorenthalten.«

»Das lassen Sie besser nicht Ihren Chef hören«, erwiderte Cornelius.

»Baumgartner hätte sich das alles getrost sparen können. Waltraud Stadler wollte die Felder nie verkaufen und wird sie auch nicht verkaufen, wie sie mir am Telefon sagte. Sie will sie ihrem Sohn überschreiben, sobald sie im Grundbuch eingetragen ist.«

Bei Cornelius' Rückkehr ins Wohnzimmer stand Adrian Neuhaus am Kaminsims und betrachtete die Bilder seiner Schwester. Langsam drehte er sich um.

»Ein neunzehnjähriger Fahranfänger.« Jedes seiner Worte schien ihn große Anstrengung zu kosten. »Immer und immer wieder habe ich mir vorgestellt, was ich mache, wenn die Polizei den Schuldigen endlich gefunden hat. In meinen Augen war er ein Monster.« Er machte eine hilflose Geste. »Jetzt muss ich erfahren, dass der Unfall nicht nur das Leben meiner Schwester zerstört hat. Wenn ich daran denke, wie ich mich mit Anfang zwanzig gefühlt habe: glücklich, frei, bereit, die Welt zu erobern. Ich würde diesen jungen Mann so gern hassen, aber ich kann es nicht.«

Dominik Baumgartner hatte sich von seinem Vater widerstandslos zum Kommissariat fahren lassen und dort ein umfassendes Geständnis abgelegt. Auf Neuhaus' Frage, welches Strafmaß den Jungen erwarten würde, wollte sich die Kommissarin nicht festlegen. »Das muss der Richter entscheiden. Er ist noch nicht einundzwanzig, das heißt, das Jugendstrafrecht kommt zur Anwendung. Trotzdem bleibt es fahrlässige Tötung mit Fahrerflucht.«

»Hass macht blind und nimmt einen viel zu großen Platz im Herzen ein. Und Sie brauchen diesen Platz für Helena und für Ihr zukünftiges Leben an der Seite dieser wunderbaren Frau«, sagte Cornelius jetzt.

Adrian Neuhaus' Gesichtszüge wurden plötzlich weich. »Sie sind ein sehr kluger Mann, Professor. Aber das hat man Ihnen bestimmt schon oft gesagt. Und Sie sind ein wahrer Freund. Davon habe ich weiß Gott nicht viele. Ich kann Ihnen gar nicht sagen, wie dankbar ich Ihnen bin. Für alles, was Sie für Helena und mich getan haben.«

Cornelius musste zugeben, dass die Worte des Tenors ihn rührten.

»Und Sie sind schlauer als alle Polizisten zusammen«, fuhr Neuhaus fort. »Auch wenn Sie mir immer noch nicht gesagt haben, was Sie mitten in der Nacht in dieser Garage zu suchen hatten.«

»Das ist eine lange Geschichte«, seufzte Cornelius.

»Und dieser Drogendealer, dieser Leon Gruber? Hat er tatsächlich Konrad Stadler erschlagen?«

»Es sieht ganz danach aus.«

»Wie haben Sie all das nur herausgefunden?«, rief Neuhaus voller Bewunderung.

»Das wollen Sie gar nicht so genau wissen.«

»Wenn Sie das sagen. Hauptsache, dieser Albtraum hat endlich ein Ende. Ich kann es gar nicht erwarten, Helena davon zu erzählen. Und wenn meine Stimme erst zurückkommt …«

Die Haltung des Tenors geriet kurzzeitig ins Schwanken.

»Das wird sie, Herr Neuhaus. Das wird sie ganz bestimmt.« Cornelius wünschte es sich sehr für ihn. Dann erzählte er Neuhaus, was er von Katrin Abel über Markus Baumgartner erfahren hatte.

»Dieser Verbrecher besaß tatsächlich die Kaltschnäuzigkeit, mir ein Kaufangebot für Kleineich zu machen. Dabei wusste er die ganze Zeit, dass sein Neffe meine Schwester auf dem Gewissen hatte. Und jetzt lässt er auch noch Leute zusammenschlagen, nur weil sie nicht an seinem hirnrissigen Freizeitpark interessiert sind.«

»Das Projekt dürfte sich ohnehin erledigt haben. Nicht nur, weil Markus Baumgartner tot ist, sondern weil Waltraud Stadler nie vorhatte zu verkaufen. Die Felder werden von ihrem Sohn weiter landwirtschaftlich bestellt, wie mir Frau Abel sagte.«

Neuhaus lächelte – ein tiefgründiges Lächeln, das sein ganzes Gesicht zum Strahlen brachte. »Dann hat dieser Irrsinn Gott sei Dank auch ein Ende. Ich glaube, heute Nacht werde ich endlich einmal wieder gut schlafen.«

Anton Eichinger betrat die Küche, wo seine Frau auf der Eckbank saß und strickte. Von ihrem Strickkorb, diversen Wollknäueln und einer Teetasse abgesehen, war der Tisch leer.

»Gibt es kein Abendessen?«, fragte er.

»Ich wusste ja nicht, wann du heimkommst. Hättest ja mal anrufen können«, sagte sie, ohne von ihrer Arbeit aufzublicken.

Eichinger brummte etwas, das Eva nicht verstehen konnte, und ging dann zum Kühlschrank. Doch anstatt zur Wurstdose griff er nach einer Bierflasche, deren Kronkorken er mit dem Flaschenöffner an seinem Schlüsselbund entfernte. Seufzend ließ er sich auf einen der Küchenstühle fallen.

»Aus der Flasche trinkst du hier aber nicht«, schnappte Eva.

Eichingers Miene verdüsterte sich. Nach einem kurzen Zögern stand er aber doch auf, um sich ein Bierglas aus der Küchenanrichte zu holen.

»Wir werden mit dem Dreschen heute übrigens fertig. Der Hans macht gerade noch das Feld vom Greiner. Das war es dann«, bemerkte er, während er sich einschenkte.

»Schön. Dann hast du den Matthias ja zum richtigen Zeitpunkt hinausgeworfen.«

»Was erwartest du jetzt von mir?«, fragte Eichinger herausfordernd. »Dass ich mich *bei ihm* entschuldige und er hier bleiben kann, als wäre nichts geschehen? Nicht mit mir! Wo ist er überhaupt?«

»In Landshut, um sich von einigen Freunden zu verabschieden.«

»Wo … wo will er denn hin?«, fragte Eichinger.

Eva hielt in ihrer Strickarbeit inne. Obwohl sie es unter allen Umständen hatte vermeiden wollen, traten Tränen in ihre Augen. »Zurück nach Norwegen. Übermorgen früh geht sein Flieger. Er fährt schon morgen Abend mit dem Zug nach München.« Sie griff in ihren Strickkorb und legte einen Autoschlüssel auf den Tisch. »Den soll ich dir zurückgeben. Der alte Mercedes steht vollgetankt drüben in der Garage.«

»Und das kann mir der gnädige Herr nicht selbst sagen?«

»Wundert dich das? Nach deinem Auftritt heute Mittag!«, fauchte Eva.

»Dass du ihn immer noch so rückhaltlos verteidigst«, konterte Eichinger. »Nach allem, was er sich geleistet hat.«

»Ein Graffiti an einem Bushäuschen. Du tust ja gerade so, als hätte er eine Bank ausgeraubt.«

»Darum geht es nicht!«, donnerte Eichinger los. »Und das weißt du ganz genau. Es geht darum, dass …«

In diesem Moment wurde an die Küchentür geklopft.

»Entschuldigt, wenn ich einfach so hereinplatze, aber die Haustür stand offen«, sagte Waltraud Stadler und lugte vorsichtig in die Küche.

Eva wischte sich hastig die Tränen aus dem Gesicht. »Waltraud, grüß dich. Komm ruhig rein.« Sie stand von der Eckbank auf. »Komm, setz dich.«

»Servus, Waltraud«, brummte Anton Eichinger.

»Komme ich ungelegen?«

»Überhaupt nicht«, beeilte sich Eva zu sagen. »Erzähl, wie geht es dem Thomas.«

Waltraud Stadler setzte sich neben dem Landwirt an den Küchentisch.

»Besser«, sagte sie leise. »Er hat trotz allem großes Glück gehabt. In ein paar Tagen darf er hoffentlich nach Hause.« Sie musste sich räuspern. »Danke, dass ihr euch um den Hof gekümmert habt. Ich wüsste sonst nicht …« Ihre Stimme versagte.

Eva griff nach Waltrauds Hand und drückte sie ganz fest. »Das passt schon. Hier in Neukirchen halten wir doch alle zusammen. Sag einfach Bescheid, wenn du Hilfe brauchst.«

Waltraud nickte. »Dank dir, Eva. Die Polizei hat übrigens herausgefunden, dass der Baumgartner diesen Limmer auf den Thomas angesetzt hat.«

»Wegen der Felder?«, grummelte Anton Eichinger.

»Ja. Er wollte den Thomas eine Weile aus dem Verkehr ziehen und mich damit einschüchtern. Da ist er aber an die Falsche geraten!«

»Du willst nicht verkaufen?«, fragte Eva vorsichtig.

»Nein, ganz bestimmt nicht. Und an diese Heinis mit ihrem Freizeitpark schon gleich zweimal nicht.«

»Mit der Entscheidung wirst du dir nicht nur Freunde machen. Der Freizeitpark hat hier im Dorf viele Unterstützer gefunden. Von Altenberg ganz zu schweigen.«

»Ich weiß, aber damit kann ich leben. Außerdem bezweifle ich, dass das alles noch eine Rolle spielen wird. Der Baumgartner ist bei seiner Verhaftung nämlich tot zusammengebrochen. Herzinfarkt.«

»Oha«, entfuhr es Anton Eichinger.

»Und wofür das alles?!«, sagte Eva kopfschüttelnd. »Nur um noch mehr Geld zu scheffeln und noch mehr Unfrieden zu stiften.«

»Deswegen bin ich aber eigentlich nicht hier.« Waltraud sah unsicher zu Anton Eichinger. »Ich hätte da noch eine Bitte. An dich, Anton.«

»Brauchst Hilfe beim Dreschen? Kein Problem. Ich schick dir
morgen den Hans. Auf den kannst du dich hundertprozentig verlassen.«

»Nein, wir hätten nur noch zu zwei Bauern gemusst. Die hab ich
schon angerufen und Bescheid gesagt. Es geht um etwas anderes.«

»Ja?«

»Würdest du zwei neue Gedenkkreuze machen? Eines für den
Franz und eines für den … Konrad?«

»Freilich, Waltraud.« Eichinger runzelte die Stirn. »Das
heißt … ich hab da noch eine andere Idee.« Er stand auf und ging
ins nebenan liegende Wohnzimmer.

»Was suchst du denn?«, rief Eva, die hörte, wie er eine Schublade des Wohnzimmerschranks aufzog und darin zu wühlen begann.

»Das muss doch irgendwo sein«, murmelte er.

Waltraud und Eva sahen einander verständnislos an.

»Anton, jetzt sag schon …«

In diesem Moment kam Eichinger mit einem Schnellhefter in
der Hand zurück. »Ich wusste, ich hab es aufgehoben.« Er blätterte einige Seiten um und legte den aufgeschlagenen Schnellhefter
vor Waltraud Stadler auf den Tisch. »Das«, sagte er und deutete
auf eine Zeichnung, »das ist der Plan für eine Kapelle. Die wollte
dein Schwiegervater für den Franz damals bauen lassen. Und ich
wollte ihm dabei helfen.«

»Eine Kapelle?«

»Ja, nichts Ausladendes. Ein schlichtes kleines Kircherl als Andenken an den Franz, droben auf der Anhöhe.«

»Davon hat er nie etwas erzählt.«

»Er war sich nicht sicher, was der Konrad davon halten würde.
Und dann hatte er seinen Schlaganfall und es ist nichts mehr daraus geworden. Aber jetzt könnten wir die Kapelle doch bauen.«

Waltraud Stadler sah ihn mit großen Augen an. Eichinger blätterte einige Seiten weiter. »Schau, das Landratsamt hat damals
auch eine Baugenehmigung erteilt.«

»Meinst du, diese Genehmigung ist heute noch gültig?«, fragte
seine Frau.

»Warum denn nicht? Da oben hat sich doch nichts verändert.«

»Das ist eine wunderbare Idee.« Waltraud hatte Tränen in den Augen. »Eine Kapelle für den Konrad und den Franz. Würdest du mir dabei helfen?«

Eichinger nickte. »Freilich. Bis Montag früh hab ich ohnehin für die Baustelle drüben beim Hartmann einen Bagger ausgeliehen. Wenn es dir recht ist, grab ich morgen das Fundament aus.«

»Morgen ist Sonntag«, wandte Eva ein. »Außerdem solltet ihr erst am Landratsamt anrufen und nachfragen, ob diese Baugenehmigung überhaupt noch gilt.«

»Da oben störe ich doch keinen. Und die Waltraud kann ja am Montag in Landshut anrufen. Wenn die sich wirklich querstellen, dann schaufeln wir das Loch zur Not halt wieder zu und stellen zwei Feldkreuze auf.«

Waltraud Stadler nickte eifrig. »Ja, so machen wir es. Wenn ich das dem Thomas erzähle! Das wird ihm sehr gut gefallen. Dank dir, Anton! Dank dir tausendmal.«

Kapitel 29

D u bist ja noch da«, sagte Martin Gerlach, als er Robert Thorwald am Schreibtisch seines Büros sitzen sah.

Thorwald lächelte müde. »Du ja auch.«

Gerlach lehnte sich an den Türrahmen. »Wir müssen den Einsatz für morgen Abend vorbereiten.«

»Und ich muss einen Mörder überführen«, erwiderte Thorwald trübsinnig. »Einen Mörder, der sich bisher beharrlich weigert, ein Geständnis abzulegen.«

»Der Gruber knickt schon noch ein. Lass ihn erst einmal ein paar Tage in der U-Haft schmoren. Irgendwann wird er einsehen, dass sich nur noch ein Geständnis strafmildernd auswirken wird. Bei dem, was da alles zusammengekommen ist.«

»Dein Wort in Gottes Ohr.«

»Der Limmer hat es ja auch verstanden«, grinste Gerlach. »Zuerst hat er gemauert, wo es nur ging, und jetzt hört die Amsel gar nicht mehr auf zu singen und sich kooperativ zu zeigen.«

»Hat er seine Kontakte verraten?«

»Zwei Vornamen, mehr wusste er nicht. Und ich glaube ihm das auch. Die Jungs sind sehr vorsichtig und geben kaum etwas von sich preis. Wie ich schon vermutet hatte – Tschechien. Die Drohne und das Prepaid-Handy haben einiges an Daten ausgespuckt. Vor einer halben Stunde hat Limmer an seinen Kontaktmann drüben eine SMS geschickt. Morgen Abend machen sie die nächste Lieferung fertig. Und dann greifen wir zusammen mit den tschechischen Kollegen zu«, sagte er mit grimmiger Entschlossenheit.

»Du fährst rüber?«

»Natürlich! Morgen früh geht es los. Das lasse ich mir nicht entgehen. Nicht nach all den Monaten, die sie uns an der Nase herumgeführt haben. Ich hoffe nur, wir erwischen alle. Die Zeit, um den Zugriff vorzubereiten, ist verdammt knapp. Aber wenn die länger nichts von Limmer gehört hätten, hätten sie wahrscheinlich Lunte gerochen und wären untergetaucht.« Gerlach zögerte plötzlich. »Würdest du mir einen von deinen Leuten für den Einsatz ausleihen?«

»Kennst du die Überstundenkonten der Mordkommission?«

»Sie werden in etwa so aussehen wie die der Drogenfahndung.«

»Also, wen willst du?«, seufzte Thorwald. »Flo, Katrin, Torsten oder alle drei?«

»Toni Kornbichler«, entgegnete Gerlach.

Thorwald richtete sich in seinem Sessel auf. »Wen?«

»Du hast ganz richtig gehört. Bisher hab ich, ehrlich gesagt, nicht viel von ihm gehalten, aber er hat am Nachmittag richtig gut gearbeitet. Der kann schon, wenn er will. Braucht halt ab und zu einen Tritt in den Hintern.«

»Den du ihm gern verpasst.«

Gerlach grinste. »Wenn es sein muss. Also, darf er mit?«

»Meinetwegen. Aber beschwer dich hinterher nicht über ihn.«

»Super, danke dir. Ich werde ihm gleich Bescheid sagen.«

»Ist der noch da? Um diese Zeit?«

»Schau rüber, wenn du mir nicht glaubst. Ich hab ihn schon mal ein bisschen bei uns mitarbeiten lassen.«

Thorwalds linke Augenbraue ging in die Höhe. »Wann hättest du mich eigentlich gefragt, wenn ich nicht mehr im Büro gewesen wäre?«

Gerlach holte sein Mobiltelefon hervor. »Du, schau mal, da gibt es so eine Erfindung, die nennt sich Telefon.«

»Ja, ja«, erwiderte Thorwald gedehnt. »Dann viel Glück. Deine Leute und du, ihr macht echt einen super Job.«

»Ihr auch, Robert. Der Mörder vom Stadler sitzt in U-Haft und so ganz nebenbei hat die Mordkommission einen tödlichen Verkehrsunfall mit Fahrerflucht und einen versuchten Totschlag aufgeklärt und uns dabei geholfen, zwei Drogendealer hochgehen zu lassen. Und offenbar wird wegen euren Ermittlungen dieser Schwarzarbeitsprozess noch einmal neu aufgerollt.«

»Woher weißt du denn das schon wieder?«

Gerlachs Grinsen verstärkte sich. »Flurfunk. Der zuständige Staatsanwalt soll ganz schön geflucht haben.«

Thorwald mochte seine gute Laune nicht teilen. »Kein Wunder. Der Hauptverdächtige ist Flo und mir ja sozusagen unter den Händen weggestorben.«

Gerlach wurde ernst. »Sorry, das hatte ich vergessen. Deshalb, Robert, geh heim. Und morgen am Sonntag bleibst du zu Hause und spannst aus. Der Gruber läuft euch nicht weg und spätestens Mitte der Woche hast du sein Geständnis.«

»Mal schaun. Hat der Flurfunk auch vermeldet, dass in der Zollfahndung ein Maulwurf sitzt, der Markus Baumgartner im vergangenen Jahr vor der Razzia gewarnt hat?«

Gerlachs Miene verfinsterte sich. »Ein korrupter Bulle? Nein, davon hat niemand etwas gesagt.«

»Wahrscheinlich laufen die internen Ermittlungen schon.«

»Ich hoffe, die erwischen ihn. So einer hat bei der Polizei nichts verloren.«

Julia Lechner radelte langsam nach Hause. Es war mittlerweile fast dunkel und ihre Mutter hatte schon angerufen und gefragt, wo sie blieb. Am liebsten hätte Julia das Handy ausgeschaltet, aber dann würde es zu Hause richtig Ärger geben. Und, was noch viel schlimmer war, das Telefon wäre für die nächsten zwei Wochen konfisziert – mindestens. Dabei war die Stimmung ohnehin schon wie auf einer Beerdigung. Ihre Eltern redeten nicht mehr miteinander und gingen sich tunlichst aus dem Weg. Früher hatten sie wenigstens noch gestritten, aber jetzt herrschte nur noch eisiges Schweigen. Mittlerweile spielten sie auch vor ihr kein Theater mehr und taten so, als wäre alles in bester Ordnung.

Sie hatte Marie kaum zu Wort kommen lassen und mitten im Gespräch einfach aufgelegt. Es fühlte sich gut an, patzig und übellaunig zu sein. Das war Julia in letzter Zeit oft, besonders ihrer Mutter gegenüber. Warum verstand die nicht, dass sich jemand um Rosis Grab kümmern musste, jetzt, da Konrad das nicht mehr selbst tun konnte? Zusammen hatten sie damals Rosi beerdigt. Ihr Grab war ein ganz besonderer Platz. Nicht hinten im Garten bei den anderen Hunden, sondern oben am Rand des kleinen Waldstücks, das den Stadlers gehörte, direkt unter einer hohen Tanne, dort hatten sie Rosi begraben. Konrad hatte ein tiefes Loch ausheben müssen, damit nicht irgendein Tier Rosi wieder ausbuddelte. Auf das Grab hatten sie ein paar große Steine gelegt und Julia hatte eine Blumenvase in den Waldboden gesteckt, wie man sie normalerweise für Friedhofsgräber benutzte.

Obwohl es ein schattiges und kühles Plätzchen war, verwelkten die Blumen bei der Hitze sehr schnell. Ihre Mutter schien das einfach nicht zu verstehen. Warum waren Erwachsene immer so kompliziert? Mit Ausnahme von Anna Leitner. Die wusste ohne viele Worte, worauf es ankam. Julia besuchte die Wirtin und das Gasthaus sehr gern. Aber das passte ihrer Mutter seit einiger Zeit auch nicht mehr. Ob sie bei Anna wohnen könnte, wenn ihre Eltern sich scheiden ließen? Hauptsache, sie musste nicht wieder zu Tante Elvira. Ihre Patentante war wegen ihres Diabetes immer so überbesorgt und wuselte ständig um sie herum. Und ihre zwei Jungs waren einfach nur blöd.

Das Licht am Fahrrad funktionierte nicht, weshalb Julia sich nicht traute auf der Straße zu fahren, sondern über die Feldwege zurück nach Neukirchen radelte. Ihr Vater hätte das Licht reparieren können, aber Julia wollte ihn nicht fragen. Wie ihre Mutter war er seit Tagen nur noch schlecht gelaunt und mürrisch.

Ein bisschen unheimlich war es schon hier draußen. Sie war nicht mehr weit von der Straße entfernt, die sie überqueren musste, um dann auf der gegenüberliegenden Feldseite weiterzufahren. Mit einem Mal wünschte sie sich, sie hätte die Zeit nicht so vergessen und wäre früher aufgebrochen.

In diesem Moment entdeckte sie die Gestalt, die nicht weit von ihr entfernt am Boden kauerte. Julia bremste ab und stieg vom Rad. Hatte sich da vorne jemand verletzt? Die Person sagte etwas, obwohl weit und breit niemand zu sehen war. Julia hielt den Atem an und lauschte. Da – jetzt hörte sie es ganz genau. Die Gestalt *weinte*. Sie brauchte ganz bestimmt Hilfe. Doch irgendetwas hielt Julia zurück. Fieberhaft überlegte sie, was sie tun sollte.

»... musste sie beide töten«, schluchzte die Gestalt.

Das Mädchen erschrak. *Töten ...*

Ihr Herz fing zu rasen an. Wie erstarrt blieb sie mitten auf dem Feldweg stehen. Sie musste weg von hier. Und zwar sofort. Doch ihr Körper gehorchte ihr nicht. Immer noch stand sie wie angewurzelt neben ihrem Fahrrad, unfähig, auch nur den kleinen Finger zu bewegen.

Die Gestalt weinte immer heftiger. »Bitte verzeih mir. Verzeih mir, geliebte …«

Ein schriller Ton erklang und fuhr Julia durch Mark und Bein. Das Handy in ihrer Jeanstasche … *Oh Mama, bitte nicht jetzt. Bitte, bitte nicht jetzt!*

Doch es war zu spät. Mit einem Ruck richtete die Gestalt sich auf und starrte in Julias Richtung. Sekundenlang passierte nichts. Ihr wurde vor Angst ganz übel. Dann stand die Gestalt blitzschnell auf und fing zu laufen an. Direkt auf Julia zu …

Panisch wendete sie das Fahrrad und versuchte aufzusteigen. Doch ihre Beine zitterten so sehr, dass sie die Pedale nicht richtig erwischte, ins Stolpern geriet und beinahe gestürzt wäre.

»Hilfe!« Julia stieß das Fahrrad von sich und rannte los.

Mama, Papa, wo seid ihr? Bitte helft mir.

Die Schritte kamen immer näher. Im Laufen zog Julia ihr Handy aus der Hosentasche, doch das Gerät rutschte ihr aus der Hand und fiel auf den staubigen Boden. Vergeblich versuchte sie danach zu greifen. Die Gestalt war nur noch wenige Meter von ihr entfernt. Ein schmerzhaftes Stechen machte sich in ihrer rechten Seite bemerkbar, aber sie durfte jetzt nicht stehen bleiben.

»Hilfe! Hilfe!«

Niemand hörte ihre verzweifelten Rufe, als sie plötzlich am Arm gepackt wurde und sich eine Hand von hinten auf ihren Mund legte.

Marie Lechner tigerte unruhig in der Küche auf und ab. Seit ihrem Telefonat mit Julia war schon fast eine halbe Stunde vergangen. Dabei hatte ihre Tochter doch gleich zu Hause sein wollen. Als sie es danach noch einmal versucht hatte, war das Freizeichen erklungen, ohne dass Julia sich meldete. Jetzt wurde ihr von einer automatischen Stimme mitgeteilt, dass der Gesprächspartner nicht zu erreichen sei. Also hatte Julia das Telefon ausgeschaltet.

Zuerst war Marie wütend geworden, doch ihre Wut hatte sich schnell verflüchtigt. Jetzt hatte sie nur noch Angst. Und diese

Angst wuchs von Minute zu Minute. Erneut versuchte sie es auf Julias Handy. »Ihr Gesprächspartner ...« Verzweifelt legte sie auf.

Ein Auto fuhr auf den Hof. Maximilian. Sie hatte ihren Mann nur am Morgen kurz gesehen und wusste auch nicht, wo er seinen Tag verbracht hatte. Für einen Augenblick hoffte sie, er habe Julia unterwegs aufgegabelt und sie mit nach Hause gebracht. Doch außer ihm stieg niemand aus dem Wagen. Marie rannte in den Flur hinaus und riss die Haustür auf.

»Max, Julia ist weg!«, rief sie.

Ihr Mann kam langsam näher. »Wie, weg?«

»Sie wollte längst zu Hause sein. Ihr Handy ist aus und ich kann sie nicht erreichen«, sagte sie aufgeregt.

Maximilian Lechner holte sein Telefon hervor und wählte die Nummer seiner Tochter. »Ausgeschaltet«, murmelte er.

»Das sage ich doch! Was, wenn ihr etwas zugestoßen ist?«

»Jetzt bleib mal ganz ruhig. Wo war sie denn heute den Tag über?«

»Zuerst im Freibad in Altenberg. Dann war sie kurz bei mir zu Hause. Am frühen Abend wollte sie dann unbedingt noch ...«

»Ja?«

»An Rosis Grab fahren«, sagte Marie schnell.

»Dieser verdammte Köter«, stieß Maximilian Lechner hervor. »Wo hat der Stadler ihn denn eingegraben?«

»Das weiß ich nicht.«

»Was soll das heißen, du weißt das nicht?« Lechner sah seine Frau entgeistert an.

»Ich wollte ihr keine Löcher in den Bauch fragen. Du hast doch mitbekommen, wie empfindlich sie in der letzten Zeit darauf reagiert.«

»Aber du als ihre Mutter musst das doch wissen. Julia ist zwölf! Du kannst sie nicht einfach losfahren lassen ...«

»Weißt du als ihr Vater denn, wo dieses Grab ist? Du wusstest ja bis vor Kurzem nicht einmal, dass sie unbedingt einen Hund haben will«, schrie Marie. »Außer dem verdammten Geld hast du dich doch für nichts mehr interessiert!«

»Ich werde mich darüber jetzt ganz bestimmt nicht mit dir unterhalten«, erwiderte Lechner eisig.

Schluchzend schlug sich Marie die Hände vor das Gesicht. »Und wenn sie weggelaufen ist, weil sie es bei uns nicht mehr ausgehalten hat?«

Gegen seinen Willen begann Lechners Wut auf seine Frau zu schwinden. »Sie weiß ganz genau, wie gefährlich es ist, wenn sie nicht regelmäßig Insulin spritzt. Das würde Julia niemals machen. Unsere Tochter ist doch kein Dummkopf.«

»Ich hab Angst, Max.«

»Wir rufen jetzt alle Freunde und Bekannten an. Und die Elvira und meinen Bruder. Irgendwo muss sie sein«, sagte er eindringlich.

Marie sank weinend auf die Knie. »Bring unser Kind zurück. Max, bitte bring mir unser Kind zurück.«

———

Als Cornelius, der nach der turbulenten Nacht früh schlafen gegangen war, am Sonntagmorgen die Gaststube betrat, herrschte dort ein reges Treiben. Fast alle Tische waren besetzt und das Stimmengewirr zwischen den Anwesenden sorgte für einen enormen Geräuschpegel. Cornelius entging nicht, dass die Mienen der meisten Gäste sehr angespannt waren und viele müde und erschöpft aussahen. Auch Anna Leitner, die sich an der Zapfanlage gerade mit ihrer Schwester unterhielt, wirkte übernächtigt. Auf einigen Tischen waren Landkarten ausgebreitet, über die kleinere Gruppen konzentriert brüteten, während andere sich eifrig Notizen machten oder hektisch miteinander diskutierten.

»Guten Morgen, Herr Pfarrer. Was ist denn hier los?«, fragte er den vorbeieilenden Felix Hartl.

Der Priester sah ihn ernst an. »Julia Lechner ist gestern Abend nicht nach Hause gekommen. Wir haben noch in der Nacht mit der Suche angefangen und die meisten von uns sind seit dem Morgengrauen schon wieder unterwegs.«

»Das ist ja furchtbar.«

»Wir haben in Neukirchen jeden Stein umgedreht und jeden Schuppen und jede Gartenhütte abgesucht. Sogar in Ebersbach haben sie alles durchforstet. Aber das Mädchen ist wie vom Erdboden verschluckt.«

»Ist die Polizei schon verständigt?«

»Ja, seit gestern Abend. Gerade sind mehrere Hundestaffeln unterwegs und ein Hubschrauber mit Wärmebildkamera überfliegt die Gegend.«

»Gibt es irgendetwas, das ich tun kann?«, fragte Cornelius betroffen.

»Beten Sie, Herr Professor. Beten Sie für das Kind. Mehr können wir im Moment nicht machen.«

Nachdem Cornelius einen schnellen Kaffee im Stehen getrunken hatte, fuhr er weiter zu Theresa Buchberger, mit der er den Besuch der Sonntagsmesse in Altenberg vereinbart hatte. Auf dem Weg zu ihrem Haus sah er in der Ferne den Hubschrauber über einem Waldstück kreisen und direkt hinter der Neukirchner Siedlung hatten sich mehrere Polizisten vor einem Maisfeld versammelt. Wie würde Theresa auf die Nachricht reagieren, dass ein Kind verschwunden war? Cornelius konnte ihren Gesichtsausdruck nicht recht deuten.

»Schrecklich.« Mehr sagte sie nicht.

Er erzählte ihr, was er im Gasthaus von Pfarrer Hartl erfahren hatte.

Theresa trat ans Fenster. »Ich hab mich schon gefragt, warum ständig der Hubschrauber zu hören ist und was die Polizisten da draußen zu suchen haben.«

»Es ist große Eile geboten. Julia hat Diabetes und muss sich regelmäßig Insulin spritzen. Das ganze Dorf ist in Aufruhr und sucht schon seit Stunden nach ihr.«

»Diabetes«, wiederholte sie geistesabwesend. »Deshalb hab ich sie neulich in der Apotheke getroffen.« Sie murmelte etwas, das er nicht verstehen konnte, und verharrte regungslos am Fenster.

Cornelius konsultierte seine Armbanduhr. Wenn sie nicht bald Richtung Altenberg aufbrachen, würden sie den Gottesdienst verpassen.

Mit einem Ruck drehte sich Theresa zu ihm um. »Dann lassen Sie uns nach Altenberg fahren und für Julia beten«, sagte sie mit fester Stimme. »Ich bin gleich wieder da.«

»Was ist das?«, fragte Cornelius und zeigte auf die Kuchenform, mit der Theresa Sekunden später aus der Küche zurückkam.

»Würden Sie noch kurz beim Haus vom Dr. Rehberg anhalten? Ich möchte ihm ein kleines Dankeschön vorbeibringen.« Sie lächelte verlegen. »In der Apotheke ist immer so viel los. Da will ich ihn nicht damit behelligen.«

»Natürlich.« Solange *er* nicht aussteigen und Rehberg den Kuchen überreichen musste.

Der Apotheker zeigte sich über den morgendlichen Besuch an seiner Haustür sichtlich erfreut. Beim Anblick von Cornelius im wartenden Auto verschwand seine Freude jedoch so schnell, wie sie gekommen war.

»Herr Dr. Rehberg würde gern mit Ihnen sprechen«, sagte Theresa, nachdem sie wieder neben ihm im Wagen saß.

»Mit mir?!«

Widerwillig stieg er aus und trat durch das Gartentürchen der toskanischen Villa. Benedikt Rehberg hatte noch nie freiwillig mit ihm gesprochen. Warum also jetzt?

»Wie schön, dass Sie es einrichten konnten. Ich wollte eigentlich schon neulich abends mit Ihnen reden«, begann Rehberg ohne Umschweife.

»Worüber?«

Der Apotheker funkelte ihn wütend an. »Anna hat mir erzählt, wie unverschämt Sie ihr gegenüber aufgetreten sind.« Er ging einen Schritt auf Cornelius zu. »Was Frau Leitner in ihrem Privatleben macht und wann sie abends nach Hause kommt, geht Sie einen feuchten Kehricht an. So, und jetzt für Sie zum Mitschreiben: Anna war in der Nacht, als dieser Stadler ermordet wurde, bei mir in der Apotheke und hat mir während meines Nachtdienstes Gesellschaft geleistet. Ist das jetzt Alibi genug für den Herrn Professor?«

»Frau Leitner war …«

»Bei mir. Sie haben ganz richtig gehört. Und das wird in Zukunft noch sehr oft der Fall sein, ohne dass Sie sie danach einem Verhör unterziehen werden. Sie mögen sich in der Vergangenheit vielleicht in mein Leben eingemischt haben, aber Anna ist für Sie tabu. Andernfalls werden Sie das bitter bereuen!«

376

Ehe Cornelius etwas erwidern konnte, knallte ihm der Apotheker die Haustür vor der Nase zu. Bedröppelt schlich Cornelius zu seinem Wagen zurück.

»Ist alles in Ordnung, Herr Professor?«, fragte Theresa irritiert.

»Äh … ja, ja. Alles gut. Nur ein kleines … Missverständnis, das es auszuräumen galt. Jetzt lassen Sie uns aber nach Altenberg fahren.«

———

Während der Messe schweiften Cornelius' Gedanken immer wieder zu Julia Lechner. Wo steckte das Mädchen nur? War es von zu Hause ausgerissen? Das Familienleben der Lechners dürfte in der letzten Zeit kein Zuckerschlecken gewesen sein. Die hohen Schulden, die endlosen Streitereien der Eltern, ihre Nacht im Polizeigewahrsam und mittendrin ein zwölfjähriges Mädchen, das vielleicht keinen anderen Ausweg mehr sah, als vor all dem davonzulaufen. Aber Julia war nicht gesund. Sie litt an Diabetes und laut Anna ging sie sehr verantwortungsbewusst mit dieser Krankheit um. Sie würde doch nicht einfach ihr Leben aufs Spiel setzen, indem sie Hals über Kopf davonrannte. Oder hatte das Kind seine Flucht von langer Hand geplant? Ein zwölfjähriges Mädchen?!

Und wenn sie unglücklich gestürzt war und verzweifelt auf Hilfe wartete? Aber dann hätten die Spürhunde sie bestimmt gefunden. Mit dem Fahrrad konnte sie doch nicht weit gekommen sein. Nicht zu vergessen der Hubschrauber, der ein viel größeres Areal als die Suchmannschaften abdeckte.

Theresa Buchberger, die neben Cornelius saß, war tief im Gebet versunken. Ihr ganz persönlicher Albtraum war mit einem Schlag wieder lebendig geworden. Die Lechners und ganz Neukirchen suchten verzweifelt nach Julia, so wie Theresa vor vielen Jahren nach ihrer Tochter gesucht hatte. Alle Mühen, alle Gebete waren damals umsonst gewesen. Claudia Buchberger war nie wieder aufgetaucht. Und damit nicht genug: Theresa wurde verdächtigt, einen Mord gedeckt und die Leiche ihrer eigenen Tochter vergraben zu haben. Mancher Neukirchner glaubte es bis heute. *Kindsmörderin …*

Anna Leitner musste ganz krank vor Sorge sein. Sie, die so liebevoll mit Julia umzugehen vermochte und zu der das Mädchen immer gern gekommen war. Nie hätte sich Cornelius die Wirtin und Benedikt Rehberg als Paar vorstellen können. Sie waren sich von jeher spinnefeind gewesen. Anna hatte den Apotheker stets als arroganten Schnösel bezeichnet. Der vorübergehende Einzug seines kriminellen Neffen hatte ihre Meinung nicht zum Positiven gewendet. Ganz im Gegenteil! Und der Apotheker hatte in der Vergangenheit auch nicht unbedingt den Eindruck erweckt, als habe er an der Wirtin des Gasthauses Leitner ein besonderes Interesse. Aber das war, bevor die beiden das Leben von Theresa Buchberger gerettet hatten. Dieser dramatische Nachmittag schien vieles in ein anderes Licht gerückt zu haben.

Was wohl Roswitha Förster zu Neukirchens neuem Traumpaar sagen würde?

———————

Robert Thorwald hatte alle Gesprächsprotokolle und Ergebnisberichte im Fall Konrad Stadler um sich herum ausgebreitet und sich in seine Lektüre vertieft. Hin und wieder hielt er kurz inne und notierte etwas an seine Wandtafel, die er zuvor gelöscht hatte und jetzt neu beschriftete. Leon Grubers stures Festhalten an seiner Aussage, den Landwirt tot aufgefunden zu haben, gefiel Thorwald nicht. Und so hatte er es sich an diesem sonnigen Sonntagvormittag nicht nehmen lassen und war entgegen Martin Gerlachs Rat in das Kommissariat gefahren, um in all den Informationen, die sie in den vergangenen Tagen gesammelt hatten, den einen entscheidenden Hinweis zu finden, der ein Geständnis nicht mehr nötig machen würde. Während er gerade noch einmal über Marie Lechners Aussage saß, klingelte sein Festapparat.

»Dachte ich mir doch, dass Sie heute im Büro sind«, schallte ihm sogleich eine energische Stimme entgegen. »Buchholz, Vermisstenstelle.«

Die herbe Ellen, wie die gebürtige Hamburgerin bei den Kollegen hinter vorgehaltener Hand genannt wurde, was jedoch nicht an ihrem unweiblichen Aussehen lag – ganz im Gegenteil –, sondern vielmehr an ihrer scharfen Zunge und ihrer kompromisslosen Art, die über alle Abteilungen hinweg gefürchtet war.

»Was kann ich für Sie tun?«, fragte Thorwald, um einen neutralen Tonfall bemüht.

»Ich weiß nicht, ob es schon zu Ihnen durchgedrungen ist, aber seit gestern Abend wird Julia Lechner aus Neukirchen vermisst.«

Thorwald wurde hellhörig. »Nein, das ist mir neu.«

Im Hintergrund vernahm er das Klappern einer Tastatur. »Ich bin gerade dabei, das persönliche Umfeld des Kindes genauer zu durchleuchten. Dabei habe ich festgestellt, dass beide Elternteile vor wenigen Tagen eine Nacht in Polizeigewahrsam verbracht haben, weil sie unter *Mordverdacht* standen.«

»Herr und Frau Lechner waren vorübergehend tatverdächtig, das ist richtig. Aber es hat sich herausgestellt, dass sie nichts mit der Ermordung von Konrad Stadler zu tun haben.«

»Moment, Herr Kollege, das ist so nicht ganz richtig«, kam es postwendend zurück. »Wie ich der digitalen Akte hier entnehme, war der Vater in der betreffenden Nacht sternhagelvoll. Nun ja, auch nicht gerade ein wünschenswerter Zustand für einen Kindsvater. Aber immerhin hatte er bei seinem Saufgelage jede Menge Zeugen. Die Mutter allerdings …« Ellen Buchholz machte eine Pause.

»Was ist mit der Mutter?«, fragte Thorwald lauernd.

»Das muss ich Ihnen ja wohl nicht erklären. Ich mache es aber gern: Marie Lechner konnte bis heute nicht zweifelsfrei nachgewiesen werden, *nichts* mit der Ermordung dieses Landwirts zu tun zu haben. Sie behauptet lediglich, er sei noch am Leben gewesen, als sie ihn in der fraglichen Nacht verlassen hat.«

»Wie Sie der digitalen Akte weiter entnehmen können, sitzt der mutmaßliche Mörder von Konrad Stadler mittlerweile in Untersuchungshaft. Das Opfer ist unfreiwillig Augenzeuge einer missglückten Drogenübergabe mit einer Flugdrohne geworden«, erwiderte Thorwald eisig.

»Sie sagen es, Kollege Thorwald. *Mutmaßlich.* Hat dieser Leon Gruber denn mittlerweile gestanden?«, fragte Ellen Buchholz zuckersüß.

Thorwald hätte sie am liebsten durch den Hörer gezogen. »Was wollen Sie damit andeuten?«

»Dass in meinen Augen, und ich bin sicher, Sie müssen mir da zustimmen, die Mutter des vermissten Kindes nach wie vor verdächtig ist, in ein Kapitalverbrechen verwickelt zu sein.«

»Sie werden mir bestimmt gleich sagen, was das mit dem Verschwinden von Julia Lechner zu tun hat.«

»Natürlich, Herr Kollege. Womöglich hat das Kind etwas herausgefunden, womit es der Mutter hätte gefährlich werden können.«

»Das ist nicht Ihr Ernst! Wir reden hier von einem zwölfjährigen Mädchen!« Thorwald schrie fast in den Hörer.

»Das nicht blind und nicht taub ist und ihre Mutter durchaus bei etwas beobachtet haben kann! Ich muss Ihnen als langjährigem Polizeibeamten wohl nicht erklären, dass Eltern immer wieder ihre Kinder als vermisst melden, um eine zuvor begangene Gewalttat zu vertuschen«, fuhr Ellen Buchholz ungerührt fort. »Außerdem können wir eine klassische Entführung so gut wie ausschließen, da die Eltern bis über beide Ohren verschuldet sind und bisher keine Lösegeldforderung eingegangen ist.«

»Wo sind Sie jetzt?«, fragte Thorwald mühsam beherrscht.

»In Neukirchen. Wir haben hier eine mobile Einsatzzentrale eingerichtet. Warum?«

»Haben Sie Marie Lechner bereits mit Ihren Vorwürfen konfrontiert?«

»Nein, aber das werde ich. In genau zehn Minuten.«

»Ich bin unterwegs. Warten Sie damit bitte, bis ich da bin«, rief Thorwald, ehe er aus dem Büro spurtete.

Kapitel 30

S chon in der Einfahrt der Lechners wusste Thorwald, dass Ellen Buchholz mit dem Gespräch nicht auf ihn gewartet hatte. Sobald Maximilian Lechner, der hektisch vor dem Wohnhaus auf und ab lief, den Hauptkommissar entdeckt hatte, stürzte er sich förmlich auf Robert Thorwald, kaum, dass dieser aus seinem Wagen gestiegen war.

»Wissen Sie, was diese Schnepfe meiner Frau vorwirft?«, brüllte er sofort los. »Anstatt endlich ihre Arbeit zu machen und unsere Tochter zu finden, behauptet sie, Marie hätte etwas mit Julias Verschwinden zu tun.«

»Herr Lechner, bitte! Auch wenn es Ihnen momentan sehr schwerfällt, versuchen Sie trotzdem, Ruhe zu bewahren. Das sind alles nur Routi...«

»Ruhe?!«, schrie Lechner und lief knallrot an. »Unser Kind ist seit über zwölf Stunden verschwunden und diese Alte hat nichts Besseres zu tun, als meine Frau zu verdächtigen.«

»Die Alte hat das Gespräch mit Ihrer Frau soeben beendet.« Ellen Buchholz stand mit verschränkten Armen und ohne erkennbare Gefühlsregung an der offenen Eingangstür.

»Warum haben Sie nicht auf mich gewartet?«, stieß Thorwald hervor, nachdem Lechner sich rüde an der Kommissarin vorbeigedrängt hatte und im Hausflur verschwunden war.

»Weil ich keine Zeit habe, um auf irgendwelche Befindlichkeiten Rücksicht zu nehmen«, zischte Buchholz. »Ich muss ein Kind finden, das an Diabetes leidet und seit über zwölf Stunden verschwunden ist. Jede Minute, die vergeht, ist eine Minute zu viel.«

»Was sagt Marie Lechner denn zu Ihren Vorwürfen?«, konterte Thorwald.

»Dass sie ihre Tochter gestern am frühen Abend das letzte Mal gesehen hat und sie zu diesem Zeitpunkt noch quicklebendig war. Was nicht gleichbedeutend damit ist, dass ich auch nur ein einziges Wort davon glaube.« Ellen Buchholz eilte die Treppe hinunter, drehte sich aber noch einmal um. »Solange Sie, Thorwald, nichts Handfesteres liefern können als die Aussage einer Tatverdächtigen, werde ich diese Frau im Auge behalten. Und jetzt entschuldigen Sie mich, ich habe eine Einsatzbesprechung!«

———————

Robert Thorwald wartete, bis Ellen Buchholz mit quietschenden Reifen vom Hof der Lechners gebrettert war. Dann ging er durch den Flur in die bereits bekannte Wohnküche.

Marie Lechner saß mit verquollenen Augen und fahlem Gesicht auf der Eckbank, den Kopf an die Schulter ihres Mannes gelehnt, der ihr tröstend über das zerzauste Haar strich. Auch an Maximilian Lechner waren die Stunden des zermürbenden Wartens nicht spurlos vorübergegangen.

»Ist diese Hexe endlich verschwunden?«, fragte er heiser.

Thorwald nickte und setzte sich auf einen der Küchenstühle. Seine folgenden Worte wählte er mit großem Bedacht. »Für Sie als Eltern mag es unvorstellbar erscheinen, aber für uns Polizeibeamte sind nahe Angehörige immer auch Verdächtige. Kommissarin Buchholz hat nichts getan, was ich an ihrer Stelle nicht auch getan hätte.« Wenn auch mit mehr Fingerspitzengefühl und Diplomatie, fügte er in Gedanken hinzu. »Sie durchleuchtet das persönliche Umfeld Ihrer Tochter, und Sie als Eltern gehören nun einmal dazu.«

»Aber ich hab dem Konrad nichts getan«, schluchzte Marie Lechner. »Und Julia erst recht nicht. Sie ist doch mein Kind.«

»Wo waren Sie denn, nachdem Sie sich von Julia verabschiedet haben?«

»Jetzt fangen Sie nicht auch noch damit an!«, regte Lechner sich sogleich auf.

»Lass gut sein, Max«, beschwichtigte Marie ihren Mann. »Ich hab es dieser Kommissarin schon gesagt. Ich war hier und hab meinen Kleiderschrank aussortiert, weil ich einige Sachen davon im Internet verkaufen will.«

»Waren Sie online? Oder haben Sie mit jemandem gechattet oder telefoniert?«

Marie Lechner schüttelte den Kopf. »Nein, ich war fast zwei

Stunden oben im Schlafzimmer und hab alles zusammengesucht. Ich kenn mich mit dem Internet nicht so gut aus und wollte die Sachen später zusammen mit … Julia …« Ihre Augen füllten sich erneut mit Tränen. »Es hat mich in der Zeit auch niemand besucht oder angerufen. Das hat die Kommissarin schon alles wissen wollen.«

»Und Sie?«

Lechner wurde verlegen. »Ich war drüben in Ebersbach bei meinem alten Arbeitgeber. Mein damaliger Chef hatte mich angerufen und gefragt, ob ich wieder für ihn arbeiten möchte. Es hat sich wohl herumgesprochen, dass es uns finanziell nicht so gut geht und er hat von heute auf morgen einen seiner Mechaniker verloren.«

Allerdings, dachte Thorwald mit einem Anflug von Genugtuung. Denis Limmer dürfte die längste Zeit Landmaschinentechniker gewesen sein.

Marie sah ihren Mann mit großen Augen an. »Davon hast du mir ja gar nichts erzählt.«

»Ich wollte dich überraschen. Ich hab auch gleich ein paar Stunden dort gearbeitet. Das bringt schon mal ein bisschen Geld in die Kasse.«

»Und was passiert mit Ihrem Hof?«, wollte Thorwald wissen.

»Wir schaffen es nicht«, sagte Lechner leise. »Ich hab zu viel auf einmal investiert und bin nicht breit genug aufgestellt, um die niedrigen Milchpreise kompensieren zu können. Für die Kühe hab ich schon einen Interessenten gefunden. Übermorgen werden sie abgeholt.«

»Oh Max«, flüsterte Marie und strich ihm flüchtig über die unrasierte Wange.

»Warum wird dann unser Kind entführt?«, stieß Lechner aufgebracht hervor. »Jeder hier weiß doch, wie es bei uns finanziell aussieht. Das hab ich dieser Kommissarin auch schon gesagt.«

»Wie ging es denn gestern weiter?« Genau wie Ellen Buchholz wusste Thorwald, dass nicht hinter jeder Kindesentführung eine Lösegeldforderung stehen musste. Er verscheuchte die Bilder, die sich ihm aufdrängten, und versuchte sich auf Marie Lechner zu konzentrieren.

»Sie wissen, wo das Grab von Konrad Stadlers Hund ist?«, fragte er, nachdem er den Rest der Geschichte erfahren hatte.

»Das wissen wir eben nicht«, antwortete sie unter Tränen. »Ich mache mir solche Vorwürfe, weil ich Julia einfach hab losfahren lassen. Auch Waltraud hat nicht die geringste Ahnung, wo Rosi beerdigt sein könnte.«

Ich weiß, dachte Thorwald. »Hat Julia eine Bemerkung fallen lassen oder haben Sie in ihrem Zimmer irgendeinen Hinweis gefunden? Jede noch so unbedeutende Kleinigkeit könnte wichtig sein.«

Marie schüttelte resigniert den Kopf. »Das hat uns die Kommissarin schon hundertmal gefragt. Sie war auch oben in Julias Zimmer und hat sich umgesehen.«

»Haben Sie denn jemanden, der sich um Sie kümmert?«, fragte Thorwald, da beide Lechners offensichtlich am Ende ihrer Kräfte waren.

»Die Kommissarin hat uns einen Notfallseelsorger angeboten, aber ich möchte lieber mit Pfarrer Hartl sprechen«, sagte Marie leise. »Max hat ihn schon angerufen.«

»Ich kann Ihnen versichern, Kommissarin Buchholz ist eine sehr erfahrene Beamtin, die nichts unversucht lassen wird, um Ihre Tochter zu finden. Falls notwendig, wird sie jeden Kieselstein einzeln umdrehen.«

»Und warum hat diese tolle Kommissarin Julia dann noch nicht gefunden?«, rief Maximilian Lechner.

»Geben Sie ihr bitte noch ein bisschen Zeit«, sagte Thorwald eindringlich.

»Zeit?! Sie sind gut. Wissen Sie denn nicht, dass unsere Tochter schwer krank ist?«

»Doch, das weiß ich.« Thorwald wollte seine nächste Frage eigentlich gar nicht stellen. »Ist Julia denn für den Notfall ausgerüstet?«

»Ja. Sie hat immer zwei Rationen Insulin und ein Päckchen Traubenzucker dabei. Wenn sie allerdings daran gehindert wird …« Lechner versagte die Stimme.

Thorwald wusste auch ohne weitere Erklärung, was die logische Konsequenz war, wenn Julia Lechner nicht mit Insulin versorgt wurde.

Ellen Buchholz hatte recht. Die Zeit lief unerbittlich gegen das Mädchen.

Ein Knacken ließ Julia aus ihrem Dämmerschlaf hochschrecken. Sie hatte jegliches Zeitgefühl verloren. Durch das winzige Fenster ihres Gefängnisses fiel zu wenig Licht, um abschätzen zu können, welche Tageszeit gerade war. Es roch modrig, wie in einem alten Keller, und die Wand, an der sie lehnte, fühlte sich kalt und feucht an. Ihre Arme und Beine waren gefesselt und das grobe Seil scheuerte ihre Haut auf. Aber noch schlimmer als der brennende Schmerz an ihren Gelenken war die Kälte, die der Steinfußboden ausstrahlte. Die Kälte und der Durst. Ihr Mund war wie ausgetrocknet und ihre Lippen schon ganz rissig. Dazu kam die Schläfrigkeit, die sich ihrer auch jetzt wieder bemächtigte. Sie wusste, wofür es erste Anzeichen waren. Ich brauche etwas zu essen und zu trinken und ich brauche Insulin.

Sie hatte keine Ahnung, wie viele Injektionen sie schon versäumt hatte. Aber den Rucksack mit den beiden Notrationen hatte ihr die Gestalt weggenommen, bevor sie sie an den Händen gefesselt und ihr die Augen verbunden hatte. Dann hatte sie sie mit sich geschleift und in dieses Verlies gestoßen, wo ihr auch noch die Beine zusammengebunden wurden. Immerhin war es Julia nach einiger Zeit gelungen, mit den Fingerspitzen die Augenbinde zu entfernen. Die Gegenstände, die sie im trüben Licht erkennen konnte, kamen ihr vertraut vor. Gleichzeitig wusste sie, dass sie an diesem Ort noch nie gewesen war.

Verzweifelt machte sie sich an den Hand- und Fußfesseln zu schaffen, doch ihren klammen, kraftlosen Fingern gelang es nicht, die Knoten zu lösen und das fest sitzende Seil zu lockern. Mutlos und erschöpft hielt sie in ihrem Tun inne.

Würde die dunkel gekleidete Gestalt zurückkommen oder sie einfach ihrem Schicksal überlassen? Die Gestalt, die getötet hatte. Die Gestalt, die Julia wiedererkannt hatte. Würden ihre Eltern nach ihr suchen oder hatten sie noch gar nicht bemerkt, dass sie verschwunden war? Das Nachdenken war anstrengend … zu anstrengend. Eine bleierne Müdigkeit begann sich in ihrem

Körper auszubreiten. Und obwohl ihre Gliedmaßen und ihr Kopf schmerzten und sie immer wieder von einem leichten Zittern durchgeschüttelt wurde, sank sie allmählich zurück in einen dämmrigen Halbschlaf.

———

Nachdem Cornelius Theresa Buchberger bei einer alten Schulfreundin in Altenberg abgesetzt hatte und nach Neukirchen zurückgekehrt war, galt sein erster Besuch Pfarrer Hartl. Doch jeglicher Funken Hoffnung zerstob, als er in das bekümmerte Gesicht des Priesters blickte.

»Ich bin gerade auf dem Weg zu den Lechners. Alles, was ich weiß, ist, dass die Polizei die Suche weiter ausgedehnt hat. Aber von Julia fehlt immer noch jede Spur.«

Cornelius entging nicht, wie schwer es Felix Hartl fiel, nach wie vor Hoffnung und Zuversicht auszustrahlen. Aber genau das würden Julias Eltern jetzt brauchen, um nicht vollends zu verzweifeln. Das Bedürfnis, mit Ramona zu telefonieren, wurde schier übermächtig. Doch heute fand das Golfturnier statt, zu dem Caroline von Greifenberg als Schirmherrin eingeladen hatte. Ein unpassenderes Ereignis, um Ramona von einem verschwundenen Kind zu erzählen, konnte er sich kaum vorstellen. Wütend und traurig zugleich beschloss Cornelius, einen Abstecher zu Helena Stern ins Krankenhaus zu machen. Er bereute seine Entscheidung jedoch in dem Augenblick, in dem er ihr Zimmer betrat und Adrian Neuhaus am Bett der jungen Frau sitzen sah.

Nein, dieses Glück würde er nicht mit Nachrichten von verschwundenen Kindern und verbotenen Graffiti trüben. Die beiden hatten genug gelitten. Und was Matthias anbelangte, hatte Helena ihre Entscheidung getroffen. Er würde einen Teufel tun und sich da einmischen. Nur kurz – Adrian war gerade auf der Suche nach einer Vase für die Rosen, die er Helena mitgebracht hatte – sprachen sie über ihren Unfall. Cornelius ließ es keine Ruhe, dass er entgegen seinem Versprechen Katrin Abel in die Geschichte eingeweiht hatte. Doch Helena beruhigte sein schlechtes Gewissen.

»Zu wissen, dass ich mir dieses fliegende Ungetüm nicht eingebildet habe, war die schönste Nachricht, die mir die Kommissarin überbringen konnte.« Sie hielt inne. »Nein, das stimmt nicht.« Plötzlich wurde sie ernst. »Endlich Gewissheit zu haben, was damals mit Magdalena passiert ist, ist die größte Erleichterung überhaupt. Ohne diese furchtbare Last können wir noch einmal ganz neu anfangen. Wenn nur Adrians Stimme wieder zurückkommt. Dann wird endlich alles gut.«

»Das wünsche ich Ihnen von ganzem Herzen«, sagte Cornelius zum Abschied.

Den Rest des Tages verbrachte Cornelius in der Pension, wo er in regelmäßigen Abständen in der Gaststube vorbeischaute und auf Neuigkeiten von Julia Lechner hoffte. Am Nachmittag kehrten die freiwilligen Helfer schließlich zurück. Cornelius spürte sofort, wie gedrückt die Stimmung unter den Dorfbewohnern war.

»Was ist passiert?«, fragte er Annas Schwester, die hinter dem Tresen stand und Getränke ausschenkte.

»Die Polizei möchte nicht, dass wir uns weiter an der Suche beteiligen. Ab sofort dürfen nur noch Polizeibeamte nach Julia suchen«, sagte Carola Schäfer. »Diese Kommissarin hat wohl ein Machtwort gesprochen.«

»Hör mir bloß mit der auf. Ein sauberer Besen ist das«, eiferte sich der Feuerwehrkommandant der Ebersbacher, der ihre letzten Worte gehört hatte. »Ich war bei der Einsatzbesprechung dabei. Die hat uns nicht ein Mal zu Wort kommen lassen.«

»Wo ist denn Ihre Schwester?«, fragte Cornelius.

»Anna hat sich hingelegt. Sie hat die ganze Nacht kein Auge zugetan. Vorhin ist ihr auf der Kellertreppe schwindlig geworden. Trotzdem musste ich sie fast zwingen, sich ein bisschen auszuruhen.«

»Sie hängt sehr an dem Mädchen.«

»Ja«, seufzte Carola. »Nichts tun zu können und nur darauf zu hoffen, dass die Polizei Julia findet, macht sie fast wahnsinnig. Und nicht nur Anna. Wir alle sind in großer Sorge. Wenn ich nur daran denke, einem meiner Kinder würde etwas zustoßen … Möchten Sie etwas trinken, Herr Professor?«

Cornelius lehnte dankend ab. Bedeutete die Entscheidung der Polizei, dass sie davon ausging, Julia Lechner nicht mehr lebend aufzufinden? Sollten deshalb Nachbarn und Freunde der Familie aufhören, nach dem Mädchen zu suchen, um ihnen einen grausamen Leichenfund zu ersparen?

Allmählich leerte sich die Gaststube. Viele Neukirchner hatten wie Anna die Nacht durchgemacht und gingen jetzt müde und niedergeschlagen nach Hause. Der eine oder andere Landwirt sah sich wohl auch gezwungen, auf seinem Hof nach dem Rechten zu sehen. Cornelius setzte sich eine Weile in den Biergarten, doch auch dort war er bald der einzige Gast. Niemand in Neukirchen schien in diesen Stunden Lust auf Geselligkeit zu verspüren. Wer konnte es ihnen schon verübeln. Schließlich setzte er sich eine Weile in die Dorfkirche. Aber auch in St. Ulrich fand er keine Ruhe. Unablässig musste er an Julia Lechner denken. Die endlosen Stunden des Wartens zermürbten ihn allmählich.

Einige Landfrauen kamen herein und beteten den Rosenkranz. Cornelius lauschte dem gleichmäßigen Klang ihrer Stimmen.

… jetzt und in der Stunde unseres Todes.

Irgendwann würde das Mädchen ins Koma fallen und dann …

Plötzlich hielt er es auf der Kirchenbank nicht mehr aus. Leise ging er hinaus. Über die Straße eilte er zurück ins Gasthaus, wo Carola Schäfer noch immer die Stellung hielt. Gerade hatte sie erfahren, dass die Polizei mittlerweile ihr Suchgebiet verändert hatte. Kommissarin Buchholz hatte einen Teil der Einsatzkräfte Richtung Landshut abkommandiert, andererseits wurde verstärkt hinter Ebersbach gesucht, wo eine Zeugin angab, das Mädchen am späten Abend samt Fahrrad gesehen zu haben.

Landshut … Ebersbach … Julia, wo steckst du?

Matthias Stadler eilte die Treppe hinunter. Schon zum dritten Mal wurde an der Haustür geklingelt, die er Sekunden später mit einem Ruck öffnete.

»Tante Waltraud?!«

Matthias hatte so ziemlich mit jedem aus Neukirchen gerechnet, Waltraud Stadler einmal ausgenommen.

»Grüß dich, Matthias«, sagte sie, ehe sie erschrocken einen Schritt zurückwich. »Wie siehst du denn aus?«

Er hatte sein Veilchen schon ganz vergessen.

»Nix Schlimmes«, erwiderte er nach kurzem Zögern. »Wie geht's Thomas?«

Waltrauds Gesichtszüge entspannten sich. »Besser. In ein paar Tagen wird er entlassen. Auch seine Hand kommt wieder in Ordnung, sagen die Ärzte.«

»Das ist gut. Ich werde es der Eva ausrichten. Sie und Anton sind nicht da.«

»Ich weiß. Eva ist mir mit dem Fahrrad entgegengekommen. Und Anton hebt doch gerade das Fundament für die Kapelle aus.« Bei ihren letzten Worten lächelte sie.

»Welche Kapelle?«

»Die oben auf der Anhöhe. Anton hatte noch die alten Baupläne deines Opas. Der wollte schon damals eine Kapelle für ...«, sie stockte, »... für deinen Vater bauen. Jetzt bauen wir sie für den Franz und den Konrad.«

Matthias schluckte. »Eine Kapelle für den Papa? Davon hat mir Anton gar nichts erzählt.«

»Wir haben das gestern mehr oder weniger kurzfristig beschlossen. Ich wollte zwei neue Gedenkkreuze von ihm anfertigen lassen, aber dann kam Anton plötzlich auf die Idee mit der Kapelle. Er wollte das Fundament schon am Vormittag ausheben, aber du weißt ja, was hier seit gestern los ist.« Waltraud machte eine hilflose Geste.

»Nein, weiß ich nicht«, entgegnete Matthias. »Ich war über Nacht in Landshut und bin gerade erst zurückgekommen.« Erst jetzt wurde ihm bewusst, dass seine Tante noch immer vor der Haustür stand. »Magst reinkommen?«

»Die Julia Lechner ist doch seit gestern Abend spurlos verschwunden. Das ganze Dorf hat nach dem Mädel gesucht«, erzählte Waltraud, während sie Matthias in die Küche folgte.

»Die Julia«, murmelte er. »Die ist letzte Woche noch bei mir auf dem Mähdrescher mitgefahren. Was soll das heißen, sie ist verschwunden?«

»Wenn du mich fragst, ist die von zu Hause weggelaufen. Ein

Wunder wäre es nicht. Bei der Mutter würde ich es auch nicht aushalten«, sagte Waltraud plötzlich giftig.

Matthias blickte seine Tante irritiert an.

»Willst du wegfahren?«, fragte sie rasch und zeigte auf die schwarze Reisetasche neben der Eckbank.

»Ja, ich geh zurück nach Oslo und such mir dort einen Job.«

Waltraud sah ihn mit großen Augen an. »Was? Wann denn?«

»Heute Abend fahr ich mit dem Zug nach München. Mein Flieger geht morgen ganz früh.«

»Morgen schon! Dann bist du ja zu Konrads Beerdigung gar nicht da.«

»Tut mir leid, Tante Waltraud. Aber ich glaube nicht, dass mich in Neukirchen jemand vermissen wird.«

»*Ich* werde dich vermissen«, sagte Waltraud leise. »Der Konrad fand es all die Jahre sehr schade, dass du nicht hier aufgewachsen bist. Er hätte dich gern um sich gehabt. Das weiß ich genau. Auch wenn er es nicht so hat zeigen können. Und der Anton und die Eva erst! Sie werden ...«

»Die Mama wollte es damals eben so«, unterbrach Matthias sie.

»Ja, die Esther ... Wie geht es ihr denn?«

»Gut. Sie ist gerade in New York.«

Seine Tante lächelte wehmütig. »New York ... Das ist schon etwas anderes als Neukirchen, gell. Hier hat sie sich halt doch nie richtig wohlgefühlt.«

»Kann ich noch etwas für dich tun?«, fragte Matthias ungeduldig. Er wollte jetzt nicht über seine Mutter sprechen, und auch nicht über Anton und Eva. Seine Tante hatte nicht die geringste Ahnung. Niemand würde ihn vermissen. Alle waren sie froh, wenn sie ihn endlich loswaren.

»Ich ... ich trau mich jetzt gar nicht mehr fragen. Weil du doch heute noch nach München willst.«

»Brauchst du Hilfe am Hof?«

»Nein, die Helfer vom Maschinenring sind ja da«, begann Waltraud zögerlich. »Ich bräuchte aber jemanden, der Mähdrescher fahren kann. Eigentlich hat der Ebersbeck unsere Kunden übernommen, aber bei seinem Fahrzeug ist die Achse gebrochen und jetzt hat der Gmundner Bauer gerade fuchsteufelswild bei mir angerufen, dass sofort jemand vorbeikommt und sich um sein Feld kümmert.«

»Weiß der nicht, was bei euch momentan los ist?«

»Das interessiert den Gmundner doch nicht«, seufzte Waltraud. »Du kennst den alten Grantler doch. Matthias, bitte! Ich weiß nicht, wen ich sonst auf die Schnelle finden soll.«

»Also gut. Wo ist das Feld von diesem Hiasl?«, fragte er widerwillig.

»Neben unseren beiden auf der Anhöhe oben. Du kannst es gar nicht verfehlen. Es ist das einzige, auf dem der Weizen noch steht. Es ist nicht groß. Mit einer Fuhre bist du durch«, beeilte sie sich zu sagen.

Die Anhöhe war der letzte Ort, wo Matthias kurz vor seiner Abreise aus Neukirchen sein wollte. Aber er brachte es nicht übers Herz, seiner Tante die Bitte abzuschlagen.

»Steht er mit seinem Anhänger schon oben?«

»N-nein. Du müsstest ihm das Getreide heimfahren und dort ausladen. Er wollte partout nicht oben warten. Du weißt ja gar nicht, wie sehr du mir hilfst! Das werde ich dir nie vergessen!«, rief Waltraud, als sie sah, dass ihr Neffe zu einem gehörigen Protest ansetzen wollte.

Einige Minuten später verließen sie gemeinsam das Haus.

»Wo gehst du denn hin?«, fragte sie, da Matthias zielgerichtet den Mähdrescher vor der Maschinenhalle ansteuerte. Wortlos deutete er auf das Gefährt vor sich.

»Das ist dem Anton bestimmt nicht recht. Nimm lieber einen von unseren beiden.«

»Ich kann dir gar nicht sagen, wie wurscht mir Antons Meinung ist«, stieß er wütend hervor, ehe er in die Fahrerkabine kletterte und die Tür mit einem lauten Knall zuwarf.

Kapitel 31

Adrian Neuhaus bog schwungvoll in die Einfahrt von Kleineich ein. Er wusste nicht, wann er sich zuletzt so unbeschwert und lebendig gefühlt hatte. Jetzt musste nur noch seine Stimme zurückkehren, und sein Glück war vollkommen. Er hatte sich verboten, auch nur ansatzweise einen negativen Gedanken daran zu verschwenden. Eines Tages würde er wieder der vollkommene Tenor sein, den die Menschen kannten und bewunderten. Und bis es so weit war, würde er einfach nur mit Helena glücklich sein.

Das Hoftor hatte er bei seiner Abfahrt nach Landshut offen stehen gelassen, würde das marode Teil doch ohnehin niemanden daran hindern, auf das Grundstück zu gelangen. Ein Besucher hatte die Gelegenheit dazu offenbar nicht ungenutzt gelassen, dachte Neuhaus leicht verstimmt, als er den dunkel gekleideten Mann an den Stufen zur Eingangstür entdeckte. Er bremste den Sportwagen scharf ab, sodass der Kies in alle Richtungen spritzte. Erst beim Aussteigen erkannte er den Neukirchner Dorfpfarrer, der sogleich mit einem freundlichen Lächeln auf ihn zukam. Vergeblich versuchte sich Neuhaus an seinen Namen zu erinnern.

»Grüß Gott, Freiherr von Neuhaus. Bitte entschuldigen Sie, dass ich einfach auf Ihr Grundstück gekommen bin. Aber das Hoftor …«

»Schon gut«, unterbrach Neuhaus den Geistlichen ungeduldig. »Und bitte einfach nur ›Herr Neuhaus‹. Bei Freiherr muss ich immer an meinen Vater denken und fühle mich gleich um zwanzig Jahre älter.«

Er konnte sich schon vorstellen, warum der Pfarrer bei ihm aufgeschlagen war. Wurde die Kirche in Neukirchen nicht gerade renoviert? Wahrscheinlich erhoffte er sich eine ordentliche Spende für sein Gotteshaus. Die Kirche wusste schon, wo sie ihre Hebel ansetzen musste. Und tatsächlich …

»Ich will Sie auch gar nicht lange stören, Herr Neuhaus. Ich hätte nur ein kleines Anliegen an Sie.«

»Wie viel?«

»Bitte?«

»Wie viel brauchen Sie für Ihre hübsche kleine Dorfkirche? Deshalb sind Sie doch hier, oder etwa nicht?«

»Oh nein, ganz und gar nicht. Die Renovierung wurde bereits durch eine großzügige Spende des ortsansässigen Sägewerks finanziert«, wehrte der Pfarrer sogleich ab. »Ich wollte Sie um eine Spende der etwas anderen Art bitten.«

Neuhaus hob fragend die Augenbrauen.

»Um Ihre Stimme.«

Neuhaus spürte, wie ihm heiß wurde. »Meine …«

»Ja. Waltraud Stadler lässt oben auf der Anhöhe für ihren verstorbenen Mann und ihren Schwager eine Kapelle errichten und ich wollte Sie bitten, ob Sie bei deren Einweihung singen würden.«

Neuhaus starrte den Priester entgeistert an.

»Bevor Sie ablehnen … Mir ist durchaus bewusst, dass Sie Auftritte dieser Art eigentlich nicht wahrnehmen. Wir würden sie auch nur um ein einziges Lied bitten. Das *Ave Maria* zum Beispiel.«

»Und wann …«, Neuhaus musste sich räuspern, »… wann soll diese Kapelle eingeweiht werden?«

»Im Oktober, am Kirchweihsonntag. Das sollten wir zeitlich gut schaffen. Herr Eichinger hebt gerade schon das Fundament aus.«

Neuhaus musste sich plötzlich an der Autotür festhalten. »Das kann ich Ihnen hier und jetzt auf keinen Fall versprechen«, sagte er dann brüsk. »Ich muss alle Auftritte, auch karitative, mit meinem Management abstimmen. Wenn ich einmal unentgeltlich auftrete, dauert es nicht lange, und die Nächsten stehen auf der Matte. Ich bin Tenor an der Bayerischen Staatsoper und kein Sänger, der fröhlich durch die Lande tingelt.«

»Das verstehe ich selbstverständlich. Bitte sehen Sie es einfach als kleine Bitte Ihrer ehemaligen Heimatgemeinde an. Nicht mehr und nicht weniger«, erwiderte der Pfarrer freundlich.

»Sie werden von meinem Agenten hören. Und jetzt entschuldigen Sie mich bitte.«

Er drängte sich an dem Geistlichen vorbei und eilte die Stufen zur Eingangstür hinauf. Seine Hände zitterten, als er den Schlüssel im Schloss umdrehte, und in seinen Ohren begann es zu rauschen. Ohne sich noch einmal umzudrehen, verschwand er im Haus. Mit geschlossenen Augen lehnte er sich gegen die schwere Eichentür. Sein Atem ging stoßweise.

Die Worte des Pfarrers schienen von den Wänden des Anwesens widerzuhallen. Er spürte, wie ihm übel wurde, doch die ersehnte Ohnmacht wollte nicht kommen. *Nein, nein, nein!*

Fast hätte Neuhaus vor Verzweiflung laut aufgeschrien, ehe er mit einem Schluchzen zusammenbrach.

Nachdem er sich eine Weile lustlos durch das Fernsehprogramm gezappt und vergeblich versucht hatte, seine Tochter auf dem Handy zu erreichen, beschloss Cornelius, zu einem Abendspaziergang aufzubrechen. Er verspürte keinen Hunger, und wenn er noch länger tatenlos in der Pension herumsaß, würde ihm die Decke auf den Kopf fallen. Er wusste auch nicht, warum er ausgerechnet diesen Weg gewählt hatte, aber plötzlich fand er sich auf der kleinen Anhöhe neben dem Gedenkkreuz von Franz Stadler wieder. Wie ruhig und friedlich die Wiesen und Felder jetzt vor ihm lagen. Dabei waren sie vor wenigen Stunden noch von einer Heerschar an Polizisten und Freiwilligen abgegangen worden.

Auch Konrad Stadlers gewaltsamen Tod konnte man nur noch erahnen. Lediglich eine dunkel gefärbte Stelle auf dem sandigen Gehweg erinnerte an die Blutlache, in der seine Leiche gelegen hatte. Den Rest hatten Sturm und Regen der Gewitternacht verschwinden lassen. Im Westen begann sich der Himmel allmählich rosa zu färben. Jetzt, Anfang August, machte sich der abnehmende Tag schon bemerkbar, vor allem abends. Nicht mehr lange und es würde um diese Zeit dunkel sein. Während er auf dem Nachbarfeld in einiger Entfernung die vertraute Staubwolke eines Mähdreschers erkennen konnte, waren Konrad Stadlers Felder bereits vor einiger Zeit abgeerntet worden. Trotzdem stand neben dem Kreuz ein Traktor mit einem Anhängergespann. Motorengeräusch zu seiner Rechten ließ Cornelius aufblicken. Ein gelber Bagger, wie er ihn von Baustellen kannte, näherte sich dem Aussichtspunkt. Erst als er das Gefährt direkt vor ihm zum Stehen brachte, erkannte Cornelius Anton Eichinger hinter dem Steuer.

»Guten Abend, Herr Eichinger. Was haben Sie denn heute noch vor?«, fragte er, nachdem der Landwirt aus der Kabine geklettert war.

Eichinger erzählte von dem geplanten Bau der Kapelle und dem Fundament, das er ausheben wollte.

»Ein größeres Geschenk könnten Sie den beiden Familien gar nicht machen«, erwiderte Cornelius. »Was sagt denn Matthias dazu?«

Hatte Eichingers Gesicht eben vor Tatendrang noch gestrahlt, verdüsterte sich seine Miene augenblicklich.

»Der weiß davon nichts«, brummte er. »Und es kann ihm ohnehin egal sein, weil er schon auf gepackten Koffern sitzt. Morgen fliegt er nach Norwegen, um sich dort eine Arbeit zu suchen.«

Es hätte Cornelius auch gewundert, wenn das Graffiti ohne Folgen geblieben wäre.

»Ich hab ihn eigenhändig hinausgeworfen«, fuhr Eichinger wie zur Bestätigung fort. »Sie haben das Geschmiere an der Bushaltestelle doch gesehen! Dann wissen Sie auch, auf wessen Konto das geht.«

»Ja, aber …«

»Nichts aber, Herr Professor. Was haben Sie mir in Landshut geraten? Ich soll Vertrauen haben und ihm noch eine Chance geben. Genau das hab ich getan. Das Ergebnis davon sehen Sie ja«, stieß Eichinger wütend hervor.

»Was sagt denn Ihre Frau dazu?«

»Zu diesem Thema gibt es nichts mehr zu sagen. Matthias fährt heute Abend nach München und … Schluss.«

»Matthias verlässt Neukirchen noch heute Abend?« Cornelius sah den Landwirt entgeistert an. »Was machen Sie dann hier oben? Wollen Sie ihn denn gar nicht verabschieden?«

»Ich hab zu tun«, murrte Eichinger und begann Wasserkanister, einen Spaten und diverse andere Werkzeuge aus einem der Anhänger zu holen.

»Kann ich Ihnen wenigstens irgendwie zur Hand gehen?«, fragte Cornelius, der immer noch nicht glauben konnte, dass Eichinger Matthias einfach so ziehen lassen wollte.

Der Landwirt sah von Cornelius zum Holzkreuz und wieder zurück zu Cornelius.

»Nix für ungut, Herr Professor. Aber ich glaube, da bin ich allein schneller.«

Schließlich gestattete er Cornelius dann doch, mit ihm gemeinsam das Holzkreuz aus seiner Verankerung zu heben und am Wegrand gegenüber abzulegen.

»Das hole ich morgen früh ab.« Eichinger betrachtete prüfend das Kreuz zu seinen Füßen. »Ich hätte schon viel früher ein neues aufstellen müssen.« Er ging in die Hocke und strich sachte über das verwitterte Holz und die verblichene Inschrift. »Du bist dem Franz schon lange nicht mehr gerecht geworden.«

Inzwischen war es fast dunkel. Eine sternenklare und laue Sommernacht kündigte sich an.

»Hoffentlich hat die Polizei die Julia endlich gefunden«, sagte Eichinger, während er seine Arbeitsutensilien wieder in den Anhänger packte. »Wir haben bis zum Nachmittag die ganze Gegend abgesucht, aber das Mädel ist wie vom Erdboden verschluckt.«

Cornelius nickte und warf einen stummen Blick auf die hölzerne Christusfigur. »Wollen Sie denn jetzt in der Dunkelheit noch arbeiten?«, fragte er Eichinger, der wieder in das Führerhaus des Baggers geklettert war.

»Ich bin durch die Sucherei heute zu nix gekommen und hab mir den Bagger nur bis morgen früh ausgeliehen. Aber mit den Scheinwerfern ist das kein Problem.« Wie zur Bestätigung seiner Worte schaltete er den Motor und die Beleuchtung an und fuhr die Baggerschaufel aus.

»Also dann, gutes Gelingen«, sagte Cornelius.

Eichinger hob grüßend die Hand und ließ die schwere Schaufel in das Erdreich gleiten. Den Aushub lud er auf den zweiten Anhänger ab. Cornelius beobachtete ihn noch eine Weile, ehe er sich auf den Heimweg machte. Egal, welches Werkzeug oder Fahrzeug man dem Mann in die Hand drückte, er wusste damit umzugehen, dachte Cornelius voller Bewunderung. Er selbst verbuchte es schon als Erfolg, endlich die Taschenlampenfunktion seines Mobiltelefons gefunden zu haben. Den kleinen Lichtkegel vor sich hertragend, ging er langsam Richtung Neukirchen zurück.

Plötzlich wurde hinter ihm der Motor des Baggers abgestellt und die Tür der Fahrerkabine geöffnet.

»Herr Professor, kommen Sie zurück!«, schrie Anton Eichinger.

Etwas in der Stimme des Landwirts gefiel Cornelius ganz und gar nicht. Rasch drehte er sich um. Eichinger stand neben der bereits ausgehobenen Grube, die von den Scheinwerfern des Baggers angestrahlt wurde. Sein Gesicht spiegelte blankes Entsetzen wider.

»Herr Eichinger?« Cornelius stolperte beinahe über seine eigenen Füße, als er den kurzen Weg zurückrannte.

»Schauen Sie! Da!«, flüsterte Eichinger und zeigte in die Grube.

Cornelius erstarrte. Zwischen Erdbrocken und Steinen konnte er deutlich den Schädel eines menschlichen Skeletts erkennen.

»Der lag auf der Baggerschaufel«, sagte Eichinger heiser. »Ich bin so erschrocken, dass er mir heruntergerutscht ist.« Er beugte sich etwas nach vorne. »Glauben Sie, da liegt noch … mehr davon?«

»Ein ganzes Skelett?« Cornelius' Mund fühlte sich auf einmal staubtrocken an. »Ich weiß es nicht. Möglich.«

Eichinger drehte sich um und ging zu seinem Anhänger.

»Was tun Sie da?«, fragte Cornelius entgeistert.

Der Landwirt holte die Schaufel, die er zuvor dort abgelegt hatte, wieder heraus und stieg in die Grube hinab.

»Herr Eichinger, nein! Wir müssen die Polizei …« Cornelius hielt inne und beobachtete angespannt, wie Anton Eichinger vorsichtig das Erdreich weiter abtrug. »Lassen Sie das um Himmels willen sein! Wir müssen sofort die Polizei …«

»Da ist noch mehr«, sagte Eichinger in diesem Moment und zeigte auf die freigelegten Knochen.

»Oh Gott«, flüsterte Cornelius.

Eichinger schaufelte weiter. Es dauerte nicht lange und er hatte einen kompletten Arm ausgegraben.

»Herr Eichinger, bitte hören Sie auf. Sie bringen uns in Teufels Küche. Wenn die Polizei …« Abrupt hielt Cornelius inne. »Die Hand! Was ist da mit der Hand passiert?«

Eichinger ging in die Hocke. »Da fehlen zwei Finger.«

Der Gedanke durchzuckte Cornelius wie ein Blitz. »Glauben Sie, die hat ein Tier abgenagt?«

Der Landwirt besah sich die feinen Knöchelchen genauer. »Nein, dazu sind die Kanten viel zu glatt. Es sieht aus, als ob die Finger …«

»Abgetrennt worden sind. Von einer Kreissäge zum Beispiel«, sagte Cornelius atemlos.

Eichinger, der nicht wusste, worauf der Professor hinauswollte, nickte. »Ja, das wäre eine Möglichkeit. Warum fragen Sie?«

»Ich glaube, Sie haben soeben die sterblichen Überreste von Claudia Buchberger gefunden.«

Eichingers Augen weiteten sich. »Was?« Er blickte zu den Knochen hinunter. »Sie glauben, das ist das Buchbergermädel?! Aber wie … wer …?« Hilflos drehte er sich zu Cornelius um.

»Was ist das für ein Klumpen dort?«, fragte Cornelius und deutete auf eine Stelle neben Eichingers rechtem Schuh.

Der Landwirt bückte sich und machte sich mit bloßen Händen daran, die Erde abzubröckeln. »Das ist eine Armbanduhr!«, rief er.

Hinter Cornelius' Stirn begann es erneut zu rotieren. Er irrte sich, er *musste* sich irren. Fast schon widerwillig streckte er seine Hand nach der verdreckten Uhr aus. Er holte ein Taschentuch hervor und begann sie notdürftig zu säubern. Mit jedem Handgriff, mit jedem Zentimeter wurde seine Gewissheit größer. Er kannte diese Armbanduhr. Von einem Bild, das ihm Helena Stern vor einigen Tagen in einem Fotoalbum gezeigt hatte.

Jetzt wurden auch die Initialen auf der Rückseite des Gehäuses sichtbar. Die Initialen von Freiherr Adrian Clemens Philipp Alexander von Neuhaus, und darunter das eingravierte Wappen des Adelsgeschlechts der von Neuhaus.

»Was ist los?«, fragte Eichinger und kletterte aus der Grube.

»Das Motiv«, flüsterte Cornelius und wies auf das Skelett. »Das ist das Motiv für den Mord an Konrad Stadler.«

Kein Drogendeal mit Flugdrohne, sondern die Leiche von Claudia Buchberger war der Grund, warum Konrad Stadler sterben musste. Die Grabungsarbeiten für den Freizeitpark hätten das

Skelett zwangsläufig ans Tageslicht befördert und das grausige Geheimnis offenbart, das die kleine Anhöhe seit mehr als zwanzig Jahren hütete.

In diesem Augenblick näherte sich ein Wagen mit hoher Geschwindigkeit. Wenige Meter vor der Grube bremste er scharf ab. Kaum hatte er Licht und Motor ausgeschaltet, stieg der Fahrer aus und ging langsam auf sie zu.

Warum haben wir beiden Tölpel nicht unverzüglich die Polizei gerufen?

Doch es war nicht das wutverzerrte Gesicht von Adrian Neuhaus, das Cornelius den Atem anhalten ließ, sondern die Jagdflinte in den Händen des Tenors, der die Waffe jetzt entsicherte und auf Anton Eichinger und ihn richtete.

———

»Sie haben sie also gefunden«, stieß er hervor. »Weil ja unbedingt jeder hier oben herumgraben muss. Warum können Sie nicht einfach ein für allemal Ruhe geben?«

»Damit Ihr Verbrechen für immer ungesühnt bleiben kann?«, sagte Cornelius herausfordernd und ungeachtet der Waffe in Neuhaus' Händen.

»Was? E-er hat die Claudia …?«, begann Eichinger.

»Halten Sie die Klappe!«, brüllte Adrian Neuhaus und fuchtelte wild mit dem Gewehr herum.

Anton Eichinger machte entschlossen einen Schritt auf ihn zu. »Glaubst du vielleicht, ich hab Angst vor dir?«

Der Schuss aus Neuhaus' Waffe kam so plötzlich, dass Cornelius erst reagierte, als sich Anton Eichinger an den linken Unterschenkel fasste und mit einem leisen Stöhnen zusammensackte.

»Herr Eichinger!«

»Bleiben Sie stehen!« Neuhaus richtete den Gewehrlauf direkt auf Cornelius.

»Wir … wir haben längst die Polizei gerufen.« Cornelius hörte selbst, wie wenig überzeugend er klang.

»Geben Sie mir Ihr Telefon!«

Mit zittrigen Händen reichte Cornelius ihm das Handy.

»Entsperren!«

Cornelius vertippte sich zweimal, ehe sein Gerät den eingegebenen Code akzeptierte. Neuhaus riss es ihm aus der Hand. Sein Gesicht verzog sich zu einem hämischen Grinsen, nachdem er die Telefonliste durchsucht hatte. Dann schmiss er das Telefon auf den Boden und trat so lange darauf herum, bis die Anzeige erlosch.

»Und jetzt seines!«, befahl er und zeigte mit dem Gewehr auf Eichinger, der sich mit schmerzverzerrtem Gesicht den Unterschenkel hielt. Cornelius sah Blut durch den Stoff seiner Hose treten.

»Na, los! Wird's bald!«

Nachdem er festgestellt hatte, dass auch von Anton Eichingers Telefon kein Polizeinotruf abgesetzt worden war, jagte er zwei Gewehrkugeln durch das Gerät, von dem nur noch Einzelteile übrig blieben.

»Was für ein durchgeknallter Idiot bist du eigentlich?«, stieß der Landwirt hervor.

Blitzschnell holte Neuhaus aus und schlug ihm den Gewehrkolben auf den Kopf.

»So, und jetzt zu uns.«

Cornelius hob instinktiv beide Hände. »Bitte, Adrian. Bitte, seien Sie vernünftig.«

»Das bin ich, Professor. Mein Vater wäre stolz auf mich, wenn er wüsste, wie gut ich mit seinem alten Jagdgewehr umgehen kann«, sagte er mit einem Lächeln auf den Lippen.

»Was … was haben Sie denn jetzt vor?«

»Mit Ihnen? Das werden Sie dann schon noch sehen.« Sein Blick fiel auf die Armbanduhr, die Cornelius noch immer in seiner rechten Hand hielt. »Das gute Stück hat tatsächlich kaum Schaden genommen. Das hatte ich all die Jahre befürchtet. Her damit!«

Er entriss ihm die Uhr und stopfte sie in seine Hosentasche. Dann wanderten seine Augen prüfend in die Ferne. »Und jetzt schaffen wir uns erst einmal ihn hier vom Hals. Los, helfen Sie ihm hoch!«

Mit Mühe schaffte es Cornelius, den benommenen Anton Eichinger auf die Beine zu hieven.

»Hier rein!« Neuhaus wies mit dem Gewehrlauf in das angrenzende Weizenfeld.

»Aber was ...?«

»Schaffen Sie ihn hier rein!«

Cornelius stolperte mit Eichinger zwischen den Ähren hindurch, während Neuhaus dicht hinter ihnen ging und sie keine Sekunde aus den Augen ließ.

»Was haben Sie vor?«, keuchte Cornelius.

»Weiter!«

»Adrian, bitte! Ich kann nicht mehr«, flehte Cornelius. Im selben Augenblick knickten Eichinger die Knie weg und er sank ohnmächtig zu Boden.

»Los, ziehen!«

Cornelius fasste Eichinger unter den Armen. »Es geht nicht. Er ist mir zu schwer.«

In der Ferne konnte er bereits das Geräusch des herannahenden Mähdreschers hören. Die Strahlkraft der Lampen würde sie bald erfassen. Und dann musste der Fahrer doch sehen, was hier vor sich ging.

»Und jetzt lassen Sie uns von hier verschwinden«, sagte Neuhaus und stieß Cornelius den Gewehrlauf in die Rippen. »Los, los!«

In diesem Augenblick verstand Cornelius, was er mit ihrem Ausflug bezweckt hatte. Der Fahrer würde die zusammengekauerte Gestalt zwischen den Ähren nicht rechtzeitig erkennen. Das gewaltige Schneidwerk würde den Körper von Anton Eichinger erfassen und zerfetzen, ehe er überhaupt reagieren konnte.

»Damit kommen Sie nicht durch«, sagte Cornelius, während sie zurück zur Grube gingen, er vorneweg, Neuhaus mit gezücktem Gewehr hinterher.

»Ach, Professor. Zerbrechen Sie sich nicht meinen Kopf. Der Arme hat einfach Pech gehabt. Solche Ernteunfälle passieren immer wieder. Franz Stadler hat es damals doch auch erwischt.«

»Spätestens bei der Obduktion wird man die Gewehrkugel finden und dann glaubt kein Mensch mehr, dass es ein Unfall war.«

»Falls so viel von ihm übrig bleibt, dass es noch etwas zu obduzieren gibt«, sagte Neuhaus ungerührt. »Aber ich kann Sie beruhigen. Ich werde der Polizei noch heute Abend einen Einbruch auf Kleineich melden, bei dem unter anderem ein Gewehr gestohlen wurde. Sie wird denken, der arme Kerl ist dem Einbrecher irgendwie in die Quere gekommen.« Neuhaus stieß ein unheimliches Lachen aus. »Das ist der Vorteil, wenn man keine Sicherheitsvorkehrungen getroffen hat. In den alten Kasten kann jederzeit eingebrochen und etwas gestohlen werden.«

»Und mich? Wollen Sie mich auch irgendwo ablegen und zerfetzen lassen?«

»Sie dürfen jetzt erst einmal arbeiten, nachdem Sie Claudias Totenruhe so empfindlich gestört haben.«

An der Grube angekommen, zwang er Cornelius in den Bagger, wo es diesem nach einigem Suchen gelang, die Scheinwerfer des Gefährts auszuschalten.

»Diese Festbeleuchtung brauchen wir nicht«, sagte Neuhaus, während er sein Telefon hervorholte und die Taschenlampenfunktion aktivierte. Er richtete den Lichtstrahl direkt auf die Grube. Dann deutete er auf Anton Eichingers Schaufel.

»Und jetzt schaufeln Sie die Knochen frei.«

Kapitel 32

Cornelius starrte ihn entsetzt an. »Sie wollen …?«

»Claudia wird ein neues Grab in meinem Waldstück auf Kleineich bekommen. Und Sie, Professor, werden direkt daneben liegen. Ich verspreche Ihnen, Ihrer beiden Totenruhe wird niemand stören.«

»Ich … ich habe Herzprobleme«, schnaufte Cornelius, während er in die kleine Grube hinabstieg. »Ich halte nicht so lange durch.«

»Das werden wir dann schon sehen. Und jetzt fangen Sie endlich an!«

Zögernd begann Cornelius die Erde abzutragen. »Claudia Buchberger und Sie, waren Sie damals ein Paar?«

Neuhaus blickte voller Verachtung auf die Knochen. »Ich stand kurz vor meinem Abschluss an der Musikhochschule, als sie eines Abends ihre Mutter zur Kirchenchorprobe begleitete. Sie erschien mir wie ein Wesen aus einer anderen Welt. Ich habe mich Hals über Kopf in sie verliebt. Aber ich war nicht frei.« Neuhaus schüttelte den Kopf. »Mein Vater hatte sich schwer verschuldet. Der alte Narr hatte alles falsch gemacht, was man nur falsch machen konnte. Wissen Sie, welche Besitztümer wir einst hatten? Aber dieser Trottel hat es geschafft, bis auf Kleineich und das mickrige Waldstück dahinter alles zu verscherbeln und zu verspekulieren. Vor allen anderen gab er stets den wohlhabenden, allwissenden Baron, dabei mussten wir zum Schluss froh sein, dass sie uns Kleineich nicht unter dem Hintern weggepfändet haben. Die Schwester eines Studienkollegen aus einer schwerreichen Industriellenfamilie war Feuer und Flamme für mich. Ihr Vater hat nicht lange gebraucht, um zu durchschauen, dass es bei uns nichts zu holen gab. Aber das war ihm egal. Von mir bekommt meine Tochter die Millionen, von dir den guten Namen. So lautete damals sein Spruch. Ohne seine finanzielle Unterstützung hätte ich mein Musikstudium niemals zu Ende gebracht. Seine Stiftung zur

Förderung junger Künstler hat mir die Tür zu dem geöffnet, was ich heute bin. Und er war es auch, der meinem Vater geholfen hat, Kleineich vor dem Ruin zu retten. Aber das alles hatte seinen Preis.« Neuhaus schien nur noch mit sich selbst zu sprechen. Doch plötzlich hielt er inne. »Was glotzen Sie mich so an? Arbeiten Sie weiter!«

Cornelius griff wieder nach der Schaufel. »Und trotzdem sind Sie und Claudia zusammengekommen?«

Wenn er Neuhaus am Reden halten und noch etwas Zeit gewinnen konnte … Sein banger Blick wanderte auf das Weizenfeld. Der Mähdrescher bewegte sich zu weit entfernt, um auf sich aufmerksam zu machen. Doch der Stelle, an der Anton Eichinger lag, kam er immer näher …

Neuhaus begann auf einmal unruhig auf und ab zu laufen. »Madeleine und ich waren bereits verlobt. Die Hochzeit sollte direkt nach meinem Abschluss an der Musikhochschule stattfinden. Und dann treffe ich plötzlich Claudia. Sie wusste, ich brauchte Madeleines Geld für meine Karriere und konnte ihr nicht mehr als eine Affäre bieten, von der niemand wissen durfte.« Neuhaus lachte laut auf. »Heute würde die Polizei innerhalb einer Stunde herausfinden, dass wir ein heimliches Paar waren. Aber damals war ein Geheimnis noch ein Geheimnis. Es gab keine verräterischen E-Mails und Kurzmitteilungen, hinter denen man herschnüffeln konnte. Claudia und ich haben uns immer nach der Chorprobe getroffen. Keine Anrufe, keine Briefe. Sie musste mir schwören, niemanden einzuweihen und sich nichts anmerken zu lassen. Und das dumme Ding hat sich auf alles eingelassen. Zumindest am Anfang.« Neuhaus' Gesichtszüge verzerrten sich zu einer hasserfüllten Maske.

»Aber dann wurde sie immer fordernder. Sie wollte mich öfter treffen und fing an, mir meine Hochzeit mit Madeleine auszureden. Faselte irgendetwas von einem Neuanfang im Nirgendwo. Dabei wollte ich einfach nur Opernsänger werden. Und kein mittelloser Musiker, der Frau und Kind nicht über Wasser halten kann.«

»Kind?«, entfuhr es Cornelius.

»Ja«, stieß Neuhaus wütend hervor. »Eines Tages kam sie daher und sagte, sie sei schwanger. Madeleine und ich hatten am selben Tag unser Aufgebot bestellt. Von einer Abtreibung wollte Claudia nichts wissen. Ganz im Gegenteil. Jetzt, wo ein Kind unterwegs sei, müsse ich mich doch zu ihr bekennen. Wir wären doch eine richtige kleine Familie.« Neuhaus trat mit dem Fuß gegen den Reifen des Anhängers. »Nur mit Mühe konnte ich sie davon abbringen, alles ihrer Mutter zu erzählen. An unserem letzten Abend – wir haben uns nicht weit von hier getroffen – wollte ich sie noch einmal von einer Abtreibung überzeugen. Um sie milde zu stimmen, habe ich ihr meine Uhr geschenkt. Und damit den größten Fehler meines Lebens begangen. Claudia wusste, was sie mir bedeutete, und war außer sich vor Freude. Aber als ich auf die Abtreibung zu sprechen kam, ist sie fuchsteufelswild geworden. Sie hat getobt und geschrien, sie wolle mich nie mehr wiedersehen. Dann hat sie ihr Fahrrad gepackt und ist einfach losgefahren. Ich konnte doch nicht zulassen, dass sie mein Leben mit einem Handstreich zerstört. Madeleine hätte sofort die Verlobung gelöst, hätte sie von Claudia gewusst. Deshalb habe ich einfach Gas gegeben … und sie überfahren. Sie war sofort tot. Im ersten Moment war ich wie gelähmt. Ich hatte einen Menschen getötet und es ging so verdammt einfach.« Neuhaus lachte wild. »Aber dann wurde ich panisch. Wohin mit der Leiche? Das Fahrrad habe ich in der Böschung versteckt und Claudia in den Kofferraum gepackt. Obwohl es mir widerstrebte, wollte ich sie in unserem Waldstück begraben. Mein Wagen war am Kotflügel beschädigt und auf der Beifahrerseite war die Windschutzscheibe gesprungen. Deshalb bin ich über Schleichwege zurück nach Kleineich gefahren. Und dann komme ich hier oben vorbei und sehe den alten Stadler neben dem Gedenkkreuz sitzen. Der Alte war sternhagelvoll und hat wie ein kleines Kind um seinen Sohn geheult. In seinem Rausch hatte er ein Grab ausgehoben und die ganze Zeit geplärrt, dass man die Leiche seines Sohnes hier oben beerdigen müsse, denn hier wäre er gestorben, nicht unten auf dem Friedhof. Verstehen Sie? Er hatte mir das perfekte Grab geschaffen! Ich musste Claudia nur noch hineinlegen und die Grube zuschaufeln. Ich habe den Alten auf meine Rückbank verfrachtet, wo er sofort eingeschlafen ist. Dann habe ich Claudia in der Grube beerdigt. Ich war wie euphorisiert. Zuvor hatte ich die ganze Zeit gegrübelt, was passiert, wenn ich sie in Kleineich verscharre und wir eines Tages auch noch den Wald und das Anwesen verkaufen müssen. Was, wenn der neue Eigentümer irgendwann die Leiche findet? Aber jetzt würde alles gut werden. Danach habe ich den Stadler zur Haustür gebracht und der Familie gesagt, dass ich das Loch hier oben wieder zugeschaufelt habe. Die waren einfach nur froh, den Alten zurückzuhaben. Meinen Wagen hatte ich etwas weiter entfernt abgestellt. Keiner hat in jener Nacht bemerkt, dass er beschädigt war. Zu Hause habe ich dann Claudias Umhängetasche und ihr Tagebuch, das Einzige, was mir gefährlich werden konnte, im offenen Kamin verbrannt. Alles schien perfekt. Bis mir plötzlich siedend heiß einfiel, dass sie immer noch meine Uhr um das Handgelenk trug. Ich hatte sie in meiner Euphorie über das unverhoffte Grab tatsächlich samt meiner Armbanduhr begraben.« Von seinen Erinnerungen sichtbar aufgewühlt, blieb Neuhaus abrupt stehen.

Cornelius schaufelte rasch weiter. Noch hatte er nur wenige Knochen freigelegt, aber lange würde sich Neuhaus nicht mehr hinhalten lassen. »Haben Sie versucht, sie noch einmal auszugraben?«

Neuhaus lachte so schrill, dass Cornelius zusammenzuckte. »Dafür hatte ich keine Zeit mehr. Es war schon weit nach Mitternacht und ich musste noch mein beschädigtes Auto loswerden und das Fahrrad entsorgen. Außerdem hatte ich Angst, irgendjemand könnte mich beim Ausgraben der Leiche beobachten. Also habe ich mich gezwungen, ruhig zu bleiben und logisch zu denken. Wer sollte Claudia jemals finden? Jeder in der Gegend wusste, dass die Äcker für die Stadlers seit dem Unfall quasi heilig waren und der Alte sie für unverkäuflich erklärt hatte. Woher sollte ich damals ahnen, dass das hier oben eines Tages Bauland werden würde? Ich habe bis zum Morgengrauen abgewartet, habe dann das Fahrrad aus der Böschung geholt, es kurz vor Landshut in die Isar geworfen und bin weiter zum Flughafen gefahren. Madeleine war einige Tage in Nizza und wir hatten vorher vereinbart, dass ich sie am Flughafen abhole. Auf der Bundesstraße bin ich absichtlich in die Leitplanke gefahren. Da kein anderer

406

Verkehrsteilnehmer in den Unfall verwickelt war und ich sofort
zugab, am Steuer eingeschlafen zu sein, hat sich niemand darum
gekümmert, ob mein Auto vorher schon beschädigt war. Ich habe es danach einfach verschrotten lassen. Ein paar Tage später
wurde das Gedenkkreuz eingeweiht und ich habe das *Ave Maria*
gesungen.«

Was für eine Kaltblütigkeit, dachte Cornelius.

»Madeleines Vater ist kurz nach unserer Hochzeit an einem
Herzinfarkt gestorben. Es hat nicht lange gedauert und ich hatte
so weit Fuß gefasst, dass ich das Geld und die Beziehungen meiner Frau nicht mehr brauchte. Sie war am Ende nur noch froh,
mich los zu sein. Ich sei kalt wie ein Fisch und sie habe Angst,
neben mir zu erfrieren, waren ihre letzten Worte nach unserer
Scheidung.«

»Und dann sind Sie in die Welt hinausgezogen und haben die
Opernbühnen erobert«, sagte Cornelius, der hoffte, Neuhaus damit noch etwas bei der Stange zu halten.

»Ja. Es war eine wundervolle Zeit. Alles war gut. Leider ist meine Mutter sehr bald an Krebs gestorben, was meinen Vater, diesen elenden Feigling, dazu veranlasst hat, gegen den nächstbesten
Baum zu fahren. Aber auch das haben Magdalena und ich überstanden. Ich habe es ihr sogar nachgesehen, dass sie Kleineich
nicht verkaufen wollte, obwohl mich der Erhalt dieses Kastens
Unsummen gekostet hat. Und dann nimmt man mir von einer
Sekunde auf die andere meine wunderbare Schwester. Der Unfall hat die Vergangenheit wieder lebendig gemacht. Es gibt auch
jetzt noch Momente, in denen bin ich sicher, Magdalenas Tod ist
nichts anderes als meine gerechte Strafe für das, was ich Claudia
angetan hatte. Und so stand ich eines Tages wieder in Kleineich,
dort, wo ich nie wieder sein wollte. Ich kann Ihnen gar nicht sagen, wie sehr ich dieses Haus und jeden einzelnen Winkel darin
hasse. Deshalb wollte ich es so schnell wie möglich loswerden. Irgendwann erwähnte der Makler diesen verdammten Freizeitpark.
Ich dachte mir zunächst nichts dabei. Erst als ich im Internet die
Fläche gesehen habe, dämmerte mir, dass auch das Feld der Stadlers davon betroffen war. Aber auch dann blieb ich ruhig, wusste
ich doch um seine Bedeutung für die Familie. Bis dieser Groß-

kotz als potentieller Käufer bei meinem Makler aufgeschlagen ist. Der meinte nur, ich müsse mir keine Sorgen wegen der Kaufsumme machen, Baumgartner würde dank des Freizeitparks bald im Geld schwimmen. Bei mir fingen sämtliche Alarmglocken an zu schrillen. Ich wusste, ich musste schleunigst zurück nach Kleineich und alles in meiner Macht Stehende tun, um Konrad Stadler vom Verkauf der Felder abzubringen. Ich wollte ihn zuerst nicht töten«, sagte Neuhaus weinerlich. »In meiner Naivität dachte ich allen Ernstes, es genügt, wenn ich ihn anrufe und an seinen toten Bruder erinnere. Aber Konrad hat mich nur ausgelacht. Also bin ich die finanzielle Schiene gefahren und habe ihm ein alternatives Kaufangebot für die beiden Felder gemacht. Ich habe behauptet, ich wolle mich auf Kleineich zurückziehen und könne keinen Freizeitpark in meiner Nähe gebrauchen. Aber auch das hat ihm nicht mehr als ein müdes Lächeln entlockt. Ich wurde fast wahnsinnig und konnte an nichts anderes mehr denken als an Claudias Leiche. Mitten in den Studioaufnahmen hat meine Stimme versagt. Und was, Herr Cornelius, was bin ich ohne meine Stimme?«, schrie Neuhaus wie von Sinnen.

Offenbar erwartete er keine Antwort, denn wie im Fieberwahn redete er einfach weiter. »Ich wollte noch einmal mit Konrad Stadler reden und bin nach meiner Rückkehr aus München bei ihm vorbeigefahren. Seine Frau und er hatten gerade eine lautstarke Auseinandersetzung. Ich stand die ganze Zeit an der Hauswand und habe sie belauscht. Irgendwann hat Stadler gebrüllt, dass er schließlich noch nicht unter der Erde sei und mit seinen Feldern machen werde, was er wolle. Und er würde sie am nächsten Tag verkaufen, da könne sie sich noch so querstellen. Da wusste ich, dass ich handeln musste. Zuerst wollte ich ihn auf dem Weg zum Notar erschießen, aber dann habe ich mitbekommen, dass er vorhatte, in der Nacht das Gedenkkreuz zu entfernen. Also bin ich nach Hause, habe Helena mit einem Schlafmittel betäubt und bin mit meinem Fahrrad und dem Gewehr meines Vaters auf die Anhöhe gefahren. Ich wollte Stadler eine allerletzte Chance geben und habe mein Kaufangebot noch einmal erhöht. Aber er hat wieder nur gelacht und mir dann die Summe genannt, die er sich vorstellte. Das Doppelte von dem, was ihm die Investoren boten!

Schließlich müsste er die Anfeindungen der anderen Landwirte und der Leute im Dorf aushalten, wenn er vom Verkauf zurücktrete. Die Summe war gigantisch, aber für einen Augenblick zog ich tatsächlich in Betracht, sie ihm zu bezahlen. Er hat mich angesehen, als sei ich nicht ganz bei Trost. Warum mir denn zwei Äcker auf einmal so viel wert wären, nachdem ich mich über zwanzig Jahre einen feuchten Kehricht um Kleineich geschert habe. Und was ich überhaupt mitten in der Nacht hier zu suchen hätte. Fast könne man meinen, in seinen Feldern sei ein Schatz vergraben, so wie ich hinter ihnen her sei. Einen kurzen Moment hatte ich mich nicht im Griff. Er muss es mir angesehen haben, denn er fing laut an zu lachen und rief, dass er es gar nicht mehr erwarten könne, bis die Bagger am Werkeln wären. Dann würden wir schon sehen, was sie ans Tageslicht brächten. Er drehte sich um, und da habe ich blitzschnell den Spaten genommen und ihn Stadler immer wieder auf den Kopf geschlagen, bis er tot vor mir lag.«

Neuhaus wirkte mit einem Mal sehr zufrieden. Doch dann verzerrte sich seine Miene zu einer hasserfüllten Maske. »Als der Pfarrer mir erzählte, dass dieser Idiot hier oben ein Fundament aushebt, bin ich schier wahnsinnig geworden. Es war doch alles gut. Warum musste der Kerl zu graben anfangen?«

»Anton Eichinger kann nichts dafür, ebenso wenig wie Konrad Stadler. Machen Sie es nicht schlimmer, als es schon ist. Denken Sie an Magdalena, Adrian. Was würde sie sagen, wenn sie Sie jetzt sehen könnte?«

Neuhaus' Gesichtszüge wurden sanft. »Manchmal glaube ich, sie ahnte, was ich getan hatte. Der Blick, mit dem sie mich ansah … Deshalb war ich an dem Ort, an dem sie gestorben ist, und habe ihr alles gebeichtet und versprochen Buße zu tun. Nur das Mädchen, das Mädchen stand plötzlich wie aus dem Nichts vor mir. Zuerst habe ich gedacht, es ist Magdalena, die mich trösten will. Aber dann …«

»Julia!«, rief Cornelius. »Sie haben Julia Lechner entführt? Adrian, das Kind hat Diabetes und braucht dringend Hilfe. Wo haben Sie sie versteckt?«

Neuhaus sah Cornelius mitleidig an. »Das kann ich Ihnen nicht sagen, Professor.«

»Doch, Adrian. Das können Sie!«, erwiderte er eindringlich. »Glauben Sie, Magdalena würde das gutheißen? Würde sie nicht auch wollen, dass dem Mädchen schnellstmöglich geholfen wird?«

»Sie haben meine Schwester doch gar nicht gekannt. Wie können Sie da behaupten, zu wissen, was sie gewollt hätte?«, brüllte Neuhaus. »Und was stehen Sie eigentlich so herum? Sie sollen graben und nicht reden! Also, los!« Neuhaus fuchtelte mit dem Gewehr herum. Plötzlich löste sich ein Schuss. Die Kugel bohrte sich direkt neben Cornelius in die Erde.

Wie vom Blitz getroffen ließ er die Schaufel fallen und fasste sich mit schmerzverzerrtem Gesicht an sein Herz. Dann taumelte er zwei Schritte zur Seite und sank ohnmächtig zu Boden.

»Cornelius!«, zischte Neuhaus. Der Strahl seiner Taschenlampe wanderte über den regungslosen Körper des Professors. »Verdammt noch mal, stehen Sie auf!«

Er gab einen wütenden Schrei von sich, ehe er fluchend zu der Gestalt in der Grube hinabstieg. Neuhaus bohrte seine Schuhspitze unsanft in Cornelius' Hüfte, doch er bewegte sich nicht. Widerwillig ging Neuhaus in die Knie, legte Gewehr und Telefon zur Seite und schüttelte Cornelius an beiden Schultern.

In diesem Augenblick krallte sich Cornelius' Hand um die Schaufel oberhalb seines Kopfes. Sie lag verkehrt herum, weshalb er sie nicht richtig zu fassen bekam und den Stiel knapp über der eigentlichen Schaufelfläche erwischte. Trotzdem holte er aus, so gut es in seiner Position möglich war, und verpasste Neuhaus mit dem hölzernen Stiel einen Streifschlag am Kopf. Dieser schrie auf und taumelte zurück. Doch noch bevor Cornelius richtig auf den Beinen war, hatte sich Neuhaus von dem Überraschungsangriff erholt. Er rappelte sich auf und stürzte sich wutentbrannt auf Cornelius, der noch immer den Schaufelstiel umklammert hielt und damit verzweifelt auf die groß gewachsene Gestalt des Tenors einschlug. Neuhaus versuchte die Hiebe abzuwehren, bekam den Stiel zu fassen und entriss Cornelius seine provisorische Waffe. Dabei machte er instinktiv einen Schritt rückwärts, stolperte über

410

das am Boden liegende Gewehr und fiel, Gewehr und Handy unter sich begrabend, samt Schaufel auf den Rücken. Benommen blieb Neuhaus liegen. Cornelius wagte es nicht, erneut nach der Schaufel zu greifen. Keuchend kletterte er aus der Grube.

Was jetzt? Sein Blick wanderte zum Bagger, wo noch immer der Schlüssel im Zündschloss steckte. Doch bevor er sich darüber Gedanken machen konnte, ob er in der Lage war, das Gefährt in Gang zu setzen, richtete sich Neuhaus mit einem Stöhnen auf. Sein Gesicht war vor Wut bis zur Unkenntlichkeit verzerrt.

Cornelius zögerte keine Sekunde, sondern rannte einfach los. Der Weg führte zuerst an den Feldern entlang und würde dann in Richtung Neukirchen abzweigen, wo er schließlich an der Rückseite der Dorfkirche mündete. Er musste es bis St. Ulrich schaffen, bevor dieser Wahnsinnige ihn einholen konnte.

Schon nach kurzer Zeit verspürte er ein schmerzhaftes Stechen in seiner Seite, doch er erlaubte sich nicht, langsamer zu werden. Verzweifelt hielt er nach Hilfe Ausschau, aber außer dem Mähdrescher, der gerade mitten auf dem Weizenfeld zum Stehen gekommen war, war zu dieser Stunde keine Menschenseele unterwegs. Und dabei hatte es vor nicht allzu langer Zeit von Polizisten nur so gewimmelt. Sollte er querfeldein über eines der bereits abgeernteten Felder laufen, um den nächstgelegenen Bauernhof zu erreichen? Soweit er es erkennen konnte, brannte auf dem Anwesen nirgendwo Licht. Außerdem hatte er Angst, auf dem unebenen Gelände noch langsamer vorwärtszukommen. Und niemand konnte ihm sagen, wie tief der Mühlbach nach der Gewitternacht war. Nein, er musste auf dem Fußweg bleiben.

Ohnehin geriet er in der Dunkelheit mehrmals ins Straucheln und konnte nur mit Mühe einen Sturz verhindern. Schnaufend und hustend zwang ihn sein Körper schließlich, das Tempo zu drosseln. Endlich wurde die Silhouette von St. Ulrich im Mondlicht sichtbar. Aber Cornelius' Erleichterung währte nicht lange, hörte er doch in einiger Entfernung den Motor eines Wagens aufheulen. Neuhaus!

Das Stechen in seiner Seite wurde mit jedem Schritt stärker und gegen seinen Willen musste er anhalten und verschnaufen. Keuchend stützte er seine Arme auf den Oberschenkeln ab, die vor Anstrengung zu zittern begannen. Der Schweiß rann ihm in Sturzbächen über den Rücken und das Gesicht.

»Hilfe!«, stieß er hervor, doch sein schwaches Rufen verhallte ungehört.

Das Motorengeräusch wurde lauter. Panisch drehte Cornelius sich um und sah die Scheinwerfer des Sportwagens rasch näher kommen. Mit letzter Kraft raffte er sich auf und taumelte der hinteren Friedhofsmauer entgegen. Zum Glück war das Tor auf der Rückseite auch zu dieser späten Stunde geöffnet. Rasch schlüpfte Cornelius hindurch. Vor ihm die eingerüstete Kirche, um ihn herum nur Gräber. Cornelius stolperte Richtung Trampelpfad, der um den Kirchturm herumführte, musste jedoch feststellen, dass dieser mittlerweile von einem Container mit Bauschutt zugestellt war und es kein Durchkommen gab.

In diesem Augenblick bremste jenseits der Mauer ein Wagen scharf ab. Er saß in der Falle! Neuhaus war nur noch wenige Meter entfernt.

Die Tür zur Sakristei, durchzuckte es ihn. Vielleicht hatte er Glück und die Handwerker hatten sie auch dieses Mal vergessen abzuschließen. Er warf sich gegen die Holztür, die sofort nachgab und nach innen aufschwang. Dunkelheit empfing ihn. Ich brauche etwas, um die Tür zu blockieren. Suchend tastete er sich vorwärts, als plötzlich das Licht eingeschaltet wurde.

Cornelius wirbelte herum. Adrian Neuhaus stand mit gezücktem Gewehr in der geöffneten Sakristeitür. Seine rechte Schläfe und die Wange waren blutig und seine Augen zu Schlitzen verengt.

»Hände hoch, Professor. Und ab jetzt keine Spielchen mehr.«

Müde und geschafft ließ sich Eva Eichinger auf der Eckbank nieder. Ein anstrengender und zermürbender Tag lag hinter ihnen, an dessen Ende sie immer noch nicht wussten, wo Julia Lechner steckte.

Nach anfänglichem Zögern war sie schließlich doch zu den Lechners gefahren. Der Anblick von Julias Eltern ging ihr durch Mark und Bein und rief Erinnerungen an die schlimmsten Stunden in ihrem eigenen Leben wach. Spontan hatte sie Maximilian in den Stall begleitet. Marie hatte sich von Pfarrer Hartl überreden lassen, ein Schlafmittel zu nehmen, und war innerhalb von Minuten völlig entkräftet auf der Couch eingeschlafen. Schweigend hatten Max und sie nebeneinander gearbeitet, bis irgendwann der ganze Schmerz, den er vor Marie eisern zu verbergen versucht hatte, aus ihm herausgebrochen war.

Unter dem Kreuz im Herrgottswinkel stand ein Foto ihrer Söhne, eines der wenigen, auf dem sie gemeinsam abgebildet waren. Ohne es zu bemerken, hatte Eva angefangen zu weinen. Erst als sie aufstand, um sich ein Taschentuch zu holen, entdeckte sie den handgeschriebenen Zettel, der neben dem Tischbein auf dem Küchenfußboden lag. Eine Nachricht von Matthias.

Bin für Tante Waltraud mit dem Mähdrescher unterwegs und fahre erst morgen früh nach München.

Eva durfte also noch ein paar Stunden auf ein Wunder hoffen. Diese beiden Sturköpfe! Wo Anton nur blieb? Der Aushub der Grube konnte doch unmöglich so lange dauern. Vergeblich versuchte es Eva auf seinem Handy. Erst dann fiel ihr ein, dass das Mobilfunknetz bei den Feldern sehr löchrig war. Hatte der Bürgermeister ihnen nicht einen baldigen Breitbandausbau versprochen? Aber wahrscheinlich war er in den letzten Wochen viel zu sehr mit dem Freizeitpark beschäftigt gewesen, um sich noch um irgendetwas anderes zu kümmern.

Eva ging zur Anrichte und holte ein Päckchen Taschentücher aus der Schublade. Mitten in der Bewegung hielt sie inne. Warum läuteten denn die Kirchenglocken? Wegen der Renovierungsarbeiten waren sie eigentlich abgestellt worden. Hatte die Polizei Julia endlich gefunden und Pfarrer Hartl wollte dem Dorf die frohe Botschaft mitteilen? Eva eilte durch den Hausflur hinaus in den Hof und weiter die Straße entlang Richtung St. Ulrich.

Matthias sehnte das Ende des Feldes herbei. Normalerweise hätte er nachts stundenlang hinter dem Steuer eines Mähdreschers sitzen und seine Bahnen ziehen können, aber heute wollte er einfach nur fertig werden. Warum nur hatte er sich von Waltraud dazu überreden lassen? Und damit nicht genug: Am Ende durfte er diesem alten Grantler seine Ernte auch noch auf den Hof kutschieren.

München konnte er vergessen. Der letzte Zug von Altenberg fuhr in einer guten Stunde, den würde er auf keinen Fall erwischen. Aber mehr als am Flughafen zu übernachten hatte er sowieso nicht vorgehabt. Trotzdem wäre er nur zu gern weg gewesen, wenn Anton am Abend nach Hause kam. Dafür würde er sich morgen so früh aus dem Haus schleichen, dass sie sich nicht mehr begegneten. Und dann nichts wie ab nach Oslo. Sollten sie ihn dort nicht als Maschinenbauingenieur brauchen, würde er sich eben woanders einen Job suchen. Notfalls heuerte er auf einem Fischkutter an. Hauptsache weg aus Neukirchen.

Ob Helena und Neuhaus wohl auf Kleineich blieben, wenn sie verheiratet waren? Eva war der festen Überzeugung, sie gingen bald zurück nach München. Aber auch das konnte ihm egal sein. München war groß, sollte er eines Tages tatsächlich zurückkehren. Und dann würde er sich bestimmt nicht in die Oper setzen und sich Neuhaus' Arien anhören. Es war ihm aber nicht egal, wie er sich eingestehen musste. Seit er wusste, wie Helena sich anfühlte, konnte er an nichts anderes mehr denken und wollte mit niemand anderem zusammen sein. Verdammt!

Im Scheinwerferlicht vor ihm flitzte eine Katze durch das Feld. Matthias ging vom Gas, um ihr nicht zu dicht aufzufahren. Das Tier selbst konnte er kaum sehen, nur die Bewegungen der Ähren verrieten ihm, wo es gerade durch das Feld huschte. Unvermittelt machte die Katze einen gewaltigen Satz nach links. Es war nur ein Gefühl, das Matthias im selben Moment mit voller Wucht auf die Bremse steigen ließ. Zentimeter vor der zusammengekauerten Gestalt im Weizenfeld kam das schwere Gefährt zum Stehen.

Kapitel 33

Behände kletterte Matthias die schmale Leiter hinunter und stürzte zu der am Boden liegenden Gestalt. Aber das war ja …

»Anton!« Matthias kniete sich neben Anton Eichinger, der mit einer blutenden Kopf- und Beinwunde benommen zwischen den Ähren lag.

»Anton, ich bin's, Matthias. Hörst du mich?« Mit einem leisen Stöhnen öffnete der Landwirt schließlich die Augen.

»Matthias«, stieß er mühsam hervor.

»Warte!«

Matthias rannte zurück zum Mähdrescher und holte eine Wasserflasche aus der Kühltasche.

»Hier. Trink erst einmal etwas.« Vorsichtig hielt er Eichinger die Flasche an die Lippen und wartete, bis dieser einige Schlucke daraus getrunken hatte.

»Kannst du aufstehen?«

Der Landwirt nickte. »Ich glaube schon.«

Von Matthias abgestützt gelang es ihm schließlich, auf die Beine zu kommen. Eichinger holte ein paar Mal tief Luft. »Wir müssen sofort die Polizei rufen«, ächzte er.

»Du brauchst einen Krankenwagen! Schaffst du es auf den Mähdrescher? Dann fahre ich dich heim und wir rufen den Notarzt.«

Eichinger schüttelte den Kopf, was ihn sogleich schmerzhaft zusammenzucken ließ.

»Nein, Matthias! Hör mir zu. Ich brauche jetzt keinen Notarzt. Wir müssen …« Er hielt inne und blickte zur gegenüberliegenden Feldseite, die dunkel und verwaist vor ihnen lag. »Da sind sie nicht mehr«, murmelte er.

»Wer, Anton?«, fragte Matthias ungeduldig. »Was ist denn überhaupt passiert?«

»Das sag ich dir, wenn wir im Mähdrescher sitzen. Jetzt hilf mir hoch und dann fahr los. Nach Kleineich! Schnell! Der Wahnsinnige hat ihn bestimmt nach Kleineich verschleppt.«

»Wer hat wen verschleppt?«, rief Matthias. Anton musste unter Schock stehen, anders konnte er sich sein wirres Gefasel nicht erklären.

Ohne auf Matthias' Frage zu antworten, stieg Eichinger langsam die Leiter zum Führerhaus hinauf. Jeder Tritt jagte eine Schmerzwelle durch seinen Körper.

»Was ist denn mit deinem Bein passiert?«

»Nur ein Streifschuss. Das wird schon wieder.«

»Ein was?« Matthias glaubte sich verhört zu haben.

Ächzend kletterte Eichinger in die Kabine und ließ sich erschöpft neben dem Fahrersitz nieder.

»Anton, was ist mit dir passiert?«, fragte Matthias, während er sich an ihm vorbeizwängte und auf dem Fahrersitz Platz nahm.

»Fahr jetzt los. Schnell! Und gib mir dein Handy.«

»Hier oben ist kein Empfang. Erst weiter vorne.«

»Dann los jetzt! Gib Gas!«

Widerwillig setzte Matthias das schwere Gefährt in Bewegung. »Anton, sag mir endlich, was passiert ist.«

»Der Neuhaus hat die Buchberger Claudia umgebracht und sie oben am Gedenkkreuz vergraben. Und der Professor und ich, wir haben sie heute gefunden.«

»Wen?« Matthias' Gedanken fuhren Karussell. *Was sagte Anton da? Adrian Neuhaus ein Mörder? Was war mit Helena?*

»Du kennst sie nicht. Das war lange vor deiner Zeit. Deshalb hat auch der Konrad sterben … Hörst du das?«, stieß er plötzlich hervor.

Matthias lauschte angestrengt. »Was meinst du denn?«

»Die Kirchenglocken!«

»Ja, und?«

»Die läuten doch wegen der Baustelle zurzeit gar nicht. Dreh um, schnell! Die sind nicht in Kleineich. Die sind in der Kirche!«

»In dieser Küche ist aber noch nicht oft gekocht worden«, stellte Anna Leitner fest und begutachtete kritisch die makellos polierte Herdoberfläche in Benedikt Rehbergs Küche.

»Betrachte es als dein neues Reich. Du kannst hier ab sofort schalten und walten, wie du willst.«

Anna lächelte.

»Na endlich«, sagte Rehberg und strich Anna eine Locke hinter das Ohr. »Ich dachte schon, ich sehe dich nur noch traurig.«

»Ich hab solche Angst um das Mädel«, flüsterte Anna.

»Ich weiß. Komm her.« Behutsam nahm Rehberg sie in den Arm. »Du darfst jetzt nicht verzweifeln, hörst du. Die Polizei wird Julia ganz bestimmt finden.«

»Aber was, wenn es dann zu spät ist? Du weißt doch selbst am besten, dass sie sterben muss, wenn sie kein Insulin bekommt.«

»Ja, Anna. Trotzdem dürfen wir die Hoffnung nicht …«

»Pscht!« Anna löste sich aus seiner Umarmung. »Hörst du das?«

»Was meinst du?«

»Die Kirchenglocken!«, antwortete Anna aufgeregt.

»Na und, die bimmeln hier doch alle naselang.«

Anna sah ihn vorwurfsvoll an. »Aber zurzeit doch nicht. Wegen der Baustelle hat der Pfarrer sie abstellen lassen.« Ihre Augen weiteten sich. »Julia! Sie haben bestimmt die Julia gefunden.«

»Warte doch!«, rief Rehberg, ehe er Anna hinterherhastete.

<hr>

Cornelius hob langsam die Hände. Sekundenlang starrten er und Neuhaus sich schweigend an. Dann ging ein Ruck durch den Tenor.

»Los jetzt! Kommen Sie her! Und dann gehen Sie mit erhobenen Händen vor mir zum Wagen. Ohne irgendwelche billigen Tricks, sonst sind Sie gleich ein toter Mann.«

Cornelius machte keine Anstalten, sich zu bewegen. Regungslos lehnte er an der Wand neben dem Schrank für die liturgischen Gegenstände.

»Nun machen Sie schon«, brüllte Neuhaus und zielte mit dem Gewehr auf Cornelius' Oberkörper.

»Sie töten mich doch sowieso. Warum dann nicht gleich hier drinnen?«

Es war nicht Furchtlosigkeit, die Cornelius antrieb, sondern

Wut. Wut auf diesen wahnsinnigen Egomanen, der bereit war, alles für seine Karriere zu opfern – auch Menschenleben. Dem sogar das Schicksal eines zwölfjährigen Mädchens gleichgültig war, das er kalt lächelnd in den sicheren Tod schickte. Trotzdem zitterten Cornelius die Knie und sein Puls raste. Unterschwellig glaubte er, in der Ferne Motorengeräusch zu hören, aber er wollte seinem Gehör nicht allzu sehr vertrauen.

»Sie glauben doch nicht im Ernst, dass Sie damit durchkommen? Ich werde Ihnen bestimmt nicht helfen, das Skelett verschwinden zu lassen.«

»Das müssen Sie auch gar nicht, Professor. Dann wird es halt gefunden. Den einzigen Beweis, der mich mit Claudia in Verbindung bringen kann, habe ich hier.«

Neuhaus griff in seine Hosentasche und zog triumphierend die dreckverkrustete Armbanduhr hervor. »Niemand wird je erfahren, dass wir damals ein Paar waren. Niemand!«, höhnte er. Dann stopfte er die Uhr zurück in die Tasche, entsicherte das Gewehr und machte einen Schritt auf Cornelius zu. »Ich sagte, Sie sollen …«

Blitzschnell packte Cornelius den hölzernen Garderobenständer, an dem zwei Messgewänder des Pfarrers hingen, und schleuderte ihn Neuhaus entgegen. Dieser verfing sich in den langen Gewändern und verlor kurzzeitig die Orientierung. Cornelius' Augen irrten durch die kleine Sakristei. Kein Kelch, keine Weinflasche, nichts, was er als Waffe benutzen konnte. Außer …

Während Neuhaus sich fluchend von den Stoffen befreite, stürzte Cornelius zum Schaltkasten und öffnete ihn. Hektisch betätigte er sämtliche Schalter und Hebel mit der Aufschrift »Glocke«. Sekunden später ertönte über ihren Köpfen das Geläut von St. Ulrich. Neuhaus stieß einen entzürnten Schrei aus, der mehr an ein wildes Tier denn einen Menschen erinnerte, riss Cornelius vom Schaltkasten weg und trieb ihn mit dem Gewehrlauf vor sich her zur Sakristei hinaus.

Cornelius stolperte über den dunklen Friedhof. Jenseits der Mauer wurde ein Lichtkegel sichtbar, der immer näher kam, den er aber nicht zu deuten vermochte. Die Glocken boten alles auf, was sie an Klangkraft zu bieten hatten, und erstickten jedes Wort

418

im Keim. Neuhaus drückte Cornelius den Gewehrlauf zwischen die Rippen und schob ihn regelrecht auf den angrenzenden Feldweg hinaus.

Gleißendes Licht traf Cornelius und er riss unwillkürlich die Hände hoch, um seine Augen abzuschirmen. Der Lärm war ohrenbetäubend. Für den Bruchteil einer Sekunde glaubte er sich auf dem Rollfeld eines Flughafens, Auge in Auge mit einem startklaren Jumbojet. Doch dann begann er zu verstehen. Keine zwanzig Meter von ihnen entfernt stand ein Mähdrescher mit eingeschaltetem Licht und laufendem Motor. Jetzt konnte er auch die Umrisse der Gestalt erkennen, die sich die Leiter hinunterhangelte.

»Nein, Matthias, nicht! Er hat ein Gewehr!«, schrie Cornelius, doch seine Worte wurden vom Lärm der Glocken und des Motors erstickt. Noch immer stark geblendet, nahm er schemenhaft eine Bewegung in der Fahrerkabine wahr. Im nächsten Moment ging der Motor am Mähdrescher aus.

Neuhaus fackelte nicht lange, stieß Cornelius zur Seite und zielte direkt auf Matthias, der nur noch wenige Meter entfernt war.

»NEIN!« Anton Eichingers verzweifelter Aufschrei übertönte sogar die Glocken.

Der Wahnsinnige ist nicht zu stoppen. Er wird uns alle über den Haufen schießen.

Doch Matthias sackte nicht zusammen. Er stand immer noch aufrecht, die Arme instinktiv nach oben gerissen. Erst jetzt bemerkte Cornelius, dass Neuhaus gar nicht geschossen hatte. Offenbar funktionierte das Gewehr nicht mehr. Wie von Sinnen rüttelte Neuhaus am Magazin, ehe er erneut erfolglos versuchte, den Abzug zu betätigen. Mit einem wütenden Aufschrei schleuderte er es von sich.

Sein flackernder Blick irrte suchend umher, als ob er sich von den Anwesenden Hilfe erhoffte. Dann drehte er sich um und rannte in den Friedhof zurück. Matthias und Cornelius stürzten hinter ihm her. Im selben Augenblick erstarben die Kirchenglocken. Dafür wurde St. Ulrich von allen Seiten hell angestrahlt. Cornelius entdeckte Neuhaus am Fuß des Baugerüsts, wo sich der Tenor anschickte, die erste Leiter hinaufzuklettern.

»Was hat er vor? Er wird doch nicht etwa …«

»Er ist wahnsinnig«, stieß Matthias atemlos hervor. »Vollkommen wahnsinnig.«

»Er darf nicht springen!«, rief Cornelius panisch. »Er hat Julia Lechner entführt, und wenn er uns nicht sagt, wo sie ist, wird sie sterben.« Cornelius blickte nach oben. »Adrian, bitte kommen Sie zurück!«

»Hauen Sie ab, Professor! Ich gehe nicht ins Gefängnis«, brüllte Neuhaus und kletterte weiter.

»Wo wollen Sie hin?«, fragte Cornelius, der sah, dass Matthias Anstalten machte, Neuhaus zu folgen.

»Irgendeiner muss ihn doch aufhalten.«

»Matthias, bleib da.« Anton Eichinger humpelte über den Friedhof. Keuchend blieb er neben Cornelius stehen. »Die Polizei ist doch schon unterwegs.«

»Aber was, wenn sie zu spät kommt und er springt? Er hat Julia versteckt, Anton.« Dann drehte Matthias sich um und stieg Neuhaus hinterher.

»Matthias!« Eichinger machte einen Satz nach vorne, zuckte aber sogleich mit schmerzverzerrtem Gesicht zusammen. Cornelius sah, dass die Wunde an seinem Bein wieder zu bluten begonnen hatte. »Matthias, nein!«

Cornelius zögerte keine Sekunde. »Ich gehe.«

Seit seiner Rückkehr aus Neukirchen saß Robert Thorwald am Schreibtisch und brütete über den Ermittlungsakten. Marie Lechners Aussagen kannte er mittlerweile so gut wie auswendig, und dennoch geisterte Ellen Buchholz' Vorwurf immer wieder durch seinen Kopf. Er hatte Julias Mutter gehen lassen, weil er ihr den Mord nicht nachweisen konnte. Zu Recht, wie sich wenig später herausstellte, war Konrad Stadler doch Augenzeuge eines missglückten Drogendeals geworden. Alles hatte Leon Gruber im Laufe der Vernehmungen zugegeben, nur den Mord hatte er nicht gestanden. Für sein nächstes Gespräch mit ihm würde sich Thorwald eine neue Verhörstrategie zurechtlegen müssen.

Das Telefon auf seinem Schreibtisch klingelte. Müde hob Thorwald den Hörer ab. Die Notrufleitstelle war am anderen Ende und bat ihn, sich einen Anruf anzuhören, der kurz vorher eingetroffen war. Zwei Streifenwagen seien schon unterwegs nach Neukirchen, aber der Anrufer habe ausdrücklich darum gebeten, Hauptkommissar Thorwald Bescheid zu sagen. Dieser brauchte keine drei Sekunden, um die Stimme von Anton Eichinger zu erkennen. Aber wovon zum Teufel redete der Mann? Er hatte es immer noch nicht ganz verstanden, während er zu seinem Auto rannte und gleichzeitig Florian Weber anrief. Er wusste nur eines: Adrian Neuhaus hatte zwei Menschen getötet und Professor Cornelius in seiner Gewalt.

———

Cornelius holte tief Luft und hangelte sich die erste Leiter empor. Die Holzplanken, auf denen die Handwerker tagein, tagaus sicheren Schrittes entlangliefen, waren schmaler, als sie von unten aussahen. Zwar sicherten zwei parallel verlaufende Querstreben die von der Kirche abgewandte Gerüstseite ab. Trotzdem war ihm schon in dieser geringen Höhe mulmig zumute, und er musste kurz innehalten, bevor er sich der nächsten Leiter näherte. Er versuchte krampfhaft, nicht nach unten zu sehen und sich stattdessen auf die Geräusche über sich zu konzentrieren. Er hörte keuchenden Atem und schnelle Schritte. Matthias schien nicht mehr allzu weit von Neuhaus entfernt zu sein.

»Adrian, bitte, kehren Sie um!«, rief Cornelius nach oben. »Machen Sie nicht alles noch schlimmer!«

»Hauen Sie ab!«

Vorsichtig kletterte Cornelius die nächsten beiden Leitern hinauf. Für einen kurzen Moment wanderten seine Augen in die Ferne, wo er die Blaulichter zweier Einsatzfahrzeuge in der Dunkelheit erkennen konnte. Er klammerte sich an der oberen Querstrebe fest und wagte es, nach unten zu schielen, wo sich bereits eine kleine Menschenmenge versammelt hatte. Pfarrer Hartl eilte aus dem Gotteshaus. Wahrscheinlich war er es gewesen, der die Glocken zum Stillstand gebracht und die Beleuchtung eingeschaltet hatte. Dicht hinter dem Priester erschien Eva Eichinger. Sie erschrak sichtlich, als sie die Verletzungen ihres Mannes entdeckte, doch er wehrte nur ab. Cornelius konnte auch Anna

Leitner, Benedikt Rehberg und Roswitha Förster erkennen. Alle starrten sie entgeistert nach oben.

»Adrian, nein!«, schrie Rehberg in diesem Augenblick. »Tu es nicht!«

Erst jetzt bemerkte Cornelius, wie ruhig es über ihm geworden war. Keine Schritte, keine Bewegung. Neuhaus würde doch nicht …

So schnell er konnte, kletterte er die nächste Leiter empor. Matthias stand einige Meter von ihm entfernt und hatte ihm den Rücken zugewandt. Er bewegte sich nicht. Und dann entdeckte Cornelius Adrian Neuhaus und erstarrte.

»Nein, Adrian. Tun Sie es bitte nicht!«

Neuhaus hatte es offenbar geschafft, an einer Stelle die obere Querstrebe zu lösen und stand jetzt, nur noch in Kniehöhe von einer Gerüststange abgesichert, mit dem Rücken direkt vor dem Abgrund.

»Bleiben Sie stehen!«, schrie Neuhaus.

Cornelius ging trotzdem einen winzigen Schritt vorwärts. »Denken Sie an das Mädchen, Adrian. Julia kann doch nichts dafür. Bitte sagen Sie uns, wo Sie sie versteckt haben.«

Neuhaus' Augen glänzten fiebrig. »Nein«, stieß er heiser hervor. »Das kann ich Ihnen nicht verraten.«

Cornelius überfiel kalter Zorn. Am liebsten hätte er Neuhaus am Kragen gepackt und so lange durchgeschüttelt, bis dieser damit herausrückte.

Du elender Dreckskerl. Sag uns endlich, wo das Kind ist!

»Dann denken Sie an Helena, Ihre Verlobte«, hörte er sich selbst reden. »Sie können sich doch nicht einfach so von ihr davonstehlen.«

Er sah, wie Matthias bei seinen Worten zusammenzuckte.

Bitte Junge, tu jetzt nichts Unüberlegtes.

Neuhaus lächelte auf einmal versonnen. »Helena ist das Beste, was mir jemals passiert ist. Und deshalb wird sie mich verstehen. Sie wird verstehen, dass ich nicht ins Gefängnis gehen kann, sondern es vollenden muss. Hier, hier in der Kirche hat alles angefangen. Und hier geht es zu Ende.«

Plötzlich verzerrten sich seine Gesichtszüge zu einer grotesken Maske und er brach in ein lautes Wimmern aus. »Meine Stimme wird nie wieder zurückkommen, wenn ich im Gefängnis bin. Und was bin ich ohne meine Stimme?«, heulte er und machte einen Schritt nach hinten.

Doch sein Fuß verfehlte die Holzplanke und trat ins Leere. Sein Körper geriet durch die abrupte Bewegung ins Taumeln und er begann hektisch mit den Armen zu rudern. Verzweifelt versuchte er Halt zu finden, während seine weit aufgerissenen Augen tonlos um Hilfe schrien.

Matthias hechtete nach vorne, um Neuhaus' Arm zu ergreifen. Der Tenor krallte sich mit seiner rechten Hand in Matthias' Oberarm, aber es gelang ihm nicht, das Gleichgewicht zu finden. Wie im Zeitlupentempo stürzte sein taumelnder Körper nach hinten … und riss Matthias mit sich.

Cornelius versuchte Matthias irgendwie festzuhalten, doch sein Griff ging ins Leere. »NEIN!«

Und dann stand die Welt für einige Sekunden ganz still.

Nur der markerschütternde Schrei von Eva Eichinger bahnte sich einen Weg in Cornelius' Bewusstsein.

Dilegua, o notte! Tramontate, stelle! Tramontate, stelle! All'alba vincerò! Vincerò! Vincerò!

Schon während des Schlussakkords brandete der Applaus im Publikum auf. Die Zuschauer erhoben sich von ihren Sitzen und spendeten begeistert Beifall. Rote Rosen prasselten auf die Bühne und erste Rufe nach einer Zugabe wurden laut. Auch seine Mutter und Magdalena, die in der ersten Reihe saßen, waren aufgestanden. Tränen glitzerten in ihren Augen, während sie nicht aufhören konnten zu klatschen. Sogar sein Vater nickte ihm anerkennend zu. Eine große Geste, war er doch immer nur schwer für die Musik zu begeistern gewesen. Ihm dagegen bedeutete sie alles.

Erst jetzt bemerkte er den leeren Stuhl neben seiner Schwester. Helena war nicht da. Suchend sah er sich im großen Rund des Konzertsaales um, doch er konnte sie nirgendwo entdecken. Er bückte sich nach einer der Rosen auf der Bühne und reichte sie an Magdalena weiter. Wie ihre sanften Augen strahlten und wie wunderbar sie lächelte. Geliebte Schwester …

Mit einem Ruck setzte Helena sich auf. Ihr Puls raste und ihr Herzschlag dröhnte in ihren Ohren. Sekundenlang war sie vollkommen orientierungslos. Erst nach und nach löste sich die Schwärze vor ihren Augen auf und sie begannen sich an die Dunkelheit zu gewöhnen. Mit den schemenhaften Umrissen der Gegenstände im Krankenzimmer kehrten auch die Erinnerungen zurück. Die Erinnerungen an den Unfall, an das Krankenhaus, an ihre Verlobung und an den furchtbaren Traum. Ihre Wangen und ihre Stirn glühten wie im Fieber. Zitternd strich sie sich eine Haarsträhne aus dem schweißnassen Gesicht.

Mitten in der Bewegung hielt sie inne und tastete nach dem Ring an ihrer linken Hand. Und plötzlich war sie wieder die einzige Zuschauerin in einem großen Konzertsaal, Adrian allein vor ihr auf der Bühne. Sie sah, wie er die Lippen bewegte, doch sie konnte seine Stimme nicht hören. Er streckte seine Hand nach ihr aus, aber sie stand einfach nur da und bewegte sich nicht. Ohne ihr Zutun wurde der Abstand zwischen ihnen immer größer, während gleichzeitig der Ring an ihrer Hand zu wachsen begann. Sie wusste selbst nicht, wie ihr schmaler Finger diese Last tragen konnte. Helena wollte den Ring abstreifen, doch sie war nicht in der Lage, auch nur einen Muskel zu bewegen. Wie von Geisterhand tat sich der Boden zu ihren Füßen auf. Das Gewicht des Rings zog sie unerbittlich dem Abgrund entgegen und riss sie mit sich in die Tiefe …

In einem ersten Impuls zog Helena den Verlobungsring von ihrem Finger und legte ihn auf das Nachtkästchen. Noch immer zitterte sie am ganzen Körper. Sie knipste das Licht an und setzte sich auf den Bettrand, wo sie eine Weile regungslos verharrte. Der Duft der Rosen hatte sich im ganzen Zimmer ausgebreitet und war so intensiv, dass ihr fast übel davon wurde. Langsam ging sie zum Fenster und öffnete es. Kühle, klare Nachtluft strömte herein. Allmählich fühlte Helena sich besser. Dann nahm sie die Vase und trug sie samt Blumen in das nahe gelegene Schwesternzimmer, wo sie der verblüfften Nachtschwester die Rosen überreichte, ehe sie in ihr Zimmer zurückkehrte.

Gleich am nächsten Tag würde sie mit Adrian sprechen und ihm sagen, dass sie ihn nicht heiraten konnte. Tief drinnen hatte sie es seit ihrer ersten Begegnung mit Matthias gewusst, aber jetzt war alles auf einmal so einfach, so klar. Entschlossen steckte sie den Verlobungsring zurück in die kleine Schmuckschatulle.

Dann wickelte sie sich in ihre Bettdecke und setzte sich an das geöffnete Fenster, wo sie den funkelnden Sternenhimmel betrachtete.

Es war so still, so unglaublich still …

Entsetzt starrte Cornelius auf die Stelle, an der Matthias eben noch versucht hatte, Adrian Neuhaus festzuhalten. Nichts als gähnende Leere.

Dann brach auf dem Kirchenvorplatz der Tumult los und Cornelius erwachte aus seiner Erstarrung. Vorsichtig hangelte er sich an den Rand des Gerüsts und spähte nach unten.

Unweit der ersten Grabreihe war Adrian Neuhaus auf den Pflastersteinen aufgeschlagen. Um seinen reglosen Körper begann sich eine große Blutlache auszubreiten. Arme und Beine waren in einem seltsamen Winkel verrenkt und sein Kopf hing schlaff zur Seite. Benedikt Rehberg, der Anna im Arm gehalten hatte, eilte zu Neuhaus und beugte sich über ihn.

Und dann endlich entdeckte Cornelius Matthias. Er war auf das Dach des Kirchenschiffs gefallen, das einige Meter unterhalb der Absturzstelle begann, und dieses bis an den Rand hinuntergeschlittert. Nur die Dachrinne, in der er mit einem Bein hängen geblieben war, hatte einen weiteren Sturz verhindert. Cornelius konnte nicht erkennen, ob er bei Bewusstsein war. Während er langsam vom Gerüst kletterte, trafen zwei Streifenwagen vor der Friedhofsmauer ein. Sofort begannen sich die Beamten zu verteilen und die Lage zu sondieren. Ein Rumpeln ließ Cornelius aufschrecken und in seinem Abstieg innehalten.

Doch es war nur eine Aluleiter, die am Gerüst gelehnt hatte und die Anton Eichinger jetzt mit Hilfe eines Polizisten an der Außenwand des Kirchengebäudes aufstellte. Trotz seiner Verletzungen schob der Landwirt den Beamten unwirsch zur Seite und kletterte zu Matthias auf das Dach. Cornelius beeilte sich, sicheren Boden unter die Füße zu bekommen. Er ignorierte die Rufe und besorgten Fragen, die auf ihn einprasselten, kaum dass Pfarrer Hartl und Roswitha Förster ihn entdeckt hatten, und rannte direkt zu Eva Eichinger, die am Fuß der Leiter stand und angstvoll zu ihrem Mann nach oben blickte. »Was ist mit Matthias?«

Der uniformierte Polizeibeamte schritt mit strenger Miene dazwischen. »Wer sind Sie und wo kommen Sie her?«

»Ich bin Ihr wichtigster Zeuge und ich werde einen Teufel tun und Ihnen jetzt Rede und Antwort stehen. Und wenn Ihnen das nicht passt, dann beschweren Sie sich meinetwegen bei Hauptkommissar Thorwald. Der kennt mich«, herrschte Cornelius ihn an. »Herr Eichinger, wie geht es ihm?«, rief er dann, ohne sich weiter um den Beamten und dessen verdutzte Miene zu kümmern.

»Er lebt«, meldete Eichinger. »Aber wir brauchen sofort einen Krankenwagen und die Feuerwehr, damit sie ihn da runterholen.«

»Haben Sie nicht gehört?«, schrie Cornelius den Polizisten an.

Dieser bellte einige Anweisungen in sein Funkgerät.

»Er darf sich auf keinen Fall bewegen, falls ein Halswirbel angebrochen ist oder die Wirbelsäule verletzt«, rief Cornelius nach oben.

»Nicht bewegen, Matthias, hörst du«, sagte Eichinger. »Dir kann nichts passieren. Ich halte dich ganz fest.«

Matthias' Lider flatterten. »Anton«, flüsterte er.

Aus einer Wunde an seiner Schläfe tropfte Blut.

»Bleib ganz ruhig. Hilfe ist schon unterwegs.«

»Es … es tut mir so leid«, stieß Matthias mühsam hervor. »Das Graffiti … alles …« Sein Atem ging stoßweise. »Ich wollte dich … nicht enttäuschen.«

»Dir muss nichts leidtun. Und du hast mich nicht enttäuscht. Du bist doch … Matthias!«, rief Eichinger plötzlich laut und klopfte ihm auf die Wange. »Matthias!«

Nein, bitte nicht!

»Anton, was ist mit ihm?«, schrie Eva.

Kapitel 34

D as Martinshorn mehrerer Einsatzfahrzeuge übertönte Eichingers Antwort. Zwei Sanitäter rannten durch das schmiedeeiserne Tor. Cornelius winkte sie hektisch herbei. Während er zur Seite trat, hielt jenseits der Friedhofsmauer der Wagen der Neukirchner Feuerwehr, dicht gefolgt vom Auto des Notarztes. Cornelius, der die Rettungskräfte nicht bei ihrer Arbeit stören wollte, entfernte sich rasch.

»Herr Professor.«

Er verspürte eine sanfte Berührung am Oberarm und wirbelte herum. »Frau Leitner!«

Annas Lippen zitterten unkontrolliert und Tränen liefen über ihre Wangen. »Oh, Herr Professor.«

»Alles gut, Frau Leitner. Alles gut«, murmelte Cornelius und nahm sie tröstend in den Arm.

»Unser blöder Streit. Es tut mir so leid«, schluchzte sie an seiner Schulter.

»Es gibt nichts, wofür Sie sich entschuldigen müssten«, sagte er. »Ich war es, der sich vollkommen unmöglich benommen hat und der Sie vielmals um Entschuldigung bittet.«

Er hielt nach Benedikt Rehberg Ausschau, der immer noch neben Adrian Neuhaus auf dem Boden kniete, jetzt aber wie von der Tarantel gestochen aufsprang und auf Cornelius zustürzte. Der Apotheker würde sich doch nicht mit ihm anlegen wollen, nur weil er versucht hatte, Anna zu beruhigen.

»Er hat Julia in der Kapelle versteckt!«, brüllte Rehberg.

Sofort war Cornelius hellwach. »Die Kapelle auf Kleineich?«

»Ja, er hat es mir noch zugeflüstert, bevor er …« Rehberg packte Cornelius am Oberarm und zerrte ihn mit sich. »Los! Mein Auto steht drüben am Gasthaus.«

»Aber …« Cornelius deutete hilflos zu den Einsatzkräften, die mit der Bergung von Matthias begonnen hatten.

»Für Matthias können Sie jetzt nichts tun, Herr Professor«, sagte Anna. »Aber Julia können Sie retten. Fahren Sie mit Benedikt. Ich hole die Lechners.«

»Anna, wir brauchen einen zweiten Notarzt. Schick uns einen Notarzt nach Kleineich«, rief Rehberg über seine Schulter hinweg.

Cornelius überquerte gerade die Hauptstraße, als der Wagen von Robert Thorwald vor dem Gasthaus abbremste. »Wir wissen, wo Julia Lechner ist!«, schrie er und riss die Beifahrertür des Porsches auf. »In der Kapelle auf Kleineich.«

»Der Notarzt ist schon unterwegs«, rief Anna Leitner und winkte aufgeregt mit ihrem Handy.

Thorwald reagierte sofort, beorderte zwei weitere Streifenwagen auf das Anwesen von Adrian Neuhaus und schickte Katrin Abel, die gerade aus ihrem Wagen steigen wollte, hinter dem Porsche von Benedikt Rehberg her. Florian Weber und der Gerichtsmediziner waren bereits auf dem Weg zur Anhöhe, um Anton Eichingers grausigen Fund zu bergen. Thorwald warf nur einen kurzen Blick auf die Leiche von Adrian Neuhaus und gab den Beamten einige Anweisungen, ehe er sich Anna Leitner schnappte und mit ihr zu Julia Lechners Eltern raste.

Um den toten Tenor konnte er sich später kümmern, jetzt galt es das Leben eines Kindes zu retten.

Benedikt Rehberg startete den Motor, noch bevor Cornelius eingestiegen war. Kaum hatte dieser die Beifahrertür geschlossen, fuhr Rehberg mit quietschenden Reifen los. Hinter dem Ortsschild von Neukirchen ließ er den Motor aufheulen und jagte den Porsche die Straße Richtung Ebersbach entlang. Es wurde kein Wort im Auto gesprochen, aber sie mussten nicht reden, um zu wissen, was gerade auf dem Spiel stand. Rehberg trat das Gaspedal bis zum Anschlag durch. Um ein Haar wäre er an der Einmündung nach Kleineich vorbeigerauscht. Er bremste scharf ab, sodass Cornelius unsanft in den Sitz gedrückt wurde, und zog den Wagen in letzter Sekunde nach links. Dann schoss er die kurze Auffahrt hinunter, raste durch das geöffnete Tor und brachte den Porsche mit knirschenden Reifen zum Stehen. Etwas wacklig auf den Beinen stieg Cornelius aus, während Rehberg das Handschuhfach öffnete und eine Taschenlampe herausholte.

Sekunden später traf auch schon Katrin Abel auf dem Grundstück ein. »Gehen Sie!«, rief sie. »Ich warte hier auf den Notarzt!«

Dunkel und verlassen lag das Wohnhaus vor ihnen. Nirgendwo waren Bewegungsmelder angebracht. Rehberg sprintete los. Cornelius hatte Mühe ihm zu folgen. Vorbei am Wohnhaus führte sie der Weg in den hinteren Teil des Gartens. Auch dort war alles dunkel.

»Die Kapelle ist bestimmt abgesperrt«, keuchte Cornelius.

Rehberg drehte sich um. »Sie haben recht. Aber wenn der Schlüssel noch dort hängt, wo er früher aufbewahrt wurde, dann finde ich ihn. Warten Sie hier!«

Immer wieder musste sich Cornelius ins Gedächtnis rufen, dass Benedikt Rehberg und Adrian Neuhaus langjährige Weggefährten waren. Er war in der Vergangenheit bestimmt ein gern gesehener Gast auf dem freiherrlichen Anwesen gewesen. Jetzt aber ließ Rehberg alle guten Manieren beiseite, packte den nächstbesten Ast und schlug die Verandatür ein. Glas splitterte und klirrte. Sekunden später waren zwei Fenster im Erdgeschoss hell erleuchtet. Es dauerte nicht lange und Rehberg kam mit dem Schlüssel in der Hand zurück. Sie hetzten über die Rasenfläche, hinein in das Fichtenwäldchen, wo es so dunkel war, dass man ohne Licht keine Handbreit sehen konnte. Nach wenigen Metern tauchte die Kapelle vor ihnen auf. Rehberg rammte den Schlüssel in das Schloss und warf sich mit voller Wucht gegen die Tür. Knarrend schwang sie nach innen auf.

Der Lichtkegel der Taschenlampe huschte über den schmutzigen Boden, bis er auf die zierliche Gestalt des Mädchens fiel, das an Händen und Füßen gefesselt mit geschlossenen Augen in einer Ecke kauerte.

***

Kurze Zeit später trafen Rettungswagen, Notarzt und direkt dahinter Robert Thorwald zusammen mit Marie und Maximilian Lechner ein. Benedikt Rehberg hatte Julia behutsam die Fesseln abgenommen, um dann mit Cornelius zusammen vergeblich nach dem Rucksack zu suchen, in dem sich die so wichtigen Insulinrationen befanden. Neuhaus hatte ihn und das Fahrrad in einem der Kellerräume versteckt, wie die Spurensicherung im Laufe der Nacht noch feststellen sollte.

Während der Notarzt und die Sanitäter sich um Julia kümmerten, ihr Insulin verabreichten und ihren Körper über eine Infusion mit Flüssigkeit versorgten, hatte sich Cornelius in die Einfahrt des Anwesens zurückgezogen. Er wollte nicht an vorderster Front dabei sein, wenn die Lechners um das Leben ihres Kindes bangten. Benedikt Rehberg und Anna Leitner hatten sich ebenfalls etwas abseits auf die Treppenstufen gesetzt und unterhielten sich leise miteinander. Beide sahen erschöpft aus. Auch Cornelius spürte die Aufregung der vergangenen Stunden bis in die letzte Haarspitze. Nach und nach trafen immer mehr Einsatzkräfte der Polizei und der Spurensicherung ein und verteilten sich über das gesamte Anwesen. Endlich kamen die Sanitäter mit der Trage um die Ecke. Erleichtert stellte Cornelius fest, dass das Mädchen schon wieder lächeln konnte.

»Danke«, flüsterte Marie Lechner unter Tränen, ehe sie und ihr Mann in den Rettungswagen stiegen, der sie in das Klinikum nach Landshut bringen würde.

»Kommen Sie, Herr Cornelius. Ich fahre Sie in die Pension zurück. Es ist höchste Zeit, dass wir beide uns ausführlich unterhalten«, sagte Robert Thorwald.

Seine Miene verriet nicht, was er von Cornelius' nächtlichem Abenteuer hielt, doch die Laune des Hauptkommissars ließ ihn gerade ziemlich kalt.

»Wir müssen Helena Stern informieren. Sie liegt im Krankenhaus und hat nicht die geringste Ahnung, was hier passiert ist«, bat Cornelius eindringlich.

Thorwalds linke Augenbraue schoss in die Höhe. »*Ich* werde Frau Stern morgen über den Tod von Herrn Neuhaus informieren. Sie jetzt mitten in der Nacht in Aufruhr zu versetzen, halte ich in ihrem Zustand für nicht sehr vernünftig.«

»Aber es geht doch nicht nur um Adrian Neuhaus. Sie muss wissen, dass Matthias Stadler schwer verletzt wurde. Bitte!«

Erst jetzt begann Robert Thorwald zu dämmern, was der Professor damit andeuten wollte. »Die beiden …?«

430

»Ja!«, sagte Cornelius aufgeregt.

»Na, dann los. Worauf warten Sie noch?«, kommandierte Thorwald und spurtete zu seinem Dienstwagen.

»Ich?« Cornelius tippte sich mit dem Zeigefinger gegen die Brust.

»Wenn ich Ihnen jetzt verbiete, nach Landshut zu fahren, tauchen Sie in spätestens einer Stunde doch sowieso dort auf«, erwiderte Thorwald unwirsch. »Also, einsteigen! Und auf der Fahrt dorthin will ich alles wissen. Haben Sie mich verstanden? *Alles!*«

Helena lehnte den Kopf gegen den Fensterrahmen und genoss die kühle Nachtluft. Obwohl sie allmählich müde wurde und die Prellungen immer noch schmerzten, wollte sie nicht zurück ins Bett. Sie hatte Angst vor dem Einschlafen und dem nächsten bösen Traum. Ihre Entscheidung, Adrian zu verlassen, stand felsenfest, trotzdem wurde sie plötzlich von einer inneren Unruhe erfasst. Am liebsten hätte sie auf der Stelle Matthias angerufen, aber sie traute sich nicht. Nicht nach ihrem Streit. Ob er überhaupt noch mit ihr zusammen sein wollte?

Das Heulen eines Martinshorns schreckte sie auf. Zum zweiten Mal innerhalb weniger Minuten fuhr ein Krankenwagen vor die Notaufnahme. Helena hatte von ihrem Platz am Fenster einen guten Überblick über das gesamte Krankenhausgelände. Trotz der späten Stunde herrschte ein reges Kommen und Gehen. Jetzt liefen zwei Männer über den Parkplatz zur Notaufnahme. Sie stutzte … und sah noch einmal genauer hin. Doch es bestand kein Zweifel: Der Mann, der gerade hinter dem großen Blonden unter dem Vordach verschwand, war niemand anderer als Professor Cornelius. Helena hielt es nicht mehr auf der Fensterbank aus. Mit einiger Mühe schlüpfte sie in ein T-Shirt und eine Jogginghose und eilte aus dem Zimmer.

»Hallo, wo wollen Sie denn hin?«, rief die Nachtschwester, die sie durch ihre Glasscheibe hatte vorbeihuschen sehen.

Doch Helena hatte Glück. Der Aufzug wartete schon und die Tür schloss nur Sekunden später. Im Erdgeschoss angekommen brauchte sie eine Weile, bis sie den Weg zur Notaufnahme fand.

Immer wieder hielt sie Ausschau nach Gregor Cornelius, doch erst als sie in den Gang einbog, der direkt zur Aufnahmestation führte, entdeckte sie den Professor. Er stand bei einer Frau um die fünfzig. Sie war sehr aufgelöst und schien geweint zu haben. Der große Blonde, mit dem er am Klinikum angekommen war, lehnte einige Meter entfernt an der Wand. Die Tür eines der Behandlungszimmer wurde geöffnet und ein Mann, etwa im Alter der Frau, kam heraus. Die Frau stürzte sich sofort auf ihn und umarmte ihn innig.

»Nur eine leichte Gehirnerschütterung«, wiegelte er sogleich ab, während sie sachte über das Pflaster an seiner Schläfe strich.

»Und dein Bein?«

Jetzt erst sah Helena, dass sein Hosenbein am rechten Unterschenkel aufgeschnitten worden war. Der Stoff war blutgetränkt und ein weißer Verband blitzte hervor. Der Mann murmelte etwas, das sie nicht verstehen konnte. Er schien beide Verletzungen als nicht schwerwiegend zu betrachten. Trotzdem wollte die Frau sich nicht beruhigen.

»Anton, ob es dir passt oder nicht, aber wir müssen seine Mutter anrufen«, rief sie besorgt. »Wenn er stirbt …«

»So etwas dürfen Sie nicht einmal denken, Frau Eichinger. Matthias wird nicht sterben«, sagte Cornelius.

Hinter ihm schrie jemand entsetzt auf. Vier Augenpaare drehten sich gleichzeitig um, aber nur Cornelius reagierte auf die blonde junge Frau, die sich so laut bemerkbar gemacht hatte.

»Helena! Was machen Sie denn hier?«

Er lief ihr entgegen und stützte sie sachte ab, denn sie war aschfahl im Gesicht und zitterte am ganzen Körper. »W-was ist mit Matthias? Bitte sagen Sie es mir! Was ist mit ihm?«

Noch bevor Cornelius antworten konnte, stand Robert Thorwald neben ihm. Sein Gesichtsausdruck erinnerte Cornelius daran, was sie auf dem Weg nach Landshut vereinbart hatten: Der Hauptkommissar würde mit Helena sprechen. Thorwald nahm sie behutsam am Arm und führte sie zu einem der Besucherstühle am anderen Ende des Korridors.

»Ist das Helena Stern?«, fragte Eva Eichinger zögernd.

Cornelius nickte.

»Ich hab sie mir ganz anders vorgestellt.« Eva musterte sie eingehend. »Hatte sie einen Unfall?«

»Ja. Einen Fahrradunfall.«

»Davon hat Matthias gar nichts erzählt.«

»Er weiß es nicht. Sie hatten sich kurz zuvor heftig gestritten und seitdem nicht mehr miteinander gesprochen.«

Eva sog scharf die Luft ein. »Davon hat er mir allerdings erzählt. Sie hat ihn verdächtigt, etwas mit Konrads Tod zu tun zu haben.«

Cornelius stellte sich so neben Eva Eichinger, dass ihr Mann ihn nicht hören konnte. »Sie lieben Ihren Mann doch, oder?«

Sie sah ihn irritiert an. »Natürlich.«

»Und Sie würden ihm niemals ein Gewaltverbrechen zutrauen?«

»Nein! Ich verstehe nicht … Was sollen denn die ganzen Fragen?«

»Und trotzdem waren Sie sehr beunruhigt, als er in der Mordnacht nicht in der Maschinenhalle war.«

»Woher …?«

»Ihr Mann und ich haben zufällig darüber gesprochen. Sein nächtlicher Ausflug war übrigens ganz und gar harmlos. Aber das wird er Ihnen eines Tages bestimmt selbst erzählen«, sagte Cornelius sanft.

Bevor Eva etwas erwidern konnte, schluchzte Helena plötzlich laut auf und schlug sich die Hand vor den Mund. Robert Thorwald redete beruhigend auf sie ein.

»Hat sie denn jemand, der sich um sie kümmert?«, fragte Eva nach einer Weile.

»Soweit ich weiß eine Oma, die in München lebt. Ihre Eltern sind schon vor vielen Jahren bei einem Autounfall gestorben.«

Cornelius hörte Thorwald den Namen »Matthias Stadler« sagen und sah, wie Helena sogleich versuchte aufzustehen. Doch der Kommissar hielt sie fest und redete leise weiter. Dann zeigte er in Richtung der Eichingers und schüttelte den Kopf. Helena weinte jetzt so hemmungslos, dass sie im gesamten Flur zu hören war.

»Wer ist das?«, brummte Anton Eichinger.

»Die Freundin vom Matthias«, erwiderte seine Frau ohne zu zögern.

»Wer? Seit wann hat er …«

Doch Eva war schon den Flur entlanggegangen und neben Helena stehen geblieben. Sie sagte etwas zu Robert Thorwald und der jungen Frau und reichte Helena dann die Hand. Gemeinsam kamen sie zu Cornelius und Anton Eichinger zurück.

»Und jetzt warten wir hier.« Behutsam setzte Eva Helena auf einen Stuhl und nahm neben ihr Platz.

Robert Thorwald signalisierte Cornelius seinen Abschied. Für heute hatte er genug erfahren. Der Professor würde am nächsten Tag im Kommissariat seine Aussage zu Protokoll geben.

»Und kein Wort zu Frau Buchberger«, ermahnte Thorwald die Anwesenden noch einmal.

Der Fall Claudia Buchberger hatte bei Polizei und Staatsanwaltschaft mittlerweile oberste Priorität. Die Gerichtsmedizin hatte Thorwald versprochen, noch in der Nacht zu obduzieren. Mit dem Zahnschema sollte die Identität der Leiche bis zum nächsten Morgen feststehen.

Und dann war es an Robert Thorwald, Theresa Buchberger mitzuteilen, was mit ihrer Tochter geschehen war.

———

Die Wartezeit in der Notaufnahme dehnte sich ins Unendliche. Helena wollte zuerst die Kapelle aufsuchen, wagte es dann aber nicht, ihren Platz zu verlassen, obwohl Cornelius ihr versprach, sie sofort zu holen, sollte es Neuigkeiten geben. Still und in sich gekehrt saß sie neben ihm, die Hände gefaltet, den Blick starr auf den Boden gerichtet.

Und dann endlich, nach über einer Stunde, trat ein etwa vierzigjähriger Mann mit lichtem rotblonden Haar und einem müden, aber freundlichen Gesicht aus dem Aufzug. Cornelius sah Eva nach der Hand ihres Mannes greifen, während Helena stocksteif neben Eichingers stand und den Arzt mit starrer Miene ansah.

»Guten Abend, Dr. Grünberg. Herr und Frau Eichinger?«

»Ja.«

»Herr Stadler hat schon nach Ihnen gefragt.« Die Augen des Arztes wanderten zu Cornelius und Helena.

»Nein, Herr Professor. Sie bleiben. Und die junge Frau bleibt auch«, sagte Eva energisch, als Cornelius sich anschickte zu gehen.

»Das heißt, Matthias ist ansprechbar? Er liegt nicht im Koma?«, fragte Anton Eichinger aufgeregt.

»Er ist bei vollem Bewusstsein und kann sich an alles erinnern.«

»Und sein Kopf? Und der Rücken? Ist er schwer verletzt?«, sprudelte es aus Eva heraus.

»Er hat großes Glück gehabt. Der Sturz hätte auch ganz anders ausgehen können«, erklärte der Arzt ernst. »Er hat einige Prellungen, Verstauchungen, Hautabschürfungen und eine schwere Schädelprellung. Aber nichts davon ist lebensbedrohlich. Das Kopf-CT war unauffällig und an der Wirbelsäule haben wir auch nichts gefunden. Das Wichtigste ist jetzt Ruhe.«

Eva Eichinger weinte vor Erleichterung.

»Er wird gerade auf die Normalstation verlegt«, sagte der Arzt aufmunternd. »Und schon in ein paar Tagen kann er nach Hause.«

»Zimmer 323. Bitte!«, entfuhr es Helena. »Das ist mein Zimmer. Das zweite Bett darin ist noch frei. Bitte!«

»Ich werde sehen, was ich tun kann«, sagte der Arzt. »Ich habe ihm ein Schlafmittel gegeben, von daher ist es besser, wenn Sie morgen wiederkommen«, wandte er sich dann an Anton und Eva. Schon im Gehen drehte er sich noch einmal um. »Ach ja, ehe ich es vergesse: Ich soll Ihnen ausrichten, dass bitte niemand Herrn Stadlers Mutter anruft. Das möchte er selbst erledigen.«

»Dieser Sturkopf«, murmelte Eva, doch ihrem Gesicht waren Freude und Erleichterung deutlich anzumerken. Lächelnd wandte sie sich an Helena. »Bestellen Sie Matthias schöne Grüße von uns und sagen Sie ihm, dass wir ihn morgen Vormittag besuchen kommen.«

»Aber ich will ihn jetzt …«, begann Eichinger.

»Jetzt fahren wir nach Hause«, sagte Eva laut und hakte sich bei ihrem Mann unter. »Du hast doch gehört, was der Arzt gesagt hat. Herr Professor, Sie fahren mit uns?«

———

Helena musste kurz innehalten, als sie ihr Krankenbett vor- und zurückrangierte, bis es direkt neben Matthias' Bett stand. Ihre geprellten Knochen machten sich bei der Anstrengung schmerzlich bemerkbar. Das Nachtkästchen hatte sie schon auf die andere Bettseite verschoben. Jetzt war es perfekt, dachte sie wenig später und kletterte müde, aber zufrieden in ihr Bett. Matthias schlief tief und fest, seit er auf der Station angekommen war. Von seinem Einzug in ihr Zimmer hatte er nichts mitbekommen. Helena legte sich dicht neben ihn und griff nach seiner Hand. Sie würde diese Hand nie wieder loslassen, war ihr letzter Gedanke, bevor auch sie einschlief.

———

Martin Gerlach saß dem Leiter des tschechischen Einsatzkommandos im rückwärtigen Teil des Polizeibusses gegenüber. Fast synchron kontrollierten sie ihre Armbanduhren. Wie immer, wenn ein Zugriff unmittelbar bevorstand, verspürte Gerlach die vertraute Anspannung. Jeder Einsatz war ein Ausflug ins Ungewisse. Keiner konnte sagen, was wirklich hinter den Mauern des ehemaligen Fabrikgeländes auf sie wartete, vor denen sie und die anderen Teams seit über einer Stunde ausharrten. Erst recht nicht in diesem Fall, bei dem alles sehr schnell vorbereitet und entschieden werden musste.

Obwohl sie um das Risiko wussten, hatten sie nicht gewagt, länger mit dem Auswurf des Köders zu warten. Je mehr Zeit verging, in der die tschechische Seite nichts von Denis Limmer hörte, desto größer war die Gefahr, dass sie Verdacht schöpfte, er sei womöglich in Schwierigkeiten geraten, und den Kontakt abreißen ließ und alle Zelte abbrach. So aber würde irgendwann im Laufe der nächsten halben Stunde eine vollgepackte Drohne vom Dach der Fabrikhalle Richtung Bayern geschickt werden. Nur, dass es heute nicht mehr dazu kommen würde.

Gerlach zog seine Schutzweste zurecht und kontrollierte noch einmal das Headset. Die Waffe lag ganz ruhig in seinen Händen. Er wusste, der Einsatz in dieser Nacht war nicht mehr als ein Tropfen auf dem heißen Stein. Sie würden immer einen Schritt zu spät sein. Die einen würden verhaftet werden, während in einem anderen Keller schon der nächste Deal vorbereitet wurde. Menschen wie Denis Limmer und Leon Gruber, die sich davon das schnelle Geld erhofften, gab es überall, ebenso wie die, die sich im Drogenrausch der Welt entziehen wollten, in der sie lebten. Die für wenige Momente vorgegaukelter Glückseligkeit bereit waren, Körper und Seele zugrunde zu richten. Doch er würde unermüdlich weiterkämpfen. An vorderster Front. Ein Blick in das Gesicht seines Gegenübers sagte ihm außerdem, dass er in diesem Kampf nicht allein war. Entschlossen zog dieser jetzt die Schiebetür des Busses auf. Eines der Teams hatte über Funk Personen auf dem Dach der Fabrikhalle gemeldet. Hintereinander kletterten sie aus dem Fahrzeug, ehe sie noch einmal die Uhrzeit kontrollierten. Die letzten Sekunden zählte der Einsatzleiter an seiner linken Hand ab.

Gerlach atmete tief durch. »Zugriff!«

Im Zimmer wurde es allmählich hell. Matthias drehte den Kopf zum Fenster. Mit der unhandlichen Nackenstütze, die man ihm umgelegt hatte, war das gar nicht so einfach. Er kam sich vor wie ein hundertjähriger Mann. Bei der kleinsten Bewegung schmerzte jeder Zentimeter seines Körpers. Allmählich kehrten die Erinnerungen zurück. Der Fall in die Tiefe, der Aufprall …

Er war nicht allein, stellte er dann fest. Die Elfe aus seinem Traum lag direkt neben ihm und schlief. Aber sie sah verändert aus. Sie hatte ein blaues Auge und trug ebenfalls eine Nackenstütze. Er musste sich bei seinem Sturz doch am Kopf verletzt haben. Oder er schlief noch und träumte gerade etwas besonders Verrücktes. Aber dann spürte er die Finger ihrer warmen Hand, die sich fest um seine Hand geschlossen hatten.

Die Berührung fühlte sich sehr echt an. Und sehr gut.

Kapitel 35

Robert Thorwald drosselte die Geschwindigkeit, bevor er den Dienstwagen über den Schotterweg steuerte, an dessen Ende das Ziel seines morgendlichen Besuches stand. Am Haus von Theresa Buchberger angekommen, sah er eine etwa sechzigjährige Frau an der Wäscheleine im Garten stehen. Noch in der Nacht hatte Katrin alles zusammengetragen, was sie in der Polizeidatenbank und im Archiv finden konnte, und sich bis in die frühen Morgenstunden zusammen mit Thorwald und Weber in den Fall Claudia Buchberger eingelesen. Thorwald wusste, der Anruf der Gerichtsmedizin – der ihn erreichte, kaum dass er nach wenigen Stunden Schlaf wieder im Büro angekommen war – wäre nur noch Formsache. Und er sollte recht behalten.

Die junge Frau war damals über Nacht spurlos verschwunden. Wie Ellen Buchholz am Tag zuvor hatten Vermisstenstelle und Mordkommission anfangs die Eltern in Verdacht, mit der Vermisstenanzeige ein Verbrechen vertuschen zu wollen. Vor allem Claudias cholerischer und überstrenger Vater geriet in den Fokus der Ermittlungen. Doch damals wie heute hatten sich die Kollegen geirrt.

Während Julia Lechner am Vorabend gefunden wurde und sich schon auf dem Weg der Besserung befand, war man bei Claudia schließlich davon ausgegangen, dass sie freiwillig dem Kontrollwahn des Vaters und der Machtlosigkeit der Mutter entflohen war. Zweiundzwanzig Jahre lang. Bis gestern.

Thorwald ging direkt in den Garten. »Guten Morgen. Frau Buchberger?«

Sie nickte.

»Robert Thorwald, Kriminalpolizei Landshut.«

Das frisch gewaschene Bettlaken rutschte ihr aus der Hand und fiel zu Boden. Aber Theresa Buchberger reagierte nicht darauf. Stocksteif stand sie ihm gegenüber. Ihre Stimme zitterte nur ganz leicht, als sie ihre Frage an ihn richtete.

»Sie haben sie gefunden?«

»Ja.«

Die dramatischen Ereignisse hatten Neukirchen auch in den folgenden Tagen fest im Griff. Wohin man ging, fiel das Gespräch bereits nach wenigen Augenblicken auf Adrian Neuhaus. Die Nachricht, dass der Startenor der Bayerischen Staatsoper nicht mehr am Leben war, ein Mädchen entführt und den Tod zweier Menschen zu verantworten hatte, sorgte auch in München für ein mediales Erdbeben. Da der Spielbetrieb an der Oper aufgrund der Sommerpause ruhte, belagerten die Journalisten, die sich mit der dürren Pressemeldung des Opernhauses nicht abspeisen lassen wollten, zuerst erfolglos Neuhaus' Wohnung in Bogenhausen, ehe ein Teil von ihnen schließlich den Weg nach Kleineich einschlug.

Doch auch dort erwartete sie nur ein verlassenes Grundstück, und nicht, wie von der Dorfladenbesitzerin des nächstgelegenen Dorfes prognostiziert, die junge Freundin des verstorbenen Tenors, sodass sie nach wenigen Tagen – zur Enttäuschung von Roswitha Förster und großen Erleichterung der übrigen Dorfbewohner – ihre Zelte unverrichteter Dinge wieder abbrachen.

Zu diesem Zeitpunkt waren Julia Lechner und ihre Eltern bereits in den Urlaub entschwunden. Julia konnte nur ahnen, worüber ihre Eltern während ihrer Zeit im Krankenhaus gesprochen hatten. Immerhin redeten sie wieder miteinander ohne zu streiten und sich anzuschreien. Auch für den Lechner Hof wurden neue Pläne geschmiedet. Und so stand eines Abends Marie Lechner vor Waltraud Stadlers Haustür und überreichte ihr zwanzigtausend Euro.

»Willst du nicht nachzählen?«, fragte Marie, nachdem Waltraud den Umschlag entgegengenommen hatte.

Du traust dich was, einfach hier aufzutauchen, dachte Waltraud, doch sie wollte sich nicht die Blöße geben, vor Marie ausfallend zu werden.

»Wird schon passen«, erwiderte sie deshalb kühl. »Ich hab gehört, ihr macht nicht weiter.«

»Nein. Max hat alle Kühe und die meisten Maschinen verkauft. Er arbeitet wieder als Landmaschinentechniker und ich fange am nächsten Ersten in meiner alten Steuerkanzlei in Landshut an.« Sie strich sich nervös eine Haarsträhne aus der Stirn. »Den Hof betreiben wir ab sofort nur noch im Nebenerwerb. Max hängt sehr daran. Ich möchte nicht, dass er ihn ganz aufgibt.«

Waltraud musterte sie schweigend. Marie war froh, dass sie ihr, wie von Maximilian prophezeit, die Tür nicht sogleich vor der Nase zugeschlagen hatte. Er hatte Waltraud das Geld überweisen wollen, aber Marie hatte darauf bestanden, es ihr persönlich zu übergeben. Leicht machen würde Waltraud ihr diesen Besuch nicht, so viel stand fest. Doch das hatte sie von Konrads Witwe auch nicht erwartet.

»Es wird dauern, bis wir alle Kredite abgezahlt haben, aber wir sind auf einem guten Weg. Max und ich … wir fangen noch einmal ganz von vorne an.«

»Schön für euch«, erwiderte Waltraud Stadler ungerührt. Am liebsten hätte sie Marie den Umschlag vor die Füße geschmissen. Was bildete sich dieses Weibsstück eigentlich ein? Tauchte einfach hier auf, als ob nichts passiert wäre.

»Wie geht's dem Thomas?«, fragte Marie unsicher. »Die Roswitha hat gemeint, du willst den Hof zukünftig mit ihm zusammen führen.«

»Ganz gut. Braucht halt alles seine Zeit. Aber bald ist er wieder auf den Beinen und dann wollen er und der Yannick den Hof auf Bio umstellen. Und ich werde sie dabei unterstützen.«

»Das ist sehr mutig. Ich wünsche euch alles Gute.« Marie zögerte. »Waltraud, es tut mir so …«

»Nein, Marie!«, fiel ihr Waltraud sofort harsch ins Wort. »Irgendwann kann ich deine Entschuldigung vielleicht annehmen, aber nicht hier und nicht jetzt. Also, fang gar nicht erst an, dich zu rechtfertigen oder mich um etwas zu bitten. Und jetzt schaust, dass du weiterkommst.«

Marie verharrte noch einen Augenblick auf der Treppe, ehe sie sich umdrehte und wortlos davonging. Sie war schon am Gehsteig angekommen, als sie plötzlich Waltrauds Stimme hinter sich hörte.

»Die Buben holen morgen zwei Hunde aus dem Tierheim ab. Wenn die Julia mag, kann sie sie ja mal besuchen.«

Auch Rosis Schicksal konnte durch die Gerichtsmedizin aufgeklärt werden. Nachdem sie von Julia Lechner die Stelle erfahren hatten, wo Konrad Stadler Rosi beerdigt hatte, ließen Thomas und seine Mutter ihren Körper obduzieren. Das Ergebnis überraschte nicht nur sie, war Rosi doch von einer Überdosis Kokain getötet worden. Damit im Verhör konfrontiert, gab Leon Gruber schließlich zu, eines Nachts ein Rauschgiftpäckchen verloren zu haben. Rosis feine Nase hatte es bei ihrem Spaziergang mit Waltraud aufgespürt und die Hundedame ihren Fund auf dem Nachhauseweg geschickt vor ihrem Frauchen verborgen. Nach der Obduktion begruben Thomas und Yannick Rosis Leichnam unter einer großen Eiche im Garten der Stadlers.

Toni Kornbichler entschied sich nach der erfolgreichen Razzia in Tschechien zu einem Wechsel in das Team von Martin Gerlach. Katrin konnte nicht behaupten, den Verlust des Kollegen zu bedauern. Dennoch brachten sie seine verbleibende Zeit in der Mordkommission ohne weitere Auseinandersetzung über die Bühne.

Cornelius hatte nach den dramatischen Ereignissen noch einige Tage auf Ramona verzichten müssen, drohte in München doch bereits die nächste Katastrophe. Angesichts der unrühmlichen Umstände, die zu Adrian Neuhaus' Tod geführt hatten, unternahm Caroline von Greifenberg alles, um in der Öffentlichkeit jegliche Verbindung zu ihm zu dementieren. Leider wurde der Baronin der Galaabend im Nymphenburger Schloss zum Verhängnis, den ein findiger Journalist wieder ausgegraben hatte und nach allen Regeln der Kunst ausschlachtete. Erst nachdem die Baronin entnervt in Kitzbühel untergetaucht war, konnte Ramona die Koffer packen.

Am Tag ihrer Ankunft in Neukirchen bezog auch Helena Stern in der Pension Quartier. Ihr erster Weg nach der Entlassung aus dem Krankenhaus führte sie nach Kleineich, das nach den turbulenten Tagen wieder still und verlassen hinter den hohen Bäumen lag. Sie brauchte nicht lange, um ihren Koffer zu packen und dem Haus danach für immer den Rücken zu kehren.

Doch eine Reise würde ihr noch bevorstehen.

»Jetzt mach nicht so ein Gesicht.«

Helena hatte sich zu Matthias ans Bett gesetzt und ihm mitgeteilt, dass sie am nächsten Tag ihre verbliebenen Sachen aus Adrians Wohnung in München abholen würde. Sein Schweigen war Antwort genug.

»Eva leiht mir ihren Wagen. Ich will auch zum Grab meiner Eltern und endlich die Oma besuchen. Seit meinem Unfall haben wir nur miteinander telefoniert.«

»Und was machst du, wenn die Journalisten sich auf dich stürzen?«, fragte er finster.

»Von der Tiefgarage führt der Aufzug direkt hinauf in das Penthouse. Kein Mensch wird bemerken, dass ich in der Wohnung bin.« Helena schluckte. »Ich muss das machen, Matthias. Nicht nur, weil ich meine Sachen so schnell wie möglich zurückhaben möchte. Ich werde die Wohnung danach nie wieder betreten, aber ich muss noch einmal hin und mich verabschieden. Von meinem Leben dort und von … *ihm*. Und das muss ich allein machen«, sagte sie mit fester Stimme.

Sie fuhr sachte die Linien seiner Tätowierung nach. »Außerdem will ich mich irgendwann mit Frau Buchberger treffen. Du weißt schon, die Mutter der jungen Frau, die Adrian damals …«

Sie konnte es immer noch nicht aussprechen. Allein der Klang seines Namens tat unendlich weh.

»Du bist nicht schuld an dem, was er getan hat, und du musst auch nicht für ihn büßen«, sagte Matthias leise. »Das kannst du gar nicht. Niemand kann das.«

»Wer weiß, ob sie mich überhaupt sehen will«, flüsterte Helena. Plötzlich hellte ihr Gesicht sich auf. »Eva hat mich gefragt, ob wir uns vorstellen könnten, in eine der neuen Wohnungen einzuziehen.«

»Und was denkst du?«

»Ich denke, dass ich dort sehr gern mit dir wohnen würde. Und wenn ich dich so ansehe, dann weiß ich, dass du nichts lieber tun würdest, als dich mit Anton zusammen um den Hof zu kümmern.«

»Und dein Studium?«

»Was soll damit sein? München ist doch nicht aus der Welt. Zu den Vorlesungen und Seminaren kann ich pendeln. Außerdem habe ich nicht vor, an der Uni zu verschimmeln. Ich wiederhole jetzt ein Semester, aber danach will ich Gas geben und fertig werden. Und dann …«

»… dann bist du Kunsthistorikerin und ich Landwirt«, stellte Matthias fest.

Helena konnte seinen skeptischen Gesichtsausdruck nicht recht deuten. »Na und? Das hat dich doch bisher auch nicht gestört.«

»Aber vielleicht stört es ja dich. Glaubst du nicht, das Leben in Neukirchen wird dir eines Tages zu langweilig?«

»Mit dir zusammen in Neukirchen … langweilig?« Sie nahm sein Gesicht in beide Hände und küsste ihn lange und innig. »Niemals.« Dann wurde sie auf einmal ernst. »Hast du deine Mutter endlich angerufen?«

»Nein«, sagte er gedehnt.

»Sie muss doch wissen, was mit dir los ist!«

»Warum denn? Ich bin okay. In ein paar Tagen bin ich wieder auf den Beinen. Außerdem ist sie eh beschäftigt.«

»Warum? Weil sie deine Mutter ist.« Helena zwang ihn, sie anzusehen. »Ich weiß, du willst das jetzt nicht hören, aber ich würde alles dafür geben, wenn ich noch einmal, nur ein einziges Mal, mit meiner Mama reden könnte. Also, ruf sie an.« Sie stand auf und küsste ihn auf die Wange. »Ich gehe zu Eva runter und trinke einen Kaffee mit ihr. In einer halben Stunde bin ich wieder da.«

Matthias sah ihr prüfend hinterher. Sie würde ja doch keine Ruhe geben. Widerwillig nahm er sein Telefon, das den Sturz wie durch ein Wunder fast unbehelligt überstanden hatte. Er würde seiner Mutter kurz auf die Mailbox sprechen und dann konnte niemand mehr behaupten, er hätte sich nicht bei ihr gemeldet. Wie er sie kannte, würde sie ohnehin viel zu beschäftigt sein, um seinen Anruf überhaupt zu registrieren. Schon nach dem ersten Freizeichen meldete sich die Stimme von Esther Lamarque.

»Mama?!«, entfuhr es ihm. Keine Bandansage, sondern tatsächlich die Stimme seiner Mutter. »Hallo. Matthias hier«, fügte er überflüssigerweise hinzu.

Sogar, wenn sie deutsch sprach, hatte sich mittlerweile ein französischer Akzent eingeschlichen, stellte er fest.

»Sag mal, Mama, weinst du?«

Zehn Wochen später …

Cornelius, Ramona und Theresa Buchberger wanderten langsam den Weg zur Anhöhe hinauf. Es war ein frischer, aber sonniger Tag im Oktober – Kirchweihfest. Schon am Vormittag waren sie gemeinsam mit den anderen Kirchgängern hier oben gewesen, als nach der Sonntagsmesse in der frisch renovierten Dorfkirche die neu gebaute Kapelle feierlich eingeweiht wurde. Nach einer Kirchweihgans bei Anna im Gasthaus hatten sie sich am Nachmittag noch einmal zu der kleinen Kapelle aufgemacht.

St. Ulrich war bis auf den letzten Platz gefüllt gewesen. Waltraud Stadler hatte für ihren Mann und ihren Schwager eine Messe einschreiben lassen und nicht nur Cornelius staunte, die Witwe von Franz Stadler, Esther Lamarque, neben Waltraud in der Kirchenbank sitzen zu sehen, ebenso wie Thomas Stadler, Yannick Lichtenberg und ihre Nachbarn in der neu bezogenen Ferienwohnung, Matthias und Helena. Von Helena wusste Cornelius, dass Matthias und seine Mutter sich wieder versöhnt hatten. Das Verhältnis zu seinem Stiefvater war zwar noch nicht überaus herzlich, hatte sich aber in den letzten Wochen ebenfalls merklich gebessert.

Die Gemeinde hatte im Sommer nicht lange gezögert und das Graffiti an der Rückseite des Bushäuschens nur wenige Tage später entfernen lassen. Wie er davon erfahren und den Namen des Künstlers herausgefunden hatte, wollte der Restaurantbesitzer aus Regensburg, der eines Tages vor ihrer Wohnungstür stand und Matthias bat, eine Wand seines neu eröffneten Restaurants mit einem Graffiti zu verzieren, nicht verraten.

Anton Eichingers erste Reaktion schwankte zwischen Kopfschütteln ob der Verrücktheit mancher Leute und Stolz auf seinen

Patensohn. Sehr zu Evas Erleichterung entschied er sich für Letzteres. Sie hatten im Spätherbst, wenn Matthias die Arbeit auf dem Hof allein schaffen würde, eine Reise auf die Kanaren geplant. Der erste richtige Urlaub seit vielen Jahren, wie Eva Cornelius berichtete, und umso schöner, weil sie ihn zusammen mit ihrem jüngeren Sohn verbringen würden, der in der letzten Zeit wieder häufiger auf dem Eichinger Hof gesehen wurde.

Dass Anna Leitner und Benedikt Rehberg gemeinsam zum Gottesdienst kamen, sorgte nur kurzzeitig für Getuschel und lange Hälse. Nur Roswitha Förster mochte sich immer noch nicht mit dem Gedanken anfreunden, dass die beiden nun ein Paar waren, hatte doch ausgerechnet sie als eine der Letzten davon erfahren. Die Umsätze in der *Palmen Apotheke* waren in den vergangenen Wochen sprunghaft angestiegen, nicht zuletzt deshalb, weil man einen Blick auf Theresa Buchbergers heldenhaften Lebensretter werfen wollte. Neben Rehberg und Anna Leitner hatten Marie und Maximilian Lechner Platz genommen, während Julia mit anderen Jugendlichen Pfarrer Hartl als Ministrantin unterstützte.

Es dauerte nicht lange und sie hatten die kleine Kapelle erreicht. Auf ihrer Rückseite waren drei Holzkreuze aufgestellt worden. Anton Eichinger hatte nicht nur für Franz und Konrad Stadler, sondern auch für Claudia Buchberger ein Gedenkkreuz angefertigt und eine Tafel mit einer Inschrift und einigen Zeilen aus einem Shakespeare-Gedicht darauf angebracht. Eines von Claudias Lieblingsgedichten, wie Cornelius von Theresa Buchberger erfahren hatte. Behutsam strich sie jetzt über das fein gearbeitete Holz.

»All die Jahre hab ich mich gefragt, wo sie ist. Und dabei war sie die ganze Zeit so nahe bei mir.«

Wenige Tage nach dem Fund ihrer Leiche hatte Claudia Buchberger auf dem Dorffriedhof in Neukirchen ihre letzte Ruhe gefunden. Ihre Mutter lebte noch immer sehr zurückgezogen, doch Helena Stern war ein regelmäßiger Gast in dem kleinen Haus am Ende des Schotterweges geworden.

Am Ende eines sehr heißen und trockenen Sommers waren schließlich schwere Gewitter aufgezogen. In einer stürmischen Nacht schlugen gleich mehrere Blitze in das Herrenhaus und die hohen Bäume von Kleineich ein. Als die Feuerwehren der Umgebung eintrafen, war das Anwesen bereits bis auf die Grundmauern niedergebrannt. Auch von der alten Kapelle blieb nur noch eine rußgeschwärzte Ruine übrig.

Nach dem Tod von Markus Baumgartner wurde bekannt, dass seine Baufirma mit einem nicht unerheblichen Anteil an den geplanten Investitionen für *Bavarian Adventure* beteiligt war. Ein Anteil, für den die Münchner Unternehmensgruppe nun einen anderen zahlungskräftigen Partner finden musste, wollte sie die Kosten nicht allein finanzieren. Ihr erster Gang führte sie daher in das Altenberger Rathaus, in der Hoffnung, die Gemeindekasse würde für den verstorbenen Bauunternehmer in die Bresche springen. Der Besuch war jedoch in dem Moment beendet, in dem der Bürgermeister mit den Zahlen konfrontiert wurde. Laut einem Zeitungsbericht sahen sich die Investoren nun nach einer anderen Örtlichkeit um, da ihnen Altenberg und seine Umgebung nicht mehr als geeignet erschienen.

Die Felder der Neukirchner Bauern würden also auch in Zukunft landwirtschaftlich genutzt werden. Schon nach kurzer Zeit redete niemand mehr von einem Freizeitpark.

Während sie jetzt den Rückweg in das Dorf antraten, drehte sich Cornelius noch einmal zu der kleinen Anhöhe um, die von den warmen Strahlen der Herbstsonne in ein goldenes Licht getaucht wurde. Eines war gewiss: Dieser Ort würde die drei Menschen nicht vergessen lassen, deren Schicksal für immer untrennbar mit ihm verbunden war.

———

Ende

Weitere Krimis von
Karoline Eisenschenk bei Allitera:

Walpurgisnacht

Ein Niederbayern-Krimi

Der emeritierte Münchner Geschichtsprofessor Gregor Cornelius wollte eigentlich nur vier Wochen das Haus von Freunden im niederbayerischen Neukirchen hüten, doch bald nach seiner Ankunft ist die Illusion vom erholsamen Landleben dahin: In der Nacht zum 1. Mai, der Walpurgisnacht, wird der junge Großbauernsohn Sascha Eichinger getötet, der den Neukirchener Maibaum vor den Erzfeinden aus Ebersbach beschützt hat. In Verdacht geraten schnell drei Frauen, die alle nicht besonders gut auf den charmanten Womanizer zu sprechen sind. Cornelius beginnt mit Nachforschungen und muss sehr schnell erkennen: Unter der vermeintlich idyllischen Dorfoberfläche brodelt es gewaltig!

216 S., Paperback, ISBN 978-3-86906-298-3

Der letzte Tanz
Ein Niederbayern-Krimi

Gregor Cornelius, emeritierter Münchner Geschichtsprofessor, freut sich auf seinen Urlaub bei Freunden im niederbayerischen Neukirchen. Dort will er ausspannen und den legendären Schäfflertanz ansehen, der nur alle sieben Jahre aufgeführt wird. Doch die erwartete Idylle aus Brauchtum und Landleben mag sich nicht so recht einstellen. Drei Tage vor dem Schäfflertanz findet Julian Bernbacher, der erste Vortänzer, eine tote Ratte auf seinem Auto, wenig später erhält er eine Todesanzeige, seine Todesanzeige, kurz danach wird sein bester Freund bei einem Autounfall schwer verletzt. Cornelius beginnt nachzuforschen und befindet sich bald mitten in einem erschütternden Familiendrama – und in großer Gefahr.

360 S., Paperback, ISBN 978-3-86906-655-4